**Oskar Maria Graf
Unruhe um einen Friedfertigen**

Oskar Maria Graf
Unruhe um einen Friedfertigen

Roman

Büchergilde Gutenberg

Oskar Maria Graf Werkausgabe Band VI

Herausgegeben von Wilfried F. Schoeller

Alle Rechte vorbehalten Büchergilde Gutenberg Frankfurt am Main. Mit Genehmigung des Süddeutschen Verlages München. Die vorliegende Fassung folgt der Erstausgabe von 1947, die im Aurora Verlag, New York, erschien; nachträgliche Korrekturen des Autors, die Oskar Maria Graf in sein Handexemplar notiert hat, wurden in unsere Ausgabe übernommen. © 1984 für das Nachwort Büchergilde Gutenberg Frankfurt am Main. Ausstattung Hans Peter Willberg. Satz Dörlemann-Satz, Lemförde. Schrift Borgis Century Schoolbook Lichtsatz-System (Digiset 200 T2). Druck und Bindung R. Oldenbourg Graphische Betriebe GmbH, Kirchheim bei München. Printed in Germany 1984. ISBN 3 7632 2907 8

Für Mirjam

Inhalt

I. Teil
Ein fremder Mann und ein fremdes Wort		9

II. Teil
Das ›A-bopa‹ verschwimmt –
das Leben wird privat		161

III. Teil
Die Unruhe schleicht daher		335

IV. Teil
Die große Vergeblichkeit		409

Editorisches Nachwort		489

**I. Teil
Ein fremder Mann und
ein fremdes Wort**

1

Der Schuhmachermeister Julius Kraus in Auffing wurde bis zum Ende seines langen Lebens fast immer übersehen. Er ging, wenn man so sagen darf, stets nur nebenher. Das wollte er vielleicht, doch manchmal machten ihm die Umstände einen Strich durch dieses Wollen. An ihm lag das bestimmt nicht. Der Kraus nämlich war ein Mensch, der niemals auffiel, und wer nicht auffällt, den beachten weder die Leute noch die Behörden sonderlich. »Mach dich nicht mausig, dann frißt dich keine Katz«, pflegte der Kraus zu sagen.
Wie er nach Auffing kam, ist schnell erzählt. Als ein schon gut in den Vierzigern stehender Mann, der bisher in der Landeshauptstadt eine kleine Schuhmacherei betrieben hatte, las er einmal ein Inserat in seiner Zeitung, wonach in Auffing ein kleines Häusl zu verkaufen war. Er war damals ein bißchen besorgt um seine Frau, die Kathi. Die hatte immerzu einen trockenen, zeitweise schmerzenden Husten, und der Hans, das einzige Kind, das sie hatten, sah auch recht blaß und mager aus.
»Luftveränderung«, hatte der Arzt der Frau Kraus geraten, »möglichst Landluft.« Kurz entschlossen fuhr der Kraus mit den Seinen an einem schönen Sonntag nach Auffing. Vom Bezirksort Amdorf, der zugleich Bahnstation war, mußten sie noch fast zwei Stunden gehen, denn um jene Zeit verkehrten noch nicht die jetzigen Überland-Autobusse von Dorf zu Dorf.
Strotzend fruchtbares Land lachte ihnen entgegen. Die Straße war auf beiden Seiten mit Apfelbäumen gesäumt. Die Wiesen waren wunderbar blumig und saftig. Die Felder standen in der ersten Reife und versprachen eine gesegnete Ernte. Ein sanft fächelnder, kühler Wind strich über die anmutigen Höhen, und dann kam der

schattige Forst, der erst kurz vor Auffing endete. Friedlich lag das stille, in eine sanfte Mulde bettete Dorf da. Getreideäcker, Wiesen, freundliche Laubwälder, schmale ausgefahrene Straßen und Dörfer mit spitzen Kirchtürmen in der weiteren Umgegend – wie hingemalt sah das alles aus. »Sowas Schönes! . . . Und schau bloß die vielen Blumen, Julius!« sagte die Kathi stehenbleibend und verschnaufte, während sie die Blumen, die der Hans aus den Feldern geholt hatte, zu einem Strauß zusammenfaßte.

»Kathi?« sagte der Kraus fast streng und spähte herum: »Die Blumen gehn uns jetzt gar nichts an! Überhaupt – der Bub soll nicht immer in die Wiesen laufen. Das mögen die Bauern sicher nicht.« Dann setzte er, wie sich selber befragend, dazu: »Hm, wo steht jetzt das Häusl?« Er entdeckte eins, das ziemlich verlassen an der abschüssigen Straße am Dorfausgang stand. Ein kleines, umzäuntes, verwildertes Gärtchen war davor, und die Fensterläden waren geschlossen. Als sich später herausstellte, daß er richtig geraten hatte, sagte er zu seiner Frau: »Kathi? . . . Ich schau' immer bloß dahin, wo ich was will . . . Drum täusch' ich mich auch nie.«

Kurz und gut, der Julius Kraus kaufte das Häusl vom Hans Jägerlehner, einem jungen Metzgerburschen, der sich offenbar aus diesem Erbstück seiner verstorbenen Eltern nichts machte. Der Hans war weit in der Welt herumgekommen, wollte nicht in Auffing bleiben und ging nach dem Verkauf in die Stadt.

Den Krausens war von Anfang an das Glück günstig. Bisher nämlich mußten die Leute ihre Schuhe nach dem entfernten Amdorf bringen, weil es sonst weit und breit keinen Schuster gab. Gute Handwerker waren in solchen Landgegenden gesucht, und der Kraus verstand sein Geschäft ausgezeichnet. Er lieferte passende Schuh und Stiefel, er flickte und sohlte die alten solid. Er hatte gar nichts Städtisches. Kein Auftrag war ihm zu schlecht, und obendrein war er auch noch billiger als die Amdorfer Schuster. »Recht was Ordentliches«, konstatierten die Leute in anbetracht dieses schätzbaren Vorteils.

Wie das immer ist, wenn Fremde in einem Dorf ansässig werden, zuerst beschnüffelt man sie einmal unauffällig. Scharfsichtige Nachbarinnen merkten schnell, daß die schwächliche Schusterin eine grundfleißige Person war. Sie hielt das Haus sauber, wusch die Wäsche, grub den kleinen Garten um, kaufte beim Krämer Stelzinger, was für den Haushalt nötig war, und mischte sich ebensowenig wie ihr Mann in die Angelegenheiten anderer Leute. Eins nur fiel anfangs auf: Statt am Samstag putzte sie jedesmal bereits am Freitag die Böden heraus und ging dann mit einem Körbchen nach Amdorf. Am Abend drang ein Duft von gebratenen Fischen aus dem Schusterhaus, und einige erspähten mitunter, daß die Krausens in der kleinen Küche hinter der Werkstatt fast feierlich um den blankgedeckten Tisch saßen, auf dem zwei Kerzen brannten.

»Die müssen von einer ganz fremden Gegend sein, wo das der Brauch ist«, sagten die Nachbarn. Vom Bürgermeister erfuhr man auch, daß sie aus dem Österreichischen stammten, und schließlich kam noch heraus, daß die Kathi bereits die zweite Frau vom Schuster sei, der Bub, der Hans, sei von der ersten. Arme Leute fallen nicht auf, insonderheit, wenn sie genau so leben wie alle im Dorf. Beim Kraus redeten sie denselben Dialekt wie in Auffing. Am Sonntag ging der Schuster mit seinem Buben wie jedermann ins Hochamt in die Pfarrkirche nach Glaching. Er trank hernach in der Postwirtschaft sein Bier, grüßte, wenn er gegrüßt wurde, wechselte die üblichen Worte, wenn ihn jemand anredete, und zeigte sich weder scheu, noch drängte er sich irgendwem auf.

Der Bub ging wie alle Kinder nach Glaching in die Schule. Er wurde zusehends kräftiger, blieb aber hager und hochaufgeschossen und wurde nie sommerbraun im Gesicht. Er hatte dichtes, weiches, rötlich schimmerndes Haar und dunkle Augen und sah seinem Vater nicht im geringsten ähnlich. Er geriet ihm auch nicht nach. Er schien etwas fahrig, stolz und verschlagen zu sein. Wenn er mitunter mit den Dorfkindern ins Raufen kam, wehrte er sich heftig und war gefürchtet wegen seiner Listen. Wurde er aber doch einmal verprügelt, dann sagte der Kraus zu ihm: »Esel, saudummer! Was läßt du dich denn ein, wenn dir die andern über sind? . . . Dummer Tropf, dummer, da hast du's jetzt!« Fing der Bub zu winseln an und wollte die Nachbarskinder verklagen, so schimpfte der Schuster ganz ärgerlich: »Hör auf mit deiner Lamentation, sag' ich! . . . Hör auf, oder ich laß dich nicht mehr aus dem Haus, basta!« Der Bub bekam eine beleidigt-verstockte Miene und ging seinem Vater aus dem Weg, bis sich der Zwischenfall ausgeglichen hatte. Die Schusterin mischte sich nie drein. Sie war gut und recht zum Buben. Der aber zeigte sich nur herzlich, wenn er etwas von ihr wollte.

Außer denselben dunklen Augen unterschied sich der Kraus vom Buben wie Tag und Nacht. Er war immer gleichmäßig ruhig und ungemein fleißig. Er war mittelgroß und sehr gedrungen gebaut, und im Gegensatz zu seiner bedächtig-friedsamen Art verliehen ihm die dichten, widerborstigen Brauen und sein krauses, volles Haar etwas Martialisches, fast Finsteres. Wie seine zerarbeiteten Hände und Füße war auch sein massiver Kopf auf dem kurzen Hals viel zu groß geraten, und seine Bewegungen hatten etwas Vierschrötiges, eher Langsames, wie man es bei Menschen antrifft, die ihr Leben lang schwer arbeiten und sich nur auf die eigene, derbe Kraft verlassen. Schon nach dem ersten Jahr in Auffing wurde er Mitglied der freiwilligen Feuerwehr. Einmal, nach einem großen Brand, als die durstigen Feuerwehrleute mitten in der Nacht den Postwirt weckten und stürmisch nach Bier verlangten, hob der immer hilfsbereite Schuster zufällig ein Hektoliterfaß auf den Schenkbock. Diese Kraftleistung erregte verschwiegenen Respekt, und einige meinten, das mache dem Kraus so schnell keiner nach. Der tat, als höre er nicht hin, setzte sich zwischen die Leute und trank gemächlich sein Bier.

Viele solche Kleinigkeiten kamen zusammen, die dazu beitrugen, daß man sich an die Schusterleute gewöhnte. Das Fremde wich mehr und mehr. Mit den Jahren gehörten sie zum Dorf und zur Gegend. Sie hatten ihr Leben und Auskommen und waren allseits geschätzt. Ein Jahr vor dem ersten Weltkrieg aber mußte sich die immer kränkelnde Krausin hinlegen. Ihre Lungen arbeiteten nicht mehr richtig. Vielleicht aber drückte sie noch etwas anderes der Ewigkeit entgegen. Der Hans, der inzwischen schon sechzehn Jahre alt geworden war und seinen Vater bereits um Kopfeslänge überragte, hatte sich zu nichts Ordentlichem ausgewachsen. Schon in der letzten Zeit der ›Sonn- und Feiertagsschule‹ war es zwischen ihm und dem Kraus zu harten Zusammenstößen gekommen, weil der Bub nie sagen wollte, für welchen Beruf er eigentlich Lust habe, und lieber herumstreunte. Diese Reibereien zermürbten die geduldige Stiefmutter immer mehr, denn sie stand beständig zwischen den zweien, wollte ausgleichen und versöhnen und verdarb sich's oft mit jedem von ihnen.

Nachdem der Kraus vergeblich versucht hatte, wenigstens einen brauchbaren Schuster aus dem Hans zu machen, gab er ihn schließlich zum Drogeriebesitzer Ampletzer in Amdorf in die Lehre. Der Hans fügte sich zwar, kam hin und wieder an den Sonntagen heim und richtete es stets so ein, daß er mit seiner Stiefmutter allein war. Dabei hielt er sie stets um Geld an und konnte dabei herzerweichend bitten. Eines Tages jedoch erschien der Ampletzer unverhofft im Schusterhaus und verriet, daß der Hans überhaupt keinen Lerneifer zeige, umso mehr aber ganze Nächte in anrüchigen Weinkneipen herumstrolche und in recht schlechte Gesellschaft geraten sei. Auf der Stelle ging der Kraus mit ihm nach Amdorf und schlug den Buben windelweich.

»Woher hast du das Geld, du Galgenstrick, du nichtsnutziger?« schrie der Kraus und hieb immer wieder auf den ellenlangen Kerl ein. Der riß sich auf, schaute ihn fliegend und voll Haß an und sagte nur: »Von dir nicht!« Dann rannte er zur Tür des Drogerie-Magazins hinaus.

Am anderen Tag – es war eine neblige Herbstfrühe – verlöschte die

Krausin für immer. Als die Auffinger Totenglöcklein das ankündigten, meinten die Nachbarn mitleidig: »Mein Gott, der arme, alleinige Mann! Und der Verdruß mit seinem Hans auch noch!«
Viele Leute aus der weiten Glachinger Pfarrei standen mit dem Schuster Kraus am Grab der Verstorbenen – aber der Hans war nicht dabei. Das wirkte düster und bedrückend auf alle. Der Pfarrer hielt eine sehr bewegende Leichenpredigt und umging dabei behutsam das Nichtvorhandensein des ungeratenen Sohnes. Nicht wenige Auffinger Nachbarsweiber weinten bitterlich, lugten von Zeit zu Zeit immer wieder auf den Eingang des Gottesackers, als erwarteten sie den Hans doch noch in letzter Minute, und dann schauten sie nur um so mitleidiger auf den Kraus. Der stand unbeweglich, mit verschlossenem Gesicht da. Er starrte unverwandt in die dunkle Grube hinab, ab und zu bewegte sich sein Kinn ein ganz klein wenig, und dabei erzitterten die Spitzen seines Schnurrbartes leicht.
Einige Auffinger wollten gesehen haben, daß der Hans während der Zeit des Begräbnisses in Glaching im Schusterhaus gewesen sei, doch sie sagten dem Kraus nichts davon. Sie erzählten es sich nur untereinander und hängten allerhand Vermutungen und Bemerkungen daran. Der Kraus hockte kurz nach seiner Heimkehr wieder, wie immer, auf dem Schusterschemel am Fenster und nähte und hämmerte an den zähen, derben Bauernschuhen.
Am dritten Tag kam der Ampletzer ins Dorf geradelt, stieg beim Kraus ab und ging ins Haus.
»Ist denn der Hans nicht bei dir?« fragte er, und als der verwunderte Schuster den Kopf schüttelte, erzählte er weiter: »Er hat gesagt, er muß heim, seine Mutter ist gestorben . . . Wann er kommt, weiß er nicht.«
Der Kraus bekam nur ein dunkelrotes Gesicht, faßte sich endlich wieder und meinte: »Geht dir was ab, Ampletzer?«
»Nein, nein, gar nichts! . . . Gestohlen hat er nichts«, antwortete der Drogist, und sichtlich erleichtert atmete der Kraus auf.

Fast wie um ihn zu trösten, sagte der Ampletzer: »Wenn er nichts hat, wird er nicht weit kommen ... Der Hunger treibt ihn schon wieder heim.«

»Laufen lassen, ist das beste«, schloß der Kraus und nahm seinen Schuh wieder auf. Er brachte den Ampletzer nicht zur Tür. Er schaute nicht einmal durchs Fenster, als sich dieser auf das Fahrrad schwang und davonfuhr. Dann aber hielt er inne, ließ seinen Schuh fallen, starrte kurz vor sich hin, und sein Gesicht wurde wieder dunkelrot. Er besann sich und spähte jetzt beinahe ängstlich und unsicher durch das Fenster auf die umliegenden Häuser. Es dunkelte schon halbwegs. Beim Heingeiger drüben im Stall machten sie Licht. Er richtete sich auf, stieg von dem kleinen, hölzernen Podium, auf dem sein Schusterschemel stand, herunter und ging hastig in die Ehekammer hinauf. Wieder lugte er durch die staubigen Vorhänge ins Dunkle hinaus, lauschte kurz und schloß vorsichtig den Kleiderkasten auf. Er bückte sich, griff auf der Bodenfläche des Kastens nach hinten und zog einen kleinen Lumpenknäuel heraus. Seine Hände zitterten. Er wagte kaum zu schnauben. Die Knoten des Knäuels lösten sich leicht. Er hatte auf einmal ein eisernes Kästchen in der Hand, das erbrochen war, griff hinein – und wußte alles.

Der Hans hatte die baren tausend Mark gestohlen und mitgenommen. Nur die zwei Pfandbriefe der Königlich Bayrischen Hypotheken- und Wechselbank, in summa summarum 2500 Mark, und etliche Silberstücke hatte er liegenlassen.

Wie von einem Schwindel ergriffen, sackte der Kraus auf den Kammerboden. Das eiserne Kästchen war ihm aus der Hand gefallen. Er griff sich an den heißen Kopf und ächzte wie ein Ertrinkender.

»Da kommt er nicht mehr«, stöhnte er vernichtet.

2

Die Leute, die natürlich sehr schnell vom Verschwinden Hansens erfuhren, wunderten sich. Tag für Tag verging, es verstrich eine Woche und noch eine, aber der Kraus unternahm nichts, um seinen Sohn ausfindig zu machen. Direkt sagen wollten sie ihm das nicht, denn im Grund genommen ging sie das ja nichts an, und der Kraus, der nie redselig gewesen war, schien jetzt noch wortkarger und mürrischer zu sein. Aber die Leute redeten doch allerhand. Sohn bleibt Sohn, meinten sie, und Vater Vater – kurzum, sie steckten sich hinter den Bürgermeister Rotholzer, und der, obwohl er durchaus kein draufgängerischer Mensch war, stellte den Schuster einmal, nach dem sonntäglichen Hochamt, beim Postwirt zur Rede.
»Es kann ihm doch was Unrechtes passiert sein, dem Hans«, argumentierte der Rotholzer vorsichtig: »So junge Kerl denken doch nicht . . . Da, denk' ich, Kraus, mußt du schon was machen als Vater . . . Wenn die Polizei verständigt wird, die hat ihn gleich . . .«
Sonderbarerweise aber log der Kraus, das sei bereits geschehen.
»So? . . . Hm«, machte der Bürgermeister verdutzt. Alle hoben den Kopf und schauten auf den Schuster.
»Und die hat ihn bis jetzt auch noch nicht gefunden?« fragte der Rotholzer nach einer Pause wiederum.
»Ah!« machte der Kraus mit einer wegwerfenden Handbewegung: »Die Polizei! . . . Ich hab's ja gleich gesagt, man soll sich nicht einlassen auf dieses A-bopa!«
»A-bopa? . . . Was ist denn das?« fragte der Rotholzer, und die Runde wurde neugieriger, denn so seltsame Worte halten die Bauern stets für etwas Geheimnisvoll-Gelehrtes und fühlen sich davon angezogen. Im Nu merkte der Kraus, daß damit das ihm unerwünschte Gespräch eine andere Richtung bekam, und wurde für eine kurze Weile mitteilsamer.
»A-bopa«, erklärte er: »Ja, mein Gott, ich hab das Wort auch ein-

mal irgendwo gehört und nicht verstanden ... A-bopa, damit meint man alles, was einem rechtschaffenen Menschen das Leben verbittern kann ... Mit einem Wort, die ganzen Widerwärtigkeiten vom Staat, von den Ämtern, vom Gericht und der Polizei – das ist A-bopa ... Auf sowas muß man sich nicht einlassen.« Er hatte erreicht, was er wollte.
»A-bopa!« pflichtete der Moser als erster bei: »Jaja, da hast du wohl recht, Kraus! ... Nur nicht einlassen damit.«
»Ausgezeichnet! Ganz großartig!« sagte der Bader Himmlinger, der gerne gebildete Worte gebrauchte, ebenso, und andere sagten ähnliches. Es schien, als freuten sich alle, eine Bezeichnung gefunden zu haben, die schon deswegen nützlich war, weil nur sie ihren Sinn verstanden. Schnell war der Hans und sein Verschwinden vergessen, schnell die Polizei und die anfängliche Verstimmung gegen den Kraus. Man ging auseinander wie immer.
Der Kraus werkelte wieder wie seit jeher. Nur ließ er sich jetzt von der alten Hauniglin, die schon lange auf Gemeindekosten erhalten werden mußte, das Hauswesen führen. Sie nahm es nicht allzu genau mit der Ordnung, dafür aber schnüffelte sie nicht herum und war nicht neugierig. Der Kraus war zufrieden mit ihr.
Nach einem halben Jahr, an einem heißen Julitag, brachte der Postbote Lechner dem Kraus, der sonst nie irgendwelche Briefschaften bekam, eine buntgedruckte Ansichtskarte aus Amerika. Darauf stand dick und frech: ›Ich bin in New York. Von mir hörst du nie wieder was – Hans.‹ Das sprach sich schnell im Dorf herum, und sicher hätte es in der ganzen Pfarrei ein großes Aufsehen gemacht, aber über dieses und viele andere kleine Ereignisse wälzte sich gerade in jenen Tagen ein großes – nämlich, es brach der erste Weltkrieg aus. Mit einem Mal schien alles Private wie weggelöscht. Aus den Dörfern und Einödhöfen um Glaching mußten auf der Stelle über fünfzig Reservisten fort, und bald, meinte der Postbote Lechner, würden auch noch ältere Jahrgänge eingezogen werden.

In der Pfarrkirche gab es ein feierliches Hochamt mit Segen und Abschied. Fünf mit grünen Birkenzweigen verzierte Leiterwagen, die die Reservisten nach Amdorf zur Bahn bringen sollten, standen auf dem Platz vor der Postwirtschaft. Die Bäuerinnen und Töchter, die alten Bauern und Kinder hatten sich gesammelt, und wenn auch manche der Fortziehenden gewaltsam fidele Gesichter machten und sich lustig stellten, den schweren Ernst konnten sie doch nicht verscheuchen. Viele Weiber weinten recht verzagt, die Kinder fielen ein, und als die Burschen nach dem Händedrücken auf die Wagen stiegen, sagte die Moserin ganz verstört: »Ja-ja, jetzt sowas! Sowas! Jetzt machen die auf einmal einen Krieg!« Da verstärkte sich das Weinen wie bei einem Begräbnis. Die Wagen fuhren an. Die Zurückbleibenden liefen daneben her. Am Ende des Pfarrdorfes blieben sie stehen und winkten, bis die scharf dahinrollenden Wagen im Forst verschwanden.
»So ist's anno 1870 auch gewesen«, sagte der Schlehlinger: »Weiß man denn, wer noch heimkommt?« Die Männer nickten, die Weiber seufzten. Langsam und traurig ging man auseinander und wieder an die Arbeit.
Schnell trafen die ersten Siegesmeldungen ein. In den Zeitungen und in den Städten sah es so aus, als gäbe es überhaupt nur noch eine einzige Begeisterung aller über diese Siege, über die Generale, den Kaiser und den König. Die Landleute aber schauten die Sache nüchterner und ganz anders an. Jaja, die Glachinger Glocken läuteten jedesmal, wenn ein Sieg bekannt wurde, und wer zufällig eine Fahne hatte, der hängte sie auch zum Fenster heraus, doch die Weiber sagten meistens angstvoll: »Jesus, bei Tannenberg! Da ist ja auch der Xaverl und der Sepp dabei! Wenn ihnen bloß nichts passiert ist.«
Nach und nach mußten immer mehr Männer fort. Dann kamen die besten Pferde dran, die für den Krieg gebraucht wurden. Das spürten sie auf jedem Bauernhof empfindlich. Voll Eifer lernten die Schulkinder Schlachten- und Feldherrn-Namen, mußten patrioti-

sche Lieder singen, und tagsüber spielten sie Krieg mit den Franzosen und Russen. Dafür aber war bald keine Zeit mehr. Sie mußten auf den Feldern und Äckern mithelfen, wo allmählich nur noch alte und junge Weiber, ausgedörrte, eisgraue Bauern und hin und wieder einige Genesungsurlauber zu sehen waren.
Anfangs schien durch die vielen siegreichen Schlachten und Neuigkeiten die Zeit viel schneller als sonst zu verrinnen. Vorerst sah jeder den Krieg noch gewissermaßen als einen großen Zwischenfall an, der nicht allzulang dauern konnte und natürlich, wie anno 70 und 71, mit einem deutschen Sieg enden mußte. Darum warteten die Leute, ohne daß sie es merkten, alle nur auf die schnelle Wiederkehr der gewohnten Zeiten. War doch erst kürzlich in den Zeitungen gestanden, daß der Kaiser gesagt habe: ›Wenn das Laub von den Bäumen fällt, wird unser Endsieg den Frieden bringen.‹ Offenbar aber mußte sich der Kaiser auch nicht so genau auskennen, denn nichts von dem, was er prophezeit hatte, war eingetroffen. Im Gegenteil, längst hatte der Winter den Herbst verweht, das Frühjahr stieg herauf, der Sommer kam, und der Krieg dauerte und dauerte. So wie der von anno 70 und 71 war er nicht mehr. Der Endsieg ließ auf sich warten. Zuerst waren die Männer fortgekommen, dann die Pferde, und jetzt stand jeden Tag in den Zeitungen: ›Jeder muß opfern! Trag das Gold auf die Reichsbank!‹ An den Hauswänden, den Zäunen, den Telegraphenstangen und in der Glachinger Postwirtsstube tauchten immer zahlreicher die verschiedenfarbigen, mit dicken Lettern bedruckten Plakate auf: ›Zeichnet Kriegsanleihe!‹ Aber auch dabei blieb es nicht. Mit einem Male setzten die Lebensmittelrationierungen und Ablieferungspflicht der bäuerlichen Produkte ein und wurden von Monat zu Monat strenger gehandhabt. Der Bauer war nicht mehr Herr über das, was sein Acker und Stall hergaben. Die amtlichen Höchstpreise für Vieh, Milch, Butter, Kartoffeln und Getreide schlugen zu seinen Ungunsten aus und verärgerten ihn, denn im Gegensatz zu dem, was er für sein Schlachtvieh bekam, wurde

beim Metzger das Fleisch ständig teurer und rarer; das Mehl, für das er sein gutes Getreide geliefert hatte, war mit Kartoffelzusatz gestreckt und gab nur noch schlechtes Brot, und für sein bares Geld konnte man regulär kaum noch irgendwelche soliden Friedenswaren auftreiben. Wer aber hatte denn Zeit, deswegen nach Amdorf hinüber- oder gar in die Stadt hineinzufahren? Regulär gab es fast nur noch Altwaren oder Ersatz in allem: Ersatzstoffe, Ersatzleder, Ersatzfäden und -Stricke, Ersatzkaffe, -Tee, -Tabak und tausenderlei ähnliches.

Der Schuster Kraus zum Beispiel kam dadurch oft in große Bedrängnis. Neue Schuhe machte er schon lange nicht mehr, aber auch minderes Flick- und Sohlenleder wurde ihm amtlich nur sehr knapp zugeteilt. Oft kam er mit dem leeren Rucksack von der Amdorfer Verteilungsstelle heim. Die ganzen Lederlieferungen hatte die dortige Schuhfabrik Leitner, die für Heeresbedarf arbeitete, zugewiesen bekommen. Alles brauchte der Krieg, den der Schuster sowenig wie die Leute, die er kannte, gewollt oder gemacht hatten! Jeder Mensch spürte ihn jetzt, jedem rundherum wurde er zur Plage. Doch der Kraus sagte sich: »Nur nicht einlassen auf das A-bopa!«, und sein ernstes Gesicht schaute fügsam und gleichgültig aus, wie es sich nun einmal für einen unwichtigen kleinen Mann gehört. Wenn aber die Kundschaft nicht mehr bedient werden kann, was dann? Der Kraus blieb unverdrossen und wußte sich auch da zu helfen. Tagelang ging er manchmal mit dem Rucksack auf dem Buckel in den Dörfern herum und suchte mit wahren Luchsaugen in dem Gerümpel, das die Bauern weggeworfen hatten. Da fand er ein Stück zerfetzten Treibriemen, eine zerschabte, demolierte Ledertasche oder einen ausgedienten Geldbeutel, dort wieder einen abgerissenen Ledergürtel, irgendeinen Fleck von einem Pferdegeschirr oder einen aus dem Leim gegangenen Schulranzen. So genau nahmen es die Leute schon lang nicht mehr mit seiner Arbeit. Mit diesen kläglichen Resten ließen sich immer noch notdürftig Schuhe sohlen und flicken, und das brachte dann

wiederum Eier, Butter, hin und wieder ein Trumm geräuchertes Fleisch, einige Pfund Mehl oder einen Sack Kartoffeln. Und obendrein hatte dieses zusammengesuchte Material einen unschätzbaren Vorteil – es kostete keinen Pfennig. Freilich, zehn- und zwanzigmal zusammengeflickte Schuhe stets von neuem herzurichten, das war zuweilen schon das reinste Martyrium.
»Auch nicht leicht! . . . Ein lausig's Geschäft«, sagte manchmal einer seiner Kunden, der geflickte Schuhe abholte und ihm bei der Arbeit zuschaute.
»Da bin ich keine Ausnahm«, gab ihm dann der Kraus zurück: »Jedem geht's jetzt so.« Man sah es ihm an, er arbeitete gern und schien, wenn ihm auch in den letzten Jahren harte Schläge zugesetzt hatten, mit sich und seinem Leben zufrieden zu sein. Er war jetzt einundfünfzig Jahre alt und hatte außer einigen dicken Krampfadern an den Waden ab und zu ein wenig Gicht, die wahrscheinlich von der Betonpflasterung seiner Werkstatt herrührte. Vor einiger Zeit war er mit den Gleichaltrigen aus der Gegend für den Landsturm gemustert worden. Die vom Landsturm kamen nach Frankreich oder Rußland und mußten dort Etappendienst leisten. Manchmal aber, wenn die Verluste an der Front besonders groß waren, wurden auch diese älteren Männer in die vordersten Kampflinien gesteckt, und mancher von ihnen holte sich dabei eine Verwundung, eine Krankheit fürs Leben oder gar einen unerwarteten Heldentod. Den Postboten Lechner hatten die Militärärzte für tauglich befunden, den Kraus nicht. Der Lechner machte gar kein glückliches Gesicht, im Gegenteil, während des Heimgehens sagte er's ganz offen, daß das ja alles ganz recht und schön sei, was jetzt die Zeitungen in einem fort über den Kaiser, über Vaterland, Ehre und Heldentod druckten, aber für den einzelnen Menschen mache sich sowas nicht bezahlt und jeder habe schließlich sein Leben nur einmal zu verlieren. Der Kraus nickte behutsam und meinte halbwegs tröstend: »Jaja, wen's trifft, den trifft's eben.«

»Der Hundskrieg, der miserablige!« knurrte der Lechner nur noch in sich hinein.
Der Schuster zeigte es nicht, daß er mit seiner Untauglichkeitserklärung sehr zufrieden war, aber sogar die alte Hauniglin merkte, daß er seither noch eifriger und lieber arbeitete. So wie der Lechner dachten ja alle Leute und wahrscheinlich auch er, doch es war stets am besten, seine Meinungen für sich zu behalten.
An einem Sonntag nach der Kirche hockten die alten Bauern wie gewöhnlich beim dünnen Bier in der Postwirtsstube. Jeder murrte über die elendigen Zeiten, über den endlosen Krieg. Gar kein rechtes Gespräch kam mehr auf. Nach und nach gingen die meisten heim.
Nur der Bürgermeister Rotholzer, der Moser, der Jodl von Buchberg und der Kraus blieben noch sitzen. Der Jodl räsonierte ganz giftig. Er hörte sich gern reden, aber er kam stets nur in Schwung, wenn ihm einer widersprach. Vielleicht ärgerte er sich über die Einsilbigkeit der anderen. Der Moser nahm wohl ab und zu seine Weichselpfeife aus dem Mundwinkel und stimmte ihm zu: »Jaja, da hast du wohl recht, Xaverl!« Doch der Kraus blieb stumm und machte sein gleichgültiges Gesicht, und der Bürgermeister Rotholzer? Dem war vor vier Wochen sein Jüngster, der Sepp, gefallen. Da vergeht einem sogar das Schimpfen.
»Bis der Schwindel aus ist, das erleben wir alle nimmer!« sagte der Jodl wiederum: »Die Jungen schießen sie im Feld draußen weg, und wir daheim krepieren am Schwund!« Der Rotholzer nahm einen Schluck Bier, stellte seinen Krug hin, schielte auf den Kraus und meinte verdrossen: »Dein Hans, Schuster, der ist der Allergescheiteste gewesen ... Der ist in Amerika drüben und hat sein Leben ... Jung ist er auch, schließlich kommt er noch einmal zum Verstand. Dann bist du vielleicht froh, daß alles so worden ist.«
»Froh?« sagte der Kraus fast ungut: »Der will nichts mehr wissen von seinem alten Vater!« Er runzelte die Stirn, wurde ein wenig rot, trank langsam und gewann seine gewohnte Miene wieder.

»Ah!« widersprach ihm der Jodl: »So muß man nicht denken ... Mit der Zeit hat sich schon oft viel geändert! ... Wir freilich, wir erleben nichts Gutes mehr!« Und weil die anderen wieder verstummten, fing er von neuem und noch viel ärger auf den Krieg zu schimpfen an.

»Die, die wo den gemacht haben«, schlug er vor, »die sollen vor einen Heuwagen gespannt werden und, trapp, trapp, hetzen sollt man sie, bis sie kaputt gehn!« Der Moser nickte abermals. Der Kraus war offenbar froh, daß man nichts mehr von seinem Hans redete. Er lugte einen Huscher lang wie abwesend durch die trüben Wirtsstubenfenster, hinüber auf das überschneite Dach der Wagenremise, und schien von all dem Geschimpfe am Tisch gar nichts zu hören.

»Jaja, da hat man sich jetzt geschunden und geplagt, daß die Kinder was haben, und jetzt ist's für nichts und wieder nichts«, raunzte der Rotholzer. Wahrscheinlich war ihm wieder sein Jüngster eingefallen. Unvermerkt überschaute der Kraus jetzt die Alten, die um ihn herumsaßen, und, wahrhaftig, ein freundliches Bild war das nicht.

Der Schuster war der Jüngste in der Runde. Der nicht viel ältere, ehemals faßdicke Bürgermeister sah gegen ihn arg mitgenommen aus. Dabei hörte man nie, daß er über irgendein Kranksein klagte, und in bezug auf das Essen ging es auch in der jetzigen Kriegszeit bei ihm daheim noch nicht knapp her. Trotzdem hatte der Rotholzer eine schlaffe, kellerfarbene Gesichtshaut mit vielen grämlichen Falten, und seine kurzen Stichelhaare waren schon grau. Die Joppe, die Weste – das hing alles verrutscht und sackend an ihm, viel zu groß, als wär's gar nicht für ihn gemacht, sondern für irgendeinen Mann im besten Fett. Seine Augen hatten gar keinen Glanz mehr und starrten oft leer gradaus.

Klapperig wie ein mit dünner Haut überzogenes Knochengerüst, das fünfundsechzigjährige Gesicht ganz eingefallen, die blaue Unterlippe unter dem verhedderten, grauen Schnurrbart vorgescho-

ben, bei jeder Bewegung zitternd wie ein uralter Greis – das war der Moser.
Der Schlehlinger, der sonst immer dabeigesessen war, lag seit einem Monat unter der Erde. Knapp über siebzig war er an Altersschwäche gestorben.
Nur der Jodl hielt sich noch zäh wie ein Buchsbaum. Dürr und lang war er. Eckig bewegten sich beim Reden hin und wieder seine sehnigen, abgemagerten Arme, und mit den paar Haaren auf seinem Kahlkopf, mit der scharf vorspringenden Hakennase machte er den Eindruck einer langhälsigen, gerupften Henne.
Von Zeit zu Zeit zogen die drei Bauern mit aller Kraft an ihren Weichselpfeifen. Dabei bildeten sich auf ihren Wangen tiefe, spitze Gruben, so daß ihre Gesichter totenkopfähnlich aussahen. Und diese Totenköpfe schwammen dann gleichsam wie losgetrennt vom Hals im dicken, stinkenden Qualm des knisternden, mit allerlei einheimischem Waldlaub vermischten Tabaks.
Dem Kraus schmeckte das Bier nicht mehr. Er zahlte, stand auf und wollte heim. Die immer strickende, dicke, asthmatische Wirtin nahm seinen Krug und trug ihn watschelnd zur Schenke.
»Hoho! Warum pressiert's dir denn so?« fragte der Rotholzer, der den gleichen Weg hatte: »Du wirst doch nicht etwa am Sonntag auch noch arbeiten? Rackern hat für unsereinen keinen Wert nimmer! Wir Alten erlauben uns nichts mehr . . .«
»Wir können bloß noch überleben, wenn's gut geht«, setzte der boshafte Jodl dazu: »Und überleben läßt sich's am besten im Wirtshaus!« Er grinste ein wenig. Aber der Kraus murmelte nur noch irgendeine Ausrede und ging doch.
Am Vormittag hatte die Januarsonne warm geschienen und dem Schnee ziemlich zugesetzt. Naß und klebrig war er. Jetzt war der Himmel dünngrau verschleiert, und die stille Luft ringsherum hatte eine fade Farbe. Der Kraus stapfte fest auftretend auf der ausgefahrenen Straße dahin und rutschte immer wieder in die nassen Schlittenspuren. Das darinnen rinnende Schneewasser gluck-

ste und spritzte leicht auf. Der Schuster kam bald ins Schwitzen und Schnaufen. Die Glachinger Kirchenuhr schlug halb drei Uhr. Auffing war ganz nahe. »Hmhm! Hmhm!« machte der Kraus mürrisch und schüttelte den Kopf. Um zwei Uhr war er von der Postwirtschaft weggegangen. Von dort bis zu seinem Haus hatte er sonst bei jedem Wetter noch nie länger als eine gute Viertelstunde gebraucht. Ein leichter Ingrimm erfaßte ihn. Fester straffte er sich und ging fast zornig schnell dahin. Das zunehmende Schwitzen und Schnaufen ärgerte ihn.

Daheim ging er in die öde ehemalige Ehekammer hinauf, legte sein Sonntagsgewand ab, schloff aus dem verschwitzten Hemd und stülpte sich ein frisch gewaschenes über. Als er so dastand, schaute er in den verblichenen Spiegel, der über der verstaubten, dunkel gebeizten, verschnörkelten Kommode hing und hielt nachdenklich inne. Er trat zurück, bis seine ganze Figur im Spiegel erschien, betrachtete seine aus dem Hemd ragenden, haarigen, ziemlich muskulösen Beine, betastete auf einmal sein unrasiertes, nur wenig abgemagertes Gesicht und schien mit den Augen unruhig darin herumzuforschen. Mehrere Male drückte er mit der Fingerspitze auf die Haut, auf die Backenknochen, biß dann die Zähne aufeinander, daß seine Wangen straff wurden.

»Hm, überleben«, raunte er mechanisch aus sich heraus: »Ü-berleben...« Wieder erhaschte er sein Gesichtsbild im Spiegel, fixierte es noch schärfer und schlüpfte endlich in die trockene Arbeitshose. Er zog die Schublade auf, nahm die Postkarte vom verschollenen Hans aus Amerika und las den dummen Satz: ›Von mir hörst du nie wieder was –.‹ Seine Miene bekam einen unbestimmten Ausdruck. Traurigkeit und vage Hoffnung schienen darein gemischt. Er schnaubte schwer, schüttelte wieder den Kopf, legte die Postkarte zurück ins Fach und schob die Schublade zu.

Als er endlich in der noch warmen, engen Küche stand, die sich hinter seiner Werkstatt befand, schien er immer noch ein wenig benommen und hartnäckig an etwas Bestimmtes zu denken. Wie um

es mit Gewalt abzuschütteln, gab er sich einen Ruck, hob die Ringe von der Herdplatte und legte auf die noch schwach glimmende Glut einige Holzscheite. Er untersuchte die paar Blechtöpfe. In dem einen war Kraut mit einem schmalen Stück Räucherfleisch, in dem anderen Kartoffeln. Wie gewöhnlich hatte ihm die alte Hauniglin dieses Essen, das er ihr stets genau zumaß, gekocht und war dann heimgegangen. Nur halbwegs wärmte es der Kraus auf und fing, ohne Messer und Gabel zu gebrauchen, gierig, mit wahrem Heißhunger an, alles in sich hineinzuschlingen. Kaum angefangen, hatte er die zwei Töpfe schon mit seinen Händen ausgeschaufelt. Wie ein Hund leckte er sich mit der Zunge den Schnurrbart ab, stand auf, lauschte kurz, hob die Bodentüre, die in den Keller führte, in die Höhe und stieg die steinernen Stufen hinab. Im engen Keller roch es nach Kartoffeln und nassem Kalk. Der Schuster fingerte ein kleines Schlüsselchen aus der Hosentasche und sperrte die Tür des Speisekastens, der hier stand, auf.
». . . sechs, sieben, acht, neun, zehn«, zählte er die Eier und kam bis zweiundzwanzig. Ein Klumpen Butter, einige Laib Brot, das angeschnittene Räucherfleisch, mehrere Weiglinge mit Milch und Topfen standen auf dem einen Brett, eingemachte Bohnen, rote Rüben und Marmelade auf dem anderen. Sich diesen Besitz überschlagend und vielleicht verschiedenes, was er in den nächsten Tagen für fertig geflickte Schuhe noch zu erwarten hatte, dazurechnend, griff er nach den Eiern, nahm vier heraus, schlug sie an der Wand auf und trank eins nach dem anderen aus. Er fuhr mit der Hand in den kalten, schneeweißen Topfen, stopfte die Ladung in sein Maul und schluckte, ohne die Zähne zu bewegen. Endlich trank er noch einen Weigling Milch aus und schien gesättigt und zufrieden. Er dehnte seine Brust wie neubelebt, rülpste behaglich, verschloß das Kästchen und ging mit dem leeren irdenen Weigling in die Küche hinauf. Er spülte ihn ab, stellte ihn weg, denn er hatte nicht gern, wenn die Hauniglin merkte, was er nebenher heimlich aß. Er ging in die Werkstatt hinaus und fing an, die Stiefel vom

Neuchl in Terzling zu sohlen. Ein schönes Stück Treibriemen hatte ihm der Bauer dafür gebracht, vier Pfund Räucherfleisch und ein Pfund Butter winkten als Entgelt. Mitten im heftigsten Werkeln kam die Hauniglin, die in der Nachmittagsvesper in Glaching gewesen war, zur Türe herein und brachte ihm eine zerknitterte, fettfleckige Tüte.

»Da, Schuster, das hat mir die Berglerin mit'geben, daß du ihre Schuh' nicht vergißt«, sagte die Hauniglin: »Sie braucht's notwendig . . . Auf das Ausgemachte, hat sie gesagt, kannst du dich verlassen.«

»Jajajaja!« knurrte sie der Kraus an, ohne einzuhalten, aber als sie fort war, schaute er sofort in die Tüte und verschlang die vier Rohrnudeln. Er kaute kaum. Er hämmerte und werkelte. Plötzlich merkte er, daß das Licht aus dem Heingeigerstall durch sein dunkles Fenster fiel, legte die zwei fertiggesohlten Stiefel von Neuchl weg, streifte seinen Schurz ab und ging später zum Rotholzer hinunter, um ihn wegen der Einkommensteuer etwas zu fragen. Eigentlich kannte er sich ja damit schon längst ganz genau aus, aber beim Bürgermeister in der Stube war es mollig warm, und wenn man einmal so beisammenhockte und ins Reden kam, dann stellte die Bäuerin meistens eine Schüssel Malzkaffee, einige Nudeln oder ein Trumm Brot auf den Tisch.

Sich bei Kraft halten, essen, essen – darauf zielte in der damaligen Zeit das ganze Sinnen und Trachten vom Schuster Kraus. Die Arbeit war ihm nie zuviel. Sie ging ihm leicht von der Hand, und je mehr er hatte, umso lieber war es ihm.

»Da rosten die Knochen nicht ein«, pflegte er zu sagen. Jeder mußte zugeben, daß ihm das gut anschlug, daß er sich dabei kräftig und immer gleichmäßig gesund erhielt. Er schien findig und ganz im geheimen fast ängstlich an seinem alleinigen Leben zu hängen. Alles, was darüber hinausging, interessierte ihn nicht. Aber wenn man es recht überlegte, warum hing er eigentlich so an seinem kleinen Leben? Für wen und für was plagte er sich eigent-

lich? Sein Weib war ihm längst weggestorben. Unschwer konnte jeder Mensch erkennen, daß er nicht mehr im Sinne hatte, sich wieder zu verheiraten. Sein einziger Sohn war auch wie aus seinem Dasein fortgeblasen und irgendwo vergangen, und seine Zukunft schaute doch nicht grad verlockend aus für den Schuster. Eines Tages ging es ans Sterben, dann fiel sein Haus und alles, was er so mühselig errackert hatte, der Gemeinde zu, denn soviel war gewiß, Verwandte oder andere Erben hatte er nicht.
Was also trieb den Schuster so an, was erhoffte er denn noch viel?

3

Kein Mensch in Auffing nahm sich die Zeit, die Zeitung stets so genau zu lesen wie der Krämer Stelzinger. Von ihm sagten die Leute: »Der hört das Gras wachsen.« Er interessierte sich seit jeher für die Welthändel, ganz ausnehmend interessierte er sich für den Kaiser, und im Gegensatz zu allen anderen beschäftigte er sich immer mehr mit dem Krieg, je länger derselbe dauerte. In seinen Laden kamen meistens nur Weiber. Weit öfter als wegen der Siege hatten in der letzten Zeit die Glachinger Glocken geläutet, um zu einer Seelenmesse für diesen oder jenen Gefallenen aus der Pfarrei zu rufen. Dann kam es vor, daß die Weiber im Stelzingerladen weh und mürrisch seufzten, sich auch stumm bekreuzigten und zuweilen sagten: »Wenn's nur grad einmal ein End' hätt' mit dem Elend!« Der Krämer indessen zitierte irgendeinen markanten Ausspruch des Kaisers und schloß: »Ja, mein Gott, der Krieg ist hart! Ich weiß! . . . Ich weiß!« Er hielt einen Augenblick inne und fügte dazu: »Aber wenn Deutschland nicht siegt, sind wir alle verloren.«
Ein langer Winter kroch langsam ins Frühjahr. Februar war, ein unbeständiger, heimtückischer Februar. Tagelang war es bitterkalt. Um die kahl ausgreifenden Bäume war in jeder Frühe ein dikker, leicht glitzernder Rauhreif. Die Pfützen und Dunggruben fro-

ren zu, und die Fensterscheiben blieben oft bis Mittag frostüberzogen und undurchsichtig. Dann setzten kalte Regenschauer ein, wuschen zwar den meisten Schnee weg, aber die Straßen und Weglein wurden eisglatt, daß das Fahren und Gehen darauf recht mühselig und schwierig wurde. Erst gegen Ende des Monats kamen einige wärmere Sonnentage. Es ging die Rede von einer großen Offensive, aber für die Bauern sagte das nichts. Sie hatten nur jeden Tag mehr und immer mehr zu rackern. Ihre besten Männer waren weg, und es schaute aus, als sei die Welt überhaupt nur mehr für den Krieg geschaffen. Von dem redete der Stelzinger jetzt immer weniger.
Langsam schmolz der kranke Schnee auf den Wiesen und Äckern. In jeder Frühe schwammen dickgeballte Nebelschwaden darüber und stiegen sacht in die Höhe. Wenn sie sich endlich verflüchtigt hatten, kam die Sonne zum Vorschein, wurde aber immer wieder überdeckt von den jagenden Wolken, die der Wind über den hochmächtigen Himmel in ungewisse Fernen trieb. Die frische Luft roch wie gewaschen und wurde mit der Zeit würziger und voller. An den Straßenrändern und Ackerrainen blinkten winzige Märzveilchen auf, und schüchtern sproß allmählich das zarte Grün aus dem feuchten Boden. Mehr und mehr verloren die Baumäste ihre stumpfe, rostige Farbe und fingen, als wäre neues Leben in sie geronnen, wieder zu glänzen an. An den glatten Zweigen zeigten sich nach und nach die jungen Triebe.
Verdrossen fingen die Bauern ihre Feldarbeit wieder an. Eins verminderte ihre Plagerei jetzt doch: Vom Lager in der Nähe von Amdorf waren russische Kriegsgefangene den Bauern zugeteilt worden. Anfangs wurden sie beim Einbruch der Dunkelheit stets von einem Trupp Landstürmler wieder ins Lager zurückgebracht. Endlich aber durften die Gefangenen auf den Bauernhöfen bleiben. Die Dorfleute gewöhnten sich bald an die fremden Menschen und kamen gut aus mit ihnen. Die Kinder mochten die Russen gern, weil sie ihnen allerhand nette Spielzeuge schnitzten. Es ließ sich

also, wie die Leute sagten, »halbwegs weitermachen«, aber jeder wartete auf das Kriegsende. Auf einmal indessen hieß es, Amerika habe sich jetzt auch zu unseren Feinden geschlagen und uns den Krieg erklärt.

Amerika?

Den Auffingern fiel plötzlich wieder der davongelaufene Kraus-Hans ein, und sie redeten den Schuster deswegen an. Der aber fuhr den Fragenden oft recht bissig an: »Was weiß denn ich? . . . Zuvor ist der Hans bloß der Lump für euch gewesen, jetzt auf einmal interessiert sich jeder für ihn! Meine Ruh' will ich, sag' ich!« Er ließ sich auf keine weitere Unterhaltung mehr ein. Grob und abweisend schwieg er, bis der neugierige Mensch fast beleidigt davonging. Das fiel allgemein auf, denn der Kraus war in der ganzen weiten Umgegend als der ausgeglichenste, friedsamste Mann bekannt. Wahrscheinlich, weil ihm all das Fragen zuwider war, blieb er auf einmal auch vom sonntäglichen Hochamt weg. Beim Postwirt sah man ihn nicht mehr, und beim Bürgermeister Rotholzer, wo man seine gelegentlichen Besuche nach Feierabend gern hatte, tauchte er auch nicht mehr auf. Rein verkrochen schien er sich zu haben. Ein leutscheuer, einsilbiger Raunzer wurde er nach und nach. Die schwerhörige Hauniglin konnte ihm kaum mehr etwas recht machen. Ohne jeden Grund schrie er sie mitunter grob an und war offenbar froh, wenn er sie so wenig wie möglich zu sehen bekam. Wenn jemand kaputte Schuhe daherbrachte, knurrte er nur: »Da, wirf's nur hin auf den Haufen! . . . Gibt doch radikal nichts mehr! Kein Leder, keine Nägel, keinen Faden und nicht einmal ein Schusterwachs! Wie soll ich denn da noch arbeiten!« Er tat beschäftigt und schaute den Besucher nicht an. Er brummte und knurrte nur immer so weiter. Nicht mehr wie früher ging er in den Dörfern herum, um Lederreste zu suchen. Der Haufen ungemachter Schuhe in seiner Werkstatt wuchs und wuchs. Die Arbeit wurde dem Kraus immer gleichgültiger. Oft hockte er eine lange Weile untätig auf seinem Schusterschemel hinter dem verstaubten Fenster und schien in sich hineinzusinnen. Endlich griff er wieder wie verdrossen zu Nadel oder Hammer und arbeitete weiter.

Auch aufs Essen war er nicht mehr aus. Er magerte sichtlich ab. Sein Bart und seine dichten schwarzen Haare wurden grau und grauer, sein Gesicht faltiger, und von Tag zu Tag machte er einen verschlampteren Eindruck.

Der Bürgermeister Rotholzer kam einmal wegen des Wasserzinses zu ihm in die Werkstatt und erschrak fast über das schlechte Aussehen des Schusters. Der tat im ersten Augenblick ganz verschlossen und grüßte kaum. Der Rotholzer mochte den Kraus gern, und wahrscheinlich fiel ihm ein, was man jetzt nicht zu ihm sagen durfte. Er redete nur vom Wasserzins, und das machte den Kraus zugänglicher. Einmal trafen sich ihre Augen. Es war ein sonderbar fragendes Anschauen. Das Geschäftliche war nunmehr besprochen.

»Jetzt«, sagte der Rotholzer, indem er ein Zeitungsblatt herauszog und es dem Schuster gab: »Jetzt, glaub ich, ist's mit deinem Hans auch geschehen, Kraus... Da, die Amerikaner bringen jeden Deutschen um, der bei ihnen drüben ist...« Da geschah etwas Merkwürdiges.

»Mei-mein Hans...?« stotterte der sonst so reizbare Kraus beinahe hilflos heraus, setzte sich zitternd und hastig seine verrostete Stahlbrille auf, und unruhig liefen seine Augen über die Buchstaben des Zeitungsblattes. So hatte ihn sicher noch kein Mensch gesehen. Sein Mund unter dem Bart war aufgebrochen, mitunter wurden seine Augen schreckweit, und eine wächserne Blässe überzog sein Gesicht. Er las gierig. Jeden Buchstaben schienen seine Blicke gleichsam zu verschlucken.

»Jetzt geht's deinem Hans genauso wie meinem Sepp und meinem Xaverl«, sagte der Bürgermeister ein bißchen mitleidig und ein bißchen wehmütig, aber der Kraus hörte nichts.

›Kriegstaumel und Fanatismus in den Vereinigten Staaten‹ stand da auf dem Zeitungsblatt in fettletteriger Überschrift, und dann

ging es weiter: ›Alle feindlichen Ausländer – Deutsche, Österreicher und Türken – sind seit dem Kriegseintritt Amerikas den grausamsten Verfolgungen ausgesetzt. In den Städten ermordet der aufgehetzte Mob täglich viele unserer Landsleute, ohne daß die Behörden eingreifen. Diejenigen unserer Landsleute, die ihrer Existenz beraubt und in primitiven Barackenlagern interniert worden sind, können noch von Glück sagen, aber auch deren Schicksal ist ungewiß. Die Reichsregierung hat strengste Gegenmaßregeln angekündigt, wenn dieser völkerrechtswidrige Terror gegen unsere unschuldigen Landsleute nicht aufhört.‹
Die ganze Zeit sah der Bürgermeister nur die ergrauten Kopfhaare vom Kraus. Jetzt endlich hob der Schuster das Gesicht. Er schluckte, als würge er etwas Gallebitteres, dick auf der Gurgel Sitzendes hinunter, sah über die Brille hinweg auf seinen Nachbarn und sagte tonlos: »Hm, aus! Jetzt ist's aus . . .« Seine starren Augen verloren sich irgendwo in einer Leere.
»Ja, und machen kann man gar nichts«, meinte der Bürgermeister mit einem schweren Schnaufer, stand auf, ging an die Tür, drehte sich noch einmal um und setzte warm dazu: »Geh, laß dich doch einmal wieder sehn, Kraus . . . So allein, das ist auch nichts . . .«
»Jajajaja«, plapperte der Kraus wie geistesabwesend heraus und blieb reglos auf seinem Schusterschemel hocken.
Die im Abendrot ertrinkende Sonne hinter dem Glachinger Hügelzug erhellte die unordentliche Werkstatt mit einem seltsam feurigen Licht. Der Kraus richtete sich auf und tappte, so, als wisse er nichts weiter mit sich anzufangen, ein paar Mal auf und ab. Er kam in die enge Küche und stieg schließlich in die Schlafkammer hinauf. Verstört blieb er vor der dunklen Kommode stehen. Er wich dem Spiegel aus, der schräg darüber hing, und schaute flüchtig auf den verstaubten, seit dem Tode seiner Frau nie wieder gebrauchten, dunkelrot angelaufenen siebenarmigen Leuchter, den er damals hierhergestellt hatte. Er zog die Schublade auf, holte die

amerikanische Postkarte vom Hans heraus und las die paar Sätze darauf. Ein sonderbares Zittern überlief ihn, das vom Genick über die Arme hinunterrann und sich den Händen mitteilte. Die Brille rutschte ihm von der Nase. Er ließ sie widerstandslos auf die Kommodenplatte fallen, und jetzt sah er nur noch das Stück Papier mit den ungenauen Buchstaben, drehte es um und sah wiederum nur statt der buntgedruckten Wolkenkratzer verschwimmende Farbflecke.

»Dieser Krieg!« brümmelte er: »Dieser Krieg!« Seine Miene verlor jeden Halt. Wieder und wieder schaute er auf das Blättchen in seiner zitternden Hand, als hänge daran alles, was er bis jetzt für wahr und lebenswert gehalten hatte, und als sei das nun auf einmal nicht mehr wahr, als sei es nur eine jahrelange Täuschung gewesen. Zuvor, mit der Brille, da hatte noch alles so deutlich und lebendig ausgesehen, jetzt war es fortgeronnen für immer ...

»Aus!« brummte er abermals: »Was aus ist, ist aus!« Er schnaufte tief und schien nach und nach seine Fassung wieder zu gewinnen. Ganz mechanisch fing er an, die Karte in kleine Stücke zu zerreißen, und warf sie zum offenen Fenster hinaus.

Hinter dem Glachinger Hügelzug war die Sonne verschwunden. Es fing schüchtern und unbestimmt zu dunkeln an. Um die Obstbaumkronen beim Heingeiger wob ein leichter Dunst. Aus der weit offenen Stalltür quoll eine warme, dampfige Wolke. Die fressenden Kühe muhten hin und wieder. Die Ferkel grunzten.

Von ungefähr erspähte der Kraus sein Gesicht im gleichen Spiegel, sah genauer hin und fuhr fast betroffen mit der einen Hand um sein unrasiertes Kinn. Ärgerlich runzelte er die Stirn. Vielleicht fiel ihm ein, wie sinnlos und vergeblich er sich bislang über etwas gegrämt hatte, das doch nun einmal nicht zu ändern war. Möglicherweise erschrak er auch ein wenig darüber, daß er in so kurzer Zeit derart auffällig gealtert war. Am Ende aber brachten ihn auch die zwei handgroßen, ovalen, schwarzgerahmten, altertümlichen Photographien rechts und links vom Spiegel auf andere, faßbarere

Gedanken. Er konnte sie in der beginnenden Dunkelheit nicht mehr recht unterscheiden, aber er kannte sie auswendig. Die eine zeigte das Brustbild eines Mannes in mittleren Jahren, der im groben Gesichtsschnitt viel Ähnlichkeit mit ihm hatte. Dieselben dichten, krausen, dunklen Haare, dieselben trotzig hervortretenden Backenknochen, die gleichen respektlosen, unverblüffbar-ruhigen Augen und die fleischige, großlöcherige, nach unten auseinanderlaufende Nase über den vollen Lippen. Nur daß der Mann einen dunklen Schnurr- und Vollbart hatte. Die andere Photographie war die einer schmalschulterigen, aber gutgeformten Frau mit ebenmäßigen Zügen, einem ebenso melancholischen wie ironischen Zug um Nase und Mund, großen, schönen Augen und sehr vollen, kunstvoll geflochtenen Zöpfen, die sich um den ganzen Kopf legten. ›Lazarus Lipsky, Photographen- und Kunstatelier, Winniki bei Lemberg‹ war in schwungvoller, etwas abgeblätterter Goldschrift darunter zu lesen. Weiß Gott, was dem Kraus beim Anblick seiner lang, lang verstorbenen Eltern aus Galizien alles durch den Kopf ging. Traurige Resignation zeichnete sich auf seinem Gesicht ab. Kaum hörbar seufzte er kurz.
Er langte wieder nach seiner Brille, tastete die Gläser ab, ob sie ganz geblieben seien, und steckte sie in seine obere rechte Westentasche.
»Unsinn! Aus, basta!« murrte er wie sich ermannend und ging in die Kuchel hinunter.
Nach einiger Zeit überstand er auch diese schmerzliche Erschütterung und gewann das Gleichgewicht wieder. Solange man lebt, überlebt sich das eben Geschehene und wird von etwas anderem verdrängt. Wie hatte er damals, als sie zum ersten Mal in Auffing auftauchten, zu seiner Kathi gesagt? »Ich schau' bloß dahin, wo ich was will. Drum täuch' ich mich auch nie.« Daran hielt er sich, denn das entsprach seiner Natur.
Wie jeder Mensch in der Gegend frettete er sich durch die lästigen Zeiten. Auf dem Land hatte jeder halbwegs zu leben, und was in

den Städten oder draußen im Krieg und in der weiten Welt geschah, hatte für die Leute um Glaching recht wenig Bedeutung. Wäre nicht ab und zu die Unglücksbotschaft gekommen, daß wieder einer von den Burschen gefallen sei, niemand hätte je wieder an das ewige Kriegführen gedacht. Eins nur machte sich um jene Zeit immer ärgerlicher bemerkbar: Die Rudel hungriger Stadtleute, die bei den Bauern Lebensmittel ergattern wollten, wurden immer größer, kamen oft schon beim Morgendämmern daher und wurden immer aufdringlicher, immer frecher, ja, mitunter schrie so ein Fremder, wenn er nirgends etwas auftrieb, sogar drohend: »Wart's nur, ihr Bauernhammel, ihr geizigen! Wenn der Krieg aus ist, wird euch alles genommen!«
Kein Wunder, daß die Bauern ihre Türen versperrten und einfach nicht mehr angaben, wenn ein Hamsterer klopfte und schrie. Beim Postwirt erzählte man einmal, daß in der Stadt drinnen die Leute auf die Lebensmittelgeschäfte losgingen und alles räuberten. Ein anderes Mal wieder hieß es, an den Fronten stehe es recht schlecht, die Zeitungen dürften bloß nichts darüber schreiben, aber in Amdorf drüben habe ein Hausierer erzählt, daß die Soldaten überhaupt gar nicht mehr kämpfen wollten, und bald werde man noch ganz andere Sachen erleben.
»Heißen tut's, der Kaiser und der Hindenburg, die haben nichts mehr zu reden«, meinte der Jodl beim Postwirt einmal.
»So? . . . Ja, wer regiert denn dann jetzt?« fragte der Rotholzer.
»Regieren?« rief der Jodl: »Es soll schon soweit sein, daß jeder macht, was er will.«
»Ja, da kann man doch keinen Krieg mehr führen«, warf der Krämer Stelzinger ein und spöttelte zweiflerisch: »Geh, was du da nicht alles daherbringst . . . Ich hab noch nichts in der Zeitung gelesen.«
»Tja, in der Zeitung!« höhnte der Jodl: »Glaubst du, daß wir was erfahren, was sie alles im Sinn haben.«
»Wer, ›sie‹?« fragte der Stelzinger.

»Naja, die Großen halt, die wo den Scheißkrieg gemacht haben!« meinte der kecke Jodl: »Sagen tut man, die geht's jetzt an den Kragen... Revolution gibt's, hat der Hausierer beim Unterbräu in Amdorf drüben gesagt... Der Kaiser und der Hindenburg, alle werden davongejagt...«

»Ja, und da trifft's nachher unsern Bezirksamtmann auch, weil er ewig sagt, alles müssen wir hergeben, daß gesiegt werden kann!« wurde jetzt der Moser lebendiger: »Der damische Militärschädl, der! Der braucht ja nichts hergeben! Der hat ja jeden Monat seinen Gehalt!... Da kann ich auch so siebengescheit daherreden...«

Der Stelzinger wurde krebsrot und furchte seine Stirne fast drohend. »So daherreden, wenn unsere Helden draußen im Schützengraben liegen!« sagte er voll Abscheu, aber der Jodl warf ihm grob ins Gesicht: »Du hast ja keinen Sohn draußen!... Du hast ja bloß deine zwei hochnasigen Töchter!«

Es sah bedrohlich aus.

»So muß man nicht reden«, suchte der besonnene Rotholzer zu beruhigen: »Jeder hat genug vom Krieg, das ist einmal wahr.«

Der Kraus brümmelte zwischenhinein: »Wie's ist, ist's... Was kann man da machen.« Der Stelzinger stand auf und wand sich wütend aus dem vollbesetzten Tisch. Als er fortgegangen war, meinte der Moser: »Jetzt hat er wieder was zum Disputieren mit dem Gendarm Riedinger, der windige Bandlkramer, der windige!«

Schon immer war es so in der Glachinger Strichweite: Amtspersonen war man nie besonders gewogen, und einem Gendarm schon gar nicht. Obgleich jeder Mensch im Dorf wußte, daß der Riedinger hauptsächlich wegen der Julie, der Ältesten vom Stelzinger, so oft aus Amdorf herüberkam, die Leute waren mißtrauisch.

Die auffällige Freundschaft und die oft stundenlangen Unterhaltungen zwischen dem Krämer und dem Gendarm – das war recht verdächtig.

»Und überhaupt, warum muß denn der Riedinger mit seinen dreißig Jahren nicht ins Feld?« fragte der Jodl jetzt geradeheraus:

»Um und um ist er gesund und vollgefressen, aber dem seine Knochen schont man!«
Dem stimmten alle zu.
»Ja-aa«, meinte der Moser spöttisch gedehnt und sah den Rotholzer an: »Wenn deine Buben Gendarmen gewesen wären, dann hätten sie freilich ihr Leben noch!« Ehe aber der Bürgermeister etwas sagen konnte, rief der Jodl geharnischt: »Das wird bald anders werden!... Und recht schnell kann's kommen!«
Der Kraus mischte sich nie in solche Debatten. Stets hockte er geruhig da, und wenn es gar nicht mehr anders ging, verstieg er sich zu irgendeiner nichtssagenden Bemerkung, die jedem recht war. Solche Redensarten erhalten das Vertrauen und bringen einem Menschen keinen Unfrieden ein. Manchmal aber verfiel er auf ein noch probateres Mittel, um die Erregung abzudämpfen. Er blickte, ohne das Schimpfen zu hören, gespannt auf eine einsame Fliege, die auf dem Tisch krabbelte, haschte mit der offenen Hand nach ihr, schloß die Hand und zerrieb die erwischte Fliege. Dann aß er sie. Das lenkte ab und machte neugierig.
»Ist auch Fleisch!« sagte der Schuster lustig: »Heutzutage muß man keinen Bissen hinten lassen!« Das erheiterte alle...

4

Vor zirka sechs Wochen war der Heingeiger-Silvan auf Urlaub daheim gewesen. Auffallenderweise hatte er sich nur wenig über den Krieg ausgelassen, und stets, wenn die Bauern darüber diskutierten, ein klein wenig überheblich, aber vieldeutig zurückhaltend gesagt: »Über solche Sachen kann nur ein Frontsoldat reden.« Er nämlich war zweimal verwundet worden, einmal gleich bei Kriegsanfang durch einen Oberarmschuß und zuletzt bei Verdun bei einem Sturmangriff. Da hatte er einen gefährlichen Bajonettstich durch die untere rechte Brustseite bekommen und war über vierzehn Wochen im Lazarett gelegen. Das Eiserne Kreuz und die bay-

rische Tapferkeitsmedaille prangten auf seiner Brust. Außerdem war er Feldwebel und seit seiner letzten Verwundung bei einem Etappenamt in Brüssel stationiert. Mag sein, daß die jahrelange Abwesenheit von daheim und die Kriegserlebnisse den Silvan verändert hatten. Er war ziemlich wortkarg und verschlossen, und eine rechte Wärme zwischen ihm und dem Bauern kam nicht mehr auf. Trotzdem aber sagte der Heingeiger beim Postwirt ein bißchen stolz und ein bißchen zufrieden: »Um den Silvan ist's nicht mehr gefehlt. Den trifft keine Kugel mehr ... Er kann heimkommen und heiraten.«
Was dem Silvan gar nicht gefiel, das waren die Zustände im Dorf und in der weiteren Umgegend. Daheim, beim Essen, brauchte er sich nichts abgehen lassen, und er fand das auch ganz in der Ordnung, aber das Gerede der Leute und der bedrückende Mangel überall, überhaupt die ganze Ungemütlichkeit – sowas war ja fast ansteckend. Die Stiefel, die er beim Kraus sohlen lassen wollte, mußte er wieder unverrichteter Dinge mitnehmen. Der Schuster hatte das Leder nicht. Und dann – jeder Urlauber will sich's ein wenig gut gehen lassen und verlangt nach Abwechslung –, beim Stelzinger gab es keine Zigarren und Zigaretten mehr, in Amdorf drüben erst recht nicht; bei jedem Wirt, wo man einkehrte, kein Brot mehr, kein Stück Wurst oder Käse, von irgendeiner Gemütlichkeit und Lustigkeit, wie sie der Silvan gern hatte, keine Spur mehr, und jeden und jeden Tag diese Scharen herumstreifender, jammernder, bettelnder und schimpfender Stadtleute – da war es in Brüssel viel schöner. Das Ärgste aber kam erst noch. Schon eine Zeitlang munkelte man im Dorf allerhand über die Zweitälteste vom Heingeiger, die Elies, und jetzt, am letzten Urlaubstag vom Silvan, wurde es offenbar. Die Elies erwartete ein Kind, und der Vater war der Russe Iwan. In den Krach, den der Heingeiger machte, in das Gejammer der Bäuerin, ließ sich der Silvan nicht weiter ein. »Drecksau!« sagte er nur zu seiner Schwester und meinte, wenn er vom Krieg heimkomme und das Anwesen übernehme, dann fliege

sie hinaus. Beim Abschied gab er ihr nicht einmal die Hand. Die Elies weinte in sich hinein und ging in den Stall hinüber. Seither war der Unfriede beim Heingeiger. »Straßenmensch« oder »Fetzen« hieß der Bauer von jetzt ab seine eingeschüchterte Zweitälteste, und bei jeder Gelegenheit sagte er ungut zu ihr: »Mit der dummen Sauerei hast du dir dein ganzes Leben verdorben.« Mit dem Iwan war nicht viel zu reden. Er verstand das meiste nicht. »Stier, gräusliger!« fuhr ihn der Bauer an, aber der Iwan – ein festgebauter, bärenstarker Mensch mit einem freundlichen, runden Gesicht und einem kleinen, kecken Schnurrbärtchen – lächelte ihn ungetroffen an, und als er endlich das Geschimpfe halbwegs begriff, zeigte er wie dienstbeflissen seine Muskeln und sagte: »Ich gut Robotnik! Gut Mann . . . Elies sehr lieben! Wenn Krieg aus, Elies mit mir!«
»Ja, freilich! Sonst nichts mehr!« gab der Heingeiger das Schimpfen auf und ging aus dem Stall. Zuerst wollte er den Iwan ins Lager zurückschicken und ihn für einen anderen Russen austauschen, dann aber meinte er beim Mittagessen ganz offen, weiß der Teufel, bei dieser Männernot sei kein junges Weibsbild mehr zu halten, und vielleicht komme ihm dann der Neue gar noch über seine Jüngste, die Zenzi. Die wurde einen Huscher lang brandrot. Sie hatte sich doch schon seit Jahr und Tag dem Jodl-Kaspar versprochen, der bei der Feldartillerie im Westen stand.
»Bei mir brauchst du keine Angst haben, Vater«, sagte sie ein bißchen schämig und zugleich einschmeichelnd, denn sie konnte das Streiten im Haus nicht leiden, wollte immer ausgleichen und hing insgeheim sehr an ihrer unglücklichen Schwester.
»Ah!« stieß der Bauer grob und muffig heraus: »Ist eine wie die andere!« Die Zenzi sagte nichts mehr und schob ihren vollen Suppenlöffel in den offenen Mund. Die Elies schaute grad aus, und der Iwan, der die Suppe schon längst aufgegessen hatte, schielte gierig auf die dampfende, gehäufte Krautschüssel, die die Heingeigerin jetzt auf den Tisch stellte.

Es läßt sich denken, daß im Dorf und in der Pfarrei recht herabmindernd dahergeredet wurde. Freilich sieht man es in solchen Bauerngegenden nicht gern, wenn eine noch ledige Tochter ein Kind bekommt. Das wird aber keinesfalls als unverlöschbare Schande angesehen. Es gilt mehr als Dummheit und Mißgeschick, weil es ja ungewiß bleibt, ob der Kindsvater die Tochter auch heiratet, und ein anderer Bursch nimmt eine mit Anhang höchstenfalls nur dann, wenn sie hübsch was an Bargeld und Aussteuer mitbringt. Der Heingeiger aber war nur ein gutgestellter mittlerer Bauer.
Das zwischen dem Iwan und der Elies aber schaute ganz unmöglich aus. »Wenn er wenigstens ein Hiesiger wär', der Iwan!« klagte die Heingeigerin: »Aber so? . . . Der kann sie doch nicht heiraten! Er hat nichts und ist nichts, und wenn der Krieg aus ist, muß er fort.« Das war im ungefähren die Meinung aller Leute. So wie in anderen, patriotischen Gegenden oder so vielleicht wie in den Anfangsjahren des Krieges, daß man den Fehltritt der Heingeiger-Elies etwa als »national fluchwürdiges Vergehen« aufgefaßt hätte, war es im Glachinger Landstrich nicht.
Der Heingeiger ging zum Bürgermeister hinunter und beredete die Sache mit ihm. Der Rotholzer meinte, jetzt sei es eben schon, wie es sei, wenn das Kind auf der Welt wäre, müßte alles beim Standesamt protokolliert und ein Vormund gestellt werden.
»Vormund?« stutzte der Heingeiger und überlegte. »Ja, und am einfachsten wird's sein, du machst ihn«, riet der Bürgermeister. »Ich?« wurde der hitzige Heingeiger zornrot: »Ausgeschlossen! Den Bankert will ich nicht sehn! . . . Am liebsten tät' ich die Elies samt ihrem miserabligen Russen davontreiben.«
»So muß man auch nicht gleich reden, Heingeiger«, lenkte der ruhige Rotholzer ein: »Soweit man weiß, ist doch die Elies eine ganz fleißige Person, und den Iwan hast du bis jetzt auch bloß gelobt . . .« Das war wahr. Im Grund genommen hatte der Bauer den Russen nicht ungern. Der Iwan war ein anstelliger Mensch. Hatte

man ihm einmal was gezeigt, so war auf ihn Verlaß. Er war immer lustig, nichts war ihm zu schwer, und er arbeitete für zwei. Nach Feierabend hockte er oft auf der Bank vor dem Haus oder hinten in seiner Knechtkammer und spielte Ziehharmonika oder sang ein Lied. Kinder und Weiberleute sammelten sich dann um die Bank oder vor seinem Fenster. Das schien ihn erst recht anzuspornen. Hin und wieder sprang er lächelnd auf, ging ins Knie und tanzte in dieser Haltung den fremdartigen kunstvollen Tanz seiner fernen Heimat, und alle bewunderten und lobten ihn.

»Jaja«, sagte der Heingeiger besänftigter: »Wenn er dableiben könnt, der Iwan? ... Als Knecht wär' er nicht schlecht.« Sicher überschlug er sich dabei, wie billig ihn derselbe im Verhältnis zum Lohn eines einheimischen Bauernknechtes kam.

»Ewig kann ja der Krieg auch nicht dauern«, meinte der Rotholzer und richtete sich auf. Er schaute leer in die Stubenluft und erinnerte an seine gefallenen Söhne: »Besser ein Kind dazukriegen als seine zwei Buben im Feld verlieren.« Er hatte ein schweres Gesicht. Das rührte den Heingeiger vielleicht an.

»Soso, also du meinst – einen Vormund?« fragte er noch einmal, und nach einigen gleichgültigen Worten ging man auseinander.

Als der Heingeiger aus dem hohen Heckenzaun vom Rotholzer kam, sah er den Kraus das kleine Gemüsegärtchen ausjäten. Er bekam auf einmal ein belebteres Gesicht, so, als sei ihm irgendein unerwarteter Einfall durchs Hirn gestrichen. Mit dem Kraus kam er ja stets gut aus, das heißt, soweit die beiden überhaupt etwas miteinander zu tun hatten. Diesmal aber grüßte der Bauer den Schuster derart ausnehmend freundlich, daß dem Kraus das auffiel. Er bog sich auf vom Boden und sagte: »Ist etwa der Krieg aus, daß du gar so gut aufgelegt bist, Heingeiger?«

»Ich hab' nichts gehört davon«, meinte der Heingeiger ebenso: »Aber ich mach's jetzt genau so wie du, Schuster – ich laß mir meinen Humor nicht mehr verderben.« Er ging weiter und verschwand in seiner Haustüre.

Die Heingeigerin war mit der Elies zum Pfarrer nach Glaching hinaufgegangen. Der geistliche Herr stand schon in den Siebzigern und war kein enger Eiferer. Die Leute mochten ihn gern und hatten Vertrauen zu ihm. In den langen Jahren war das Leben rundherum zu einem Stück seines Lebens geworden; er kannte die Verhältnisse in jeder Familie in- und auswendig, und mit der ausgeglichenen Gescheitheit des Alters, mit einem gewissen beschaulichen Humor behandelte er die Menschen und ihre Angelegenheiten. Er rückte in einem fort seine scharfe, goldumränderte Brille zurecht und strich sich hin und wieder über das graue, schüttere Haar, als er der Elies eine Lehre machte. Die stand zusammengeduckt und wie verprügelt da, wagte nicht laut zu weinen und ließ die dicken Tränen stumm über ihre gesunden, roten Wangen rinnen. Auch die Heingeigerin, die auf einem der hohen, ledergepolsterten, altdeutschen Sessel saß, den Rosenkranz zwischen den Fingern hatte und in einem fort leise betend die Lippen bewegte, bekam manchmal nasse Augen und wischte sie aus.
»Mein Gott, Heingeigerin!« wandte sich der leichtbeleibte Pfarrer endlich an sie, die jetzt wie ein Schulkind aufstand: »Es ist recht hart in so Kriegszeiten ... Und gar für Eltern, die ihre Kinder ordentlich aufgezogen haben! ... Alles hat unser Herrgott in der Hand ... Wenn das Kind im katholischen Glauben aufgezogen wird –«
»Jaja, Hochwürden, das ist doch einmal ganz gewiß!« eiferte sich die Bäuerin sichtlich erleichtert, und da meinte der Pfarrer bloß noch: »Es kann sich ja noch viel einrenken.« Die Fenster standen offen. Er schnupperte unvermerkt in die Luft, denn ein zwiebeliger Duft von gebratener Leber zog in die holzgetäfelte, behagliche Studierstube. Er brachte die zwei Weiberleute freundlich zur Türe.
Geruhsam summte der späte Nachmittag über den abgeernteten, leicht abfallenden Flächen. Mild leuchtete die Nachsommersonne. Da und dort lag auf einer Wiese noch gehäuftes Grummet.

Die Vögel trillerten vereinzelt, als wären sie satt und müd. Die Äpfel auf den Alleebäumen, die die Straße säumten, hatten frische rote Backen. Manchmal fiel einer herab und schlug dumpfklatschend auf. Bäuerin und Elies hatten den langen, dunklen, faltigen Rock ein wenig gerafft, weil bei jedem ihrer Schritte ein kleines Wölkchen trockener Straßenstaub aufwirbelte.
»Wie man bloß so wenig Hirn haben kann! ... Wie man sich bloß auf sowas Unsicheres einlassen kann!« murrte die Heingeigerin ihre Tochter an. Die ging mit verzagtem Gesicht neben ihr her und sagte nichts. Eine ziemliche Weile blieb es stumm zwischen ihnen. Jede hing ihren Gedanken nach. Fern, von Auffing her, kam das verschwommene Surren der Dreschmaschine vom Rotholzer.
»Der hochwürdige Herr hat's dir gesagt«, fing die Heingeigerin endlich wieder an: »Nicht so bockig sollst du sein!« Es klang vorwurfsvoll, aber doch schon mehr so, wie eine Mutter zu ihrer ausgewachsenen Tochter redet, die jetzt zum ersten Mal dasselbe durchmachen muß wie einst sie, nämlich ein Kind zur Welt zu bringen.
»Sowas schlagt sich aufs Kind«, setzte sie dazu. Elies sagte wiederum kein Wort.
»Der Bauer ist halt einmal so! ... Die Mannsbilder muß man nicht alles so nachtragen«, redete die Bäuerin in der gleichen Tonart weiter: »Da hockst du ewig so da, wenn er schimpft, und nachher gehst du zum Kraus 'num! Was willst denn nur grad vom Schuster?«
»Nichts! ... Aber wenn man's daheim nicht aushalten kann«, brachte die Elies verdrossen heraus: »Wenn's allweil heißt: Geh mir aus dem Gesicht, du Dreckfetzen, du liederlicher!«
»Ah! ... Auf sowas muß man nichts geben!« wollte die Bäuerin einlenken. »Zu dir und zu der Zenzi ist er noch nie so grob gewesen! ... Da sagt er sowas nicht!« meinte die Elies ein klein wenig trotzig. Offenbar wollte die Heingeigerin nicht wieder an den leidigen Grund der Grobheit ihres Bauern erinnern.

»Was sagt er denn nachher zu deiner Sach', der Kraus?« fing sie mit anderem Stimmfall an.
»Der? ... Gar nichts! Er fragt nicht einmal! ... Er mischt sich überhaupt nicht in anderer Leut' Sachen«, wurde die Elies mitteilsamer: »Er lacht ein bißl und sagt: Da hock dich nur hin ... Wenn ein alter Mann von einem jungen Weibsbild aufgesucht wird, sagt er, das bringt ihm vielleicht gar einmal Glück.«
»Ah, der mit seine Sprüch'!« warf die Heingeigerin leicht verächtlich hin: »Der alte Krauter, der!« Vielleicht kam ihr dabei allerhand in den Sinn, was so einem Fünfziger noch einfallen könnte. Doch die Elies brachte sie schnell davon ab.
»Und hat er gesagt, der Kraus«, erzählte sie weiter: »Ob's jetzt ein Russ' oder ein Franzos' ist, das ist ganz gleich, die Hauptsach' ist, ob einer ein ordentlicher Mensch ist ... Gesagt hat er, wenn wir sterben, sind wir alle gleich ...«
Sie waren schon im Dorf, kaum wurfweit vom Haus.
»Der Vater wird schon wieder anders«, flüsterte die Heingeigerin noch geschwind, und es klang wie ein tröstliches Zureden.
Beim Zubettgehen erzählte die Bäuerin dem Bauern etwas von dieser Unterhaltung, und das hatte eine seltsame Wirkung.
»Der Schuster? Jetzt da schau her, der Schuster!« sagte der Heingeiger plötzlich belebt: »Also sowas ist ja nicht schlecht ...« Trotz des neugierigen Fragens seiner Bäuerin aber verriet er nicht, was er eigentlich dachte. Jedenfalls hatte er nie was dagegen, wenn die Elies, die sich ja sonst nur selten unter den Leuten sehen ließ, nach Feierabend zum Kraus hinüberging. Manchmal, wenn zufällig die Rede darauf kam, sagte der Bauer allerhand Günstiges über seinen Nachbarn. Es hörte sich an, als stelle er nur so nebensächliche Betrachtungen an.
»Der Kraus«, meinte er beispielsweise, »der hat's eigentlich am besten. Er ist allein und sein eigener Herr ... Den Verdruß mit seinem Hans hat er schon lang verschmerzt ... Den plagt nichts mehr, was uns plagt. Er hat, was er braucht, und kein Mensch

kann ihm was hineinreden ... Soviel hat er sicher schon, daß er rasten kann, wenn's mit der Arbeit einmal nicht mehr geht ...«
Er stocherte mit der Gabel eine Krautfaser aus seinen gelben, etwas auseinanderstehenden Zähnen und schaute unvermerkt eins nach dem anderen am Tisch an. Bei der Elies bekam er leicht verdrießliche Stirnfalten und brummte, wenn es ginge, würde er gleich mit dem Schuster tauschen und hätte keine solchen Kalamitäten mehr. Der Vorwurf, der darin lag, hatte aber doch die frühere Heftigkeit verloren.
Die Sache mit der Vormundschaft, die dem Heingeiger im Kopf herumging, kam überraschenderweise bald ins rechte Gleis. Die Rotholzers waren zum Heingeiger nahe verwandt. Die Bürgermeisterin war eine Schwester des Bauern. Einmal beim Heimgang von der Kirche unterhielt sich die Rotholzerin mit ihrer Schwägerin über die Elies, und schließlich sagte sie: »Wir haben's uns überlegt ... Jetzt, wo der Sepp und der Xaverl gefallen sind, hat mein Joseph gemeint, da braucht sich dein Silvan nicht kümmern ... Den Vormund für der Elies ihr Kind macht er, sagt mein Joseph ...«
Das brachte den Frieden wieder beim Heingeiger. Ja, im Grund genommen, wenn man es genau bedachte, das war eine Wendung, die eine äußerst günstige Zukunft versprach. Der umfängliche Bürgermeisterhof war gut gehalten und schuldenfrei. Ihn einst einer weitschichtigen Verwandtschaft vererben, das widerstrebte den Rotholzers sicher. Insgeheim errechnete sich der Heingeiger allerhand naheliegende Vorteile.
Inzwischen wuchs der Elies ihr Bauch, wuchs und wuchs, und lang konnte die Kindsgeburt nicht mehr ausbleiben. Der Iwan schaute sie mitunter zärtlich an, lächelte unbefangen und machte dabei ungenierte Armbewegungen, die wahrscheinlich seine Vaterfreuden ausdrücken sollten. In der letzten Zeit aber suchte er nach Feierabend meistens seine Landsleute bei den anderen Bauern auf. Dabei wurde oft heftig diskutiert. Schließlich lockten Iwans

Ziehharmonikaspiel und das Singen der vollen Männerstimmen die Leute aus der ganzen Nachbarschaft herbei, und es wurde immer lustiger. Manchmal ließ ein Bauer Bier für die Russen bringen. Ausgelassen fingen diese ihre Tänze an und stießen ihre seltsam klingenden Schreie in die hohe Nachtluft. Am einfallsreichsten schien der Iwan zu sein. Dann rief ihm zuweilen eine kecke Bauerndirn spöttisch zu: »Iwan, was ist's denn mit der Elies?«
»Elies? Oh, Elies? ... Ich sehrr lieben, sehrr lieben!« hielt er schnaubend inne und fragte: »Ist Kind ...?« Er rannte mit glückglänzenden Augen weg, und alle lachten ihm nach, weil sie ihn wieder einmal mit der Geburt gefoppt hatten.
Daheim im Heingeigerhaus, in den zwei Betten der dunklen Kammer, lagen die Elies und die Zenzi und waren beide traurig.
»Gern mag er mich auch nicht mehr!« seufzte die Elies schwer: »Gar nichts macht er sich aus mir!« Sie schluckte trocken und setzte noch bedrückter dazu: »Da wär's gescheiter gewesen, wenn ihn der Vater gleich ins Lager zurückgeschickt hätte!« Drunten zischte jetzt ein leiser Pfiff auf. »Er ist schon wieder da!« sagte die Zenzi tröstend: »Er mag dich ja doch. Hörst es? Er schreit dir!«
Ganz dringlich geflüstert hörte die Elies ihren Namen, aber das Aufstehen war ihr zu beschwerlich. Sie seufzte schwer.
»Elies? ... Elies! ... Kind? ... Kind da?« fragte es etwas lauter von unten. »Sag ihm, es ist noch nichts«, bat die Elies ihre Schwester. Die ging schnell ans Fenster und flüsterte in die Dunkelheit hinunter. Der Iwan machte heitere Gesten, redete irgend etwas Unverständliches und verschwand wieder. Die Zenzi hörte ihre Schwester weinen und setzte sich auf ihr Bett.
»Er mag dich schon! Er ist halt ein junger lustiger Mensch!« redete sie auf die Weinende ein: »Ans Fenster hätt'st du hin sollen!«
»Ja, mein Gott, es wird mir doch jedesmal so schwer«, schloß die Elies. An einem Tag im frühen Herbst kam sie mit einem festen Buben nieder. Der Iwan war nicht mehr zu halten. Kaum hörte er das

Kind schreien, da drückte er den Bauern, die Bäuerin und die Zenzi von der Türe weg, rannte in die Kammer und scherte sich auch nichts um die schimpfende Hebamme. Er küßte die heißgesichtige Elies ab wie einer, der nicht mehr bei Sinnen ist. Gegen alle Einwendungen hob er das schreiende Kind in die Höhe und stieß glückliche Laute aus sich heraus. Er lachte und strahlte. »Gut! Gut!... Charascho!... Gut!... Otschin Charascho!« jubelte er, beruhigte sich endlich, legte den zappelnden Menschenwurm wieder auf das Leinen und ließ sich von der keifenden Hebamme hinausdrängen.
»Ich Vater!... Otschin Charascho!« lachte er den Bauersleuten entgegen. Diese Geburt aber hatte – nachdem Taufe und Protokollierung beim Standesamt vorüber waren – unerwartete Folgen. Zum Bürgermeister Rotholzer kam vom Bezirksamt ein persönliches Schreiben des Herrn Bezirksamtmannes Baron von Aigner, in welchem voll Entrüstung die ›vom vaterländischen Standpunkt aus in jeder Hinsicht schändliche Ehrlosigkeit einer gewissen Elisabeth Lochner, Heingeigerbauerstocher in Auffing‹ gebrandmarkt, der Bürgermeister wegen seiner geringen patriotischen Wachsamkeit streng gerügt und die sofortige Zurückziehung des russischen Kriegsgefangenen Iwan Scherbakoff in das Amdorfer Lager gefordert wurde. Ein vom Generalkommando abgestempelter, schriftlicher militärischer Befehl lag dem Schreiben bei. Und um ihn sofort in die Tat umzusetzen, erschienen am anderen Tag ein Unteroffizier mit vier kriegsmäßig bewaffneten Landsturmleuten beim Heingeiger. Der Bürgermeister Rotholzer hatte es schwer, den aufgebrachten Bauern vor dem Äußersten zurückzuhalten. Nicht so sehr, daß er nun einen so brauchbaren Knecht verlor, und auch nicht so sehr, daß jetzt – was ja früher oder später doch zu erwarten war – der Iwan fortmußte, regte den Bauern derart auf, sondern die Art, wie alles vor sich ging, und die Wut über den Bezirksamtmann, der auf einmal ohne Verstand in eine Familie eingriff und ihren Ruf so sichtbar zerstörte. Die ganze Nach-

barschaft war zusammengelaufen, die Weiber klagten, und die Männer wurden unruhig, so daß der Unteroffizier sich nicht mehr anders zu helfen wußte und auf einmal schneidend schrie: »Wir handeln auf Befehl, und wenn's sein muß, mit Waffengewalt! ... Seien Sie doch vernünftig!« Der Haufen zerteilte sich. Rotholzer, Moser und Kraus hielten den Heingeiger, und seine verstörte Bäuerin stellte sich jammernd vor ihn, indem sie in einem fort bettelte: »Halt dich doch zurück, Silvan! ... Bring uns doch nicht ins Unglück!« Am gefaßtesten benahm sich der Iwan. Die Landsturmleute fanden ihn in der Stube, wie er ein um das andere Mal die junge Mutter und das schreiende Kind zärtlich streichelte und küßte. Als ihn die Männer wegschoben und die Elies wild aufweinte, sagte er: »Wiedersehen ... Du Rußland! Doswjidanje, Elies!« Das andere war nicht mehr zu verstehen. In der Knechtkammer packte er in aller Eile seine geringen Siebensachen zusammen, und endlich zog der traurige Trupp ab.
»So geht man um mit ruhige Leut'! ... Dafür hat mein Silvan sein Eisernes Kreuz!« bellte ihm der Heingeiger nach und hob die Faust. Der neben ihm stehende Kraus, der vom gemeinsamen Festhalten des wütenden Bauern noch ganz außer Atem war, schüttelte den Kopf und rang wie aus tiefstem Herzensgrund aus sich heraus: »Immer dieses elendige, dieses mistige, dieses miserablige A-bopa!« Dabei ballte er grollend die Faust und knirschte. Einige neben ihm hatten das Wort aufgeschnappt und wiederholten ebenso: »Jaja, ewig dieses A-bopa! Dieses A-bopa!« Ingrimmig und voll Abscheu stießen sie es heraus, gleichsam als handle es sich dabei um ein lebendiges Ungeheuer, das jeden beständig bedrohte, und dem nicht beizukommen war. Der Kraus stutzte und schaute ein wenig erschrocken in die rebellischen Gesichter rundherum. Dann ging er unauffällig auf sein Haus zu und verschwand darin. Gleich fing er wieder zu arbeiten an und nähte und hämmerte so eifrig, als wolle er damit lästige Gedanken verscheuchen. Auf dem Platz beim Heingeiger drüben standen und schimpften noch im-

mer die Gruppen. Die Weiber hatten betroffene Mienen und klagten, die fluchenden Männer gestikulierten mitunter heftig und drohend. Alles verwünschte die Obrigkeit und den Krieg, und am giftigsten ging es über den Bezirksamtmann her. Zeitweilig war es dem Kraus, als schlage immer wieder dieses absonderliche Wort ›A-bopa‹ undeutlich an sein Ohr. Ganz ärgerlich wurde er darüber. Fester hämmerte er, hämmerte und hämmerte ...

5

Das ›A-bopa‹ nämlich – bisher nur als eine schrullig-gleichgültige Redensart des Schusters geltend und seiner Bedeutung nach von keinem so recht begriffen – schien sich nach und nach in der Glachinger Gegend wirklich als eine gefährlich lauernde, gleichsam stets sprungbereite, bösartige Kraft, als etwas ewig Beunruhigendes zu entpuppen, das sich unabwendbar ins friedliche Dasein der Leute nistete, ihre Eintracht zerriß, Mißtrauen über die Familien und Nachbarn ausgoß, die Menschen gegeneinander hetzte und die ganze frühere, natürliche Unbefangenheit verscheuchte. In dieser schleichenden Veränderung gab es Ebbe und Flut. Zeitweise sah es so aus, als habe sich die geheimnisvolle Kraft verflüchtigt. Bald aber stellte sich heraus, daß sie sich nur in irgendeinen Hinterhalt verkrochen hatte, um dort ungestört zum neuen Sprung auszuholen und dann umso zielsicherer loszubrechen.
Es fing damit an, daß der Krämer Stelzinger, der seit dem zweiten Kriegsjahr die Posthalterei übernommen hatte, etliche Tage ohne Zeitungen und Briefe von Amdorf heimkam. Früher war der Postwirt von Glaching Posthalter gewesen. Damals fuhr noch jeden Tag zweimal, um sechs Uhr in der Frühe und nachmittags um fünf Uhr, der Wirtsknecht mit der gelb und schwarz bemalten Postkutsche zum Bezirksort, und was er heimbrachte, trug der Postbote Lechner in die umliegenden Dörfer. Der Wirt war plötzlich an der Wassersucht gestorben, den Knecht hatten sie eingezogen, der

Lechner mußte zum Landsturm und die zwei Pferde brauchte auch das Heer. In dieser kritischen Zeit war – wie er sich auszudrücken pflegte – der Stelzinger ›aus vaterländischem Interesse‹ als Posthalter eingesprungen. Das war allerdings mit einigen Vorteilen verbunden. Erstens wurde ihm sein Rotschimmel gelassen und er bekam Spesenzuschüsse für Fuhrwerk, Futter und Abtretung eines Expeditionszimmers im Haus; zweitens wurde seine Älteste, die Julie, in einem Schnellkurs als ›Postfräulein‹ ausgebildet, bezog von da ab zwar ein sehr spärliches, aber doch sicheres Monatsgehalt und war mit einem Male etwas Besseres, nämlich eine Amtsperson; drittens erhielt der Krämer kostenlos ein Telefon, und viertens endlich konnte sich der neugierige Mensch durch die eingehenden Postsachen stets auf dem laufenden halten. Sein Diensteid legte ihm freilich Schweigepflicht auf, aber er erfuhr doch ganz für sich alle Neuigkeiten gewissermaßen aus erster Hand und konnte jeden Postempfänger kontrollieren.
Im Sommer fuhr die Jüngste vom Stelzinger, die Gretel, alle eingelaufenen Briefe und Zeitungen mit dem Fahrrad in die entfernteren Dörfer. Mit dem beginnenden schlechten Herbstwetter und im Winter dagegen mußten die Leute diese Sachen selbst abholen, oder der Krämer verteilte sie an den Sonntagen nach der Kirche. Allzu wichtige und eilige Sendungen kamen ja nur sehr selten.
Schon seit ungefähr einer Woche waren kaum mehr städtische Hamsterer gesichtet worden. Am ersten Tag, nachdem der Stelzinger leer von Amdorf gekommen war, sagte die Julie zu den Postabholern hinten im Expeditionszimmer schnippisch und von oben herab: »Es ist nichts da... Wahrscheinlich eine Verkehrsstokkung.« Dann ging sie zur Tür hinaus, schloß ab und hängte einen Pappendeckel davor: ›Keine postalischen Sendungen heute.‹
Vorne im Laden sagte der Stelzinger: »Soviel ich in Amdorf erfahren hab', wird in der Stadt drinnen gestreikt... Seit gestern ist kein Zug mehr eingelaufen, hat mir der Herr Stationsvorsteher Niedermeier erzählt. Weiß Gott, was da wieder los ist.« Der spitz-

gesichtige, einarmige Häusler Kugler, der Gemeindediener war, trank sein Gläschen Kornschnaps aus und meinte spöttisch: »Vielleicht mögen die Leut' überhaupt nichts mehr tun, weil ihnen ganz einfach die Kriegführerei zuwider ist.«
»Sowas wär' ganz und gar unverantwortlich«, antwortete der Stelzinger und furchte dabei verwichtigend seine niedere Stirn: »Seitdem wir über die Russen und über Rumänien gesiegt haben, ist doch kein Zweifel mehr, daß wir im Westen auch bald fertig sind.« Schon vor vielen, langen Monaten hatten die Zeitungen die Nachricht von einem günstigen Frieden mit diesen Ländern gebracht und dabei gemeldet, daß dadurch haufenweise ukrainischer Weizen und rumänisches Vieh ins Land kämen.
»Aber komisch«, stichelte der Kugler weiter, »gemerkt hat man von dem Segen bis jetzt nichts, im Gegenteil, noch viel schlechter ist's 'worden.« Damals nämlich waren plötzlich die russischen Kriegsgefangenen von den Bauern weggeholt worden. Es hieß, laut Friedensvertrag könnten sie heimkehren. »Und von den Franzosen und Italienern, die kommen hätten sollen, hat man seitdem nichts mehr gehört... Jeder Bauer kann sich wieder halbtot schinden«, warf der Kugler noch herausfordernder hin und ging grinsend zur Tür hinaus. Ungut schaute ihm der Stelzinger nach und brummte halblaut: »So daherreden!... Wie er sich bloß nicht schämt!« Die paar Weiber im Laden paßten nicht auf. Sie kümmerten sich nur darum, ob es auf die Lebensmittelkarten endlich wieder das lang versprochene Viertelpfund Zucker gebe. Da aber die Bahn nicht verkehrte, war auch der Zucker nicht eingetroffen.
Am anderen Tag hing noch immer der Pappendeckel vor der Türe des Expeditionszimmers und am dritten auch. Der Gendarm Riedinger kam an diesem frischen, sonnigen Novembervormittag dahergeradelt und verschwand hastig im Stelzingerladen. Die Türglöcklein bimmelten noch, als die Julie auftauchte und ihren Zukünftigen freudig grüßte. Gleich aber fragte sie: »Du schaust ja so sonderbar drein? Was gibt's denn?«

»Ich hab' mit dir zu reden«, sagte der Gendarm ungewohnt ernst und fragte nach ihrem Vater.
Der Krämer, der in der Stube nebenan über sein Hauptbuch gebeugt am altmodischen Schreibtisch saß, drehte sich leicht verärgert um und fragte barsch: »Was ist denn los?« Gleich aber, als er den Gendarm sah, wurde seine Miene freundlicher.
»Ah, du Gustl! Entschuldige! . . . Was bringst du denn Neues?« fragte er und drehte sich ganz um.
»Allerhand, aber nichts Gutes!« gab der sichtlich erregte Gendarm zurück und setzte sich auf den Stuhl, den ihm die Julie zuschob: »Jetzt kann's um meine Existenz gehn! . . . Der Krieg ist für uns verspielt. Der Kaiser und unser König sind davon. Was kommt, weiß man noch nicht, aber« – er schaute dabei zur betroffenen Julie auf – »ob wir auf Neujahr heiraten können, fragt sich noch sehr.« Es stockte auf einmal zwischen den dreien. Die Stelzingerin und die Gretl kamen herein.
»Was? . . . Der Krieg für uns verspielt? . . . Kein Kaiser mehr?« stotterte der Krämer endlich unsicher heraus: »Man hat doch bis jetzt nie was davon gelesen?« Der Gendarm erzählte, und die Mienen der anderen wurden immer besorgter und trauriger. Schließlich fing die Julie sogar zu weinen an. Es wurde eine lange, recht bedrückte Unterhaltung.
Am darauffolgenden Tag brachte der Stelzinger endlich wieder Zeitungen aus Amdorf. Dickletterige Aufrufe einer neuen provisorischen Regierung standen auf den ersten Seiten. Der König sei abgesetzt, und das Volk habe sein Schicksal selbst in die Hand genommen, heiß es darin. Auch einige Briefe vom neuen Ministerium des Innern waren eingelaufen, die der Stelzinger sofort persönlich zum Bürgermeister Rotholzer hinüberbrachte. Der Rotholzer kränkelte schon eine ziemliche Zeit. Leber- und Nierenleiden, hatte der Doktor konstatiert. Der Kranke lag, weil er nicht im Bett bleiben wollte, angezogen auf dem Kanapee in der Stube, zwei dicke Kissen hinter seinen Rücken gestopft.

»Revolution hat's gegeben, Herr Bürgermeister!« sagte der Stelzinger verstört: »Eine neue Regierung haben wir und keinen König mehr!... Der Krieg ist verspielt für uns!« Unsicher, fast wie hilfesuchend schaute er auf den halb aufgerichteten Rotholzer. »Verspielt?... Also aus?« meinte der unangerührt, ächzend räkelte er sich in die Höhe und riß die Amtsbriefe auf: »Verspielt für nichts und wieder nichts, da haben wir's jetzt!« Grämlich brummte er es, setzte umständlich seine Brille auf und überflog die Briefschaften: »Jaja, also jetzt haben sie auf einmal Frieden gemacht! Hätt' ihnen das nicht schon früher einfallen können?... Mein Sepp und mein Xaverl, die sind hin.« Gelb und zerfallen war sein abgemagertes Gesicht. Den Stelzinger schien er gar nicht zu sehen. Seine Schmerzen fingen wieder an. Stöhnend und hüstelnd legte er sich wieder zurück auf die Kissen. Die Briefschaften fielen auf den Stubenboden, und der Krämer hob sie auf.
»Mit mir wird's ja auch bald dahingehn«, sagte der Kranke mehr für sich und nahm mechanisch seine Brille ab. Eine Weile keuchte er schwer, dann trug er dem Stelzinger auf, er sollte beim Gemeindediener Kugler vorbeigehen und ihn herschicken.
Außer dem Krämer nahm kein Mensch im Dorf die neuen Nachrichten wichtig. Am Elektrizitätsturm, der auf dem Dorfplatz stand, war das flache, viereckige, drahtvergitterte, verwitterte Kästchen für die gemeindlichen Bekanntmachungen befestigt. Da hinein hing nach einiger Zeit der Kugler auch den neuen Aufruf der ›Provisorischen Regierung des Freistaates Bayern‹. Wie üblich hatte der Rotholzer den blauen Stempel ›Königreich Bayern / Gemeinde Auffing‹ daruntergedrückt und seinen Namen dazugekritzelt.
Der Moser und der alte Lampl, die zufällig vorüberkamen, schauten dem Kugler flüchtig zu.
»Das ist ja schon in der Zeitung gestanden«, sagte der Lampl uninteressiert: »Naja, jetzt, wenn der Krieg aus ist, werden ja auch unsere Mannsbilder bald heimkommen.«

»Und jeden, der an dem ganzen Schwindel schuld ist, sollen's davonhauen!« sagte der Kugler kampflustig, denn durch seine Einarmigkeit konnte er nur wenig arbeiten und hatte viel Zeit zum Zeitunglesen. Er kannte sich genau aus, und zudem war er einer der giftigsten Feinde jeder amtlichen Obrigkeit.
Zustimmend nickte der Moser: »Ja, nur weg damit! Und am allerersten müßt' unser Bezirksamtmann weg!« Diese Bemerkung gefiel dem Kugler ausnehmend gut! Es blitzte auf in seinem Gesicht, und gleich sagte er: »Das muß man dem Heingeiger sagen. Der hat das mit dem Iwan noch nicht vergessen!« Schnell sperrte er die Kastentüre zu und ging aufgemuntert auf der Dorfstraße weiter, auf das Heingeigerhaus zu.
»Der Heingeiger, mein Lieber, der Heingeiger«, sagte der Moser im Weitergehen zum Lampl, »der laßt sich das nicht zweimal sagen...«
Der Heingeiger aber war nicht daheim. Er war ins Holz gefahren. Die Bäuerin und die Zenzi hackten hinten an der Tennenseite aus den grünen Tannenzweigen Prügel, die bis ins Frühjahr hinein zum Einheizen verwendet wurden. Die Elies kochte in der geräumigen Kuchel das Saufutter, und der kleine Iwan, der eigentlich auf den Namen Peter getauft worden war, plärrte im Kinderwagen, der vor der Haustüre in der Sonne stand.
Seit den Aufregungen beim Wegholen Iwans vermutete man beim Heingeiger nie etwas Gutes, wenn der Gemeindediener auftauchte, darum auch die ruppige Frage der Bäuerin: »Was bringst denn du schon wieder?«
»Nichts weiter, Heingeigerin«, meinte der Kugler und fragte nach dem Bauern. »Der ist nicht da!« antwortete die Bäuerin noch gleicherweise abweisend, und der Kugler log etwas daher, er komme grad zufällig vorbei und wollte sich erkundigen, ob der Silvan schon bald heimkomme, der Krieg sei doch jetzt aus.
»Wir haben noch nichts gehört von ihm«, verneinte die Heingeigerin unverändert. Eine andere Mutter hätte sicher ein freies, freu-

diges Gesicht dabei bekommen, sie aber zeigte nichts dergleichen. Der Silvan war gewiß nicht jähzornig wie der Bauer, er geriet mehr ins Leitnerische, wo die Heingeigerin her kam. Ihr Vater, der alte Leitner, war zeitlebens ein heimtückischer Mensch gewesen, der einen Streit nie ausgehen ließ, das heißt, er rächte sich an dem, mit dem er sich verfeindet hatte, oft noch nach Jahren und ganz im stillen. So war auch der Silvan. Während seiner Urlaubszeit war er sehr rechthaberisch aufgetreten. Gott sei Dank, zwischen ihm und dem Bauern war es in den paar Wochen gut gegangen, aber die Drohung wegen der Elies machte der Silvan früher oder später doch wahr. Die Heingeigerin erwartete mit Bangnis dieses Heimkommen.

Der Kugler wandte sich schon wieder zum Gehen, als ihn die Bäuerin fragte, wie es dem Bürgermeister gehe.

»Wenn ich's recht sagen soll, Heingeigerin, mir gefällt er gar nicht«, antwortete der Kugler ein bißchen gedämpft. Heingeigerin und Zenzi bekamen wehmütige Mienen, und man redete noch einiges, wie das denn werden solle, die Rotholzerin allein auf dem Hof, wenn der Bauer in die Ewigkeit müsse. Ganz bieder flocht der Kugler ein, ob das noch eine Gerechtigkeit sei, zwei blutjunge, tüchtige Söhne wie den Sepp und den Xaverl im Krieg zusammenzuschießen, wo man sie doch daheim auf dem Hof so bitter notwendig brauchen könnte.

»Jaja, so ist's schon – die Guten müssen fort, und die Schlechten bleiben«, schloß die Heingeigerin, und nickend ging der Kugler davon.

Am Mittwoch in der darauffolgenden Woche starb der Rotholzer. Der Heingeiger-Silvan, der in Brüssel Feldwebel geworden war, kam gerade heim, als man im Gottesacker in Glaching den verstorbenen Bürgermeister in die Erde senkte. Schwarz und dicht, bis zum Platz vor der Postwirtschaft heraus, standen die trauernden Leute. Außer dem Silvan sah man schon eine ganze Reihe heimgekehrter Frontsoldaten unter ihnen. Einige, wie zum Beispiel der

Lampl-Knecht, der rothaarige Moser-Heinrich und der Allberger-Ludwig von Auffing, der Neuchlpeter von Terzling und der Jodl-Kaspar von Buchberg hatten noch ihre zerknitterte, oft geflickte, nur halbwegs ausgewaschene feldgraue Uniform an. Recht werktagsmäßig sahen sie unter den dunkel gekleideten Bauern und Bäuerinnen aus.
Bei diesem Begräbnis begab sich etwas, das hernach in der Postwirts-Stube zu gefährlichen Meinungsverschiedenheiten führte und viele Feindschaften nach sich zog.
Wie überall im Land gab es auch in Glaching einen ›Veteranen- und Kriegerverein‹. Solche Vereine waren nach dem Krieg von 1870/71 ins Leben gerufen worden, um die Kameradschaftlichkeit und den patriotischen Geist unter den ehemaligen Kriegern aufrecht zu erhalten. Jahrelang konnten nur Teilnehmer jener Feldzüge Mitglieder werden, als aber diese Alten nach und nach wegstarben, wurde jeder Mann, der beim Militär gedient hatte, aufgenommen. Der ›Veteranen- und Kriegerverein Glaching‹ erwies seinem verstorbenen Mitglied Rotholzer alle Ehren. Dreimal schossen die Böller, als der Sarg ins Grab gelassen wurde, die Blechmusik spielte ›Ich hatt' einen Kameraden‹, und der alte Jodl senkte die schwerseidene Vereinsfahne dreimal in die dunkle Grube. Darauf hielt der Vereinshauptmann, der Imsinger von Furtwang, einer der wenigen noch lebenden Veteranen von anno 70/71, dem Brauch entsprechend die Rede.
Der Imsinger war der reichste Bauer weitum und trotz seiner neunundsiebzig Jahre noch sehr rüstig. Er machte eine Ausnahme unter den Bauern, er war sein Leben lang fürs Militärische, und das kam nicht nur, weil er immer wieder seine Erlebnisse aus dem 70er Krieg erzählte, die stets darauf hinausliefen, wie tapfer und findig er damals gewesen war, und wie die Franzosen und Zuaven davongelaufen wären, wenn die tapferen Bayern aufgetaucht seien – der Imsinger war auch ein Mensch, der alles besser als jeder andere verstand und gerne kommandierte. Furtwang war ein

sehr abgelegenes, winziges Siebenhäuserdorf, weit von Auffing, Glaching, Terzling und Buchberg entfernt. Ein Bürgermeister oder Beigeordneter aber mußten leicht zu erreichen sein, und darum war der Imsinger nie in ein solches Amt gewählt worden. Das hatte einen Stachel in ihm hinterlassen. Über den Krieg konnte er nicht sonderlich klagen. Von den sechs Rössern waren ihm zwei gelassen worden, die Ablieferungspflicht tat ihm nicht weh, er war nicht darauf angewiesen, sein Vieh zum Höchstpreis zu verkaufen, und konnte warten. In seiner Familie war es ungefähr so wie beim Krämer Stelzinger. Der einzige Sohn war ihm seinerzeit mit kaum sechzehn Jahren gestorben, sonst hatte er nur noch vier Töchter, von denen eine wegen ihrer Kränklichkeit ins Kloster gegangen war, und zwei hatten reiche Bauern geheiratet. Nur die Älteste, die Nanni, die einmal den Hof bekommen sollte, war ihm geblieben. Sie war jetzt schon nahe an den Fünfzig, war genau so ein dürres Gestell wie er und glich ihm auch sonst auf ein Haar. Ihre barsche Art hatte noch jeden Hochzeiter abgestoßen.
Man merkte dem Imsinger an, wieviel er sich darauf einbildete, der Veteranen-Vereinshauptmann zu sein, und er machte auch keine schlechte Figur dabei. Ellenlang und zaundürr, aber derbknochig war er, hatte einen dichten, verwegenen, grauen Seehundsbart und eine auffallend große, sehr hervorspringende Habichtsnase mit einer dunklen Warze auf der rechten Seite. Bei Gelegenheiten wie der heutigen hielt er sich stets stolz und stramm, furchte in einem fort die schmale, hohe, braungebrannte Stirn, und seine graublauen, wässerigen, etwas hervorquellenden Augen schauten herausfordernd martialisch geradeaus, wahrscheinlich, weil ihm das militärisch vorkam.
Die Rede, die er, wie man's von ihm gewohnt war, sehr laut und fast kommandomäßig aus sich herausbellte, befaßte sich nur wenig mit dem Verstorbenen und wurde sofort kriegerisch hitzig, als gelte sie einer Siegesfeier. Der Imsinger schien sich überhaupt nur an die Feldsoldaten zu wenden, erinnerte immer wieder an die glor-

reichen Jahre 70 und 71 und schrie öfter: »Und wenn's auch ausschaut, wie wenn wir geschlagen sind – sowas kenn' ich als alter Feldsoldat, das letzte Wort ist da noch lang nicht gesprochen!« Schließlich kündigte er nach vielen ähnlichen Wiederholungen ganz unvermittelt an: »Unser Veteranen- und Kriegerverein hat zum Beschluß gemacht, daß in vierzehn Tagen beim Postwirt eine Heimkehrfeier für unsere tapferen, bayrischen Helden abgehalten wird, indem daß wir ihnen zeigen, daß wir treue Kameraden sind, wo wissen, was es heißt ›in Treue fest‹ – Hurra!«
Er endigte und schaute scharf in die Luft, aber nur der einzige Heingeiger-Silvan schrie: »Hurra!« und brach fast verlegen ab, weil es gar so einschichtig in der Luft verwehte. Als warte er auf weiteren Beifall, blieb der Imsinger grimmig stehen, aber niemand rührte sich, im Gegenteil, die meisten Gesichter schauten ihn verständnislos und leicht verärgert an. Da gab er sich einen resoluten Ruck und trat zwischen die Veteranen. Geschwinder als sonst strich er fortwährend seinen Schnurrbart. Als man gleich darauf aus dem Gottesacker ging, sagte der Jodl, der die Vereinsfahne einrollte, sackgrob zu ihm: »Da hast du einmal schön saudumm dahergeredet!« Von der Seite, durch die drängenden Leute hindurch, hörte man den Kugler schreien: »Wenn's nach dem ging', da täten wir ewig kriegführen!« Einige, die den Gemeindediener umgaben, nickten zustimmend und brummten ungut. Der Schuster Kraus merkte schon, wie kritisch sich die Streiterei auswachsen konnte. Er wand sich schnell aus dem dichten Haufen. Er hatte nie bei irgendeinem Militär gedient und gehörte nicht zum Veteranenverein. Er ging diesmal nicht zum Postwirt hinüber, eilig machte er sich auf den Heimweg. Am Feldkreuz, kurz vor Auffing, holte ihn der Kugler ein und sagte: »Du bist am gescheiteren gewesen! . . . Beim Postwirt streiten sie schon! Vielleicht fangen sie gar noch 's Raufen an! . . . Der Rotholzer wenn das wüßt', der tät' sich im Grab drinnen umdrehn . . . Da hat er was Schönes angerichtet, der plärrmäulige Imsinger!«

»Naja, es geht ihm halt oft der Geist durch«, suchte der Kraus einzulenken, denn er mochte den hetzerischen Kugler nicht: »Er hat's ja gut gemeint, bloß am Grab hat's nicht gepaßt ... Er hat halt unsere Feldsoldaten –«

»Der?!« fiel ihm der neben ihm hergehende Gemeindediener ins Wort und schaute ihn fest von der Seite an: »Der mit seinem Geldhaufen, wo überhaupt nichts gespürt hat vom Krieg?!« Der Kraus wandte ihm das Gesicht nicht zu und machte ein paar größere, schnellere Schritte.

»Ich sag' dir, jetzt wird aufgeräumt mit solchene Lumpen, die wo bloß bei den anderen das Elend gern sehn!« drohte der Kugler bissig heraus und deutete dunkel an: »Wir werden bald was erleben ...«

Der Schuster wurde ganz hilflos, weil der aufdringliche Mensch mit ihm Schritt hielt und nicht loszuwerden war. Er wollte ihn aber auch nicht verstimmen.

»Soviel ist einmal gewiß, die Leut' möchten endlich ihre Ruh' haben«, versuchte er unverdächtig gleichmütig zu sagen, und jetzt – offenbar, weil ihm jäh ein rettender Gedanke gekommen war – schaute er seinen Begleiter an.

»Wer jetzt wohl nach dem Rotholzer Bürgermeister werden wird?« fragte er. Das wirkte gleichsam elektrisierend auf den Kugler.

»Herrgott, du!« sagte der und packte den Schuster am Arm: »Herrgott, an das hab' ich noch gar nicht denkt! ... Das ist ja einfach ausgezeichnet! Ganz großartig! ... Herrgott! *Das* ist eine Gelegenheit! Da kann man ja – hm!« Er brach ab. Sein ganzes Gesicht grinste schadenfroh. Er schien alle Folgen genau und windschnell zu überlegen: »Ja-ja, das ist ja einfach ausgezeichnet, Schuster! ... Du bist ein heller Kopf! Ein ganz heller Kopf!« Aufgeräumt hieb er mit seiner rechten Hand dem steif stehengebliebenen Schuster ein ums andere Mal auf die Schulter: »Mensch, da kann man ja verschiedenen Herrn allerhand heimzahlen!«

Der Kraus schnaubte wie erlöst auf, als der Kugler nun, grad als ob er es ungemein eilig hätte, in den schmalen Wiesenfußweg einbog, der zu seinem Häuschen führte.

6

Kurzgefaßt drehte es sich bei dem Streit in der überfüllten, weitläufigen Postwirts-Stube um dasselbe, was damals im großen die verbitterten Massen in allen Städten und im ganzen Land so unruhig und rebellisch machte und eine immer größere Verwirrung des allgemeinen Lebens mit sich brachte.

Die Rotholzerin und ihre vielen Verwandten zwängten sich im Gang durch die noch immer in die Wirtsstube drängenden Leute, um zum brauchmäßigen Leichenmahl ins Nebenzimmer zu kommen.

»Für uns ist schon 'deckt hinten«, trieb die Bürgermeisterin: »Geht's nur weiter, Schwager, Vetter! . . . Geht's nur, Basln!« Der Heingeiger, seine Bäuerin und die Zenzi gingen neben ihr. Die Elies war daheimgeblieben bei ihrem Kind und weil eins im Haus bleiben mußte. Der Silvan meinte eigentümlicherweise: »Ich schau' zu meinen Kriegskameraden hinein . . . Ich komm' nachher schon zu euch.« Und ehe ihn seine Leute davon abhalten konnten, war er in der lärmerfüllten Wirtsstube verschwunden. Das verstimmte.

In der Wirtsstube ging es bereits scharf her.

»Den möcht' ich sehn, der wo mir Vorschriften machen will, was ich als Vereinshauptmann sagen soll und was nicht!« schrie der Imsinger gerade, als der Silvan auftauchte: »Als Feldsoldat von anno 70 . . .«

»Da bist ja du nicht allein dabeig'wesen!« zischte ihm der Jodl dazwischen, und der Moser, der Lampl, der Neuchl von Terzling stimmten ihm zu, was ihn sofort streitlustiger machte: »Überhaupt – wegen dem brauchst du dein Maul nicht immer so weit aufreißen!«

»Was . . . Ich red', was ich mag, verstehst mich!« plärrte der geharnischte Imsinger und schaute gefährlich drein, aber der Jodl nahm ihn fast verächtlich ungeschreckt aufs Korn. »Krieg und Krieg und Soldaten! . . . Weiter fällt dir nie was ein!« brummte der friedsame Lampl unmutig: »Ans Grab hat deine Red' nicht paßt!«
»Jeder hat's g'sagt!« folgte ihm der Moser. Der Imsinger sprang auf einmal hitzig auf und umspannte seinen Maßkrug: »Das ist ein Undank gegen unsere Feldsoldaten!« Jeder in der Stube hörte es und schaute auf den steil aufgerichteten, drohenden Mann. Einen Augenblick wurde es stockstumm, aber auch nur einen Augenblick, dann polterten die drei, der Moser, der Neuchl und der Jodl gleicherzeit: »Eine Ruh' gib einmal jetzt!«
»Ich tu', was ich mag!« schrie der Imsinger noch verbissener, und fuchtelnd wiederholte er: »Ich sag' ganz einfach, es ist ein Undank!«
»Richtig!« hörte man plötzlich den nahe am Tisch stehenden Heingeiger-Silvan fast militärisch sagen, und einige drehten sich nach ihm um.
»Hoho, der Herr Feldwebel auch noch!« kam es jetzt spöttisch vom Tisch am Fenster herüber, wo die heimgekehrten Feldsoldaten hockten, und einer setzte noch herabmindernder dazu: »Hinten in Brüssel ist der Krieg leicht auszuhalten gewesen!« Jäh zornblaß werdend, drehte sich der Heingeiger-Silvan um und fragte herausfordernd: »Wer sagt das?«
»Wir!« schrien alle am Fenstertisch ebenso, und der Allberger-Ludwig richtete sich auf: »Aber wennst es genau wissen willst – ich hab's gesagt!« Und ohne sich von dem näherkommenden Silvan schrecken zu lassen, redete er weiter: »Dies Kommandieren und überhaupt der ganze Schwindel, dies hat sich jetzt aufgehört, das merkst du dir!« Dieser Zwischenfall hatte das Streiten der Bauern zum Stocken gebracht. Alles schaute gespannt auf den Heingeiger-Silvan, aber jetzt schrie der Jodl doch wieder: »Bravo, dies ist ein Männerwort! Dies hat einen Verstand!«

»Schandmäßig...!« vernahm man den bebenden Imsinger. Zu mehr kam er nicht mehr. Alle waren aufgesprungen. Die Weiber kreischten laut auf, zwängten sich aus den vollbesetzten Tischen und liefen auf die Tür zu. Vorne am Soldatentisch klatschte es schon. Die steinernen Maßkrüge fielen um, zischend ergoß sich das Bier auf den Boden, dann fiel der ganze Tisch um, und ehe es zu einem allgemeinen Raufen kommen konnte, geschah etwas so Verblüffendes, daß es fürs erste jedem die Rede verschlug. Der riesige, bärenstarke Allberger-Ludwig hatte den mittelgroßen, heftig um sich schlagenden, brüllenden Heingeiger-Silvan griff-fest erwischt, hob ihn wie ein Bierfaß in die Luft und warf ihn mit aller Wucht durch das klirrend auseinandersplitternde große Fenster, daß er draußen auf der Straße gestreckterlängs und zuckend liegen blieb.

»So«, sagte der Ludwig, ohne sich um die Schreckwirkung zu kümmern: »Jetzt kann's weitergehn!« Frech und keck, ja, sogar ein ganz klein wenig hämisch lächelnd, stand er da, und das natürlich wirkte auf seine Kriegskameraden geradezu zündend. »Bravo, Ludwig! Bravo!« schrien sie alle zusammen: »Dem Militärschädel hast du heimgeleucht!« So, als ob noch lang nicht das Ärgste geschehen wäre, versuchten sie den Tisch wieder aufzustellen, und diese grobe Kaltblütigkeit wirkte sonderbarerweise auf alle in der Stube beruhigend, doch auf einmal sah man draußen im Gang an der offenen Stubentüre vorbei die Heingeigerin und die Zenzi laufen.

»Um Gotteshimmelschristi Willen!« schrie sie händeringend, rannte mit ihrer Jüngsten auf den sich langsam aufrichtenden Silvan zu, und beide halfen ihm weinend auf die Beine. Der Heingeiger stand auf einmal in der Wirtsstube und fragte scharf: »Was hat's 'geben?« Doch gleich drängten der Moser und der Lampl den sich Sträubenden aus der Stube.

»Geh weiter, geh weiter!« redeten sie dringend auf ihn ein: »Geh weiter, das geht nicht gut aus! Geh weiter! Schuld ist ja der Silvan

selber!« Der, von dem sie das sagten, versuchte sich auf der Straße hartnäckig von seiner zerrenden Mutter und Schwester loszureißen und fluchte wutzitternd gegen das zerschlagene Fenster: »Hund, schlechter! Das bleib ich dir nicht schuldig!« Der weiße Schaum stand ihm auf den blutig zerschundenen Lippen. In der Wirtsstube verstand man sein Schimpfen nicht, kümmerte sich auch nicht mehr darum, und wegwerfend sagte der Allberger-Ludwig: »Er soll nur kommen, wenn er was will!«
»Sauhund! 's Messer renn' ich dir durch und durch!« bellte der Silvan noch lauter, aber zum Glück langten jetzt Heingeiger, Moser und Lampl bei ihm an, und der Bauer sagte ziemlich finster: »Laß 's bleiben jetzt! ... Schön ist's nicht gewesen, daß du nicht zum Leichenmahl mit bist!« Zerfetzt und blutüberströmt sah der Silvan aus und hinkte mit einem Fuß. Die vom Rotholzerischen Leichenmahl waren mittlerweile alle auf den Platz gekommen, umringten die Heingeigers, und es gelang endlich, mit dem wütigen Silvan weiterzukommen.
In der Wirtsstube hatte man sich schon wieder halbwegs besänftigt. Es fiel kein aufreizendes Wort mehr, aber jeder schien mit Feindschaft geladen. Der Jodl indessen konnte es doch nicht verhalten, drehte sich nach einer Weile um, hob seinen Maßkrug und trank dem Allberger-Ludwig zu: »Prost, Ludwig! ... Dein Vater selig ist auch ein fester Mensch gewesen, aber so bärenstark wie du ist er nicht gewesen!«
Der Imsinger trank sein Bier aus, zahlte und ging mißgestimmt davon. Kaum war er draußen, da spöttelte der Jodl: »Diesmal ist ihm seine ganze Militärspielerei verdorben worden, dem Hanswursten, dem damischen!« Noch lange wurde so herabmindernd über den Imsinger geredet. –
Es wird gewiß nicht weiter wundernehmen, daß der Silvan von da ab den Allberger-Ludwig als seinen geschworenen Todfeind ansah und nur noch auf Rache sann. Damit fingen aber auch die Streitigkeiten im Heingeigerhaus an und versteiften sich mit der Zeit zu

einer dauernden Feindschaft zwischen ihm und den anderen Heingeigers. Früher wäre so etwas die eigene Sache der Verfeindeten geblieben, jetzt dagegen kamen unerwartete Umstände dazu, die viel weitgreifender wirkten. Einer, der das merkwürdigerweise halbwegs vorausahnte, war der Schuster Kraus, dem am anderen Tag die Heingeiger-Elies die kaputten Militärstiefel vom Silvan zum Flicken brachte. Nachdem sie ihm die Vorfälle beim Postwirt in Glaching erzählt hatte, fügte die Elies in bezug auf ihren Bruder dazu: »Und jetzt liegt er im Bett . . . Sein ganzes Gesicht und seine Händ' sind zerschunden, und den Fuß muß er sich auch verstaucht haben . . . Ganz geschwollen ist er . . . Er kann nicht auftreten damit . . .«

»So? . . . Hm, der Allberger-Ludwig?« meinte der Schuster und kratzte sich die Schläfenhaare: »Soso, gestritten haben sie, der Bauer und der Silvan? . . . Hm, wenn der Fuß nicht besser wird, hat der Bauer gemeint, das müßt' gerichtmäßig gemacht werden? So, und der Silvan, der hat gemeint, er wird schon fertig mit dem Ludwig? . . . Hmhm! Weiß man denn, ob's jetzt überhaupt noch ein Gericht gibt? . . . Hmhm, ich seh da schwarz, ganz schwarz!«

»Wie kann er sich denn mit dem Ludwig einlassen?« murmelte die Elies leicht bekümmert: »Noch dazu, wo doch die andern auf dem seiner Seiten gewesen sind! . . . Der Ludwig ist doch bloß für's Raufen . . .«

Als sie gegangen war, überlegte der Kraus noch eine Zeitlang, und öfter gruben sich dabei Furchen in seine Stirn. Woran denkst du denn, Schuster? Etwa neugierigkeitshalber bloß an die Rauferei in Glaching oder an die Streitigkeiten beim Heingeiger? Sowas hat dich doch noch nie interessiert, im Gegenteil, du warst doch immer froh, wenn dir keiner was von den Neuigkeiten in den Nachbarhäusern erzählte! Fällt dir vielleicht ein, was der Kugler gestern für dunkle Andeutungen gemacht hat, wie du von der Wahl eines neuen Bürgermeisters was dahergeredet hast? Oder bist du gar ein Mensch, der auf das jetzige Geschreibe der Zeitungen was gibt, die

jeden Tag von den ›Fortschritten der siegreichen Revolution‹, von blutigen Zusammenstößen und Streiks in den Städten und von der ›gerechten Empörung der bisher irregeleiteten Massen gegen das reaktionäre Gesindel in allen Ämtern‹ was melden? Was geht denn das schließlich dich an, einen kleinen, unbeachteten alten Mann?
»Ja, was geniert's mich!« brummte der Kraus und fing wieder zu nadeln an. Die alte Hauniglin kam hinten zur Küchentür herein, und ganz gegen ihre sonstige Gewohnheit fing sie nicht das Kochen und Aufräumen an, sondern tauchte im Rahmen der Werkstatt-Tür auf und plapperte: »Was jetzt da passiert ist? . . . Vorn beim Dorf ist ein großer Motorwagen reingefahren. Ein Haufen Mannsbilder sind droben, und jeder hat ein Gewehr . . . Fahnen haben sie auch dabei . . . Der Motorwagen hat gehalten. Alle Leut' stehn rum . . . Einer auf'm Wagen droben redet, und die anderen geben die Leut' Zetteln.«
Der Kraus, der dieses Geplapper sonst nicht leiden konnte, hörte diesmal widerspruchslos zu.
»Ja«, wurde auf das hin die Hauniglin eifriger: »Und wie ich weg bin, da ist grad der Allberger-Ludwig und der Kugler auf den Motorwagen gestiegen, und der Lampl hat mir gesagt, sie zeigen ihnen den Weg zum Postwirt.«
»So?« schrie der Kraus laut, damit es die Schwerhörige verstehen konnte: »Und wie stellen sich denn die Leut' dazu?«
»Die? . . . Jeder ist neugierig, wie wenn Bettelmusikanten kommen . . . Der Kugler und der Allberger-Ludwig haben eine Faust gemacht, wie sie auf'm Motorwagen droben gewesen sind, und etliche Leut' haben gelacht dabei«, wußte die Hauniglin weiter zu berichten: »Fast lauter Soldaten sind auf'm Motorwagen droben, und der Ludwig hat auch noch seine Montur angehabt.«
Jetzt hob der Kraus den Kopf. Ein Rattern und dumpfes Surren kam näher. Seine Werkstattfensterscheiben klirrten ein wenig. Lärmen wurde vernehmbar, und auf einmal rollte der vollbesetzte Lastkraftwagen wie etwas Dunkles draußen auf der Straße vor-

über. Die vielen roten Fahnen flatterten, und die fremden Männer hoben lachend ihre Gewehre und schrien irgendetwas. In einer fauchenden Wolke, die hinten aus dem Auspuff kam, verschwand der ratternde Kasten und keuchte die leicht ansteigende Glachinger Höhe hinauf. Drüben beim Heingeiger waren sie vor das Tennentor gekommen und schauten dem seltsamen Gefährt nach.
»Dies ist er gewesen, der Motorwagen!« sagte die Hauniglin und wandte sich endlich der Küche zu. Der Kraus sah, wie die Heingeiger-Zenzi vom Tennentor weg auf die Straße lief und einige bedruckte Blätter aufhob. Sie gab sie ihrem Vater, und schließlich verschwanden die Nachbarsleute wieder in der Tenne.
Am anderen Tag ging der Kugler überall herum und kündigte halb gewichtig und halb verschmitzt an, daß am Sonntag eine große Versammlung beim Postwirt in Glaching anberaumt sei, wobei ein ›Volksbeauftragter‹ der provisorischen Regierung reden würde. Beim Kraus ließ er sich ein wenig näher darüber aus, indem er sichtlich aufgeräumt sagte: »Ja, mein Lieber, ich hab dir's ja gesagt, die, wo jetzt am Ruder sind, die treiben keinen Spaß ... Die machen ernst mit dem Ausräumen ... Dem Heingeiger hab ich's schon gesagt, daß der Bezirksamtmann von Amdorf auf und davon ist! Jetzt schafft bloß mehr das Volk an ... Einer, der die Arbeit nicht kennt, hat nichts mehr zum Sagen ... Jetzt kann unsereins auch einmal sein Maul aufmachen und sagen, was ihm nicht paßt ... Der Allberger-Ludwig ist mit in die Stadt gefahren ... Sie haben gesagt, er ist der Vertrauensmann von unserer Gegend.«
Der Kraus unterbrach ihn nur selten und sagte nur hin und wieder ein gleichgültiges »Soso.«
»Und was du mir gesagt hast wegen der Bürgermeisterwahl, dies, hat der Ludwig gesagt, bringt er sofort vor bei der neuen Regierung!« fuhr der geschwätzige Gemeindediener fort: »Und von den großen Bauern wird keiner mehr gewählt ... Die denken bloß allweil an sich ... Jetzt haben die Kleinen das Wort, verstehst mich?«
Der Kraus tat halbwegs interessiert, schaute ihn ganz unentziffer-

bar an und sagte: »Soso! . . . Dies wird allerhand Reibereien geben, denk' ich.« »Ganz gleich! . . . Hinter uns steht die Regierung!« rief der Kugler selbstbewußt: »Du bist auch einer von die kleinen Leut! . . . Du gehörst auf unsere Seit'n . . .«
Da aber wurde der Kraus doch lebhafter und winkte fast ärgerlich ab.
»Na-nanana . . . Mich laßt's aus'm Spiel! . . . Ich hab mich um diese Sachen noch nie was bekümmert . . . Ich bin ein alter Mann und will keine Feindschaften . . . Na-nanana!«
Der Kugler wandte sich endlich der Tür zu und sagte bloß noch: »Dies wird sich ja noch zeigen, wenn gewählt wird . . .«
Als er draußen war, knurrte der Schuster grimmig in sich hinein. Er war aufgeregt und kratzte sich in einem fort die Schläfenhaare. Er schüttelte seinen dicken Kopf wieder und wieder, resolut nähte er an seinem Schuh, hielt nach einer Weile ein, starrte kurz vor sich hin, und seine Miene wurde nach und nach ganz verdrießlich. Am anderen Tag tat er etwas Ungewohntes. Ungefähr um neun Uhr in der Frühe tauchte er im Sonntagsgewand vor seiner Haustür auf, hatte einen Spazierstock, auf den er sich fest stützte, ging ziemlich mühselig beim Heingeiger vorbei und sagte zum Bauern, der gerade den Ochsen aus dem Stall zog: »Ich muß jetzt doch einmal zum Doktor nach Amdorf hinübergehn . . . Die ganze Woch' hab' ich schon Kreuzschmerzen, daß ich keine Nacht mehr schlafen kann . . .«
»Jaja, die jüngsten sind wir ja auch nicht mehr . . . So eine Krankheit ist oft gleich da«, meinte der Heingeiger, und der Schuster trottete weiter.
Tief am Nachmittag kam er heim, und am anderen Tag fand ihn die alte Hauniglin im Bett. Ein kleines Medizinfläschchen stand auf seinem Nachtkasten. Er machte ein elendig jämmerliches Gesicht, als habe er große Schmerzen, verlangte nach der Wärmflasche und erzählte der Alten, daß er nach dem Dafürhalten des Amdorfer Doktors vor zwei oder drei Wochen kaum aus dem Bett dürfe.

So mitteilsam war er der Hauniglin gegenüber noch nie gewesen, denn er wußte, daß sie jede Kleinigkeit herumerzählte. Diesmal lag ihm offenbar daran.

Die Heingeiger-Elies kam einmal herüber. Ihre Mutter hatte sie geschickt. Ob er was brauche, und da sei ein gutes Einreibemittel für so Kreuzschmerzen, meinte sie, indem sie ihm ein schmales Fläschchen mit einer braunen Flüssigkeit brachte, das habe dem Silvan auch gut geholfen.

»Auf ist er jetzt schon, aber recht ist sein Fuß noch nicht«, erzählte sie von dem: »Er ist beim Doktor drüben gewesen, der hat recht anzogen an seinem Fuß, und seitdem geht's wieder halbwegs...«

Sie schaute zögernd auf den dickzugedeckten, leicht schwitzenden, keuchenden Schuster und meinte traurig: »Aber besser wär's fast gewesen, wenn er noch liegen blieben wär'... Jeden und jeden Tag streitet er mit dem Vater, und zu mir sagt er jeden Augenblick, ich soll schau'n, daß ich aus'm Haus komm' mit meinem Bankert... Eine Dirn soll ich machen bei einem Bauern!... Vater und Mutter stehn aber zu mir, und da gibt's die ewigen Reibereien!... Der Silvan und der Vater reden gar nicht mehr miteinander... Bloß, wenn der Silvan in seinem Zorn sagt, den Allberger-Ludwig sticht er ab wie eine Sau, dann sagt der Vater: Dies wirst du dir überlegen!... Es ist bloß gut, daß der Allberger-Ludwig fort ist. Wir haben Angst, wenn er wiederkommt...«

Der Schuster tat, als höre er nur halb hin, insgeheim jedoch war es ihm sicher recht, über die Vorgänge im Dorf was zu erfahren. Er sagte nichts und räkelte sich bloß. Die Elies bekam nasse Augen. Ihr Kinn fing zu zittern an. »Mein Gott, Schuster! Gar nichts mehr ist's bei uns, seitdem der Silvan daheim ist!« klagte sie und fing leicht zu weinen an: »Mich freut mein Leben nicht mehr! Wenn ich mein Kind nicht hätt', ich wüßt' nicht, was ich tät'...«

Der Kraus war kein herzloser Mensch. Er hatte Mitleid mit ihr. Aber konnte er ihr denn raten oder helfen?

»Jajajaja!« ächzte er: »Überall gibt's was!... Der Verdruß stirbt nicht aus!« Er verzog auf einmal schmerzhaft sein Gesicht: »Au! Auweh! Mein Kreuz, mein Kreuz! Au, auwehauweh!« Es war ihm ja ganz recht, daß die Heingeigerin um ihn besorgt war. Höchstwahrscheinlich aber ärgerte es den mißtrauischen Silvan, wenn die Elies öfter zu ihm kam und mitunter eine längere Weile blieb. Da hieß es aufpassen und vorbauen! Jedesmal, wenn die Elies ihn aufsuchte, fing der Schuster so heftig über seine jäh einsetzenden Schmerzen zu klagen an, daß sie nicht mehr zum Erzählen kam und bald wieder ging.

Mit unglückseliger Miene hielt er sich in den heißen Kissen, und angestrengt horchte er, bis die Elies über die knarrende, schmale Stiege hinuntergegangen war, bis die Haustüre zufiel. Er richtete ruckhaft seinen Oberkörper auf und schnaufte tief.

»Eins, zwei, drei bist du in der Reiberei!« murmelte er und wiederholte bis zur Atemlosigkeit: »Nur auf nichts einlassen, auf nichts einlassen, auf nichts einlassen, auf nichts, nichts.« Er hatte nicht die geringsten Schmerzen. Der Amdorfer Doktor war ein Gimpel. Ärgerlich bloß, daß die Untersuchung und Medizin über vier Mark gekostet hatten! Und geradezu marternd langweilig war es, als kerngesunder Mensch Tag und Nacht und Nacht und Tag im Bett zu liegen und den Kranken zu spielen.

7

Währenddessen wurde es von Tag zu Tag unruhiger in der Glachinger Gegend. Immer wieder fegten vollbesetzte Lastkraftwagen durch die Dörfer, warfen Flugblätter ab, oder es kam auch vor, daß einer da droben eine Ansprache an die Leute hielt. Bis jetzt hatten sich die Bauern noch nie um die Politik gekümmert. Die wenigsten von ihnen lasen die Zeitung genauer, meistens interessierten sie nur die Begebenheiten in ihrem Landstrich, die Preise für Vieh und landwirtschaftliche Produkte, die sie daraus erfuhren, und

vielleicht noch die jeweiligen neuen Steuern, über die dann jeder schimpfte. Die Politik aber war für sie irgendetwas, das sich weit weg in den Städten abspielte und keine weitere Bedeutung hatte. Jetzt aber kam sie gewissermaßen leibhaftig zu ihnen, und eigentlich war sie für's erste gar nicht so uneben. Wenn da so ein Redner laut auf die zusammengelaufenen Dörfler heruntergeschrie: »Eine Bande von kriegshetzerischen Monarchen und Generalen, von korrupten, gewissenlosen Beamten und profitgierigen Schlotbaronen hat uns in den Krieg und in das ganze Elend gehetzt, aber jetzt hat die Stunde für dieses Gesindel geschlagen!«, das hörte sich gut an. Da dachte fast jeder im Dorf an den windigen, davongelaufenen Bezirksamtmann, an irgendeinen schelchen Steuerbeamten im Amdorfer Rentamt oder an einen falschen Gendarm.
Darum lockte die Versammlung am Sonntag alle Bauern, die heimgekehrten Krieger und sogar Weiberleute ins Pfarrdorf, denn da hatte jeder Zeit, und so eine Abwechslung versprach recht unterhaltlich zu werden. Günstigerweise war der Versammlungsbeginn auf drei Uhr, also gleich nach der Nachmittagsvesper, festgelegt, so daß auch diejenigen, die von weither gekommen waren, noch rechtzeitig zur Stallarbeit am Abend daheim sein konnten.
In Auffing hatte es sich besonders der Kugler angelegen sein lassen, für eine starke Versammlungsbeteiligung zu werben. Er war für das ›Ausräumen der Ämter‹, das die Revolution versprach. Er verfolgte eifrig die Zeitungen und witterte, daß jetzt endlich die Zeit des kleinen Mannes gekommen sei, und er erhoffte in diesem Zusammenhang auch allerhand Änderungen in der Gemeinde und Pfarrei. Wenn ihn die Kuglerin, eine leicht angefettete, aber immer fleißige Person, in der Frühe beim Kaffee manchmal anfuhr: »Geh, jetzt vergiß nur nicht ganz auf deine Arbeit! . . . Von dem Lesen wirst du auch nicht gescheiter!« und darauf hinwies, daß die zwei Ziegen hungrig meckerten, dann stieß er kritisch heraus: »Das verstehst du eben nicht . . . Ein Weibsbild ist wie ein Mistkäfer! Ewig kriecht's in dem gleichen Dreck umeinander und nimmt

nichts Neues an!« Er fuchtelte dabei ungeduldig mit seinem einen rechten Arm herum, bis sie schließlich brummend aus der kleinen Wohnkuchel ging und selber die Ziegen fütterte. Arm und knapp ging es beim Kugler seit Jahr und Tag her. Außer den zwei Ziegen hatten sie einige Hühner und, wenn's hoch kam, auch einmal eine junge Sau, die sie fett fütterten. Der Pflanzgarten am Häusl trug auch allerhand, und ein Tagwerk Grund gehörte dazu. Seitdem der Kugler durch einen umfallenden Baum bei der Holzarbeit seinen linken Arm verloren hatte, bekam er eine kleine Unfallrente, sein Gemeindedieneramt brachte auch ein bißchen was ein, und nebenher machte er Botengänge, allerhand Handelschaften oder vermittelte ab und zu eine Heirat, denn keiner kannte die Verhältnisse der einzelnen Bauern in der weiten Umgegend besser als er.

Außer dem Kugler redete aber merkwürdigerweise noch ein ganz anderer den Leuten eifrig zu, die Glachinger Versammlung zu besuchen, nämlich der Krämer Stelzinger. Zu dem kam der Gendarm Riedinger schon lange nicht mehr. Einige Weiber munkelten, zwischen dem und der Krämer-Julie sei es aus. Der Krämer war überhaupt auf einmal wie umgewandelt. Von Vaterland und Kaiser, von Hindenburg und Krieg ließ er kein Wort mehr verlauten, und wenn wirklich einmal die Rede darauf kam, warf er höchstenfalls hin: »Es ist ja schon wirklich rein Schindluder getrieben worden mit dem Publikum.« Er hatte Fremdworte gern. Sie unterstrichen, daß er ein gebildeter Mensch sei, und jeder, der das nicht respektierte oder gar bezweifelte, war ihm zuwider. Vor allem der vorlaute, freche Kugler.

»Hoho!« spöttelte der einmal im vollen Laden: »Wie haben wir's denn auf einmal?« und wies auf die auffällige Wandlung des Krämers hin. Der aber schnitt ihm hastig und gereizt das Wort ab, indem er meinte: »Jetzt ist ganz einfach eine andere Zeit! Jeder vernünftige Mensch sieht das! Ich, als Geschäftsmann, bin der erste, der mitgeht, wenn was einen Verstand hat, basta!« Der Kugler grinste zwar noch, aber er sagte nichts mehr. Ihm war es ja recht,

daß der Stelzinger ganz besonders die Weiber, die zu ihm kamen, für diese ›neue Zeit‹ bearbeitete. Er ging.
Der Stelzinger nahm das Flugblatt wieder von der Ladenbudel und erkärte voller Eifer: »Man muß das nämlich richtig auffassen! Diesmal ist auch die Weiblichkeit nicht vergessen!« Flugs setzte er die Brille auf, streckte seinen langen Zeigefinger in die Luft und las: »Frauen und Männer des Bauernstandes, um eure Sache geht es! Mütter und Bauersfrauen, denkt daran, was der verbrecherische Krieg für Kummer und Leid über euch gebracht hat! Um euer Recht, euer Leben und um die Zukunft eurer Kinder geht es! Die siegreiche Revolution, welche die Gleichberechtigung und das freie Wahlrecht der Frauen geschaffen hat, ruft euch zur tätigen Mitwirkung auf! Darum erscheint in Massen! Keiner darf fehlen!« »Das will verstanden sein!« schloß der Stelzinger und betonte nachdrücklich: »Tätige Mitwirkung!« Die Moserin, die alte Lamplin, die Heingeiger-Zenzi und die Rotholzerin schauten ihn verständnislos an, aber einige nickten doch . . .
Der große Postwirts-Saal war gepfropft voll. Vom weiten Platz vor dem Wirtshaus drängten sich immer noch dichtschwarz die Leute durch die offene, zweiflügelige Tür, aber es ging nicht mehr. Da fiel dem Postboten Lechner, der als Landstürmler zuallererst heimgekommen war, ein, die Fenster auf dieser Seite aufzumachen. Das wurde allgemein anerkannt, denn der späte Novembertag war noch erträglich warm, und so konnten die auf dem Platz noch was hören. Auf der Bühne des Saales, die für Theater-Aufführungen der Vereine bei den alljährlichen Christbaumfeiern benutzt wurde, stand neben dem Redner, einem mittelgroßen Mann mit blonden Büschelhaaren und einem ziemlich schäbigen Zivilanzug, der Allberger-Ludwig in seiner feldgrauen Uniform, mit einem großen Revolver im Gürtel und einer breiten, roten Armbinde. Ungefähr ein Dutzend ebenso bewaffnete Soldaten, von denen einer eine rote Fahne hielt, umgaben sie. Draußen auf dem Platz stand der leere Lastkraftwagen. Mit allseitigem Beifall wurde der

Ludwig begrüßt. Er nickte fast ein wenig herablassend, lachte breit, und als es endlich wieder etwas ruhiger geworden war, schrie er laut: »Landsleute, ich begrüße euch als Mitglied des revolutionären Arbeiter- und Soldatenrates im Namen der provisorischen Regierung auf das herzlichste und erteile dem Redner, Volksbeauftragten Joseph Dorfner, das Wort!« Das brachte ihm erneuten Beifall ein.
»Das ist ein Redner, mein Lieber! Respekt!« sagte bewundernd der Neuchl von Terzling, und die Umstehenden nickten zustimmend.
»Wer hat denn den überhaupt gewählt?« fragte der Heingeiger-Silvan finster zwischenhinein, aber niemand beachtete das, denn schon trat der Redner auf der Bühne etwas in den Vordergrund und begann mit einer scharfklingenden Stimme: »Bauern, Bäuerinnen! Landbevölkerung von Glaching und Umgebung! Ich bin selber einer von euch! Ich komm' aus dem Niederbayrischen und hab' ein Anwesen bei Pfarrkirchen!« Das wirkte erst recht anfeuernd, und als der Mann jetzt mit den derbsten Ausdrücken gegen das bisherige kaiserliche Regime vom Leder zog, wie er mit kenntnisreicher Einfachheit an vielen schlagkräftigen Beispielen die Ruinierung des Bauernstandes durch den Krieg beleuchtete, um schließlich die Revolution zu rechtfertigen, da dröhnte der ganze Saal nur so.
»Bravo!... Weg mit der ganzen Sippschaft!« schrie der Jodl: »Aufhängen müßt' man die ganze Hundsbagage, die wo uns bis jetzt so drangsaliert hat!« Immer wieder wurde der Redner unterbrochen von solchen ermunternden Zurufen. Der aber ließ sich nicht in unnütze Abschweifungen hineinsteigern und wurde schnell deutlicher. Er wies auf den verlorenen Krieg hin, auf die harten Waffenstillstandsbedingungen, auf die ungeheure Massennot in den Städten und auf die vielen Schwierigkeiten der provisorischen Regierung und meinte ein wenig grobschlächtig: »Jetzt heißt es zusammenstehn, Bauernleut'! Mit dem Bravoschreien kommen wir nicht weiter! Deswegen red' ich nicht! Die Stadtbevölkerung hun-

gert und muß Lebensmittel kriegen! Revolution macht man nicht mit der Schreierei, und wenn's bald besser werden soll, muß zuerst einmal organisiert werden! Jeder Mensch auf'm Dorf und in der Stadt, ganz gleich, was er ist, er will sein Auskommen haben! Da heißt's vorläufig einmal helfen, Bauern, helfen und wieder helfen! Da kann sich keiner wegmachen!«
Diesmal schrie nur noch der Kugler ein lautes: »Jawohl!« und blinzelte dem Allberger-Ludwig zu. Aber schon meldete sich der Imsinger.
»Sind ja sowieso jeden und jeden Tag die Stadtleut' dutzendweis' bei uns heraußen und hamstern, was hergeht!« plärrte er.
»Jaja, das ist wohl wahr!« nickten einige Weiber, und auch sonst brummten ihm Umstehende beifällig zu. Der Kugler sah, wie der Stelzinger kurz zu klatschen anfing, aber sofort wieder aufhörte, als er sich bemerkt glaubte. Der Kugler schien sich das gewissermaßen innerlich zu notieren.
Der Redner dagegen blieb unverblüffbar.
»Hamstern?« wandte er sich an den Imsinger und fertigte ihn ab: »Das ist nicht notwendig. Das hat der Krieg mit sich bracht!... Aber natürlich, die Leut' hungern, und wenn nicht richtig verteilt wird, kriegen die einen alles und die andern gar nichts!« Diese Schlagfertigkeit imponierte wiederum. Vielleicht auch nur, weil der Imsinger dadurch einen Hieb bekam. Der Heingeiger-Silvan neben ihm, der noch immer nicht gut gehen konnte, stieß ihn unbemerkt mit dem Spazierstock und wisperte ihm zu: »Wir können doch nicht krank sein für die Stadtleut'!... Zuerst hat er gesagt, wir Bauern sind alle ruiniert, und jetzt auf einmal verlangt er, wir sollen alles hergeben!«
»Sag's ihm doch!« stieß der Imsinger ziemlich laut heraus, und der Redner vorne schaute in diese Richtung, indem er keck verlangte: »Nur raus mit der Sprach'!... Nur sagen, wo euch der Schuh drückt!« Einige Augenblicke stockte es. Der Silvan war kalkweiß vor Ingrimm und brüllte auf einmal: »Wir lassen uns überhaupt

keine Vorschriften machen! Wir wissen selber, was wir zu tun haben!« Rundherum wurde es schon ein wenig unruhig, aber der ungeschreckte Redner fand im Nu das Richtige.
»Ja!« sagte er überraschend: »Da sind wir jetzt schon beim engeren Thema!« Die Stimmung schlug sofort um und deckte den noch immer giftig schimpfenden Silvan zu. »Bssst! Bist nicht stad! . . . Bsst!« umzischte es diesen ärgerlich, denn der Redner befaßte sich jetzt mit den Vorgängen in Amdorf, wo für den geflohenen Bezirksamtmann zunächst ein loyaler Beamter eingesetzt worden war, und kam dann auf die dringend notwendige Bürgermeister- und Gemeindewahl in Auffing zu sprechen.
»Wir sind nicht gewählt, schreit der Herr da hinten«, fuhr er ein klein wenig lachend fort: »Ja, aber wir haben die Revolution gemacht und vorläufig die Verantwortung übernommen, damit nicht alles drunter und drüber geht! . . . Und, daß man mich recht versteht, Vorschriften machen wir keiner Gemeinde! Ganz recht, ihr Bauern müßt eure Angelegenheiten selber übernehmen und regeln, und – das muß jeder zugeben – ohne Bürgermeister geht's nicht recht!« Jetzt waren wieder alle für ihn, und niemand bemerkte, daß der Heingeiger-Silvan sich aus dem Saal hinauswand. Die Versammlung verlief ausnehmend gut, insbesondere schon deswegen, weil der Volksbeauftragte Joseph Dorfner sich nachher gleich mit den Bauern zusammensetzte, ihnen eingehend das erweiterte Selbstbestimmungsrecht der Gemeinden erklärte und sehr praktische Ratschläge in bezug auf die Durchführung der Bürgermeisterwahl machte. Es fiel wohltuend auf, wie genau er über die meisten Bauern unterrichtet war. Mit unanfechtbarer Sachlichkeit und vorsichtigem Geschick wies er darauf hin, daß es jetzt, wo der kleine Mann endlich zu seinem Recht komme, für die Gemeinde zuträglicher sei, nicht einen allzu großen, schwerreichen, sondern einen angesehenen Mittelbauern zum Bürgermeister zu wählen und auch Handwerker zu Beigeordneten zu machen.

»Was für uns gut ist, das wissen denn dann doch wir am besten!« warf der Imsinger scharf ein.
»Wie gesagt, das sind ja bloß meine eigenen Ansichten! . . . Vorschriften kann euch keiner machen«, lenkte der Dorfner ein und stand auf. Da kamen etliche seiner Begleitsoldaten in das Nebenzimmer und meldeten, daß die zwei hinteren Reifen des Lastkraftwagens durchschnitten seien. Alles stutzte und schaute sich sprachlos an. Dann fingen die Bauern wütend über das feige Lumpenstück zu schimpfen an.
Der Allberger-Ludwig und der Kugler blinzelten einander vieldeutig zu. »Aha! Holla!« murmelte der Ludwig, und der Kugler nickte. Nur der Heingeiger, der zwischen ihnen stand, schnappte es auf. Eiskalt musterte er den Ludwig und raunte ihm halblaut zu: »Ich versteh' dich schon, Ludwig! . . . Du weißt, ich steh' nicht auf seiner Seite! Aber deine Grobheit, die vergißt er dir nicht.«
»Ich hab' keine Angst«, meinte der Ludwig ebenso. Nur er, der Kugler und der Heingeiger verstanden, daß sich das um den Silvan drehte. –
Lange flickten und reparierten die Soldaten am Lastkraftwagen herum. Die meisten Bauern waren schon heimgegangen. Endlich surrte das ungetüme Vehikel durch die hereingebrochene Nacht. Das laute Reden der Daraufsitzenden blieb im feuchtkalten, dunklen Nebel hängen und verflüchtigte sich nach und nach.
Etliche Tage drauf kam der Kugler kreuzwichtig und eilsam zum Kraus. Er traf die Hauniglin in der Kuchel. Ehe sie was sagen konnte, polterte er über die Stiege hinauf und war in der Krankenkammer. »Schuster? Wie geht's dir denn?« fragte er ohne Einleitung, und eine Miene machte er her, als lade er zu einer lustigen Hochzeit ein.
»Schlecht! . . . Warum?« gab der verblüffte Kraus mürrisch zurück und zog seine bauchige, blauweißkarierte Bettdecke bis zum unrasierten Kinn hinauf. Um und um haarig und verwildert sah er aus.

»Schlecht?... Herrgott, ist das aber dumm!« meinte der Kugler sichtlich enttäuscht und erzählte, daß der Moser als bisheriger Bürgermeisterstellvertreter den Gemeinderat für übermorgen einberufen habe.

»Da werden die Formalitäten und der Termin für die Bürgermeister- und Beigeordnetenwahl ausgemacht«, erklärte er, und indem er über die Versammlung und die Vorschläge des Volksbeauftragten Dorfner berichtete, setzte er dringlicher hinzu: »Viel im Dorf sind dafür, daß du Beigeordneter, womöglich sogar Bürgermeisterstellvertreter wirst!... Den Stelzinger mag keiner.«

Das stimmte freilich nur zur Hälfte. Allzubeliebt war der Krämer Stelzinger gewiß nicht, dennoch hatte er allerhand Aussichten. Der Kugler warb nur eifrig gegen ihn.

»Was?... Mich? Mich wählen?« stotterte der Kraus ganz betroffen heraus: »Mich?! Ich bin doch ein alter, kranker Mensch!«

»Ah, du wirst doch wieder einmal gesund auch!« rief der Kugler unbekümmert und fuhr fort: »Du bist ein Mensch mit Verstand, und jeder hat Respekt vor dir!... Was sagt denn der Doktor?... Wird's noch nicht bald besser mit dir?«

»Der?... Der Doktor! Dem glaub' ich überhaupt nichts mehr!« nörgelte der Schuster wehleidig: »Es wird schon, sagt er!... Einen Haufen Geld kost's, und mir wird immer schlechter!« Auf der Durchfahrt war der Doktor zweimal bei ihm gewesen.

»Hmhm! Dumm, saudumm!« brummte der Kugler: »Grad jetzt!«

Der Kraus musterte ihn etwas gefaßter und fragte: »Jetzt sag mir doch bloß, wer ist denn ausgerechnet auf mich verfallen?«

»Wir!... Ein ganzer Haufen im Dorf!« berichtete der Kugler schon wieder ein wenig hoffnungsgestimmter und ließ verlauten, daß diese ›Wir‹ den Heingeiger als Bürgermeister ins Auge gefaßt hätten, auch der habe den Schuster schon oft gelobt.

»Und so gut passen tät' alles«, malte er weiter aus: »Als Schriftführer der Feuerwehr kennst du dich mit der Schreiberei aus, und der Heingeiger als Bürgermeister wär dein Nachbar...!«

Indessen der Kraus wurde nicht zugänglicher, im Gegenteil, er schüttelte fast traurig den Kopf, starrte abwesend in die verbrauchte Kammerluft und brümmelte klagend: »Hmhm, mich wählen! Mich?! . . . Ich muß ja froh sein, wenn ich mein windiges Leben hab' . . .!«

Es war nichts anzufangen mit ihm. Verstimmt ging der Kugler. Alles blieb ihm unbegreiflich. Zum Sterben sah der Schuster doch gewiß nicht aus, einmal mußte er doch gesund werden, und jeder andere Mensch hätte sich nicht wenig geschmeichelt gefühlt, wenn ihm so ein Gemeindeamt angetragen worden wäre! Der Stelzinger zum Beispiel, der war darauf erpicht wie keiner. Und auffallend siegessicher war er. Er konnte es übrigens auch sein, denn diesmal hatte sich der Kugler schwer verrechnet. Er hatte, wie sich schnell herausstellte, eine wichtige Kleinigkeit übersehen. Der Kraus nämlich *konnte* gar nicht nominiert werden! Nach altem Landrecht war jede Gemeinde befugt, einen fremden Menschen, der sich in ihrer Gemarkung seßhaft gemacht hatte, zum vollberechtigten Gemeindemitglied zu machen, aber erst dann, wenn derselbe eine ziemlich lange Reihe von Jahren durch seine ordentliche Aufführung und eine gesicherte Existenz den Beweis erbracht hatte, daß eine solche Zuerkennung kein allzugroßes Risiko mehr bedeutete. Dieses Recht galt als Schutz, denn im Falle einer Verarmung des neu aufgenommenen Mitgliedes mußte die Gemeinde für ihn und seine Familie aufkommen. Noch eins aber war ausschlaggebend: Der Mann mußte unter Berufung auf einige alteingesessene, angesehene Bürger um Aufnahme in die Gemeinde nachsuchen. Um all das hatte sich der Kraus nie bekümmert, nie beworben, kurzum, er war kein Bürger der Gemeinde Auffing. Als der Kugler das erfuhr, suchte er ihn sofort wieder auf und wollte ihn durchaus dazu bewegen, das Versäumte nachzuholen, doch der Schuster blieb sonderbarerweise auch diesmal unzugänglich.

»Ah! Ah!« lehnte er ab: »Ich tu keinem Unrecht und will von keinem was, basta!« Und als der Kugler zudringlicher wurde, richtete er sich auf einmal resolut im Bett auf und sagte viel belebter: »Ich bin ganz froh, daß es so ist ... Da holt man sich keine Feindschaften!«

In der ersten Woche nach Neujahr wählten die Auffinger, die Terzlinger, die Buchberger, Glachinger und Furtwanger in der Postwirtschaft. Der Schnee lag meterhoch. Kaum zum Durchkommen war es, aber alle fanden sich zusammen. Der Imsinger bellte nach der Wahl in der Wirtsstube wie ein heiserer Hund und fing vor lauter Zorn beinahe zu weinen an, weil er wieder nur zum Beisitzer im Armenrat gewählt worden war. Die überwiegende Mehrheit hatte sich für den Heingeiger als Bürgermeister und den Stelzinger als dessen Stellvertreter und Schriftführer entschieden.

Dem Heingeiger stand nicht der Sinn danach, das Amt zu übernehmen. Er wollte und wollte nichts wissen und schlug den Neuchl von Terzling vor. Es wurde auch tatsächlich noch ein zweiter Wahlgang gemacht, aber wiederum stimmten fast alle für den Heingeiger. Nach langem Zureden nahm der Bauer an, und überaus beruhigt schmeichelte ihm der Stelzinger: »Naja, die Schriftschaften erledige ja sowieso ich ... Da sind der Herr Bürgermeister nicht weiter geplagt ...«

Der Heingeiger hörte kaum hin. Er mußte den Kopf ganz wo anders haben. Er hatte das Haus voll Verdruß, seitdem der Silvan heimgekommen war. Zuerst das mit dem Allberger-Ludwig, dann die ewige Zänkerei wegen der Elies und ihrem Buben, die der muffige Kerl durchaus aus dem Haus haben wollte. Die Rotholzerin hätte die Elies gern zu sich genommen, aber der Heingeiger wußte, was seine Älteste arbeiten konnte, und außerdem – wie das nicht selten vorkommt –, vor der Geburt des kleinen Peter hatte er diesen Zuwachs oft verwünscht, jetzt hing er an dem munteren Buben wie kaum je an seinen Kindern. Und wiederum: »Herr im Haus bin noch immer ich, und aus!« fing jeder Streit mit dem Silvan an, der grob, offen und hartnäckig drängte, der Bauer solle übergeben.

Vielmehr *hatte* bis dahin jeder Streit so angefangen, denn von nun ab hatte sich der Silvan auf Heimlichkeiten verlegt und öfter Briefe geschrieben. Eines Tages dann war ein ehemaliger Kriegskamerad von ihm gekommen, ein Mensch mit recht forschem, verwegenem Auftreten, der nichts als politisierte und dann meistens hämisch hinwarf: »Na, die rote Sippschaft wird ja bald ausgeräuchert sein! Man wird sich die Herrschaften merken, die jetzt so für diese Lotterwirtschaft sind! Handfeste Männer fehlen, weiter nichts!«

Wie er dann fort war, der Fremde, war der Silvan in die Stube gekommen und hatte kurzweg gesagt: »Also streiten will ich nimmer! Aber daß ihr's wißt, ich komm' zu meinem Recht! Dann gibt's allerhand! . . . Vorläufig weiß ich was Besseres zu tun als einen Bauernknecht daheim machen!« Dann war er aus der Kuchel gegangen, mit dem Rad nach Amdorf gefahren und seither nicht mehr gekommen. Dagegen war der Lohnkutscher Veitl von Amdorf einmal vor das Heingeigerhaus gefahren. Ein fremder Herr mit steifem Hut, in einem pelzverbrämten Überzieher war aus der Kutsche gestiegen.

»Mit Verlaub . . . Das ist doch der Heingeigerhof, nicht wahr? . . . Lochner schreiben Sie sich?« redete er die verdutzte Bäuerin in der Kuchel an: »Wie ich seh', ist der Hausherr gar nicht daheim, was?« Elies, Zenzi und Bäuerin schüttelten gleichzeitig den Kopf.

»Na, das ist ja weiter nicht notwendig . . . Ich will bloß was hinterlassen«, fuhr der Herr fort: »Ihr Herr Sohn, Lochner Silvan, nicht wahr? Der hat nämlich ein Darlehen bei mir aufgenommen, weil er ja – wie ich grundbuchamtlich festgestellt hab' – einmal den Hof kriegt, nicht wahr?«

Auf tausend Mark, achtprozentig verzinsbar und zahlbar Anfang März, lautete der Schuldschein, dessen Abschrift der Herr hinterließ.

»Ich will den Herrn Heingeigerbauern natürlich nicht drängen. Ich will bloß, daß er den Zahlungstermin weiß . . . Da ist meine

Adresse! Adjes beieinander!« verabschiedete sich der Fremde etwas eilsam. –
Nein, der Heingeiger übernahm das Bürgermeisteramt ganz gewiß nicht gern.

8

Der Schuster Kraus war wieder vom Bett aufgestanden. Das lange Liegen hatte ihn ziemlich geschwächt. Es war ihm, als seien all seine gesunden Knochen eingerostet, und in den ersten Tagen ging ihm die Arbeit gar nicht recht von der Hand. Er war wütend auf den Kugler, der ihn durch sein dummes Geschwätz gleichsam ins Bett gejagt und so lange zur Untätigkeit gezwungen hatte. Er verwünschte die Zeit, die Ereignisse in der Politik und in der Gemeinde, die in sein Leben eingegriffen hatten, so daß ihm nichts anderes übrig geblieben war, als sich krank zu stellen. Am meisten aber ärgerte er sich über sich selber, weil ihm all dieses Vortäuschen höchst zuwider und lächerlich vorkam und weil er es jetzt nicht kurzerhand abbrechen konnte. Um sich nicht zu verraten, mußte er es unverdächtig und langsam abebben lassen.
Es war sonderbar mit ihm. Offenbar mußte er in früheren Jahren Schreckliches durchgemacht haben, und deswegen begegnete er jedem Menschen mit einem solch tiefen Mißtrauen, mit so bedachter Vorsicht und wich beständig aus. Dabei aber ließ ihn das, was durch die Menschen und Geschehnisse an ihn herankam, doch nie so gleichgültig, wie es den anderen schien. Wider Willen zwang es ihn, sich mit allen Finten überlegter Schlauheit dagegen zu wehren. All diese Dinge regten ihn auf. In seinem Argwohn witterte er stets Gefahren, versuchte, ungeschoren darüber hinwegzukommen, und fand oft lange keine Ruhe. Er grübelte und grübelte wie einer, der auf verwickelte, dunkle Fragen einleuchtende Antworten haben will, weit mehr als bisher erweckte er den Eindruck, als könne ihm all das, was um ihn herum vorging, nichts mehr anhaben. Unverblüffbar und gleichgültig schien er es hinzunehmen.

Das einzige Wesen, das ihn hin und wieder leicht erwärmte, war der kleine, inzwischen schon drei Jahre alt gewordene Peter von der Heingeiger-Elies, der manchmal zu ihm herüberkam und in der Werkstatt geruhig mit den alten Schuhen spielte. Der Bub tappte schon ziemlich sicher auf seinen festen Beinen herum, hatte ein rundes, gesundes Gesicht und auffallend ausgeprägte Backenknochen, hinter denen lebhaft staunende, dunkle, ein wenig geschlitzte Augen steckten. »Jaja, du kleiner Russ'!« redete ihn der Schuster öfter an, lächelte und strich ihm dabei zärtlich über den runden, dünnhaarigen Kopf. Aus ›Russ‹ wurde mit der Zeit der Schmeichelname ›Russl‹, der dem Buben blieb. Weiter kümmerte sich der Kraus nicht um ihn. Er ließ ihn ungehindert auf dem Boden herumkrauchen, spielen und plappern und gewöhnte sich allmählich so an ihn, wie man sich ungefähr an eine Katze oder an einen trägen Haushund gewöhnt. Sonst blieb der Schuster ganz für sich.

Man sagt, daß eine solche Gleichmütigkeit, die man häufig bei allein lebenden, ausgesprochen nachdenklichen Männern zwischen fünfzig und sechzig Jahren beobachten kann, schon eine Vorstufe des Abgestorbenseins ist. Soweit aber war es beim Kraus durchaus noch nicht. Er wollte nur unter allen Umständen ein alleiniger, unabhängiger Mensch sein und bleiben. Doch selbst der Einsamste, der verlassene Sträfling in der Einzelzelle, oder jener, der nach bittersten Enttäuschungen und furchtbaren Erlebnissen versucht, sich ganz und gar in sich zu verkriechen, verlangt eines Tages nach einem Widerhall. Er redet etwas, das seine überwache Empfindung beinahe haltlos aus ihm strömen läßt, in die scheinbar tote Stille hinein. Und diese Stille bevölkert sich für ihn nach und nach mit Vorstellungen, mit Menschen, mit unvergessenen Erinnerungen und gegenwärtigen Zuständen. Die Stille hört ihm zu.

Vielleicht spürte der Kraus auch in manchen Augenblicken eine eisige Vereinsamung, vielleicht war es jene undefinierbare, fast körperlich schmerzende Melancholie, die bei allem, was ihr begegnet, immer nur der entsetzlich-unbarmherzigen Gleichartigkeit des ganzen Lebens inne wird, und jede Zuversicht, jeden Glauben an irgend etwas aus Herz und Hirn ätzt; möglicherweise aber war es auch nur eine plötzlich einsetzende Schrulligkeit seines zunehmenden Alters – jedenfalls, seit er sich zu Bett gelegt hatte, war ihm zur Gewohnheit geworden, oft lange Betrachtungen vor sich hinzumurmeln. Der spielende, kleine Peter achtete nie darauf. Er verstand auch nichts. Nur ab und zu hob er sein Gesicht und sah kurz verwundert auf den brummenden Schuster. »Jaja, Russl, jaja, du weißt von dem allen nichts!... Hoffentlich erlebst du nie sowas!« sagte er alsdann und arbeitete wieder eine Weile schweigend.

Jetzt, etliche Tage nach dem Aufstehen vom Bett, hockte der Kraus auf dem Schusterschemel und schimpfte halblaut in sich hinein: »Gottseidank, den Wirbel hab' ich wieder überstanden! Ihren Bürgermeister haben sie, und der Stelzinger ist auch, was er sein will! Gottseidank!... Wenn ich gewußt hätt', daß sie mich nicht wählen können, hätt' ich mir Doktorkosten und Verdruß gespart!... Der Schlag soll den aufdringlichen Kugler treffen!... Gemeindemitglied soll ich werden!? Besten Dank! Besten Dank dafür! Mich verlangt's nicht danach!... Der Kugler mit seinen ewigen Redereien! Ewig diese Sprüch', der kleine Mann kommt jetzt zu seinem Recht!... Ha, der kleine Mann!... Wenn ich schon sowas immer hör', da graust mir schon!... Genau so ist's anno 5 gewesen! Gegen die Geldsäck' und Blutsauger, für die kleinen Leut', hat's geheißen!... Genau wie jetzt! Ja, und nachher ist's grad gegen uns gegangen!... P-ha, der kleine Mann! Kalamitäten, nichts wie Kalamitäten hat man sein Leben lang, weiter nichts!«

»Hast du was gesagt?« fragte die schwerhörige Hauniglin, die gerade die Kuchel herausputzte und offenbar einige Laute vernommen hatte.

»Ah! Nichts!« schrie er laut: »Gar nichts hab' ich gesagt!« und leiser knurrte er: »Dappige Gans, dappige! Was sie *nicht* hören soll,

das hört sie womöglich!« Mißtrauisch schaute er nach ihr, knirschte und hämmerte stumm weiter. Tauchte jemand vor dem Fenster auf – sofort legte er sein Gesicht in kränkliche Falten. Er grüßte, wenn der Betreffende in die Werkstatt kam, fuhr mit der einen Hand nach seinem gekrümmten Rücken und richtete sich mühselig auf dem Schusterschemel auf.
»Oo-och-hoch, mein Kreuz!« stöhnte er gut überlegt: »Die Malefizschmerzen!« Wohlabgestimmt, lange nicht mehr so jämmerlich wie einst im Bett klang es, und schließlich meinte er: »Im Bett ist's ja auch nichts. Da wird's eher schlechter. Auf die Doktors ist kein Verlaß!« Nach und nach sah jeder Mensch, daß es mit der Gesundheit vom Schuster wieder bergauf ging. Die Arbeit schien ihm gut anzuschlagen, das Essen schmeckte ihm wie seit eh und je, und er wurde wieder ganz der alte. Manchmal, wenn er gegen Feierabend in der mollig warmen Werkstatt Hammer oder Nadel hinlegte, grinste er listig vor sich hin: »Der Kraus wird sich noch einmal für dumm verkaufen lassen! . . . Das erlebt keiner mehr!«
Um jene Zeit kamen immer unbestimmtere Nachrichten aus der fernen Hauptstadt. Der Eisenbahnverkehr wurde unregelmäßiger und stockte oft völlig. Alles schien aus den Fugen. Die Zeitungen, die der Stelzinger endlich wieder aus Amdorf heimbrachte, waren schon mehrere Tage alt. Sie berichteten von einem Putsch gegen die provisorische Regierung, der erst nach hartnäckigen Kämpfen niedergeworfen worden war. Generalstreik war proklamiert. Drohende Aufrufe und warnende amtliche Erlasse gegen unverantwortliche, gegenrevolutionäre Elemente standen darin. Durch die hohen Schneemassen, die sich wie undurchdringliche Wände um die Dörfer zogen, sickerten allerhand Gerüchte. Noch immer seien in der Stadt drinnen wilde Schießereien und blutige Straßenkämpfe, hieß es, und fast wie im Krieg gehe es zu. Kein Mensch arbeite mehr, jeder habe ein Gewehr und treibe, was er wolle. Die Bauern gingen ihrer gewohnten Arbeit nach und sagten gleichgültig: »Die Narrenhäusler! . . . Die glauben gewiß, davon wird's bes-

ser?... Jetzt hat man gemeint, der Krieg ist aus, und die machen weiter damit!«

»Naja, wenn sie nichts mehr zu nagen und zu beißen haben, wird ihnen schon der Verstand kommen«, meinte dann der eine oder andere.

Schnell aber merkten die Bauern, daß sie nicht für sich allein lebten. Seit langen Jahren bezog eine hauptstädtische Großeinkaufsgenossenschaft die Milch aus der Umgegend. Jeden Tag, in der Frühe um fünf Uhr, fuhr der Neuchl von Terzling durch die Dörfer, lud die vollen Milchkübel auf und brachte sie zur Bahnstation nach Amdorf. Dort lagen die inzwischen zurückgeschickten leeren Kübel, die er wieder heimbrachte.

»Haha, jetzt kommst du auch noch daher!« rief ihm der alte Speditionsmeister Hunglinger auf dem Güterbahnhof spöttisch entgegen: »So ein Segen für nichts!... Da!... Deine gestrigen Kübel sind noch voll und durch und durch gefroren... Wunderbar eingelagerte Frischmilch, bitte! Die kannst du auch gleich wieder mit heimnehmen!« Der Neuchl verstand erst gar nicht. Dann aber sah er auf dem flachgefahrenen Schnee des noch dunklen, nebelverhängten weiten Platzes die Milchschlitten aus den anderen Gegenden stehen. Die mageren Rösser oder Ochsen davor hatten ihre rauhreifüberzogenen Köpfe gesenkt, dösten vor sich hin und prusteten ab und zu. Die winzigen, gelben Stallaternen an den Deichseln stachen dünn durch das kalte Nebelgebräu. Die frierenden Fuhrleute stampften mit ihren schweren Stiefeln auf der Stelle und schimpften über die ›Sauerei in der Stadt drinnen‹.

»Ja, meine Herrschaften, ihr scheint das noch gar nicht zu wissen«, höhnte der Hunglinger: »Wir haben nämlich eine neue, eine viel bessere Zeit!« Damit ging er ins Stationsgebäude.

»Ein ganz miserabliger Schwindel ist's!... Wir Bauern sind doch keine Hanswursten!« schrie ihm einer nach.

»So eine Hundsbande! Eine Saubagage!« bellte ein anderer: »Wir liefern überhaupt nichts mehr... Nichts mehr geben wir her, ba-

sta! Nachher vergeht dem Lumpengesindel gleich der Geist!« Unschlüssig schrien sie eine Zeitlang so herum, aber der Hunglinger ließ sich nicht mehr sehen. Es blieb nichts anderes übrig, – der Neuchl tat, was schließlich alle anderen taten: Soviel er von den eingefrorenen Milchkübeln mitnehmen konnte, lud er auf, und fuhr auch mit der frischen Milch wieder in die Dörfer zurück.
»Was noch auf der Station liegt, für das kann ich nicht garantieren!« plärrte er in Auffing herum: »Ob ein Zug geht, hat der Hunglinger gesagt, das weiß er nicht . . .«
Kein Mensch im Dorf und in der Gemeinde machte sich jetzt so nützlich wie der Stelzinger. Er telefonierte die Amdorfer Güterstation an und bekam dieselbe Antwort wie der Neuchl. Er versuchte auf die gleiche Weise, mit der Eisenbahndirektion der Hauptstadt in Verbindung zu kommen. Vergeblich. Die Großeinkaufsgenossenschaft, die er endlich erreichte, gab den Bescheid, der Generalstreik dauere an, sie sei machtlos und könne für nichts aufkommen. Schimpfend schleppten die Bauern ihre vollen Milchkübel in die Häuser. Sie wußten mit dem Überfluß nichts anzufangen und fütterten die Säue mit der Milch. Dem Krämer, Posthalter und jetzigen Schriftführer der Gemeinde, dem Stelzinger, dem schienen diese Mißlichkeiten einen geradezu erwünschten Auftrieb zu geben. Er entwickelte eine staunenswerte Unermüdlichkeit, machte unentwegt ein verwichtigtes Gesicht, hatte die Stirn gefurcht und sprach dabei sein stelziges Amtsdeutsch, das er sich sozusagen für den Dienstgebrauch angeeignet hatte.
»So einfach, das hab' ich immer gesagt, der Meinung war ich seit jeher, Herr Bürgermeister – so einfach ist das alles nicht«, sagte er beim Heingeiger in der Stube: »Die Unordnung in der Stadt drinnen wird bald noch folgenschwerer aufs Land übergreifen, zum Schaden der Bevölkerung . . . Da muß die Gemeinde auf der Wacht sein!« Er stand da, seinen Aktendeckel mit den säuberlich angefertigten Schriftschaften unter den Arm geklemmt, und schaute den Bauern mit seinen flinken, mausgrauen Augen forschend an.

»Was können denn da wir machen?... Wir sind doch keine Lokomotivführer!« warf der Heingeiger hin: »Lang kann das doch nicht so weitergehn!«

»Ich hab' da so meine eigenen Ansichten«, erklärte der Stelzinger und wurde noch wichtiger: »Es geht nicht bloß um die momentane Stockung des Eisenbahnverkehrs, Herr Bürgermeister!... Es geht um die Fernhaltung, beziehungsweise um die Eindämmung der Elemente der Unordnung im ganzen Land.«

»Das versteh' ich nicht recht«, sagte der Heingeiger und maß den Krämer von der Seite: »Im ganzen Land, sagst du?... Glaubst du vielleicht, bei uns gibt's auch so Narrenhäusler wie in der Stadt drinnen?... Wie meinst du denn das?«

»Ich will mich durchaus in nichts hineindrängen, Herr Bürgermeister! Ich versteif' mich nicht auf Behauptungen, wenn ich keine klipp und klaren Beweise hab'... Vorläufig will ich bloß rechtzeitig darauf aufmerksam gemacht haben, wie es meine Pflicht und Schuldigkeit ist«, wich der Stelzinger aus, aber als er merkte, daß ihn der Bauer ganz verständnislos anschaute, lugte er schnell rundherum, dämpfte seine Stimme und wurde vertraulicher: »Als Posthalter bin ich an meinen Diensteid gebunden, Herr Bürgermeister, aber in dem Fall wie jetzt, da sind wir beide Amtspersonen... Ich will nur sagen, daß sich in der Stadt drinnen rechtschaffene Persönlichkeiten bereit halten... Die anständige Bevölkerung verlangt Ruhe und Ordnung wie unsereins, Herr Bürgermeister, und – im Vertrauen, ganz im Vertrauen und unter vier Augen, Herr Bürgermeister – ich steh in telefonischer Verbindung mit Persönlichkeiten, die mich auf dem laufenden halten... Die vordringlichste Pflicht für uns, sagen diese Persönlichkeiten, ist: wir sollen genau aufpassen auf die Hetzer, die jetzt überall auftauchen... Überall gibt's so Elemente, die am liebsten wollen, daß es noch mehr drunter und drüber geht.«

»Soso, es gibt da so Persönlichkeiten?« meinte der Heingeiger: »Soso?« Und wahrscheinlich schoß ihm einen Augenblick lang ein gewisser Respekt vor dem Stelzinger in den Kopf, der stets so geheimnisvolle Telefonanrufe bekam.

»Hm,« machte er nachdenklich: »Aber bei uns hat doch jeder seine Arbeit . . . Da haben die Hetzer kein Glück . . .«

»Jedenfalls, Herr Bürgermeister, es wird gut sein, wenn wir Augen und Ohren offen halten, aber, wie gesagt, das bleibt ganz und gar unter uns«, schloß der Stelzinger und ging. Als er fort war, sagte der Heingeiger zu seiner Bäuerin: »Er gibt sich ja recht viel Müh', der Kramer, aber – ich weiß nicht – der möcht' am liebsten Bürgermeister und Gandarm auf einmal spielen . . . Sein Rumreden mag ich nicht.« Er nahm den breiten ledernen Bauchgurt vom Ochsengeschirr, der gerissen war, und ging zum Kraus hinüber. Dort traf er den Kugler, der auffälligerweise an ein altes Pferdehalfter eine Schnalle nähen ließ. Der Kugler, der sein Leben lang ein paar dürre Geißen im Stall hatte – er auf einmal mit einem Pferdehalfter!!

»Hoho, was tust denn jetzt du mit dem Halfter?« fragte der Heingeiger erstaunt: »Weißt du vielleicht gar, wo man zu jetziger Zeit ein Roß herkriegt?« Pferde nämlich hatte der Krieg unzählige verbraucht, Pferde waren teuer und rar. Kein Viehhändler hatte welche, und Pferdemärkte wurden schon lang nicht mehr abgehalten. Pferde suchten alle Bauern.

»Wenn ich's recht sagen soll, Bürgermeister, ja!« antwortete der Kugler nicht ohne Bedeutsamkeit: »Ich hoff', du redest nicht gleich groß und breit drüber . . . Den Gaul, den wo ich jetzt krieg, der gehört schon dem Jodl von Buchberg, aber wenn's dich interessiert, ich kann mich auch umschauen für dich . . .«

Der Bürgermeister wurde noch baffer, zugleich aber mußte er ein wenig lachen. Sonderbar waren diese Zeiten. Schon wieder trieb einer was Geheimnisvolles, über das man nicht reden sollte! Er schüttelte den Kopf und hockte sich auf die um den Kachelofen laufende Bank.

»Geld wenn ich jetzt hätt', Bürgermeister, leicht könnt' ich für den

und den Bauern ein Roß auftreiben«, erzählte inzwischen der Kugler weiter, und weil er aus der Miene des Bauern Ungläubigkeit und ein verborgenes Mißtrauen herauslas, setzte er dazu: »Und nicht, daß du vielleicht meinst, es ist was Unreelles dabei! Ganz und gar nicht! . . . Ich hab' bloß zufällig Glück gehabt und was erfragt.«
«Geld?« meinte der Heingeiger ernsthafter: »Ja, Geld kann ich dir schon vorschießen, aber natürlicherweis' bloß für den Handel, den wir zwei miteinander machen . . . Die Katz' kauft man doch nicht im Sack, und ein Roß schon gar nicht . . .«
»Sowas verlang' ich auch nicht«, zerstreute der Kugler derlei Bedenken, aber als der Heingeiger fragte, ob er nicht mitkommen könne zum Kauf, schüttelte er resolut den Kopf und versprach, den Gaul selbst zu bringen. Wieder wurde der Heingeiger mißtrauisch, musterte den einarmigen Gemeindediener fester und fragte geradezu: »Und du garantierst, daß alles reell zugeht? Ich brauch den Gaul nicht nehmen, wenn er nichts taugt?«
»Durchaus! . . . Schiefe Handelschaften mach' ich nicht!« bekräftigte der Kugler, und mit einer fast beleidigten Biederkeit ergänzte er: »Ich glaub' denn doch, du kennst mich, Bürgermeister! . . . Daß ich bei der Gelegenheit natürlicherweis' auch was verdien', ist doch nicht mehr wie recht und billig!«
»Und wo du die Ross' herkriegst, das soll man nicht wissen?« beruhigte sich der Heingeiger immer noch nicht und überlegte kurz. Das, meinte der Kugler, sage er ihm später schon einmal, Angst vor einer Unreellität brauche er nicht im mindesten zu haben. Die zwei gingen schließlich zum Heingeiger hinüber und machten den Handel fest.
Mit hurtig beschwingten Schritten kam der Kugler nach einer guten Weile in die Schusterwerkstatt zurück und rief unverhohlen triumphierend: »Ich hab' dir's seit eh' und je gesagt, Schuster, jetzt endlich ist die richtige Zeit für uns kleine Leut' . . . Es stimmt schon! Es stimmt vollauf!«

Unangerührt gab ihm der Kraus das fertig genähte Halfter. Ein Mensch aber, der jäh eine unverhoffte Freude erlebt und sie nicht verhalten kann, erträgt es nicht, daß der andere, dem er sich mitteilt, nicht darauf reagiert.

»Dich hab' ich noch nie verstanden, Schuster!« redete der aufgeräumte Gemeindediener weiter: »Mit dir kennt sich kein Mensch aus!... Dich kümmert rein gar nichts! Du rackerst und rackerst und kommst doch nie raus aus deiner ewigen Fretterei!... Du bist doch genau so dran wie ich!«

»Mag schon sein! Mag schon sein!« meinte der Kraus gleichgültig und schob den halbgesohlten Schuh zwischen seine Oberschenkel. Sichtlich wollte er kein weiteres Gespräch mehr. Doch er täuschte sich.

»Ist denn das ein Leben? Ist das vielleicht eine Gerechtigkeit?« fuhr der Kugler lebhafter fort: »Unsereins hat sein Lebtag nichts wie Plagerei und Not! Ewig ist man der windige Kleinhäusler, der nichts hat und nichts gilt... Und die andern schaun dich schief an, und wenn's hoch kommt, spielen sie vielleicht die Mitleidigen, die Gnädigen!... Der Hund, der Dreck ist man sein Lebtag!... Das muß jetzt aufhören! Ich möcht' auch einmal obenauf!« Er sagte es wie ein Mensch, aus dem nur selten so etwas bricht.

»Obenauf?... Und was nachher?« fragte der Schuster unverändert, aber er schaute ihn doch aufmerksam an dabei.

»Nachher?... Ha, du fragst ja komisch!« eiferte sich der Kugler: »Wer Geld hat, ist was!... Ich will einfach nicht mehr notschnappen! Ich will auch einmal mitreden überall wie jeder, und wenn ich einmal Geld hab', nachher gilt mein Wort auch was!«

»Jaso!... Jaja, ich versteh dich, jaja!... Ich wünsch' dir Glück!« antwortete der Kraus mit behutsam verdecktem Spott: »Die Zeit ist vielleicht doch besser worden... Ich hab' bis jetzt gemeint, es hat sich gar nichts geändert.«

»Die Zeit ist durchaus für uns!... Die Revolution ist bloß für die notigen kleinen Leut'!... Du wirst mir auch noch recht geben!«

rief der davongehende Kugler und zog die Tür fest hinter sich zu. Seine Worte schienen noch eine Zeitlang in der warmen Werkstattluft zu hängen. Draußen fiel der Schnee jetzt dichter und verdunkelte den Raum. Der Wind fing zu pfeifen an, daß die Fensterscheiben ab und zu leise klirrend zitterten.
Der Kraus fuhr wieder fort, die vielen kleinen aufgenagelten, widerspenstigen Lederflecke, die die Sohle abgaben, auf dem Schuh platt zu klopfen. Geruhsam, wie abgemessen schlug er seinen Hammer darauf und murmelte bei jedem Schlag: »Revolution ist, sagt er, der Kugler ... Re-vo-lution ... Jajaja, Revolution ...« Er starrte kurz in die dämmerdunkle Luft vor sich, als wolle er mit den Augen einen Gedanken aus ihr fischen. Wieder schlug er ein paar Mal fest auf die Sohle: »Obenauf will er, der Kugler! ... Zu Geld kommt er, hmhm ... Rösser hat er!« Sekundenlang brach er ab.
»Jajaja,« brümmelte er weiter: »Die Rösser werden den Bauern weit lieber sein als dem Stelzinger seine schönen Lehren ... Jajaja, Revolution ist! Die kleinen Leut' kommen über die Großen, und die Großen werden klein ... Hmhmhm ... Und nachher kommen *die* Kleinen wieder über die neuen Großen ... So geht's weiter ... Hmhmhm!«
Es war ganz dunkel geworden. Er richtete sich halb auf und knipste die elektrische Lampe an, die über seinem Schusterschemel hing. Sich wieder niedersetzend, wischte er mit der Handfläche über die glatt gehämmerte Sohle und stellte den fertigen Schuh weg. Er zog den ausgebleichten Vorhang über die Fensterscheibe und reckte sich. Kein Kreuz und kein Rücken, nichts schien ihn zu schmerzen. Er stand auf, ging in die Kuchel, aus der ein Geruch von kochendem Essen kam, das die Hauniglin auf dem Herd gelassen hatte. Unterm Wasserhahn wusch er seine zerarbeiteten Hände flüchtig und trocknete sie an seinem blauen Schusterschurz ab. Er stellte die brodelnden Tiegel auf den wachstuchüberzogenen Tisch. Da lag die Zeitung, die die Hauniglin gebracht

hatte. Die provisorische Regierung kündigte an, daß demnächst im ganzen Reich Wahlen zur ersten deutschen Nationalversammlung und zu den Landtagen stattfinden würden. Dick sprangen die Lettern der Balkenüberschrift in die Augen: ›Die große Errungenschaft der Revolution! Das befreite Volk streift die letzten Fesseln der Bevormundung ab! Es entscheidet über sich selbst.‹ Uninteressiert schob er die Zeitung beiseite und fing mit größtem Appetit zu essen an. Mit vollen Backen kaute er. Unordentlich, gierig, schmatzend und ohne einzuhalten aß er. Schließlich schleckte er auch noch das leergegessene Geschirr mit der Zunge aus. Nachdem er endlich fertig war, lehnte er sich behaglich zurück und stocherte mit seinen Findernägeln die letzten Speisereste aus seinen schadhaften Zähnen. Ab und zu rülpste er. Gemächlich drang das gleichmäßige Ticken der altmodischen Pendeluhr von der Werkstatt in die Stille der engen Kuchel.

»Ah!... Ah!« stieß er ein paar Mal aus sich heraus und machte eine abwehrende Handbewegung, als versuche er einen hartnäckigen Gedanken zu verscheuchen. Der Gedanke schien nicht zu weichen.

»Hmhm, der Kugler!« brummte er nach einer Weile langsam aus sich heraus, nahm die zwei niederen Tiegel, stand auf und trug sie an den Herd: »Mit seiner Revolution!... Neunundneunzig vom Hundert wollen mehr haben und mehr sein als alle andern, und ein Perzent, die wollen gar nichts... Die möchten bloß ihre Ruh' und ihren Frieden... Aber die zählen nicht... Die zählen nicht...«

Er drehte sich um und ging wieder auf den Tisch zu, während er fast plappernd wiederholte: »Nein-nein, die zählen nicht... Die zählen nicht... Die mag man auch nicht...« Er tappte ein paar Mal hin und her, kam in die dunkle Werkstatt, kam wieder zurück, und in einem fort so weiterbrümmelnd ging er endlich zu Bett...

9

Im Januar noch waren trotz des hohen Schnees, trotz des oft unterbrochenen Eisenbahnverkehrs und der dauernden Unruhen in vielen Städten manchmal Wahlredner der verschiedenen politischen Parteien gekommen. Nicht nur weil solche Versammlungen für sie unterhaltlich waren, nein, nein, auch weil sie sich manche Nützlichkeiten davon versprachen, zeigten die Leute stets starkes Interesse dafür. In der Meinung nämlich, daß jeder dieser Redner irgendwie nahe mit der Regierung zusammenhänge und imstande wäre, allerhand für sie Ungünstiges abzuschaffen, brachten die Bauern dabei ständig ihre Beschwerden vor. Zum Beispiel, das gehe doch nicht, einfach keinen Zug mehr nach Amdorf zu schikken und ihre Milch verderben zu lassen; warum denn keine Viehmärkte mehr stattfänden; was denn das sei mit den seinerzeit gekauften Scheinen der Kriegsanleihen, die wolle niemand mehr in Zahlung nehmen, und ob es wahr wäre, daß das Geld bald gar nichts mehr gelte. Je schlagfertiger und einleuchtender so ein Redner die verwickelten Fragen beantworten konnte, umso mehr Beifall bekam er, und gleich hieß es: »Den wählen wir, der ist für uns und hat einen Verstand.« Nur diesem Umstand war es zu verdanken, daß die Gemeinden um Glaching herum zum Landtag und zur Nationalversammlung wählten. Auf die eifrige Agitation, die der Stelzinger und der Kugler dabei betrieben, gaben sie gar nichts, denn was konnten die zwei als Einheimische, weit weg vom politischen Betrieb in der Stadt drinnen, schon wissen!
Jetzt hingen längst wieder die Fetzen der aufgeweichten, bunten Werbeplakate aus der Wahlzeit von den Gartenzäunen, Hauswänden und Telegraphenstangen herunter und waren vergessen. Nichts war geschehen, und nichts hatte sich im geringsten geändert. In den Zeitungen standen nur immer lange Artikel über die Sitzungen der verfassunggebenden Nationalversammlung in Weimar, und manchmal war ein Bild darin, das zeigte einen Mann mit

leichten Hängebacken, einem Doppelkinn, mittelgroßen, sehr nüchternen Augen, dichtem dunklen Haar, einem breiten Schnurr- und einem in der Mitte des starken, runden Kinns gerade herunterlaufenden Spitzbart. Darunter stand: ›Friedrich Ebert, der erste deutsche Reichspräsident‹.

Der Bürgermeister Heingeiger, den jetzt der Stelzinger unter allen möglichen Vorwänden sehr oft besuchte, hatte schon recht, als er einmal ungut herausstieß: »Ah! Ah! . . . Du sagst fort und fort, in der Zeitung steht, daß das und das zum Gesetz wird und uns Vorteil bringt! Wir spüren nichts davon! . . . Der gescheitere ist der Kraus gewesen! Der hat sich noch nie um die Sachen gekümmert. Er ist in keine Versammlung gegangen und hat nicht gewählt . . . Recht hat er, ganz recht! . . . Das gleiche A-bopa ist's wie früher!«

»A-bopa?« fragte der Stelzinger, der das Wort zum ersten Mal hörte, und wurde neugieriger: »Was ist denn das? Was soll denn das bedeuten?«

»A-bopa? . . . Naja, derselbe Schwindel halt wie früher!« antwortete der Bürgermeister wegwerfend.

»Das kommt eben, weil fast lauter Landfremde in den Regierungen sitzen!« meinte der Stelzinger, ohne weiter zu fragen, doch der Heingeiger blieb bei seiner Auffassung. Es kam nie zu einem richtigen Diskurs bei solchen Gelegenheiten. Der Stelzinger suchte in seinem Fremdwörterbuch vergeblich nach dem geheimnisvollen Wort ›A-bopa‹. Ärgerlich gab er das Suchen endlich auf.

Februar war es inzwischen geworden. Die Monatsmitte war schon überschritten, und langsam ging es winterauswärts. Frische Winde fegten die Wolken aus dem hohen Himmel und schälten die klare Bläue heraus. Hin und wieder schien die Sonne schon frühjahrswarm. Eintönig tropfte es von den Dächern, und von Zeit zu Zeit rutschte eine dumpf auffallende Schneemasse hernieder und türmte sich vor einem Haus. Die Kinder spielten darauf. In den Feldern und Äckern tauchten immer größere, feuchte braune Inseln auf. In der Frühe bis zur Mittagszeit waren die Straßen starr-

gefroren, dann weichten sie in der zunehmenden Wärme auf und wurden matschig. Der Schuster Kraus, der gewohnterweise manchmal nach Amdorf hinüberging, um Leder zu ergattern, kam an solchen Tagen stark ins Schwitzen. Aber er hatte jetzt öfter Glück. Die amtliche Lederverteilung hatte sich langsam wieder in die althergebrachte Lederhandlung ›Auzenbichler und Söhne‹ rückverwandelt und wurde zusehends kulanter zu ihren kleinen Kundschaften. Sie hatte noch ziemliche Vorräte, und an die Schuhfabrik Leitner, die den ganzen Krieg lang Stiefel für Heeresbedarf gemacht hatte, gab's nichts mehr zu liefern. Gleich am ersten Revolutionstag waren die Fabrikherren verschwunden. An den Eingangstoren hingen schreibmaschinengeschriebene Blätter, die ankündigten, daß alle Arbeiter zunächst wegen Materialmangel und Ausfall aller Lieferungen entlassen seien. Die verdutzten, ergrimmten Arbeiter hatten die Fabrik besetzt, aber schließlich mußten sie einsehen, daß wirklich keine Militärstiefel mehr gebraucht wurden, daß die Lederlieferungen ausblieben, und daß die stillstehenden Maschinen in den öden Räumen ihnen keinen Lohn mehr bringen konnten. Planlos zerstreuten sie sich und verwarteten die Tage. Irgendeinmal stand unter den amtlichen Kundmachungen des ›Amdorfer Wochenblattes‹, daß der Betrieb erst ›nach Umstellung auf Friedensbedarf‹ wieder eröffnet werden könne. ›Auzenbichler und Söhne‹ wandten ihre Aufmerksamkeit wieder solchen Leuten wie Kraus zu.
Einmal bei seinem Heimgang von Amdorf, als der Schuster seinen schwerbepackten Rucksack auf einen schiefen Kilometerstein ausrastend abstellte, fiel ihm ein handgroßer, weißer Zettel mit schwarzem Rand in die Augen, der mit Reißnägeln an der danebenstehenden Telegraphenstange befestigt war. Er setzte seine Brille auf und fing zu lesen an: ›Israel in Deutschland voran! – Nehmt die Juden in Schutzhaft, dann herrscht Ruhe im Lande! Juden hetzen zum Spartakismus! Juden wiegeln das Volk auf! Juden drängeln sich überall an die Spitze! Juden verhindern, daß sich die Deut-

schen verständigen! Darum fort mit den jüdischen Machern und Unruhestiftern! Deutschland den Deutschen, das sei unsere Losung!«

Der Tag war kalt und klar. Das Blatt war nicht feucht vom weggewärmten Frühfrost. Es mußte noch nicht lange hier angeheftet sein. Nachdenklich nahm der Schuster seine Brille wieder ab und schaute von ungefähr in die Richtung der nächsten Telgraphenstange, die einen halben Wurf weit entfernt in die Höhe ragte. Auch von dorther blinkte so ein kleines, weißes Blatt.

»Hm, überall das gleiche!... Israel!... Die Juden!« brümmelte der Kraus und starrte sekundenlang in die glasig klare Luft: »Die Juden?« Eine trockene Traurigkeit breitete sich langsam auf seinem erhitzten Gesicht aus. Er schaute so, als verschwimme mehr und mehr alles um ihm herum, in irgendeine unwirkliche Weite hinein, und sein Gesicht wurde dunkelrot. Ein paar Mal schnaubte er tief, mit vollen Lungen und hauchte die eingeatmete, dünn dampfende Luft durch seine zusammengebissenen Zähne. Endlich schien er wieder zu sich zu kommen, schielte auf das Blatt und lugte fast wie ein Dieb geschwind nach allen Seiten. Die Finger seiner Hände krümmten sich, schon hob er den rechten Arm – und ließ ihn plötzlich wieder schlaff niedersacken.

»Ah!« knurrte er kurz: »Ah!« Er packte seinen Rucksack wieder auf den Buckel und ging festschrittig weiter. An den meisten Telegraphenstangen erspähte er die weißen Zettel, aber er tat, als sähe er sie nicht, hatte wieder seine gewöhnliche Miene und kam, ohne daß ihm jemand begegnet war, daheim an.

Am anderen Tag spielte der kleine Peter in seiner Werkstatt mit etlichen solchen weißen Zetteln. Man sah ihnen deutlich an, daß sie abgerissen worden waren. Der Bub zeigte sie dem Schuster, und der lächelte ihn arglos an. Dann ballte er die Zettel zu kleinen Papierkugeln, legte sie auf den Betonboden und gab jedem einen leichten Stoß. Possierlich rollten die Kügelchen über alle Fugen und Unebenheiten. Als der erstaunte Peter erfreut auflachte und

ihnen, mit den kurzen Armen ausgreifend, nachlief, sagte der Schuster scherzend: »Jajaja, Russl, so rollen die daher, und keiner kann sie aufhalten . . . So, jetzt spiel nur wieder.«
Soweit sich der Kraus insgeheim vergewissern konnte, hatte die Zettel niemand im Dorf weiter beachtet. Sogar der Kugler, der – wie er erzählte – sie alle abgerissen hatte, spöttelte nur nebenher über sie: »So ein Blödsinn . . . Die Juden? . . . Die haben doch ihrer Lebtag bloß Vieh gehandelt! Jetzt gibt's kein Vieh auch nimmer . . . Ich möcht' bloß wissen, von was die jetzt leben . . .? Er und alle Bauern waren noch nie mit anderen Juden in Berührung gekommen, und da das so war, schien für sie die Bezeichnung ›Jude‹ gleichsam die Berufsbestimmung Viehhändler zu sein. Darum war es gar nicht so abwegig, wenn der Kugler einmal zum Kraus sagte: »Ich bin jetzt auch ein Jud' . . .« Es klang fast, als bilde er sich allerhand darauf ein. Eines Tages ritt er stolz auf einem breitgebauten, mageren, aber lebhaften Fuchsen daher. Alles sah aus den Fenstern, und staunend liefen ihm die Kinder nach. Vor dem Bürgermeisterhaus schwang er sich herab, band den Gaul an den Gartenzaun, warnte die Kinder, sie sollten nicht so nah herankommen, und lief in den Hausgang. Drinnen stieß er auf den Heingeiger, der gerade aus dem Stall kam und ihn gesehen hatte.
»Ist das vielleicht schon mein Gaul?« fragte der Bauer, aber der Kugler schien ganz außer Rand und Band zu sein, schüttelte nur den Kopf und zog ihn mit den hastigen Worten: »Geh bloß gleich rein mit mir, Bauer!« in die Stube. Er schwitzte leicht und schnaubte, als wäre er heftig gelaufen. »Nein-nein, der Fuchs draußen gehört dem Jodl!« stieß er geschwind heraus und schaute aufgeregt auf den Bürgermeister: »Jetzt gibt's Blut! . . . In der Stadt drinnen geht's schon wild auf . . . Sie haben den Ministerpräsidenten erschossen! . . . Weiß man denn noch gar nichts?«
»Nein . . . Warum?« wunderte sich der Heingeiger halbwegs, aber man sah an seinem Dreinschauen, daß ihn das nicht weiter interessierte.

»So – noch gar nichts? . . . Sonst weiß doch der Stelzinger alles früher wie jeder andere! . . . Ist er noch nicht bei dir gewesen?« forschte der Kugler argwöhnisch weiter.

»Ja, Herrgott, was regst du dich denn da so auf!« fuhr ihn der Bauer etwas ungeduldig an: »Was haben denn wir mit dem Ministerpräsidenten zu tun? . . . Überhaupt, was bringst du denn da für politische Sachen daher? . . . Die gehn uns doch nichts an . . . Was ist's denn, krieg' ich auch bald ein Roß?«

»Jetzt? . . . Ein Roß? . . . Das ist sehr zweifelhaft!« meinte der Kugler und wurde fast höhnisch: »Da kannst du dich bei der ganzen gegenrevolutionären Lumpenbagage bedanken! . . . Was uns das angeht, daß sie den Ministerpräsidenten niedergeschossen haben, fragst du? . . . Das wirst du bald erleben!«

Der Wind trieb etwas herbei, das bald das ganze Dorf aufschreckte. In Glaching läuteten mitten am Nachmittag die Glocken. Die Leute kamen vor die Haustüren und schauten fragend in die kalte Luft.

»Was ist's denn? . . . Brennt's wo?« fragte der Moser zum Lampl hinüber. »Ich weiß nicht! . . . Da müßt' man aber doch die Feuerwehr hören?« gab der Lampl zur Antwort.

»Vielleicht ist wer gestorben«, mutmaßte die Allbergerin. Beim Stelzinger schrie die Julie hochnäsig vom Fenster aus dem ersten Stock herunter: »In der Stadt drinnen ist was passiert . . . Der Vater sitzt schon die ganze Zeit im Expeditionszimmer . . .«

»In der Stadt drinnen? . . . Ja, warum läuten sie denn da die Glachinger Glocken?« rief ihr der Moser zweiflerisch zu. Der Stelzinger kam hinten zur Türe des Expeditionszimmers heraus, schrie vielbeschäftigt: »In der Stadt gibt's Mord und Totschlag! . . . Ich muß zum Herrn Bürgermeister!« und ging geschwindschritts in die Richtung des Heingeigerhauses. Er wurde jäh verdutzt, als er dort den Kugler traf, musterte ihn kurz und scharf und wollte eben – wie er derartige Angelegenheiten zu nennen pflegte – Meldung erstatten, aber der Kugler kam ihm zuvor und sagte mit deutli-

chem Hohn: »Bist schon zu spät dran, samt deinem Telefon!...
Seit zwölfe weiß ich's schon von Amdorf drüben... Da rührt sich
schon allerhand... Lang kann's nicht hergehen, daß wir auch was
erleben...« Der Kugler meinte noch, er müsse schauen, daß der
Jodl zu seinem Gaul komme, und ging auf die Türe zu.
»Wart' ein wenig!... Ich schau mir dein Roß an!« sagte der Heingeiger und folgte ihm geschwind.
»Herr Bürgermeister? Es ist eine dringende Dienstsache!« redete
der Stelzinger leicht beleidigt dazwischen, aber der Bauer wehrte
nur hastig ab: »Ich bin gleich wieder da!... Ich weiß ja sowieso
schon alles!« und ließ sich nicht zurückhalten. Bestürzt und verärgert blieb der Stelzinger stehen. Draußen gingen die zwei eilsam
auf den Gaul zu, und gleich fing der Bürgermeister an, denselben
genau zu untersuchen. Während er dem sträubenden Roß mit beiden Händen das Maul aufsperrte und an dessen kräftigen Zähnen
das Alter prüfte, redeten die beiden eifrig miteinander. Der Stelzinger sah die paar neugierig gaffenden Kinder, sah, wie drüben
über der Straße der Schuster Kraus aus der Haustüre kam und den
vollen Aschenkübel in sein schneeverkrustetes Vorgärtchen
schüttete. Beim Zurückgehen blieb der Kraus stehen, weil ihn der
Kugler anrief. Er schaute herüber und sagte ein paar Worte. Endlich verschwand er wieder im Haus. Von alledem hörte der Stelzinger in der Stube nur verschwommene Laute. Er ging näher an das
Fenster, aber er verstand immer noch nichts. Der Bürgermeister
bog jetzt den Vorderfuß des Gauls in die Höhe, stocherte mit seinen Fingern den klebrigen Kot aus dem Huf und tastete darin
herum. Dabei schaute der Kugler zufällig auf das Fenster. Wie ertappt drehte sich der Stelzinger halb um und ging ein paar Mal
nervös hin und her. Sein wichtig zerfurchtes Gesicht dem Stubenboden zugewendet, schien er zu überlegen, was er später alles vorbringen wolle, aber immer wieder hob er den Kopf und spähte nach
den zwei Männern am Gartenzaun. Einmal war ihm, als sage der
Kugler dem Bürgermeister etwas Überraschendes, denn der

Bauer bekam plötzlich ein sonderbar fragendes, ganz anderes Gesicht, wiegte den Kopf hin und her und schien kurz nachzudenken. Inzwischen schwang sich der Kugler erstaunlich behend auf den Gaul und trabte davon.

»Daß der Kugler vielleicht vom Attentat auf den Ministerpräsident schon was gewußt hat, Herr Bürgermeister«, sagte der Stelzinger unvermittelt, als der Heingeiger in die Stube zurückkam, »das mag sein, aber zu gleicher Zeit haben die Roten wie die Wilden im Landtag auf Minister und Abgeordnete geschossen... Innenminister Auer, Major Jareis und Abgeordneter Osel sind tot... Es gibt keine Regierung mehr. Die Polizei ist davongejagt. Der Rote Arbeiter-Rat hat die Ämter besetzt und läßt alles zu... Jeder anständige Mensch ist schutzlos... Das Lumpengesindel ist obenauf und treibt sich in der Stadt herum... Die Geschäftshäuser werden ausgeräubert, und wer sich dagegenstellt, den schießen sie nieder... Bald wird's bei uns auch Raub und Totschlag geben...«

»Hoho, hoho!« fiel ihm der Heingeiger, der wahrscheinlich noch immer an den Gaul vom Kugler dachte, ins Wort und schaute den aufgeregten Menschen ungeschreckt an: »In die Sachen, die jetzt in der Stadt drinnen passieren, können wir uns nicht einmischen... Sie gehn uns auch weiter nichts an... Bei uns ist bis jetzt nichts Unrechtes passiert.«

»Bis jetzt! Bis jetzt!« schrie der Stelzinger mittenhinein. Sein Gesicht war rot angelaufen: »Aber morgen oder übermorgen können schon rote Räuberbanden unsere Gegend überziehen!...«

»Da sind ja wir auch noch da!« unterbrach ihn der Bürgermeister neuerlich und etwas ungeduldiger. Offenbar gefiel ihm der fast befehlshaberische Ton vom Stelzinger nicht, der jetzt schwieg und beinahe beleidigt dreinschaute.

»Abwarten wird da das beste sein«, fuhr der Heingeiger besonnen fort: »Der Kugler hat auch gleich gesagt: ›Jetzt gibt's Blut!‹... Aber wie er mir erzählt hat, sind die Amdorfer Bürger zusammengekommen, haben den Bezirksamtmann abgesetzt und Plakate angeschlagen, jeder soll seiner Arbeit nachgehen, und er soll sich bloß nach dem richten, was der Bürger- und Arbeiter-Rat kundgibt ... Nichts weiter ist geschehen. Sie warten auch ab.«

»Aber die Roten, die warten nicht, Herr Bürgermeister!« fand der Stelzinger das Wort wieder.

»Ah, die Roten!« wehrte der ab: »Herr in der Gemeinde und Pfarrei sind wir Bauern, basta ... Mannsbilder gibt's genug bei uns, und fast in jedem Haus ist ein Militärgewehr ...« Die meisten Feldsoldaten hatten ihre Waffen mit heim gebracht. Wieder wurde der Heingeiger leicht ärgerlich, weil ihn der Stelzinger so unzufrieden anschaute, und sagte barsch: »Was regst du dich denn bloß auf? ... Die kleinen Leut', die ihrer Arbeit nachgehn, sagt der Kugler, die brauchen keine Angst haben vor der Revolution! ... Und überhaupts, wer kann uns denn was wollen, wenn wir uns in nichts einmischen?«

»Der Kugler? ... Der?« wurde jetzt der Stelzinger verborgen giftig und konnte sich auf einmal nicht mehr zurückhalten: »Wahrscheinlich hat er einen Vorteil von der ganzen Unordnung! Sein Roßhandel auf einmal –«

»Stelzinger!?« wies ihn der Heingeiger ungewohnt bestimmt zurecht: »Jetzt hörst auf! Sowas will ich nicht hören!« Seine Miene wurde drohend: »Leut' verdächtigen, das verbitt' ich mir! ... Dem Kugler sein Handel ist durchaus reell, daß du's weißt!« Er machte, ohne den verdutzten Krämer nochmal anzusehen, ein paar Schritte in der weitläufigen Stube und knurrte: »Wir haben schon ausgeredet miteinander!« Wortlos ging der Krämer zur Tür hinaus.

»Kreuzherrgottsakrament-Sakrament, was den bloß ewig so rumtreibt? Was er bloß auf den Kugler hat?« fluchte der erboste Heingeiger hin- und hergehend: »Was sich der lumpige Kramer bloß auf einmal einbildet, seitdem er Gemeindeschreiber ist ... Jetzt wird's immer noch besser! Die andern, sagt er, sind Hetzer, und er

hetzt mit seiner unsinnigen Tratscherei die Leut' am meisten auf!«
Die Bäuerin rief ihn zur Brotzeit. Recht kritisch gestimmt kam er in die Kuchel, wo die andern schon um den eschernen Tisch hockten. Während sie gemeinsam die Brotbrocken aus dem umfänglichen irdenen Weigling herauslöffelten, sagte die Heingeigerin einmal: »Ganz sündhaft soll's hergehn in der Stadt drinnen ... Drum hat der hochwürdige Herr auch die Pfarrglocken läuten lassen ... Kein ordentliches Weibsbild soll sich mehr sehn lassen können.«
»Wo hast du denn das wieder her?« fuhr sie der Bauer grob an, so grob, daß alle erschreckt auf ihn schauten und einen Augenblick das Löffeln vergaßen.
»Beim Stelzinger im Laden haben sie's gesagt«, antwortete die Heingeigerin jäh eingeschüchtert: »Der Kramer –«
»Der hinterlistige Tropf, der!« schimpfte der Bauer noch finsterer: »So niederträchtig lügt er herum, und ihr Weibsbilder glaubt's jeden Schwindel ... Die Glachinger Glocken haben geläutet, weil Landestrauer ist wegen dem Ministerpräsidenten, den wo's erschossen haben, weiter nichts.« Und noch herausfordernder sagte er auf einmal: »Die Revolution ist gar nicht so unrecht ... Der Ministerpräsident hat schon das Richtige gehabt!« Weiter verriet er nichts. Einsilbig löffelten alle weiter.
Nicht ohne Grund redete der Heingeiger so. Draußen vor dem Gaul nämlich hatte ihm der Kugler erzählt, daß der Ministerpräsident bloß deswegen von den Hochgestellten umgebracht worden wäre, weil er das Militär abschaffen wollte und ganz besonders für die Arbeiter und Bauern gewesen sei. Grade in der letzten Zeit habe der Ermordete bewirkt, daß der Pferdebestand des aufgelösten Heeres rasch an die Bauern verkauft werde.
»Jetzt begreifst du vielleicht, warum die Revolution für uns gut ist ... Daher hab' ich den Fuchsen für den Jodl, aber jetzt, wenn mit der Militärsippschaft nicht aufgeräumt wird, gibt's schnell keine Ross' mehr«, hatte ihm der Kugler verraten. Das ging dem Heingeiger im Kopf herum. Jeder beurteilt eine Sache schließlich

nur nach dem Nutzen, den sie ihm einbringt. Eins allerdings wunderte den Heingeiger: Warum, wenn der ermordete Ministerpräsident so etwas verfügt habe, das nicht gleich den Bürgermeistern der Bauerngegenden mitgeteilt worden war, warum ausgerechnet nur der Kugler davon erfahren hatte. Aber darüber ging er schnell hinweg. Wichtig allein war ihm, ob jetzt die verschärfte Revolution, von der der Kugler erzählt hatte, nun wirklich mehr und womöglich billigere Pferde herbeischaffe und ob sie überhaupt weitere Vorteile für die Bauernschaft bringe.

»Sie sollen nur die ganze hochgestellte Sippschaft zum Teufel hauen!« fing er mitten drinnen wieder zu räsonieren an: »Nichts als Schindluder haben sie bis jetzt mit uns Bauern 'trieben! Sie haben gelebt in Saus und Braus, und unsereins hat sich schinden und plagen können! ... Und samt dem sind so und soviel bei uns ruiniert worden ... Wie ist's denn mit der Rotholzerin? ... Weiß ihr vielleicht wer einen Dank!? Hat sie vielleicht was kriegt, weil der Xaverl und der Sepp im Feld draußen gefallen sind? Nichts, gar nichts! Ja, der Rotholzer hat vor lauter Verdruß in die Ewigkeit müssen, und jetzt steht sie allein da auf ihrem Hof! Die Arbeit ist zuviel, die Dienstboten folgen ihr nicht, und sie weiß sich nicht mehr aus und ein! ... Das Anwesen wird immer schlechter dabei, und zuletzt muß sie noch verkaufen!«

»Gar so wenig wird's nicht kriegen dafür!« wagte die Bäuerin einzuwerfen, doch der Heingeiger war schon im Zug und wurde noch grimmiger.

»Gar so wenig?!« blaffte er sie grob an: »Gilt doch das ganze Geld schon fast nichts mehr! ... Herrgott, wie man nur so saudumm daherreden kann! Von dem, was die Rotholzerin kriegt, kann's zuletzt glatt noch betteln gehn! ... Wenn das noch eine Gerechtigkeit ist, gute Nacht!«

Die Zustände bei seiner Schwester beunruhigten ihn schon lange. Er warf den Löffel hin, stand auf und ging zu ihr.

»Mein Gott, was hat er denn jetzt heut', daß er gar so kritisch ist?«

brummte die Bäuerin bekümmert: »Wenn sie nicht mehr weitermachen kann, die Fanny, was soll sie denn machen, als verkaufen? Soviel, daß sie für ihre alten Tag was hat, bringt ihr der Hof immer noch ein.« Ohne eine Antwort abzuwarten, schickte sie ihre zwei Töchter zum Gsottschneiden auf die Tenne,. Der kleine Peter rutschte über die Bank hinunter und wollte wieder zum Schuster hinüberlaufen.

»Dableibst!« schimpfte sie und riß ihn zurück: »Ist ja grad, als wie wenn du beim Schuster daheim bist! . . . Baden tun wir jetzt, basta! Zieh dich aus, marsch!« Sie hob den umfänglichen, ovalen Holz-Zuber auf den Tisch und goß heißes Wasser hinein, während sich der beleidigte Bub schweigend auszog . . .

10

Beim Rotholzer ging es wirklich seit ziemlich langer Zeit recht seltsam zu. Zwei Knechte, die kurz nach dem Kriegsende eines Tages aufgetaucht waren, hatte die Bäuerin kurzerhand genommen, denn damals war noch Männermangel. Die Ebinger-Klara, eine Kleinhäuslerstochter aus Buchberg, war Dirn auf dem Hof. Die Klara war grundlangsam, aber umso bigotter, und wenn die Rotholzerin sie deswegen manchmal schärfer anredete, bekam sie ein demütig-zerstoßenes Gesicht, wischte ihre zwetschgenförmigen Augen aus und fing weinerlich zu klagen an: »Da tust du mir unrecht, Bäuerin! Ganz gewiß, da tust du mir unrecht! Ich plag mich, was ich kann! Aber, du lieber Himmelvater, jeder Mensch hat doch nicht den gleichen Körperbau! . . . Ich nehm dir's nicht übel, Bäuerin! Ganz gewiß nicht! . . . Ich bet' jeden Tag ein paar Vaterunser für dich, Bäuerin, und wenn du nicht zufrieden bist mit mir, nachher bet' ich extra noch ein paar! . . . Jeden und jeden Tag schließ' ich dich ins Gebet ein, Bäuerin!«

So schwätzte und schwätzte sie unbekümmert in das Schimpfen der Rotholzerin hinein, und derart oft beschwor sie den ›Himmelvater‹, daß die erzürnte Bäuerin schließlich nur noch hinwarf: »Vergiß deine Arbeit nicht ganz dabei! Red' dir nicht jedesmal das Maul fransig!«

Die zwei Knechte waren in der Arbeit nicht schlecht. Besonders der ältere von ihnen mit Namen Hans Steinbeißer, ein mittelgroßer, gedrungener Mensch mit dickem Kopf, winzigen, ein wenig stechenden Augen und einem Stiernacken, griff fest zu. Er schien auch den weit jüngeren, zirka siebenundzwanzigjährigen Alois, kurz ›Loisl‹ genannt, stark unter der Fuchtel zu haben. Der Ton zwischen ihnen war halbwegs humorvoll militärisch, unflätige Schimpfwörter mischten sich meistens darein, und wenn ihnen eins besonders originell vorkam, freuten sie sich herzhaft darüber. Dann glotzte der rothaarige, starke, eckig gebaute Loisl den Hans fast bewundernd an, es schüttelte ihn förmlich vom Kopf bis zu den derben, kurzen Militärstiefeln hinunter, und sein sommersprossenübersätes Gesicht mit den hervorgequollenen Augen lief breit auseinander. Wie ein bläkendes Kalb sah er dabei aus. Er rückte seine schmutzige, schirmlose Soldatenmütze, die er ständig trug, noch mehr ins Genick und sagte belustigt: »Herrgott, gut! Du bist ja gut, Hans! . . . Sowas muß ich mir merken!«

Die Klara nannten die zwei ›Muttergottesorgel‹ oder ›Dreifaltigkeitsmensch‹ und trieben allerhand Schabernack mit ihr. Sie verstanden aber auch ausgezeichnet, die Beleidigte im Handumdrehen wieder zu versöhnen und sie zugänglich zu machen. Wenn sie auch im großen ganzen die Rotholzerin respektierten, der Hans hatte oft gegen die Anordnungen der Bäuerin was einzuwenden und setzte sich meistens durch. Manchmal aber führten sich die Knechte auf, als seien sie buchstäblich die Herren auf dem Hof. Von den sechs Rössern im Rotholzerstall waren immerhin zwei den ganzen Krieg hindurch übriggeblieben. Ohne lang zu fragen, spannten die Knechte oft mitten am Tag ein, gaben vor, irgendetwas, das sie aus ihrer Heimat geschickt bekommen oder vom Krieg heimgebracht hätten, auf der Amdorfer Güterstation abzuholen, und fuhren los. Stets kamen sie erst in der Nacht zurück. Mehrere kleine Kisten oder auch etliche hölzerne Rekrutenkoffer luden sie ab, schleppten sie in ihre Knechtkammer, aber dann sah man nichts mehr davon. Hin und wieder besuchte sie auch der eine oder andere Kriegskamerad von weither, und einer davon hatte sogar ein Motorrad.

»Wie ich dir gesagt hab', du sollst mir deine Elies mit ihrem Buben auf'n Hof geben, da hast du nicht mögen«, sagte die Rotholzerin mit leichtem Vorwurf zu ihrem Bruder in der rußigen Kuchel und erzählte, der Stelzinger habe ihr ein Inserat aufgesetzt und es in der Zeitung aufgegeben. Der Heingeiger wurde stutzig.

»Was? So ganz insgeheim hast du das gemacht! Und ausgerechnet mit dem?« setzte er ihr gereizt zu: »Mir traust du wohl nicht, was?« Scharf schaute er seine Schwester an.

»Von dem ist keine Red'«, fuhr diese unbetroffen fort: »Aber du hast ja vom Hofverkaufen nie was wissen wollen! . . . Du kannst jetzt reden, was du magst, Silvan! Ich hab' mir's genau überlegt. Als einschichtiges Weibsbild, das geht bei mir einfach nicht mehr so weiter!« Sie nahm einen Brief von der Anrichte: »Da! Da hat mir jetzt schon einer geschrieben . . . Er ist selber ein Bauer und weiß, wie es mit meinem Anwesen bestellt ist, schreibt er . . . Er kennt deinen Silvan . . .«

Dem Heingeiger gab es einen Ruck. Er wurde jäh wutblaß.

»Was? . . . Der Silvan, der? Der steckt auch dahinter?« stieß er heraus.

»Er steckt gar nicht dahinter! Der Mann, der wo kaufen will, wird ihn vielleicht kennen und gefragt haben, weiter nichts«, meinte die Rotholzerin: »Du mußt doch den Brief erst lesen. Der Mann schreibt, daß er im Preis nicht schinden will . . . Er will bloß, daß der Hof an keinen Juden kommt.«

Der Heingeiger schien gar nicht recht zugehört zu haben und starrte auf sie wie in ganz anderen Gedanken. Er hielt den Brief in der Hand, schnaubte ein paar Mal grimmig, nahm sich dann wieder zusammen und sagte mit finsterer Bestimmtheit: »Wo der Silvan dabei ist, da stinkt was!... Und der Stelzinger hat sich auch dazwischen gemengt? Bist du denn ganz und gar von Gott verlassen, Fanny?... Ich will mir den Brief einmal genau durchlesen!« Gefährlich schaute er aus. Resolut drehte er sich um und ging davon. Die Rotholzerin hatte schon Angst, daß er schnurstracks zum Krämer hinaufginge und einen furchtbaren Krach schlage. Sie kannte ihren jähzornigen Bruder doch! Gespannt lugte sie durchs Fenster. Gottseidank, nach einigen energischen Schritten stockte der Bauer unschlüssig, ging dann auf den Ausgang der Heckenumfriedung zu, in die Richtung seines Hauses. Den langhalsigen Kopf hatte er eingezogen, und den zusammengedrückten Brief hielt er in der geballten Faust.

»Der Dreckhammel! Der Haderlump! Der Duckmäuser, der hinterlistige!« räsonierte der dahinstapfende Bauer in einem fort in sich hinein. Es konnte nur dem Silvan gelten. Vor noch gar nicht lange Zeit war der Kriegskamerad der zwei Rotholzerknechte, der mit dem Motorrad, unverhofft beim Bürgermeister aufgetaucht, hatte bare tausend Mark auf den Tisch gezählt und einen Brief vom Silvan übergeben. Ohne sich um die Feindseligkeit des Bauern zu kümmern, hatte er kaltschnäuzig gesagt: »Mich gehn ja die ganzen Sachen nichts an! Ich weiß auch gar nicht davon! Ich hab' den Auftrag lediglich aus Gefälligkeit übernommen... Wie gesagt, Kamerad Lochner läßt Ihnen bloß ausrichten, daß damit die Schuldangelegenheit erledigt ist... Das andere steht im Brief!« Weg war er, ehe sich's der erboste Heingeiger recht versehen konnte.

Das wahrscheinlich fiel dem Bauern jetzt alles ein. »Der Sauhund, der elendige!« stieß er abermals heraus und schwor sich, aus dem Handel nichts werden zu lassen. Daheim in seiner Stube knipste er das elektrische Licht an und studierte den Brief mit gewaffnetem Interesse. Ein gewisser Diplomlandwirt Franz Oberholzer aus dem Fränkischen schrieb da in sehr gewandten Ausdrücken und

mit einer Schrift, die durchaus nicht die schwere Hand des Bauern verriet, daß er zufällig durch seinen ehemaligen Kriegskameraden Silvan Lochner das beiliegende Inserat zugeschickt bekommen habe und nach der ›vorzüglichen Auskunft des erwähnten Kameraden‹ ernsthaft auf den Hof reflektiere.
›Selbst aus einem großen Bauernhof stammend und Diplomlandwirt, habe ich den ganzen Krieg als Feldwebelleutnant mitgemacht, und habe ich die feste Absicht, durch Existenzgründung in meinem Fach auch jetzt im Vaterland meinen Mann zu stellen‹, hieß es in dem Schreiben. Der Reflektant wies darauf hin, daß er über ausreichende Barmittel verfüge, den Kauf aber erst in zirka vier Wochen ›tätigen‹ könne, weil er zur Zeit noch einige dringende Reisen ›absolvieren‹ müsse. Er beschloß seinen Brief mit dem seltsam verschlungenen Satz: ›Als kerndeutscher Mann ist es mir nicht gegeben, im Preis zu handeln wie ein jüdischer Spekulant, indem ich seit jeher dagegen war, daß Juden durch Ankauf und Verschacherung von Bauernanwesen die Landwirtschaft unserer schwer leidenden Heimat ruinieren, wie es solche landfremde Elemente immer schon betreiben, und muß ich deswegen bei einem eventuellen Angebot den Kaufpreis klipp und klar wissen.‹
Der Heingeiger las den Brief ein paar Mal. Viel ging ihm dabei durch den Kopf. Es war ihm anzusehen, daß er nicht gleich wußte, wo anfangen.
»Hm! . . . Reisen muß er absolvieren, kerndeutsch ist er, Geld hat er und die Juden mag er nicht, der Herr Feldwebelleutnant!« resümierte er verächtlich, hob das Gesicht und schaute irgendwohin. Es war, als versuchte er, sich im Gestrüpp der verwickelten Sätze zurechtzufinden, um auf eine angreifbare Stelle zu stoßen.
Das erste stumpfe Dunkel drückte schon an die niederen Fenster. Vom Stall herüber drang hin und wieder ein kurzes Aufmuhen oder ein verschwommener Laut. Durch den Hausgang kamen die alte Hauniglin und die Allbergerin, um ihr tägliches Quantum

Milch zu holen. Sie unterhielten sich in der hinten gelegenen Kuchel mit der Bäuerin. All das beachtete der Heingeiger nicht. Bohrend dachte er nach. Wenn so jähzornige Menschen sich nicht gleich austoben können, versteift sich ihre Wut zum Argwohn. Dieser hitzige, unruhige Argwohn wittert hinter der winzigsten Kleinigkeit etwas Verdächtiges, reiht all die Kleinigkeiten aneinander, und zuletzt sieht es so aus, als hingen sie alle zusammen, als sei dem Argwöhnenden plötzlich gelungen, ein finsteres Komplott zu entwirren.

Also da stand in der Mitte die Rotholzerin mit ihrem Hof. Es war wirklich die größte Dummheit vom Heingeiger gewesen, daß er seinerzeit die Elies mit ihrem Buben nicht zu ihr gelassen hatte. Damit wäre wenigstens der Hauptanlaß zu Zank und Streit zwischen dem heimgekehrten Silvan und dem Bauern weggeräumt gewesen. Zudem: Die Rotholzerin hatte nicht nur Mitleid mit der Elies, nein, sie mochte sie auch gern, und sie wußte genau, was die Heingeiger-Älteste für eine fleißige, umsichtige Person war; sicher wäre dabei ein guter Zusammenstand herausgekommen. Vier Augen auf so einem Hof sehen mehr als zwei. Vielleicht wär's sogar soweit gekommen, daß die Elies auf dem Hof heiraten hätte können, daß, wie es die Rotholzerin immer wünschte, der kleine Peter zu einer festen Heimat gekommen wäre. Wahrscheinlich hätte die Bäuerin die Elies und den Buben auch noch als Erben eingesetzt.

Aber nein, nein! Der Heingeiger war damals unzugänglich geblieben. Einesteils wohl, weil er nach dem Weggang der Elies eine Dirn hätte nehmen müssen, in der Hauptsache aber, weil er einfach gegen den aufsässigen Silvan seinen Dickkopf durchsetzen wollte. Das aber war längst vorbei. Also weiter?

Seitdem der Rotholzer unter der Erde lag, war der Heingeiger seiner Schwester stets beigestanden. Zwei Bauernhöfe leiten und auch noch die Bürgermeisterei bewältigen, das aber war zuviel. Oft hatte die Rotholzerin vom Hofverkaufen geredet. Lange nahm's der Heingeiger nicht allzuernst, aber immer stellte er sich

grob und energisch dagegen. Die Bäuerin wurde es mit der Zeit müd, sich mit ihm beständig auf die gleiche Weise herumzustreiten. Sie merkte, mit ihrem Hof ging es zusehends bergab, und da mit ihrem starrköpfigen Bruder nicht zu reden war, wandte sie sich insgeheim an einen anderen, an den Stelzinger!
Warum gerade an den? Der Heingeiger fand keine rechte Antwort darauf. Er hielt sich an das, was nun einmal geschehen war. Mit dem Krämer stand er seit einiger Zeit schlecht. Der ließ sich auch nur noch selten im Bürgermeisterhaus sehen, und wenn, dann beschränkte er sich – wie er das nannte – »lediglich auf dienstliche Angelegenheiten.«
»Holla!« machte der sinnende Heingeiger auf einmal und überflog wieder einige Sätze in dem Brief. Wer redete denn genau so, wie der, der den Brief abgefasst hatte? Der Stelzinger!
»Landfremdes Gesindel«, hatte er schon oft gesagt und einmal auch, ganz wie nebenher: »Bedauerlicherweise macht sich jetzt überall das jüdische Element sehr bemerkbar, Herr Bürgermeister!« Damals war es dem Heingeiger gar nicht aufgefallen, jetzt brachte ihn der Brief darauf. Er pfiff leicht durch die Zähne. Vielleicht überstürzten sich die Gedanken auf einmal in seinem Hirn. Ja so! Ja so, der Stelzinger hatte ihm doch seinerzeit auch im Vertrauen verraten, daß er mit höheren Persönlichkeiten in der Stadt drinnen in ständiger Telefonverbindung stehe?!
»Höhere Persönlichkeiten«, das sind für einen Bauern stets feine, studierte Leute, die haufenweise Geld und überallhin Einfluß haben, die anschaffen, aber nichts arbeiten, die recht verzwickt hochdeutsch reden und ebensolche Briefe schreiben, die telefonieren und sicher oft so »dringende Reisen zu absolvieren« haben.
Seinem Gesicht nach zu urteilen, hing für den Heingeiger all das geheimnisvoll zusammen: Höhere Persönlichkeiten – Telefon – Stelzinger – Zeitungsinserat – der Brief von diesem Herrn Diplomlandwirt und gewesenen Feldwebelleutnant – ja, und dessen Kriegskamerad, der Silvan!

Das Komplott war entwirrt, doch wie ihm begegnen?
Dazu kam der Heingeiger im Augenblick nicht. Die Bäuerin machte die Türe auf und sagte leicht verbrummt: »Was hockst du denn so lang da herinnen? Geh weiter zum Nachtessen! ... Jetzt bist du heut' wieder nicht ins Holz gefahren? ... Den ganzen Tag treibt's dich so 'rum! Was hast du denn bloß in einem fort?«
Statt jeder Antwort fuhr er sie bloß ungut an: »Ja no, nachher muß ich halt die Bürgermeisterei aufgeben!« Er stand auf und ging in die Kuchel.
Die Elies und die Zenzi hatten schon gemolken und die Stallarbeit getan. Die eine stellte die dampfenden Kartoffeln auf den Tisch, die andere schöpfte die stark gezwiebelte Brennsuppe auf die Teller. Aus den randvollen, verzinkten Kübeln goß die Heingeigerin der Allbergerin und der alten Hauniglin ihre kuhwarme Milch ein. Man war mitten in der Unterhaltung.
»Ja, und was glaubst du?« redete die kleine, hagere Allbergerin auf die gleichgültig hinhörende Heingeigerin ein: »Nichts mehr gibt er her, der Jodl! ... Kein Metzger und kein Hamsterer kriegt mehr was von ihm!«
Die Allbergerin war schon jahrelang Wittiberin. Ihr verstorbener Mann war staatlicher Straßenwärter gewesen. Seit seinem Tod bezog sie eine kleine Rente. Sie hatte ein kleines, sauberes Häusl und sie hing mit Recht und Stolz an ihrem einzigen, an ihrem Ludwig. Der war vor dem Krieg in der Stadt drinnen Metzgergeselle gewesen, hatte ihr immer Geld geschickt und sie oft besucht. »Und jetzt hilft er bei der Revolution mit, daß's wir kleinen Leut' auch einmal besser kriegen«, pflegte sie jedem offen zu erzählen, denn für sie war das, was ihr Ludwig tat, stets etwas Richtiges und Reelles. Trotz ihrer fünfundsechzig Jahre war sie noch voller Lebhaftigkeit, hörte und sah alles und hatte einen schnellen Verstand. Sie nähte und flickte bei den Leuten in der weiten Pfarrei. Dadurch kam sie überall herum und erfuhr viel. Bis gestern hatte sie beim Jodl in Buchberg genäht.

»Was sagst du jetzt da?« fuhr sie fort: »Gesagt hat er, der Jodl, unser Geld taugt nichts mehr! Bloß der, der wo ihm ausländisches Geld herbringt, sagt er, der kann was haben von ihm! . . . Wie hat er jetzt gleich gesagt, der Jodl? . . . Jaja, richtig, jetzt fällt's mir wieder ein . . . Unser Geld, hat er gesagt, ist nicht mehr *wertbeständig* . . . Jaja, genau so hat er gesagt, der Jodl! . . . Und gemeint hat er, bloß wer jetzt noch Sachen hat wie die Bauernleut', der ist jetzt obenauf . . . Bloß sowas hat noch einen richtigen Wert . . .«

Auch der Heingeiger hörte zuerst gar nicht hin, langsam aber, von Wort zu Wort, wurde er aufmerksamer. »Soso? . . . Er gibt nichts mehr her für unser Geld, der Jodl?« fragte er jetzt über den Tisch hinweg, und das ereiferte die Allbergerin erst ganz und gar.

»Ja«, erzählte sie weiter, »und gesagt hat er, der Jodl, die Revolution muß zuallererst ein ganz neues Geld machen, sonst wird's nichts . . . Bis dahin, sagt er, gibt er bloß noch was her, wenn wer Dollar hat . . . Der Dollar, hat er gesagt, der ist jetzt das beste Geld, der verliert seinen Wert nicht . . .«

»Soso«, machte der Heingeiger wiederum und war auf einmal wie umgewechselt. Ganz recht gab er dem Jodl. Als die Allbergerin endlich gegangen war, meinte die Heingeigerin in ihrer langsamen Art: »Wenn bloß mehr die Bauernsach' einen Wert hat, nachher wär' ja die Rotholzerin dumm, wenn sie jetzt verkaufen tät'.«

»Deswegen red' ich ihr ja schon die ganze Zeit so davon ab!« antwortete der Bauer zufrieden, als sie die Hände falteten, um das übliche ›Vaterunser‹ herunterzuleiern. Während des Betens bekamen die Augen vom Heingeiger ein funkelndes Aufleuchten.

Gleich am andern Tag ging er zu seiner Schwester, redete lange mit ihr, und sie stimmte ihm für's erste auch zu, denn, meinte sie: »Man sieht's ja an der Kriegsanleihe! Die gilt auch nichts mehr! Wenn mir mein Hof schon feil sein soll, möcht' ich denn doch schon ein Geld dafür, das wo bei seinem Wert bleibt.« Und gern überließ sie ihrem Bruder, den Brief zu beantworten, es pressiere ja nicht und hätte noch vier Wochen Zeit.

Diese Antwort aber machte dem Heingeiger das ärgste Kopfzerbrechen. Er war kein einfältiger, dummer Mensch. Er überlegte das, was an ihn herankam, meistens langsam und sehr genau, und was er daraufhin tat, hatte Hand und Fuß. Aber er war wie jeder seinesgleichen nicht gewandt und schlagfertig. Von der jahrelangen harten Arbeit war seine Schrift ziemlich ungelenk geworden, und wenn er als Bürgermeister auch mit den Schriftschaften, die der Stelzinger anfertigte, umzugehen hatte, wie jedem Bauern war ihm das Schreiben selber zuwider. Der Brief an den studierten Menschen aber wollte doch halbwegs gewandt beantwortet werden, damit dieser ›Diplomlandwirt‹ einigen Respekt bekam und erkennen konnte, daß er es nicht mit Leuten zu tun hatte, denen mit Leichtigkeit alles vorzumachen war.

Das traute sich der Bürgermeister Heingeiger nicht zu, wenngleich er deutlich im Kopf hatte, was zu schreiben war.

Zum Stelzinger mit diesem Anliegen zu gehen, war ganz unmöglich. Damit hätte man sich ja diesem windigen Kerl mit Haut und Haaren ausgeliefert.

Der Heingeiger suchte den Jodl von Buchberg auf. Der riet ihm nach einer langen Unterhaltung, zum Lehrer von Glaching zu gehen. Der alte Lehrer aber war schon lange ärgerlich, weil ihm der vordränglerische Stelzinger den kleinen Verdienst der Gemeindeschreiberei weggeschnappt hatte.

Als der Heingeiger auf dem Heimweg von Buchberg so auf der matschigen Landstrasse dahintrottete, kam ihm in den Sinn, den hochwürdigen Herrn Pfarrer in alles einzuweihen und ihn zu bitten, die Antwort abzufassen. Dem Bauern kam das nach und nach wie eine dreiste Zumutung vor. Er wußte zu gut, daß der geistliche Herr sich nie in solche Sachen mischte. Scheu verwarf der Heingeiger auch diesen Gedanken, und zu seiner Scheu kam auf einmal eine unbehagliche Scham. Er schämte sich wirklich über sich selber. Ganz betroffen wurde er darüber, daß er einst in der Pfarrschule und später im Leben soviel versäumt hatte. Seine Schrift

war schlecht, und nicht einmal richtig auszudrücken verstand er sich. Merkwürdigerweise überkam ihn dabei wieder ein Groll auf den Stelzinger, der in dieser Hinsicht allen Leuten weitum überlegen war. Er hatte das Dorf erreicht und bog schon von der Rotholzerhecke in den Wiesenweg ein, der ihn am Schusterhaus vorüber führte. »Herrgott!« sagte er plötzlich wie jäh erleuchtet: »Herrgott, der Kraus!« Einen Augenblick brachte er kaum den einen Fuß vor den anderen und schaute fest auf das Häusl vor ihm. Wahrscheinlich fiel ihm ein, was der Kraus als Schriftführer des Feuerwehrvereins für eine Federfertigkeit besaß. Er ging schneller, wie von einer heftigen Zuversicht angetrieben, und verschwand im Schusterhaus.
»Also Schuster? Also Kraus, laß ein ernstes Wort unter vier Augen mit dir reden!« sprudelte er unvermittelt aus sich heraus, als er die Werkstatt-Tür hinter sich zuzog, und machte ein gewinnendes Gesicht dabei. Der etwas verdutzte Kraus kam gar nicht viel zum Fragen. Der Heingeiger hockte sich alert auf die Ofenbank und fing ungehemmt zu erzählen an. Mit der Zeit wurde sein Ton wärmer, fast so, als ginge ihm jetzt erst auf, daß da jahrelang ein echter, verläßlicher Freund neben ihm lebte, den er nie beachtet hatte. Er gab dem Kraus den Brief und redete unentwegt weiter, während der andere stumm las: »Und du mußt dir denken, da steckt überall der Silvan dahinter . . . Womöglich ist überhaupts das Ganze bloß eine Finte! . . . Der Oberholzer hat Geld . . . Vielleicht schreibt er sogar noch einmal, er zahlt in Dollar! . . . Also, wenn ich dir sag', der ganzen dreckigen Geschicht' muß ein für allemal der Garaus gemacht werden . . . So Dreckhammeln kommen nicht ins Dorf und auf den Rotholzerhof schon gar nicht!«
Er sah nicht, daß der Kraus seinen Kopf immer tiefer in den Briefbogen sinken ließ und mitunter flughaft rot wurde.
»Gell, du schreibst mir den Brief? . . . Ich brauch ihn dann bloß meiner Schwester zum Unterschreiben geben?« fragte der Heingeiger fast flehend.

Der Kraus hob endlich das Gesicht. Scheinbar ganz arglos schaute er dem Bauern einige Sekunden stumm in die Augen.
»Ja, du weißt es, Bürgermeister ... Ich misch mich durchaus nie in andrer Leut' Sachen«, sagte er ein bißchen tonlos.
»Du brauchst dich ja gar nicht einmischen! Dich geht ja alles nichts an! ... Und wer den Brief geschrieben hat, das erfahrt kein Mensch!« versuchte der erhitzte Heingeiger all diese Bedenken zu zerstreuen: »Und ich geb den Brief extra in Amdorf drüben auf, daß der Stelzinger nichts erfährt!«
»Jaaa ... ja schon! ... Schon ... Aber ...«, brummte der Kraus langsam und zögernd.
»Du kannst dir ja Zeit lassen, Schuster! ... Vierzehn Tag! Meinetwegen auch drei Wochen!« rief der Heingeiger dringlicher und ließ ihn nicht aus den Augen. Rasch setzte er dazu: »Ich zeig mich auch einmal erkenntlich –« Er brach ab, denn der Kraus sah ihn sonderbar an.
»Ich will keine Erkenntlichkeit, Bürgermeister! ... Ich will bloß keine Feindschaften«, sagte der: »Ich hab' gegen den Silvan nichts und gegen dich nichts ... Gegen keinen Menschen ... Ich bin ein alleiniger Mensch!«
»Aber das sag ich dir jetzt, Schuster!« rief der Heingeiger ganz ungewohnt herzlich: »Auf mich kannst du dich verlassen! Dein Leben lang!« Der Kraus machte eine Miene, als zergehe ihm etwas Bitteres auf der Zunge, aber dem drängenden Heingeiger wurde das nicht gewiß. Die Hauptsache war ihm, daß der Schuster endlich versprach, sich die Sache zu überlegen.

11

Aber der Kraus brauchte gar nicht zu überlegen. Es begaben sich in den darauffolgenden Tagen und Wochen Dinge, die die ganze Gegend in eine unbestimmte, ziellose Unruhe versetzten. Sie schwemmten für eine gute Weile die persönlichen Angelegenheiten der Leute untereinander weg wie der Märzregen den letzten Schnee. Die Revolution nämlich, die bis jetzt scheinbar nur in der Stadt drinnen rumort, von der man in der Glachinger Strichweite bisher recht wenig gemerkt und nur hin und wieder in den Zeitungen gelesen hatte, war auf einmal ins Land gebrochen. Man erfuhr allerhand Unkontrollierbares über Plünderungen und willkürliche Gewalttaten in der weiteren Umgegend. Solche Gerüchte überzogen die Gaue wie eine tückische, unberechenbare Wirrnis, gegen die sich keiner recht schützen konnte, und trugen mit der Zeit Unsicherheit und verborgene Angst in jedes Haus. Zu den Schulkindern sagten die besorgten Mütter: »Macht, daß ihr heimkommt, wenn die Schul' aus ist, und treibt euch nicht weiß Gott wo herum!« Es fuhr kaum noch einer nach Amdorf hinüber oder ging sonst über Land, ja, die meisten vermieden es sogar, im Holz oder auf weit abgelegenen Äckern zu arbeiten. Jeder machte sich am liebsten im Haus zu schaffen, denn im Freien schien es nicht mehr geheuer. Und es kam noch etwas dazu, was die Wirrnis verstärkte: Kein Mensch wußte mehr genau, wer ihm Feind oder wer ihm Freund war.

Zuerst schreckten die Leute in den Dörfern in einer regnerischen, windigen Nacht aus dem Schlaf und hörten ein langes, rüttelndes Surren, Brummen und Rattern. Dazwischen mengte sich Pferdegetrampel, Wagenräder quietschten im zähen Straßenkot, und abgerissene Flüche drangen durch die stumpfdunkle Luft. »Was ist denn jetzt das? Das ist ja wie im Krieg!« sagten die Erwachten, die benommen durch die angelaufenen Fenster lugten. Einige kamen neugierig vor die Haustüre. Im abgeblendeten Licht tauchten vollbesetzte, ungeschlacht vorwärtsfauchende Lastkraftwagen auf; schwachleuchtende, hin- und herschaukelnde Stallaternen hingen an planüberzogenen Bagagewagen, Reiter wurden im undeutlichen Gemeng erkennbar, und auch sechs oder sieben leichte Feldkanonen schälten sich aus dem gespenstisch erhellten Dunkel.

»Wo aus und wohin denn, Kameraden?« schrien einige Dörfler. Im Geratter und Lärm aber verstanden sie nicht recht viel mehr als »gegen die Weißen!« Der Kugler, der allem Anschein nach in eine Kolonne geraten war, kam zum Vorschein und erzählte atemlos, das seien Abteilungen der ›Roten Armee‹, jetzt gehe es hart auf hart, denn eine niederträchtige feige Lumpengesellschaft von früheren Offizieren, von abgesetzten Beamten und anderen Postenjägern habe in Nordbayern eine revolutionsfeindliche Gegenregierung gemacht und preußisches Militär zu Hilfe gerufen.
»Was? ... Die Schnapspreußen haben sie geholt? ... Was wollen denn die Kartoffelhengste bei uns?« schrie der Moser.
»Ordnung sollen sie machen bei uns!« antwortete der Kugler so laut, daß es jeder hören konnte: »Räuber und Banditen haben bei uns das Heft in der Hand, lügt die windige Gegenregierung rum. Gendarmerie sollen sie machen, die preußischen Kommiß-Schädel!« Das zündete. Die meisten fingen zu murren an, das sei denn doch schon die »höhere Frechheit«, und überhaupt, bis jetzt habe noch kein Mensch was von Räubern und Banditen gemerkt, wer denn die Gegenregierung gewählt habe, und woher sie denn das Recht nehme, das Land mit Krieg zu überziehen.
»Gewählt?« schrie der Kugler spöttisch: »So feine Herrschaften, die sagen einfach, jetzt sind wir die Regierung, und wer nicht folgt, gegen den schicken sie das Militär! ... Die haben doch keinen Schaden davon, wenn das fremde Militär unser ganzes Land ruiniert!« Überall stimmte man ihm bei. Verärgert gingen die Leute wieder ins Bett. Die zwei Rotholzerknechte standen noch eine kurze Weile vorne am Gartengatter, ein wenig in die nasse Hecke gedrückt, und lauschten in die regenverhängte Nacht. Sie spähten in die Richtung des Kuglerhauses. Von dorther vernahmen sie noch Schritte, die sich langsam verflüchtigten.
»Der muß als erster auf's Korn genommen werden, Loisl! ... Abwarten!« flüsterte der ältere dem jüngeren zu. Dann tappten sie vorsichtig auf den Rotholzerhof zu.

Am anderen Vormittag – die Winde hatten den Regen vertrieben, und aus den Wolken kam manchmal die Sonne – ratterte schon wieder eine rote Kolonne daher. Auf dem vordersten Lastkraftwagen, auf welchen Maschinengewehre aufmontiert waren, flatterte eine große rote Fahne. Am Dorfeingang fing eine Trompete zu schmettern an. Die Leute liefen zusammen. Die lange Kolonne machte Halt. Die dichtgedrängten Soldaten in ihren abgewetzten, dreckigen Feldmänteln und die schwerbewaffneten Zivilisten mit den roten Armbinden, die auf dem ersten Lastkraftwagen standen, gaben ein bißchen Platz frei, und der Allberger-Ludwig drängte sich aus ihnen.
»Jesus, der Ludwig!« riefen ihm da und dort einige aus dem gaffenden Dörflerhaufen zu, und die meisten grüßten lustig empor. »Was gibt's denn? . . . Haut's nur die Preußen 'naus, bravo!« Der Ludwig stellte sich langsam in Positur, nickte nach allen Seiten hin lächelnd und fing an, eine heftig-laute Rede zu halten, die oft von Beifall unterbrochen wurde.
»Wir Rotgardisten sind keine Räuber und Banditen! Die Rote Armee verteidigt bloß die Errungenschaften der Revolution . . . Wir kämpfen für gleiches Recht und dafür, daß unser Land bald wieder in Schwung kommt!« rief er mit seiner mächtigen, etwas blechern klingenden Stimme und wurde einige Sätze lang formeller: »Als bevollmächtigter Delegierter des Zentralrates der Arbeiter, Soldaten und Bauern übermittle ich der Bevölkerung meines Heimatgaues brüderliche revolutionäre Grüße!« Alle freuten sich und klatschten. »Ja, der Ludwig, der läßt nicht aus!« hörte man den Kugler begeistert zwischenhineinrufen. Die Soldaten auf dem Lastkraftwagen verteilten Flugblätter, nach denen jeder griff, was ein kurzes unaufmerksames Durcheinander gab. Dem Ludwig schwollen die Hals- und Schläfenadern, sein Gesicht wurde rot, und noch lauter versuchte er durchzudringen: »Bauernleute meiner Heimat! Von euch kennt mich jeder! Der Zentralrat hat das Blutvergießen vermeiden wollen! Eine elendige Sippschaft von

Meuchelmördern, reaktionären Verschwörern und politischen Schiebern hat den Kampf provoziert und preußische Landsknechtsbanden ins Land gerufen!« Jetzt wurden alle rebellisch, schimpften und drohten, und als der Redner erklärte, daß die Rote Armee die Freiheit und den Hof jedes einzelnen Bauern verteidige, kannte die bereitwillige Zustimmung keine Grenzen mehr.
»Damit wir aber zum Schluß kommen!« verschaffte sich der Ludwig endlich wieder Gehör: »Wir zwingen keinen, daß er in die Rote Armee eintritt, aber unsere Kampftruppen brauchen Proviant! Wir schützen euer Hab und Gut, Bauern! Jede Unrechtmäßigkeit wird schwer bestraft!... Wir verlangen und hoffen, daß die Bevölkerung unsere Verteidigungslinien mit den notwendigen Lebensmitteln versorgt... Die Lieferungen werden bezahlt. Keiner von euch darf zu Schaden kommen!« Die begeisterten Leute wurden langsam unschlüssig, aber der Ludwig setzte sein bestes Gesicht auf und schrie: »Also, gebt's schon her! Wer was hat, hilft uns und sich selber!« Und da kam Bewegung in die Umstehenden. Die Weiber liefen in die Häuser, und die Männer wurden auch wieder aufgeräumter. Brotlaibe, Trümmer Selchfleisch, große verzinnte Milchkübel, Eier und sogar einige größere Klumpen Butter wurden den Rotgardisten hinaufgereicht. Der Ludwig und ein Mann mit einer Brille zogen Banknotenbündel, fragten nach den Namen der Geber, wollten notieren und Preise wissen, aber die Leute ließen nichts zur Ordnung kommen und sagten meistens: »Ah, es ist schon gut!« oder: »Haut nur die Preußen dafür recht!« oder: »Die Hauptsach' ist, wenn bald wieder Ruh' wird.«
Die alte Allbergerin stand mit über den Bauch verschränkten Händen da, ihre kleinen Äuglein blinkten stolz, auf ihrem stubenblassen Gesicht machte sich mit der Zeit ein leichtes Rot breit, und in einem fort brümmelte sie verhalten: »Jaja, mein Ludwig!... Der Ludwig!... Sowas ist schön von unseren Leut', daß keiner was verlangt...«
Den Schuster Kraus sah man nicht unter den Leuten. Er hockte

wie immer in seiner Werkstatt, schaute nur ab und zu durchs Fenster, die Gasse hinunter, die auf den Dorfplatz mündete, und murmelte, als er all das gutmütige Spenden bemerkte: »Das haben sie falsch gemacht! . . . Das haben sie falsch gemacht!«
Unter freundlichem Zuwinken und Hochrufen auf die siegreiche Revolution seitens der Rotgardisten surrten die Lastkraftwagen endlich aus dem Dorf. Langsam zerstreuten sich die Leute. Sie schienen alle von den Roten eingenommen zu sein. Die waren über das höhergelegene Glaching weit ins ferne Flachland hineingezogen. In den nächsten Tagen hörte man im Pfarrort von weitem ein verschwommenes Donnern, und wenn der Wind günstig war, drang es sogar bis nach Auffing herüber. Abgesehen von hin und wieder durchziehenden roten Kolonnen, ereignete sich ungefähr eine Woche lang nichts weiter. Plötzlich kamen die Schulkinder heimgelaufen, aber es waren auch die Terzlinger, die Furtwanger und Buchberger dabei. Die Glachinger Glocken läuteten.
Der Pfarrort lag am Ende eines ziemlich dicht bewaldeten Hügelkammes, der sich rechter Hand in Halbmondform bis hinunter nach Furtwang zog. Von diesen Höhen aus ließ sich das weite Flachland übersehen. Ganz in der schwimmenden Ferne zackte sich das Gebirge.
Der Pfarrer war zum Lehrer gekommen und hatte gesagt: »Soviel ich mit meinem Feldstecher sehen kann, retirieren die Roten sehr schnell. Ob sie direkt über unsere Gegend zurückgehn, läßt sich noch nicht sagen, aber sie werden bald in Terzling sein.« Daraufhin hatte der Lehrer die Kinder zum Schutz nach Auffing geschickt. Der Geschützdonner kam jetzt näher. Langhin rollte er mitunter durch die erzitternde Luft. Dünne Rauchwölkchen platzten in der Höhe zwischen Terzling und Furtwang. Ganz deutlich sahen Pfarrer und Lehrer durch das scharfe Glas, wie die roten Kolonnen ziemlich ungeordnet und übereilt – um einer Umgehung ihres linken Flügels auszuweichen – in die Richtung nach dem Furtwanger Holz zurückgingen.

»Von da aus gehn sie sicher über Furtwang nach Amdorf, sonst sind sie verloren«, sagte der Pfarrer. Massierte Truppen der nachdrängenden ›Weißen‹ schwärmten ein paar Mal aus, Feldgeschütze wurden schnell postiert, und das scharfe, pfeifende Krachen zerriß die Luft. Fernes Maschinengewehrgeknatter und Gewehrfeuer setzte ein. Die Roten hatten die scharf ansteigende Furtwanger Waldung erreicht.
Einige Stunden später kamen einige vollbesetzte Leiterwagen aus Furtwang nach Auffing. Der Imsinger saß droben und ein Haufen jammernder, verstörter Weibsbilder. »Um Gotteswillen! Alles geht z'grund! . . . Jeder ist ruiniert!« schrien sie. Der Imsinger war ganz außer Rand und Band und schimpfte bellend, daß die roten Lumpen sich im Dorf eingenistet, direkt hinter seinem Hof, im Obstgarten Schützengräben gezogen und einige Feldkanonen aufgestellt hätten. »Wenn mein Hof zusammengeschossen wird, wer steht denn dann gut dafür?« bellte er und rannte zum Heingeiger hinein. Vor dem Bürgermeisterhaus waren die Geflüchteten abgestiegen, alle Auffinger standen da, und ein großer Wirrwar herrschte. Der Loisl vom Rotholzer ging wie unbeteiligt vorüber und schrie hämisch: »Die Roten sind doch so gute Leut'!« Er verzog sein breites Maul, als freue er sich über die ratlosen Weiber, trottete weiter und verschwand hinter dem Heckenzaun. Kurz darauf krachte es rechter Hand von Glaching, in dem Gehölz auf der Höhe, ein paar Mal jäh, und wie rasend getriebene Nähmaschinen ratterten Maschinengewehre. Aus dem Pfarrort rollten Lastwagen, ritten Rote im Galopp, Bagagewagen schepperten hin- und hergeworfen, und herab aus dem Gehölz kamen Schwärme fliehender Roter, die auf die Fahrzeuge wollten. Alles kam in ein wirres Stocken. Die gebannt ausblickenden Dörfler vor dem Auffinger Bürgermeisterhaus sahen wortlos, wie sich momentweise alles verknäulte auf der Glachinger Straße, wie die Rotgardisten miteinander um die Wagenplätze rauften und wie endlich der ganze ungeordnete Troß wieder ins Rollen kam. Surrend und brummend und ratternd und

trappend jagte er durch Auffing – und da, auf einmal knatterte ein Maschinengewehr, pfeifend schlugen die Kugeln in die vorbeirasenden Lastkraftwagen, Schreie gellten, zwei, drei Rote wirbelten, wie sich um sich selbst drehend, in die Höhe und klatschten auf die Straße herab. Die Leute vor dem Bürgermeisterhaus zuckten schrecklahm zusammen, starrten und rannten wie sinnlos der Dorfstraße zu.
»Wegbleiben! . . . Liegen lassen! Weg!« schrie eine scharfe, kommandoschrille Stimme vom Giebel des Rotholzerhauses herab, und jäh stockte der verwirrte Weiberhaufen.
Als erste drehte sich die zaundürre Ebingerin von Furtwang um, lugte zum rauchenden Giebelfenster empor und sagte: »Ja-ja, da schau! . . . Die zwei Knecht' haben geschossen!« Alle Köpfe hoben sich. Aus dem Giebelfenster reckte der Hans vom Rotholzer seinen dicken Kopf heraus und grinste eiskalt: »Jaja, ganz recht! . . . Wir sind's gewesen! . . . Schad', daß bloß zwei rote Hundling dran glauben haben müssen . . .« Vorne auf der Straße – der eine mit dem Rücken nach oben, die Arme gestreckt, der andere seitlich und zusammengekrümmt – lagen die zwei Erschossenen reglos im Straßenkot.
Die Weiber wußten nicht gleich, was sie anfangen sollten, und bekamen erst wieder Leben, als der Bürgermeister mit dem Imsinger daherkam. Ehe die zwei ganz an den Haufen herangekommen waren, standen auch schon die frech lachenden Rotholzerknechte da und sagten fast militärisch herausfordernd: »So, jetzt ist's aus mit der roten Sauwirtschaft! Jetzt wird ausgeräumt! . . . Wem's nicht paßt, dem geht's genau wie denen da vorn!« Sie kümmerten sich nicht weiter um den verblüfften Heingeiger, gingen auf die Straße und wälzten die zwei Erschossenen hin und her wie etwa Jäger, die die Einschußstellen bei einem erlegten Wild suchen.
»Ich hab aber doch einen dritten auch noch gesehn?« sagte der Hans zum Loisl.
»Ja, ich hab' auch gemeint, es hat ihn 'runterghaut . . . Den habn

die Misthund' noch aufgefangen!« meinte der Loisl und deutete kaltblütig auf den von den Maschinengewehrkugeln durchsiebten Kopf des einen Toten: »Da schau, den kennt keiner mehr...« Einige Weiber hielten vor Grauen und Gruseln die zitternden Hände vor die Augen und blieben auf der Stelle stehen, der größere Haufen mit Heingeiger und Imsinger an der Spitze aber kam jetzt auf die zwei Burschen zu und umringte sie.
»Woher habt denn ihr das Maschinengewehr?... Was glaubt's denn ihr eigentlich, wer Herr ist im Dorf? Himmelkreuzherrgottsakrament-Sakrament! Jetzt wird's ja doch schon noch besser, ihr Saulumpen, ihr miserabligen!« schrie der Bürgermeister und wollte schon handgemein werden, aber er kam nicht weiter. Schon war der Hans hochgeschnellt und hielt ihm einen Armeerevolver vor den Bauch. Erschreckt wichen die Umstehenden zurück. Auch der Loisl hatte einen Revolver gezogen.
»Holla, nur langsam!« sagte der Hans höhnisch zum wutstarren Heingeiger: »Nur nicht so aufbegehren! So ein Ding, das geht nämlich schnell los!« Und noch herausfordernder setzte er hinzu: »Wem wir verantwortlich sind, das geht dich und keinen was an, aber das eine merkst du dir: vaterländisch gesinnte Menschen mit Saulumpen betiteln, das verbitt' ich mir!« Währenddessen schaute der Loisl auf die baffen Leute und sagte so, als handle es sich bei all dem um was ganz Gleichgültiges: »Es ist besser, ihr geht's auseinander... Wir haben bloß unsre Pflicht getan!«
»Ja, wer seid denn ihr eigentlich?« brachte der Heingeiger endlich wieder heraus.
»Wenn du's genau wissen willst – Zeitfreiwillige!« klärte ihn der Hans, immer noch in demselben vorlauten Ton, auf: »Unser Bataillon wird wahrscheinlich morgen oder übermorgen da sein! Da kann's vielleicht gar nicht gut für dich und verschiedene im Dorf ablaufen!... Jetzt ist's nämlich ein für allemal aus mit der Sympathie für das rote Gesindel!« Immer noch hielt er seinen Revolver schußbereit, immer noch ließ er den vor verhaltenem Ingrimm

kalkweiß gewordenen Bürgermeister nicht aus den Augen. Um das Ärgste zu vermeiden, drängten in diesem Augenblick der Imsinger, der Lamplknecht und der Moser den Heingeiger weg und zerrten ihn auf sein Haus zu. Wie ein Berserker schimpfte und fluchte der sich sträubende Bauer. Unbekümmert um all das grinsten die zwei Knechte einander an. »Geht endlich auseinander! Laßt uns durch! Wir haben keine Zeit!« wandte sich der Loisl ungeduldig-muffig an die fassungslosen Leute. Die zerteilten sich mechanisch.
»Und jetzt zu dem Saukerl, den Kugler!« sagte der Hans absichtlich laut. In diesem herzbeklemmenden Augenblick fiel der Allbergerin was ein, das – wenn man will – der Sache doch eine halbwegs abmildernde Wendung gab.
»Der ist nicht daheim . . . Schon in aller Früh hab' ich ihn fortgehn sehen«, sagte sie. Die zwei schauten nach ihr, blieben stehen und drehten sich um. Breitbeinig stellte sich der Hans vor die Alte.
»Soso?« fing er wieder so aufreizend zu spötteln an: »Soso, nicht daheim? Da schau her! Und das weißt du so genau, du ausgefranster, roter Mistbesen, du alte Revolutionstrommel, du? . . . Besser ist's, du gibst jetzt schon eine Mess' auf für deinen sauberen Ludwig, den Zutreiber, den windigen! . . . Den siehst du nimmer!« Er und der Loisl spielten dabei immerzu mit ihren Revolvern. Die Weiber und die paar Männer, die noch nicht weggegangen waren, schnauften kaum noch. Die alte Allbergerin schaute ungeschreckt greisenhaft auf den dickkopfigen Knecht und meinte: »So grob wie du ist mein Ludwig nie gewesen! . . . Gar nie!«
»Kamerad!« mischte sich der rothaarige Moserknecht ein: »Ich bin vier Jahr im Krieg gewesen . . . Gegen ein altes Weiberl? . . . Ein Heldenstückl ist das nicht.«
»Hoho! Hoho!« begehrte der Hans auf und musterte ihn gefährlich, doch zu gleicher Zeit drängte sich die Rotholzerin vor und zischte giftig: »Ihr saugroben Hammel! . . . In mein Haus kommt keiner mehr von euch! Auf der Stell' könnt's schauen, daß ihr weiterkommt! . . . Auf solche Knecht' verzicht' ich!«

»Langsam, langsam, Bäuerin!... Unser Dienst bei dir ist sowieso schon aus, aber unser Quartier bei dir kannst du uns gar nicht verbieten! Aus jetzt!« fertigte sie der Hans barsch ab, doch die Rotholzerin ließ sich nicht einschüchtern und gab ihm ebenso scharf hinaus: »Das wollen wir erst sehn, wer auf meinem Hof was zu sagen hat!« Indessen die zwei Knechte gingen nicht mehr darauf ein. »Marsch, geh' weiter!« sagte der Hans und gab dem Loisl einen Wink. Aber die herumstehenden Leute, zu denen sich nach und nach auch die geflüchteten Furtwanger Weiber gesellten, hatten wieder Mut gefaßt und folgten ihnen. Der Lamplknecht, vom Bürgermeister kommend, mischte sich unter sie und erzählte: »Ganz auseinander ist er, der Heingeiger!... Er mag überhaupt nicht mehr Bürgermeister sein. Er pfeift auf alles!... Grad Müh' haben der Imsinger und der Moser, ihn bei der Vernunft zu halten.« Da meinte der Moserknecht: »Wenn die Kerl schon vorm Bürgermeister keinen Respekt haben – wo ist denn eigentlich der Stelzinger?... Die ganze Zeit hat man ihn nicht gesehn, und sonst ist er doch überall dabei!« Das fiel jetzt erst allen auf. Ohne lang zu überlegen, holte der Lamplknecht den Krämer. Es war auffallend, wie sonderbar sich der benahm, als sie vor dem Kuglerhaus anlangten. Die zwei Rotholzerknechte waren, ohne sich um die jammernde Kuglerin zu kümmern, schon ins Haus gedrungen. Die davor wartenden, feindselig murrenden Leute bestürmten den Stelzinger mit Fragen und Vorwürfen. In aller Schnelligkeit erklärte der, er sei die ganze Zeit im Expeditionszimmer gewesen, um festzustellen, wann die unterbrochene Telefon- und Telegraphenverbindung wieder funktioniere, und habe sich deswegen nicht um die Vorkommnisse im Dorf kümmern können. Fortwährend winkte er mit beiden Händen ab, schien das meiste, was die Leute vorbrachten, zu überhören, und sagte sonderbar unüberrascht: »Nur keine unüberlegten Hitzigkeiten!... Einen Moment, einen Moment!... Ich will gleich nach dem Rechten sehn!« Damit verschwand auch er im Kuglerhaus.

»Er hat nichts gesehn und nichts gehört! . . . Komisch, komisch, ha!« brummten die Leute und schauten einander vielsagend an. Endlich, nach einer guten Weile, kam der Stelzinger mit den zwei Knechten wieder zum Vorschein, hielt an der Tür inne und sagte wie ein gewichtiger Redner: »Die Aufregung hat jetzt keinen Wert. Wie die zwei Herren schon gesagt haben, sind sie Militärpersonen, und infolgedessen sind sie bloß ihrer vaterländischen Pflicht und Schuldigkeit nachgekommen . . . Wegen der roten Gefahr ist überall Kriegszustand verhängt, und jeder muß sich darnach richten. Damit es keine weiteren Reibereien gibt, bleiben die zwei Herren vorläufig bei mir im Quartier, und jetzt möchte ich die Bevölkerung ersuchen, daß jeder heimgeht. Es soll nicht heißen, unser Dorf hat was mit den Roten zu tun.«
Viele Leute hatten was auf der Zunge, aber sie verschluckten es. Sie musterten die drei vor der Tür nur stumm und staunend. Dann gingen sie auseinander. Der Moser- und der Lamplknecht trugen die Leichen der Rotgardisten ins Feuerwehrhaus und deckten sie mit Pferdedecken zu. Es war inzwischen schon dunkel geworden. Trotzdem fuhren die zwei Furtwanger Leiterwagen wieder heimzu. Nur die Terzlinger und Buchberger Schulkinder blieben in den verschiedenen Häusern über Nacht.
In dieser Nacht kam der Kugler nicht mehr heim. Wie sich später herausstellte, hatte er auf dem Heimgang von Amdorf die fliehenden Rotgardisten getroffen und war von ihnen gewarnt worden.
In dieser Nacht schliefen viele Auffinger schlecht. Der Heingeiger wälzte sich fort und fort brummend im Bett herum, und sein Zähneknirschen hörte sich an, als zerbeiße er Steine. »Die Sippschaft! Die Hurenbande!« räsonierte er. Vor lauter Wut kam er ins Schwitzen. »Und das muß man sich alles gefallen lassen? . . . Der Hund, der Dreck ist man!« kam es wieder aus ihm.
»Silvan? . . . Was hast du denn bloß? Gib doch in Gottes Nam' einmal eine Ruh! Da kann man doch nichts machen!« versuchte ihn die bekümmerte Bäuerin zu besänftigen.

»Ihr Weibsbilder! Ihr Weibsbilder!« knurrte er verächtlich: »Jung, ledig, wenn ich wäre ...« Nach etlichen unverständlichen Brummlauten verstummte er wieder.

Es dämmerte schon, als er plötzlich und so, als habe ihn jäh etwas Siedheißes durchzuckt, seinen schweißnassen Oberkörper in die Höhe ruckte und auf dem Bett hocken blieb: »Herrgott! ... Herrgott, warum ist denn keiner auf'm Rotholzer seinen Dachboden und hat mit dem Maschinengewehr dreingeschossen? ... Herrgott!« Tief verbittert über dieses Versäumnis stellte er sich gerade auf. In der Ferne krachten vereinzelte Gewehrschüsse, dann hörte man ein verschwommenes Trompetensignal. Der Heingeiger machte ein paar unschlüssige Schritte.

»Silvan? ... Wo willst du denn hin?« schreckte die Bäuerin erneut aus dem Schlaf und griff nach seinem Hemdärmel.

»Ah!« machte er und stieß ihren zitternden Arm weg, aber er blieb stehen auf der Stelle. Wieder krachten einige Schüsse. Die Stille, die danach einsetzte, schien mit Drohung, Feindseligkeit und Bangnis geladen. –

In dieser Nacht zogen auf allen Straßen, durch alle Dörfer und Flecken die überlegenen Regimenter und Freiwilligenverbände der Regierung in Nordbayern siegreich gegen die in der Hauptstadt ausgerufene revolutionäre Räterepublik. Die schlecht bewaffnete, schwache Rote Armee floh ungeordnet in ihr Zentrum zurück.

»Bring uns doch nicht ins Unglück, Silvan! ... Laß es doch gut sein!« wiederholte die Heingeigerin bittend. Wortlos drehte sich der Bauer um. Er ließ sich aufs Bett fallen, streckte sich und sagte nichts mehr.

In dieser Nacht – wahrscheinlich auch von den Schüssen aufgeweckt – redete der Schuster Kraus wie aus einer beim Einschlafen unterbrochenen Gedankenreihe heraus in die aufdämmernde Kammerluft hinein: »Das A-bopa! ... Es verschont keinen, der sich drauf einläßt.« Gleich darauf fing er wieder ruhig und gleichmäßig zu schnarchen an ...

12

Es war gut, daß schon am darauffolgenden Vormittag zwei starke Abteilungen von Regierungstruppen, mit Trommelwirbel und klingendem Spiel von Glaching daherkommend, im Dorf eintrafen. Die Erregung über die zwei Rotholzerknechte war noch mehr gestiegen und drohte jeden Augenblick gefährlich zu werden. In aller Frühe nämlich erschienen die zwei in Begleitung vom Stelzinger bei der Rotholzerin und trugen, während der Krämer die wütende Bäuerin durch allerhand Erklärungen zu beruhigen versuchte, aus ihrer Knechtkammer und aus der Tenne das Maschinengewehr, eine Menge kleine Munitionskisten und in Sackleinwand eingenähte Gewehre auf die Straße. Zum Schluß kamen sie, jeder einen Sack mit seinen persönlichen Habseligkeiten schleppend, in feldgrauer Uniform aus dem Haus und postierten sich vor dem getürmten Haufen. Keck standen sie da. Das mit einem Patronengurt schußfertige Maschinengewehr reckte den dünnen, stahlgrauen Lauf wie schnüffelnd in die frische Morgenluft. Vorübergehende Dorfleute sagten nichts und warfen nur hin und wieder ungute Blicke auf sie. Offenbar war den beiden auch nicht ganz wohl dabei, denn sie machten gewaltsam gleichgültige Mienen, wechselten nur ab und zu einige Worte miteinander und schauten die längste Zeit irgendwohin, wie unbehaglich wartende Fremde.

»Daß uns der Dreckhund, der Kugler, ausgekommen ist, ist schad'«, meinte der Hans einmal. So ausgemacht sei das noch nicht, äußerte sich der Loisl gleichsam, um dem andern die Mißlaune zu vertreiben, wenn sich der Kerl in Amdorf versteckt habe, werde er sicher erwischt, der Stelzinger habe doch telefonisch erfragt, daß die ›Ihrigen‹ schon dort seien und die Polizei auch wieder arbeite. Immer wieder schwiegen sie eine Zeit lang. Mißtrauisch verfolgten sie alles, was um sie herum vorging.

»Ein aufsässiges Nest, mein Lieber! . . . Da heißt's richtig durchgreifen«, sagte der Hans, als man jetzt die Musik hörte: »Froh bin

ich, daß die Unsrigen endlich kommen.« Er reckte sich und gähnte. Die erste Abteilung, die ins Dorf marschierte, bestand aus ungefähr zweihundert feldmäßig ausgerüsteten Soldaten. Vornean ritten zwei Offiziere. Die folgende zählte ungefähr ebensoviel, aber das waren meistens Bauernburschen, teilweise sogar in der landesüblichen Tracht, mit nagelneuen Gewehren. Die Musik der Spitze war schon ins Trommeln übergegangen, sie aber spielten noch schmetternd, juchzten und schwenkten die Hüte, als ginge es zu einem großen Fest. Das lockte natürlich die Leute aus den Häusern. Staunend und erwartungsvoll blieben sie stehen. Die zwei berittenen Offiziere erreichten die Rotholzerknechte, die stramme militärische Haltung angenommen hatten.
»Unteroffizier Hans Steinbeißer und Gefreiter Alois Schenderl! melden sich gehorsamst zur Stelle!« rapportierte der Hans: »Elf Kisten Infanterie-Munition, vierzehn Gewehre und ein M.G.«
»Sehr gut!... Rührt euch!« sagte der eine Offizier: »Das Material kommt auf die Bagagewagen... Ist sonst was los im Dorf?... Wo ist der Bürgermeister?« Da aber stand auch schon der Stelzinger, Hände an der Hosennaht und sich beflissen verneigend, und nahm dem Hans das Wort weg: »Im Namen der Gemeinde gestatte ich mir, die Herren zu begrüßen. Stelzinger, wenn ich bitten darf, Schriftführer und stellvertretender Bürgermeister... Der Herr Bürgermeister ist nicht ganz wohlauf! Wenn ich die Herren bitten darf... Gleich hier, das vierte Haus!« Die Offiziere schauten mit soldatischer Arroganz auf den fischgeschwind redenden Zivilisten herab. Der lange, hagere Hauptmann gab dem schlanken, breitbeinig im Sattel sitzenden Leutnant einige Anweisungen, dieser drehte sich halb rückwärts und kommandierte mit scharfer, leicht heiserer Stimme: »Feldwebel! Rühren lassen! Material übernehmen!... Zwei Mann, Unteroffizier Steinbeißer und Gefreiter Schenderl mitkommen!«
»Bitte!« sagte der Hauptmann zum Stelzinger.
Beim Heingeiger war kein Mensch vor die Türe gekommen. Das

ganze Haus lag still da, als schliefen die Leute noch oder wären nicht daheim.

»Sonderbarer Empfang!« sagte der Hauptmann zum Leutnant, als sie sich aus dem Sattel schwangen. Der Stelzinger wurde recht verlegen, als er mit ihnen und den vier Mann im dunklen Hausgang stand und vergeblich an der Stubentüre klopfte. Endlich tauchte hinten in der offenen Kucheltüre die Heingeigerin auf und fragte betreten: »Grüß Gott, was ist's denn? . . . Der Bauer wiegt die Roggensäck' ab . . .« Der kleine Peter hing an ihrem Rock und schaute groß und ein bißchen schüchtern auf die Militärleute. »Ja . . . Aber Frau Bürgermeister . . .?« konnte sich der Stelzinger nicht enthalten. Noch nie hatte er die Heingeigerin so betitelt, auch mit ›Sie‹ hatte er sie noch nie angeredet.

»Holen Sie ihn doch, bitte! . . . Es ist doch dringend!« sagte er. Die Offiziere sahen sich sonderbar an. Die Bäuerin ging in den Stall, von da aus in die nebenanliegende Wagenremise und schrie laut in die Höhe der offenliegenden Tenne: »Silvan! Silvan! . . . Geh weiter! Militär ist da!« Der Bauer gab an und bald darauf kam er mit ihr in den Hausgang, schaute die Besucher geschwind, aber fest an, grüßte kurz und fragte recht merkwürdig: »Wollen die Herren zum Bürgermeister?«

»Aber natürlich!« redete der bestürzte Stelzinger schnell dazwischen, machte die Stubentüre auf, und sie gingen alle hinein. Die Sporen der Offiziere und das harte Auftreten der derben Mannschaftsstiefel blieben etliche Sekunden lang das einzige, das man hörte. Der Stelzinger, dem man es ansah, daß ihn mit einem Male all seine Fertigkeit, die peinliche Spannung auszugleichen, verlassen hatte, fing wieder an: »Also, Herr Bürgermeister . . .« Doch der Heingeiger fiel ihm gleich ins Wort und sagte eiskalt: »Das Geschäft hab' ich seit gestern aufgegeben . . . Wer's jetzt macht, ist mir gleich . . .«

»Na, nun aber mal deutsch geredet, verstanden!« verlor der Hauptmann die Geduld, und mit jedem Wort wurde seine scharfe Stimme

lauter und drohender: »So eine Impertinenz ist mir doch noch nie vorgekommen! Was soll denn das heißen?!«
»Daß ich nimmer Bürgermeister bin! . . . Ich hab's ja gesagt!« unterbrach ihn der Heingeiger mit trotziger Ungeschrecktheit und deutete auf den Hans und den Loisl: »Die zwei haben es soweit 'bracht . . .« Einen Huscher lang musterten die Offiziere die zwei ehemaligen Rotholzerknechte. »Was ist vorgegangen, Unteroffizier? Melden Sie!« befahl der Hauptmann, und nun erzählte der Hans militärisch knapp, was sie gestern – wie er sich ausdrückte ›pflichtgemäß‹ – bei der Flucht der Rotgardisten und im Anschluß daran getan hätten. »Melde gehorsamst«, schloß er, sich noch strammer straffend: »Das ganze Dorf hat sich gegen uns gestellt und besonders der Bürgermeister . . .«
»Na, das ist ja nett!« ließ sich der Leutnant vernehmen.
»Was? . . . Für die Roten Partei genommen?!« zischte der Hauptmann mit rotangelaufenem Gesicht und fixierte den Heingeiger von oben bis unten: »Wie heißen Sie denn?«
»Lochner . . . Silvan!« antwortete der Bauer verstockt. Dem Stelzinger hatte es den Angstschweiß auf die Wangen und Stirne getrieben. Furchtbares ahnend mischte er sich ein und fing dabei fast flehentlich zu stottern an: »Die Herren Offiziere . . . Herr Hauptmann, wenn ich bitten darf . . . Das ganze Dorf ist kopfscheu von dem roten Durcheinander! . . . Der Herr Bürgermeister war immer ein Ehrenmann! . . . Durchaus –« Aber, was war denn das? Jäh brach er ab. Die Offiziere hörten ihn nicht. Sie redeten halblaut miteinander.
»Lochner? . . . Lochner – Silvan?« wandte sich der Hauptmann überlegend an den Heingeiger: »Lochner heißen Sie? . . . Haben einen Sohn gleichen Namens? . . . Stimmt das?«
»Ja«, antwortete der Bauer leicht verdutzt: »Aber der ist schon lang fort . . . Wo er ist, wissen wir nicht.«
»Stimmt schon!« wisperte der Leutnant dem Hauptmann zu: »Tüchtiger Kerl . . . Jetzt Leutnant im Freikorps Oberland . . .«

Im Nu bekam der Hauptmann ein gemütlicheres Gesicht und schaute herablassend auf den Bauern: »Na, Mann, warum sagen Sie denn das nicht gleich? . . . Ist also alles in Ordnung! . . . Können stolz sein auf so einen Sohn!« Da aber der Heingeiger ziemlich verständnislos dreinblickte, setzte er noch leutseliger dazu: »Na, ist ja zu verstehn, daß der ehrliche Bauer die Nerven verliert . . .« Er drehte sich, ohne den Bauern weiter zu beachten, dem Stelzinger zu: »Ja, unsre Zeit ist knapp bemessen, kommen Sie!«
»Alles: Kehrt, marsch!« befahl der Leutnant. Die ganze Stube wakkelte, als sich die vier Soldaten zackig umwandten und hinaustrampelten.
»Ungehobelt und zurückgeblieben! . . . Hat überhaupt noch nicht begriffen, um was es geht«, sagte der Hauptmann zum Leutnant, als sie, ohne sich zu verabschieden, hinter der Gruppe dreinschritten. Eine Weile blieb der Heingeiger stumm stehen und bemerkte jetzt erst seine verstört dastehende Bäuerin.
»Bei der Gesellschaft ist er also auch dabei, der Silvan!« sagte er wie für sich: »Da paßt er hin . . .«
Ganz so glatt lief es aber im Dorf doch nicht ab. Zwei Abteilungen, die eine vom Hans und die andere vom Loisl geführt, wurden beauftragt, das Kuglerhaus abermals und auch das Häusl von der alten Allbergerin zu durchsuchen. Diesmal ging es viel gewalttätiger zu. Die Allbergerin war nicht daheim, und die Soldaten brachen einfach die verschlossene Haustür auf. Wie beim Kugler, so durchwühlten sie auch bei der Allbergerin alles vom Keller bis zum Dachboden. Aus Mutwillen oder Wut rissen sie die Kleider und Wäsche aus den Kästen und Kommoden und hoben sogar ein paar Bodenbretter aus. Als die Allbergerin später heimkam, sagte sie, es sehe aus bei ihr wie ›nach der Schlacht bei Sedan‹.
Währenddessen hielten sich die Offiziere beim Stelzinger auf, und als sie aus dem Laden kamen, verabschiedete sich der Krämer ungemein devot. Endlich zog der breite, lange Wurm der Marschierenden ohne Musik aus dem Dorf und verschwand kurz darauf im

Forst. Noch eine geraume Zeit standen die Leute vor dem Kugler- und Allbergerhäusl und machten böse Gesichter. Die wenigsten aber sagten ein Wort. Nur die Kuglerin kam immer wieder daher und jammerte über die ›frevelhafte Unordnung‹ bei ihr. Dann aber stieß sie angstvoll heraus: »Und noch ist er nicht daheim, mein Hans ... Wo er bloß hin ist? Um Gotteshimmelschristiwillen! Es wird ihm doch nichts passiert sein!«
Es war ihm aber etwas passiert. Die Mutmaßungen vom Loisl waren schon richtig gewesen. Bei gestrigen Einzug der Regierungstruppen in Amdorf war Gendarmerie wieder mitgekommen und hatte mit beigegebenen Soldaten sofort Haussuchungen bei revolutionsverdächtigen Arbeitern und sonstigen Einwohnern vorgenommen. Dabei entdeckte der Gendarm Riedinger auch den Kugler. Mit vierzig anderen Verhafteten wurde er ins Amtsgefängnis eingeliefert. Noch in derselben Nacht begann – wie es in den damaligen Wochen üblich war – ein schnell zusammengesetztes Feldgericht seine Urteile zu fällen, gegen die es keine Berufung gab. Unter den zehn Arbeitern, die in der Frühe im Gefängnishof erschossen wurden, befand sich auch der Kugler. Erst am dritten Tag brachte der Riedinger pflichtgemäß der Kuglerin die Botschaft. Er versuchte sich des schwierigen Auftrages amtlich korrekt zu entledigen, doch als er die unbeschreibliche Verzweiflung der armen Witwe so über sich hereinbrechen sah, verlor auch er seine gewaltsam feste Haltung und fing zu beteuern an: »Ich hab' gemacht, was ich hab' machen können, Frau Kugler! Ich hab' mich durchaus für ihn eingesetzt und hab' den Herrn immer wieder gesagt, der Kugler ist kein Roter, er ist unschuldig! ... Ich hab's doch bis zum letzten Moment selber nicht glauben können! Aber da ist eine Liste beim Gericht gewesen ... Kugler und Allberger sind drinnen gestanden ... Es ist einfach geschehn ... Keiner hat was machen können!« Es war ihm anzusehen, daß er an den furchtbaren Folgen, die seine vorschnelle Angeberei hervorgerufen hatte, arg litt. Noch beim Stelzinger, wo er mit freudiger Aufgeräumtheit emp-

fangen wurde, sah er verstört aus, schüttelte oft den Kopf und sagte bedrückt: »Ich hab's ihm nicht gewünscht, dem armen Kerl ... Hm, hart sowas, hart!« Die ganze Familie des Krämers brachte es nicht fertig, ihn besser zu stimmen.
Mit dem Glachinger Leichenwagen fuhr der Moserknecht nach Amdorf und holte den erschossenen Kugler. Als er aus dem Forst kam, warteten schon die Leute und gaben ihm betend das Geleit bis zum Pfarrdorf. Schnell wurde der Vorfall überall bekannt, und ein schwer verhaltener Ingrimm stieg auf. Bei dem darauffolgenden Begräbnis am andern Tag war ein großes Mitleiden und Weinen unter den Weibern. Die Bauern aber sagten offen: »Sowas hat's bei den Roten nicht 'geben!«, und es war gut, daß der Stelzinger nicht zu sehen war. Eine schleichende, tückische Feindschaft gegen ihn, den Riedinger und jeden, der auch nur im geringsten für die nunmehr zur Macht gekommene Regierung eine Sympathie bezeigte, breitete sich aus. Es läßt sich denken, daß die Allbergerin sich um ihren Ludwig ängstigte. Jeder sprach ihr gut zu, und die Weiber versprachen, ihn jeden Tag in ihre Gebete einzuschließen. In ihrer Herzensnot trieb es die Alte einmal zum Pfarrer, und der, welcher einst den Ludwig aus der Taufe gehoben hatte, fuhr in die Stadt, um sich bei den Ämtern und Gerichten nach ihm zu erkundigen. Er erfragte aber nur soviel, daß derselbe sich nicht unter den vielen Verhafteten befand.
»Der Allmächtige wird ihm beistehn«, sagte der geistliche Herr wie segnend zu der Allbergerin, und die blickte ihn mit ihren alten Augen an und meinte: »Er ist doch sein Leben lang ein guter Katholik gewesen ... Keiner weitum kann ihm was Unrechtes nachsagen ...« Dann bekreuzigte sie sich ein wenig beruhigt.
Vom Ludwig hörte man nichts. Tage und Wochen vergingen. Der diesmalige Mai kämpfte sich nur langsam durch. Kalte Regenschauer und mitunter sogar Schneegestöber wälzten sich zuweilen über die aufkeimenden Breiten. In der Zeitung standen die Erlasse der neuen Regierung. Immer wieder brachte sie Berichte

über Verhaftungen von roten Rädelsführern. In der Hauptstadt gab es furchtbare Verurteilungen und Erschießungen. Dennoch schien das Leben auf dem Lande sich langsam wieder zu beruhigen. Möglicherweise brachte auch die Frühjahrsarbeit auf den Äkkern und Feldern die Leute auf andere Gedanken.
An einem winddurchfegten Maiabend, der schon langsam dem Nachtdunkel Platz machte, hockte der Schuster Kraus einmal in seiner kleinen Kuchel und döste in sich hinein. Die Uhr draußen in der Werkstatt rasselte neun Schläge herab und tickte dann gleichmäßig weiter.
»Jaaa-jaa, der Kraus legt sich jetzt ins Bett . . . Der Kraus legt sich nieder!« plapperte er gewohnheitsmäßig, stand auf und reckte sich gähnend: »Der Kraus legt sich jetzt schön warm ins Bett . . . Jetzt ist ja wieder überall eine Ruh . . .« Er knipste das elektrische Licht aus und tappte im Dunkeln auf die schmale Stiege zu. Als er über die leicht nachgebende Falltüre, die zum Keller führte, schlurfte, blieb er auf einmal stehen. Hatte er am Ende gleich gar Ratten? Im Lauschen schien er angestrengt zu überlegen, was das für ein sonderbar verdächtiges Rumpeln im Keller sein mochte. Es war wieder still. Nur der Wind weinte draußen ums Haus, verflüchtigte sich dann wieder in den Weiten und warf sich von neuem auf die Wände und Fenster. Behutsam nahm der Schuster die erste Stufe der Holzstiege, da war es ihm, als klatschten im Keller etliche Kartoffeln auf den Boden. Er griff schnell im Dunkeln nach seinem derben Knotenstock, der in der Ecke lehnte, hob die Falltür mit einem Ruck auf, knipste das elektrische Licht im Kellerschacht an und stieg rasch in die Tiefe. Drunten auf dem kalten Ziegelsteinboden blieb er stehen und spähte scharf nach allen Seiten. Er ging auf die provisorisch aufgerichtete Bretterwand zu, hinter der die Kartoffeln lagen und blieb jäh, wie angewurzelt, stehen. Über den Brettern tauchte ein bartverwachsener Kopf auf, verhetzte Augen starrten ihn an, und eine bekannte Stimme flüsterte hastig: »Schuster? Verrat mich nicht! . . . Ich bin's, der Ludwig!«

Alles Blut schien aus dem Gesicht des Schusters gewichen, sekundenlang brachte er kein Wort heraus und glotzte nur starr.
»Schuster?... Ich vergeß' dir's nie!« sagte jetzt der Ludwig wieder, und da tat der Kraus, der sich durch dieses wiederholte Anreden endlich faßte, etwas Überraschendes. Er knipste sofort das elektrische Licht aus und flüsterte ebenso ins Dunkel: »Mensch! Mensch, das geht doch nicht! Da sind wir ja alle zwei verloren!« Aber der Ludwig ließ ihn nicht weiterreden, kletterte über die Wand und erzählte ihm, daß er schon zwei Tage in den Kartoffeln liege. Ganz nahe stand er jetzt beim Kraus. Der Schuster spürte seinen warmen Atem.
»Mensch, ich kann dich doch nicht da lassen!« sagte er wiederum, und man konnte heraushören, was an Verwirrung, Ärger und Angst in ihm rumorte.
»Es geht schon!... Es muß gehn, Schuster!« beschwor ihn der Ludwig und tastete nach ihm: »Du kannst doch nicht wollen, daß sie mich auch noch zusammenschießen wie einen Hund!... Du bist doch nicht für die Banditen! Kein rechtschaffener Mensch ist doch für die!« Er keuchte, und seine Hände, die Arm und Schultern des reglos dastehenden Schusters berührten, zitterten. In aller Hast erklärte er, wie er aus der Hauptstadt geflohen und unbemerkt bis nach Auffing gekommen sei.
»Und bei uns hat dich keiner gesehn?« forschte der Kraus: »Keiner?«
»Woher denn!... Für so saudumm wirst du mich doch nicht halten!« meinte der Ludwig: »Und daß ich zu meiner alten Mutter nicht gehn hab können, das begreifst du doch!« Er berichtete vom weißen Schreckensreggiment in der Stadt. Immer dringender bestürmte er den schweigenden Schuster, immer schauriger malte er aus, was ihm passiere, wenn er erwischt werde, und immer hoffnungsvoller setzte er auseinander, wie leicht er davonkomme, wenn er auf den Kraus rechnen könne.
»Freilich hätt' ich auch zu anderen im Dorf gehn können. Außer

dem Stelzinger hätt' mir jeder geholfen ... Garantiert! ... Aber nirgends fällt's doch so wenig auf wie bei dir«, sagte er eindringlich, und weil der Schuster immer noch nichts redete, fragte er auf einmal ein bißchen unsicher: »Oder bist du etwa gleich gar für die Weißen?«

»Ich bin überhaupts für gar keinen ... Ich hab' mich noch nie in sowas gemischt«, wich der Kraus aus und wußte nicht mehr weiter. Eine ganz kurze Weile stockte der Ludwig im Dunkel. Vielleicht wurde er argwöhnisch oder war auch nur enttäuscht, denn Menschen, die sich einer Idee oder politischen Richtung verschworen haben, kennen nur noch den klaren Freund und den offenen Feind. Wahrscheinlich aber überdachte er in diesem Augenblick auch zugleich seine schreckliche Lage, die ihm gar keine andere Wahl mehr ließ, als sich auf Gedeih und Verderb demjenigen zu überlassen, der ihm als letzter Retter übriggeblieben war. Darum redete er über das, was in der Antwort des Schusters unklar geblieben war, nicht mehr.

»Mensch! Kraus, Hunger hab' ich wie ein Wolf! ... Hast du gar nichts?« fragte er, und den schien das abermals in die größte Verlegenheit zu bringen.

»Jaja, schon ... Schon! ... Aber es geht doch nicht«, stotterte er verwirrt.

»Warum denn nicht?« wollte der Ludwig wissen.

»Wir können doch kein Licht machen! ... Das fällt doch auf!« meinte der vorsichtige Schuster, und wenn ihm auch der Ludwig klar machte, daß von dieser Hinterseite des Hauses bis hinauf nach Glaching kein Nachbar und alles freie Wiese sei, wenn er auch vorschlug, das kleine Kellerfenster mit Brettern zu vermachen und zudem noch dunkle Tücher davor zu hängen, um dann endlich Licht machen zu können – merkwürdigerweise sträubte sich der Kraus heftig dagegen.

»Ja Herrgott, hast du denn so eine Angst?« gab der Ludwig schließlich sein Drängen auf, und daraufhin meinte der Schuster

fast ungeduldig: »Angst? . . . Sowas ist doch kein Spaß! . . . Unsereins kommt ja doch zuletzt jedesmal in Kalamitäten, es mag sein, wie's will . . .« Er machte eine Bewegung in der Finsternis, als griffe er nach einem Gegenstand.
»Unsereins?« fragte der Ludwig: »Wen meinst du denn da? . . . Unsereins? . . . Du gehörst doch zu Auffing wie jeder andere?«
»Ja . . . Ja, wie man's nimmt«, brummte der Kraus zurück: »Du hast doch Hunger? . . . Ich will schau'n, was ich find' . . .« Er kramte irgendwo in einer Ecke herum und sperrte das Speisekästchen auf. Der Wind draußen hatte sich gelegt und trieb wie ein fernes Wehen in den Höhen. Aus den jagenden Wolken kam der Mond und erhellte das Kellergelaß mit ungewissem, bleichem Licht. Die zwei Männer konnten sich jetzt sehen.
»Da, nimm! . . . Iß!« sagte der Schuster und reichte dem Ludwig einen irdenen Weigling Milch, holte Brot und Topfen aus dem Kästchen. Ohne sich lang zu besinnen, ließ sich der ausgehungerte Ludwig auf den kalten Ziegelboden nieder und fing gierig zu essen und zu trinken an. Der Schuster stieg währenddessen in die Kuchel hinauf, brachte Messer und Löffel, zerschnitt den Rest des fast aufgegessenen Brotlaibes und säbelte auch noch ein Stück Selchfleisch ab. Er schien sich mit dem Geschehenen abgefunden zu haben und brachte den Ludwig im Dunkeln auf den mit Gerümpel vollgestellten Dachboden, denn da, meinte er, komme die Hauniglin nie herauf, da sei's am sichersten.
»Das vergeß' ich dir nie, Schuster! . . . Du bist *doch* einer von den Unsrigen!« dankte der Flüchtling, als er sich mit alten Decken und sonstigen Fetzen eine Liegestatt gemacht hatte: »Und sobald die Luft rein ist, verschwind' ich! Passiert dann, was mag, dich verrat' ich nie!«
Der Kraus wehrte leise brummend ab und stieg in seine Ehekammer hinab. Er schlief lange, lange nicht ein. Sicher grübelte er unruhig über alle Möglichkeiten nach, wie er sich ungefährdet aus der ganzen Sache herauswinden könne. Des öfteren wollte er, sei-

ner Gewohnheit folgend, irgendetwas vor sich hinreden, stets aber stockte er und verschluckte die bereits auf der Zunge geformten Gedanken ...

13

Wie immer arbeitete der Schuster am andern Tag. Er schien zwar etwas verdrießlicher, aber sonst unverändert zu sein. Die alte Hauniglin kam, räumte auf, kochte und ging wieder. Der kleine Peter spielte einige Stunden in der Werkstatt. Später holte ihn die Elies. Dabei erzählte sie, daß beim Stelzinger im Laden gesagt worden sei, in der Stadt drinnen habe die Polizei jetzt auch den Allberger-Ludwig verhaftet. Die Leute aber hätten es seiner alten Mutter noch gar nicht berichtet, um sie nicht in neue Aufregung zu bringen. Sie sei sowieso schon so vergrämt, daß sie kaum noch aus und ein wisse.
»Jaja, so geht's! So geht's ... Schauderhaft!« sagte der Schuster. Sein Gesicht wurde nicht besser, als die Elies gegangen war.
Aus dem einen Tag wurde ein zweiter, ein dritter und schließlich eine ganze Woche. Nirgends in der Nachbarschaft zeigte sich auch nur im geringsten ein Verdacht, daß sich im Kraushäusl ein Vielgesuchter versteckt halte. Schuster und Ludwig ließen es auch an der nötigen Vorsicht nicht fehlen. Nur nachts, wenn bereits das ganze Dorf schlief, kamen sie unterm Dach droben zusammen. Nie machten sie ein Licht, und immer noch, wie am ersten Tag, unterhielten sie sich flüsternd. Durch das runde Mauerloch unterhalb des Giebels fiel manchmal ein schräger Mondstrahl. Dann konnten sie einander halbwegs erkennen.
»Lang halt' ich das nicht mehr aus ... Lieber laß' ich mich fangen«, meinte der Ludwig, und man hörte die peinigende Langeweile und Ungeduld aus den Worten. Der Schuster antwortete nicht darauf. Er wußte sich ja auch keinen Rat, und sicher verwünschte er insgeheim alles: den Krieg und die Revolution, die Weißen, den Ludwig und zuletzt sogar sein eigenes, bisher so sorg-

sam unauffällig geführtes Leben, das ausgerechnet diesen gefährlichen Menschen auf den Gedanken gebracht hatte, sich in sein Haus zu flüchten. Mochte man es überlegen wie immer, lange konnte dieses Beherbergen doch nicht weitergeführt werden. Ein Wegkommen aber war ebenso gefährlich, und wer erkennt denn untrüglich den Charakter und die Standhaftigkeit eines anderen Menschen? Wer stand denn dafür ein, daß der Ludwig nach seiner möglichen Verhaftung und den darauffolgenden Kreuzverhören etwa nicht verraten würde, wo er sich verborgen gehalten und wer ihm weitergeholfen hatte?

So oder so, die Sache sah ganz hoffnungslos aus. Kein Wunder, daß der Schuster von Nacht zu Nacht einsilbiger wurde. Immer mehr merkte der Ludwig, wie lästig er ihm war. Er machte einen Vorschlag um den andern, wie er sich sein Verschwinden denke. Nichts, was ihm dabei helfen konnte, ließ der Kraus gelten. Um alles in der Welt wollte er sich nicht dazu verstehen, bei der alten Allbergerin einen guten Anzug und etwas Geld unverdächtig zu holen. Allem, was der Ludwig vorbrachte, widersetzte er sich, indem er tausend Gegengründe ins Treffen führte. Zuguterletzt herrschte eine zwar unausgesprochene, aber fast giftige Feindseligkeit zwischen den beiden.

In einer Nacht – der Himmel war sternlos und die Luft maienlau – war der Ludwig weg. Nach einigen Flüsterrufen ins Dunkel blieb der Kraus sekundenlang auf dem moderig riechenden Dachboden stehen, fing endlich an, vorsichtig herumzutasten, stieg nach unten, durchsuchte seine Kammer und die danebenliegende, in welcher seit dem Verschwinden von seinem Hans sich allerhand ungebrauchte Möbelstücke und sonstiges Gerümpel befand, kam in Küche und Werkstatt und durchschnüffelte auch noch den Keller.

»Hm«, machte er nach all dem: »Weg ist er jetzt! . . . Und wenn's ihn erwischen, sitz' auch ich im Dreck . . . Hmhm, das hat man davon, hmhm!« Verdrossen und unruhig ging er zu Bett, verdrossen und unruhig blieb er tagelang.

Nach ungefähr einer Woche brachte das ›Amdorfer Wochenblatt«
auf der ersten Seite eine fettletterig gedruckte Meldung, daß der
›berüchtigte Spartakist und rote Rädelsführer, der aus Auffing gebürtige ehemalige Metzgerbursche Ludwig Allberger‹ im Gebirge,
kurz vor seinem Grenzübertritt nach Österreich verhaftet und unter starker polizeilicher Bedeckung nach der Landeshauptstadt
gebracht worden sei. ›Mit einer Anzahl anderer prominenter Rätehelden und Volksverhetzer dürfte der Festgenommene schon in
den nächsten Wochen vom Volksgericht abgeurteilt werden‹, hieß
es in dem Bericht, und mit dem menschlich klingenden Beisatz,
daß dieser ›mißratene Sohn aus unseren heimatlichen Gauen‹
eine alte, ehrsame, untröstliche Mutter besitze, welcher sich das
allgemeine Mitleid zuwende, schloß das Ganze. Bei dieser Gelegenheit stellte sich auch heraus, daß man vor einiger Zeit einen anderen Roten verhaftet habe, der für den Ludwig gehalten worden
war.
Das ›Amdorfer Wochenblatt‹ hatte eine feine Witterung und irrte
nicht. In der ganzen Pfarrei bemitleidete man die alte Allbergerin.
Erst als der Pfarrer ihr einleuchtend und trostvoll auseinandergesetzt hatte, daß ihr Sohn nicht erschossen, wohl aber für längere
Zeit eingesperrt werde, richtete sie sich wieder auf.
»Deswegen ist er für mich doch kein schlechter Mensch, der Ludwig«, sagte sie, nachdem sie sich in diesen Glauben hineingefunden hatte, und weil fast alle Leute derselben Meinung waren, trug
sie ihr Geschick geduldig und standhaft. Ja, in ihrer rechtschaffenen Unbekümmertheit verstieg sie sich sogar manchmal zu der
ketzerischen Bemerkung: »Wenn's die Revolution nach meinem
Ludwig gemacht hätten, da hätt' es gar nie was Unrechtes geben!«
Es läßt sich denken, daß nur einer in jenen Tagen und Wochen
wahre Folterqualen litt: der Schuster Kraus. Er erwartete das
Schlimmste für sich. Er sah sich vielleicht schon im Gefängnis.
»Und nachher? . . . Nachher, Kraus, bist du für dein Leben lang
ruiniert! . . . Du bist ein für alle Mal verdächtig! . . . Das wischt sich

nicht mehr weg!« knurrte er, wenn er allein war, oft und oft ganz wild, selbstgehässig und zerknirscht aus sich heraus.

Als aber eines Tages die alte Allbergerin und der Heingeiger als Zeugen zur Verhandlung in die Stadt fuhren und die Alte offen gestand, daß der Ludwig in einer Nacht wie ein verlorener Mensch bei ihr eingebrochen und sich erst nach aufregendem Hin und Her zu erkennen gegeben habe, als sie dem Richter auf dessen Fragen und Vorwürfe mit der Unbefangenheit mütterlich-redlicher Herzenseinfalt entgegenhielt, ob sie denn ihren eigenen Sohn aus seinem Elternhaus fortweisen und ihm in dieser Not sein eigenes »gutes Gewand und ersparted Geld« verwehren hätte sollen – da schaute alles anders aus. Auch der Heingeiger, der dem Ludwig immer noch ein bißchen verbittert nachtrug, daß er seinerzeit seinen Silvan so grob in Glaching aus der Wirtsstube hinausgeschmissen hatte, und diesem Vorfall zum Teil schuld daran gab, daß sein Sohn so unleidlich geworden und schließlich davongegangen war – auch er stellte dem Angeklagten ein gutes Zeugnis aus.

Der Kraus, der mit verborgen fieberhafter Spannung all diese Einzelheiten des Verhandlungsberichtes in der Zeitung verfolgte, erlebte noch eine andere Überraschung. Der Ludwig verriet kein Wort über seinen Verbleib während der Wochen nach dem Zusammenbruch der Räterepublik. »In Federbetten wie der Herr Staatsanwalt«, sagte er frech, »hab ich nicht geschlafen, wie sie mich wie ein Wild gehetzt haben.« Die schimpfende Rüge, die er deswegen über sich ergehen lassen mußte, machte ihm gar nichts aus. Ohne Wimperzucken nahm er das Urteil hin, das auf fünf Jahre Festung lautete. Mit festem Blick schaute er auf seine alte Mutter, er lächelte sogar ganz gelassen, und für einen Huscher lang bekamen seine Augen einen fast zärtlich abbittenden Glanz, als sie ein paar Mal nickte. Seine mannhafte Haltung richtete auch die anderen Angeklagten auf, und als er nach seinen kurzen Schlußworten hell und ungebeugt: »Trotz alledem – es lebe die Revolution!« in den hohen, dichtbesetzten Saal rief, fielen die anderen Angeklagten mit

ein. Das alles nahm die alte Allbergerin, die noch nie eine solche Gerichtsverhandlung erlebt hatte, wie ein unverlöschliches Bild mit heim. Ihr zerfaltetes Gesicht unter dem straffgebundenen Kopftuch sah während der Bahnfahrt ruhig und zuversichtlich aus. Die ineinander verschränkten Hände lagen auf ihrem Schoß, der Rosenkranz war um ihre Finger gewunden, und langsam und lautlos bewegten sich ihre Lippen. Sie schaute mitunter wie zufällig auf den verschlossenen Heingeiger, der ihr gegenüberhockte.
»Unser Herrgott hat mir meinen Ludwig doch 'lassen«, sagte sie einmal: »Die fünf Jahr gehn auch rum ... Ich schäm' mich gar nicht über'n Ludwig, gar nicht!« Man sah es ihr an, die Vorwürfe des Richters hatten nicht auf sie gewirkt.
»Du brauchst dich auch nicht schämen, Allbergerin«, gab ihr der Heingeiger, der nur ganz selten einen Menschen frei heraus lobte, zurück: »Ich hab's ja gesehn, jeder hat Respekt vorm Ludwig gehabt, sogar die Richter ... .« Möglicherweise dachte er dabei an seinen Silvan, verglich ihn mit dem Ludwig und gab dem letzteren entschieden den Vorrang. Er schaute durch das Coupéfenster und schien in dieser Richtung weiterzudenken. Seine Miene wurde bei jedem rüttelnden Stoß der sausenden Waggonräder grämlicher.
In der Stadt drinnen hatten er und die Allbergerin nichts Schönes gesehen. Auf den verkehrsreichen Plätzen und vor den öffentlichen Gebäuden waren Drahtverhaue oder sogenannte Spanische Reiter. Warnungstafeln ragten auf: ›Eintritt verboten‹ oder ›Halt! Wer weitergeht, wird erschossen!‹. Schußbereite Maschinengewehre standen davor, und schwerbewaffnete Posten mit geschultertem Gewehr gingen auf und ab. Auf den vielbelebten Straßen gingen die meisten Leute mit unruhig-finsteren Gesichtern dahin, und wenn ein Trupp Soldaten oder etliche Offiziere vorüberkamen, blickten sie abweisend auf diese und raunten sich zuweilen hastige Worte zu. Dann wieder, auf irgendeinem Platz oder einer Straße, bellte plötzlich ein wildes Geschrei auf, jäh sammelten sich gutgekleidete Menschen und rannten mit geschwungenen

Stöcken und Sonnenschirmen auf einen düsteren Zug Verhafteter zu, die mit erhobenen Händen, rechts und links von Soldaten flankiert, traurig dahintrotteten und verschreckt auf die geifernd heranflutende Masse starrten. Bessere Herren und feine Damen stießen wüste Verwünschungen auf das »rote Gesindel« aus und hieben auf die wehrlosen Gefangenen ein, spuckten ihnen ins Gesicht und versetzten ihnen hinterhältige Fußtritte, ohne daß die Begleitsoldaten sie daran hinderten.
Bestimmt erschienen dem sinnenden Heingeiger in der Erinnerung all diese Soldaten und Offiziere genau so wie jene, welche nach der Flucht der Roten nach Auffing gekommen waren. Er beachtete die Allbergerin nicht mehr, schnaubte schwer und schaute wieder durch das Coupéfenster. Der zerflatternde Rauch der Lokomotive verfing sich im zartgrünen Laub der neubelebten Bäume. Hängende Wiesen und gut bestellte Äcker kamen jetzt. Ein dünner, vom Regen angeschwollener Bach wand sich zwischendurch. Auf fernen Straßen fuhr manchmal ein Bauernwagen. Im kurzen, flaumigen Gras blinkten da und dort winzige weiße und gelbe Blümchen, über die jungen, aufgeschossenen Hälmchen strichen flinke Spatzenschwärme, und die vereinzelten Büsche am Bachrand waren voll erblüht. Es war Nachmittag. Die schon westwärts geneigte Sonne ergoß ihr abgedämpftes Licht gleichmäßig über die friedlichen Fluren. Hoch und weit darüber spannte sich der wolkenlose Himmel, und die ewig trächtige Erde schien ihm geruhig zuzulächeln.
»Jetzt – da schau!« sagte der Heingeiger, als sie ein kleines Dorf kurz vor Amdorf passiert hatten und deutete durchs Fenster. Auf dem von einem Hügel herabfallenden Sträßlein war einem Knecht der junge, scheuende Stier ausgerissen. Aus den nächsten Häusern liefen die Leute und trachteten, das gefährlich hüpfende Tier wieder einzufangen. Alles half einträchtig zusammen. Die Allbergerin hob bedächtig den Kopf und wollte schauen, aber das Bild war schon vorbeigeflogen.

»Die Bahn fahrt so schnell . . . Man sieht gar nichts«, brümmelte sie. Gleich darauf fuhren sie in Amdorf ein.
Auf dem Heimweg, mitten im Forst, trafen sie den Kraus, der Leder geholt hatte. Sie erzählten. Zufrieden hörte der Schuster zu.
»Jaja, unrecht hat er nicht hergeschaut, der Ludwig«, sagte er einmal: »Ich bin ja nicht weiter mit ihm bekannt gewesen.«
»Ganz gräuslig schaut's aus in der Stadt drinnen . . . Schauderhaft geht's zu drinnen«, berichtete der Heingeiger und wandte sich an die Allbergerin: »Gell, wir haben uns gar nicht aufgehalten . . . Gleich hab' ich gesagt, da machen wir, daß wir wieder heimkommen, da wird's gefährlich . . .« Die Alte nickte und sagte etwas Ähnliches. »Grad Militär und nichts als wie Militär, wo du hinschaust! . . . Und das regiert«, fuhr der Heingeiger fort.
»Jaja«, meinte der Kraus ein bißchen spöttisch: »Die haben ja Zeit dazu! . . . Unsereins hat ja jahraus und jahrein nichts wie Arbeit . . .« Die ganze Zeit war er dem Heingeiger mit den Blicken ausgewichen, jetzt schaute er ihn kurz an und sagte unvermittelt: »Da ist mir vor ungefähr einer halben Stund' ein Automobil begegnet . . . Es ist vorbeigefahren, aber nachher hat's angehalten . . . Da ist der Silvan und noch ein Militärsmann drinnen gewesen . . . ich hätt' sie gar nicht gleich kennt, aber der Silvan hat mich kennt, und da hat er gegrüßt und gefragt, ob du daheim bist . . .«
»Und das sagst du mir jetzt erst?!« hielt ihm der Bauer vor und wurde aufgeregt und fragte weiter: »Zu mir haben die wollen? . . . Und weiter haben sie nichts gesagt?« Der Kraus verneinte. Der Heingeiger verfinsterte sein Gesicht und fing an, viel schneller zu gehen.
»Das will ich doch sehn, was der auf einmal will!« sagte er und ließ die beiden hinten. Großschrittig und eilsam ging er weiter.
Die Allbergerin, die durch das rasche Gehen ins Keuchen gekommen war, blieb stehen und verschnaufte. Der Kraus tat dasselbe, rückte dabei seinen schweren Rucksack zurecht und wischte sich den Schweiß aus dem Gesicht.

»Der Heingeiger!... Er kommt auch nie aus dem Verdruß!« meinte die Allbergerin: »Sein Silvan macht einen Soldaten, wo er doch daheim den schönen Hof hat!«
»Jaja, überall gibt's was!... Jeder hat sein Kreuz!« lenkte der Schuster ab, und sie gingen wieder weiter. Als sie aus dem Forst kamen, war der Heingeiger schon verschwunden. Dagegen sahen sie das Auto über den Glachinger Berg hinaufsurren. Der Kraus wunderte sich.
»Jaja, das ist's... Dunkelgrau... Da sind sie drin gesessen«, sagte er. Da die Allbergerin aber stark husten mußte, konnte sie nicht antworten und nickte schließlich nur.
Was war eigentlich geschehen?
Mit seinem Freund Silvan war der Diplomlandwirt Franz Oberholzer, jetzt ebenfalls Leutnant bei den Regierungstruppen, auf den Gedanken gekommen, den Rotholzerhof zu besichtigen, da ihn die Bäuerin bis jetzt ohne Antwort gelassen hatte. Als das einschichtige Auto ins Dorf fuhr, schauten die Leute neugierig und mißtrauisch durch die Fenster. Die zwei Soldaten darinnen erkannten sie nicht, aber sie dachten nichts Gutes dabei. Die Rotholzerin empfing die zwei unverhofften Besucher bestürzt und abweisend, weil sie glaubte, sie hingen auf irgendeine Weise mit ihren früheren Knechten zusammen. Sie traute ihren Augen kaum, als der Silvan sich zu erkennen gab. Ein kurzgestutztes Bärtchen hatte er und benahm sich offiziersmäßig herablassend, aber doch so, als wisse er, wie mit Bauernleuten seiner Heimat umzugehen sei. Wahrscheinlich wollte er damit seinem Kameraden imponieren. Er ließ der verwunderten, peinlich berührten Rotholzerin gar keine Zeit und überrumpelte sie gleichsam, indem er keck und ein wenig hämisch darauflosredete: »Jaja, da schaust du, was?... Herhocken und warten, bis mein Alter übergibt, dazu bin ich noch lang nicht da!... Um mich braucht sich keiner kümmern, ich hab meine Existenz!... Du siehst ja, mir geht's ganz gut dabei!« Dann fing er sofort vom Geschäftlichen an, stellte seinen Begleiter als einen

»durchaus soliden Menschen« vor und wollte die Bäuerin dazu bewegen, ihnen den Hof zu zeigen. Er schaute dabei immer auf seine Armbanduhr und schützte vor, daß ihre Zeit knapp bemessen sei. Die Rotholzerin aber ließ sich durch sein Drängen nicht irre machen und sagte auf einmal, daß ihr der Hof überhaupt nicht feil sei.
»So?... Warum denn jetzt das auf einmal?« stutzte der Silvan, und auch sein rundgesichtiger, kleinäugiger Begleiter wußte nicht gleich, wie er sich dazu stellen sollte.
»Ich hab damaligerzeit, wie der Herr den Brief geschrieben hat, mit deinem Vater geredet«, fuhr die Bäuerin, den Silvan fest und ein ganz klein wenig verächtlich musternd, bedachtsam fort: »Dein Vater hat dem Herrn auch schreiben wollen...«
»Soso?... Warum denn?«
»Ja, du weißt schon, so ein einschichtiges Weibsbild überlegt oft nicht so genau... Und dein Vater ist ja schließlich mein Bruder«, meinte die Rotholzerin: »Und Bürgermeister ist er auch...«
Langsam und sicher, wie eine geruhig spielende Katze, die mit der gefangenen, noch auf das Entrinnen hoffenden Maus spielt, redete sie so weiter, blieb immer auf der gleichen Stelle stehen, bot den einsilbig werdenden Besuchern keinen Stuhl an und machte keine Anstalten, als ob sie den Hof besichtigen lasse.
»Tja... Hm!« machten Silvan und Oberholzer zugleich, dann setzte der erstere hinzu: »Na, vielleicht überlegst du es dir doch noch!... Daß der Handel sauber gemacht wird, und daß du dabei nicht zu kurz kommst, dafür garantier' ich...«
Die Rotholzerin schaute ihn wieder an und sagte statt jeder Antwort: »Wenn du schon da bist – schaust gar nicht nach daheim? Dein Vater wird noch gar nicht daheim sein... Er ist in der Verhandlung in der Stadt drinnen...«
»So?... In was für einer Verhandlung denn?« fragte der Silvan leicht interessiert, und sie erzählte. Sie sah, wie dessen Gesicht sich schadenfroh aufhellte, wie er seine Lippen leicht verzog und mit dem Oberholzer beredte Blicke wechselte.

»Ja, wir könnten ja auf einen Sprung heimschau'n«, sagte er dann. Damit gingen sie nach einem frostigen Gruß.
Das alles erfuhr der Heingeiger, als er heimkam, denn auch die Rotholzerin war herübergekommen. Er erfuhr aber noch etwas Überraschendes.
»Er ist rein bei der Tür ... Grüß Gott, Mutter, hat er gesagt, aber die zwei Mädln hat er gar nicht weiter angeschaut ... Er hat seinen dickkopfigen Kameraden vorgestellt, und gesagt hat er, der will sich bei uns wo ankaufen ... Sie sind mit dem Auto da, sagt er ... Das gehört ihm«, berichtete die Heingeigerin: »Und nachher sind sie im Haus rumgegangen und in den Stall 'naus und haben in einem fort miteinander geredet. Sie haben nicht einmal gesagt, es sollt' eins von uns mitkommen ...«
Der Bauer wurde von Wort zu Wort erzürnter und warf die gröbsten Ausdrücke dazwischen.
»Ja, und nachher sind's vom Stall rumkommen, und da hat der Silvan gesagt, warum du noch keine Ross' hast, er hat doch dem Lohnkutscher Veitl von Amdorf für dich zwei Ross' zukommen lassen«, erzählte seine Bäuerin. Sie, die Rotholzerin und die zwei Töchter reckten auf einmal erschreckt die Gesichter.
»Was? ... Was, von dem sind die Ross' gewesen? ... Von dem Misthund!?« schrie der Heingeiger: »So verschafft er sich also sein Geld? ... Pfui Teufel!« Wutrot wurde er. Wie bei einer Streiterei im Wirtshaus schlug er mit der Faust auf den eschernen Tisch: »Drum hat er die tausend Mark auf einmal zahlen können! ... Herrgott, und der soll einmal meinen Hof kriegen! ... Kreuzhimmelherrgottsakrament-Sakrament, gibt's denn nichts mehr wie Schwindel auf der Welt!« Der Kugler fiel ihm ein mit seinen damaligen, geheimnisvollen Andeutungen. Unmöglich, der Kugler war doch ein »Roter«! Der konnte doch nie und nimmermehr mit dem Silvan in Verbindung gewesen sein und so dreckige Handelschaften betrieben haben.
»Jetzt weiß ich nimmer, bin ich ein Manndl oder ein Weib«, räso-

nierte er kopfschüttelnd, und seine dunklen Ahnungen verwickelten sich immer mehr. Erst nach und nach beruhigte er sich.
»Gut hast du es gemacht, Fanny!« lobte er die Rotholzerin: »An einen Kerl, der wo mit dem Silvan Handelschaften treibt, tät' ich den Hof nie hergeben! Da reden wir noch drüber! . . . Ich will morgen einmal zum Veitl hinübergehn.«
Seine Schwester benützte den günstigen Augenblick und fing wieder damit an, ob er denn die Elies mit ihrem Buben nicht zu ihr lassen möchte. Er sagte nicht ja und nicht nein und berief sich darauf, das wolle noch ordentlich überlegt werden. Als die Rotholzerin aufbrach, ging die Elies mit ihr in den Gang hinaus, bis zur Haustür. »Elies«, sagte die Bäuerin warm: »Bei mir kriegst samt deinem Buben eine Heimat . . . Laß dir nur Zeit, ich geb' nicht nach, bis er ja sagt, der Silvan . . .« Die Elies versuchte leicht zu lächeln, aber sie brachte es nicht fertig. Sie war jetzt schon fünfunddreißig Jahre alt geworden, und seit der Bub auf der Welt war, seitdem der Silvan weg war, hatte der Heingeiger nichts mehr gegen sie. Im Gegenteil, den Buben mochten alle gern im Haus, und der Bauer konnte ihn am besten leiden. Irgendein Hochzeiter hatte sich bei der Elies nie eingestellt. Es schien auch, als trachtete sie nicht danach, geheiratet zu werden. Sauber und einnehmend war sie auch nicht. Sie hatte das echte, hagere Heingeigerische Mannsbildergesicht, die eckigen Bewegungen und die meist unfreundlich anmutende Art ihres Vaters, doch sie war weder aufbrausend noch jähzornig wie er. Sie war eine stille, geduldige Person, die sich ohne Geschmerztheit daran gewöhnt hatte, bis an ihr Lebensende wie eine Dirn daheim zu arbeiten. Offenbar konnte sie sich eine Veränderung gar nicht mehr vorstellen und hatte eine leise Angst davor. Jetzt, wo es soweit war, daß die Zenzi dem Jodl-Kaspar die Seine werden sollte, so auf einmal das Haus leer werden, die alten Eltern mit ihrer vielen Arbeit allein lassen, und dann das zwischen dem Silvan und dem Vater und dann – mein Gott, der Elies wurde ganz wirr und schwer im Kopf beim Weiterdenken!

Gegen seine Gewohnheit fragte der Heingeiger fast freundlich, als sie in die Kuchel zurückkam: »Ja, Elies, jetzt sag doch *du* einmal – willst du denn gern zu der Fanny?«
Seine schwere, große Hand lag auf dem runden Kopf des kleinen Peter, und er schaute sie merkwürdig unentzifferbar an.
»Red doch!« half er ihr nach. Das machte sie eher noch verlegener.
»Wie sollt denn ihr mit der Arbeit fertig werden?« sagte sie endlich eigentümlich gehemmt. Auf ihren derben Backenknochen schimmerte ein schnelles Rot auf.
»Naja, es steht ganz bei dir ... Von heut auf morgen muß es ja nicht sein ... Du kannst es dir ja noch überlegen«, schloß ihr Vater, und wer gut zu hören verstand, spürte, daß er froh darüber war ...

14

Den Wandel der Welt oder vielmehr, was man gemeinhin darunter verstand, Recht und Unrecht, die Politik, die Revolution, die jetzige Regierung und alles, was damit zusammenhing, alles, was man nicht greifen konnte, und was dennoch die Menschen beherrschte – wie sollte ein einfaches Hirn das noch verstehen? Dieses verwickelte Sammelsurium war wirklich – um mit dem Kraus zu reden – nichts als ›A-bopa‹. Keinem wurde das plötzlich so klar wie dem Heingeiger, als er den Lohnkutscher Veitl in Amdorf besuchte.
Ein hagere, sauber gekleidete Frau mit in der Mitte gescheiteltem, braunem, glatt zurückgekämmtem Haar empfing ihn an der Tür, grüßte kurz und führte ihn über einen dunklen Gang. Sie machte wieder eine Türe auf, sagte: »Engelbert, es ist wer da für dich!« und ließ den Bauern in ein hellbesonntes, behagliches, altmodisch austapeziertes Zimmer treten. Dann verschwand sie wieder. Ein bißchen geniert blieb der Heingeiger stehen.
»Grüß Gott, was gibt's?« fragte der fast drei Zentner schwere Veitl, der gerade bei seinem zweiten Frühstück saß, und hob sein

hochrotes, schlagflüssiges Gesicht. Er bot dem Bauern einen Stuhl an, ließ ihn reden und prustete vorerst einmal wie ein Bräuroß, das ausrastend neue Kraft sammelt.

»Ja-aa, also, du bist« – nahm dann der Fleischberg phlegmatisch langsam das Wort, »– also du bist derselbige Heingeiger? Der Lochner von Auffing, net wahr?« Er mußte wiederum einhalten und Luft schnappen, denn Essen und Reden, das machte Mühe.

»Also, einen Roßhandel machst du jetzt?« fragte der Heingeiger.

»Ja-a, jetzt du fragst ja komisch!« fuhr er fort und wischte mit seiner fetten, rotbehaarten Hand die Katze vom Tisch hinunter, die aus seinem Teller fressen wollte: »Geh mir aus'm Weg, Mimi! Friß mir net wieder mein halbes Lüngerl auf!« Das sagte er ein wenig schneller und schob darauf hintereinander einige volle, triefende Löffel in sein großes, umbartetes Maul, zerkaute das saftige Gekröse behaglich und redete endlich in der gewohnten Weise weiter: »Als Lohnkutscher, net wahr, das ist doch selbstredend, net wahr?« Abermals setzte er ab, kam ins Husten, wobei die herausgestoßenen Speisereste auf seinem Bart hängen blieben, keuchte, als handle es sich, wenn er reden müsse, um die schwerste Arbeit, und sagte erneut: »Net wahr, als Lohnkutscher, da hat einer Interesse, daß er richtige Ross' kriegt, net wahr? . . . Selbstredend, net wahr?« Er glotzte den unbehaglich dahockenden Bauern kurz, aber gleichgültig mit seinen wässerigen, herausgedrückten, mausgrauen Sackaugen an: »Und da sind also selbigerzeit, net wahr, wie wir noch die provisorische Regierung gehabt haben – da sind also zwei Offiziere, net wahr, mit einer schriftlichen Verordnung vom Misterium zu mir gekommen . . .« Das Wort ›Ministerium‹ war ihm viel zu umständlich. »Net wahr, wie gesagt, zwei Offiziere sind zu mir gekommen vom Misterium und sagen, ob ich Ross' brauch' . . .« Er konnte es nicht mehr ertragen, daß das Lüngerl kalt wurde, sagte wiederum etwas geschwinder: »Wart' ein bißl, ich bin gleich fertig!« und räumte mit dem Löffel seinen Teller aus. Schweißperlen traten dabei auf seine niedere, runde Stirn, in wel-

che die schon angegrauten, langen Haare sorgfältig hineingekämmt waren. Er hob wieder sein Gesicht: »Net wahr, ob ich Ross' will, sagen die Herren ... Und sie haben soviel, als ich brauch' ...« Es brauchte eine ziemliche Zeit, bis er dem leicht ungeduldig werdenden Bauern auseinandergesetzt hatte, daß einer von den Offizieren sich als Silvan Lochner vorgestellt habe.
»Als ein deiniger Sohn«, erklärte der Lohnkutscher und erinnerte sich auch daran, daß der Silvan ihm vertraulicherweise ans Herz gelegt habe, es sei bei dem Handel ein ganz hübscher Profit zu machen, er, der Silvan, wisse ihm zum Beispiel in der Glachinger Gegend allerhand Bauern, die gerne Rösser kauften, vor allem aber sollte er die ersten zwei seinem Alten in Auffing zuschanzen, allerdings durch einen Mittelsmann, denn er sei momentan mit ihm übers Kreuz.
»Und, net wahr? ... Sowas geht ja mich nichts an ... Und, selbstredend, net wahr, als durchaus solid eingeführter, alteingesessener Lohnkutscher mag man doch net umeinanderfahren wie ein Viehjud ... Selbstredend, da ist mir der Kugler, selig, grad' recht gekommen ... Net wahr, den wo sie ungeschickterweis' erschossen haben«, sagte der Veitl gelassen und ergänzte diese Mitteilungen damit, daß die Pferde – wie ihm die Herren Offiziere verraten hätten – aus dem ehemaligen Traindepot und dem aufgelösten ›Schweren Reiter-Regiment‹ stammten.
»Wally!« brüllte der Veitl in die Richtung der rechter Hand gelegenen Küche: »Bring mir die Papierschaften aus'm Kommodkasten in der Kammer ... Und vergiß mein Bier net, ja?« Die hagere Frau kam wieder zum Vorschein, brachte das Gewünschte und verschwand wieder.
»Net wahr, so Geschäfte macht man schriftlich«, meinte der Lohnkutscher, schlug einen Aktendeckel auf und deutete auf verschiedene amtliche Briefe: »Es muß alles seine Reellität haben, net wahr? ... Da, schau dir die Papierschaften nur durch, ungeniert! ... Der Kugler hat gut gehandelt ... Fünf Ross' hat er mir

verkauft und ist auch zu Geld 'kommen... Sicher ist sicher, hab' ich mir gesagt, net wahr!... Man will doch einen Zeugen haben, wenn was net stimmt, net wahr?... Ich hab' dem Kugler meine Karten offen aufgedeckt... Ich hab' ihm nichts verschwiegen...« In einem Anflug von Ärger stieß er heraus: »Herrgott, wie nur der Kerl so saudumm hat sein können!... Er hat doch schon die schönste Existenz gehabt!... Die Roten, sagt er überall, die Roten schauen, daß die Bauern Rösser kriegen!... Hätt' er sein eigensinniges Maul gehalten, net wahr, nachher hätt' er heut' noch sein Leben!«

»Warum?« konnte sich jetzt der Heingeiger nicht mehr zurückhalten und fragte ein wenig gereizt, ob es denn schon soweit sei, daß einer nicht mehr sagen dürfe, was ihm an den heutigen Zuständen gefalle oder nicht, ob man ihn deswegen einfach erschießen dürfe wie einen Hund?

»Gefallen? Von dem ist keine Red', net wahr!« gab ihm der Veitl ungerührt zurück: »Gefallen tut mir das Wenigste!... Aber, net wahr, als Geschäftsmann sagt man nichts und macht sein Geschäft, basta!«

Der Heingeiger hatte genug gehört. Er stand auf und wollte fort.

»Halt!... Haa-alt ein bißl!« rief da der Lohnkutscher etwas lebhafter, als versuche er einen rassigen Gaul zum Stehen zu bringen: »Willst du denn keine Ross' mehr?« Schräg, beinahe verächtlich maß er den unschlüssig einhaltenden Bauern, der ihn baff anschaute.

»Ross'?... Ja, ich hab' doch gehört, die Verordnungen von der Revolution gelten jetzt nichts mehr?« sagte der.

»Ah!« stieß der Veitl heraus: »Sowas steht doch alles auf dem Papier und in der Zeitung, net wahr?... Das geht bloß gegen die Roten, weiter nichts... Selbstredend krieg ich wieder Ross'... Es dauert vielleicht noch ein paar Wochen... Net wahr, bis überall Ordnung ist...« Und ehe der Heingeiger zum Reden kommen konnte, setzte ihm der Lohnkutscher auseinander, daß die zwei Offiziere erst gestern wieder bei ihm gewesen wären und ihm gesagt hätten, natürlich sei die Verordnung der Revolutionsregierung glatter Landesverrat gewesen, denn dadurch wären die siegreichen ›Feindmächte‹ vorzeitig darauf aufmerksam gemacht worden, daß man die Armee umstellen wolle.

»Man will, haben mir die Herren gesagt, net wahr, man will das Heer jetzt montorisieren! . . . Mon-tori-sieren, jaja, genau so haben sie gesagt . . . Wenn wieder ein Krieg kommt, braucht man keine Ross' mehr . . . Es soll alles mit Automobil und Maschinen gemacht werden beim Militär, net wahr?« erklärte er dem erstaunten Bauern mit sichtlicher Bedeutsamkeit, wie einer, der es zu schätzen weiß, daß man ihn ins Vertrauen gezogen hat, und der wieder Vertrauen beim anderen voraussetzt: »Selbstredend, darüber sollen Zivilpersonen nichts reden, net wahr? Aber ich hab anno 99 bei den ›Schweren Reitern‹ gedient . . . Du verstehst mich, net wahr? . . . Für uns hat sowas ja seinen Vorteil, net wahr? Wir kommen auf die Weis' zu Rössern . . .« Er mußte verschnaufen, nahm einen Schluck Bier, zog sein großes, rotes Schnupftuch und schneuzte sich geräuschvoll. Dann häufte er eine umfängliche, spitzzulaufende Portion fettbraunen Tabaks auf seinem rechten Handrücken und schnupfte rasselnd. Diese kleine Zwischenpause gab dem Heingeiger die Ruhe wieder.

»Also, wie ist's? . . . Willst du zwei Rösser, wenn ich wieder gute krieg?« fragte der Veitl geschäftsmäßig. Der Bauer besann sich kurz und meinte, er müsse sich das noch überlegen und werde es ihn wissen lassen.

»Ist mir auch recht! . . . Selbstredend ist's bloß dein eigener Schaden, denn sie werden immer teurer«, fertigte ihn der fette Lohnkutscher ziemlich frostig ab.

Beim Heimgehen überdachte der Heingeiger das alles unausgesetzt und nach allen Seiten. Erschreckend wirr lief alles durcheinander.

»Ob ich die Ross' will . . .?« entschlüpfte einmal seinen Lippen:

»Hm...« Das Militär brauchte keine Pferde mehr, es wird motorisiert? Zu was denn? Hat doch immer geheißen, wir haben den Krieg verloren und kein Mensch braucht mehr Soldat sein. War doch in allen Zeitungen gestanden, Frieden ist und das Land braucht Frieden, um aus der Unregelmäßigkeit und Not herauszukommen, notwendig sei's, aus den Waffen Pflüge und landwirtschaftliche Maschinen zu machen, da wär' dem Bauern geholfen, und die Leute in der Stadt würden in den Fabriken Arbeit kriegen. Nach einem Krieg verlangte doch keiner mehr! Oder...?
Von dem schnellen Gehen bei der schon sommerlichen Wärme war dem Heingeiger heiß geworden. Er war froh, daß jetzt der Forst anfing, blieb stehen und fuhr mit der Hand über seine schweißfeuchte Stirne, als versuche er, einige lästige Brummfliegen wegzuscheuchen.
Oder...?
Der Silvan war Soldat. Sogar Offizier! Ein ›Weißer‹. Weiße Soldaten und Offiziere gab es überall haufenweise. Herrisch traten sie auf und führten stets das große Wort.
Das Automobil gehöre ihm, hatte der Silvan gesagt. Wer konnte sich denn sowas leisten in diesen Zeiten? Woher hatte er denn das viele Geld?
Es war still um den Heingeiger. Die uralten, dunklen Tannen strebten reglos ins Hohe und strömten eine erfrischende, beruhigende Kühle aus. Kein Vogel sang. Nur ein scheues Eichhörnchen hüpfte manchmal huschend über das nadelbedeckte, saftgrüne Moos, verschwand hinter einem Baumstamm und streckte neugierig den Kopf hervor. Das Gesicht des Bauern klärte sich nicht auf. Es wurde immer finsterer, verbissener.
Statt heimzugehen, einen rechtschaffenen Bauern zu machen und den Hof zu übernehmen, spielte der Silvan den Offizier, den feinen Herrn! Woher nahm er denn seine Feinheit? Vom schäbigen, anrüchigen Roßhandel mit dem Veitl. Nach allem, was der erzählt hatte, ging es dabei nicht ganz mit rechten Dingen zu. So dumm,

daß er das nicht herausahnte, war der Heingeiger nicht! Wahrscheinlich erinnerte er sich, daß seinerzeit schon der Kugler so geheimnisvoll getan hatte, als er den ersten Gaul daherbrachte. Warum denn das alles, wenn das Ministerium den Verkauf doch erlaubt hatte? Gut konnte das nicht hinausgehen, und allzulang ließ sich darauf kein ›feines Leben‹ führen.

Überhaupt – der Heingeiger reckte sich und atmete gepreßt. Traurig und verwirrt schaute er die schattige, ein wenig feuchte Straße entlang – überhaupt, was war denn das für ein unbegreifliches Durcheinander seit Wochen und Monaten? Wie hatten sich doch die Leute im Vergleich zu früherszeiten verändert! Die meisten, die vom Krieg heimkamen, wollten von einem ordentlichen, beständigen Leben gar nichts mehr wissen. Das Dorf schien ihnen zu eng, und über die Auffassungen der Alten lachten sie hämisch. Unruhig mischten sie sich in lauter fremde Sachen, vor allem in die Politik, und steckten damit auch die anderen an. Mit einem Mal gab es nur noch Rote und Weiße. Die Roten machten Revolution, und die Weißen waren dagegen; die Roten setzten sich für die kleinen Leute ein, und die Weißen sagten, das sei Landesverrat und lauter Lug und Trug; unversöhnlich minderten sie sich gegenseitig herab und scheuten kein Mittel dabei; blindwütig wie reißende Tiere haßten sie sich, verfolgten einander von Mann zu Mann und schossen sich tot. So besessen und aufreizend trieben sie um, daß sich niemand mehr auskannte. Es war, als sollte der geduldige Mensch unbedingt dazu gebracht werden, in rascher Aufeinanderfolge immer wieder den Feind – und *nur* den Feind – zu wechseln, und wer da nicht mitkam, wer diesen Feind sozusagen nicht von einem Tag auf den anderen stets richtig roch, der geriet unversehens unter die Räder.

Kopfschüttelnd ging der Heingeiger weiter. Lang nicht mehr so fest war sein Schritt. Müde sah er aus. An einer Telegraphenstange klebte noch ein zerfetzter, ausgebleichter Streifen von einem ehemaligen Wahlplakat. ›Für Freiheit, Recht und Ordnung!‹

stand darauf. Der Bauer verzog sein Gesicht. Das Papier war geduldig. Schön daherreden tun sie alle! Wie war's denn wirklich? Keinen Halt gab es mehr und keinen Frieden, nur noch tückisches Mißtrauen aller gegen alle, Unsicherheit und fortwährend wechselnden Krieg. Ja, Krieg! Krieg, rein deswegen, weil allem Anschein nach die heimgekehrten Feldsoldaten nichts Rechtes mehr mit sich anzufangen wußten, weil sie das Kriegführen seit langen Jahren gewohnt waren. Und was war das erst für ein dreckiges, sinnloses, undurchsichtiges gegenseitiges Zugrunderichten? Was machten da für zwieschlächtige kleine und große Spitzbuben mit und protzten mit ihrer Gewichtigkeit. Der Allberger-Ludwig, ja, der hatte seinen Mann gestellt, aber der Silvan und sein Kamerad, diese lumpigen Helden? Und dieser armselige, großsprecherische Kugler? Die einen, diese zwei feinen Herrn, diese weißen Offiziere, für die die Roten nichts als ›ein gemeines Räuber- und Banditengesindel‹ waren, pirschten sich durch ganz niederträchtige Verstellung in irgendein rotes Amt, erboten sich liebedienerisch als aufrichtige Helfer und heimsten dann von dem ihnen anvertrauten Pferdeverkauf fette Profite ein. Dazu war ihnen der rote Brotgeber nicht zu gemein! Und mit diesem erschobenen Schwindelgeld, da spielten sie jetzt die generösen Leute und tapferen Spartakisten-Besieger! Die hätten eigentlich dafür sorgen sollen, daß man den windigen Kugler, der den ganzen schmierigen Handel wußte, nicht erschoß. Sie und er wären einander wert gewesen!
»Pfui Teufel!« stieß der Heingeiger wie angeekelt heraus und spuckte aus. Vielleicht fiel ihm dabei der verfettete Veitl ein, dem alles gleich war, wenn es nur zu einem günstigen Geschäft führte.
»Herrgottsakrament-Sakrament, so eine Sauerei!« fluchte der Dahingehende wieder und schaute fragend gradaus in die Luft, als erheische er eine Antwort darauf, wieso denn alles so sei. Er fäustete auf einmal beide Hände streitlustig, trat fester auf und wurde sogar ein wenig fidel.
»Aber wart' nur! Wart', Bürscherl, du kriegst einen Brief!« sagte

er, und gleich, als er in Auffing ankam, suchte er den Kraus auf. Der wurde ganz verlegen und zerdrückt. Je lebhafter der Heingeiger ihm auseinandersetzte, wie sie es diesem Herrn Oberholzer in dem Brief hinreiben wollten, daß er sich nur keine Hoffnungen auf den Rotholzerhof machen brauche, umso einsilbiger und hilfloser schaute der Kraus drein.
»Du mußt dir nämlich denken, daß der Silvan alles zu lesen kriegt«, sagte der Heingeiger aufgeräumt: »Gern tät' ich ihn ja selber schreiben, den Brief, aber ich mach's zu grob . . . Du weißt dir da besser zu helfen! . . . Mit der Rotholzerin, da brauchst du keine Angst haben, da bin ich ganz einig . . . Die laßt mir da freie Hand! . . . Also, wie gesagt, Schuster, saftig, verstehst! Da kann der Silvan dann seine siebengescheite Nase 'neinstecken, der staubige Bruder, der staubige! Der Herr Leutnant mit seinem Automobil!« Man sah ihm an, zu seinem Haß war auch noch die Lust gekommen. Er begriff das unschlüssige Zögern des Schusters nicht und wurde immer mitteilsamer. Alles, was er vom Veitl erfahren hatte, erzählte er, und sogar den Kugler vergaß er nicht dabei.
»Ganz recht hast du, Schuster! . . . Es mag einer noch so ein ehrlicher Kerl sein, wenn er sich auf das A-bopa einlaßt, ist's gefehlt um ihn«, sagte er. Da schaute ihn der Kraus kurz, fast bohrend an und meinte: »Aber das mit dem Brief, Heingeiger, das gehört auch zu dem A-bopa!«
»Dies? Warum denn?« stutzte der Bauer und widersprach: »Das geht doch keinen andern was an! . . . Das ist doch bloß eine Sach' zwischen dem Silvan, seinem Kameraden und mir. Oder, daß ich's richtig sag', zwischen der Rotholzerin und . . .« Er brach ab, denn am Fenster war ein Schatten vorübergehuscht, und jetzt kam der Kreitler zur Türe herein. Der Kreitler war ein ungemein geschwätziger Mensch mit näselnder Aussprache und einer zu langen Zunge, die beim Sprechen immer an seine gelbgerauchten Zähne stieß. Er hauste auf einem verschuldeten, mittleren Hof, der rechter Hand von der Amdorfer Straße, etwas abseits vom Dorf, auf ei-

nem kleinen, platten, grasigen Buckel stand. Im Stall vom Kreitler war beständig Ebbe und Flut. Einmal hatte er vier und sogar sechs Kühe und zwei Ochsen, dann wieder nur drei oder zwei magere Stück Vieh. »Beim Kreitler«, sagten die Leute, »wechselt der Schwund wie die Jahrvierteln.« Wenn der Bauer durch irgendein unergründliches Geldaufnehmen obenaufgekommen war, ging es laut und groß her bei ihm, aber bald gab es wieder tagaus, tagein die gewohnten Streitereien und Kartoffeln und Kraut, Kraut und Kartoffeln. Das heißt, nicht für den Kreitler, denn der hockte viel in den Wirtshäusern herum, und seine Alte mit den drei Mädeln und dem einen Buben, die alle noch in die Schule gingen, konnte die Arbeit nie recht bezwingen.
»Tjaja-tja, der Bürgermeister ist auch da! Tja-tja, das hab' ich ja gut getroffen!« fing der Kreitler sofort und geschwind zu reden an: »Tja, also der Kreitler, der Kreitler, der hat sich jetzt geschunden und plagt genug auf seiner alten Hütten . . . Also, der Kreitler . . . Der Kreitler hat jetzt verkauft, daß ihr's wißt . . .!« Er schnalzte fidel mit der Zunge, weil er sich offenbar über die Verblüffung der zwei freute.
»Der Jud Epstein hat mir ab'kauft!« fuhr er fort: »Und, und der Kreitler hat einen ganz einen guten Handel gemacht . . . Die Hälfte in Dollar und die Hälfte in unserm Geld! . . . Da kann nichts mehr fehlen.«
»Dollar?« kam endlich der Bürgermeister dazu, zu sagen: »Wieviel nachher, wenn man fragen darf?« Der Kreitler verschmitzte sein zusammengedrücktes Gesicht wie einer, der beim Kartenspiel den besten Trumpf in der Hand hat und sich daran weidet, daß sein ahnungsloser Partner darüber ganz außer Rand und Band gerät.
»Geschäftsgeheimnisse sagt man nicht!« sagte er mit deutlichem Triumph und grinste spitzfindig.
»Soso? . . . Ja, und was willst jetzt nachher machen? . . . Privatisieren?« fragte der Heingeiger ein wenig spöttisch.
»Der Kreitler, der Kreitler ist sein Lebtag ein fleißiger Mensch ge-

wesen«, antwortete ihm der Bauer: »Ich hab' mir da verschiedene Sachen überlegt ... Wenn man Dollar hat, kann man sich Zeit lassen ... Das Geld nimmt zu wie der Klee.«
Unvermerkt musterte ihn der Schuster. Keiner im Dorf hatte einen Respekt vor dem Kreitler, niemand glaubte ihm was, jeder verachtete ihn insgeheim, aber wie er jetzt so dastand und aufzutrumpfen versuchte und geradezu gierig darauf war, daß man ihn anstaunte und entsprechend fragte, ja so, ganz so hatte sich damals auch der Kugler benommen, als er durch den Pferdehandel zu Geld gekommen war und die Revolution lobte. Wie hatte er dasselbige Mal gesagt? »Der Hund, der Dreck ist man! ... Ich möcht' auch einmal obenauf! ... Wenn ich einmal Geld hab', gilt mein Wort auch was!«
Weil ihm weder der Heingeiger noch der Schuster den Gefallen taten, weiter zu fragen, redete der Kreitler von sich aus weiter: »Jaja, die Juden, die wissen am besten, wie's in der Welt zugeht! ... Mit die Juden ist gut handeln! Auf die lass' ich nichts kommen! ... Der Jud ist ein Spitzbub', aber ein ehrlicher! Wenn man aufpaßt, kommt keiner zu kurz bei ihm ...«
Der Heingeiger hatte nur noch beiläufig hingehört und war aufgestanden. Er warf dem Kraus einen geschwinden, vielsagenden Blick zu und ging.
»Schad'! Schad', daß du schon gehst, Bürgermeister! ... Hast doch dein gutes Gewand an! Schaust nicht her, als wie wenn du noch viel tust ... Wär' mir auf ein paar Maß Bier nicht an'kommen, wenn'st mit wärst auf Glaching!« rief ihm der Kreitler nach, und breitbeinig setzte er sich auf die Ofenbank, um sich wenigstens mit dem Schuster noch weiter über seine Zukunftspläne auszulassen ...

II. Teil
Das ›A-bopa‹ verschwimmt –
das Leben wird privat

15

Nach vielen gewundenen Ausreden, nach hartnäckig-findigem Widerstreben und unter peinigenden Skrupeln hatte sich der Schuster Kraus endlich doch dazu verstehen müssen, dem drängenden Heingeiger den Brief abzufassen. Ein Ausweichen war nicht mehr möglich und hätte ihm zuguterletzt eine sehr unerwünschte Feindschaft eingebracht. So oft und so verschieden er's auch überlegen mochte, es ging nicht mehr anders. Er entledigte sich aber dieses Auftrages auf seine Weise. Er brachte dem ungeduldigen Bürgermeister schließlich den auf ganz schmieriges Papier mit Bleistift geschriebenen Text, und es gelang ihm auch, nach einigem Hin und Her, den zunächst enttäuschten Bauern davon zu überzeugen, daß es doch am besten und unverdächtigsten aussehe, wenn derselbe alles einfach abschreibe und seinen Namen daruntersetze. Allerdings wollte der Heingeiger noch unbedingt einige Korrekturen vornehmen, die der Schuster, obgleich sie ihm insgeheim gleichgültig waren, nur deswegen nicht gleich akzeptierte, um den Anschein zu erwecken, als sei er mit Leib und Seele bei der Sache.

»Sehr geehrter Herr Oberholzer!? Ausgeschlossen!« wandte der Bürgermeister ein: »Also, geehrt und sehr ist der Dreckhammel nicht.« Am liebsten hätte er eine saugrobe Anrede über den Brief gesetzt, dann gab er nach und wollte einfach ›Werter Oberholzer‹ dafür schreiben, endlich gefiel es ihm, als der Schuster meinte, die Weglassung jeglicher Überschrift sehe besonders unfreundlich und ruppig aus, und er blieb dabei.

›Es ist durchaus nicht der Fall, daß meine Schwester, die Rotholzerin, ihren Hof zu verkaufen gezwungen ist, wie Ihnen mein Sohn Silvan vielleicht weiszumachen versucht hat. Notstand spricht bei

ihrem Entschluß nicht im geringsten mit. Sie will sich einfach in ihren alten Tagen zur Ruhe setzen‹, hieß eine Stelle. Nach längerem Ratschlagen lautete sie so: ›Mein Sohn, der Silvan, hat Ihnen voreiligerweise ganz falsche Hoffnungen gemacht. Meine Schwester, Rotholzerbäuerin allhier, hat das Hofverkaufen vielleicht an einen erfahrenen, ordentlichen Einheimischen schon im Sinn gehabt, aber jetzt nicht mehr, und auf weitere Briefe und Besuche vom Silvan und Ihnen pfeift sie.‹ So ging das weiter, immer – wie der vorsichtige Kraus, stets genau abwägend, meinte – »hart an der gerichtlich einklagbaren Beleidigung vorbei«, und zuletzt las sich der Brief echt heingeigerisch und sehr geharnischt, was den Schuster wiederum zu der Feststellung verleitete: »Ich hab' dir's doch oft genug gesagt, Bürgermeister! Du errat'st es viel besser! ... Ich hab' dir ja gern geholfen, aber notwendig wär's ganz und gar nicht gewesen...« Der Heingeiger, der für Schmeicheleien nicht sonderlich empfänglich war, freute sich doch darüber, und er achtete nicht weiter darauf, als der Kraus, ganz so nebenher, seinen Entwurf in kleine Stückchen zerriß. Auf der Stelle mußte die Zenzi, die wegen ihrer bevorstehenden Hochzeit in der nächsten Woche schon keinen rechten Arbeitseifer mehr zeigte, mit dem funkelnagelneuen Fahrrad, das ihr der Jodl-Kaspar geschenkt hatte, nach Amdorf hinüberfahren und das hochwichtige Schreiben auf der Bahnstation aufgeben. Niemand war so froh als der Kraus, daß diese leidige Sache nun endlich erledigt war. Und sie schien es ein für allemal, denn weder Oberholzer noch Silvan ließen was hören, aber, wenn man's recht überlegte, eigentlich war der Brief – was der Heingeiger und der Kraus freilich nicht wissen konnten – ganz überflüssig gewesen. Der Grund dafür lag in der Zeit, die jetzt heraufkam. Sie verschob alle gewohnten Maße.
Das zeigte sich schon bei der Hochzeit vom Jodl-Kaspar und der Zenzi. Der Jodl von Buchberg war gewiß kein ausgesprochener Großbauer, wie etwa der Imsinger von Furtwang, aber es war bei

ihm, wie man in der Glachinger Gegend zu sagen pflegte, ›hübsch was daheim‹. Vierzehn Stück Vieh und jetzigerzeit drei Rösser standen in seinem sauberen, gewölbten Stall, etliche Wurf Ferkel und an die hundert Hennen hatte er. Breit und weiß, mit einer freundlichen, grüngestrichenen Altane rund herum und einem weit vorspringenden, flachen Ziegeldach stand sein gut gehaltener Hof am Ausgang von Buchberg auf einem sacht ansteigenden Wiesenhügel und schaute wie ein schönes Sinnbild selbstbewußter Wohlhäbigkeit frei ins Land. Hinter dem höher gelegenen, umfänglichen Obstgarten mit den ertragreichen Birn-, Apfel- und Zwetschgenbäumen fing Waldung an, Waldung mit schlagbarem Holz aller Art, Waldung, die alle dem Jodl gehörte. Im Verhältnis dazu hatte er wenig Wiesen- und Ackerland und darum auch nicht soviel Vieh wie der Imsinger. Die zwei Jodltöchter hatten schon hinausgeheiratet, und der Kaspar sollte den Hof bekommen, aber wenn der Bauer auch gegen den Heingeiger nichts hatte und ihn ehrlich schätzte, wenn ihm auch die Zenzi soweit ganz gut gefiel, er hätte es doch lieber gesehen, daß der Kaspar sich eine ›geldigere‹ Bäuerin ausgesucht hätte und nicht so eine ›mitterne Partie‹. Denn das war seit altersher so: Wie nach einem friedsamen Übereinkommen stuften sich die Bauern, ihrem Besitzstand entsprechend, untereinander ab, und so kamen die Heiraten zustande. ›Gleich und gleich, das gibt den rechten Zusammenstand‹, hieß es, wenn ein Paar zusammenkopuliert wurde, weil dann der Reichere dem Ärmeren nichts vorwerfen konnte.

Der Jodl-Kaspar dagegen war ein geweckter Mensch und hatte seinen eigenen Kopf, doch er kam gut aus mit Vater und Mutter. Als er merkte, daß der Bauer mit der Wahl seiner Hochzeiterin nicht einverstanden war, sagte er freundlich, aber grad heraus: »Vater, ich will dir was sagen: ich bild' mir einfach die Zenzi ein, und eine andere mag ich nicht...« Er schob seinen kleinen, verwitterten grünen Hut, den er tagaus, tagein trug, ins Genick, keck und lebhaft glänzten seine unternehmungslustigen Augen, und er lächelte sein leicht verlegenes, aber umso gewinnenderes, gesundes achtundzwanzigjähriges Lächeln.

»Du brauchst durchaus nicht glauben, Vater, daß ich dich mit dem Übergeben nach der Hochzeit drängen will. Gar nicht auch! . . . Bauer bin ich mir allweil noch lang genug«, sagte er wiederum im gleichen Ton und schlug vor, die Alten sollten ihm bloß vorläufig einige fünf oder zehn Tagwerk schlagbares Holz überlassen, mit dem er machen könne, was er wolle.

»Ja, – jetzt du bist ja gut!« staunte ihn der Jodl an. Die Bäuerin wunderte sich genau so, und sie fragten weiter.

»Das laßt nur meine Sach' sein! . . . Euer Schaden ist's nicht und der meinige erst recht nicht«, reizte der verschmitzte Kaspar ihre Neugier noch mehr. Er nämlich war einer, der sich stets alles eindringlich anschaute und mit Verstand überlegte. Er war alles andere als ein Heißsporn. Ihm stand, nachdem er glücklich vom Krieg heimgekommen war, nicht der Sinn darnach, wieder den Schießprügel in die Hand zu nehmen wie viele seiner Kameraden und sich der Revolution anzuschließen oder als ewiger Soldat mit den Freiwilligen der jetzigen Regierung herumzuziehen. Er brachte bald heraus, daß das alles keinen rechten Halt hatte. Eins aber, das spürte er immer deutlicher, das hielt sich: Ohne angebaute Äcker, ohne Wiesen, Vieh und Wald und regsame Bauern konnte die Welt nicht auskommen. Das alles blieb. Darum fühlte er sich nach allem, was er mitgemacht hatte, daheim geborgen. Von dieser festen Stelle aus konnte man vorläufig Fuß fassen. Er schaute sich den Handel und Wandel auf dem Hof und in der näheren und weiteren Umgegend genauer an und stieß auf allerhand. Als er bei seinem Vater zum ersten Mal die Dollarscheine sah, die der Jodl nicht etwa aus besonderer Geldgier oder weil er sowas brauchte, sondern halb aus Justament und rechthaberischem Eigensinn bei den Verkäufen den Metzgern und Hamsterern abverlangt hatte, da fiel das dem Kaspar ganz eigentümlich auf. Er hörte was von ›Wert behalten‹, fragte herum und herum, er las davon verschiedenes in den Zeitungen und kam langsam dahinter, daß es mit dem Geld neuerdings nicht mehr recht stimmte, daß es aber mit diesem Dollar eine ganz merkwürdige Bewandtnis habe. Die Revolution und die damit verbundenen verschiedenen umstürzlerischen Aufstände verliefen mehr und mehr im Sand, die neue Regierung gewann Oberwasser, soviel man erfuhr, aber sonderbarerweise verschwanden allmählich die Kupfer-, Nickel-, Silber- und Goldmünzen ganz und gar, und es tauchten immer mehr funkelnagelneue Banknoten mit beständig höheren Zahlen auf. Der Dollar aber, der änderte sich nicht. Sein Aussehen und seine Größe blieben gleich, indessen – seltsam! – ob nun eins, zwei, fünf oder gar zehn auf ihm stand, man mußte schon viel hochziffrige einheimische Banknoten dagegenhalten, um auch nur einigermaßen seinen richtigen Wert herauszubekommen, und das änderte sich zuerst von Monat zu Monat, dann von Woche zu Woche, und schließlich gar von einem Tag auf den andern. Woher das kam, wußte keiner. Es war eben so, und nach und nach redete schon jeder Mensch grundschlecht von dem lumpigen Geld und trachtete danach, es nur möglichst schnell wieder auszugeben, um irgendetwas – ganz gleich was! – dafür zu kaufen oder einzuhandeln. Die unansehnlichsten Dinge und früher kaum beachteten Sachen galten jetzt auf einmal mehr als so eine schäbige einheimische Papierbanknote. Hausen und Sparen nahmen zusehends ab, alles fing an, bedenkenlos zu kaufen und die ausgefallensten Handelschaften zu treiben, und die Bauern schauten jetzt alles, was sie ihr eigen nannten, mit anderen Augen an und schätzten es mit anderen Überlegungen ab. »Mein Lieber«, sagten sie, wie seit ewiger Zeit gewohnt, »der Strich Feld da droben? Für den kann ich mir jeden Tag verschiedene Dollar holen!«

Der Jodl-Kaspar war einer der ersten in der Gegend, der diese geheimnisvolle Kraft von Sachbesitz und Dollar erkannte. Als hellhöriger, gewiegt auf seinen Vorteil bedachter Mensch, dem der Krieg und die jetzigen Zeitläufe eine schnelle Entschlußkraft beigebracht hatten, einigte er sich also mit seinen Eltern und ging daran, einen schwunghaften Handel mit Bau- und Nutzholz anzufangen, und dabei entwickelte er eine Großzügigkeit und Findigkeit wie der abgefeimteste Geschäftsmann. Er verkaufte nur gegen gute Dollars, aber er zeigte auch, was man damit alles anfangen konnte. Er beschäftigte bald über ein Dutzend Mannsbilder und richtete eine elektrisch betriebene Sägemühle ein. Er kaufte die neuesten und besten landwirtschaftlichen Maschinen und sagte jedesmal beinahe übermütig: »Vater, die sind dir geschenkt!« Nach etlichen Wochen schon hatte er ein schweres amerikanisches Motorrad, und das Fahrrad, das er der Zenzi zum Präsent gemacht hatte, war das Wenigste. Ringe, Armbänder und Halsketten und ein Grammophon mit den neuesten Schlagerplatten schenkte er ihr. Einmal kam er kreuzfidel zum Heingeiger hinüber, hockte sich hin und sagte hintersinnig lustig: »Du mußt das nicht falsch auslegen, Heingeiger! Es ist ganz und gar nicht so, als ob mir das, was die Zenzi mitbringt, zu minder ist . . . Ich tät' sie auch nehmen, wenn sie blutarm wär' . . . Aber ich möcht' ihr eine Freud machen und meine Alten ein bißl frozzeln! Ich hab ihr beim Ruckschmied von Amdorf schöne Möbeln kauft, und sagen tu' ich daheim, die bringt sie mit. Es ist ja ein Gegenhandel gewesen, der Ruckschmied ist ja meine beste Holzkundschaft.«

Dem Heingeiger war das nicht ganz recht. Es ging ein wenig gegen seinen Stolz, aber der Kaspar wußte so gut zu reden, und die Zenzi und die Bäuerin standen ihm derart eifrig bei, daß er schließlich nur mehr ›Ja‹ und ›Amen‹ zu allem sagen konnte.

Der Kaspar nahm dann die Zenzi auf dem Hintersitz seines Motorrads zu einer Spritzfahrt mit. Die Heingeigers hockten sich, nachdem die zwei weg waren, um den eschernen Tisch und machten ihre Drei-Uhr-Brotzeit. Als sie die Brotbrocken aus dem irdenen Milchweigling löffelten, schaute der Heingeiger ein paar Mal unvermerkt auf die einsilbige Elies, erwischte wie zufällig ihre Augen und sagte sonderbar weich: »Hm, wie sie übermütig ist, die

Zenzi. Hoffentlich tut ihr die Heirat gut.« Er sagte es wie zu einem Menschen, mit dem er gleich auf gleich stand.
»Sie freut sich halt... Der Kaspar ist ja auch ganz närrisch«, meinte die Elies neidlos und gelassen. Der Bauer schaute weg von ihr, auf den kleinen Peter, der mit belebtem Appetit den aufgeweichten Brotbrocken zerkaute, lächelte und sagte: »Wachsen tut er jetzt, der Bub!... Ein großer, fester Kerl wird das einmal.«
»Sein Vater ist ja genau so gewesen«, gab die Elies zurück und dachte einen Huscher lang an den Iwan. Die Alten nickten beiläufig...
Die Hochzeit vom Kaspar und der Zenzi war die lustigste und reichste seit lang-langen Jahren. Essen, Bier, Wein und Schnaps gab es in Hülle und Fülle und Räusche genau soviel. Getanzt wurde, bis der erste Dämmer aufstieg, und schön war es, als die zwei Brautleute in die frischgewichste Chaise stiegen. Mit Blumengirlanden war sie geziert, und der Jodl saß auf dem Bock und fuhr schneidig weg. Seine Alte saß daneben. Der Kaspar aber lachte breit heraus und schrie: »Mit'm Motorradl wär's schöner... Da fliegt's grad so!«
Einige nachtragende Leute äußerten aber doch: »So groß geben, das steht keinem Bauern gut an. Ist ja fast städtisch protzig zugegangen...«
»Jetzt haben wir eben neue Zeiten, ihr altmodischen Schachteln, ihr altmodischen!« warf beim Stelzinger im Laden der Kreitler der Moserin und der Lamplin vor und grinste recht dreckig. Er hatte verkauft und sich mit den Seinen vorläufig beim Postwirt in Glaching einlogiert. Da kam er ohne viel Umstände täglich zu seinem Quantum Bier und konnte seine immer neuen Pläne zum besten geben. Seine Alte wusch im Pfarrhaus und putzte jede Woche die Böden der Schule heraus. Die Kinder trieben sich herum, und der Kreitler hatte meistens einen ›wichtigen Gang‹ zu machen, der gewöhnlich in einem anderen Wirtshaus oder beim Stelzinger endete, wo es jederzeit Schnaps gab.

Jetzt, da höchstenfalls der eine oder andere einmal sagte: »In Preußen droben raufen sie wieder um die Regierung!« oder: »Es soll wieder was los sein!«, jetzt interessierte sich keiner mehr für das, was anderwärts geschah. Der Kugler und der Allberger-Ludwig waren vergessen, und der Silvan – weiß Gott, wie er es erfahren hatte – schrieb dem Kaspar und der Zenzi einen Gratulationsbrief. Darin hieß es: ›Wir treiben die Pollaken und Russen aus dem Land und hoffen, daß uns die Heimat einmal Dank dafür weiß.‹ Aus Oberschlesien kam der Brief. Bald aber gehe es ins ›schöne Baltenland zu den Bolschewiken‹, ließ der Silvan wissen. Es fiel auf, daß er gar nicht um Geld oder Lebensmittel anhielt, aber die Zenzi erinnerte sich ja, er sei Leutnant. Jetzt endlich, da jeder Mensch Geld hatte und es leicht ausgab, florierte das Geschäft beim Stelzinger wieder ausgezeichnet. Die ganze Gegend bekam ein aufgelockertes, ungewohnt regsames Gesicht, und viele fremde Leute kauften Häuser und Grundstücke für die begehrten Dollars. Der Schmied Witzgall von Flaching, der nie ein Stück Vieh gehabt hatte, aber zwei Wiesenflecke linker Hand von der nach Terzling hinunterlaufenden Straße besaß, fand bald einen auswärtigen Interessenten dafür, einen Direktor Vogelreuter aus München von der Grabstein- und Monumentenfirma Vogelreuter & Co., der sich ein sehr ansehnliches Schweizerhaus dorthin bauen ließ. Von dem Ertrag des Verkaufes richtete der Schmied eine Schlosserei und Fahrrad-Reparaturwerkstatt ein. Bald verlegte er sich auch darauf, eine Motor- und Fahrradhandlung aufzumachen, und schließlich waren auch landwirtschaftliche Maschinen bei ihm zu haben. Es waren meistens die kleineren Bauern, die ihre Grundstücke verkauften; sie wollten mit einem Schlag aus ihrer Enge und ihrer Verschuldung herauskommen. Und der Segen stieg ihnen zu Kopf. Viele traten laut und protzig auf, und nichts schien ihnen mehr gut genug. Denn jetzt ließ sich wieder leben, und zwar aus dem Vollen leben wie kaum jemals zuvor. Die jungen Bauernburschen und heiratsfähigen Töchter, die schnell zu Geld gekommenen Einhei-

mischen und die zugezogenen Fremden verlangten allenthalben eine neumodische Unterhaltung, und darum erwog der Stelzinger schon eine Zeitlang, ob er an seinen Laden nicht eine ›Wein- und Likörstube‹ anbauen lassen sollte. ›Likör‹ hörte sich besser an als Schnaps, und Neues, Fremdartiges zieht immer an. Der Stelzinger war immer für die ›Ausbreitung des besseren Handwerkes und Gewerbes‹, weil er annahm, daß dadurch das Dorf und die Gemeinde an Ansehen zunehmen würden, und er wollte bei dem allgemeinen Aufstieg nicht hinten bleiben. Draußen das leerstehende, verlassene Kreitlerhaus, das hatte der Epstein schon wieder weiterverkauft, und es hieß, eine Bäckerei solle da hineinkommen. Der neue Besitzer, ein kugelrunder, energischer Mann aus der Stadt, ging sofort an den Ausbau und versprach sich viel Geschäft, weil weitum kein Bäcker war und die meisten Bauern ihr Brot selber buken. Spöttisch sahen die Auffinger diesem Beginnen zu und meinten, eine Bäckerei anzufangen sei unsinnig und überflüssig, der neue Mann werde bald bankrott machen. Doch der weitsichtige Stelzinger sagte: »Gelegenheit macht die Kunden. Die Amdorfer Bäcker tun sowieso weiß Gott wie geschwollen!« Bis jetzt war er darauf angewiesen, das wenige Brot, das er in seinem Laden verkaufte, von dort zu beziehen. Oft wurde es ihm altbacken, und viel Profit blieb dabei nie hängen.
So rann die Zeit dahin, und es schien, als verrinne sie durch die vielen Abwechslungen weit schneller. Die Kinder wurden größer, und einige alte Leute starben, Heiraten gab es und Besitzveränderungen. Frisch weiß gestrichen, mit blankgeputzten Fenstern und lustig grünen, behäbigen Altanen, auf denen Blumenstöcke standen – so lachten die Bauernhäuser der wärmer werdenden Sonne des heraufkommenden Frühjahrs entgegen. Viele Burschen legten sich ein Motorrad zu und rasten an den Sonntagen auf den Landstraßen dahin. Einer wollte schneller fahren als der andere, und spät in der Nacht kamen sie in der Glachinger Postwirtschaft zusammen und zechten und rumorten oft bis um zwei oder drei Uhr

in der Frühe, daß kaum noch ein Mensch in der Nachbarschaft schlafen konnte. Im Winter gab es wieder die vereinsmäßigen Christbaumfeiern und vor allem protzige Bälle mit Bier, Wein und sogar Champagner, weil die meisten einander übertrumpfen wollten. Wild, grobschlächtig und hemmungslos trieben es die Jungen, und auch Alte verloren im Rausch den Verstand. Da kam's einmal vor, daß der juchtenzähe Imsinger, nur um alle auszustechen, einen neuen Zwanzigtausend-Mark-Schein zusammenrollte und sich damit seine Pfeife anzündete. Einige Umstehende stockten und schauten halb verwundert und halb erschrocken auf ihn. Das reizte ihn erst recht. Im vergangenen Herbst hatte es schon einmal ausgesehen, als ob er sterben müsse, doch jetzt sah man ihm nichts mehr an. Seine laute Rechthaberei und Streitlust waren ärger als je zuvor.

»Man soll nur sehn, daß mir keine Not und kein Tod ankann!« schrie er abstoßend waghalsig und warf den halbverkohlten Rest der Banknote im Bogen über seine Achsel: »Der Imsinger von Furtwang scheißt die ganze Welt an!« Er schob seiner schelchen, schon leicht rauschglotzenden Tochter das volle Champagnerglas hin, rülpste und stieß heraus: »Na, Nanni, sauf aus! Ich hab' schon wieder neu bestellt. Hat ja sowieso keinen Saft und keine Kraft, das Gesöff!« Im Hinschieben verschüttete er das meiste davon. Es gab gelblich perlende Flecke auf der weißen Tischdecke, und er wischte sie mit der Hand auf den Boden ...

»Bedenket, daß das Leben kurz ist und verschleudert es nicht in den besten Jahren! Was heute glänzt und zum Übermut verlockt, meine christkatholischen, im Herrn versammelten Brüder und Schwestern, kann in kurzer Zeit den Glanz verloren haben und sich herausstellen als nichtiger Schein, und so war es immer im Wandel der Welt: nach den fetten Jahren kommen die mageren, und dann fangen diejenigen, die nicht darauf vorbereitet sind, ein Wehklagen an und wollen sich nicht mehr erinnern, daß ihre eigene Sündhaftigkeit sie schwach gemacht hat für die Prüfungen des Allmächtigen!« sagte der steinalte Pfarrer Trostinger einmal in einer sonntäglichen Predigt, denn ihm war außer dem schandmäßigen Benehmen vom Imsinger auch allerhand von der Schlechtigkeit der Jungen zu Ohren gekommen. Doch die schielten einander in den Betstühlen an, grinsten kurz und kümmerten sich nicht um dieses frömmelnde Geschwätz. Der Moserknecht von Auffing und der Tratzelberger-Xaverl von Furtwang zum Beispiel, die waren Kriegskameraden und hielten zusammen wie Pech und Schwefel. Der Xaverl als gutgestellter, mittlerer Bauernsohn war im Feld Offiziersbursche gewesen und hatte, wie er oft erzählte, dabei das Leben der ›Feineren‹ gründlich kennen gelernt. Er nahm den Moserknecht jeden Sonntag auf seinem Motorrad mit und zahlte stets.

»Bertl«, sagte er dann zu seinem Freund und blinzelte: »Heut kaufen wir uns die Leiminger-Vev von Terzling. Die geht leicht her, und ich hab' auch schon hübsch vorgearbeitet.« Und dann stiegen sie nachts bei der hitzigen Vev ein, und der Xaverl log dem mannstollen Weibsbild in der Dunkelheit vor: »Vev, was ich dir gesagt hab, hab' ich gesagt: du wirst die Meinige; aber der Bertl hat mir im Krieg das Leben gerettet, er ist mein Freund auf ewig! Was ich krieg, muß der auch kriegen. Es erfahrt's keiner sonst, Vev!«

Später, als dann die zwei auf dem Motorrad in der pechfinsteren Nacht heimwärtsratterten, lachte der Xaverl hämisch und meinte: »Siehst du, Bertl, so muß man's machen. Und jeder von uns zwei hat was gehabt! . . . Jetzt bin ich wieder frei wie der Vogel. Wenn sie mir jetzt mit dem Heiraten daherkommt, sag' ich einfach, eine, die wo sich so leicht mit jedem einlaßt, auf so einen Dreckfetzen reflektier' ich nicht.«

So schützte er sich auch vor allfälligen Alimenten, wenn eine schwanger wurde, und auffallenderweise hatte der ausgekochte Kerl trotzdem massig Glück bei den Weibsbildern zwischen achtzehn und dreißig, denn er war nicht wählerisch, und es mußte – wie er sich auszudrücken pflegte – ›einfach jeden Sonntag Fleisch her‹. Zudem wußte er in brenzlichen Fällen sogar einen Doktor in der Stadt drinnen, der so eine ›tragende Kuh‹ wieder herrichten konnte, ohne daß es wer merkte. Unter den jüngeren Leuten wußte man sogar von etlichen solchen ›Hergerichteten‹ und fand nicht arg viel daran. Es wurden ganz offen anzügliche Witze darüber erzählt, über die jeder lachte. Wenn sich wer darüber aufhielt, oder wenn die Älteren, die sich noch halbwegs an Anstand und Brauch hielten, nicht zum besten über diese Zustände daherredeten, bekamen sie meistens die vorlaute Antwort: »Seid doch froh, daß es uns Bauernleuten auch einmal gut geht. Lang genug sind wir die Dummen gewesen! Ewig nichts wie Rackern und Muffigkeit und Not um und um! . . . Jetzt weht endlich einmal ein anderer Wind, und der tut jedem gut! . . . Es ist einfach eine andere Zeit jetzt! Mit der muß man mitgehn! Wer nicht mag, der braucht ja nicht! Er kann ja seinen altmodischen Stiefel weitermachen!«

16

Auch anderwärts – in der Hauptstadt und in fernen Gegenden – rührte sich allerhand, und das stand zu dem, was sich hierzulande allzu wohltuend bemerkbar machte, in auffälligem Gegensatz. Über ein ganzes Jahr las man fortgesetzt in den Zeitungen düstere Überschriften wie etwa ›Des Reiches schwerster Schicksalstag‹ oder ›Deutschland vor dem Abgrund‹ oder ›Zeichen endgültiger Auflösung‹, und dann hieß es einmal, ein gewisser Generallandschaftsdirektor Kapp habe mit pensionierten Generalen aus dem Weltkrieg und kaisertreuen Regimentern einen Putsch gegen die Regierung gemacht und sie davongejagt; Generalstreik-Unruhen und wochenlange Kämpfe tobten irgendwo; endlich aber war die geflohene Regierung doch wieder obenauf gekommen und residierte seither wieder in Berlin. Ruhe schien wieder zu sein, doch die Lamentationen in den Zeitungen übersteigerten sich sonderbarerweise immer mehr und prophezeiten das Schlimmste. Die

Leute um Glaching überflogen das kaum, sie lasen nur den Dollarkurs, und der stieg. Das war die Hauptsache. Aus den Jahrvierteln wurde ein Jahr und noch eins, und eines Tages kam der Stelzinger ganz aufgeregt mit den Zeitungen daher und sagte empört: »Die Franzosen haben das Ruhrgebiet besetzt! Schauderhaft!« Die Bauern hörten hin und meinten: »So? Soso... Wird denn gar keine Ruh mehr!« Sie kümmerten sich nur um ihre eigenen Sachen. Aber nein, ruhig wurde es nicht, im Gegenteil! Plötzlich tauchten wieder Lastautos mit plärrenden Männern auf. Windjakken und alte Militärgürtel hatten sie an, Wickelgamaschen um ihre ausgefransten Zivilhosen und rote Armbinden mit einem weißen, runden Feld, in dem ein schwarzes Kreuz mit scharfwinklig abgebogenen Enden stand. Sie traten grob auf, pflasterten alle Hauswände, Zäune und Telegraphenstangen mit kleineren und größeren, knallroten Plakaten, auf denen zu lesen war: ›Deutschland, erwache! Juda schwingt die Hungerpeitsche über dich! Juden und rote Schieber regieren euch, deutsche Männer und Frauen, deutsche Arbeiter und Bauern! Schamlos pressen euch diese Lakaien des internationalen Börsenjobbertums jeden Pfennig ab, um den Versailler Schandvertrag zu erfüllen! Ihr und eure Kinder sollt für diese Landesverräter und Halunken jahrzehntelang in Not, Elend und Knechtschaft gehalten werden, nur weil der Jude es will! Darum, Deutsche in Stadt und Land, Augen und Ohren auf! Wehrt euch! Weg mit Bonzen und Juden! Sie sind unser Unglück!‹
Auch einige Versammlungen hielten sie ab, doch die wenigsten Leute gingen hin, wenn auch der Stelzinger überall herumredete, man müsse sich auch das einmal anhören. Die politischen Sachen führten doch nie zu was. Wer hatte denn in der Gegend zu klagen? Es ging doch jedem immer besser!
Schließlich verstimmten diese neuaufgetauchten, immer zahlreicher und frecher auftretenden Kolonnen die Landleute auch noch, denn auf einmal fingen sie an den Sonntagen an, militärische Übungen auf den umliegenden Feldern abzuhalten. Sie fragten

nicht einmal, wem der Grund und Boden, auf dem sie herumjagten und alles zertrampelten, gehöre. Nachtmärsche gab es und sogar ein widerwärtiges Herumschießen, wenn auch nur mit Platzpatronen. Beim Stelzinger, der inzwischen seine ›Wein- und Likörstube‹ eröffnet hatte, verkehrten auch hin und wieder so eigentümlich Uniformierte, von denen man nicht wußte, waren sie Militärsleute oder was sonst. Auch sie trugen die roten Armbinden mit dem seltsamen Kreuz. Auf Motorrädern und oft in eleganten Autos kamen sie dahergefahren, machten hohe Zechen und schmissen mit dem Geld genauso herum wie die jäh reich gewordenen Einheimischen. Sie machten allerhand dunkle, drohende Andeutungen, daß sich der ›jüdische Saustall‹ bald ändern würde, und führten dabei immer den Namen Adolf Hitler im Munde. Und dann kamen eines Tages die Zeitungen mit Meldungen und Regierungserlassen, daß dieser Hitler in der Hauptstadt drinnen, bei einer vaterländischen Kundgebung in einem Bierkeller, höhere Persönlichkeiten der derzeitigen Regierung mit Bewaffneten überfallen und sich als den Herrn über das ganze Deutschland erklärt habe. Darauf wäre, erfuhr man, der ›bekannte Heerführer Ludendorff mit ihm und Tausenden irregeleiteter Mitläufer und einem Häuflein Fanatisierter‹ ins Stadtinnere gezogen, aber da sei es der ›schändlich überlisteten, vergewaltigten Regierung‹ denn doch zu dumm geworden, und sie habe dieser unverantwortlichen Putscherei mit rasch zusammengezogenem Militär ein Ende gemacht.
»Ah, drum sind gestern und vorgestern in der Nacht soviel Lastwagen bei uns durchgesaust. Und ein Tempo haben sie drauf gehabt wie bei einem Rennen«, erzählten die Bauern.
Er sei gar kein Bayer, sondern ein ›hergelaufener Österreicher‹, dieser Hitler, wurde überall laut, und jetzt habe ihn die Polizei samt den anderen Rädelsführern verhaftet.
Überhaupt, was wollte denn dieser Hanswurst, dieser Hammel, der Hitler? Wahrscheinlich hatte er kein Geld und wollte einen fetten Regierungsposten, um für sein Leben versorgt zu sein! Wegen was

machten sie denn eigentlich in der Stadt drinnen immer wieder Krakeel, wetterten über ›allgemeine Verelendung und die unhaltbaren Zustände‹ und verdammten die Regierung? So uneben war die jetzige Regierung gar nicht. Man merkte sie kaum, und wenn, dann ließ sie meistens etwas recht Honoriges über die Bauern verlauten. Und wegen der Juden?
Der Kreitler ließ nichts auf seinen Epstein kommen. Sogar der Stelzinger, der das meiste von zwei jüdischen Kolonialwaren-Großfirmen aus der Stadt bezog, lobte deren Kulanz. Naja, er war Geschäftsmann und mußte reden wie seine jeweiligen Kunden, hitlerisch oder anders, wie es grad kam. Immerhin, ihm waren die Worte ›Jude‹ und ›jüdisch‹ zuwider, er redete stets nur von der ›israelitischen Bevölkerung‹. Und der reichgewordene Jodl-Kaspar, dem die Alten längst übergeben hatten und der jetzt Bauer und Sägewerksbesitzer war, sagte immer: »Geht mir bloß zu mit dem Geschwätz gegen die Juden! Das sind meine besten Kundschaften. Die machen dir keine Flausen vor. Du hast Interesse am Profit, und ich hab eins, sagen sie grad raus, und wenn du einmal gut stehst mit einem, ist Verlaß auf ihn. Bloß die Juden haben mir verraten, wie man am besten mit seinem Geld manipuliert! Und jedesmal hat's noch gestimmt!« So hatte einer vom andern Nutzen und war vollauf zufrieden.
Nur dem Kraus ging es damals schlecht, aber das merkte niemand. Er hatte kein Grundstück oder sonst etwas Ergiebiges zu verkaufen, das Dollars einbrachte, und sein Häusl, in dem er sich geborgen wie auf einer schützenden Insel inmitten all der wechselvollen Stürme vorkam, das wollte er nicht hergeben.
Was sollte er denn auch als alter, einsamer Mann ohne sicheres Dach überm Kopf, mit seiner kargen, eng begrenzten Existenz und ohne Freund noch anfangen? In seinem Häusl war er wenigstens daheim. Da wollte er leben und sterben, und was danach kam, war nicht mehr seine Sache.
Aber für einen Menschen wie ihn, der sich nur auf seine eigene Ar-

beitskraft verlassen konnte, war dieses Leben jetzt sehr schwierig und bitter geworden. Sein ganzer unverdrossener Fleiß brachte kaum soviel ein, daß er sich täglich richtig satt essen konnte. Neue, feine Schuhe kauften die Leute in Amdorf oder in der Stadt, und für Stiefelsohlen oder Flicken zahlten sie in einheimischen Banknoten, deren Wert erschreckend schnell dahinschmolz wie die Butter an der Sonne. Alle Nerven und jedes Denken mußte darauf verwandt werden, um dafür so schnell wie möglich etwas Eßbares oder unumgänglich Notwendiges zu erjagen. Die alte Hauniglin wurde immer schwerfälliger und unbrauchbarer. Bis sie nach Glaching kam, um beim Postwirts-Metzger irgendein Stück Fleisch oder einige Würste zu holen, war meistens schon der letzte, schäbigste Rest verkauft. Nach Amdorf konnte man sie überhaupt nicht schicken wegen ihrer Unbeholfenheit. Da hätte sie einen halben Tag gebraucht und wäre doch mit leeren Händen heimgekommen. Sogar beim Stelzinger kamen nur die Hurtigsten dazu, von den unregelmäßig einlaufenden Waren jeweils etwas zu ergattern. Schnaps, ja, den hatte der Krämer, und Bier gab es bei den Wirten auch, aber für sowas hatte der bedrängte Schuster jetzt keinen Sinn. Er, der stets eine fast ängstliche Scheu vor Gefälligkeiten anderer Leute hatte, war froh, daß ihm die Heingeigerin gutwilligerweise öfter etliche Eier oder ein Stück Butter zukommen ließ. Jeden Tag bekam er dort sein gewohntes Quantum Milch, und der Bauer schenkte ihm auch einmal zwei Sack Kartoffeln. Obst oder einige gebackene Rohrnudeln brachten ihm manchmal Leute, wenn Schuhe fertig waren, und für das Übrige, was der hungrige Magen verlangte, lernte der Kraus jetzt in seinen alten Tagen den Pflanzgarten findig auszunützen. Heizholz – das war ein wahrer Segen! – durften die armen Leute laut Gemeindebeschluß in den umliegenden Wäldern sammeln. Auf diese Weise kamen die abgefallenen, dürren Äste und absterbenden Stämme weg, und man sparte das Geld für die ›Waldauskehr‹.
Der Kraus also hatte vollauf zu tun, um zum Allernotwendigsten

zu kommen, und so blieb die Arbeit in seiner Werkstatt liegen. Wie er es auch einrichten mochte, es war ein elendiges Gefrett und Schinden.
Und die anderen rundherum, die wußten vor lauter Überfluß nicht, wie sie sich austoben sollten! Das hingegen kümmerte den Schuster nicht und tat ihm auch nicht weiter weh. Doch es kam etwas viel Schlimmeres, was dem alten Mann fast die Lebenskraft abdrückte.
Eines Tages – der Dollar stand auf dreieinhalb Billionen Papiermark – brachte ihm der Stelzinger, der eben von Amdorf heimgekommen war, persönlich einen Brief aus Amerika und machte dabei ein freudig gespanntes Gesicht.
»Herr Kraus«, sagte der Krämer recht einnehmend: »Ich bring' Ihnen Glück . . . Das freut mich aufrichtig!« Es klang ein bißchen gönnerhaft. Er blieb stehen, obgleich der Schuster in seiner verwirrten Überraschtheit keine sehr einladende Miene machte.
»Sicher vom Herrn Sohn und sicher Dollars«, wollte sich der Stelzinger noch mehr einschmeicheln, aber als er sah, daß der Schuster immer fahriger wurde, ein beinahe schreckblasses Gesicht bekam, den Brief zitternd in der Hand behielt und ihn trotzdem nicht aufriß, ging er nach einigen freundlichen Worten.
Er hatte dem Kraus kein Glück gebracht, im Gegenteil: in dem Brief, der aus Chicago kam, waren keine Dollars. Und er lautete:

›Lieber Vater!
Vielleicht lebst du noch und erreicht dich dieser Brief.
Well, I hope so und gute Gesundheit. Es ist so lange Zeit und ich bin zu Dich schlecht gewesen. Please, vergiss es and I think, wenn ich kann einen job bekommen, ich will gutmachen. In this time es geht mir sehr schlecht, habe keinen cent und wochenlang kein essen. In America is the Life hard und ich lese in the newspaper, in Germany ist es nicht gut also. Wenn du kannst mir helfen und send a little money, ich will zahlen und mehr, wenn ich wieder habe.

This is my address: John Kraus, 1732 Mildred Avenue, Chicago, Illinois, USA. Vergib mich, lieber Vater, I war jung und dumm. And all from my Herz Dein Sohn

Hans‹

Da saß er nun, der Schuster, und das, was er aus dem verschnörkelten Buchstabengemeng entziffern konnte, war ihm genug, es war zu viel! Er starrte immer wieder auf den Briefbogen. Die Schrift verschwamm ihm vor den Augen, denn die Brillengläser liefen an. Eine fliegende Schwäche kam über ihn. Der Schweiß trat auf sein mitgenommenes, unrasiertes Gesicht, und einmal schlug sein Herz unter dem Brustdeckel hämmernd, dann hörte es wieder sekundenlang zu schlagen auf. Er rang nach Luft und ächzte schwach. Er fuhr mit der einen Hand in sein feuchtgewordenes, graues, widerspenstiges Haar und kratzte seine Kopffläche, als krabble etwas unablässig und quälend unter seiner Hirnschale, dem nicht anders beizukommen war. Schließlich ließ er die Arme schlaff herabfallen und schaute über seine schiefsitzende Brille hinweg blicklos irgendwohin.

Ja, das war zuviel! Ein Stück unseliger Vergangenheit stieg wieder herauf, und viele Wunden in seinem Inwendigen, von denen er geglaubt hatte, sie seien schon längst und endgültig vernarbt, brachen mit einem Male wieder auf und brannten schmerzlicher denn je. Die schweren Jahre, in denen er verlassen, vereinsamt und schweigend um seinen Sohn gelitten hatte, die gallebitteren Zeiten, da er manchmal vor Wut, Selbstvorwürfen und zermürbender Hoffnung krank zu werden fürchtete, sie kamen wieder zurück. Plötzlich waren sie wieder da in seiner Werkstatt, im ganzen Haus, in seinem Herzen, seinem Hirn und in seinen widerstandslos gewordenen Nerven und rannen gleich einer geisterhaft unaufhaltsamen Lavamasse schrecklicher Erinnerungen in die jetzigen winzigen Sekunden, in die platzenden Minuten und verdrängten alles andere.

Nichts, was einmal tief in ein Menschenleben gedrungen ist,

scheint je wieder aufzuhören. Selbst aus dem scheinbaren Verloschensein des Todes glimmt es noch, springt über in einen der Nachfolgenden und wirkt bald stärker, bald schwächer als etwas undeutbar Geheimnisvolles weiter. So lange, bis wir schon nicht mehr die Zeit wissen, in welcher es angefangen hat.
»Aus! Fertig! Was aus ist, ist aus!« Mit diesen mannhaft resoluten Worten hatte der Kraus damals die dumme Postkarte vom Hans aus New York zerrissen und zum Fenster hinausgeworfen. Mit seiner ganzen zähen Kraft suchte er sich damit abzufinden, mit fast übermenschlicher Überwindung versuchte er, das Geschehene zu vergessen, es aus seinem Leben wegzuwischen, als sei es nie gewesen. Seine Standhaftigkeit schien ihm recht zu geben.
Aber jetzt?
Hilflos und zuletzt ganz verzweifelt mühte er sich ab, aus den englischen Wortbrocken des Briefes klug zu werden. Mit beinahe kindlich einfältiger Hartnäckigkeit buchstabierte er sie fort und fort, um wenigstens das Wichtige, das sie ausdrückten, herauszufinden. Und immer, immer wieder stotterte, lallte er unsagbar weh: »... schlecht gewesen ... vergiß es ... wochenlang kein Essen ... kannst mir helfen ... jung und dumm ...«
»... Kein Essen ... kannst mir helfen ...« brach wieder über seine Lippen, und auf einmal quollen dicke Tränen aus seinen Augen. Er weinte, ja, er weinte. Sein zerstoßenes Seufzen füllte die öde, stille Werkstatt. Todmatt, als sei alle Kraft aus seinen schweren Gliedern gewichen, richtete er sich endlich auf, wischte mit der rauhen Handfläche die nassen Augen aus und tappte über die Stiege hinauf. Kästen und Kommoden, Schubladen und Winkel, Schachteln und alte Koffer durchstöberte er. Verzagt und verstört suchte und suchte er, was er zusammenbringen konnte, für das man vielleicht irgendwo einige Dollars kriegen würde, und wahrscheinlich durchjagten ihn dabei unausgesetzt die lähmenden Gedanken: ›Jaja, das ist ja schön und recht, aber wo geh' ich denn hin damit? Wer wird mir denn Dollars dafür zahlen statt unserm

schlechten Geld? . . . Gerechter Gott, und Amerika ist so weit weg!
Bis das hinkommt! . . . Und wie schick' ich denn die Dollars, wenn
ich wirklich ein paar bekomme? Es sind doch so unsichere Zeiten
und so ganz verzwickte, harte Gesetze jetzt? Womöglich geht alles
verloren oder ich komme noch in Kalamitäten, weil ich was tue,
das man nicht darf? . . . Und dann ist alles verloren und –‹. Er
stockte beklommen. Von Atemzug zu Atemzug wurde er wirrer und
trauriger.
Da war die schwarze, vom eingefressenen Staub schon grau gewordene Kassette mit dem ausgebleichten, blauseidenen Innenfutter, in welcher ein gelb angelaufenes, da und dort schwärzlich verflecktes Silberbesteck lag: ein großes Tranchiermesser mit dazugehöriger Gabel, sechs Kaffee- und Suppenlöffel und ebensoviele Messer und Gabeln. Es war das Hochzeitsgeschenk für seine Frau, das sie zu ihren Lebzeiten stets am Sabbath gebrauchte. Zitternd und vorsichtig nahm er die Geldschachtel mit den paar Silbertalern, die der Hans seinerzeit drin gelassen hatte, aus dem vollgehangenen, nach Mottenpulver riechenden Kleiderkasten. Was konnte er mit den Pfandbriefen der Königlich bayrischen Hypotheken- und Wechselbank noch anfangen? Es hatte einmal geheißen, sie seien ›eingefroren‹ und nicht verkäuflich. Für Papier gab kein Mensch Geld, und Dollars schon gar nicht.
Der Kraus hob die Sprungfedermatratze seines Bettes auf und fingerte eine mit zerfransten, hanfenen Schnüren vielmals zugebundene, unscheinbare, rostige Blechschachtel hervor, stellte sie auf die Kommode, band sie auf und hob den Deckel ab. Da lag auf vergilbtem Zeitungspapier, das hebräische Lettern zeigte, die niegebrauchte, altmodische, schwer goldene Uhr, von der sein Vater manchmal bedeutungsvoll gesagt hatte: »Die sollst einmal haben du, Jul! Aber trag sie nicht, und zeig' sie nie her! Wenn man sieht sowas bei einem Unsrigen, das ist nicht gut . . . Halt das Stückl, es ist ewiger Wert.« Er stand damals schon gut in den Dreißigern, der Kraus, hatte schon eine große Liebe und ein kleines Leben hinter

sich und war ein ausgezeichneter Schuster. Fünf Jahre zuvor hatte er seine zarte, gebrechliche Frau Rebekka verloren. Weggestorben war sie ihm bei der zweiten Frühgeburt wie ein fortwehender Windhauch und hatte ihm einen einzigen Buben hinterlassen, der auch so hochaufgeschossen und blaß war wie sie und bei der Schwester seines Vater, bei der alten Tante Sarah, aufgezogen wurde. Ach ja, und in jener – wie es ihm heute vorkam – grauen Vorzeit hatte er auch noch zwei weit jüngere Schwestern gehabt, eine mit siebzehn, und die andere kaum fünfzehn. Und er hatte auch noch nicht so geheißen wie heute, sondern Julek im Galizischen und dann Juljewitsch. Juljewitsch Krasnitzki. Bald darauf waren sie von dem kleinen Flecken Winniki bei Lemberg ins zarische Rußland gezogen und endlich in der großen Stadt Odessa seßhaft geworden, obgleich die Tante Sarah ihrem Bruder dringend abgeraten hatte: »Geh mir zu mit die Zarische! Hat man sich immer gehört, für sie sind unsre Leut' Stücker Vieh!« Die alte Sarah hatte den Buben vom Juljewitsch bei sich in Winniki behalten.
Und da lagen in der Schachtel neben einigen Schriftschaften die in solides Gold gefaßte, dunkel funkelnde Rubinhalskette seiner Mutter, dazugehörige Ohrringe, eine schön gearbeitete Brosche und ein zierlicher Damenring mit ebensolchen Steinen. Etliche Anstecknadeln mit mattweißen Perlen und ein schwerer goldener Siegelring mit flachem blauen Stein war dabei, auf dem die verschlungenen Buchstaben J.J.K. eingraviert waren.
Das Blut preßte es dem Kraus in die Schläfen. Mit zitternder Erregung prüfte er alles und überschlug sich wohl auch, daß bei einem Verkauf doch nicht allzuwenig herauskommen konnte. Er hielt ein, rechnete, hielt ein und rechnete wieder. Dann endlich legte er die feinen Sachen wieder in die unscheinbare Schachtel zurück und verschnürte sie. Als er die Schnur so durch seine rauhen, zerarbeiteten Finger gleiten ließ, sah er da und dort lange rostbraune Flecken auf ihr. Sie stammten nicht vom jahrelangen Rost, diese Flecken. Sie waren längst eingetrocknetes Blut. Blut, vielleicht

von ihm, vielleicht von seiner Mutter, die damals – ja, das war anno 1905 in Odessa gewesen! Die meuternden Matrosen waren auf der ›Potemkin‹ nach dem rumänischen Hafen Constanza entkommen; dichte, revolutionäre Massen trieben durch die Stadt, und er, der Juljewitsch, war dazwischen. Auf einmal hörte man schnelles Pferdegetrappel. Die Menge lief. Er mußte mit, wohin es auch ging. Dann krachten überall Schüsse, und Pferde bäumten sich, Säbel und Kosakenpeitschen zischten auf die auseinanderstiebenden, schreienden, übereinanderfallenden Leute, und irgendwer sagte: »Die schwarzen Hundert sind im Judenviertel!«
Und als er viel später, halbtot gehetzt, nach weiß Gott was für Kreuz- und Querläufen, daheim ankam, der Juljewitsch, da lagen überall auf dem Pflaster zertrümmerte Möbel, Kleiderfetzen, Hausrat aller Art und unkenntlich verstümmelte, totgetrampelte Leichen. Aus manchen Fensterlöchern rauchte es, die Türen waren eingeschlagen, und es trieben sich auf den wüsten Gassen, in den demolierten Läden und verlassenen Häusern allerhand fremde, dunkle, gewalttätige Gestalten herum, die die Leichen nach Habseligkeiten durchsuchten, die zerstörten Räume durchstöberten und jeden auftauchenden Überlebenden, der ihnen das verwehren wollte, kurzerhand totschlugen.
Das Haus, in dem der Juljewitsch daheim war, sah besonders furchtbar aus. Alle Möbel waren gleichsam systematisch zertrümmert, die Tapeten hingen von den Wänden, große Löcher waren im Gemäuer und vielfach auch die Bodenbretter aufgerissen. Das kam vielleicht daher, weil sein Vater als vermögender Inhaber eines Schuhwarenhauses bekannt war, und die Mordbrenner mehr Beute als woanders erwartet hatten. Im dunklen Gang stolperte der Juljewitsch über die Leiche seines Vaters, den er nur noch der Figur nach erkennen konnte. Der Tote lag mit dem Rücken nach oben, die Kleider waren ihm herabgerissen und der Kopf zu Brei zertrampelt. In der Stube lagen die erstochenen, zusammengehauenen Schwestern und in einer Ecke, den Arm starr zu einem de-

molierten Stuhl emporgereckt, ein unförmiger Haufen aus blutigem Fleisch und zerfetzten Kleidern, mit aufgeschlitztem Bauch, aus dem die Därme dick und dunkel quollen – das war seine Mutter. Und dieses Etwas, schwer, schleimig und blutbesudelt, das hatte er – so ist die in panische Angst und in Jammer gestoßene Kreatur! – mit letzter Kraft und Hast weggedrückt, vom Fleck geschoben, weil darunter die kleine Bodenluke mit dem ängstlich versteckten Schmuck und den wichtigen Schriftschaften lag. Besinnungslos hatte er den Schatz an sich gerissen, unter dem Mantel verborgen, und war davongelaufen, aus dem Haus, weg aus dem Viertel, aus der Stadt; nach Monaten kam er in Winniki bei der Tante Sarah an, blieb eine Zeitlang und ging wieder weiter, weiter, immer weiter, landete schließlich nach vielen Elends- und Irrfahrten in Wien, kam ins Bayrische und war inzwischen verloschen als Juljewitsch Krasnitzki, heiratete seine Kathi in Fürth, holte seinen Buben von der Tante Sarah, hieß schließlich Julius Kraus, und nichts verriet mehr, was er einst gewesen war ...
Und jetzt stand er als alter Mann, niedergedrückt von dieser düsteren Vergangenheit, vor der Kommode in der Kammer seines Auffinger Häusls und schaute schwermütig auf zu den ovalen Bildern seines Vaters und seiner Mutter, die ihm die auch längst verstorbene Tante Sarah mitgegeben hatte. Er schaute auf, und seine Augen fingen ihm dabei zu brennen an. Er spürte noch die getrockneten Tränen auf den Wangen, würgte die gallige Bitterkeit auf der Zunge hinunter und packte scheu und hastig, wie einer, der sich selber bestiehlt, die Besteck-Kassette und den Schmuck in seinen Rucksack, denn da sah man nichts, das fiel nicht weiter auf.
Gleich darauf verließ er das Haus und ging nach Amdorf hinüber. Dort hatte er im Auslagenfenster des Uhrmachers und Juweliers Sulerschmid, den er flüchtig kannte, schon öfter ein Plakat gesehen: ›Ankauf von Brillantringen, Schmuck, Uhren, Gold- und Silberwaren zu stets höchsten Preisen‹.
Der Novemberwind pfiff durchdringend, aber der Kraus ging so

schnell, daß er ins Schwitzen kam. Im schönen, mit vielen Glasvitrinen ausgestatteten Sulerschmidschen Laden blieb er geniert und verlegen stehen, nahm nur den Hut wortlos ab und wartete, weil gerade ein Kunde in langem Gehpelz und steifem Hut um den Preis einer antiken Standuhr feilschte. Der Schuster wurde zunächst kaum beachtet.
»Na! Na! So selten ist das Stück denn doch nicht!« widersprach der Kunde dem Uhrmacher, aber so gespannt der Kraus auch aufpaßte, einen Preis hörte er nicht. Endlich sagte der feine Kunde ziemlich abrupt: »Wissen Sie was? Ich überleg mir die Sache nochmal! . . . Ich komm wieder!« Und: »Auch recht! . . . Bitte!« rief der Uhrmacher dem Davongehenden etwas frostig nach, schob seine scharfe, goldumränderte Brille zurecht und wandte sich geschäftsmäßig an Kraus: »Und Sie? . . . Bitte, was steht zu Diensten?« Jetzt erst erkannte er den Schuster, der bereits seinen Rucksack abgenommen hatte, und schlug einen besseren Ton an: »Ah, jetzt kenn' ich Sie erst! . . . Herr Kraus aus Auffing, nicht wahr? . . . Bitte, was führt Sie zu mir?« Mit schnell abschätzender, schnüffelnder Freundlichkeit musterte er den noch immer betretenen Schuster.
»Ich hätt' was, ah . . . ich hätt' was zu verkaufen«, sagte der Kraus, den aufgebundenen Rucksack auf den umglasten Tisch stellend, und nahm Kassette und Blechschachtel heraus. Die ersten Worte waren gehemmt aus ihm gekommen, die letzten schnell.
»O ja, lassen Sie sehen, bitte! . . . Wenn ich's brauchen kann, gern«, meinte der mittelgroße, spitzbärtige Uhrmacher und griff schon zur Kassette: »Silberbesteck? . . . Naja, Silber wird ja jetzt sehr viel angeboten. Ich brauch's eigentlich nicht, aber weil's Sie sind, Herr Kraus . . .« Er nahm das große Tranchiermesser, prüfte es flüchtig und fuhr fort: »Ganz ordentliche Arbeit, aber die wird leider nicht bezahlt . . . Na, und haben Sie sonst noch was? Ah, da!« Geringschätzig hob er den Deckel von der inzwischen aufgeschnürten, rostigen Schachtel und nahm ein Stück nach dem ande-

ren bedächtig heraus: »Alte, solide Sachen aus guten Zeiten ... Familienschmuck, was? Ja, das ist schon eher was.« Er schaute den Schuster fein lächelnd und gerade an und meinte unvermittelt: »Ich frag' Sie nicht, was Sie dafür haben wollen, Herr Kraus! ... Solche Judenhandelschaften gibt's bei mir nicht! ... Dafür bürgt Ihnen der Ruf meines Geschäfts, das wissen Sie ja! ... Wenn Sie ein bißl warten wollen, bitte! Ich prüf' die Sachen und sag' Ihnen, was ich Ihnen äußerst geben kann.«

»Ich wart'«, gab der Kraus zurück, und der Uhrmacher verschwand mit den Sachen hinter einer mit vielen Stubenuhren behängten Wand. Mit leerem Gesicht, unbehaglich, als habe ihn ein lästiger Zufall irrtümlicherweise in diesen Laden verschlagen, blieb der Schuster stehen und schien an jeder Minutenlänge zu leiden.

»Aus Lemberg ist die Uhr ... Stammen Sie von der dortigen Gegend?« fragte der zurückkommende Sulerschmid und breitete alles auf dem Glastisch aus.

»L-lemberg? ... Nein«, log der jäh erschreckende Kraus, faßte sich schnell und setze dazu: »Die Uhr hab' ich vor langer Zeit einmal wegen einer unbezahlten Rechnung nehmen müssen.«

»Na, das muß aber eine ziemliche Schusterrechnung gewesen sein«, meinte der Sulerschmid ein wenig ungläubig, hielt sich aber nicht länger damit auf und nannte als Preis alles in allem sechzig Billionen.

»Das ist, möcht' ich Ihnen im Vertrauen sagen, ein sehr anständiges Angebot«, sagte er wiederum. Sechzig Billionen? Das hörte sich fast gewaltig an, aber es war ja nur eine leere Zahl! Der Kraus zögerte und schien sich zu besinnen.

»Ich seh' ja, Sie trennen sich nicht leicht von den Sachen, aber ich sag' Ihnen offen und ehrlich, ich schau mir meine Leute an ... Soviel kriegen Sie nirgends«, redete der Sulerschmid wieder weiter. Vielleicht überrechnete sich der Schuster, was die sechzig Billionen an Dollars wert seien, und dachte ängstlich, wie und woher er

denn die letzteren bekommen könnte, jedenfalls, er sagte auf einmal unbeholfen: »Jaja, ja schon ... Aber ich möcht' Dollar dafür! ... Ich brauch' sie!« Seine Augen gerieten dabei ins Starren und blieben auf dem etwas erstaunten Gesicht Sulerschmids stehen.
»Dollars? ... Nein, Dollars hab ich nicht, Herr Kraus«, sagte der und musterte den benommenen Schuster leicht verächtlich: »Dollars? ... Hm, vielleicht kriegen Sie morgen bei der Vereinsbank welche ... Heut' ist ja schon zu! Aber ob Sie welche kriegen, ist auch noch eine Frage ... Dollars haben bloß die Juden ...«
Der Kraus überhörte ihn. Immer noch starrte er so bedrängt und spürte, wie sein Gesicht plötzlich heiß wurde.
»Ich brauch' die Dollars! ... Ich muß sie haben!« beharrte er beinahe einfältig.
»Tut mir leid!« meinte der Sulerschmied achselzuckend und schloß: »Dann müssen Sie schon zu so einem jüdischen Halsabschneider gehn, bitte! ... Ich zwing' Sie nicht!« Er bekam nach und nach eine abweisende Miene und setzte noch einmal höhnisch dazu: »Na, das wird sich ja bald aufhören jetzt! ... Wenn der Hitler auch nicht aufgekommen ist gegen unser jetziges sauberes System, soviel hat er doch durchgesetzt, daß wir schon in nächster Zeit stabiles Geld kriegen ... Die Dollarwirtschaft hat er ihnen ausgetrieben!« Schon packte er alles wieder in die Blechschachtel.
Stumm ließ es der Kraus geschehen. Mitunter schluckte er kurz, als würge ihn etwas in der Kehle.
»Bitte!« hörte er den Uhrmacher sagen, schob seine Sachen in den Rucksack, band ihn zu, schwang ihn um und ging ohne ein Wort aus dem Laden. Der Sulerschmid blieb stehen und sah ihm durch die Glastüre nach. Müde und schwer tappte der alte Mann dahin.
»Lemberg? ... Und der plattfüßige Gang? ... Hm«, machte der Sulerschmid nachdenklich und ging wieder hinter die uhrenbehangene Wand.

17

In einen Menschen kann man nicht hineinschauen. Gewiß, wenn er lacht, zärtlich schmeichelt oder weint, wenn er klagt oder schimpft, dann werden seine inneren Regungen halbwegs erkennbar. Einer aber, der sich so hartnäckig verschließt und stets eine undurchsichtige Gleichmäßigkeit zur Schau trägt wie der Kraus, der bleibt unergründlich. Was wird er nach seinem vergeblichen Besuch beim Sulerschmid alles gelitten und überlegt haben! Warum aber ging er eigentlich nicht zum nächstbesten Einheimischen, bei dem er Dollars und Kauflust vermutete, und bot sein Silber und den Schmuck an? Am nächsten Tag schon war die Gelegenheit so günstig! Der Jodl-Kaspar, der den Heingeiger besuchte, kam mit dem steifen Schutzleder der Motorrad-Lenkstange zu ihm und sagte fidel: »Kraus? Eine windige Arbeit hab' ich! . . . Da, geh, sei doch so gut und flick mir gleich den Riß . . . Ich muß bald wieder weg!« Der Schuster sah sich das Stück bedächtig an und meinte: »Hm, da muß ich vorn und hinten einen Streifen unterlegen . . . Ganz so schnell geht das nicht . . .«
»Jaja, das hab' ich mir auch denkt, jaja! Aber schau doch. Und der Kostenpunkt spielt keine Rolle!« redete ihm der Kaspar gut zu und schaute dabei auf seine goldene Armbanduhr: »Jetzt ist's viere. So in einer Stund' muß ich weg. Ich gib halt dann Gas, was das Zeug hält! Das Geschäft darf mir nicht auskommen, und jetzt muß man dazutun, verstehst?«
»Dazutun? . . . Jetzt?« fragte der Kraus: »Warum?«
»Naja, jetzt muß man seinen Kopf fest beieinander haben, daß man nicht zu kurz kommt«, antwortete der Kaspar verschmitzt lächelnd.
»Du kannst doch nicht zu kurz kommen? . . . Du handelst doch bloß, wenn einer Dollar hat?« forschte der Kraus weiter und ließ ihn nicht aus den Augen.
»Jaja, aber jetzt ist die Herrlichkeit bald aus! Das wissen, Gottsei-

dank, die meisten noch nicht!« klärte ihn der Kaspar auf und wurde ein wenig vertraulicher: »Dir kann ich's ja sagen, du redest ja nichts! . . . Jetzt hat sich, soviel ich weiß, mit unserem Geld was geändert. Da muß man schaun, daß man mit'm Dollar noch einen schnellen Profit macht, bevor alle draufkommen! . . . Bei mir ist's ja so und so nicht gefehlt, aber ich möcht auch nichts verlieren, im Gegenteil! Verstehst mich?« Offensichtlich wurde ihm plötzlich klar, daß er zuviel gesagt hatte. Darum setzte er noch einmal geschwind hinzu: »Aber du redest ganz gewiß nicht, gell, Schuster?« Eilig ging er aus der Werkstatt und verschwand drüben über der Straße im Heingeigerhaus. Der Schuster zitterte am ganzen Körper, als er das Leder auf seine Knie zog. Dann fing er beinahe verbissen zu arbeiten an. Eine ganze Billion gab ihm der Kaspar, als er sich das geflickte Schutzleder holte. Das war viel zu viel. Soviel zahlte einer nicht einmal für neugedoppelte Schuhe, aber der Kaspar sagte leichthin: »Ist schon gut, Schuster!« und bedankte sich noch ausnehmend freundlich für alles. Der Kraus schaute ihn die ganze Zeit stumm fragend an, und vielleicht hatte er eine schmerzliche Bitte auf der Zunge, doch der Kaspar war schon wieder fort, ehe er was sagen konnte.
»Hans . . . Hans, das wird nicht!« brümmelte der Alte nach einer Weile mit trockener Stimme in die Werkstattluft hinein. Er war unfähig, weiterzuarbeiten. Er richtete sich ächzend auf, als spüre er die jähe Gicht in allen seinen Gliedern, stieg vom Schusterpodium herunter, tappte gedankenlos auf die offene Kucheltüre zu, und schließlich hockte er wieder lange unter dem aufgedrehten elektrischen Licht am Tisch und las immer und immer wieder den Brief vom Hans aus Chicago, las und las und fand sich keinen Rat.
Nach einer recht unruhigen Nacht stieg er in der Frühe resolut aus dem Bett und zog sein bestes Gewand an. In der Kuchel sagte er zu der alten Hauniglin, sie brauche heute nicht zu kochen und könne sich Zeit nehmen, um wieder einmal gründlich zu stöbern, denn er müsse in die Stadt und komme voraussichtlich erst nachts

zurück. Dort war er seit Jahr und Tag nicht mehr gewesen. Darum machte ihn sein plötzlicher Entschluß eigentümlich wirr. Nach dem Kaffeetrinken, als er wieder in der Kammer droben war, schlüpfte er in seinen guten Mantel und schaute in den Spiegel. Er nahm den Rucksack, aber auf einmal kam ihm dieser Zusammenstand – sonntagsmäßig angezogen und einen alten Rucksack auf dem Buckel – unmöglich vor. Eitelkeit sprach dabei nicht mit. Er wollte nur nicht auffallen. Bei seinem Weggehen nicht und in der Stadt nicht. Unvermeidlicherweise würde ihn sowieso der oder jener Nachbar fragen: ›Wo aus und wohin?‹, und lügen ging dabei nicht, denn mit seinem besten Zeug auf dem Leib hatte er noch nie Leder aus Amdorf geholt. Er mußte also das Stadtfahren schon zugeben und hatte sich schon eine plausible Begründung dafür zurechtgelegt, doch er wußte auch, in die Stadt fährt man nicht im Werktagsgewand, wozu der Rucksack gepaßt hätte. Für so eine Reise zieht man sich gut an, trägt gar nichts mit sich oder eine Ledertasche, ein kleines, sauberes Köfferchen, um nicht gleich von jedem Städter als unbeholfener Bauernmensch eingeschätzt zu werden, der leicht zu betrügen sei. Und dann gar, wenn er zu so einem gewitzten Goldankäufer käme und sein wertvolles Silber- und Schmuckzeug aus dem schäbigen Rucksack zöge! Nein, nein, das war ja vollkommen unmöglich! Das war geradezu schädlich, ja, vielleicht sogar gefährlich! Der Ankäufer – vielleicht hatte er genau so einen feinen Laden wie der Sulerschmid – würde ihn von vornherein herabmindernd behandeln, würde sofort mißtrauisch sein und ganz offen, von oben herab einige Zweifel äußern, ob er – der Kraus – denn die Sachen auch wirklich rechtmäßig erworben habe und nicht etwa ein abgefeimter Dieb sei, der seine Beute schnell anzubringen trachte, und natürlich würde das Preisangebot auch demgemäß ausfallen.
›Oder es wird noch ärger!‹ ergänzte der Schuster brummend und witterte wohl schon die schrecklichsten Kalamitäten: Der Ankäufer rief vielleicht unbemerkt die nächste Polizeistation an. Ein

Schutzmann würde kommen. Mitkommen hieß es. Peinliche Verhöre. Ganz genau wie beim Sulerschmid würde es heißen: ›Lemberg‹ stehe in der Uhr eingraviert, wieso das? Ja, und dann womöglich einen Tag oder zwei in Haft, bis beim Bürgermeister Heingeiger angefragt worden sei, denn irgendwelche Legitimationspapiere besaß zu damaligerzeit kein Mensch; so, und dann wisse das ganze Dorf davon, die Gemeinde, die Pfarrei, und man munkle allerhand Verdächtigungen herum.
In seinem ängstlichen Argwohn wollte sich der verwirrte Kraus gegen all diese möglichen Gefahren waffnen. Er erinnerte sich des polizeilichen Abmeldescheins, den er damals bei seinem Wegzug aus der Hauptstadt bekommen hatte, und auch die Anmeldung beim verstorbenen Bürgermeister Rotholzer fiel ihm ein. Aber diese gleichgültigen, kleinen Zettel hatte er doch längst verloren und vergessen! Er steckte schließlich nur den Brief vom Hans zu sich. Der sagte doch alles über ihn. Kopfschüttelnd und mit zittriger Hast fing er dann an, den Schmuck aus der verrosteten Blechschachtel herauszunehmen, fand eine gut erhaltene Zigarrenschachtel, legte ein dünnes Taschentuch hinein und die Schmuckstücke darauf und schnürte Kassette und Schachtel mit frischer Schnur zusammen. Sorgfältig wischte er das kleine, braune, verstaubte Lederköfferchen, in welchem er seinen Schatz verstaute, ab und machte sich endlich auf den Weg.
Richtig, der Heingeiger sah ihn als erster und fragte wie erwartet. »Ja«, gab der Kraus sein In-die-Stadt-Fahren zu und log: »Da ist jetzt eine Genossenschafts-Ledergroßhandlung von der Schuster-Innung aufgemacht worden . . . Da soll man billiger und leichter Leder kriegen . . .« Der Bürgermeister war nicht weiter neugierig, ließ noch ein paar gleichgültige Worte über das schon winternahe Wetter fallen und ging in den Stall.
Im Forst stieß der Kraus auf das Postfuhrwerk vom Stelzinger, das von Amdorf auf dem Heimweg war. Der Krämer hielt seinen fetten Rotschimmel an, grüßte freundlich und fragte ebenso wie vorhin

der Heingeiger. Dann aber erkundigte er sich noch freundlicher: »Na, wie war's denn? Hab' ich Ihnen mit dem Brief Glück gebracht?... Hat der Herr Sohn Dollar geschickt? Wie geht's ihm denn?«
»Ganz gut soweit!... Vorläufig hat er nichts geschickt, denn er hat ja gar nicht wissen können, ob ich noch am Leben bin«, erfand der Schuster, und als er sozusagen über dieses erste Fährnis hinweg war, fielen ihm die Worte leichter: »Ich brauch ja eigentlich gar nichts... Mir geht ja weiter nichts ab... Ich hab' ja, was ich will.« Es war eine scharfe Kälte. Er tat, als friere er durch das Stehenbleiben noch mehr. Auch der Gaul prustete ungeduldig.
»Jaja, wer immer so fleißig und zufrieden ist wie Sie, Herr Kraus, dem kann nichts an! Das Schönste ist, daß Sie wieder was von Ihrem Sohn wissen«, meinte der Stelzinger einschmeichelnd: »Jetzt kommt ja auch in unser Geld wieder Ordnung. Das mit dem Dollar wär nicht mehr lang gegangen...« Er grüßte, griff den Zügel fester und fuhr an. Der Kraus grüßte zurück und ging schnell weiter. Die letzten Worte gingen ihm sicher nach. Seine Augen wurden nach und nach unruhig. Seine Schritte griffen immer mehr aus. Fest umklammerte er den Koffergriff mit seinen frierenden Händen und knurrte verbittert in sich hinein: »Unsereinem geht auch alles schief. Alles!«
Als er aus dem Forst kam, pfiff der Wind durchdringend, und winzige, vereinzelte Schneeflocken trieben durch die fahle Luft. Die kahlen Apfelbäume, die die Straße säumten, waren an runde, kräftige Stützstangen gebunden, die den Stämmen einen sicheren Halt gaben. Die Bäume bogen sich mitunter scharf hin und her im Wind, rieben quietschend an den Stangen, als wollten sie sich losreißen, und dieses Quietschen klang häßlich und grämlich. Öd und ausgetrocknet breiteten sich die abgeernteten Felder und Äcker aus. Klappernd hörten sich die Schritte des eilsam dahingehenden Schusters auf der starrgefrorenen Straße an. Bedrückt schaute er einmal über die Flächen und brümmelte: »Es hört sich auf mit dem

Dollar, hmhm ...« Er schüttelte seinen schweren Kopf, stöhnte leicht, starrte auf den Straßenboden und ging und ging ...
In Amdorf erriet er es gut. Er erreichte den eben nach der Hauptstadt abfahrenden Zug, der nur spärlich besetzt war. Er drückte sich in eine Fensterecke, stellte sein Köfferchen auf die Oberschenkel und breitete seine Hände darüber. Ihm schräg gegenüber, auf der anderen Fensterseite des Coupés, saß ein fremder Mann in einem bauschigen, karierten Mantel, der in einer aufgeschlagenen Zeitung las.
›Vorläufige Einigung in der Reparationsfrage. Deutschland bietet Pfänder gegen Anleihegewährung zur Ankurbelung der Wirtschaft. Ende der Währungskatastophe. Rentenmark tritt in Kraft!‹ las der Kraus von weitem auf der ersten Zeitungsseite.
»Rentenmark?« formten seine trockenen, kalten Lippen unhörbar. Also wieder was mit unserem Geld? Wahrscheinlich fielen ihm die Andeutungen vom Sulerschmid, vom Jodl-Kaspar und zuletzt vom Stelzinger ein, und er versuchte sich klar darüber zu werden. Hm, nichts mehr mit dem Dollar, aber er brauchte doch gerade jetzt Dollars? Hm, überhaupt das mit dem Geld und seinem Wert? Wer das bloß immer bestimmte und, ohne die Leute, die jahraus, jahrein rackerten und werkelten, ohne diese bienenfleißigen Kleinen jemals zu fragen, einfach sagen konnte: ›So, von heut' ab gilt der und der Schein fast gar nichts mehr, der andere aber umso mehr‹? Der Kraus fing an, seinen struppigen Bart zu kauen, und verfiel immer tiefer in ein hoffnungsloses Grübeln, immer und immer wieder verfingen sich seine Augen in dem einen sonderbaren Wort ›Rentenmark‹. Er fuhr von Zeit zu Zeit mit der Hand über seine Stirn, und es war ihm anzusehen, daß er zu keinem einleuchtenden Ende kam.
Wie sollte er denn auch? Die Welt ging ihren Gang, das Leben lief unbarmherzig weiter und schleifte ihn mit wie jeden seinesgleichen. Zum Nachdenken war keine Zeit. Nicht einmal ausweichen konnte man.

Mit sturer Gleichmäßigkeit, untermischt vom rüttelnden Rollen der jagenden Räder und gleichsam bekräftigt dadurch, drückte es immer wieder, immer wieder auf die Brust, auf die trockene Zunge des Schusters: ›Rentenmark? Rentenmark? ... Was soll denn das wieder sein? ... Rentenmark? Ich muß doch Dollars haben! ... Unbedingt, sonst ist's gefehlt!‹ Er war unfähig, sich etwas Anderes vorzustellen. Er witterte nur ohnmächtig etwas Schreckliches. Irgendwelche Gesprächsfetzen von weiter vorne im Waggon schlugen an seine Ohren. Nur Geräusche waren es zunächst, die er nicht weiter beachtete.

»Verhandeln ist das einzig Richtige ... Unsinn mit dieser ganzen Putscherei ... Die Wirtschaft muß in Gang kommen, dann ist's sofort aus mit dem Narren, dem Hitler«, verstand er: »Dann läuft ihm kein Hund und kein altes Weib mehr nach.« Abwesend und stumpf schaute der Schuster in die Richtung. Über einer Banklehne tauchten zwei Gesichter halb auf. Die Köpfe gingen hin und her und verschwammen dann wieder in seinem Blick.

»Was ist denn daran nicht zu verstehen, Herr?« redete wieder eine kräftige Stimme: »Selbstverständlich verlangen die Sieger von uns Wiedergutmachung! ... So war's bei jedem Krieg! Naja, und wir natürlich, wir schauen, daß wir möglichst billig dabei wegkommen! ... Auch verständlich! Durchaus! ... Aber mit Gewalt geht nichts, da wird nichts! ... Dieser Hitler mit seinem saudummen Krawallieren und Drohen wie zu Wilhelms Zeiten – das muß doch im Ausland verstimmen!«

»Aber was die Franzosen mit ihrer blöden Ruhrbesetzung gemacht haben, ist doch noch schlimmer!« sagte jemand scharf: »Was haben sie jetzt, die Herrschaften? ... Unser passiver Widerstand war ganz richtig! Und jetzt sehen sie's ja ... Unsere ganze Wirtschaft ist durcheinander, und das ganze Reich ist renitent ... Rausholen werden die Pariser Herrschaften nichts aus unserer Ruhr, im Gegenteil, Unsummen kostet ihnen ihr netter Kriegsausflug!«

»Naja, ich geb' ja zu, Fehler sind auf beiden Seiten gemacht worden, große Fehler sogar, selbstverständlich!« widersprach die erste Stimme wieder: »Aber Sie sehn ja, die Geldleute und Wirtschaftler sehn die Sache nüchtern und sachlich an... Sie sagen sich, Deutschland darf nicht aus dem Weltgeschäft fallen, sonst sind wir alle geschädigt, na also!... Und da haben sie sich eben zusammengesetzt und erst mal ausgerechnet, was kann unser Land für Sicherheiten bieten. Ich muß sagen, die Amerikaner imponieren mir, überhaupt die Angelsachsen! Das sind saubere Geschäftsleute!«

»Hoho! Halsabschneider! Ganz hundsgemeine Ausplünderer sind sie!« fiel der scharfe Herr ein: »Hat man schon sowas gehört!... Wenn der Hitler nicht endlich gezeigt hätte, daß es bei uns noch Millionen gibt, die jederzeit –«

»Aber Mann!... Herr? Fangen Sie doch keinen Krieg hier im Coupé an!« unterbrach ihn der andere ungeschreckt, daß jetzt auch der Zeitungsleser, der schräg gegenüber vom Schuster saß, sich umwandte: »Wollen Sie vielleicht sagen, Ihr Hitler hat unsere Währung stabilisiert?«

»Das sag' ich ganz und gar!« erhitzte sich der Scharfe. Der Zeitungsleser sah auf den Kraus und murmelte ironisch: »So ein Kindskopf!« Er stand auf und ging auf die zwei Debattierenden zu, klopfte dem einen auf die Schulter und sagte wieder so spöttisch: »Herr, lesen Sie, bitte, die Zeitungen genauer... Ihr Hitler hat gar nichts gemacht, verstehen Sie. Die Amerikaner geben uns Anleihen auf bestimmte Sicherheiten, fertig... Bloß deswegen kann unser Herr Doktor Schacht seine stabile Rentenmark lancieren...«

Da stand das Wort wieder in der Luft vor dem Kraus. Vorne verschärfte sich die Debatte, und immer weitere Fahrgäste mischten sich ein. Von einer ›Pariser Konferenz‹ war die Rede, von notwendigen ›Millionen-Anleihen‹ und von der glücklich überwundenen Inflation.

»Wir können zahlen, und die Franzosen ziehn aus der Ruhr ab. Ordnung wird endlich!« hörte der Kraus den Zeitungsleser resolut sagen. Ihm brummte der Kopf. Was ging das alles ihn an? Er hatte die Welt nicht gemacht und war an den Zeiten nicht schuld. Er wußte nur: Das war alles ›A-bopa‹! Er hatte nur darunter zu leiden. Ganz deutlich erlebte er diese Verstricktheit in der Stadt. Einfacher, als er es sich vorgestellt hatte, erwies sich der Verkauf seiner Wertsachen. Ankaufsläden für Gold und Schmuck gab es genug. Darum wagte er auch, beim ersten nach einigem Feilschen herauszugehen. Beim zweiten war er schon sicherer. Doch er wunderte sich darüber, daß man, als er Dollars forderte, kein Aufhebens davon machte und meinte, das bleibe sich ja jetzt gleich. Immerhin, der erste Händler hatte alles in allem hundertfünfzig Rentenmark geboten, der zweite schon hundertsiebzig und war dann sogar auf hundertachtzig hinaufgegangen. Der Kraus merkte, daß er besonders auf die goldene Uhr aus war, und das – komischerweise – bestimmte ihn, den Handel bleiben zu lassen. Beim dritten Händler sagte er von vornherein und ziemlich abrupt, wieviel Dollars er für seine Sachen bekomme. Der Mann machte keinen Einwand, prüfte alles und nahm ein Bündel dieser Banknoten aus der Schublade: »Vierzig ist das Äußerste.«
»Ja . . . Gut!« stieß der Kraus wie überfallen heraus und sah nur noch die ersehnten Scheine. Gewaltsam beherrschte er sich und meinte wie entschuldigend: »Ich muß nämlich Dollars haben.« Merkwürdig geschwind schob er die Banknoten in seine Brieftasche, und schnell wollte er fort.
»Hallo, Herr! . . . Bitte, Ihren Koffer!« rief ihm der Aufkäufer nach und lächelte winzig. »Ach so!« brummte der Schuster, griff danach und war weg. Die ersten Schritte auf der Straße machte er hastig, dann hielt er verwirrt inne. Er spürte wie sein Herz trommelte. Triumph lief über seine Züge. Sein Magen fing heißhungrig zu rumoren an, wie nach einer großen Anstrengung. Ihm wurde ein wenig schwindlig davon, aber das war wohl nur ein jähes Nachlassen

der peinigenden, ungewissen Spannung, in der er sich bis jetzt befunden hatte. Ganz in sich versunken murmelte er: »Jetzt ist's nicht mehr gefehlt, Hans . . . Jetzt fehlt nichts mehr«, und merkte nichts von dem erstaunten Anschauen einiger Vorübergehender. Nach langen, langen Jahren ging er zum ersten Mal leicht dahin, gleichgültig, wohin er komme, unbeschwert und glücklich. Es war, als fasse er diese freie Sorglosigkeit noch gar nicht. Die Menschen, die schwätzend und lachend an ihm vorüberhasteten, die scheppernd dahinratternden Straßenbahnen, die hupenden Autos und Fuhrwerke, der Lärm und der pfeifend kalte Wind, die aufragenden Häuser und bunten Auslagen – alles floß wie traumhaft an ihm vorüber. Er sah alles und sah dennoch nichts deutlich, und es dauerte eine ziemliche Weile, bis er – wahrscheinlich geweckt durch den appetitanreizenden Geruch eines Wurstladens, in dem viele Leute aus- und eingingen – wieder ganz zu sich kam. Er reckte sich und überlegte. Ja so, auf die Post und gleich das Geld wegschicken! Er sah einem fremden Mann mitten ins Gesicht, so bezwingend fragend, daß derselbe stehenblieb und ihn ebenso musterte.
»Bitte schön, bittschön, Herr«, sagte der Schuster mit leicht verlegener Geschwindheit, »wo ist denn da die nächste Post?«
»Die? . . . Warten Sie!« besann sich der Fremde: »Da gehn Sie jetzt die Bayerstaße hinauf, am Bahnhof vorbei, verstehn Sie? Immer grad aus! Das erste große Gebäude nach dem Bahnhof, verstehn Sie?« Sonderbar, der Kraus nickte, sagte ein paar Mal »Dankeschön, jaja, dankschön, dankschön!«, ging weiter und schien gar nichts verstanden zu haben, denn schon nach kurzer Zeit fragte er wieder einen Passanten, der ihm dieselbe Auskunft gab. Er kam endlich in der hohen, großen Halle der Post an, schaute verwirrt rundum, sah Leute um freistehende Schreibpulte, sah da und dort längere Reihen vor offenen Schaltern, fragte wieder irgendjemanden, wo man hier Geld fortschicken könne, und stellte sich schließlich an das Ende so einer sich langsam vorwärtsschiebenden

Reihe. Aber es genierte ihn, daß sich hinter ihm immer neue Leute anschlossen. Als er am Schalter war, beugte er seinen Kopf durch das kleine, offene Fenster und sagte:»Sie, Herr – Herr Beamter – ich möchte Geld fortschicken –«.
Der rotgesichtige, wohlgenährte Mann hinter dem Schalter runzelte etwas ärgerlich die Stirn und schob ihm ein Formular hin.
»Nach Amerika –«, brachte der Schuster wieder heraus. Da hielt der Beamte kurz inne, maß ihn noch ärgerlicher, zog sein Formular wieder zurück und sagte barsch:»Warum sagen Sie denn das nicht gleich? . . . Schalter für Auslandssendungen auf Numero sieben!«, und schon schoben ihn die Nachdrängenden weiter. Geduldig tappte der Kraus auf den angegebenen Schalter zu. Da war nur eine Frau vor ihm, die eben abgefertigt wurde. Wieder fing der Schuster unbeholfen zu erklären an. Dieser Beamte war zugänglicher. Der Kraus wurde zutraulicher, erzählte von seinem Sohn in Chicago und holte endlich zögernd seine vierzig Dollars aus der Brieftasche. Ungefähr so, als wollte er sagen:»Aha, ihr Schieber, jetzt rückt ihr heraus mit euren Valuten, weil ihr Angst habt, ihr verliert was«, sah ihn der Beamte an und meinte weit ungnädiger: »Ja, durch Postanweisung können Sie von Deutschland nach Amerika nur Mark schicken.«
Der Kraus wurde blaß und starrte hilflos:»Ja, dann kann ich das Geld gar nicht wegschicken?«
»Doch, doch! Aber die Dollars müssen nach dem jetzigen Kurs umgerechnet werden«, gab der Beamte Auskunft. Aber weil ihn der hilflose Mensch erbarmte, sagte er freundlicher:»Ich will Ihnen helfen. Sie wollen also das Geld an Ihren Sohn schicken, ja?«
»Ja«, nickte der Kraus und setzte leise und dringend dazu:»Es geht ihm nämlich schlecht da drüben, meinem Sohn . . .«
»Also geben Sie her«, sagte der Beamte, und zitternd gab ihm der Schuster die schwer erkämpften Scheine. Der Beamte fing zu zählen an, rechnete die Dollars auf den Rentenmark-Kurs um, nannte die Summe hundertachtundsechzig Mark, versicherte dem ängst-

lich fragenden Schuster, daß der Hans natürlich in Chicago amerikanische Währung ausbezahlt bekomme und fing an, die Postanweisung für ihn auszuschreiben. ›Gerechter Gott, und der zweite Händler hätte doch hundertachtzig gegeben!‹ fiel dem verdatterten Kraus offenbar ins Hirn, aber dazu war doch jetzt keine Zeit. Devot und enttäuscht zeigte er seinen Brief aus Amerika und machte die nötigen Angaben. Wie ausgeliefert fragte er etliche Male: »Und – und ankommen tut das Geld sicher, Herr – Herr Beamter? . . . Und er kriegt Dollar dafür? Meine Dollar . . .?«
»Seien Sie ganz beruhigt, Herr Kraus», antwortete der hohlwangige Mensch hinter dem Schalter und bekam einen guten Blick.
»Dankschön! Besten Dank, Herr!« schloß der Schuster, seinen Brief zusammenfaltend, verabschiedete sich und lüftete seinen Hut dabei. Langsam durchschritt er die blankgepflasterte Halle. Als er wieder im Gewirr der lauten Straße stand, schüttelte er grämlich den Kopf, als verstünde er rein gar nichts mehr von dieser unfaßbar komplizierten Welt. Er verspürte keinen Hunger mehr, nur eine lähmende Enttäuschung, in die sich von Zeit zu Zeit ein stechender Zweifel mischte. Er ging zum Bahnhof, verwartete dort eine ausgehöhlte Stunde und sah abwesend in das Treiben der Leute. Als der Zug die letzten rußigen Häuser hinter sich ließ, schneite es dicht und still. Die Flächen draußen wurden weiß und grenzenlos. Manchmal, wenn der Kraus durch die angelaufenen Fenster schaute, bekam seine Miene einen Ausdruck, als sähe sein Inneres genau so aus wie die schweigende Ödnis da draußen.
Der Heimgang von Amdorf nach Auffing machte ihm Beschwernis, denn der Schnee war schon fast einen halben Meter hoch. Trotz aller Müdigkeit aber ging der Schuster gleich daran, dem Hans einen Brief zu schreiben. So eilig hatte er es damit, daß er sich kaum Zeit nahm, das nasse Zeug abzulegen. Muffig und ergrimmt fluchte er herum, knurrte und knurrte, weil alles so unbehaglich sauber aufgeräumt war, daß er erst lange nach Tinte und Schreibzeug suchen mußte. Kalt war es auch. In der Hast gelang es

ihm nicht gleich, ein richtig wärmendes Feuer im Herd anzumachen. »Verdammte Altweiberwirtschaft!« schimpfte er und würgte dabei ein Stück trockenes Brot hinunter. Als er endlich bei einer Tasse dünnem, warmen Tee am wachstuchüberzogenen, blanken Küchentisch saß – die Brille auf, das Papier vor sich, den Federhalter in der zerarbeiteten Hand – überlegte er, aber auf einmal schien ihn eine unbestimmte Hast anzufallen.

›Lieber Sohn!‹ schrieb er schnell hin und hielt inne.

»Jaja, stimmt schon«, redete er sich zu: »Er ist doch der kleine Hans nicht mehr! Ist doch ein ausgewachsenes Mannsbild.«

»Sohn!« sagte er gleichsam bekräftigend und schrieb weiter: ›Deinen Brief habe ich erhalten. Ich bin gesund und es geht mir gut und kann noch immer arbeiten.‹ Nichts väterlich Rührseliges wegen Verzeihung oder ähnlichem fiel ihm ein. Unvermittelt fuhr er fort: ›Habe heute in der Stadt drinnen vierzig Dollar in unserem Geld an Dich geschickt und hoffe, daß Du es bald erhältst. Vielleicht dauert es nicht so lang. Habe also Geduld. Wenn es Dir so schlecht geht in Amerika, wäre es vielleicht besser, wenn Du wieder heimkommen würdest. Da weißt Du, wo Du hingehörst, und es ist nie gefehlt um Dich. Wenn Du wieder schreibst, schreibe keine amerikanischen Wörter mehr, denn ich verstehe sie nicht. Gib gleich Antwort, wenn Du das Geld hast, und viel Glück – Dein Vater‹ Er überflog den Brief und schrieb unten noch den Satz hin: ›Bei uns sind auch harte Zeiten gewesen, aber jetzt geht es wieder besser.‹ Diese kurze Niederschrift schien ihn heftig angestrengt und erregt zu haben, denn nun war ihm heiß, und dünner Schweiß stand auf seiner Stirne. Mit Mühe und unsicherer Hand malte er Buchstaben um Buchstaben der fremdartigen Adresse genau auf das Kuvert und machte den Brief versandfertig. Er ging in die Werkstatt hinaus und sah auf die Uhr. Es war drei. Der unablässige Schneefall draußen verdunkelte den Raum. Der Kraus ging wieder in die Kuchel zurück, schloff in seine noch feuchten, derben Stiefel und trug den Brief gleich zum Stelzinger hinunter.

»Ich möcht', daß er gleich weggeht«, sagte er am Schalter: »Wie macht man denn das, daß ihn der Hans schneller kriegt?«

»Expreß«, meinte der Stelzinger und erklärte ihm, daß das aber nicht allzuviel ausmache, über den Ozean brauche der Brief die normale Zeit, nur wenn er in Chicago eintreffe, werde er dem Hans sofort ins Haus gebracht.

»Der Zeitgewinn ist höchstens zwei, drei Stunden oder ein halber Tag«, ergänzte der Krämer und Posthalter.

»Expreß!« sagte der Kraus mittenhinein.

»Man kann ja auch telegraphieren, aber das ist sehr teuer . . . Die Verbindungen sind aber noch nicht ganz in Ordnung, soviel ich weiß. Sicher wird das jetzt auch bald besser. Vorläufig soll's bei Privattelegrammen noch recht ungewiß sein, ob und wann sie ankommen«, wußte der Stelzinger und sah den zögernden Schuster an: »Wollen Sie's trotzdem riskieren?«

Ein paar Sekunden lang schwieg der Kraus.

»Bleiben wir beim Expreß«, sagte er dann. Als er wieder daheim in seiner warmen Kuchel angekommen war und seine zähen Stiefel von den Füßen zog, brummte er: »Dem werd' ich sagen, was ich dem Hans schreiben will . . . Dem!« Er schlüpfte in seine Pantoffeln, tappte etliche Male hin und her und wiederholte: »Dem . . . Dem neugierigen Kerl, dem!« Dann nahm er den ›Kalender für den bayrischen Feuerwehrmann‹ von der Wand und studierte die darin enthaltene Tabelle, die genau angab, in welcher Zeit die schnellsten deutschen Schiffe von Hamburg oder Bremen nach Amerika kamen.

»Den Brief hat er eher! Den Brief hat er eher! . . . Den Brief kriegt er schneller«, rutschte hastig über seine Lippen. Ein mißtrauisches Funkeln blitzte in seinen Augen auf. Der Beamte in der Stadt hatte ihm gesagt, daß das Geld mindestens vierzehn Tage, wenn nicht länger, auf dem Weg sei. Er hatte ihm einen gestempelten Abschnitt gegeben, auf welchem bestätigt war, daß die Summe an dem Tag und um diese Stunde einbezahlt worden war, aber der

Kraus machte nicht das Gesicht, als ob er dem allem trauen würde.
In diesen unbeständigen Zeiten hatte sich schon oft alles von einem Tag auf den anderen geändert, daß man sich auf nichts mehr verlassen konnte. Und immer, immer fiel dann das Schrecklichste mit aller Wucht gerade auf den armen kleinen Mann, auf den, der wehrlos dieser zermürbenden Unbeständigkeit ausgeliefert war.
Neben dem aufgeschlagenen Kalender lagen noch Tintenzeug und Papier. Den alten Mann interessierte keine Schiffszeiten-Tabelle mehr. Er nahm auf einmal wieder den Federhalter, tauchte ihn in die Tinte und schrieb bedrängt und zitternd: ›Lieber Hans ...‹
Aber nein, das war ja Unsinn! Geduld, Schuster, du bist doch kein hysterisches Weibsbild.
»Ah! Wie's ist, ist's jetzt schon! Abwarten!« sagte er, zerknüllte den Bogen und schaute auf die gelb beleuchtete Wand vor sich ...

18

Und nun also wartete er, der Kraus. In seinem Inneren schienen beständig neuer Lebensmut, Hoffnung und unklare Wünsche und Zweifel und Trauer, ahnende Ängste und gänzliche Resignation einander abzuwechseln. Viel angespornter arbeitete er die meiste Zeit. Mit Umsicht trachtete er danach, seine letzten Inflationsbanknoten zu verausgaben, und es freute ihn jeder neue Pfennig, jede stabile Rentenmark, die er einnahm. Während die schnell reich gewordenen Bauern und bisher so übermütig gewesenen einheimischen Spekulanten langsam ihre lauten, protzigen Untugenden wieder ablegten, nach und nach immer ernstere Gesichter bekamen, dem rasch entschwundenen Dollarzauber nachtrauerten und allmählich wieder fast ängstlich zu rechnen, zu klagen und zu knausern anfingen, überkam den Kraus ein Drang zu neuer Regsamkeit, eine belebte, feste, ausgeglichene Zuversicht, daß es schließlich um einen so fleißigen Menschen, wie er einer war, nie ganz gefehlt sein könne. Die Schuhe, die ihm die Leute zum Sohlen

oder Flicken brachten, machte er jetzt viel schneller fertig. Wenn sie beim Heingeiger zu Bett gingen, sahen sie noch immer Licht in der Schusterwerkstatt. Der Kraus arbeitete manchmal bis Mitternacht, und dann, wenn er endlich aufhörte, fiel ihm noch allerhand Seltsames ein. Er strich zum Beispiel in einer Nacht seine Kuchel aus. Die Hauniglin war nicht wenig verwundert, als sie am andern Tag daherkam und das Durcheinander sah. Alles Geschirr und die sonstigen Haushaltsgerätschaften lagen hochgetürmt in der Werkstatt, und leicht lächelnd sagte der Kraus: »Jaja, da schaust du jetzt? ... Ich hab' grad Zeit dazu gehabt, und die Kuchel hat schauderhaft genug ausgeschaut.« Sie fing das Bodenaufputzen und Fensterwaschen an, sie wusch das ganze Geschirr und alles andere, wie es sich bei solchen Gelegenheiten gehört, aber dann war sie doch recht abgerackert und erschöpft und jammerte über Kreuzschmerzen, daß der Kraus sie tröstete: »Ein anderes Mal kannst du dir's wieder kommoder machen.« Er sah nicht, wie die Alte im letzten Jahr zusammengeschrumpft war, wie sie daherhumpelte, und wie ihr die Arbeit immer schwerer wurde. Auch er war ja nicht mehr der Jüngste. Aber er arbeitete noch immer Tag für Tag und oft noch bis tief in die Nacht hinein, und da er mitleidslos gegen sich war, konnte er sicherlich gar nicht begreifen, daß ein anderer Mitleid brauchte. Wahrscheinlich redete er bei solchen Gelegenheiten der Hauniglin nur gut zu, um sie nicht störrisch zu machen. Billig war sie ja auch wie keine. Er gab ihr jetzt wieder wie in den einstigen, geordneten Zeiten zwei Mark in der Woche und das Essen. So eine Helferin wollte er sich erhalten. Darum griff er nun manchmal selbst mit zu bei der Hausarbeit, und das rührte die Alte.
»So fleißig wie du, Schuster, ist selten einer ... Und ein guter Mensch bist du auch«, sagte sie zuweilen und erzählte, wie sie es früher als Bauerndirn schwer gehabt hatte.
»Und ich hab allweil gespart und gehaust«, redete sie weiter in ihrer plappernden Art: »Andere haben viel mehr Lohn gehabt und

sind zu nichts 'kommen. Ich hab allweil was gehabt.« Und dann zeigte sie ihm eines Tages die umfängliche, hölzerne Schatulle, in welche sie die vielen, geduldig zusammengesparten Inflations-Banknoten hineingepreßt hatte, und meinte: »Nicht, daß du meinst, ich hab' gar nichts . . . Da kann ich mich einmal schön eingraben lassen, und was übrigbleibt, das kriegt die Kirch' . . .«
Der Schuster war nicht aus Eisen. Warmes Blut rann durch ihn wie durch jeden anderen lebendigen Menschen, Verstand und natürliche Einsichten wirkten in seinem Hirn, und ein Herz hatte er auch mit allerhand guten Regungen. In diesem Augenblick stand all das jäh still in ihm. Die Alte plapperte weiter, er schaute bald auf sie, dann wieder auf die wertlos gewordenen Scheine und fand kein rechtes Wort. Was sollte er ihr denn auch sagen? Er brachte es nicht über sich.
»Ja, und jetzt sagen sie, das Geld soll nichts mehr gelten«, meinte die Alte mit unangefochtener Einfalt: »Das kann doch nicht wahr sein? . . . Und der hochwürdige Herr Pfarrer hat gesagt, er grabt mich ein dafür . . .« Der Schuster atmete auf wie erlöst. Die unbarmherzige Wahrheit, die ihr die Leute gesagt hatten, war durch den Geistlichen abgemildert worden.
»Er ist der beste Mensch, den wo's gibt, der Pfarrer Trostinger«, schloß der Kraus. Das freute die Hauniglin, und sie hatte nichts mehr dagegen einzuwenden, als der Schuster ihr ankündigte, in den nächsten Tagen werde er die Werkstatt ausstreichen, dann die oberen Kammern. »Ich mach's nach und nach, und wir helfen zusammen, dann geht's schon«, sagte er einnehmend.
Der Winter deckte die Gegend zu. Zähflüssig verrannen die Tage und wurden Wochen. Dem Kraus fiel immer etwas Neues ein, um sein Haus wenigstens zunächst innen gefälliger zu machen. Die Kammer, in der einst der Hans geschlafen hatte, richtete er besonders sorgfältig her, daß die Hauniglin fragte, ob denn der Hans wieder heimkomme.
»Von Amerika drüben, da kommt einer nicht mehr heim«, meinte

der Schuster beiläufig: »Aber das Haus verbleibt ihm ja doch, dem Hans. Und er soll nicht sagen können, ich hab ihm einen Schund hinterlassen.« Daraus konnte die mitteilsame Hauniglin keine Geschichte machen bei den Leuten. Einige Nachbarn wußten übrigens schon, daß der Kraus aus Amerika einen Brief bekommen hatte und redeten ihn auch deswegen hin und wieder an, aber die Währungsstabilisierung interessierte sie jetzt viel mehr.

Ein merkwürdiges, neues Wort, über das in den Zeitungen wiederholt eingehende Artikel standen, beunruhigte insbesondere jene Leute, die teils mit nur wenigen hochkursigen Dollars und teils mit Inflationsgeld Häuser und Grundstücke erworben hatten. Dieses Wort hieß ›Aufwertung‹ und bedeutete zunächst eine gesetzgeberische Anregung, derzufolge die betreffenden Käufer verpflichtet werden sollten, auf ihre damalige Kaufsumme in wertmäßig unkontrollierbarem Geld nunmehr bestimmte Beträge in fester Rentenmark aufzuzahlen. Außer dem Jodl-Kaspar, der seinerzeit vier Hektar schlagbares Holz von seinem Nachbarn Lengner gekauft hatte, hatten die Bauern gegen das beabsichtigte Gesetz nichts einzuwenden, im Gegenteil, sie hatten ja die Grundstücke und Häuser veräußert und erwarteten nun nochmal eine unverhoffte Einnahme. Die Reparaturen an ihren Häusern und Ställen, die neu erworbenen landwirtschaftlichen Maschinen, die Elektromotoren, Motorräder und das inzwischen dazugekaufte Vieh unterlagen nicht der Aufwertung. Deswegen heimste der nörgelnde Kaspar, dem bei seinem Reichtum so eine Nachzahlung nicht weiter weh tat, nur gutmütiges Gespött ein, und vom Kreitler, der gleich in die Stadt fuhr und einen Anwalt wegen seiner eventuellen Nachforderungen zu Hilfe nahm, sagten die Leute: »Da schau her, der nichtsnutzige Lump kennt auch jeden Schlich! Hat man schon gemeint, jetzt verdirbt er ganz und gar, und jetzt erwischt er doch wieder was!« Der Kreitler machte auch bereits die größten Sprüche, aber das angekündigte Gesetz schien noch eine Weile auf sich warten zu lassen.

Weihnachten und Neujahr waren schon vorüber. Schnee und Schnee war gefallen, als sei der ganze Himmel herniedergegangen, und eine wahre Bärenkälte herrschte. Oftmals konnten die vom Pfarrdorf weit entfernten Kinder nicht zur Schule kommen, und der kleine Peter von der Elies, der jetzt schon in die zweite Klasse ging, verbrachte viele Stunden in der warmen Schusterwerkstatt. Ab und zu redete der Kraus auch mit ihm.
»Rußl?« sagte er in dieser Zeit einmal zu ihm: »Wieviel Tag' sind zwei Wochen?«
»Vierzehn Tag'... Warum?« antwortete und fragte der geweckte Bub zugleich und schaute den alten Mann mit munteren Augen an.
»Und vier Wochen? Wieviel sind dann das Tag'?« fragte der weiter und versuchte zu lächeln, ohne daß es ihm gelang.
»Das sind – sind achtundzwanzig Tag', Schuster«, gab der Peter abermals zurück.
»Jaja, achtundzwanzig... Achtundzwanzig, hm«, brümmelte der Schuster sich abwendend: »Achtundzwanzig. Also fast ein Monat, jaja.« Er hämmerte wieder fester, schüttelte einmal seinen schweren Kopf und brummte noch leiser: »Müßt doch schon da sein, sein Brief. Könnt' jeden Tag kommen...« Der Peter fragte, aber der Alte tat gleichgültig: »Ah, nichts weiter. Ich hab' bloß was für mich gesagt... Gut lernst du, Rußl...«
Indessen der Januar fror hin, es wurde Mitte Februar, der Monat ging peinigend langsam zu Ende, und ein Brief aus Amerika kam nicht. Mitunter an so einem steifgefrorenen, dickschneeigen Tag schaute der Schuster durch das nur wenig aufgetaute Werkstattfenster und redete sich selbsttröstend zu: »Bei dem Wetter wird kein Schiff gehen. Vielleicht stürmt's recht.«
Als aber die ersten Märzwinde einsetzten, hockte er sich nach Feierabend traurig hin und fing einen neuen Brief an den Hans an. ›Lieber Hans!‹ überschrieb er ihn diesmal und seufzte kaum hörbar dabei. Nach und nach wurde er immer trübseliger. Ein Gemisch von verhaltenen Vorwürfen, von herausgejammerten Bitten

und fast kindlichen Zärtlichkeiten wurde aus diesem Brief. ›Hast du denn nichts erhalten, liebster Hans, gar nichts?‹ und ›Ich schick' dir ja gern noch was, liebster Hans!‹ stand oft darin, und es las sich wie eine jäh ausbrechende, wehe Bangnis. So voll vom hemmungslosen Schmerz seines leidüberladenen Herzens waren die hingeschriebenen Sätze, daß der Kraus aus Furcht und Scham, er könnte den Brief wieder zerreißen und einen neuen, womöglich noch winselnderen schreiben, sie nicht mehr überlas. Ein dichter, regenvermischter, großflockiger Schnee peitschte unablässig vom windgetriebenen Himmel herab, gequollene Bäche flossen auf der ausgewaschenen, teilweise noch von holperigen Eisflächen überkrusteten Straße dahin, ein Wetter war, daß man keinen Hund hinausgejagt hätte, aber der Schuster ging nach Amdorf hinüber und gab auf der Bahnpost seinen Brief per Expreß und eingeschrieben auf, denn zum Stelzinger wollte er diesmal um alles in der Welt nicht mehr gehen. Der katzenfreundliche, neugierige Kerl hätte sicher zu fragen angefangen, hätte weiß Gott wie teilnahmsvoll getan, und er wäre vielleicht weich geworden, weich und wankend, und hätte in seinem Jammer alles herausgeklagt.

Wieder begann er zu warten und zu hoffen, aber seine Nerven schienen immer mehr die Kraft zu verlieren. Eine Woche verstrich und noch eine. Die zermürbende Spannung des ungewissen Wartens ertrug er nicht mehr. Gegen alle rechnende Vernunft, die ihm doch eingeben mußte, daß in so kurzer Zeit zumindest auf diesen seinen zweiten Brief noch keine Antwort da sein konnte, ging er abermals nach Amdorf und telegraphierte an den Hans. Ein böses, giftiges Mißtrauen gegen den Stelzinger überkam ihn, als ihm der Beamte erklärte, wieso man denn nicht sollte nach Amerika telegraphieren können, dann jedoch, als er den Namen des Auffinger Posthalters hörte, sofort einlenkte und meinte: »Jaja, im vergangenen Herbst, jaja, da, gleich nach der Geldumstellung, das mag schon möglich gewesen sein, daß da noch Unregelmäßigkeiten vorgekommen sind ... Das stimmt schon.«

Auf dem Heimweg sah der Kraus in einem fort bohrend vor sich hin, und von Zeit zu Zeit bekam sein Gesicht einen beinahe rachsüchtigen Zug. In seiner Geschlagenheit loderte die nichtigste Kleinigkeit zum wilden Verdacht auf. Ob nicht am Ende doch der Stelzinger schuld daran war, daß der erste Brief den Hans nicht erreichte? Ausgemergelt und abgeschabt sah der damalige Beamte am Schalter der hauptstädtischen Post aus, wie einer, dem sein Gehalt nicht hin- und herlangte! Warum hatte er sich denn sofort so freundlich bereit erklärt, die Postanweisung selbst auszuschreiben? Wer konnte sagen, ob er dabei nicht eine geschickte Manipulation gemacht und das Geld unterschlagen hatte? Bleischwer wurde es dem Schuster auf der Brust. Er rang nach Luft und blieb verzagt stehen. Endlich überwand er sich resolut. »Nein«, sagte er laut vor sich hin: »Nein, Antwort kann ja noch gar nicht da sein!... Meinen zweiten Brief kriegt der Hans vielleicht grad...« Seine Geldsendung und den ersten überging er im Augenblick. Eine Weile trottete er etwas ruhiger weiter, aber dann fing es wieder in ihm zu rumoren an. Hin und wieder schüttelte er wie ungeduldig den Kopf und reckte ihn in die Höhe, als versuche er, den unsichtbar niedersausenden Peitschen des Zweifels auszuweichen.

Zerfahren durchwerkelte er die Tage. Er fand nichts mehr am Haus zu richten. Der kleine Peter redete ihn an, aber der Schuster hörte gar nicht hin und blieb verstockt und mürrisch. Ungut und ohne rechte Ursache fuhr er die Hauniglin mitunter an. Jedem, der Schuhe brachte oder holte, machte er den Eindruck eines tief verärgerten Menschen, der in Ruhe gelassen werden wollte. Das Schlimmste für ihn waren die Nächte. Er wälzte sich hin und her, und kein Schlaf kam. Er redete und redete ins Dunkel hinein, was sein Hirn vermutete und sein bedrücktes Herz flüchtete. Und am Tage, so zwischen elf und halb zwölf Uhr vormittags, ging ihm die Arbeit kaum mehr von der Hand. Er lugte immer wieder durchs Fenster, in die Richtung des Krämerhauses, ob denn der Stelzinger, der um diese Zeit stets mit den Postsachen aus Amdorf zurückkam, nicht doch endlich einen Brief bringe. Ein paar Mal hielt er es gar nicht mehr aus, dieses zusammengedrängte Hoffen, das seinen ganzen Körper anfüllte, würgend gegen die Kehle stieg und seine Brust zu zersprengen drohte. Er ging zum Stelzinger in den Laden, kaufte ein Paket Schnupftabak oder eine andere Kleinigkeit und fragte mit aller Beherrschung, ganz unverdächtig beiläufig, als rede er vom Gleichgültigsten auf der Welt, ob vielleicht bei der eingelaufenen Post etwas für ihn dabei sei. Die Zeitung gab ihm der Stelzinger und einmal eine Lederpreisliste. Aber der Hans über dem Ozean, der blieb stumm, wie tot. Oder doch nicht? – Doch nicht?! Einmal an einem schon sonngewärmten Aprilvormittag kam wirklich der Stelzinger daher und hatte etwas Postalisches in der Hand. Dem Kraus stockte das Blut. Mit aufgerissenen Augen, wie sprungbereit, schaute er auf die aufgemachte Türe und brachte gerade noch heraus: »Ist's was vom Hans? . . . Aus Amerika?«

»Ja«, sagte der Stelzinger selbst betroffen: »Schon . . . Aber leider bloß ein Telegramm von Ihnen, das als unbestellbar zurückgekommen ist.« Damit übergab er ihm das Kuvert, in welchem es steckte. Er erschrak so über die plötzliche Veränderung des Schusters, daß es ihm die Rede verschlug. »Telegramm? . . . Zu-rrück –« stotterte der und wurde aschfahl. Im Nu verloren seine Züge jeden Halt, und die Augen wurden ihm glasig.

»Wie ich gesagt hab' – Telegramme nach Amerika sind unsicher«, sagte der Stelzinger nur noch und ging. Kraftlos riß der Schuster das Kuvert auf und überlas die Worte: ›Letzten November Geld und Brief geschickt. Jetzt wieder geschrieben. Gib Antwort – Vater.‹

»Gib Antwort!« Nur diese zwei Worte sagte er. Eine Weile blieb er reglos hocken auf seinem Schemel. Dann nahm er den weichlederigen Knopfschuh von der Frau Direktor Vogelreuther wieder vom Boden auf und arbeitete mechanisch weiter.

Die Vogelreuthers, drüben zwischen Glaching und Terzling, waren sehr fromme Leute aus der gehobenen städtischen Bürgerschicht. Sie gaben sich leger, waren zu jedermann freundlich, und die Frau Direktor, die meist eine hochgeschlossene, viel paspelierte schwarze Seidenbluse mit einer großen kreuzförmigen Brosche am Halsende trug, sagte stets, wenn Leute über was klagten: »Man muß nicht verzagen darüber! Der liebe Gott schickt uns Prüfungen, solange wir leben. Er will sich dabei bloß vergewissern, ob wir auch standhaft bei unserem Glauben bleiben. Und wenn so eine Prüfung vorüber ist, lebt sich's umso schöner...« So einen Gott kannte der Kraus nicht. Prüfungen, ja, die kamen fast unausgesetzt über ihn, aber jedesmal, wenn er meinte, es sei eine überstanden, warf sich eine neue, noch schrecklichere auf ihn. Als der verblühende Mai in den trächtigen Juni hinüberwechselte, kam auch sein zweiter Brief aus Chicago zurück. Zerknittert war das Kuvert, allerhand Bleistiftgekritzel und viele deutsche und amerikanische Poststempel waren darauf. Die Stelzingerjüngste, die Gretel, brachte ihn, die jetzt ›Postfräulein‹ geworden war. Ihre Schwester Julie hatte inzwischen den Gendarm Riedinger geheiratet und lebte in Amdorf drüben. Der Riedinger war zum Wachtmeister befördert worden. »Eine Rücksendung aus Amerika, Herr Kraus«, sagte die schmucke, vollbusige, aufgeblühte Gretel.

»Dankschön fürs Bringen«, antwortete der Schuster trocken und nahm den Brief. Er öffnete ihn nicht einmal. Er legte ihn, nachdem er das Kuvert eine Zeitlang betrachtet hatte, aufs Fensterbrett, und wieder, wie selbiges Mal, als er die dumme New Yorker Karte vom Hans zerrissen und weggeworfen hatte, brummte er: »Aus! Was aus ist, ist aus.« Jeder Mensch erträgt ein gewisses Maß von Mißgeschick und Unglück. Ist die Grenze des Ertragbaren erreicht, rinnt das Maß einmal über, dann zerfließt alles im Innern zu einem Gemeng von nie wieder schwindendem Zweifel, zersetzendem Unglauben und einer Bitternis, die sich nur mehr hämisch, eiskalt boshaft und ätzend witzig zu äußern vermag.

Diese Wandlung vollzog sich beim Kraus nicht etwa von einem Tag auf den andern. Es verflossen Monate darüber. Er stand in der Welt gleichsam wie ein Mensch, der alles verloren hatte, den nichts mehr anzog oder abstieß. Das Leben hatte ihn durch alle Höllen der Verzweiflung geschleift und als Gestrandeten liegen lassen. Über sein Nichts hinweg strömte dieses Leben brausend weiter, und von irgendwoher aus dem unbarmherzigen Wellengang höhnte es: »So, nun versuch's einmal und hilf dir weiter, wenn du kannst!« Er biß die Zähne zusammen und versuchte es. Aber wenn er sich nach all den nun folgenden, inhaltsleeren und ruhigen Jahren, die über diesen seinen tiefsten Schmerz flossen, mit kühlem Verstand fragte, warum er denn eigentlich alles ertragen und dennoch weitergelebt hatte, dann kam es ihm undeutlich vor, als glimme in ihm seither ein unstillbarer Drang, sich noch einmal ganz bissig und böse am Leben, an der Welt und an den Menschen zu rächen. Traurig und gallig gestand er sich in nachdenklichen Sekunden: »Hm, blutwenig eigentlich! Kaum der Mühe wert.« Dann haßte und verhöhnte er sich schonungslos selber, wie einer, der sich etwas Unmögliches vorgenommen hat, und der plötzlich einsieht, was für ein hilfloser Narr er ist.

»Jaja, Frau Direktor, jaja, das ist sehr schön, daß Sie sich's so angelegen sein lassen, daß die hochwürdigen Herrn Jesuiten das Schloß Weylarn kriegen ... Jaja, das ist wirklich wunderbar und dankenswert. Frau Direktor«, sagte er beispielsweise zur Frau Vogelreuther, mit beißender, aber unmerklicher Ironie: »Hoffentlich gelingt's bald, Frau Direktor! ... Da haben Sie ganz gewiß recht, wenn die hochwürdigen Herrn Jesuitenpater einmal auf uns losgelassen werden, da gibt's dann bei uns bloß mehr lauter Engel –«

»Losgelassen, sagen sie, Herr Kraus?« stutzte die Frau Direktor denn doch ein wenig: »Sie tun ja grad, als wie wenn die hochwürdigen Herrn Pater auf Bauernfang ausgehn würden!«

»Aber, aber, aber wie können Sie denn bloß auf sowas kommen, Frau Direktor!?« widersprach ihr der Schuster scheinheilig und

mit einer so einfältig gespielten Begeisterung, daß die Frau Vogelreuther ganz hingerissen wurde: »Ich hab' mich vielleicht falsch ausgedrückt ... Um Gotteswillen, die heiligmäßigen Herren werden doch keine solchen weltlichen Interessen haben!«
Die sonst so knauserige Frau Direktor ließ sich von der einen Mark und fünfzig Pfennig gar nichts mehr zurückgeben, obgleich das Schuhflicken nur eine Mark dreißig machte. Sofort dankte der Schuster mit dick aufgetragener Devotion, die jeder mit Leichtigkeit als unernst erkannt hätte, doch sie überhörte es geschmeichelt.
»Ja, wenn jeder so wär wie Sie, Herr Kraus, dann hätt' ich's leicht«, lobte sie ihn und ging beglückt. Als draußen am Werkstattfenster ihre füllige Gestalt vorüberhuschte, grinste er scheel in sich hinein: »O du bigotter Drachen, du! Du willst dir gewiß noch die ewige Seligkeit damit einhandeln!« Und verschmitzt lachte er über den lustigen Streich, den neulich ein Handwerksbursche der frommen, geizigen Frau Direktor gespielt hatte. Bettler gab es in jenen Jahren nach der Inflation nicht wenig. Und Bettler bekamen beim Vogelreuther nie Geld, sondern stets ein Stück Brot oder übriggebliebenes Essen. Dem betreffenden Bettler hatte – wie die Raminger-Amalie, die beim Vogelreuther Dienstmädchen war, erzählt – die Frau Direktor einen Teller angebranntes Lüngerl im Vorraum hinstellen lassen. Der Mann tat sehr dankbar und wurde allein gelassen. Das verbrannte Zeug aber schien ihm gar nicht zuzusagen. Er würgte einige Löffel voll hinunter und schaute hin und her im Vorraum. Da war ein hoher, mit einem Spiegel versehener Garderobenständer. Oben, links und rechts vom Spiegel, hingen Mäntel und Jacken, darunter, im schmalen viereckigen, metallbeschlagenen Behälter steckten etliche Stöcke und ein Schirm. Blitzschnell und geräuschlos goß der findige Bettler das Lüngerl in den Schirm, stand auf, gab den leeren Teller in der Küche ab und danke noch einmal recht freundlich. Nach ungefähr zwei Wochen regnete es stark. Die Frau Direktor war schon etwas zu spät für die

Frühmesse dran. Flugs nahm sie den Schirm, flog aus dem Haus, über die bedeckte Vortreppe hinab und spannte den Schirm auf, aber – o Graus, o Graus! – da sackte der ganze schon stinkend gewordene, schleimige Segen auf sie nieder.

»Ausgeschaut hat sie, wie wenn lauter dicke Regenwürmer über sie 'kommen wären!« erzählte die sich schüttelnde Amalie den Leuten rundum. Die freuten sich seither genauso wie jetzt der Kraus, denn die eifernde Direktorin mit ihrer aufdringlichen Frömmelei ging schon jedem auf die Nerven. »Man ist religiös und glaubt, weil's der Brauch ist«, pflegten die Bauern zu sagen. Was darüber ging, war unnatürliche Bigotterie, die sogar dem alten Pfarrer Trostinger zuwider war. –

Derartige Geschehnisse, durch welche die Schadenfreude auf ihre Kosten kam, ergötzten den Kraus. Er sah aus, als wäre er mit dem zunehmenden Alter zu einem ausgeglichenen Humor gekommen. Bei seinem Fleiß ging es ihm ja auch wieder ganz gut. Pfennig und Mark und Banknote sparte er wieder zusammen wie in guten Zeiten. Beinahe stillvergnügt schien er sich über die Sorgen anderer Leute lustig zu machen, aber diese Lustigkeit hatte etwas verborgen Hämisches, tief Ungutes und listig Böses. Der ›Rußl‹, der sehr an ihm hing, und den wohl auch der Schuster gern mochte, kam in jener Zeit zur ersten heiligen Kommunion. Der Kraus mußte ihm ein Paar schöne Schuhe machen, und am Sonntag vor dem Kirchgang kam er mit seiner Mutter, der Elies, noch einmal in die Werkstatt herüber, um sich in seinem prächtigen Feiertagsstaat zu zeigen.

»Schuster, schau mich an!« rief der Bub munter und stellte sich breitbeinig hin: »Gell, schön bin ich!« Er war erst neun Jahre alt, ging bereits in die vierte Schulklasse und hatte schon als Fünfjähriger in die Schule gehen dürfen, weil er so schnell wuchs und im Lernen so spielend leicht mitkam. Das nagelneue schwarze Gewand stand ihm ausgezeichnet, appetitlich hoben sich die weiße Hemdbrust mit der winzigen Fliegenkrawatte und die weißen

Handschuhe davon ab, und stolz hielt er in der einen Hand die mit einem breiten, himmelblauen Seidenband umwundene, vielverzierte Kommunionkerze.

»Gell, so kennst du mich gleich gar nicht mehr!« rief der Bub wiederum. »Ja, schön bist du, Rußl!« lächelte der Schuster aufmunternd: »Schön und jung wie das ewige Leben schaust du aus! Bald wirst du groß, und nachher wirst du ein Soldat. Der schönste Soldat, den's gibt! Krieg gibt's dann auch wieder, warum nicht? Da mußt du dann mit, und da zerreißt's dich dann zu lauter Fleischfetzen! . . . Da kennt dich dann keiner mehr!« Jetzt grinste er hämisch.

»Geh! Aber Schuster!« sagte die sonst so stille Elies fast erschrokken, und der Schuster tat unschuldig: »Naja, es kommt einem oft so dummes Zeug in den Sinn. Man meint's gar nicht so . . .« Unangerührt aber sagte der Bub zu seiner Mutter: »Ah, der Schuster! Der macht doch jedesmal so Faxen!« Er war das offenbar gewohnt. Der Kraus gab vor, er müsse sich zum Kirchgang erst fertig machen, und Elies und Peter gingen. Als sie ungefähr in der Mitte des Wiesenfußweges, der zur Straße führte, angelangt waren, sagte die Elies: »Wenn du lauter solche Sachen beim Schuster hörst, ist's gescheiter, du bleibst daheim und lernst deine Aufgaben besser . . .«

Der Peter hörte kaum hin. Er stolzierte mit geweckt freudigem Gesicht dahin. Rosig und gesund glänzten seine Wangen, ein Leuchten war in seinen dunklen Augen. Er strahlte wie die saftigen, blumenübersäten Wiesen rundherum.

»Ich mag ihn doch soviel gern, den Schuster, Mutter!« sagte er gewinnend: »Er red't bloß so seltsam, weil er soviel allein ist.« Kindlich überschwenglich, wie aus einem glück-überströmenden Herzen heraus klang es, und ein zartes, ahnendes Mitleid schwang in den Worten mit.

Auf der Straße, kurz vor dem Feldkreuz, stießen sie auf die alte Allbergerin, die schwer schnaufend und gebückt dahinging. Immer

wieder mußte sie einhalten, um Luft zu schnappen. Keuchend stützte sie sich auf ihren derben Stock und grüßte die zwei.
»Jaja, Elies, die Kinder werden groß, und wir schrumpfen allweil mehr zusammen«, sagte sie und klagte ein wenig über ihre schweren Füße. Dann erzählte sie, daß der Ludwig geschrieben habe, er komme bald frei, seine Zeit sei vorüber.
»So übersteht sich alles«, meinte sie: »Zuerst hab' ich gemeint, die fünf Jahre sind eine Ewigkeit . . . Er hat geschrieben, daß er heim will, der Ludwig . . . Ich hab' ihm seine Kammer schon hergerichtet.« Als sie sah, daß die Elies und der Bub weiter wollten, nickte sie müd lächelnd: »Geht's nur zu! Bei mir geht's nicht so schnell . . .«
Die Glachinger Glocken läuteten zum ersten Male. Feierlicher als sonst schien ihr summender Nachklang über die tauglitzernden Wiesen und wohlbestellten Äcker zu wehen . . .

19

Ungefähr um die gleiche Zeit, da in der Glachinger Pfarrkirche die Buben und Mädel – schwarz die einen und weiß die anderen – in langsam feierlichen Reihen zur Kommunionbank gingen, saß der erst am Tag zuvor aus der Festung entlassene Allberger-Ludwig in der Hauptstadt drinnen beim Bezirksleiter Max Treuchtler, bei dem er über Nacht geblieben war. Die beiden Männer waren in Hemdsärmeln, hatten den Morgenkaffee schon getrunken und rauchten Zigaretten. Die junge, blondhaarige, hochschwangere Frau stand in der engen Küche am Gasherd, und ein ungefähr einjähriges Kind spielte auf dem Boden. Die Fenster standen offen, und wenn man hinausschaute, sah man nichts als Hinterhausmauern, offene Fenster, aus denen sonntäglicher Lärm drang, und einige tiefer gelegene flache Dächer.
»Du kannst sagen, was du magst, wie wir die Räterepublik gemacht haben, das war ein Fehler, und ein Fehler, den wo *wir* ge-

macht haben! Da laß ich keine Ausreden gelten«, sagte der Ludwig: »Das ist ja auch immer unser Streit auf der Festung gewesen.«

»Fehler können wir gemacht haben, das geb' ich zu, aber wenn uns diese niederträchtigen Sozialdemokraten nicht so offen verraten hätten, da wär's sicher ganz anders geworden!« argumentierte der hagere Bezirksleiter dagegen: »Wenn die Schufte nicht mit den weißen Kosaken auf uns los wären, über kurz oder lang hätten sich die Massen zu uns geschlagen.«

»Wenn – wenn? Ewig dieses Wenn!« widersprach der Ludwig leicht ungeduldig und wurde lebhafter: »Wenn du den Ochsen in die Apotheke stellst, ist er noch lang kein Apotheker!« Er zerdrückte seine Zigarette auf dem blechernen Aschenbecher und legte sich angriffslustiger in den wachstuchüberzogenen Tisch, von dem Frau Treuchtler jetzt die leeren Tassen und Teller nahm: »Laß dir was sagen, Max!... Eigentlich, wenn's auch oft recht ungemütlich war, bin ich dem Volksgericht gar nicht so bös, daß's mich für fünf Jahr' eingelocht hat. Ich hab' da Zeit gehabt und nachdenken können. Die Massen, sagst du? Die Massen, die stellt sich jeder von den unsrigen anders vor. Die meisten meinen damit einfach bloß die Arbeiter, die auf unserer Seite sind... Die anderen wieder bilden sich ein, die Massen müssen einfach mitgehn, wenn wir was machen! Bei den Massen aber, denk' ich mir, da sind doch alle dabei, nicht bloß wir kommunistischen Arbeiter allein. Warum sind denn die Massen, sagen wir zum Beispiel die Bauern, die doch grad in unserer Gegend in der Überzahl sind, fast ausnahmslos und so schnell mit den Weißen gegen uns gezogen?«

»Weil man uns gar keine Zeit gelassen hat, sie gehörig aufzuklären!« warf der Treuchtler ein: »Darum sind ja diese staubigen Brüder, die Sozialdemokraten, so schnell bei der Hand gewesen und haben mit der erzreaktionären Generalität gepackelt, weil sie Angst gehabt haben, wir könnten die Massen erfassen!«

»Herrgott, jetzt laß mir schon eine Ruh' mit dem alten Schnee! Das

wissen wir ja jetzt schon hübsch lang!« fuhr ihn der Ludwig derb an.
»Aber – aber du bist ein Versöhnler geworden, Ludwig!« fiel ihm der Treuchtler mit einer leicht hämischen Überlegenheit ins Wort. »Du kannst mich ja so heißen!« sagte er ziemlich wegwerfend: »Aber sag mir einmal eins ... Wie ist das eigentlich. Da heißt's immer, unsere Partei will Menschen, die selbständig denken. Wenn man das aber wirklich tut, dann heißt's: Was du da denkst, ist grundverkehrt. Richtig ist bloß, was die Partei sagt, du mußt folgen. In der Partei, so denk' ich mir wenigstens, hocken doch auch bloß Menschen wie wir! Die können doch auch einmal Fehler machen, und wenn einer das sagt, müßt' man ihm doch fast dankbar sein!« Er sah in Treuchtlers halb zugekniffene Augen, spürte vielleicht auch dessen Mißtrauen und fuhr in anderem Ton fort: »Naja, und damit siehst du ja schon, daß ich für einen Zellenleiter nicht taug'. Ich bleib' auch nicht in der Stadt herinnen, ich geh heim ... Ich denk' mir, da kann ich mehr leisten für das, was wir alle wollen ...« Es war mit einem Male etwas Fremdes zwischen die zwei Männer gerückt.
»Tu, was du nicht lassen kannst! Wir halten keinen!« sagte der Treuchtler, der jetzt, ohne ihn noch einmal anzusehen, mit verschlossenem, fast beleidigtem Gesicht auf und ab ging ...
Schon am frühen Nachmittag stieg der Ludwig in Amdorf aus dem Zug. Er schaute die sonntäglichen Spaziergänger, die sauberen Häuser des Bezirksortes, die stillen Felder und Äcker, den kühlen Forst und den wolkenlosen Himmel auf dem Weg nach Auffing, sein Heimatdorf und seine glückliche alte Mutter mit ungewohnt zärtlichen Augen an, ganz anders als ehedem, frei und neubelebt, als fange er jetzt erst ein Leben an, ganz nach seinem eigenen Kopf.
Es traf sich auch sonst recht gut mit ihm. Die Rotholzerin, erbost darüber, daß der Heingeiger, wie sie meinte, seine Elies und ihren Buben nicht zu ihr gelassen hatte, war mit der Zeit ungeduldig und

widerspenstig geworden und hatte ihren Hof verkauft. Beinahe hätte ihn ein Auswärtiger bekommen, wenn nicht, wahrscheinlich auf Betreiben vom Heingeiger, im letzten Augenblick der Jodl-Kaspar eingesprungen wäre und mehr geboten hätte. Freundlicherweise überließ der Kaspar der Bäuerin sogar zwei Kammern auf Lebenszeit, aber er verpachtete den Hof alsbald auf zehn Jahre an den Metzger Jakob Hingerl, den Wirt von Schloß Weylarn, mit dem Zusatz, daß dieser regsame Mensch etliche bauliche Veränderungen vornehmen dürfe, um wiederum eine schöne Bauernwirtschaft und Metzgerei zu betreiben. Die ging von Anfang an sehr gut, denn der Hingerl war ein vielbeliebter, weitbekannter Mann und verstand sein Geschäft. Der Rotholzerin aber wurde es nunmehr auf dem Hof zu fremd und zu laut. Der Heingeiger bot ihr zwar an, zu ihm zu ziehen, auch der Kaspar wollte sie zu sich nehmen, sie aber zog eigensinnigerweise zur Kuglerin in den ersten Stock und hauste für sich.

»Und mein Geld«, sagte sie einmal beim Heingeiger nicht gerade freundlich: »Wer das kriegt, das will ich mir noch überlegen...« Sie schaute dabei auf die Elies und dann auf den Buben und schloß leicht verbittert: »Man verwehrt einem ja gradzu, daß man gut ist!«

»Fanny«, meinte der Heingeiger: »Kein Mensch hat dir was verwehrt. Du kannst tun, was du magst. Die Elies hat ihr ausgemacht's Geld, und für den Buben ist auch gesorgt.« Da ging seine Schwester und kam nur noch höchst selten.

Der Hingerl nahm den Ludwig als Metzgergesellen. Daß alles so schön hinausgehe, äußerte die Allbergerin, das habe sie sich nicht einmal zu träumen getraut.

Das Schloß Weylarn, eine halbe Stunde weit von Buchberg entfernt, auf einem wunderschönen, waldigen Hügel gelegen, hatte sich einst in den achtziger Jahren des vergangenen Jahrhunderts ein reicher, absonderlicher Kunstmaler und königlicher Akademieprofessor bauen lassen. Seit seinem Tode hatte es oft den Besitzer gewechselt und verschiedenen Zwecken gedient. Einmal war es ein Sanatorium für Nervenkranke, einmal eine sehr teure Schule für schwer erziehbare Kinder reicher Leute und zuletzt ein vielbesuchter Ausflugspunkt mit entsprechendem Gasthausbetrieb gewesen, der sich allerdings nur in den Sommermonaten rentierte. Nun hatte es nach langen Unterhandlungen ein Jesuiten-Collegium von fast fünfzig Patern gekauft, um dort eine Kirche, ein Kloster und eine Exerzitienanstalt einzurichten. Die Frau Direktor Vogelreuther hielt nicht mit ihrem Selbstlob zurück, wie tätig sie dabei mitgeholfen und was für namhafte Beträge sie in der Gegend dafür aufgebracht habe. Einige Leute glaubten ungefähr die nichtgenannten Stifter unter den Einheimischen zu kennen.

Wenn Weylarn auch fast drei Stunden von Glaching und Auffing entfernt lag und eigentlich schon zum Bezirksamt Wimpfelberg gehörte, dessen Gemarkung knapp nach den Buchberger Waldungen anfing, und in dessen Dörfern es nicht wenige reiche Bauern gab – merkwürdigerweise verlegten die Jesuiten ihre Interessen hauptsächlich auf die Glaching-Amdorfer Seite. Von hierher nahmen sie die Baumeister und Maurer zum Umbau, die Zimmerleute, Dachdecker und Schreiner, die Glaser und sonstigen Handwerker, ja, sogar den Sand bezogen sie vom Neuchl von Terzling, und bis zum Kraus fanden sie, um Schuhe machen oder flicken zu lassen. Viele Leute fanden Arbeit und Verdienst, und das wurde natürlich allenthalben gut vermerkt.

»Und Fleisch nehmen sie von mir ganze Haufen!« belobigte der Hingerl die frommen Patres und rühmte die Anhänglichkeit, die sie ihm als ehemaligem Schloßwirt und Metzger bewahrt hatten. In jeder Frühe, wenn der Ludwig mit dem leichten Metzgerwägelchen zu ihnen fuhr, mußte er stets eine saubere, schneeweiße Schürze umnehmen.

»Und sei mir ja freundlich und tu ein bißl religiös, Wiggl«, instruierte ihn der Hingerl: »So eine Kundschaft kriegt man nicht jeden Tag!«

»Ja, wart', ich häng mir jetzt jedesmal Gansflügel um und papp' mir einen Heiligenschein auf den Kopf!« spöttelte der Ludwig gutmütig, denn die zwei kamen glänzend miteinander aus.

»Hab einen Verstand, Wiggl, du roter Teufel, du roter!« schimpfte der Wirt spaßhaft: »Mach mir keine Dummheiten, sag' ich!«

Auch die Leute nannten den Ludwig ›roter Teufel‹ oder ›roter Lump‹, aber das war wie eine vertrauliche Schmeichelei gemeint, wie ein Spitzname, den man einem Menschen zulegt, weil man ihn gern mag. Jeder im Dorf ging gern mit dem Ludwig um. Er stand jetzt ungefähr im fünfunddreißigsten Jahr und sah sehr jung und schmuck aus. Ein lustiger, beweglicher Mensch war er trotz der verbüßten fünf Jahre Festungshaft geblieben, auf den heiratsfähige Töchter gern ein Aug warfen. Das ›Rote‹ und ›Spartakistische‹ an ihm schien längst verwischt. Über seine einstige revolutionäre Tätigkeit verlor man kein Wort mehr. Auch er selber machte kein Aufhebens mehr davon. Das nahe, natürliche Zusammenleben mit den Menschen, die er von kindauf in- und auswendig kannte, machte ihn ganz zu ihresgleichen und nahm alles Besondere von ihm. Wie sollte er dem schrullenhaften Schuster es auch nachtragen, daß derselbe kurz nach seiner Heimkehr, beim ersten und bisher einzigen Besuch spottspitzig gesagt hatte: »So, haben sie dich jetzt wieder losgelassen auf uns? Herschauen tust du nicht, als wie wenn du dir die Hörner abgestoßen hast, du Spitzbub, du brandroter! ... Aber gell, wenn du wieder umtreibst, laßt du mich aus dem Spiel!« Verkniffen freundschaftlich hatte der Kraus dabei gelacht, aber eine flackernde Verlegenheit war auf seinen Zügen gewesen.

»Hab' ich dich vielleicht nicht aus dem Spiel gelassen, Schuster?« hatte der Ludwig fidel, aber anspielend geantwortet, und da war der Kraus einen Huscher lang ernst geworden und hatte geschwind herausgesagt: »Ja, das ist wahr, Ludwig! ... Das will ich mir merken.« Dann war der Ludwig gegangen. –

Es war auch keine Zeit mehr für rebellische Politikmacher, es war

eine ordentliche, ruhige Zeit angebrochen. Das Geld hatte seinen festen Wert, und man konnte allerorts wieder ans Sparen und ans gesunde Vorwärtskommen denken. Die Leute hatten ihr gesichertes Leben. Keiner dachte mehr an das Frühere. Der neue Staat schien sich eingelaufen zu haben. Im letzten Frühjahr war der erste Reichspräsident Ebert gestorben. Die Zeitungen waren damals voll von vielbebilderten, mit dicken Trauerrändern versehenen Nachrufen, die recht respektvoll über diesen tüchtigen, einfachen Mann und seinen Aufstieg erzählten. Vom schlichten Sattlergesellen hatte er es im Laufe seines Lebens zum höchsten Amt im Lande gebracht. Nicht nur die Amdorfer Amtsgebäude hatten selbigerzeit geflaggt, sogar vom Glachinger Kirchturm herab und aus einem Fenster des Schulhauses hing eine Fahne mit Trauerflor, obgleich die Leute in dieser Gegend ganz wenig über den Verstorbenen wußten und redeten. Es zeigte sich, daß die Amtsmaschinerie wieder geregelt lief. Gleich darauf war eine ruhige Wahl. Nicht weniger als acht Kandidaten suchten sich den Rang um das Reichspräsidenten-Amt abzulaufen. Spöttische Leute sagten: »Die reinste Preisliste. Da kann man sich jeden raussuchen, den man mag.« Trotzdem wurde diese Kandidaten-Fülle von den Bauern als ziemlich überflüssig aufgefaßt, insonderheit weil das Wählen in die ersten Erntewochen fiel und bei der Arbeit aufhielt. Zudem verlief alles wie das Hornberger Schießen. Da nämlich von den acht Kandidaten keiner eine ausschlaggebende Stimmenmehrheit bekam, fing die Sache wieder von vorne an und zog sich über den ganzen Sommer hin. Jetzt gab es nur noch zwei Präsidentschaftsanwärter, den gewesenen katholischen Kanzler Marx und den ehemaligen Generalfeldmarschall aus dem Weltkrieg, den alten kaisertreuen Hindenburg, der auf allen Bildern ausschaute wie eine aus einem mächtigen Baumstamm herausgeschnitzte, unbewegliche, immer gleichbleibende Figur. Der wurde schließlich gewählt.
Als es auf den Herbst zuging, mußte sich die Heingeigerin hinlegen. Sie wußte nicht recht, was ihr fehlte, und wollte schon nach ei-

nigen Tagen wieder aufstehen, doch ihre Füße trugen sie nicht mehr, gar keinen Appetit hatte sie mehr, und der Magen tat ihr weh, als sei er mit Steinen gefüllt. In der Nacht fing sie dampfend zu schwitzen an, dann fror sie, und keuchend rang sie nach Luft. Als der aufgewachte Bauer sie fragte, meinte sie, es wäre vielleicht doch notwendig, daß der Amdorfer Doktor sie einmal anschaue. Am andern Tag in der Frühe radelte der Peter nach dem Bezirksort, und kurz nach dem Mittagessen kam der Doktor Buchner. Nachdem er die Kranke untersucht hatte, sagte er: »Aufstehen gibt's da nicht mehr, Frau Bürgermeister!« Dann wandte er sich an den Bauern und die Elies, riet viel Ruhe und versprach, bei der Amdorfer Apotheke schmerzstillende Tropfen herrichten zu lassen, die morgen der Posthalter mitnehmen könne. Als der Doktor fort war, meinte die kranke Bäuerin: »Es ist bloß gut, daß wir mit der Feldarbeit soweit fertig sind. Die Erdäpfel müßt ihr schon allein heimbringen.« Deswegen solle sie sich nur den Kopf nicht zerbrechen, beruhigte sie der Bauer. Seitdem die Zenzi geheiratet hatte, war die Leichtl-Genovev von Buchberg beim Heingeiger Dirn, und der Peter konnte auch schon mithelfen, wenn er aus der Schule heimkam.
Die Kranke lag ruhig im Bett. Am ersten Tag verzog sie noch hin und wieder das Gesicht, denn der Magen tat ihr bei der geringsten Bewegung weh, aber nachdem sie die Tropfen von Zeit zu Zeit einnahm, verschwanden die Schmerzen. Nur ziemlich schwach und appetitlos blieb sie. Ein bißchen angewärmte Milch und eine darin geweichte Bäckersemmel, das war alles, was sie hinunterbrachte. Sonst aber kam sie sich zufrieden vor wie ein Mensch, der sein Leben lang unablässig gearbeitet hat und es ganz gut findet, daß er nun einmal eine Weile rasten darf. Zur Rotholzerin, die sie als erste besuchte, sagte sie: »Ausgerackert bin ich halt!... Mit achtundsechzig Jahr' spürt man's doch, daß man kein' Junge mehr ist...«
»Jaja, schon' dich nur einmal, Elies. Du hast es dir verdient«,

meinte ihre Schwägerin und erzählte, daß die Jesuiten ihre Kirche schon fertig hätten, sehr schön sei sie und recht ›kommod‹. Man brauche in den Betstühlen nicht mehr zu knien, sondern könne die Meßzeit hindurch sitzen, und im Winter werde sogar geheizt.
»Grad was für die alten Leut'. Da geh ich gern hin, und ich nehm' dich schon ins Gebet, Elies«, sagte die Rotholzerin, aber als sie jetzt so herniederschaute aufs Bett, gefiel dies der Kranken allem Anschein nach nicht, und unvermittelt gab sie zurück: »Es ist mir nicht danach, daß ich in die Ewigkeit müßt'. Wenn ich wieder gesund bin, schau' ich mir die Kirch' gleich an.«
Auch der Schuster Kraus, dankbar für die Guttaten, die ihm die Heingeigerin in schlechten Zeiten erwiesen hatte, kam einmal zur Kranken, redete, was man eben so redet, und brachte es sogar fertig, die Bäuerin durch ein paar lustige Wendungen zu einem leichten Lachen zu bringen.
Um die Zeit waren alle vom Heingeiger auf dem Kartoffelacker. Das trockene Wetter mußte ausgenutzt werden. Über Nacht konnte es sich ändern.
Das Haus war still. Die Kammer, in der die Kranke lag, war kalkweiß und noch stiller. Die runde, billige Weckeruhr auf dem Nachtkästchen tickte blechern und gleichmäßig. Die Heingeigerin hatte ihre knochigen, zerarbeiteten Hände auf die dicke, blauweiß karierte Decke gelegt, und ein schwarzer Rosenkranz war um ihre Finger gewunden. Ihre Wangen waren eingesunken, das Gesicht war sehr gelb. Ihre trockenen, heißen Lippen bewegten sich leise, und ab und zu schob sie eine dunkle Perle des Rosenkranzes durch die verkrümmten, lederfarbigen Finger. Abwesend schaute sie manchmal zur leeren Kammerdecke, dann wieder durch die niedrigen Fenster oder auf eine eingerahmte Photographie an der Wand. Die Dirn und der Peter kamen einmal mit einer Fuhre heim, luden sie ab und holten aus dem Keller Bier zur Brotzeit. Sie gingen zur Kranken hinauf und fragten, ob sie was brauche. Sie verlangte nach einem Glas lauwarmem Zuckerwasser.

»Fleißig ist er, der Peter«, sagte die Dirn, als sie zur Kammertür gingen. Merkwürdig glasig lächelte die Kranke den Buben an.
Später, als der Heingeiger, um schneller fertig zu werden, mit zwei vollen hintereinandergespannten Wagen heimkam, ging er auch gleich in die Kammer hinauf.
»Mir ist soweit nicht schlecht, aber ich hab gar solche Hitzen im Kopf«, meinte die Heingeigerin, und da legte er ihr ein mit kaltem Wasser getränktes Handtuch auf die schweißfeuchte Stirn. Das sei gut und tue ihr wohl, sagte die Kranke zufrieden.
»Brauchst sonst noch was?« fragte der Bauer.
»Ist schon gut jetzt. Ich hab' ja meine Tropfen. Fahr nur wieder zu«, gab sie matt zurück.
»Jetzt haben wir's ja bald«, sagte er und versprach, vor den zwei letzten Fuhren die Dirn und den Buben zur Stallarbeit vorauszuschicken. Von der Dirn wollte die Kranke gar nichts. Sie schien sehr müde und sagte auch zum Peter, der in der Kammer bleiben wollte: »Laß mich nur allein. Ich hab soviel Schlaf.« Kinder bleiben nicht gern bei Kranken. Der Peter war froh.
Etwas später stieg er aber doch wieder die Stiege hinauf und machte die Türe sehr leise einen schmalen Spalt weit auf. Ruhig schlief die Großmutter. Das sagte der Bub auch seiner Mutter, als diese endlich mit den letzten zwei Fuhren heimgekommen war und in der Kuchel gleich daran ging, der Kranken eine warme Milchsuppe zu machen. Es war schon dämmerdunkel geworden und ohne Licht nicht mehr auszukommen. Der Bauer zog seine mit dickem feuchtem Ackerkot überkrusteten Stiefel von den Füßen und stellte sie vor die Tür.
»So, jetzt!« sagte die Elies, goß die mit einem Ei verrührte dampfende Suppe auf einen Teller, steckte den Löffel hinein und ging behutsam, um nichts zu verschütten, durch die offene Tür, die Stiege hinauf. Hinter ihr drein ging der Peter.
»So, Mutter, da!« sagte die Elies, während der Bub das elektrische Licht anknipste, und ging auf das Bett zu: »Wie geht's dir denn?«

Die Bäuerin gab nicht an, sie blieb reglos.
»Mutter . . .?« flüsterte die Elies, als wolle sie die Schlafende sacht aufwecken, stellte schnell den Teller hin und beugte sich über das Bett: »Mutter . . . da . . .« Sie brach ab, stockte eine Sekunde lang, starrte auf den Buben und sagte auf einmal: »Ja-tja, die ist ja tot . . .?«
»Was? . . . Tot?« stieß der Peter heraus, und sie schickte ihn schnell zum Bauern hinunter. Gleich waren die zwei wieder da.
»Tot? Was?« rief der Heingeiger fassungslos: »Hm, tot? . . . Jetzt stirbt die auf einmal so weg, tja . . . hm, jetzt ist die tot!« Eine ganze kurze Weile wußten die drei nichts anzufangen, dann ging die Elies stumm zum Glaskasten, nahm das Sterbkreuz und zwei in Porzellanleuchtern steckende Kerzen heraus, zündete sie mechanisch an. Sie fing dabei unterdrückt zu weinen an, der Peter weinte auch, und schließlich falteten alle drei die Hände und begannen monoton zu beten: »Der Herr gib ihr die ewige Ruhe . . . Vater unser, der du bist im Himmel . . .« Bald hatte es die Dirn vernommen und kam auch in die Kammer. Kurz darauf fingen die dünnen Zinnglöcklein der kapellenähnlichen, kleinen Auffinger Kirche zu läuten an. Niemand fragte lang. Jeder wußte, wen es getroffen hatte. Zuletzt standen im Hausgang und über die Stiege hinauf beim Heingeiger Männer, Weiber und Kinder und beteten. Zwischenhinein drang das Seufzen und Weinen.
Am dritten Tag gab es in Glaching ein vielbesuchtes Leichenbegängnis. An den vielen Blumen und Kränzen, an den dichtschwarzen Leuten, die um das frisch aufgeworfene Grab standen, konnte man sehen, wie gern man die Verstorbene überall gehabt hatte. Und sie hatte doch gewiß nie danach getrachtet, sie war – wie der Kraus sagte – ›eine ruhige Person gewesen, von der man kaum gewußt hat, daß sie da ist‹.

20

Warum versuchte eigentlich die Rotholzerin seit dem Tode der Heingeigerin mit ihrem Bruder wieder ins Gleichgewicht zu kommen? Warum tat sie auf einmal so bekümmert, wenn sie mit der Elies über die Zukunft vom Peter redete? Was bewog sie, die nie eine bigotte Betschwester gewesen war, dazu, stets eine so frömmelnde Herzlichkeit an den Tag zu legen, wenn sie mit dem Bauern, mit dessen Tochter oder dem Buben zusammenkam?
Vielleicht hatte der sackgrobe Heingeiger nicht gar so unrecht, als er ihr einmal gradzu und spöttisch ins Gesicht sagte: »Was ist denn jetzt in dich gefahren, Fanny? ... Was hast du denn jetzt auf einmal mit deinem ewigen Herrgott und deiner heiligen Maria, mit deinem Kirchenlaufen und Beichten in einem fort? ... Hast gewiß Angst, daß du nach meiner Elies ins Grab mußt?«
Möglicherweise bewegten die Rotholzerin solche Gedanken, denn sie war immerhin schon dreiundsiebzig Jahre alt und ziemlich klapperig geworden, wie Bauernmenschen zu werden pflegen, die jahraus, jahrein ihre gewohnte Arbeit haben müssen und langsam eingehen, wenn das auf einmal aufhört, wenn sie spüren, daß sie überflüssig sind. Augenfällig war die Bäuerin nicht mehr sonderlich glücklich, seitdem sie ihren Hof verkauft hatte. Sie redete oft von der Vergangenheit, von ihrem seligen Mann, ihren gefallenen Söhnen, und wie schön ihr Anwesen gewesen war. Es war, als klebte an ihren Worten eine wehe Traurigkeit, eine Verzagtheit, hinter der die trostlose Frage stand: Zu was ist das nun eigentlich alles gewesen? Wofür habe ich mich geplagt und gesorgt?
Ja, und vielleicht hatte sie in ihren alleinigen Stunden doch oft eine leise Angst, daß sie bald in die Ewigkeit müsse.
Der Heingeiger, der jetzt öfter zum Schuster Kraus kam, um sich nach Feierabend ein bißchen geruhig mit ihm zu unterhalten, ließ manchmal einige Worte über seine Schwester fallen.
»Sie weiß, scheint's, gar nicht mehr recht, was sie mit ihrer vielen

Zeit anfangen soll. Grad rumtreiben tut sie's!« spöttelte er höhnisch: »An einem Tag rennt sie zu der bigottischen Vogelreutherin 'num, nachher geht sie wieder zu den Jesuiten, nachher beichtet sie wieder, grad als wie wenn ein altes Weib jeden Tag noch tausend Sündhaftigkeiten treiben tät'.« Dieser Ton war ganz demjenigen des Schusters angepaßt.

»Jaja«, meinte der Kraus boshaft: »So geht's eben jedem mit seinem dreckigen Leben. Zuletzt, wenn man nicht mehr arbeiten kann oder mag, will man nachdenken, und da kommt raus, daß unser ganzes Leben eine hohle Nuß gewesen ist. Und das, verstehst du, das ist ärgerlich. Das können die wenigsten vertragen. Und auf was verfallen sie dann? Auf den Herrgott und die verschiedenen Heiligkeiten. Anders halten sie es nicht mehr aus!« Er grinste leicht und setzte dazu. »Drum rackere ich lieber, bis ich stocksteif dalieg'.«

»Du bist ein ganz aus'tüfelter Kopf, Schuster!« lachte der Heingeiger, und sie schnupften gemütlich.

»Und zuletzt ist's mit den Heiligkeiten und dem Herrgott auch nichts«, sagte der Schuster nebenher.

»Du bist ein ganz Saukalter. Du glaubst gleich gar nichts!« lächelte der Bauer, und keck schaute ihn sein Nachbar an: »Glauben? ... Ich geh' genau so oft in die Kirch' wie du!« Solcherart redeten sie belustigt weiter. Sie kamen dabei auch auf den steinalten, einundachtzigjährigen Pfarrer Trostinger zu sprechen, wobei der lästerliche Kraus bemerkte, daß man wahrscheinlich durch ›das Geschäft des Glaubens‹ recht alt werde, und daß das vielleicht der Grund sei, weswegen alternde Leute auf einmal wieder so glaubensstark würden.

»Bei dir aber ist mir sowas noch nicht aufgefallen!« warf der Heingeiger hin, denn der Kraus stand jetzt auch schon in den Siebzigern.

»Oder vielleicht bei dir?« höhnte dieser gutmütig. Beide schienen vollauf übereinzustimmen. –

Ein gescheiter Mensch hat einmal gesagt: ›Es gibt keinen Zufall.‹
Merkwürdig, da scheint von Zeit zu Zeit etwas daherzuwehen und
die Menschen eines Landstrichs anzurühren. Sie spüren es nicht,
sie wissen nicht, was es ist, aber sie sagen auf einmal: ›Es liegt was
in der Luft.‹ Und seltsamerweise beschäftigen sie sich gleichsam
unbewußt damit, ohne daraufzukommen, daß eben das, worüber
sie zuweilen nachdenken oder beiläufig reden, es ist, was in der
Luft liegt.
Einmal an einem Sonntag gingen die Rotholzerin und die Elies von
der Nachmittags-Vesper heim. Der Himmel hing leer und farblos
über den abgeernteten Feldern und Äckern. Die entlaubten Apfelbäume
griffen rostig in die Luft, und drüben auf dem rechten Hügelrücken
zeichnete sich der kahle Laubwald wirr vom Himmelsgrund
ab. Rundum sah alles verbraucht aus. Durch die hohe, windlose,
spätherbstliche Luft flogen manchmal Rabenschwärme und
unterbrachen die langweilige Stille mit ihrem häßlichen Krähen.
»Jedesmal fragt sie, wo ich meinen Peter gelassen hab«, sagte die
Elies und meinte damit die Frau Direktor Vogelreuther, die seit einiger
Zeit ein ausnehmendes Interesse für den Buben zeigte.
»Sie ist eine sehr gute Person, die Frau Direktor«, meinte die Rotholzerin:
»Wir haben uns schon oft drüber unterhalten, was aus
dem Buben einmal werden soll.«
»So? Warum?« fragte die Elies.
»Naja, man meint halt«, tastete die Rotholzerin behutsam weiter:
»Der Bub hat keinen Vater, und wenn sich heut einmal was ändert
bei euch daheim . . .«
»Ändert?« fiel ihr die Elies unbestimmt ins Wort, und man merkte,
daß auch sie sich mitunter solche Gedanken machte, aber schnell
gewann sie ihre Gleichmäßigkeit: »Für meinen Buben komm' ich
allweil noch auf! Da bracht sich keiner drum kümmern.« Es klang
ein wenig bitter und ein klein wenig trotzig. Die Rotholzerin hatte
feine Ohren.
»Von dem ist keine Red', Elies«, lenkte sie ein: »Aber wie's unser

Herrgott grad will. Mein Bruder ist auch nicht mehr so jung, und wenn der Silvan den Hof nachher doch übernehmen will . . .?«

»Ja, mein Gott, wenn gar nicht mit ihm auszukommen ist, wenn er mich absolut draußen haben will, nachher muß ich halt wo als Dirn einstehen«, sagte die Elies. Doch sie sagte es so unsicher, als könne sie sich das gar nicht vorstellen. Sie sagte es eben, weil sie keine andere Antwort drauf fand. Das war das, auf was die Rotholzerin offenbar gewartet hatte.

»Elies, du brauchst ja mit keinem drüber reden«, fing sie wärmer an: »Das, was ich dir sag', ist unter vier Augen. Verdruß wegen dem Peter brauchst du dir ganz und gar nicht machen. Da bin ich schon da.« Sie kam wieder einmal darauf zurück, was der Heingeiger für ein Dickkopf gewesen war, als er seinerzeit den Buben und die Elies nicht auf den Rotholzerhof gelassen hatte.

»Da wär' vielleicht alles ganz anders gekommen, Elies«, bekräftigte sie und verfiel in ein teilnahmsvolles Jammern: »Aber jetzt ist's schon so, wie's ist. Da kann man nichts mehr machen.« Sie setzte aus und schaute die Elies offen an. Dann sagte sie unvermittelt und in ganz anderem Ton: »Die Frau Direktor Vogelreuther und ich haben neulich mit dem Pater Superior von Weylarn über den Peter geredet. Der hochwürdige Herr Pater kennt ihn ja, den Buben. Er ist mit dem Allberger-Ludwig in der Schulvakanz öfter ins Kloster 'numkommen, wenn der Ludwig Fleisch hingefahren hat. Der Pater Superior hat gesagt, sowas Gewecktes und Gescheites wie den Peter gibt's nicht leicht. Und da hat er gemeint, der hochwürdige Herr Pater, ob er nicht studieren möcht', der Bub.«

»Studieren? . . . Der Peter?« fragte die Elies mittenhinein.

»Jaja, auf Geistlichkeit«, ergänzte die Rotholzerin, die nun schon im Zuge zu sein schien, und sie malte mit ihrem nüchternen Sinn die Sorgenlosigkeit eines künftigen Pfarrerlebens recht verlokkend aus: »Sein Lebtag braucht er sich nicht plagen, und wenn er einmal geistlicher Herr ist, kann jedes von uns stolz sein auf ihn . . . Versorgt ist er als Pfarrer, sein eigener Herr ist er, und je-

der hat Respekt vor ihm! Ja, hat der Pater Superior gesagt, wenn er ganz gescheit ist, kann er's bis zum Bischof bringen oder gar noch weiter, und die ewige Seligkeit ist ihm so und so sicher.«
»Jaja«, meinte die Elies, nachdenklich geworden: »Jaja, das schon, aber wenn er keine Freud' hat zu der Geistlichkeit?«
»Ah! Keine Freud'! Was weiß denn ein Kind, was ihm im Alter gut tut!« beschwichtigte sie die Rotholzerin und glaubte schon, gewonnenes Spiel zu haben: »Und, wie ich gesagt hab', Elies, was er zum Studieren braucht, dafür komm' ich auf! Und nachher vermach' ich ihm auch noch was.«
Die Elies sagte nichts mehr darauf. Sie schaute in die fahle Luft und stimmte ihr bei: »Jaja, als Kind weiß man ja nie, was einem sein Glück ist.«
Doch ein festes Ja sagte sie nicht. Immerhin gingen sie am Dorfeingang herzlich voneinander, nachdem ihr die Rotholzerin noch einmal aufgetragen hatte, von all dem nichts zu reden.
Die Elies hielt sich auch daran. Seit dieser Unterhaltung musterte sie ihren munteren Buben oft unvermerkt mit recht eigentümlichen Blicken und war fast ängstlich darauf bedacht, daß er die Frühmesse vor der Schule nie versäumte. Daß er an den Sonntagen wie alle Leute und Kinder das Hochamt besuchte, war ja selbstverständlich, aber jetzt wollte sie ihn auch manchmal zur Nachmittagsvesper mitnehmen. Doch der Bub war nie zu erschreien. Er war, sobald er daheim wegkommen konnte, mit anderen Dorfbuben beisammen und spielte mit ihnen Indianer, wobei es oft recht grob herging. Den alten Schuster Kraus mochte er immer noch gleichermaßen gern, und er verbrachte an schlechten Tagen lange Stunden in seiner Werkstatt. Der Kraus hatte ihm auch das Fliegen-Essen beigebracht, was bei seinen Schulkameraden allseits große Bewunderung hervorrief. Am liebsten aber trieb sich der Peter in der Metzgerei beim Hingerl herum und wurde mit der Zeit der unzertrennlichste Freund vom Ludwig. Das hatte – wenn man es so heißen will – einen leiblichen und einen geistigen

Grund. Der Ludwig nämlich steckte dem Buben stets eine Wurst, einen warmen Leberkäs' oder sonst was Delikates zu, der Ludwig ließ ihn bei allen Handhabungen der Metzgerei zuschauen, der lustige Ludwig wußte eine Menge aufregender Geschichte aus seinem Leben und aus dem Leben anderer Leute, und der Ludwig endlich brachte den Peter auf das Lesen. Wenn der Bub etwas nicht verstand, erklärte er es ihm einfach und geduldig. Nie schienen die beiden einander langweilig zu werden.
Genau so freundlich und scheinheilig wie der Ludwig benahm er sich, wenn irgendeiner von den Jesuiten auftauchte und sie ins Gespräch verstrickte. Später aber, beim Heimfahren, lachten die zwei spitzbübisch, wie schlau sie sich verstellt hatten.
»Du mußt dir nämlich denken, Peter, ein Mensch, der wo nichts arbeitet, der lebt von den andern. Der ist eigentlich ein Lump«, versuchte der Ludwig dem Buben begreiflich zu machen, als sie so gemächlich durch die schattige Buchberger Waldung dahinfuhren.
»Ja, alsdann meist du, die Jesuiten sind Lumpen? Die arbeiten doch nichts?« fragte der Peter, denn arbeiten hieß für ihn, soweit er es bisher bei den Leuten rundherum gesehen hatte, wenn ein Mensch sich tagaus, tagein mit Händen und Füßen sehr anstrengend plagte und oft recht ins Schwitzen kam.
»Das will ich nicht sagen«, lenkte der Ludwig ein und merkte vielleicht, wie schwer es sei, einem unbefangenen Kind die Kompliziertheit unserer Weltordnung zu erklären. In seiner Verlegenheit kam ihm der lebhafte Peter zu Hilfe, indem er meinte: »Der Schuster hat gesagt, die Jesuiten sind recht gescheite Leut'. Da kann man was lernen.« Er versuchte das Mienenspiel vom Kraus nachzumachen und fuhr fort: »Und dann sagt er immer, die gehören zum A-bopa! Hüte dich, sagt er ganz komisch, hüte dich vor dem A-bopa, oder schau, daß du selber dazugehörst. Und nachher lacht er recht. Was ist denn das eigentlich? A-bopa?«
»A-bopa?« Ludwig schüttelte den Kopf: »Das weiß ich auch nicht. Hat er dir nie gesagt, was das ist?« So nah war er noch nie mit dem

Schuster zusammengekommen, daß er dessen Seltsamkeiten kannte. Aber er wurde unvermerkt interessiert.

»Das A-bopa, hat er gesagt, der Schuster – was das ist, das werd' ich schon rausbringen, wenn ich einmal älter bin. Weiter sagt er nie was drüber«, erzählte der Peter. »Hm«, machte der Ludwig. »Das wird wahrscheinlich so eine Spinnerei von ihm sein.« Er war froh, daß man auf diese Weise vom ernsten Thema abgekommen war. »Da will ich ihn aber doch einmal fragen«, sagte er schließlich wie aus einer aufsteigenden Nachdenklichkeit heraus. Nie noch war der sonderbare Schuster aus sich herausgegangen, diesem Buben aber sagte er mitunter Dinge, die den Ludwig darauf schließen ließen, daß der Alte irgendwo mit ihm übereinstimmte.

»Jaja«, sagte der Ludwig und trieb den Gaul mehr an, »der Schuster ist ein heller Kopf. Der weiß mehr von allen Sachen als die meisten Leut'.« Und als der Peter, der merkte, wie aufmerksam sein älterer Freund geworden war, eifrig weiter erzählte, wie der Schuster in einem fort mit sich selber spreche, nickte der Ludwig öfter: »Soso? . . . Hmhm, sonderbar! Hm, komisch!« Er verbarg die Spannung, die allmählich über ihn gekommen war, und ließ den Buben ungehindert reden. Trotz allem ängstlichen Ausweichen stießen Schuster und Ludwig doch manchmal aufeinander. Sie wechselten aber stets nur einige nebensächliche Worte und schauten aneinander vorbei.

»Da schau!« sagte jetzt der Peter und zeigte dem Ludwig ein kleines, in einen vielfarbigen Umschlag gebundenes Büchlein: »Das hat mir heut' der Pater Superior geschenkt.« Es war ein reichbebilderter Prospekt über Schloß Weylarn aus der Zeit, da es noch ein vielbesuchter Aussichtspunkt mit Wirtschaftsbetrieb gewesen war. ›Das historisch-romantische Sommeridyll Weylarn und seine herrliche Umgebung‹ stand darauf. Es enthielt einen kurzen geschichtlichen Überblick, worin erzählt wurde, daß Weylarn vor Jahrhunderten eine stolze Ritterburg gewesen war, auf deren Ruinen der Kunstmaler und Akademieprofessor Wundnagel das

Schloß aufgebaut hatte. Eine Skizze über die Spazierwege war darinnen, und die sonstigen Annehmlichkeiten für Sommergäste waren aufgezählt.

»Der Pater Superior hat gesagt, das soll ich lesen. Da kann ich in der Schul' was erzählen«, meinte der Bub wiederum. Der Ludwig schien kaum hinzuhören und mit seinen Gedanken immer noch beim Kraus zu sein. Ganz gleichgültig nickte er und sagte: »So . . . Jaja, lesen ist nie schlecht . . . man lernt jedesmal was dazu.« –

Es läßt sich denken, daß der Umgang mit solchen Leuten im Peter deutliche Spuren abzeichnete und ihn keineswegs für einen so heiligmäßigen Beruf geeignet machte, wie ihn Rotholzerin und Elies planten. Übrigens wäre wahrscheinlich auch der Heingeiger sehr dagegen gewesen, denn ihm gefiel gerade die muntere Wildheit und Aufgeschlossenheit des Buben, und er schimpfte gleich, wenn die zwei Weiber ihn zu einer muckerischen Frömmelei zwingen wollten. Der Peter war auffallend kräftig geworden, griff gern zu und zeigte viel praktischen Verstand bei jeder Arbeit, aber er hatte auch schon seinen eigenen Kopf. Wenn er etwas für sich durchsetzen wollte, wußte er genau, auf welche Seite er sich schlagen mußte, um zu seinem Ziel zu kommen, und das Übergewicht war noch immer beim Großvater. Dieses verhältnismäßig friedliche Widerspiel wäre sicher noch eine ziemliche Zeit so weitergegangen, wenn das nicht eingetroffen wäre, was die Rotholzerin und die Elies seit langem befürchteten. Im Frühjahr nämlich kam eines Tages der Silvan heim. Das änderte alles mit einem Schlag.

21

Es ließ sich alles gar nicht so arg an. »Na,« versuchte der Silvan leichthin zu sagen: »Jetzt bin ich wieder einmal da.« Es konnte Verlegenheit oder auch eine gewaltsam gespielte Gleichgültigkeit sein. Fremd schaute ihn der Bauer an, fremd die Elies und der Bub und fremd die Dirn.

»So, naja, jetzt, wenn's Frühjahr kommt, bist du grad recht«, meinte der Heingeiger. Weiter wurden keine Worte gewechselt. Der Silvan trug städtische Kleidung, die er sich eben erst gekauft haben mußte. Von weitem sah man, sie paßte gar nicht zu ihm. Unwillkürlich kam einem der Gedanke: Für den taugt nur die militärische Uniform. Er hatte einen schweren, mit einem gelben Vorhängeschloß versehenen Armeesack aus braunem Segeltuch bei sich und war mit dem Posthalter Stelzinger aus Amdorf gekommen. Er ging in seine Kammer hinauf und packte seine Sachen aus, und dabei pfiff er vor sich hin, als ob gar nichts gewesen sei. Drunten in der Kuchel sagte der Heingeiger zur Elies: »Na, jetzt wollen wir halt sehn, was er im Sinn hat.«

Zunächst schien der Silvan gar nichts im Sinn zu haben. Vielleicht kam er sich auch ein wenig überflüssig vor und wußte noch nicht recht, wo er anfangen sollte. Niemand trug ihm eine Arbeit auf. Jeder gab ihm nur eine knappe Antwort, wenn er was fragte. Nur der Peter sagte einmal, als man beim Nachtessen zusammenhockte: »Wo bist jetzt solang gewesen, Vetter?« Das bewirkte doch, daß alle einen Huscher lang leicht lächelten. Aber jeder schaute nur den Buben an.

»Soso, dein Vetter bin ich!« sagte dann der Silvan scheinbar gutmütig: »Wo ich gewesen bin? ... Russen und Pollaken hab' ich aus'm Land 'trieben.« Niemand sagte etwas darauf. Auch der Bub fragte nicht weiter, obgleich der Silvan kein unfreundliches Gesicht machte.

Allmählich gewöhnten sich alle an diese Wortkargheit. Es gab keinen Streit, ja, nicht einmal Meinungsverschiedenheiten. Die Leute im Haus standen dem Heimgekehrten nur mit einer verschwiegenen, abweisenden, gewaffneten Verschlossenheit gegenüber. So ging das den ganzen, verschneiten Februar hindurch, und weil es so war, nahmen auch die Nachbarn vom Silvan keine weitere Notiz. Sie grüßten ihn, sagten ein paar nebensächliche Worte, das war alles. Ähnlich war es auch am Sonntag, nach dem Hochamt, in der Postwirtsstube. Da redete den Silvan manchmal ein ehemaliger Kriegskamerad oder Bekannter an und sagte: »Jesus, Silvan! Jetzt bist du auch wieder daheim? Was hast du denn die ganze Zeit 'trieben?« Dann antwortete der mit einem schiefen Lächeln: »Das möchtest du gern wissen, was, neugieriger Tropf, neugieriger!« Weil es nicht weiter bös gemeint war, lachte auch der andere ein wenig, und man redete, was man eben so redet. Eins fiel aber bald auf. Wo der Silvan hinging, da blieb der Heingeiger bestimmt weg. Das machte fast den Eindruck, als seien die zwei wortlos übereingekommen, es so zu halten. Indessen, ein Mensch, wenn er sich in einer Umgebung so fremd und seitwärts liegen gelassen vorkommt, der sucht sich mit der Zeit doch eine Gesellschaft, zu der er paßt. Öfter kam der Silvan zum Jodl nach Buchberg. Der alte Jodl war schon gestorben, und die Bäuerin lebte im Austrag. Der Kaspar und die Zenzi hausten munter und gut zusammen. Sie hatten nichts gegen den Silvan, aber sie hingen sehr am alten Heingeiger und der Elies. Darum verhielten sie sich anfangs etwas zurückhaltend.

»Na, Schwager, was hast du jetzt im Sinn?« fragte der Kaspar einmal offen. »Wie geht's denn daheim, und wie kommt ihr denn aus miteinander?«

»Auskommen? Ich kann nicht klagen«, wich der Silvan aus: »Keiner legt mir was in den Weg. Der Vater ist ja noch gut beieinander. Da muß ich halt warten, bis er übergeben will.« Dieser Ton war so ungewöhnlich versöhnlich, daß sich die Jodls wunderten. Der Kaspar kannte den Silvan doch. Er maß ihn ein wenig zweifelnd und forschte in einer anderen Richtung. Mit dem einnehmendsten Gesicht fragte er fidel und geradezu: »Und was ist's denn? Jünger wirst du doch auch nicht mehr. Willst du nicht bald heiraten?«

»Heiraten? Das hab' ich noch lang nicht im Sinn«, warf der Silvan ebenso hin, schaute herum in der behaglichen Bauernstube mit dem gemütlichen Kachelofen und redete weiter: »Schön hast du alles beisammen, Kaspar. Ich will ja nicht sagen, daß der Vater schlecht gewirtschaftet hat, aber die gute Zeit hat er gar nicht ausgenützt.« Reiche Wohlhäbigkeit war bei den Jodls daheim. Sogar einen ganz modernen, großen Radioapparat hatten sie in der Stube, und das Radio war doch erst seit ungefähr einem Jahr richtig in Schwung gekommen. Anheimelnde Ordnung herrschte im Haus, im Stall und auf dem Hof, wo mächtige Bretterlager aufgestapelt waren.

»Na«, sagte der Kaspar, »der Schwiegervater hängt halt noch am Alten, aber sein Vieh hat er gut beisammen, was er an Maschinen braucht, hat er auch, und der Hof ist schuldenfrei. Und was die Hauptsach' ist, seitdem die Schwiegermutter unter der Erden liegt, ist ihm die Elies beigestanden wie keine . . .«

»Jaja«, nickte der Silvan, aber dumm seien sie doch alle gewesen bei ihm daheim, das Geld, das der Elies hinausgemacht war, sei in der Inflation weggeschmolzen, und überhaupt – er habe ja noch nie danach gefragt – an Barschaft sei sicher kaum was da. Das hätte man besser machen können.

Wieder musterte ihn der Kaspar unvermerkt.

»Ja, mein Gott«, meinte er: »So ist's fast jedem gegangen, aber jetzt sind wir stabilisiert, und wer so dasteht wie der Schwiegervater, bei dem ist's nicht mehr gefehlt.«

»Stabilisiert? Hm«, machte der Silvan und schielte ihn von unten herauf an.

»Ja – warum? Glaubst du vielleicht, da hält sich nicht?« fragte der Kaspar schneller und wurde interessierter.

»Wir wollen's hoffen«, erwiderte der Silvan zweideutig und verbreitete sich mehr im allgemeinen darüber, daß ja, Gottseidank, im ganzen Land Kräfte wirkten, die den ›Versailler Vertrag‹ und die unmöglichen Reparationszahlungen abschaffen wollten, denn, meinte er, davon hänge die Existenz jedes einzelnen ab.

»Ich denk' mir halt allweil so«, schloß der Kaspar: »Mit der Zeit werden sich die hohen Herren schon zusammenstreiten. Wenn auf jeder Seiten ein Verstand ist, geht's schon aufwärts. Das ist einmal sicher, wir Bauernleut' sind nie ganz verloren, und gar, wenn einer schaut, daß auf seinem Hof richtig gewirtschaftet wird.«

Als der Silvan fort war, saßen die zwei Jodl-Leute noch eine Weile am blanken Tisch.

»Du kannst sagen, was du magst«, sagte endlich die Zenzi: »Der Silvan hat was im Sinn. Daß er gar so brav tut, das gefällt mir gar nicht.«

»Ah!« zerstreute der Kaspar ihre Bedenken: »Man muß ja die Geschicht' von jeder Seite anschauen. Wenn einer solang in der Welt draußen gewesen ist wie der Silvan, da geht's lang her, bis einer wieder versteht, wie's daheim zugeht... Und daß er schließlich den Hof einmal übernehmen will, ist doch selbstredend.« Als vernünftiger Mensch wollte er sich in nichts zu sehr einmischen und seinen Frieden haben. Trotzdem, irgendeine Herzlichkeit kam nicht auf zwischen ihm, der Zenzi und dem Silvan. Der kam auch nicht mehr so oft. Zufällig hatte er einen Kameraden gefunden, der ihm ganz und gar zusagte: den Tratzelberger-Xaverl von Furtwang.

Der Xaverl war immer fidel, war noch ledig wie ehemals, hatte stets – wie er sagte – ›einen Weiberrock auf dem Korn‹, und wenn auch etwas für ihn oder seinen Kameraden noch so arg war oder wenigstens so herschaute, er sagte immer: »Nichts einfacher wie das!« Außerdem war der Xaverl der einzige Mensch weitum, der den Silvan gewissermaßen noch rangmäßig militärisch respektierte.

Zuerst hörte es sich spaßhaft an, schließlich aber wurde es zur Gewohnheit, wenn der Xaverl sagte: »Leutnant, wie geht's, wie steht's?« oder: »Also wie machen wir das, Leutnant?« Es scheint wohl so zu sein, daß in jedem Menschen ein Drang wirkt, über dem anderen zu stehen und diesen zu beherrschen. Zwischen dem Silvan und dem Xaverl stand der rothaarige Bertl, der Knecht vom Moser in Auffing. Der war bisher der willfährige Anhang vom Xaverl gewesen. Jetzt sah es sehr bald aus, als ginge die Stufenleiter so: Silvan, dann Xaverl und ganz zu unterst der Bertl. Die ersteren zwei waren ja auch gut gestellte Bauernsöhne, der Bertl aber nur ein armer Kerl mit einem nicht gerade geschwinden Verstand und einem stark ausgeprägten Hang, jedem schlaueren anderen, der sein Kamerad wurde, uneingeschränkte Bewunderung entgegenzubringen. Kurzum, die drei bildeten alsbald ein unzertrennliches Kleeblatt. Schon lange hatte der Xaverl ein schweres amerikanisches ›Indian‹-Motorrad mit Beiwagen. Jeden Sonntag trafen sich die drei. Der Xaverl fuhr und lenkte, auf dem Hintersitz saß der Bertl und im Beiwagen der Silvan. Nach dem Mittagessen sausten sie los und kamen meistens erst beim Dunkelwerden zurück. Das heißt, der Silvan und der Xaverl blieben beim Postwirt in Glaching sitzen, und der Moserknecht ging heim zur Stallarbeit.

Einmal bei einem solchen Zusammenhocken redeten Silvan und Xaverl lange halblaut an einem Seitentisch der Postwirtsstube miteinander, und da meinte der letztere öfter: »Nichts einfacher wie das! . . . Da muß der Bertl herhalten, und verlaß dich drauf, das wird geschmissen!«

Das Frühjahr kam und setzte diesmal schnell mit lauem Wetter ein. Die Regenschauer blieben fast ganz aus. Um das Stroh für die Einstreu im Stall zu sparen, holten die Bauern liegengebliebenes, trockenes Laub aus ihren Waldungen. Die Elies und die Heingeigerdirn rechten Laub zusammen, dann kam der Silvan mit dem Leiterwagen. Sie luden ein hohes Fuder auf, und der Silvan fuhr es heim. Der sieben Tagwerk große Waldstrich vom Heingeiger lag auf dem Hügelkamm von Glaching, über den hängenden Äckern und Wiesengründen der Auffinger Bauern. An die Heingeiger-Waldung grenzte die vom Moser. Dort rechten die alte Moserin und der Knecht. Öfter sah der abseits rechende Bertl durch die Lichtungen der mächtigen Buchen und Eichen, und mit der Zeit fiel der Elies und der Dirn auf, daß er dabei stets einfältig grinste und mit den Augen blinzelte. »Na, was hat denn der damische Kerl, der damische?« sagte die Dirn einmal halblaut zur Elies. Zufällig kamen Bertl und Elies einmal bei der Arbeit ziemlich nahe zusammen.

»Grad fleißig bist du, Elies!« sagte der Bertl einhaltend und schaute sie tölpisch an. Sie kümmerte sich nicht darum und nickte nur nebenher.

»Mit dir wär' ein Mannsbild aufgerichtet«, wurde der Knecht deutlicher und verzog sein Gesicht, daß es aussehen sollte, als ob er einnehmend lächle.

»Ich hab' kein Verlangen danach!« fertigte ihn die Elies spöttisch ab, aber der Bertl rechte nicht weiter.

»Daß du dein Lebtag eine Dirn daheim machst und dem Silvan jetzt auch noch sparen hilfst, das versteh' ich nicht«, sagte er wiederum und ließ sie nicht aus den Augen.

»Sowas ist meine Sach'!« fuhr ihn die Elies noch barscher an: »Was glotzt du mich denn so an? Kümmere dich um deine Arbeit!«

»Hm«, machte der dickfellige Bertl und grinste vieldeutig: »Einem so fleißigen Weiberts schaut man gern zu!« Er machte glänzende Kugelaugen.

»Geh! Damischer Kerl, damischer! Meine Ruh' laß mir, sag' ich!« wurde die Elies noch grober und ging, nachdem sie endlich den Haufen beisammen hatte, wieder weiter in die Heingeigerwaldung. Der Knecht schien gar nicht beleidigt. Er schaute ihr noch eine Weile nach und grinste später immer wieder hinüber. Die Elies erzählte der Dirn, was er dahergeschwätzt hatte, und alle zwei Weibsbilder machten sich lustig darüber. –

Es war auffällig, der Bertl fuhr auf einmal nicht mehr an den Sonntagen mit dem Xaverl und dem Silvan auf dem Motorrad spazieren. Es mußte zu einer Streiterei zwischen den dreien gekommen sein. Der Silvan begegnete dem Knecht nun stets kühl und abweisend. Sie suchten einander zu meiden. Der Bertl ging manchmal an den Sonntagnachmittagen in die Vesper nach Glaching oder bis nach Weylarn zu den Jesuiten. Das wurde beim Moser anerkennend vermerkt. Zwar waren auch sie wie die meisten Bauern gar nicht darauf aus, daß ein Knecht, eine Dirn oder sonst ein Nachbar besonders religionseifrig wurde, indessen der alte Moser meinte: »Jetzt hat er doch einen Verstand angenommen, der Bertl! Er spart sein Geld und pfeift auf den windigen Umgang.« Er war ja auch schon ein Mensch von achtunddreißig Jahren, war gesund und fleißig und umgänglich, und sein Leben lang wollte er sicher nicht Knecht sein.

Es begab sich um dieselbe Zeit einmal, daß der Bertl zwischen Buchberg und Glaching die Elies traf, die von Weylarn herkam. Merkwürdig, als ihn die Elies so plötzlich, von der Terzlinger Straße einbiegend, auf sie zukommen sah, stockte sie kurz, wurde rot und bekam leicht verunruhigte Augen. Sie grüßte ihn knapp und wollte weiter, aber er schloß sich ihr an.

»Hast du es denn gar so pressant?« fragte er, weil ihm das schnelle Gehen ungemütlich vorkam.

»Du kannst ja langsamer gehn!« sagte sie abweisend.

»Bist du in der Weylarner Kirch' gewesen?« meinte er, ihre Grobheit überhörend: »Gell, die ist schön. Da ist gut beten, weil man die ganze Zeit kommod sitzen kann.«

»Ja«, gab die Elies unverändert zurück. Sie schaute über die schwach aufgekeimten Äcker und Wiesengebreiten, und ihr Blick blieb an dem kleinen, aber dichten Fichtenwald kurz vor Glaching hängen. Sie mußten ihn in ungefähr einer halben Stunde erreichen. Der Bertl sagte vorerst nichts mehr. »Wo willst du denn hin?« fragte ihn die Elies.

»Heim zu der Stallarbeit wie du«, antwortete er und versuchte ihre Augen zu erwischen. Beim Vogelreuther in Terzling sei er gewesen, die suchten einen Hausmeister und Gärtner, erzählte er.

»So«, sagte sie, weil sie dieses arglose Reden sichtlich erleichterte: »Magst du nimmer bleiben beim Moser?«

»Jaja. Und man will sich ja auch einmal selbständig machen«, meinte er und fuhr fort: »Aber die Vogelreuthers suchen einen Verheirateten. Die Frau soll Köchin machen.«

»So . . .« Die Elies brachte nicht mehr heraus, denn jetzt trafen sich ihre Blicke, und da war wieder das flimmernde Glänzen in seinen Augen wie damals beim Laubrechen. Breit zog sich sein Mund auseinander.

»Elies?« sagte er in einem sonderbar verhaltenem Tonfall: »Elies, ich bin kein schlechter Mensch.« Er kam näher an sie heran. Sie wich weiter weg.

»Ich will dir schon lang was sagen, Elies«, fuhr er geschwinder fort. Das Blut war ihm ins Gesicht geschossen. Seine Schritte und sonstigen Bewegungen bekamen etwas fahrig Linkisches.

»Meine Ruh' laß mir!« stieß sie heraus und ging ganz auf den anderen Straßenrand zu. Er blieb in der Straßenmitte stehen, lugte halb verlegen und halb lauernd auf sie und sagte kecker: »Ich tu' dir doch nichts!«

Sie schaute nicht auf und ging immer schneller. Ihr Herz schlug. Ihre Brust arbeitete. Er war schon wieder auf ihrer Seite. Da hob sie hilflos ihr Gesicht und sagte fast bittend: »Bertl, geh! Was willst du denn?«

»Gar nichts!« sagte er und schluckte. Das gab ihr wieder ein wenig Mut. »Wenn uns wer so daherkommen sieht. Das geht doch nicht. Was denken sich denn die Leut'!« versuchte sie ihm zuzureden.

»Die Leut'?« ermannte er sich erneut: »Was ist denn da Schlechtes dabei?« Sie schwieg und wußte nicht mehr, wo sie hinschauen sollte. Jetzt fing auch schon die Fichtenwaldung an. Kräftig schritt die Elies aus, genau so fest ging er neben ihr her. Auf der leichtfeuchten Straße knirschten ihre Nagelschuhe in der Stille.

»Ich hätt' viel zu reden mit dir, Elies«, fing er nach einer Weile ausgeglichener an und wurde von Wort zu Wort sicherer: »Du bist doch eine vernünftige Person!«

»Ich will nichts wissen! Allein laß mich!« lehnte sie mit hastiger Ängstlichkeit ab. Sie spürte, wie er sie musterte. Sie schaute unruhig die leere Straße entlang. Er grinste und sagte auf einmal viel frecher: »Eine mit einem ledigen Kind braucht sich nicht so zie-

ren!« Jäh und plump verstellte er ihr den Weg. Ein böses Funkeln war in seinen halb zugedrückten Augen, und grob griff er nach ihren Armen. Sie schrie erschreckt auf, wich aus, rannte über die Straße, wollte weiter in die Fichten, aber er lief ihr in mächtigen Sätzen nach, streckte seine Arme fanggierig, erwischte ihre zitternden Schultern, riß sie zurück und keuchte wie besinnungslos: »Jetzt kommst du mir nimmer aus, du scheinheiliges Vieh, du!« Fletschend standen seine langen Zähne im verzerrten Gesicht, und wie etwas ungeheuer Großes und Dunkles fiel sein ungeschlachter, heißer Körper über die schreiende, heftig, aber sich vergeblich wehrende, niederbrechende Elies.
Später, als sie aus einer schauerlich-schrecklichen, scham- und ekelvermischten Erstarrung langsam zu sich kam, war es rund um sie sterbensstill. Unwirklich dunkelgrün ragten die Bäume empor, Fetzen des glasklaren Himmels tauchten über dem Gezack der Äste auf, der feuchte, mit vergilbten Tannennadeln übersäte Boden schien ruhig zu atmen, und ganz leise krochen Ameisen über ihre blutiggekratzte Hand. Sie rührte sich nicht gleich und sog nur die würzige Luft in sich hinein. Ihre Augen standen starr offen, so, als könne sie zunächst gar nichts unterscheiden, als schwämmen nur Farben in ihnen, und eine schwere, eigentümlich warme Müdigkeit, fast etwas wie eine entspannte Gleichgültigkeit nach einer übergroßen Spannung oder einem Kampf lähmte alle ihre Glieder. Sie spürte dünnes Blutgerinnsel auf ihrer rechten Stirnseite und über der Armrundung, spürte einen dumpfen Schmerz in der Nasenmitte, begriff allmählich, daß ihr Hut weg war und eine Kühle durch ihr in Verwirrung geratenes Haar strich, merkte, daß ihr schwerer, langer Rock wie ein unordentlich gebalgter Berg auf ihre Brust geschoben war und ein leichtes Frösteln über ihre nackten Schenkel prickelte, doch sie ließ alles widerstandslos geschehen und schluckte schließlich nur ein paar Mal trocken. Über ihr in den Baumwipfeln fing es jetzt gelassen zu rauschen an. Endlich richtete sie sich auf, schnaubte hart, und ihre Augen füllten sich

mit Wasser. Mechanisch streifte sie den Rock hinunter und fing zu weinen an. Sie weinte nicht laut, sie weinte, als fließe mit den Tränen ihr Körperinneres aus, und als sie auf ihren Füßen stand, sich nach ihrem armlang entfernten Hut niederbeugte, überkam sie ein kurzer Schwindel. Sie raffte ihre Kraft zusammen, brachte ihre da und dort zerrissenen Kleider in Ordnung und tappte weiter. Sie weinte unausgesetzt, und so kam sie daheim an. Das Dunkel schob sich schon in die Dämmerung. Im Stall melkte die Dirn, in der hellen Kuchel standen die Allbergerin und der Schuster Kraus mit ihren emaillierten Milchkübeln, denn die alte Hauniglin konnte seit einer Woche nicht mehr aufstehen. Der Schuster scherzte mit dem kleinen Peter, der Heingeiger, der eben vom Wirtshaus heimgekommen war, machte sich fertig, um die Rösser zu versorgen.
»Was ist's denn? Elies, was denn?« fuhr der Bauer hoch und alle starrten auf die Hereinkommende. Die ließ sich auf einen Stuhl fallen, fing jetzt wie ein todwundes Tier zu heulen an und konnte nichts sagen.
»Mutter? Mutter, was hast du denn? Mutter?« weinte der Bub auf und preßte sich an sie.
»Ja, ja! So red' doch! Was ist's denn!« bestürmte sie der Bauer, und da stieß sie brockenweise heraus, was geschehen war. Es wurde mit der Zeit so stumm um sie, daß ihr Heulen noch herzzerreißender klang. Die Dirn kam sogar aus dem Stall.
»Jaja, jetzt sowas! So ein elendiger Sauhammel! Elies? Ja, mein Gott, Elies? Wie schaust du denn aus?!« barmte die händeringende Dirn und machte sich um sie zu schaffen. Ehe sich jemand klar besinnen konnte, war der Heingeiger aus der Kuchel. Kalkweiß und wutschlotternd kam er beim Moser an, fragte kurzerhand nach dem Knecht und schrie heiser: »Hin muß er sein, der Sauhund, der gräusliche!« Doch der Bertl war noch nicht da. Das Warten und Fragen ernüchterte den Heingeiger ein wenig. Was er berichtete, versetzte die Mosers genauso in Schrecken und Abscheu.
»Die ganze Zeit hab' ich mir's schon denkt, daß er sich bloß ver-

stellt, der Drecskerl, mit seinem bigottischen Tun auf einmal!«
meinte der junge Moser, der Heinrich, einmal zwischenhinein:
»Wo er doch ewig mit dem Tratzelberger-Xaverl beinander war!«
»– und mit meinem Silvan!« sagte der Heingeiger dunkel. Er sah
alle rund herum an. Die schwiegen betreten und wichen seinen
Blicken aus, als wollten sie ihm nicht weh tun.
»Ja, schon«, nickte der Heinrich endlich: »Aber der Silvan muß
den Kerl von Anfang an nicht mögen haben. Seitdem der Silvan
und der Xaverl miteinander gehn, haben sie den Dreckhammel abgewimmelt.« Er kam wieder in Wut und meinte, hereinkommen
wenn er jetzt würde, der Knecht, auf der Stelle würde er ihn niederschlagen. Kommen müsse er ja, er habe ja noch sein ganzes Zeug
da, äußerten die Mosers, doch der Bertl ließ auf sich warten. Währenddessen erfuhren auch die nächsten Nachbarn von dem Vorfall, und bald wußte das ganze Dorf davon. Jeder Mensch war aufgebracht. Nach ungefähr zwei Stunden telefonierte der Hingerl
für den Heingeiger die Amdorfer Gendarmerie an und machte Anzeige wegen Notzucht. Dort hieß es, daß der Riedinger schon auf
dem Weg sei, denn der Posthalter Stelzinger habe bereits telefonisch Meldung gemacht. Bald flitzte der Wachtmeister Riedinger
auch mit dem Motorrad ins Dorf und vernahm die Heingeigers und
die Mosers.
»Der Kerl kommt nicht weit! So ein dreckiger Schuft!« sagte er
zum Schluß und hielt sich bei seinem Schwiegervater Stelzinger
nicht auf, weil er, wie er angab, noch weiter ›rekognoszieren‹
mußte. Im Dorf war eine große Unruhe, und beim Hingerl an den
Biertischen erging man sich in allerhand Mutmaßungen. Stunden
und Stunden verliefen, und langsam brannte in keinem Haus mehr
ein Licht. Nur der Heingeiger hockte allein in seiner Kuchel. Lang
nach Mitternacht kam der Silvan heim. Erstaunt blieb er im Türrahmen stehen und schaute fragend auf den Bauern.
»Wo hast du denn deinen Freund, den Bertl?« fragte der mit bohrendem Blick. »Der Bertl? . . . Was geht denn der mich an?« ant-

wortete der Silvan verdächtig gefaßt: »Ich wüßt' nicht, daß der mein besonderer Freund gewesen ist!« Er rührte sich aber nicht vom Fleck. Steif und drohend musterten die zwei einander.

»Soso...« sagte der Heingeiger und verfolgte mit lauernder Spannung jedes Wimperzucken in Silvans Gesicht. Da wurde der auffällig gesprächig. »Faktisch«, meinte er in seiner gewohnten militärischen Ausdrucksweise und fing an, ohne seinen reglos dahockenden Vater anzusehen, in der Kuchel auf und abzugehen: »Faktisch, der Kerl war mir seit jeher zuwider! Ekelhaft direkt!... Was soll denn sein mit ihm?«

»Er hat heut' nachmittag beim Heimgehen die Elies notzüchtigt!« sagte der Bauer eisig.

»Was?... Was?! Der?!« Der Silvan blieb stehen und fing übergeschwind und empört zu poltern an: »Was? Der Dreckkerl! Der Schweinehund?... Ist er schon gefaßt? Der Kerl muß sofort ins Zuchthaus!... Mir, wenn er unter die Finger kommt, ich schieß' ihn nieder wie einen Hund.« Er redete und redete und zerredete das Furchtbare, das in der Kuchel-Luft hing; er tappte wieder hin und her, immer irgendwohin auf den Boden schauend, schüttelte hin und wieder den Kopf, und alles klang blechern wie auf einem Kasernenhof: »So eine unerhörte Sauerei! Der Misthund! Der Hammel, der!« Plötzlich sah er den Bauern steif aufgereckt vor sich und stockte.

»Aber daß er dem Xaverl sein Freund gewesen ist, das weißt du doch?« fragte der Heingeiger: »Oder...?« Sekundenlang blieb es stockstumm zwischen den zweien. Jeder schien sprungbereit.

»Ja-tja... möglich!« stotterte der Silvan, fand aber schnell seinen Ton wieder: »Faktisch hat ihn der auch nicht leiden können. Er hat sich bloß überall angehängt, wie eine Wanze!«

»Ist schon recht«, brachte der Bauer nur noch heraus, ging an ihm vorbei, aus der Kuchel und in seine Kammer hinauf. Eine kurze Weile blieb der Silvan wie ratlos stehen, gab sich dann einen energischen Ruck und ging ebenfalls ins Bett. Am anderen Tag, als er

die verstörte, zerschundene Elies sah, setzte er ein freundliches Gesicht auf und fragte: »Willst du zum Doktor oder ins Krankenhaus? Ich kann ja einspannen?« Wortlos schüttelte die Befragte den Kopf. Zärtlicher, als man es je bei ihr gewohnt war, zog sie manchmal den Peter an sich heran und strich über sein Haar. Der Bub schaute sie schweigend und verschreckt an ...
Der Bertl wurde nach ungefähr drei Wochen in seinem Heimatort Baching, am Rand des Gebirges, festgenommen und in das Untersuchungsgefängnis des Landgerichtes Traunstein eingeliefert. Er leugnete trotz der einwandfrei belastenden Zeugenaussagen bei allen ersten Verhören hartnäckig. Er leugnete aber so handgreiflich dumm und verstockt, daß ihm überhaupt nichts mehr geglaubt wurde. In der dritten Woche seiner Untersuchungshaft sollte ihm die Elies erneut gegenübergestellt werden. Beim ersten Mal war sie kaum imstande gewesen, ein Wort herauszubringen. Nur als der Untersuchungsrichter sie geradewegs fragte, ob sie ganz bestimmt wisse, daß dieser Mann sie vergewaltigt habe, hatte sie sich verfärbt und hatte schwach genickt: »Ja, der ist's gewesen.« Armselig und eingeschüchtert war sie dagestanden, mit gesenkten Augen.
Sie hatte ja nie viel geredet, seither jedoch schien sie wie verstummt, obgleich sie spüren mußte, wie verschwiegen zärtlich der Heingeiger sich um sie sorgte, wie aufrichtig man sie überall im Dorf und in der Pfarrei bemitleidete. Krank und blaß war ihr knochiges Gesicht, eine unsagbare Hoffnungslosigkeit glomm in ihren meist leer hinstarrenden Augen. Mechanisch arbeitete sie. Als der Heingeiger ihr sagte, daß er mit ihr morgen nach Traunstein zum neuen Verhör fahren würde, nickte sie linkisch und hilflos. Wie man es bei ihr gewohnt war, ging sie nach dem Nachtessen noch zur Rotholzerin hinüber, der sie sich offenbar mehr aufschloß als jedem anderen Menschen. In der Frühe fiel es der Dirn auf, daß sie nicht zur Stallarbeit kam. Als gleich darauf der Bauer über die Stiege herunterging, sagte sie ihm das.

»Elies!« schrie der Heingeiger, mitten auf der Treppe stehenbleibend. »Elies! Elies!« wiederholte er jäh erschreckt. Niemand gab an. Er kam an ihre Kammertür, und die Dirn war hinter ihm. Sie klopften, riefen wiederum und machten die Türe auf, der Heingeiger knipste das Elektrische an, und sie sahen, das Bett war unberührt.

»Herrgott!« machte der Bauer. Jetzt kam auch der Silvan auf den Gang. Sie schrien im Haus herum und fingen zu suchen an. Als sie auf die Tenne kamen und Licht machten, hing der Elies ihr langer, hagerer Körper kerzengerade vom dicken Mittelbalken herab und warf einen schrägen Schatten auf den erleuchteten Heuschober. Auf dem Nachttisch in ihrer Kammer fand man einen mit Tinte geschriebenen Zettel mit den Worten: ›Lieber Vater, sorge für den Peter. Alles, was mir zusteht, gehört ihm. Gruß Elies.‹ Ruhig standen die langgezogenen Buchstaben da. In keinem Zug war ein Zittern zu bemerken. Wie es einem guten Katholiken ansteht, hatte die Erhängte noch zwei Tage vorher gebeichtet und kommuniziert. Aber, wenngleich er es von sich aus gern gemacht hätte, seiner einschränkenden Pflicht gemäß mußte der alte Pfarrer Trostinger ihr ein kirchliches Begräbnis auf dem Glachinger Gottesacker verweigern. Das Gesetz dieser Religion verbietet jedem Gläubigen, sich das Leben zu nehmen. Ein Selbstmörder darf nicht in die geweihte Erde kommen, er muß außerhalb der Friedhofsmauern verscharrt werden. Bis weit über die Gemarkung der Pfarrei Glaching hinaus erregten sich die Leute ungemein darüber. Mit all seiner erprobten Geduld und gescheiten Altersmilde versuchte der Pfarrer den erzürnten Heingeiger immer wieder zu besänftigen. Nichts hatte der geistliche Herr verabsäumt, sofort hatte er beim erzbischöflichen Stuhl in der Hauptstadt um eine Dispens nachgesucht, doch die Entscheidung ließ auf sich warten, und die Tote mußte unter die Erde. Da legten sich die Jesuiten ins Mittel. Der Pater Superior erschien in aller Frühe persönlich beim Heingeiger, segnete die ganze Familie und sagte mit zuversichtlicher Ge-

lassenheit: »Ich fahre jetzt sofort zu unserem hochehrwürdigen Erzbischof, Herr Bürgermeister! Die Verstorbene hat in einer Anwandlung von geistiger Umnachtung gehandelt. Heute noch bring' ich die oberhirtliche Genehmigung!«
Und er hatte nicht zuviel versprochen. Schon in den ersten Nachmittagsstunden kam er zurück, das Schreiben in der Hand. Der Stelzinger fuhr ihn nach Glaching zum Pfarrer. Gleich darauf kam die Totenfrau und machte alles zurecht. Ganz Auffing schritt später betend und weinend hinter dem Sarg her. Am anderen Tag – hell und groß stieg die Sonne herauf, die Lerchen sangen jubelnd in der frischen Frühjahrsluft, die nebeligen Felder schälten sich nach und nach klar und tauglitzernd aus dem hochsteigenden, sich verflüchtigenden Dunst – wurde die Eliese Lochner, Bauerntochter von Auffing, mit allen kirchlichen Ehren in das Heingeigersche Familiengrab gesenkt. Neben dem noch kaum angefaulten, unzerfallenen Sarg ihrer seligen Mutter kam der ihrige zu liegen. Allenthalben wurde es äußerst anerkennend vermerkt, daß das Jesuiten-Collegium Weylarn einen großen, prächtigen Kranz mit einer breiten, hellroten Seidenschleife gestiftet hatte. ›In Jesu Namen!‹ stand in goldenen Lettern darauf. Nachher in der Sakristei, als der Heingeiger dem Pfarrer Meß- und Grabkosten zahlen wollte, sagte der Trostinger: »Dafür ist eine unbekannte Spenderin aufgekommen...« Und als er den niedergeschlagenen Bauern, der einen Augenblick lang doch verblüfft wurde, anschaute, setzte er wie entschuldigend hinzu: »Sie war die rechtschaffenste Person, die arme Elies, Herr Bürgermeister. Gegen die oberhirtliche Instanz hab' ich nicht aufkommen können, aber, Gottseidank, der Pater Superior hat da seine Beziehungen. Unser Herrgott hat alles wieder eingerenkt.«
Gegen alle Gewohnheit hielt der Heingeiger kein Leichenmahl, und da sich die Rotholzerin deswegen genierte, lud sie die Verwandten und Bekannten zum Postwirt ein. Der Bauer ging mit dem Peter an der Hand neben dem Schuster Kraus heimzu, nach Auf-

fing. Traurig rieb sich der Peter immer wieder die verweinten Augen aus. Die zwei Männer redeten kaum ein Wort.
»Schön steht alles«, sagte der Kraus kurz vor dem Dorf, als er über die Felder und Äcker schaute: »Wachsen tut's gut heuer . . .«
»Jaja«, brummte der Heingeiger wie nebenher und wurde um einen Grad bitterer: »Wachsen, jaja, aber für wen?«
»Für wen? Ja, mein Gott, das fragt man sich ja immer«, schloß der Kraus und ging auf sein Haus zu. An der Tür drehte er sich noch einmal um und rief dem Buben nach: »Rußl, wenn dir die Zeit lang wird, komm' nur rüber zu mir!«
Er wartete die Antwort nicht ab. Er bekam auch keine . . .

22

Was dem einen sein Unglück, ist dem anderen sein Glück. Das zeigte sich bei der Verhandlung gegen den ehemaligen Moserknecht, den Berthold Hanslinger aus Baching. Jetzt, da die Hauptbelastungszeugin gegen ihn weg war, konnten nur noch diejenigen aussagen, denen die verstörte Elies ziemlich unzusammenhängend von dem Vorgang der Vergewaltigung erzählt hatte. Diese Bezeugungen waren nicht einheitlich. Der Heingeiger und die Allbergerin zum Beispiel beschworen, daß die Elies nach ihrer damaligen Heimkehr gesagt habe, der Bertl habe sie in den Wald gestoßen und dort niedergerissen, der Schuster Kraus dagegen gab an, ihm sei erinnerlich, daß die Verstorbene weinend herausgestoßen habe: »Ich bin ihm auf der Straße davon, aber er ist mir nach und hat mich einfach umgeworfen!« Wenn er auch nach den mehrfachen, eindringlichen Fragen des Richters die Einschränkung machte, bei der schrecklichen Verwirrung dazumal hätte sich keiner mehr genau ausgekannt, so blieb er doch im wesentlichen bei seiner Aussage. Die stimmte auch mit dem Protokoll überein, das der Wachtmeister Riedinger nach dem ersten Verhör der Elies angefertigt hatte und jetzt vor Gericht bestätigte. Ähnliches bekundete außerdem der Akt des Untersuchungsrichters über die äußerst spärlichen Angaben der Vergewaltigten.

Große Spannung trat ein, als der Richter vom Angeklagten herausbringen wollte, was ihn denn zu seiner Untat getrieben und ob ihn vielleicht jemand dazu verleitet habe. »Ich kann bloß angeben, daß ich's Heiraten fest im Sinn gehabt hab'«, behauptete der Bertl steif und frech: »Eine Schlechtigkeit hab' ich durchaus nicht gemacht.« Immerhin kam durch das, was er mit hartnäckiger Einfältigkeit vorbrachte, doch heraus, daß ihn sein ehemaliger Freund, der Tratzelberger-Xaverl, schon sehr lange und in der letzten Zeit immer ärger herabmindernd verspottet habe, weil er – der Bertl – als ausgewachsenes Mannsbild sich ›versorgungshalber noch keine halbwegs gestellte Bauerstochter geangelt‹ hätte. Dann kamen so dreckige Dinge zur Sprache, daß der Richter für eine Weile die Öffentlichkeit aus der Verhandlung ausschloß. Der Tratzelberger-Xaverl leugnete nicht, daß der Bertl für ihn schon immer ein ›windiger Schlappschwanz‹ gewesen sei. Es glaubten ihm wohl auch die meisten, als er hinwarf, die erwähnten Spötteleien hätte doch ein Mensch mit Vernunft nie weiter ernst genommen, und befragt darüber, ob er den Knecht vielleicht auf die Elies aufmerksam gemacht habe, meinte er achselzuckend: »Es mag schon sein, daß wir auch über die geredet haben. Der Bertl hat mich ja in einem fort gefragt, was ich zu der und der meine. Ganz unausstehlich und aufdringlich ist er zuletzt mit seinem Blödsinn 'worden.« »Weil da eben schon der Silvan dein Freund gewesen ist!« rief der Bertl plötzlich dazwischen und grinste läppisch vorwurfsvoll. Der Richter aber verbot ihm gereizt jedes Wort und drohte, ihm wegen ungebührlichen Benehmens eine Extrastrafe aufzubrummen. Der Heingeiger-Silvan antwortete auf alle Fragen klar und knapp. Die meiste Zeit stand er dabei stramm und schaute den Richter unverwandt an. Mit weit mehr Zurückhaltung als der Tratzelberger-Xaverl gestand auch er, daß ihm der Angeklagte höchst unsympathisch gewesen sei, suchte das aber als unerheblich hinzustellen.

»Die Menschen sind eben verschieden«, sagte er mit bemerkenswerter Sicherheit und erklärte: »Oja, ich kann mich erinnern, der Xaverl hat mir einmal beim Bier erzählt, daß sich der Herr Heiratskandidat momentan für meine Schwester interessiert.« Die Worte ›Herr Heiratskandidat‹ klangen scharf ironisch, und einige Herren am Richtertisch verzogen dabei ihre Mundwinkel wie amüsiert. Natürlich, ergänzte der Silvan, habe er die Erwähnung seiner Schwester in diesem Zusammenhang geschmacklos gefunden, aber sie auch im nächsten Augenblick schon wieder vergessen, denn ganz unmöglich sei ihm erschienen, daß sich dieselbe je mit einem solchen Kerl einlassen könnte. Überhaupt habe er, nach dem, was die Elies nach dem Tode der Mutter dem Vater gewesen sei, den Eindruck gehabt, sie würde nie heiraten. Eine solche Behauptung aus seinem Mund tat wohl. Sogar der Heingeiger hob sein Gesicht und schaute nach ihm.

Für das, weswegen der Bertl auf die Elies verfallen war, gab es nur diesen Anhaltspunkt, den er mit entwaffnender Unverfrorenheit von Anfang an beibehalten hatte: »Sie ist gleich in der Nachbarschaft gewesen, die Elies. Da hab' ich am einfachsten hinter ihr her sein können. Daß sie arbeiten und sparen hat können, das hab ich ja gewußt, und Weibsbilder über vierzig, gar wenn sie ein lediges Kind haben, die gehn leichter her. Ihr Bub ist ja auch schon hübsch hergewachsen, und einen schönen Batzen Geld hätt' sie mir auch mitgebracht.« Er verrannte sich aber dann doch endlich, als er behauptete, daß er an dem fraglichen Sonntag zuerst überhaupt nur gescherzt habe und erst nach und nach, als ihn die Elies blutig kratzte, ein ›bißl schärfer ins Zeug gegangen‹ sei. Da gab es ein scharfes Kreuzverhör. Obgleich der Verteidiger vom Bertl durch geschickte Gegenfragen diejenigen des Richters parieren wollte, verhaspelte sich der Angeklagte, und es schälte sich der Tatbestand der Vergewaltigung einwandfrei heraus. Es half nichts, daß der Bertl immer wieder zu bagatellisieren versuchte. Immerhin war der Bursch bis jetzt unbescholten, und der Bürger-

meister und Pfarrer aus Baching, ja, auch die Moserleute von Auffing, stellten ihm ein gutes Zeugnis aus. Fast ergreifend wirkte es, als Bertls alter Vater, ein Altersrentner und ehemaliger Holzknecht, berichtete, sein Sohn habe ihm nie Verdruß gemacht und ihm alle paar Monate sein erspartes Geld gebracht. ›Vater, da! Das nimmst du. Und das andere legst du mir auf die Sparkasse, aber wenn du was brauchst, sag's nur‹, habe der Bertl stets gesagt, und tatsächlich lagen auch fünfhundertundacht Mark auf der Kasse der Landwirtschaftlichen Genossenschaft von Baching und Umgegend. Das alles verwandte der Verteidiger sehr wirkungsvoll in seiner Rede. Als das Gericht über den Antrag des Staatsanwalts auf drei Jahre Zuchthaus abstimmte, stimmten die Geschworenen – meist Bauern, Jäger und ländliche Geschäftsleute – dagegen. Der Bertl bekam schließlich zwei Jahre Zuchthaus und drei Jahre Verlust der bürgerlichen Ehrenrechte.
Diese Milde erzürnte den Heingeiger derart, daß er fluchend die Faust reckte. Er kam aber nur dazu, einige grobe Brüller herauszustoßen. Im selben Augenblick nämlich stellte sich der Silvan resolut vor ihn und sagte mit zwingender Verständigkeit: »Laß bleiben, Vater! Es hat keinen Wert!« Wie lange hatte er schon nicht mehr so gesprochen; der Heingeiger wußte keine Zeit mehr. Einen kurzen Strich lang schauten sich Bauer und Sohn verwundert und mißtrauisch zugleich an, dann sagte der Heingeiger: »Ja, du hast recht, Silvan! Gehn wir! Es ist gescheiter.«
Die zwei fuhren mit den Mosers, dem Schuster, der Allbergerin, der Dirn, dem Wachtmeister Riedinger und dem Tratzelberger-Xaverl im gleichen Zug. Der Xaverl und der Silvan schauten in unbemerkten Augenblicken einander geschwind in die Augen, mischten sich aber gleich wieder in die allgemeine Unterhaltung. In Wimpfelberg stieg der Xaverl aus, die anderen fuhren weiter bis Amdorf. Wenn nicht der Eid gewesen wäre, sagte der alte Moser einmal zum Heingeiger, am liebsten hätte er ausgesagt, daß der Bertl ein ganz durchtriebener Lump gewesen sei. »Aber so«,

meinte er beinahe entschuldigend, »hat man gut über ihn reden müssen.« Der Heingeiger nickte und wandte sich an den Kraus, indem er dessen Gedächtnis rühmte, denn nach allem, was der Riedinger und die meisten in bezug auf Elies Angaben gesagt hätten, stimme es, was der Schuster vor Gericht beeidigt hatte.

»Und soweit ich Ihr Fräulein Tochter selig gekannt hab', Herr Bürgermeister«, erklärte der Riedinger als gewiegter Kriminalist: »Daß sie nicht stehen geblieben, sondern davongelaufen ist, spricht mehr für die Wahrscheinlichkeit.«

»Einleuchtend! Jaja, faktisch«, meinte der Silvan. Es war keineswegs so, daß er und der Heingeiger nun gleich viel und herzlich miteinander redeten, man merkte bloß, daß sie nichts mehr gegeneinander hatten. In Amdorf kehrten die zwei mit den Mosers noch beim ›Unterbräu‹ ein, während Kraus, Allbergerin und Dirn sich gleich auf den Heimweg machten. Die Dirn hatte es eilig und ließ die beiden Alten bald hinter sich.

»Wie ich so jung gewesen bin, da bin ich auch noch gelaufen wie ein Wiesel«, sagte die Allbergerin, als sie mit dem Schuster allein war, und kam dann wieder auf die Verhandlung: »Hmhm, meinen Ludwig haben sie seinerzeit fünf Jahre eingesperrt, und er hat keinem Menschen was Unrechtes getan. Der Bertl, die Drecksau, braucht bloß zwei Jahr' sitzen . . .«

»Sowas hängt auch viel vom Richter ab«, gab der Kraus zurück und schwieg. Es war schon Nacht, eine laue, mondhelle Juninacht. Ein leiser Wind strich über die Felder und Getreideäcker. Ein zartes Säuseln kam aus den wogenden Halmen. Scharfgezeichnete Schatten warfen die Apfelbäume, und hin und wieder zwitscherte ein aus dem Schlaf geschreckter Vogel kurz auf.

»Ob sie jetzt gut auskommen?« fing die Allbergerin nach einiger Zeit wieder an und verwies auf die heutige Versöhnung zwischen Heingeiger und Silvan.

»Hm, sie werden schon müssen«, redete der Schuster weiter.

»Warum müssen?« fragte die Alte.

»Naja, wenn sie Jahr und Tag unter einem Dach beinander sind, was bleibt ihnen denn da schon weiteres übrig!« versuchte er dieses Thema zu beschließen, denn über Nachbarn zu klatschen, hielt er stets für gefährlich. Er ärgerte sich, als die Allbergerin, dabeibleibend, sagte: »Mir hat der Silvan noch nie gefallen.« Mit leichter Ungeduld antwortete er: »Uns muß er ja nicht gefallen! . . . Du meinst eben wegen deinem Ludwig.« Daß zwischen Silvan und Ludwig immer noch eine unverminderte Feindschaft bestand, wußten die meisten. Die zwei mieden einander und betrieben das so unauffällig und geschickt, daß sie sich bis jetzt kaum begegnet waren.

»Mein Ludwig fürchtet sich nicht vor ihm«, meinte die Allbergerin.

»Fürchten? . . . Der Silvan tut doch keinem was!« hielt ihr der Kraus entgegen, und als die Alte an das Vergangene erinnerte, setze er dazu: »Ah, das ist doch schon lang vergessen!«

»Der Silvan vergißt nichts«, murmelte die Allbergerin. Sie kam aber jetzt ins Husten, denn im Forst, den sie eben verließen, war es kühl gewesen. Der Schuster überhörte sie und sagte: »Gottseidank, daß wir endlich heimkommen! Den ganzen Tag hat man versäumen müssen!« Seit fünf Uhr früh waren sie weg gewesen. Anheimelnd leuchteten ihnen die hellen Fenster von Auffing entgegen. Über die dunklen Wiesen und Äcker wob ein schleierig feuchter Dunst. Aus dem dichten Gemeng der Obstbaumkronen hob sich da und dort die scharfe Kontur eines Hauses im Mondlicht. Etliche Hunde fingen zu bellen an.

»Ja, jetzt gute Nacht, Schuster!« verabschiedete sich die Allbergerin und bog am Dorfeingang rechts in den Wiesenfußweg ein, der beim Kugler vorüberführte. Der Schuster verspürte einen starken Hunger und ging, was er jetzt, seitdem die Hauniglin bettlägrig geworden war, öfter tat, zum Hingerl, um was zu essen. Dort hockten der Kreitler, der Schmied Witzgall von Glaching und der Ludwig bei einem Tarock beisammen. Vor lauter Neugierde aber unterbrachen sie das Spiel und fragten und fragten. Ausführlich mußte der Kraus erzählen. Als er beiläufig erwähnte, daß sich Silvan und Heingeiger bei dieser Gelegenheit ausgesöhnt hätten, wurde der Ludwig einige Huscher lang nachdenklich. »Soso«, sagte er und fragte wieder weiter.

Auch beim Heingeiger drüben hatte der Peter gespannt auf den Ausgang des Prozesses gewartet. Als die Dirn allein heimkam, fragte er sichtlich verwundert: »Wo ist denn der Großvater?«

»Hm«, lächelte die Dirn ein bißchen sonderbar: »Der ist mit dem Silvan in Amdorf drüben zum Unterbräu hineingegangen...«

»Was? Mit'm Silvan?« fragte der Bub und wurde ganz bestürzt, denn das war doch noch nie vorgekommen.

»Sie sind auf'm Gericht wieder gut miteinander geworden«, berichtete die Dirn, und da verschlug es dem Peter fast das Wort. Das Weitere schien ihn gar nicht mehr zu interessieren. Enttäuscht wurde sein Gesicht. So lange er sich in seinem jungen Leben erinnern konnte, war vom Silvan noch nie etwas Gutes gekommen. Alle im Haus haßten ihn, und im Dorf mochte ihn auch fast keiner. Es war, als stiegen dunkle Ahnungen im Peter auf. Während er der Dirn bei der Stallarbeit half, redete er kaum etwas. Eine ungewisse Traurigkeit hielt ihn nieder. Schon bald darauf – ungefähr nach einer Woche – erlebte er etwas, das ihn noch mehr verwirrte, weil es ihn wider alle Erwartungen zwang, den Silvan mit einem Male anders anzuschauen. Nämlich mit den oft geäußerten Wünschen der Elies und den vielen gleichartigen Andeutungen der Rotholzerin, denen zufolge der Bub ›auf Geistlichkeit studieren‹ solle, schien es jetzt Ernst zu werden. Was dabei herauskam, erklärte dem Heingeiger auf eine überraschende Weise, weswegen sich seinerzeit der Pater Superior so hilfsbereit gezeigt hatte, als für die Elies ein christkatholisches Begräbnis erwirkt werden sollte.

Dem Bauern und dem Silvan gefiel schon gar nicht, daß sich die Rotholzerin seit dem Tod der Elies so aufdringlich des Buben annahm. Jeden Sonntagnachmittag kam sie daher und wollte den Peter entweder zur Vesper nach Glaching mitnehmen oder gar mit ihm nach Weylarn gehen. Der Bub war für so überfromme Betätigungen gar nicht eingenommen und lief nach dem Mittagessen meistens weg. Entweder, um mit den anderen Dorfbuben zu spielen oder um beim Hingerl drüben Kegel aufzustellen. Die winselnden Einwendungen, die die enttäuschte Rotholzerin bei solchen Gelegenheiten in der Heingeigerstube vorbrachte, wirkten zuerst nur auf die Spottlust des Bauern, allmählich aber gingen sie diesem und dem Silvan auf die Nerven, und es gab jedesmal eine kleine Reiberei.

An einem Sonntag kurz nach dem Mittagessen aber kam die Rotholzerin und sagte mit bedeutsamer Wichtigkeit zu ihrem Bruder, daß der Pater Superior ihn dringend in einer sehr persönlichen Angelegenheit zu sprechen wünsche.

»Was will er denn? Kannst denn das nicht du für mich machen?« meinte der Heingeiger, doch die Rotholzerin schüttelte den Kopf und wurde immer dringlicher: »Ich weiß nicht, was es ist, aber soviel ist gewiß, der hochwürdige Pater tät' sowas nicht verlangen, wenn's nicht notwendig wär'.«

Kurzum, der Heingeiger spannte den Fuchsen an und fuhr nach Weylarn. »Das will ich jetzt doch gleich wissen«, sagte er zum Silvan, als er sich auf dem Sitz des leichten Wägelchens zurechtrückte, und der meinte: »Ja, das interessiert mich auch.«

In Weylarn war es, als würde er schon erwartet werden. Er wurde sofort in das geräumige, mit vielen Aquarien und Zierpflanzen ausgestellte sonnige Zimmer des Pater Superior geführt. Der hochgewachsene, umfängliche Jesuit ging ihm freundlich entgegen und bot ihm einen Stuhl an. Er redete mit so gewinnender Natürlichkeit von dem herrlichen Sommerwetter und der zu erwartenden, gesegneten Ernte, daß der Heingeiger zwar kaum zum Wort kam, aber auch jede anfängliche Befangenheit rasch verlor.

»Ja, also Herr Bürgermeister, Sie wissen ja, daß unserem Collegium und speziell mir das Unglück in Ihrer Familie besonders zu

Herzen gegangen ist«, fuhr der würdige Pater in gleichem Ton fort und holte aus einer großen, ledernen Mappe, die auf seinem dunkel glänzenden Mahagoni-Schreibtisch lag, einen zusammengefalteten Brief heraus, hielt ihn bedächtig in seiner schlanken, beringten Hand und sah dem neugierig gespannten Bauern ruhig forschend in die Augen: »Unsere Bruderschaft in Jesu wirkt ja grad darauf hin, daß besonders schwergeprüfte Familien den gnädigen Segen des Allmächtigen wieder voll erfahren. Wir sind ja alle nur irrende Menschen, Herr Bürgermeister! Ein kleiner Hauch löscht unser kurzes Leben aus, und die Ewigkeit fängt an. Dort wird ja erst gefragt: Was hast du zu deinem und zu deiner Mitmenschen Heil getan?« Die letzten Worte klangen fast innig mahnend, und in der wohllautenden Stimme des Pater Superior war viel, das selbst das verstockteste Innere eines Menschen anzurühren imstande war. Das merkte man schon daran, daß der Heingeiger, dem dabei sicher das ganze Elend mit der Elies einfiel, ein weiches, aufnahmebereites Gesicht bekam. Gleich aber bekam es wieder einen fragenden Ausdruck.

»Manchmal aber spricht auch die Ewigkeit zu uns«, sagte der Pater Superior und faltete langsam und nebenher den Brief auf: »Manchmal übermittelt einer von unseren Angehörigen, der in der Seligkeit ist, seinen letzten Willen an uns, und sowas, nicht wahr, Herr Bürgermeister, wird ein christkatholischer Mensch nicht außer acht lassen. Er wird ihn schon deswegen vollauf respektieren, weil ihm das ja selber zum ewigen Heil verhilft.« Der Heingeiger hüstelte ein wenig. Die Länge dieser Einleitung begriff er nicht. Die schöne antike Standuhr schlug jetzt summend zwölfmal und dann noch drei Mal, und dieses ausgewogene, wohltönende Schlagen erfüllte den ganzen Raum. Der Heingeiger sah auf das vielverzierte Zifferblatt und dachte vielleicht daran, daß ihm der junge Moser, als sie nach der Verhandlung gegen den Bertl beim Unterbräu in Amdorf beisammengesessen waren, viel von der neuen Sämaschine erzählt hatte, die sie vom Witzgall in Glaching gekauft hatten. Beim Heimgehen hatte der Silvan gesagt: »So eine Maschine arbeitet exakter und ist rationeller.« Er wollte heute noch mit dem Witzgall darüber reden. Spürsinnig erwitternd, daß es nun an der Zeit sei, zur Sache zu kommen, redete der würdige Pater in diese Gedanken hinein: »Ihre Familie, Herr Bürgermeister, ist uns ja als gut katholisch bekannt, und den schönsten Beweis dafür hab' ich ja in der Hand. Ihre selige Tochter Elies nämlich hat in dem Brief ihren letzten Willen niedergelegt, und ich denke, auf so ein leuchtendes Beispiel über das Grab hinaus können Sie stolz sein.« Damit stand er auf und übergab dem Bauern den Brief, indem er gelassen sagte: »Lesen Sie ihn in aller Ruhe, Herr Bürgermeister, ich lasse Sie eine Zeitlang allein, damit Sie sich alles überlegen können.«

»Bitte«, sagte er noch einmal und ließ den etwas verdutzten Heingeiger allein. Geräuschlos ging er über den schweren Teppich, geräuschlos schloß er die Türe hinter sich. Der Heingeiger zog seine Brille heraus, setzte sie umständlich auf und fing zu lesen an. Die Schrift des Briefes erkannte er als diejenige der Elies, aber was darin gesagt, und vor allem, *wie* es ausgedrückt war, das konnte unmöglich dem einfachen Gehirn der Verewigten entsprungen sein. ›Und möchte ich Hochwürden Herrn Pater fest zusagen, daß ich nach inständigem Gebet und reiflicher Überlegung zu dem Schluß gekommen bin, meinen Sohn Peter für den heiligen Priesterstand zu bestimmen. Das Geld für das Studium, welches Hochwürden Herrn Pater von einer ungenannten Person zur Verfügung gestellt worden ist, hätte ich auch gehabt, aber die großmütige Stiftung bedeutet für mich soviel wie ein Zeichen des Allmächtigen und unseres Herrn und Jesus Christus, so daß mein Entschluß mir umso leichter wird. Möchte mitteilen, daß ich es meinem Sohn nach Beendigung seines Studiums oder bei meinem Ableben zukommen lasse, daß er sich als Geistlicher installieren kann‹, stand da unter anderen frommen Wendungen. Jedes Wort, jeden Satz las der Heingeiger genau, und wahrscheinlich wurde ihm dabei die unglückliche Elies wieder ganz gegenwärtig, möglicherweise fiel ihm auch der komplizierte Brief ein, den er sich damals vom Schuster Kraus für den Diplomlandwirt Oberholzer abfassen hatte lassen. Er merkte, wie ihm langsam die Ohren heiß wurden und dann das ganze Gesicht. Er schaute grade vor sich hin, und da stand auch schon wieder der hochgewachsene, beleibte Pater Superior, dunkel und groß vor ihm aufragend, fast wie eine holzgeschnitzte Heiligenfigur aus einer Kirche.

»Nun, Herr Bürgermeister?« sagte der Pater mit dem liebenswürdigsten Gesicht und nahm dem noch etwas starrenden, leicht benommenen Bauern sacht den Brief aus der Hand: »Jetzt wissen Sie die Botschaft der Verewigten –«

»Ja, jetzt weiß ich's!« fiel ihm der Bauer scharf ins Wort und stand auf wie mit einem Ruck. Steif blieb er stehen und schaute dem Pater funkelnd in die graugrünen Augen. »Jetzt weiß ich's, aber daß der Peter ein Geistlicher werden soll, ist ganz ausgeschlossen.«

»Ausgeschlossen? Aber Herr Bürgermeister, der Brief. Das ist doch der letzte Wille der –«

»Ob das der Elies ihr Wille war, ist noch gar nicht ausgemacht!« ließ der geharnischte Bauer den jäh sich verändernden Pater nicht weiterreden und wurde noch grober: »Sowas – wie das geschrieben ist, das haben ihr andere eingesagt. Wenn's so weit gewesen wär', hätt' sie doch einmal mir mir geredet! Sie und meine Schwester haben genau gewußt, daß ich dagegen bin, daß der Bub auf Geistlichkeit studieren soll.«

»Aber es ist doch die Schrift der Verewigten!« konnte der Pater schnell dazwischensagen, doch der Bauer nickte nur und antwortete ziemlich respektlos: »Die Schrift! Jaja, die Schrift ist schon von ihr, aber alles andere ganz und gar nicht! Ganz und gar nicht, sag' ich! Dabei bleib ich!« Die letzten Worte schrie er fast. Zornblaß war er, und seine Bartspitzen zitterten.

»Herr Bürgermeister!?« wölbte sich der Pater gebieterisch auf: »Ich sehe, Sie regen sich zu arg auf! In unserem geweihten Heim

ist nicht der Ort für solche Streitigkeiten!« Doch er wurde jäh baff und verlor für einen Augenblick all seine heiligmäßige Überlegenheit, als der Heingeiger kurz und trocken sagte: »Gut, ich kann ja auch gleich gehn! Wir brauchen nicht mehr weiterreden!« Mit einer resoluten Drehung wandte er sich zur Türe und war draußen, ehe der Pater noch was sagen konnte.
Die glitzernden Goldfische in den gläsernen Aquarien standen reglos im besonnten Wasser. Sogar das gemächlich leise Ticken der antiken Standuhr schien verstummt. Der Pater Superior machte etliche stampfende Schritte auf dem weichen Teppich. Sein Gesicht wurde dunkelrot, und seine gestrafften Wangen bebten. Er kniff ein Stück Blatt von einer Olivenpflanze ab und zerrieb es mit seinen Fingern. Dann ging er wieder an seinen Schreibtisch und legte den Brief in die große, lederne Mappe.

23

Zuerst kam nichts als ein ungewisses Schweigen von Weylarn her. Die Jesuiten hatten auch noch vollauf mit anderen Dingen zu tun. Ihre Kirche war fertig und wurde viel besucht. Der Pfarrer Trostinger merkte alsbald die Konkurrenz. Seine weitläufige, altmodische Pfarrkirche war sogar bei den sonntäglichen Hochämtern nur schwach besucht. Auch das Gebäude, in welchem die Jesuiten ihre Zellen hatten, war schon seit dem vergangenen Frühjahr fertig, und an der Exerzitien-Anstalt fehlte auch nicht mehr viel. Die Handwerker arbeiteten mit Hochdruck. Der Schmied Witzgall hatte mit seinen vier Gesellen bereits die Wasserleitungsrohre gelegt, der Baumeister Horst von Terzling beschäftigte nur noch zwei Maurer, das Elektrizitätswerk Wimpfelberg hatte das Licht eingerichtet, die Böden waren gelegt, die Fenster vom Glaser Schmutterer geglast, und die ·Gesellen vom Dekorationsmaler Promminger malten schon die große Empfangshalle mit frommen Bildern aus. Etliche Tagwerker legten draußen Wege und Plätze

an, der Neuchl fuhr die überflüssige Erde weg. Weiß und blank blinkte das schlichte, drei Stockwerk hohe Gebäude durch die dunklen Tannen.
Vorläufig also schienen die Jesuiten die Heingeigerische Angelegenheit hinzunehmen, als wäre nichts geschehen. Umso mehr aber beschäftigte dieselbe die Leute in der Glachinger Pfarrei. Gleich nach seiner damaligen Rückkehr aus Weylarn hatte der Heingeiger seiner Schwester, der Rotholzerin, einen furchtbaren Krach gemacht. Er war in seinen unflätigen Vorwürfen sogar soweit gegangen, sie zu beschuldigen, daß sie die Elies ›hirndamisch‹ gemacht und womöglich in den Tod getrieben habe. Die Rotholzerin wußte sich nicht mehr anders zu helfen als einfach geradeheraus zu weinen. Er ging wütend aus ihrer vollgestellten, wackelnden Stube und schlug die Tür derart grob zu, daß im Glaskasten die vielen porzellanenen Nippessachen aneinanderklirrten. Er soff sich – was nur ganz selten geschah – an jenem Sonntag einen Brandrausch an und wurde in seiner Wut sehr rebellisch. Herausfordernd schrie er in der vollen Stube beim Hingerl: »Die Kuttenbrüder, die staubigen, fürcht' ich noch lang nicht! Die sollen mich kennen lernen, wenn sie nochmal was wollen!« Die Leute, die an den vollen Tischen hockten, machten unbestimmte Gesichter, denn viele von ihnen hatten ja noch immer guten Verdienst von den Jesuiten. So gut es ging, suchte der Hingerl das Geschimpf des Bauern abzudämpfen und schaute dabei jeden an, als wollte er sagen: »Ihr seht ja, ich kann nichts dafür. Was kann man denn gegen einen Besoffenen machen!« Er war heilfroh, als der Heingeiger endlich aus der Tür torkelte.
Gleich natürlich fingen die Meinungen an, laut zu werden. Die einen sagten, das sei doch schön gewesen von der Elies, daß sie auf die Zukunft ihres Buben auf so fromme Weise bedacht gewesen sei, und gaben den Jesuiten recht. Die anderen wieder fanden zwar das Benehmen vom Heingeiger sehr anfechtbar, hielten aber nicht zurück mit mißtrauischen Bemerkungen. Sie schimpften nicht di-

rekt gegen die Jesuiten, höchstwahrscheinlich wegen dem Hingerl, der stets ein schlagfertiges, einleuchtendes Wort gegen Anschuldigungen dieser Art bereit hatte, aber sie meinten doch, die Elies sei durch recht undurchsichtige Machenschaften wirr gemacht worden. Der Ludwig saß dazwischen, hörte genau zu und sagte nur einmal, es müsse sich doch auch erst zeigen, ob der Peter wirklich Geistlicher werden wolle. Da gaben ihm viele recht.
Gleich, nachdem ihr Bruder sie verlassen hatte, ging die Rotholzerin zum Pfarrer Trostinger nach Glaching und suchte Rat und Hilfe. Doch der alte Geistliche verhielt sich unbestimmt und reserviert und sagte zu ihr genau dasselbe, was er zur übereifrigen Frau Direktor Vogelreuther, die ihn einige Tage drauf besuchte, sagte, nämlich: »Da kann man nichts anderes tun als solche Sachen unserem Herrgott überlassen.« Das wurde allseits verschieden ausgelegt und blieb den Jesuiten in Weylarn nicht unbekannt. Die muntere Raminger-Amalie, die jetzt statt der Frau Direktor Vogelreuther meistens die Schuhe zum Kraus brachte oder sie von ihm holte, erzählte dem einmal, daß der Pater Superior zur gnädigen Frau in bezug auf den Ausspruch des Pfarrers gesagt habe: »Ein wirklicher Gottesstreiter spricht nicht so.«
Die Amalie hatte eine leichte Zunge, scherzte gern und hatte es durchaus nicht mit der aufdringlichen Frömmelei ihrer Gnädigen, aber sie ließ sich von ihr gern bei jeder Gelegenheit zur Kirche oder nach Weylarn zur Vesper schicken. Da konnte man ausrasten und sich nachher mit irgendeinem Burschen treffen, und um Ausreden wegen zu langen Ausbleibens war die Amalie nie verlegen.
»Jaja, Gottesstreiter hat er gesagt, der hochwürdige Herr Pater!« wiederholte sie, indem sie die Tonart ihrer gnädigen Frau nachahmte, und ihre kugelrunden, kohlschwarzen Augen in dem vollen, rotbackigen Gesicht glänzten dabei verschmitzt.
»Gottesstreiter? Soso«, nickte der Kraus, der so ein lustiges Geschwätz gern hatte, und setzte geschwind eine ernsthafte Miene auf: »Warum grinst du denn da so miserablig, du vorlautes Frauen-

zimmer, du? Das ist ganz richtig – Gottesstreiter! Wenn man sich um nichts mehr auf der Welt streiten kann, streitet man um den Herrgott!«

»O, du eiskalter Saulump, du!« scherzte sie lachend: »Tu nur wieder wie ein muffiger Betbruder! Das kannst du der Gnädigen vormachen, aber mir nicht, du alter Bazi, du!« Der Schuster ließ es sich ruhig gefallen und lächelte in sich hinein.

»Wart' nur!« drohte er spottend: »Bis dich kein Bursch mehr mag und kein alter Hund mehr anschnüffelt, nachher muß der Herrgott herhalten! So ist's doch jedesmal mit euch Weibsbildern!« Zungenfertig aber meinte die Amalie, um sie brauche er sich keine solchen Gedanken machen, sie schaue schon, daß sie rechtzeitig ein handfestes Mannsbild erwische, und auslassen, das gäbe es dann nicht mehr. Der Kraus musterte sie listig. Er wußte, warum sie so gern nach Auffing herüberkam und dabei stets so adrett beisammen war. Er zwinkerte mit einem Aug und warf spöttisch hin: »Aber der Ludwig ist schwer zum halten!«

»Ah!... Du!« machte sie kokett schmollend, wurde um und um feuerrot und hatte es auf einmal sehr eilig.

Wider Willen wurde der Kraus in all dieses Meinungsgezänk hineingezogen, und er versuchte, wie die meisten Leute, sich weder allzu offen auf die eine noch auf die andere Seite zu schlagen. Nach Feierabend kam der Heingeiger oft und oft zu ihm herüber, erzählte immer das gleiche und schimpfte auch beständig auf die gleiche Weise. Dabei erfuhr der Schuster, daß der ausgesöhnte Silvan ganz auf der Seite des Bauern stand.

»Ärger als wie die Juden sind sie, die schlitzohrigen Kuttenbrüder, sagt der Silvan«, meinte der Heingeiger einmal. Der Schuster lugte kurz nach ihm und brümmelte: »Soso...« Dann aber richtete er sich etwas gerader auf seinem Schemel auf und warf sarkastisch hin: »Froh bin ich, daß ich kein Jud bin! Das müssen ja ganz fürchterliche Leut' sein! Ganz was Ekelhaftes!« Er grinste vieldeutig.

»Die Juden? Warum?« stockte der Bauer plötzlich: »Ich hab' nichts gegen sie.«
»Aber der Silvan?« fiel der Kraus ein und ließ ihn nicht aus den Augen.
»Ja, der mag sie absolut nicht... Die müssen weg, sagt er«, schloß der Heingeiger. Sie schwiegen einige Augenblicke.
»Hm«, machte der Schuster schließlich und schaute nachdenklich an ihm vorbei. »Was hast du denn auf einmal?« fragte der Bauer stutzend. »Ah, nichts. Gar nichts!« Der Kraus schüttelte den dikken Kopf und rühmte, was die Jesuiten für eine gute Kundschaft bei ihm wären: »Sie zahlen jedesmal gleich, und abhandeln tun sie nie was.« Ohne den Heingeiger anzusehen, erzählte er weiter, daß sie die Absicht hätten, statt einer prunkvollen Einweihungsfeier eine große Armenspeisung abzuhalten.
»Du redest auch bloß für den, bei dem du das beste Geschäft machst!« warf ihm der Heingeiger vor. Es klang nur ein ganz klein wenig spitzig und war nicht weiter bös gemeint, aber es drängte etwas Fremdes zwischen die beiden. Obwohl der Schuster daherwitzelte, daß sowas ja unter allen Menschen üblich wäre, ging der Bauer bald fort und schien verstimmt. Er kam jetzt seltener. Sie waren einander nicht feind. Warum denn auch? Sie stimmten noch meistens miteinander überein, doch sie waren nicht mehr die Freunde wie ehedem.
Jetzt kam aber der Peter wieder öfter zum Schuster. Zu seinem Leidwesen nämlich durfte er nicht mehr mit dem Ludwig nach Weylarn fahren. Hin und wieder freilich erschlich er sich's, stieg dann vor dem Kloster ab und strolchte, bis der Ludwig zurückkam, in den Waldungen herum. Einmal aber bei seiner Heimkehr stellte ihn der Silvan. Mit finsterem Gesicht sagte er zum Buben: »Du brauchst nicht zu den Kuttenbrüdern, die dich zum Pfaffen machen wollen, aber es ist auch nicht gut für dich, wenn du dich immer in der Hingerlmetzgerei rumtreibst, verstanden? Der Ludwig ist kein Umgang für dich!«

»Der Ludwig? Warum nicht?« fragte der Peter ohne Scheu. »Frag nicht so saudumm!« fuhr ihn der Silvan grober an: »Wenn man dir was sagt, wird's schon seinen Grund haben!« So versteckt drohend war der Silvan noch nie gewesen, im Gegenteil, obgleich er spüren mußte, daß ihn der Peter nicht mochte, zeigte er merkwürdigerweise auffallend viel Interesse für ihn. Vor allem versuchte er stets von neuem, dem Buben Militärtugenden beizubringen, wie zum Beispiel exakte Pünktlichkeit, Unempfindlichkeit sich und anderen gegenüber, betont derbe Grobheit und Sinn für Waffen. Wie jeder Bub in solchen Jahren war der Peter wohl für Waffen eingenommen, und die Übungen, die ihn der Silvan mit seinem heimgebrachten Militärgewehr machen ließ, gefielen ihm. Es freute ihn auch, daß der Silvan ihm eine Armbrust schnitzte und nach Feierabend oder an langweiligen Sonntagnachmittagen zuweilen mit ihm nach einer Scheibe schoß. Weit weniger indessen mochte der Bub die Art, wie der Silvan ihn dabei kommandierte und korrigierte.

»Fuß vor! Kolben fest an Backe und Brust, Mensch!« hieß es da, und dann befahl der Silvan: »Hinlegen!« oder »Knien!« und »Auf, marsch-marsch!« Fortwährend hatte er was zu mäkeln, weil ihm nichts schnell und exakt genug ging.

Auf besonders drastische Weise wollte er den Peter an Pünktlichkeit gewöhnen. Nachdem bis jetzt der Bauer oder die Dirn den Buben meistens zum Schulgang aufweckten, fing er auf einmal an, dieses Wecken zu übernehmen.

»Unsinn!« sagte er zum Bauern und zur Dirn: »Zuwas soll man den Bubel um viertel nach sieben wecken? Laßt ihn doch liegen. Ich hol ihn schon, wenn Zeit ist.« Erst um dreiviertel acht Uhr kam er mit einer gewissen gewalttätigen Lustigkeit in die Kammer gerannt und schrie: »Peter? Raus, du Knochen! Marsch, raus! Los, aber fix!« Der Peter schreckte aus dem Schlaf und wußte fürs erste gar nicht, wie ihm geschah.

»Los-los! R-raus, raus! Ist schon viel zu spät!« brüllte der Silvan und riß dem noch Schlafbenommenen die Decke weg. Der Bub sprang hoch, schlüpfte in die Hosen und kam in die Kuchel. Der Silvan grinste scherzhaft und sagte ihm, daß die übliche Messe vor der Schule schon längst angefangen habe, aber das mache nichts, wenn er sich beeile, komme er grad noch recht zum Schulanfang. Die Einwendungen vom Peter hörte er gar nicht und rief immerzu: »So! So, jetzt aber los-los! Fix-fix!« Der Bub würgte Kaffee und Brot hinunter, zog sich rasch an und jagte davon. Keuchend und schwitzend kam er jedesmal im Glachinger Schulhaus an.

»Wenn man ihm Schnelligkeit und Pünktlichkeit angewöhnen will, darf er keine Minute Zeit haben«, erklärte der Silvan dem Bauern oder der Dirn, wenn sie gerade in der Kuchel waren. Doch der Pfarrer war verstimmt, daß der Bub nicht mehr zur Messe kam und sagte es dem Heingeiger einmal. Der redete dem Silvan zu, und die Dirn weckte schließlich den Peter jedesmal insgeheim früher auf.

»Naja, wenn man nicht konsequent bleibt, hat's keinen Wert«, meinte der Silvan und ließ sein sonderbares Wecken sein.

Das alles, insbesondere aber der letzte Zusammenstoß nach seiner Heimkehr aus Weylarn, wirkte zusammen, daß der Peter den Silvan immer weniger leiden konnte. Der Bub war gesund, für sein Alter ungemein kräftig, gutmütig und aufgeweckt. Er lernte leicht in der Schule, und seine natürliche Freundlichkeit stand der lauten militärischen Grobheit und überhaupt allem, was vom Silvan kam, entgegen. Er fing mit der Zeit an, dessen Art und Absichten tief zu hassen, ohne es freilich offen zu zeigen. Instinktiv witterte er im Silvan etwas verborgen Drohendes, Gefährliches, das irgendeinmal über ihn hereinbrechen konnte.

Beim Schuster Kraus fühlte er sich geborgen, der Peter. Er schnitt sich Lederflecke für seine Steinschleuder zurecht.

»Weißt du, was ich werden möcht', Schuster?« sagte er einmal: »Ein Jägerbursch!« Sobald er sich von daheim wegmachen konnte, streunte er in den umliegenden Wäldern herum, legte sich in den Hinterhalt und lauerte einem Vogel oder einem Eichhörnchen auf. Er hatte eine solche Fertigkeit und Zielsicherheit im Steinschleudern, daß er oft traf. Dieses alleinige, ungebundene Herumtreiben, diese kleinen, romantischen Abenteuer waren nach seiner Art. Er ging jetzt schon das letzte Jahr in die Werktagsschule. Eigentlich hätte er schon im vergangenen Mai herauskommen sollen, aber der Rotschimmel schlug ihn so unglücklich auf die Kniescheibe, daß der Bub über vier Monate im Amdorfer Krankenhaus im Gipsverband liegen mußte. Jetzt war wieder alles längst verschmerzt und vergessen.

»Jägerbursch... Das muß schön sein! Da ist man sein eigener Mensch und den ganzen Tag im Holz herum«, redete er munter weiter. Er war ein eigensinniger Einzelgänger, der Peter, und konnte mit den gleichaltrigen Schulkameraden wenig anfangen. Er las jedes Buch, das ihm in die Hand kam. Mit seinen zwölf Jahren sah er schon aus wie ein Sechzehnjähriger. Groß und breit und schmuck. Er hatte den unbändigen Wunsch, erwachsen zu sein, und schloß sich schon deswegen dem Ludwig immer mehr an. Der war für ihn der Abgott und das Beispiel, und gerade weil der Bub diese Freundschaft vor dem Silvan so verbergen mußte, wurde sie immer fester. Es gab da allerhand Heimlichkeiten. Zum Beispiel die Bücher, die ihm der Ludwig lieh oder schenkte, und dann noch etwas: Wenn der Peter manchmal nach Buchberg zu den Jodls hinüber durfte, durchstreifte er oft stundenlang die weiten, dichten Waldungen dort und machte wie ein Trapper aus dem ›Lederstrumpf‹ Entdeckungen, die er dann dem Ludwig auf dessen Fahrten nach und von Weylarn erzählte. Zu diesen Entdeckungen gehörte vor allem ein ziemlich langer, mannshoher, unterirdischer Gang, den der Bub ganz zufällig einmal an einer dichtverwachsenen, fast unzugänglichen Talsenkung ungefähr drei Viertelstunden südlich von Weylarn erkundet hatte. Wahrscheinlich stammte dieser zerfallene Gang noch aus der Weylarner Ritterburgerzeit. Moos, Pilze und allerhand Pflanzenwerk sprossen aus den rohge-

fügten Felssteinen, und eintönig troff da und dort Wasser vom dunklen Gewölbe hernieder. Durch dieses Sickern waren in der langen Zeit seltsam schimmernde Tropfsteine entstanden, die wie Eiszapfen aussahen. Kalt, feucht und moderig war es und stockdunkel. Die Zündhölzer, die der Peter anstrich, waren bald verbraucht. Er sah viele häßliche Kröten und Fledermäuse aufschrekken. Am andern Tag nahm er heimlich eine Stall-Laterne vom Jodl mit und kam bis zu einer Verschüttung in dem langen Gang. Er und Ludwig kundschafteten am darauffolgenden Sonntag noch einmal alles genau aus und hüteten seither dieses Geheimnis. Es mit seinem erwachsenen Freund zu teilen, machte den Peter ganz glücklich, und vielleicht dachte er jetzt gerade daran, als er dem Schuster so springlebendig das Dasein eines Jägerburschen ausmalte.
»Jaja, Rußl«, fiel ihm der Kraus endlich ins Wort: »Ich glaub' immer, was du wirst, da fragt man gar nicht.« Da trat eine leichte Unsicherheit auf das Gesicht des Buben. Schließlich sagte er mit traurigem Trotz: »Wenn ich aber nichts anderes werden will als das?«
Der Schuster musterte ihn kurz und meinte: »Hm, das hab' ich auch einmal gemeint, und nachher bin ich doch bloß ein windiger Schuster worden!« Er sah, daß dem Buben das weh tat, und fuhr scherzhaft fort: »Du hättest doch die schönsten Aussichten, du Lauser! Lernen tust du gut, und lesen magst gern – da wär der Pfarrer gleich fertig. Malefizbub, warum magst du denn nicht?«
»Geh, du mit deinen Faxen. Das glaubst du doch selber nicht!« wehrte der Peter ab und meinte, froh sei er, daß Großvater und Silvan dagegen wären, und der Ludwig habe ihm auch davon abgeraten.
»So, der auch? Was meint denn dann der?« fragte der Kraus interessierter.
»Er sagt, ich bin noch zu jung. Es muß sich erst zeigen, zu was ich eine Freud' hab'. Die jetzige Zeit braucht praktische Leut'«, sagte der Peter mitteilsamer: »Wenn sie mich schon wirklich studieren

lassen, meint er, nachher soll ich ein Doktor werden oder ein Maschinenbauer. Wenn es nach seinem Kopf gegangen wär, hat er gesagt, er hat als Bub immer ein Maschinist werden wollen.«
Allerhand Leute machten sich offenbar solche Gedanken über die Zukunft vom Peter. Die Pläne der Jesuiten, der Rotholzerin und der Frau Direktor Vogelreuther schienen jedenfalls vorläufig gescheitert; dem Heingeiger wäre es wohl am liebsten gewesen, wenn der Bub ein tüchtiger Bauer geworden wäre; der Jodl-Kaspar erwähnte einmal, wenn der Peter Lust habe, könne er bei ihm Sägemüller werden; was der Silvan eigentlich im Sinn hatte, konnte man nur halbwegs erraten, und allem Anschein nach wußte auch der Ludwig nicht, was er sich für den Peter für einen Beruf wünschte. Der Bub selber dagegen lebte in den Tag hinein und suchte aus allem, was sich ihm bot, das Beste zu machen. Wenn man so jung ist, scheint das Leben unendlich lang und unerschöpflich, und jeder Tag hat viele gute Stunden . . .
Die Armenspeisung, welche die Jesuiten anläßlich der Fertigstellung all ihrer Gebäulichkeiten veranstalteten, machte überall den besten Eindruck. Zudem veranstalteten sie daneben auch noch ein Mahl für alle Arbeiter und Meister und bewirteten jeden Gast selber und unterschiedslos. Sogar der Schuster Kraus, der doch gewiß nichts zur Vollendung des Baues beigetragen hatte, war eingeladen, der Ludwig und der Hingerl durften dabei sein und jeder Tagwerker, der einmal ein paar Bäume gefällt oder beim Wegbau geholfen hatte. Der Hingerl, der als gewiegter Geschäftsmann viel Fleisch und Freibier gestiftet hatte, mußte früher weg, weil er daheim sein Wirtshaus nicht solang allein lassen konnte. Der Pater Superior begleitete ihn persönlich bis zu seiner hochräderigen, frischgewichsten Chaise und bedankte sich noch einmal.
»Nicht der Rede wert, Hochwürden!« wehrte der Wirt kulant ab: »Soviel ich tun kann, will ich gern für das heilige Werk tun.«
Bei dieser Gelegenheit ergab sich, daß der Kraus und der Ludwig in der lauen, sternenhellen Nacht miteinander heimgingen. Gutge-

launt redeten sie zuerst allerhand Nebensächliches über die reichliche Bewirtung, die freundlichen Patres, den schönen Gebäudekomplex, und wie gut dabei die Handwerker verdient hätten. Unversehens kamen sie dann auf die Sache zwischen dem Heingeiger und den Jesuiten zu sprechen.

»Ob die das so einfach hinnehmen, da bin ich noch im Zweifel«, meinte der Ludwig, aber er merkte, wie der Schuster auszuweichen versuchte, und fing von etwas anderem an.

»Schuster?« fragte er, als sie Furtwang hinter sich gelassen hatten, ziemlich unvermittelt: »Der Peter erzählt mir öfter von dir. Sag einmal, du redest da öfter vom A-bopa mit ihm. Was meinst du denn eigentlich damit?«

»Haha«, kicherte der Kraus zugänglicher: »Das A-bopa? Soso, der Rußl erzählt dir öfter«, und dann erklärte er beiläufig, was er darunter verstehe. Sie waren vom hochgelegenen Dorf ins Tal gekommen. Die nach Terzling abzweigende Straße glänzte bleich auf. Ein schiefer Wegweiser stand da, der aussah wie ein hochgereckter Mensch, der beide Arme weit auseinanderstreckte. Noch länger und ein wenig gespenstisch sah sein Schatten aus. In der Ferne dunkelten die zackig gezeichneten Fichten des kleinen Wäldchens, wo der Bertl die Elies überfallen hatte. Gleichmäßig klapperten die Schritte der zwei auf der trockenen, glattgefahrenen Straße. Der Ludwig hielt ein und schlug sein Wasser ab, und der Kraus tat dasselbe. Geruhig plätscherte es in der Stille.

»A-bopa? Nicht schlecht«, sagte der Ludwig nachdenklich: »Hmhm! . . . Ein seltsames Wort, aber man merkt sich's leicht.«

»Warum? Zu was soll man sich denn das merken?« fragte der Kraus mit aufsteigendem Argwohn.

»Nichts weiter. Ich hab' bloß gemeint«, lenkte der Ludwig ab, und sie gingen wieder weiter.

»Dir trau' ich nicht!« meinte der Schuster wiederum: »Du hast mit jeder Sach' was im Sinn.« Der Ludwig aber lachte bloß darüber hinweg und fing von was anderem zu reden an. Sonderbar, sagte er, Geld müßten die Jesuiten haufenweise haben; überall schlössen Fabriken und Großbetriebe, jeden Tag könne man in den Zeitungen vom Bankrott alteingeführter Geschäfte lesen, und in den Städten gebe es wieder massenhaft Arbeitslose – die in Weylarn aber könnten es sich in diesen schlechten Zeiten leisten, ein nagelneues, riesiges Kloster zu bauen.

»Regierungsgelder werden sie doch kaum kriegen«, redete er weiter: »Geld ist doch bei den Ämtern überhaupt keins mehr da, und jede Regierung wackelt doch schon, wenn sich die Minister auf ihre Sessel setzen.« Das stimmte. Vor einiger Zeit war noch dieser katholische Doktor Marx, der schon früher einmal das Amt gehabt hatte, Reichskanzler gewesen. Jetzt hieß der Kanzler Müller. Er kam von den Sozialdemokraten und regierte mit einem sogenannten ›Kabinett der großen Koalition‹, das sich aus Ministern aller Parteien der parlamentarischen Mitte zusammensetzte. Deutlich merkte man, daß die Politik mehr und mehr auch in die Bauerngegenden drang. Die Müller-Regierung hatte nach langen Verhandlungen mit den Siegermächten eine neue Regelung der Reparationszahlungen erwirkt, den in den Zeitungen oft erwähnten ›Youngplan‹. Die Regierung wollte ihre eingegangenen Verpflichtungen unbedingt erfüllen und mußte deswegen überall einsparen und neue Steuern erheben, die bald der kleinste Bauer zu spüren bekam. Das kam den Hitler-Anhängern, die bei der letzten Reichstagswahl trotz aller Anstrengungen nur ein Dutzend Abgeordnete nach Berlin schicken konnten, sehr gelegen. Das Dutzend im Reichstag war einflußlos und konnte bestenfalls von Zeit zu Zeit lärmen. Dafür aber zogen zahllose Propagandaredner dieser lauten, draufgängerischen Partei unermüdlich durch das Land und hielten selbst in den kleinsten Dörfern Versammlungen ab. »Schluß mit den Zahlungen! Genug mit den Erpressungen!« schrien diese Redner und rechneten ihren Zuhörern vor, wieviel schon jedes neugeborene Kind zahlen müsse, und daß diese Tributleistungen nicht nur Jahre, sondern Jahrzehnte fortdauern würden. Mit giftigem Haß verdächtigten die Hitlerleute die Regierung, sofort gingen sie gegen lästige Widersacher mit derben Handgreiflichkeiten vor, schüchterten jeden Unentschiedenen ein und versprachen jedem alles, wenn ihre Partei zur Macht komme. Kein Wunder, daß sich der Heingeiger und Silvan mit seinem Anhang auf diese Seite schlugen und alles daransetzten, um die Hitlerischen zu stärken.

»Ich versteh' eins nicht«, meinte der Ludwig, »in der Politik haben die Katholischen grad in den letzten Jahren arge Fehler gemacht, aber sie halten sich. Sie haben noch überall ihre Finger drinnen und bringen allerhand durch. Dazumal, bei der Regierung Marx, wie der Volksentscheid war – weißt du noch? –, wo man die Fürsten enteignen hat wollen«, politisierte er und merkte gar nicht, daß der Kraus ganz stumm und interesselos neben ihm herging: »Dazumal, wenn man mit einem Menschen geredet hat, da hat jeder gesagt, das ist ganz richtig, der Kaiser, der König und alle die reichen Herrn sollen nur ihr Geld hergeben, nachher kann man die Kriegsschulden gleich zahlen, die kleinen Leut' haben doch nichts mehr, sollen nur die Großen den Geldbeutel aufmachen. Ich versteh das nicht, da haben grad die Katholischen überall ausgestreut, das geht nicht, das Privateigentum darf man den hohen Herrschaften nicht nehmen, sonst geht der Staat her und greift auf einmal die Vermögen der kleineren Leut' auch an ... Und das hat gewirkt, sonderbar!« Er schaute eine Sekunde lang nachdenkend geradeaus: »Dabei sagen die Katholischen bei jeder Gelegenheit, sie haben nichts gegen den jetzigen Staat. Hintenrum aber sind sie durchaus für'n König und die Monarchie. Hast du's gesehn, im großen Sall in Weylarn hängt ein ganz großes Bild von unserem gewesenen König? Ganz auffällig hängt's dort.«

»Jaja«, gab der Schuster gleichgültig an, und jetzt erst merkte der Ludwig, daß er eigentlich ganz umsonst und nur für sich geredet hatte. Er schaute auf den schattendunklen Schuster, dem das Mondlicht eine scharfe Kontur gab.

»Das interessiert dich wohl gar nicht, was?« fragte er seinen Begleiter. »Absolut nicht«, sagte der.
»Nach deiner Auffassung gehören wohl die Jesuiten auch zum A-bopa?« spöttelte der Ludwig: »Mag schon sein! Kannst schon recht haben! Ihr Geschäft verstehn sie jedenfalls ausgezeichnet. Da kann man noch viel lernen.«
»Lernen?« gab der Kraus zurück und schaute nun auf das mondüberschienene, aufgeheiterte Gesicht von Ludwig: »Wahrscheinlich willst du auch bloß zum A-bopa gehören, weil dir die politischen Sachen gar so im Kopf rumgehn?«
»Herrgott, bist du ein alter, mißtrauischer Tropf!« lachte der gutmütig: »Mit deinem Mißtrauen machst du doch auch nichts besser! Mißtrauisch kann jeder sein!«
»Ich hab' noch nie im Sinn gehabt, was besser zu machen«, antwortete der Kraus versteckt abweisend.
»Aber das Schlechtermachen doch auch kaum, oder?« höhnte der Ludwig. »Mir ist's so, wie's jetzt ist, schon schlecht genug«, antwortete der Schuster abermals in der gleichen Tonart. Da meinte der Ludwig, es komme ihm fast so vor, als ob der Alte vor allem und jedem Angst habe.
»Vielleicht glaubst du gleich gar, ich erschlag' dich da drüben im Holz!« stichelte er. Der Kraus sagte einige Sekunden lang gar nichts und brümmelte schließlich: »Nichts Genaues weiß man nie heutzutag'...«
Im Grunde genommen mußte er zugeben, daß ihm der Ludwig noch nie zu irgendeinem Mißtrauen Anlaß gegeben hatte. Damals, als er zu fünf Jahren Festung verurteilt wurde, hatte er kein Wort über ihn gesagt, und seitdem er in Auffing war, vermied er mit Geschick und Takt alles, was die Leute auf den Gedanken bringen konnte, sie hätten je was miteinander zu tun gehabt. Möglicherweise dämmerte dem verschlossenen Alten auch auf, wie bei den letzten, hitzigen Wahlen einmal zwei Männer tiefnachts vor seinem Haus geredet hatten.

»Ich wett' meinen Kopf, die kommunistischen Zettel hat der windige Metzgergesell' angepappt, der rote Lump, der! Und beikommen kann man ihm nicht«, hatte die eine Stimme gesagt, und: »Man müßt' ihm was zuschieben« die andere. Dann war drüben beim Heingeiger die Haustür gegangen, und der andre Mann war am Wiesenfußweg weitergegangen. Es konnten nur der Silvan und der Tratzelberger-Xaverl gewesen sein, doch der Kraus hatte nicht nachgesehen. Und nicht ein Wort hatte er dem Ludwig damals verraten. Nicht einmal dem Ludwig, auf den doch gewiß Verlaß war! Aber was ging den Schuster der Ludwig an! Der war ja stark und von jedem Feind gefürchtet. Zudem war ihm auch nichts zugestoßen seither. Eigentümlich nur, daß dem Kraus das jetzt einfiel. Wie aus einem unterbrochenen Gedankenfluß heraus, griff er wieder auf die spaßhafte Drohung Ludwigs zurück und sagte: »Was hast du schon, wenn du mich erschlagst? Ich bin ein alter Mann, und zu holen ist auch nichts bei mir.«

»Ja eben! Drum will ich mir's auch noch überlegen«, scherzte der Ludwig. Mittlerweile hatten sie schon die ersten Fichten des Wäldchens erreicht, und ihre Schritte klangen noch verlassener in der Finsternis. Nur hin und wieder warf das Mondlicht einen breiten Streifen über die schwarz verschattete Straße. Lang ziehe sich der Weg hin, äußerte der Schuster einmal. »Jaja, es ist hübsch eine Strecke«, erwiderte der Ludwig ebenso.

Erst als sie das Wäldchen durchschritten hatten und auf der sacht ansteigenden Höhe die Lichter von Glaching sahen, belebte sich ihre Unterhaltung wieder.

»Kehren wir noch ein beim Postwirt?« fragte der Schuster. Es klang aufgeräumt und freundlich. Wenigstens kam es dem Ludwig so vor.

»Warum nicht? Ich hab' noch Zeit!« sagte der. Unwillkürlich gingen sie ein wenig schneller. Ihre Unterhaltung war wieder abgebrochen. Erst kurz vor der Postwirtschaft sagte der Ludwig abermals: »Vielleicht hast du ganz recht mit deinem Mißtrauen, Schu-

ster. Es geht oft lang, lang her, bis man weiß, wie man mit einem Menschen dran ist.« Offenbar konnte sich der Kraus keinen Reim darauf machen. Statt zu antworten, bog er rasch auf die Wirtshaustüre zu und sagte ungewohnt munter: »Gehn wir rein. Da sind noch Leut' drinnen.«
Nach Leuten und lauter Wirtshausunterhaltung hatte es den Schuster sonst nie sonderlich verlangt.

24

Jetzt erst, nachdem sie durch die bauliche Veränderung und die endgültige Ausgestaltung von Weylarn gewissermaßen die weltlichen Dinge hinter sich hatten, fingen die Jesuiten ihre eigentliche geistliche Arbeit an.

Das Heuen und die Getreideernte waren schon vorüber, die Bauern gingen an die Grummet-Mahd und konnten sich – wie man so sagt – etwas Zeit lassen. In diesen gemächlichen Nachsommertagen tauchten die frommen Patres in den Dörfern auf und kamen zu all jenen, die bis jetzt beim Weylarner Bau mitgewirkt hatten. Verständlicherweise wurden sie überall freundlich empfangen, und die meisten Leute machten auch Anstalten, so einen hochwürdigen, aber durchaus leutseligen Herrn zu bewirten, doch das lehnte dieser stets ab. Zuallererst segnete er die ganze Familie und verteilte besonders an die Kinder buntgedruckte, fromme Bilder. Dann erkundigte er sich, wie es mit der Gesundheit und im Hauswesen stehe, ob im Stall, auf dem Feld oder in der Werkstatt noch viel zu tun sei, und wenn er zur Antwort bekam, jetzt sei ja das meiste bezwungen, sagte er im legersten einheimischen Dialekt: »Jaja, unser Herrgott richtet das schon immer so ein. Jetzt kann man sich wieder mehr um seine christkatholischen Pflichten kümmern.«

Holla, witterten die Leute, da heißt's also jetzt eine Spende machen für das Kloster, drumherum kommt man nicht recht, eine

Hand wäscht die andere, und man hat ja auch ganz gut verdient beim Bau. Kurzum, wie es immer ist, wenn man nicht mehr nehmen kann, aber geben soll, gleich kam der Meister, der Bauer oder die Bäuerin leicht ins Klagen über die schlechten Zeiten, die hohen Steuern, und daß die Arbeit der eigenen Hände grad knapp das Notwendigste zum Leben einbringe. Interessiert hörte der Pater zu, zuweilen stimmte er auch teilnehmend in dieses Klagen mit ein. »Jaja, die Zeiten sind nicht die besten«, sagte er: »Das meiste hat keinen Halt mehr. Da müssen sich die rechtschaffenen Menschen umso mehr an die Religion halten. Festes Vertrauen auf unseren Herrn Jesus und Bußfertigkeit helfen über alles weg.« Fromm hingen die Augen aller Familienmitglieder an dem gottseligen Mann, und jedes machte ein stummes Kreuz. Freilich, Vater oder Mutter hatten einen Ausdruck im Gesicht, als wollten sie sagen: »Wenn er doch schon sagen wollt', wieviel man geben soll! Wenn er doch deutlicher werden möchte!« Doch der Pater kam mit etwas ganz anderem daher. Wie leidende Menschen oft lange Kuren machten oder Bäder aufsuchten, um jeden restlichen Krankheitsstoff aus dem Körper herauszubringen, meinte er, so sei es auch von Zeit zu Zeit notwendig, daß der Gläubige eine gründliche Reinigung seiner sündigen Seele vornehme, indem er in Weylarn ein ›Exerzitium‹ mitmache.

›Exerzitium?‹ Das war ein zu fremdartiges Wort. Mit einem einzigen Blick erkannte der Pater, daß er seinen Sinn erklären mußte, und er tat es auf die einfachste und sinnfälligste Art. Fast humoristisch, wie er und seine Mitbrüder die jedesmaligen Predigten in der Weylarner Kirche abzuhalten pflegten, die ihnen in kürzester Zeit soviel Zulauf brachten, fing er an: »Da geht zum Beispiel ein Bauer zum Doktor, weil er öfter Herzstechen hat. Der Herr Doktor sagt zu ihm, er soll nicht mehr so unmäßig im Essen und Trinken sein und sein ewiges Pfeifenrauchen bleiben lassen. Der Bauer hält sich auch dran, und es wird besser, aber nach einiger Zeit ißt und trinkt und raucht er wieder wie seit eh und je... Was ist's, er

muß wieder zum Doktor. Der sagt ihm das gleiche. Der Bauer folgt wieder eine Zeitlang. Es wird wieder besser, und was tut der Patient? Wieder fängt er sein Essen und Trinken und Rauchen an, und so geht's dahin, bis der gute Bauer sich hinlegen muß und nichts mehr hilft. Es geht in die Ewigkeit mit ihm. Hätte er dem Doktor gefolgt, vielleicht hätt' er noch ein langes Leben gehabt.«
Das war einleuchtend. Die Älteren in der Runde nickten und wurden interessierter, die Kinder schauten mit großen, staunenden Augen auf den gutgewachsenen, selbstsicheren Pater, und der ging nun daran, seine Absichten mehr zu verdeutlichen: »Und wenn, zum Beispiel, einer von uns, nachdem er gestorben ist, ins Fegfeuer kommt und dort eine halbe Ewigkeit wegen seiner religiösen Nachlässigkeit oder für ein paar Sünden, die er auf der Welt kaum einmal beachtet hat, leiden und warten muß – zehn Jahr', zwanzig und dreißig Jahr' und oft noch viel, viel länger, da wird er sicher oft ganz zerknirscht und traurig denken, hätt' ich doch zu meinen Lebzeiten mehr frommen Eifer gehabt! Wenn ich bloß jedes Jahr acht Tag' wirklich bußfertig gelebt hätt', acht kurze Tag', dann wär' ich jetzt im Himmel, in der ewigen Seligkeit und nicht in dieser Pein und Qual.« Er merkte, daß er Eindruck gemacht hatte, und schloß noch bezwingender: »Aber da ist's zu spät, und so muß der arme Mensch eben warten und leiden, leiden und warten und hat auszustehen, daß sich kaum einer von uns eine Vorstellung davon macht.«
Wirklich, wer sich das recht eindringlich ausmalte, den befiel jäh ein gelinder Schrecken. Kein Wunder, daß nach denen, die in Weylarn Verdienst gehabt hatten und noch manchen erhofften, bald viele andere Leut dort ein Exerzitium mitmachten. Das bestand darin, daß der Gläubige im Büro des Klosters zwölf Mark bezahlen und alles, was er bei sich trug, wie etwa seine Uhr, den Ehering, das übliche feststehende Messer, Schnupftabak, Tabakspfeife und Zündhölzer, abgeben mußte und dafür einen beinernen Rosenkranz und ein Meßbuch bekam. Nach einer Beichte wurde ihm

eine kahle Kammer im Exerzitiumsgebäude angewiesen. Ein Tisch, ein Stuhl, ein hartes Feldbett mit sauberen Überzügen, ein kleiner Altar mit Kreuz und einem Betstuhl davor standen darinnen. Der Raum hatte ein schmales Spitzbogenfenster und lag, weil draußen die dichten, mächtigen Tannen das Sonnenlicht fernhielten, in ständigem ungewissen Halbdunkel. Acht Tage verbrachte der Exerzitiant in Weylarn bei strengem Fasten, vielem Beichten, Kommunizieren und Predigtanhören, und in seiner Kammer konnte er, wie die Jesuiten sich ausdrückten, ›sich so recht inständiglich in Jesus Christi Lehre und Leben versenken‹. Einige abgebrühte Männer unter den Handwerksmeistern, Geschäftsleuten und Bauern kamen allerdings mit einem Bärenhunger heim, lachten schelch und meinten: »Ein ganz ausgetüfteltes Geschäft, das! Lassen dich beten und hungern und nehmen für nichts und wieder nichts deine zwölf Mark! So leicht möcht' ich mein Geld auch einmal verdienen!« Aber sie nahmen den gewiegten Patres das nicht weiter übel, sie hatten sogar einen gewissen lustigen Respekt vor soviel Findigkeit und freuten sich jedesmal diebisch, wenn wieder ein Nachbar sich dazu verstehen mußte, so eine Religionsübung mitzumachen, denn obgleich die Jesuiten stets betonten, es werde niemand gezwungen, es sei jedem sein freier Wille, sie deuteten besonders bei Geschäftsleuten meistens zart an, daß das Kloster ausschließlich den einheimischen ›kleinen Mann‹ bei Aufträgen berücksichtige. Besonders viel gelacht wurde über den überfetten, fast drei Zentner schweren Hingerl. »Da verlierst' dein Gewicht spielend!« spotteten seine Wirtshausgäste und malten schon aus, wie abgemagert er zu seinen vollen Schüsseln heimkomme. Doch der Hingerl spielte mit aller Gewalt den rechtschaffenen Frommen, und als er heimkam, verstieg er sich sogar dazu, daß so ein ›Exerzitium‹ auch körperlich gut anschlage. Aber die ganze Woche hindurch verzehrte er stets dreifache Portionen beim Essen. »Jaja«, verhöhnte ihn der Ludwig: »Jetzt holst du es wieder rein. Wenn's bei der Heiligkeit jeden Tag solche Trümmer Schweinsbraten gäb', wärst du dein Leben lang in Weylarn!« Gesellen und Dienstboten wurden von den Jesuiten nicht behelligt, denn dadurch konnten Bauern und Meister verstimmt werden. Ängstlich oder besser gesagt sehr augenfällig mieden sie auch das Bürgermeisterhaus von Auffing. Einmal lugte der Heingeiger zufällig durch das Stubenfenster und sah drüben beim Schuster einen Pater hineingehen.

»Neugierig bin ich, was der Kraus tut«, sagte er zum Silvan: »Der und so einen Haufen Geld zahlen? Ausgeschlossen! Und glauben tut er doch auch bloß, was er sieht oder was ihm was einbringt.« Das war nicht falsch eingeschätzt.

Der Kraus empfing den Pater mit argloser Freundlichkeit und stellte sich anfänglich dumm.

»Ah, der hochwürdige Herr! Was gibt mir die Ehr?« fing er sofort sprudelnd zu reden an: »Ein Paar neue Schuh' vielleicht?«

»Diesmal nicht, Herr Kraus«, erwiderte der rotbärtige Pater: »Diesmal handelt es sich um etwas Persönliches.« Der Schuster machte erstaunte Augen und rechnete wahrscheinlich innerlich schon aus, wieviel er Schuhe sohlen mußte, um zu zwölf Mark zu kommen. Es ging ihm ja nicht mehr schlecht. Er hatte sich schon wieder allerhand erspart. Sicher wollte er sich's in seinen alten Tagen bald etwas ›kommoder‹ machen. Darum geizte er mit jedem Pfennig.

»So? Was Persönliches, Hochwürden?« fragte er und blieb bei seiner Ahnungslosigkeit. Der Pater erinnerte ihn, was unser Herrgott für eine Gnade an ihm übe, so alt habe er ihn werden lassen, den Schuster, und so auffallend rüstig.

»Rüstig? Jetzt da müßt' ich widersprechen, Hochwürden. Soviel wie mich jede Nacht meine Gicht plagt! Kaum zum Aushalten! Grad Schmerzen und Schmerzen«, verlegte sich der Kraus aufs Jammern. »Erst wenn ich wieder bei der Arbeit hock', geht's wieder halbwegs.«

»Das ist bedauerlich, Herr Kraus, aber vielleicht müßten Sie sich

einmal in aller Ruhe sammeln«, sagte der Pater geistesgegenwärtig und fing nun geradeheraus von den heilsamen Wirkungen der Exerzitien an. Der Kraus sah, er war in der Schlinge, und fing an, mit aller Gedankenkraft daran zu arbeiten, wie er sich wieder herauswinden könne. Darum ließ er den Pater vorläufig ungehindert reden und machte ein geduldig-demütiges Gesicht dabei. Insgeheim jedoch ging ihm sicher durch den Kopf: ›Nicht nur zwölf schwerverdiente Mark soll ich zahlen, nein!‹ Hatte nicht der Kreitler, der kürzlich gegen den Epstein prozessierte, weil ihm dieser damals nicht die erhoffte, sondern nur die Mindest-Aufwertung bezahlt hatte, erzählt, daß die Jesuiten die Exerzitienteilnehmer sogar nachts kontrollierten? »Das merkst du gar nicht«, hatte der Kreitler gesagt: »Aber ich muß einen lauten Traum gehabt haben, und was passiert da? Auf einmal klopft so ein Hochwürdiger, klopft und klopft, bis ich aufwach', und sagt: Bruder in Jesu, beruhige dich durch ein kurzes Gebet. Du weckst sonst die andern.«
Dem Kraus fiel seine nicht mehr bekämpfbare Angewohnheit des Vor-sich-Hinredens ein, aber noch etwas Schrecklicheres dämmerte herauf: Er wußte, daß er oft laut im Traum sprach. Neulich erst war er wieder in tiefster Nacht aufgewacht, zitternd und gespannt war er mit halb aufgerichtetem Oberkörper dagehockt, und ganz wirr geträumt hatte er vom Heingeiger, der sonderbarerweise den Kopf seiner seligen Frau aufgehabt hatte, genau das Gesicht von seiner Kathi, ja, ja, und zu ihm kurz vor dem Aufwachen höhnisch gesagt hatte: »Julius, ich weiß doch, wer du bist! Ich weiß . . .!«
Dem Schuster stieg der kalte Schweiß in die Achselhöhlen. Ein Wort im Traum, drüben in Weylarn – und er war geliefert. Seine Miene wurde ziemlich ratlos, denn wie das Exerzitium abschlagen, wo die Jesuiten so eine gute Kundschaft und bereits so eine Macht waren, daß die Leute zum Beispiel schon langsam anfingen, vom Heingeiger nicht mehr allzugut zu reden?
›Das A-bopa, dieses verfluchte A-bopa!‹ lag dem schwer zögernden

Alten möglicherweise auf der Zunge, aber er verschluckte es, und an seinen unsicher werdenden Zügen war zu erkennen, daß ihn ein neuer Schreck befiel. Volle acht Tage in ständig überwachter Umgebung, nein, das konnte für einen Menschen wie ihn nicht gut ausgehen, nein, das ging nicht, nein, nur das nicht! Unmöglich!
» – und man weiß ja nicht, in so einem Alter wie Sie, Herr Kraus, wo die Ewigkeit immer näher rückt«, hörte er den Pater reden, und dann wurde derselbe legerer: »Ich seh' ja, bei Ihnen heißt's jeden Tag fest zugreifen, denn von der rechtschaffenen Arbeit ist noch keiner reich geworden. Ich seh, da liegen eine Masse Schuhe. Da, die sind von unserm Pater Superior, nicht wahr? Jaja, die Leute warten nicht gern und werden leicht ungeduldig, aber gerade in Auffing, wie überhaupt in der ganzen Pfarrei Glaching ist die Beteiligung an unseren Exerzitien besonders zahlreich. Da wollen Sie sich doch gewiß nicht ausschließen, Herr Kraus. Die meisten Ihrer Kundschaften verstehn das sicher, daß auch Sie Ihre religiösen Angelegenheiten einmal in Ordnung bringen wollen.«
»Ja, ja, schon«, nickte der Schuster plötzlich und warf einen Blick auf den Kuttenmann, ganz auswegslos.
»Aber Hochwürden, Ihnen kann ich's ja sagen«, brachte er wiederum zögernd heraus und stockte kurz: »Ich – ich kann's nicht machen –«
»Sie können nicht? Warum nicht können, Herr Kraus?« fragte der Pater unverblüfft und bekam sofort die vertrauenerweckende, aufnahmebereite Seelsorgermiene: »Uns Brüdern in Jesu können Sie sich beruhigt anvertrauen. Ich sehe ja, es drückt Sie etwas – vielleicht schon jahrelang, und ich danke dem Allmächtigen, daß er mich grad jetzt zu Ihnen geschickt hat.« Während dieser Worte rang der Kraus mit sich und suchte wahrscheinlich nach einer einzigen Möglichkeit, wie er dem Exerzitium entkommen könne.
»I-ich bin ein Jud, Hochwürden«, sagte er unverhofft, und der fast kaltblütige Ausdruck auf seinem Gesicht war so, daß gegebenenfalls alle Rückzugsmöglichkeiten offen blieben.

»Jude? Sie sind vielleicht jüdischer Abkunft, Herr Kraus, aber doch nicht israelitischer Religion?« fiel der Pater unverändert ein, und als er das unbestimmte Nicken der Schusters bemerkte, das alles bedeuten konnte und nichts zugab oder abstritt, fuhr er fort: »Soviel wir von Ihnen wissen, sind Sie den Pflichten unserer katholischen Religion immer rechtschaffen nachgekommen, und Ihre selige Frau liegt ja auch im Glachinger Gottesacker begraben?« Er wurde eifriger und bestimmter: »Jude?... Jaja, wir wissen, es tauchen jetzt allerorts so politische Hetzer mit ihren Irrlehren auf, die auf die Bevölkerung jüdischer Abkunft das ganze Sündenregister der Menschheit wälzen wollen. Wir sind alle irrende Menschen und hängen von der Gnade des Allmächtigen ab. Nie wird die Kirche Jesu Christi es zulassen, daß man bei Menschen Unterschiede macht. Vor Gott, dem Herrn, sind wir alle gleich.«
»Ja, sein sollt's schon so, aber –«, brümmelte der Kraus ungläubig und verzog unmerklich seinen dicht umbarteten Mund. Das gab dem Pater noch mehr Schwung, ja, sogar eine gewisse Schärfe. »Wahrscheinlich haben Sie Grund, über Ihre Abkunft mit keinem Menschen Ihrer Umgebung zu reden, Herr Kraus«, deutete er dunkel an: »Sogar in hiesigen Familien gibt's ja solche fanatischen Hetzer. Uns ist auch nicht unbekannt, daß von bestimmter Seite recht sonderbare Meinungen über das Wirken unseres Weylarner Collegiums ausgestreut werden. Sie sehen, wie notwendig unsere Arbeit ist, Herr Kraus. Je mehr und je enger sich die Gläubigen unserer alleinseligmachenden Kirche zusammenschließen, umso weniger Gefahr besteht, daß diese Hetzer Anhang gewinnen.«
»Jaja, aber Hochwürden«, unterbrach ihn der Schuster und stockte. Zynismus und Furcht kämpften in ihm. Schon sah es aus, als wollte er geradeaus sagen, daß er auf jede Religion pfeife und sich all die Jahre nur den kirchlichen Bräuchen angepaßt habe, um nicht aufzufallen und unbehelligt zu bleiben – doch nein, er sagte etwas ganz anderes, etwas völlig Unbegreifliches! »– aber«, sagte er gedämpfter und schaute mit einem Male unsicher auf den

Pater, »es wär' mir doch recht, wenn über meine Abkunft nie gesprochen würde!«
»Ich weiß! Ich weiß!« versprach der andere verständnisinnig und schloß noch vertraulicher: »Seien Sie ganz beruhigt, Herr Kraus, das erfährt niemand.«
Im besten Einvernehmen schieden die zwei voneinander, nachdem der Schuster sich für die darauffolgende Woche als Exerzitien-Teilnehmer angesagt hatte.
Alleingelassen, hockte der Kraus eine Zeitlang stumm, mit abwesendem Blick da.
»Ae-aech!« machte er dann plötzlich und spuckte aus, als ekle er sich vor sich selber. »Ae-aech!« wiederholte er mit einer wegwerfenden Handbewegung und schüttelte seinen dicken Kopf.
»Hmhm!... Hm!... Ich alter Esel! Hm!« knurrte er weiter. Er schaute in der Werkstatt herum wie ein Gefangener in einer kahlen Zelle, der auf einmal inne wird, wie verlassen, verloren und ausgeliefert er ist.
Ganz still war es, und es dämmerte schon. Nur die Wanduhr tickte ewig gleich.
Warum, warum nur hatte er eigentlich diesem fremden Menschen, dem Pater, so dumm und leichtsinnig das verraten, was er seit Jahrzehnten so ängstlich zu verschweigen trachtete, woran er schon fast selber nicht mehr glaubte?! Die Worte waren – weiß Gott, vielleicht in einem Anflug von herausforderndem Zynismus, vielleicht aus bissiger Abwehr, oder auch wirklich nur, weil ihn die sauer verdienten zwölf Mark reuten – über seine Lippen gerutscht, und schon bei ihrem Aufklingen spürte er, was für ein unabsehbares Unheil er damit über sich heraufbeschworen hatte. Aber da war es schon geschehen! So ging es ihm immer, wenn er – wie er das nannte – ›ins Gemächte‹ kam. Damals beim Verkauf seines Schmucks in der Stadt drinnen war's genau so gewesen!
Er riß an seinem Schusterschurz, daß der Träger abbrach, fäustete seine Hände und schlug sich auf die angstnasse Stirne: »Sowas

Hirnverbranntes! Hat denn das sein müssen? O, ich alter Esel!«
Ratlose Verschrecktheit lief ein ums andere Mal über sein Gesicht:
»Mensch! ... Mensch! Kraus! ... Jetzt bist du geliefert! Verraten
und verkauft bist du!«
Lang saß er da, starrte mit weitaufgerissenen, arglistigen Augen
in das allmähliche Dunkelwerden und stöhnte von Zeit zu Zeit wie
ein Schwerkranker. Später, in der Küche, machte er kein Licht.
Auf dem Herd standen kalte Bratkartoffeln mit dareingemengter
Blutwurst. Er verspürte keinen Hunger. Wie ausgeronnen war er.
Er hockte einfach da auf dem Stuhl und rührte sich nicht, bis er zu
frösteln anfing. Er stand endlich mechanisch auf und ging in die
Kammer hinauf. Er schlief nach vielem, wirren Herumgrübeln ein.
Als er in der Frühe die Augen aufschlug, war ihm die Helle zuwider. Am liebsten hätte er sich wieder umgedreht und weitergeschlafen. –
Schon gleich, nachdem der Pater weggegangen war, hatte es den
Heingeiger gejuckt, zum Schuster hinüberzugehen, aber er wollte
es nicht so auffällig machen. Er kam am nächsten Vormittag, mitten aus der Arbeit heraus.
»Wa-was? ... Was, du auch! Du?« stieß er betroffen heraus, als
ihm der Schuster so, als wäre es das Selbstverständlichste von der
Welt, erzählte, daß er ein Exerzitium mitmache: »Was? Auch du
hast dich von dieser Sippschaft einseifen lassen? Du auch? Pfui
Teufel!«
»Warum? Die Jesuiten sind meine besten Kunden!« versuchte der
Kraus den Ruhigen zu spielen. Fahl war sein Gesicht, leer seine
Augen.
»Herrgott, mit dir kennt sich keiner aus!« warf der Bauer hin und
lachte höhnisch: »Sowas von einem scheinheiligen, durchtriebenen Lumpen! Der reinste Jud!« Dem Kraus gab es einen Stich,
doch er kicherte mit kecker Ungefangenheit: »Vielleicht bin ich einer – wer weiß?« Der Heingeiger achtete nicht darauf und prahlte,
wie er den Weylarnern Respekt beigebracht habe.

»Mein Silvan hat gar nicht so unrecht«, sagte er: »Gegen die zudringliche Pfaffenwirtschaft müßten alle Front machen, aber es sind ja lauter Hosenscheißer rundum!« Daher wehte also der Wind. Der Kraus ließ den rebellischen Bauern unbehindert weiterschimpfen, bis der mit den Worten: »Ich wünsch' dir Glück zu deiner gottseligen Himmelfahrtsübung!« zur Türe hinausging.
Jeder Mensch hat ein Gewissen. Das ist eine Art verborgener Stolz vor sich selbst, der sich immer erst dann bemerkbar macht, wenn einer ganz für sich einsieht, daß er einen Fehler gemacht hat. Das nagt und nagt an einem und wird zuletzt zu einem faden Unbehagen, gegen das man so lange vergeblich ankämpft, bis man eine plausible Rechtfertigung gefunden hat. Derart bohrend hatte der Kraus seit dem Weggang des Jesuitenpaters in sich hineinsinniert, daß er schon nicht mehr weiter wußte, daß ihm beinahe alles, was da kommen konnte, gleichgültig war. Jetzt aber, nachdem der Heingeiger fort war, wurde ihm leichter.
Mechanisch hämmerte er wieder, mechanisch kam es über seine bartverhangenen Lippen: »Jud sein, das geht also nirgends ... Nirgends!« Er schluckte.
»Hm, der Heingeiger?« brümmelte er weiter, und wahrscheinlich fiel ihm ein, wie der Bauer seinerzeit beinahe bestürzt gesagt hatte: »Die Juden? Ich hab' nichts gegen sie!« Jetzt redete er wie sein Silvan. Und der Kreitler schimpfte seit seinem Fehlschlag wegen der Aufwertung überall unflätig auf die ›schmierigen Dreckjuden‹. Und der Witzgall, der sehr drauf erpicht war, daß jeder Bauer die Erntemaschinen nur bei ihm kaufte, verdächtigte seine jüdischen Konkurrenten in Amdorf und in der Stadt drinnen, obgleich er sie nicht kannte und oft gar nicht einmal wußte, ob sie Juden waren! Der Tratzelberger-Xaverl trug schon lang ein rundes, weißes Abzeichen mit einem schwarzen Hakenkreuz und erklärte überall: »Wo ich dabei bin, da geht's radikal gegen die Saujuden!« Beim Stelzinger hielten sie sich zwar zurück, aber man roch, wie sie alles Jüdische im Leben und im Geschäftlichen ablehnten, und,

jaja, – der Sulerschmied, ja, der war dem Kraus als erster dieser Gesellschaft begegnet! Im ›Wochenblatt für Amdorf und Umgebung‹ hatte er jedesmal ein Inserat: ›Rein deutsches Geschäft und solide deutsche Facharbeit!‹

»Jaja, das frißt ganz langsam weiter. Keiner merkt was davon«, murmelte der Kraus einhaltend und blickte irgendwohin. Ganze Jahre drängten sich vor ihm zusammen, Jahrzehnte! Von Winniki bis Odessa, von da wieder nach Winniki und von dort zu seinem Untertauchen in Auffing.

»Kathi«, kam es aus dem bedrückten Alten, gleichsam als versuche er, seine längstverstorbene Frau ins Leben zurückzubeschwören: »Kathi, du hast doch recht gehabt. Ein Gimpel bin ich gewesen! Ich sollt' von Anfang an gesagt haben, ich bin der Jud' Kraus. Dann hätt' man gewußt, wie man dran ist mit den Leuten. Recht hast du gehabt, ganz recht, Kathi!« Aus seiner peinigenden Verdrossenheit stieg Wut und wurde zum alles verzehrenden Haß. Er spürte wieder das beängstigende Heißwerden seines Kopfes, spürte, wie der Schweiß aus seinen Poren brach und wie sein Herz immer fester schlug, bis er zu guter Letzt ganz matt war. Unsagbar zerknirscht ächzte er: »Und jetzt bin ich also doch der Jud'. Ihr Jud! Jetzt sitz ich in der Falle!« Wie einer, der unversehens unter Wölfe geraten war, sich mit letzter Kraft und List wehrt und vergeblich nach Hilfe ausschaut, kam er sich vor.

»Ha!... Haha!« lachte er kalt, wie von jähem Galgenhumor ergriffen. Er hob seinen hinabgefallenen Schusterhammer auf und sagte plötzlich wie überrascht: »Aber die Jesuiten? Die haben nichts gegen unsereins. Die nicht!«

Ja, jetzt war ihm leichter. Er grinste aufgelebter: »Vielleicht hab' ich nicht einmal eine Dummheit begangen!« Er hämmerte wieder kräftiger.

25

Einige Tage bevor der Kraus zum Exerzitium nach Weylarn gehen wollte, ereignete sich etwas, was den Heingeiger und den Silvan mehr denn je zusammenschloß und was, wie sich bald zeigte, die ganzen Leute in der Pfarrei in zwei Parteien aufspaltete. Nämlich, die Rotholzerin lag schon über vier Wochen im Amdorfer Krankenhaus. Wegen eines gefährlichen Bauchgeschwürs hatte man sie operiert, gleich nach der Operation war es sichtlich besser geworden, dann aber immer schlechter, und vorgestern war sie gestorben. Der Heingeiger als ihr Bruder wollte mit dem alten Pfarrer Trostinger die Begräbnis-Angelegenheit besprechen. Da jedoch stellte sich heraus, daß die Verstorbene auf Anraten der Jesuiten zu ihren Lebzeiten einem strengen, frommen Orden beigetreten war, dem zufolge ihre sterblichen Überreste in die dicke Außenwand der Weylarner Stiftskirche eingemauert werden sollten. Und nicht nur das! Jetzt erfuhr man auch, daß die Bäuerin schon damals, beim Bau des Weylarner Collegiums, beträchtliche Summen gestiftet hatte, und ihr Testament lautete klipp und klar zugunsten der ›Brüder in Jesu‹.

Vom Pfarrer kam der Heingeiger heim und schrie ingrimmig in der Kuchel: »Als Ehebrecherin ist sie gestorben! Nicht einmal ins Familiengrab zu ihrem Joseph legt sie sich, pfui Teufel! Wenn das noch eine Religion ist, gute Nacht!«

Er spannte sofort ein und fuhr mit dem Silvan zum Advokaten Wallberger nach Amdorf hinüber. Der Wallberger war aber seit jeher der Rechtsbeistand der Jesuiten, was freilich die zwei Heingeigerischen nicht wissen konnten. Er empfing sie kulant und unverdächtig. »Ja«, sagte er, vierzehntausend Mark spreche das Rotholzer-Testament dem Weylarner Collegium zu, und siebentausend davon seien für das Studium des kleinen Peter ausgesetzt, aber nur dann, wenn er Geistlicher werde, andernfalls falle auch diese Summe den Weylarnern für irgendeinen guten Zweck zu.

»Und dagegen kann man gar nichts machen? Ist denn das noch Recht und Gerechtigkeit?« schrie der aufgebrachte Bauer: »Das ist doch rein gestohlen!« Schandmäßig fing er zu fluchen an. Der Silvan hatte Mühe, ihn zu dämpfen. Der Wallberger, der solche Ausbrüche aus seiner langjährigen Praxis kannte, blieb gemütlich. So eine Aufregung, meinte er, die habe gar keinen Wert und könnte womöglich kostspielig ausfallen, es bleibe nur der gerichtsmäßige Weg, indessen seiner Schätzung und Erfahrung nach sei das Testament unanfechtbar und ob bei einer prozessualen Ausfechtung etwas Günstiges für den Heingeiger herauskomme, halte er für sehr fraglich.
»Die Hurenpfaffen!« bellte der Heingeiger außer Rand und Band: »Die Erbschleicher, die schleimigen! Die Spitzbuben!« Unangerührt lächelte der Wallberger und meinte launig: »Jedes Wort, Herr Bürgermeister, kann Ihnen eine hübsche Beleidigungsklage einbringen. Meiner Meinung nach wär's besser, sich mit den geistlichen Herrn zu einigen. Vielleicht lassen sie mit sich reden.« Er wußte, so ein Prozeß ging möglicherweise durch viele Instanzen. Derartig große Sachen übergaben die Jesuiten dem berühmten Doktor Pichler in der Hauptstadt drinnen.
»Reden? Was? Ausgeschlossen!« plärrte der Heingeiger wiederum, und der Silvan sagte nur noch: »Gehn wir, Vater!«
Zorngeladen und niedergeschlagen fuhren die zwei heim. Fort und fort zeterte und schimpfte der Heingeiger, als er so auf dem Bock seines leichten Wägelchens saß. Die abgeernteten Felder rundherum lagen herbststill da. Lebhaft zwitschernde Spatzenrudel hockten auf den halbkahlen Apfelbäumen. Der Silvan tat sehr beherrscht, aber er war nicht weniger giftig.
»Eins weiß ich!« knurrte der Heingeiger und schlug dem Gaul unvermittelt die Peitsche auf den Rücken, daß er zu traben anfing: »Von uns geht keiner zur Leich' nach Weylarn! Mag meinetwegen die ganze Pfarrei drüber reden!«
»Hm!« lächelte der Silvan geringschätzig: »Das wird den Kutten-

brüdern doch bloß recht sein! Da haben sie dann wieder was, das sie gegen uns überall ausnützen können.« Diese Logik leuchtete dem Heingeiger ein, und gerade deswegen ärgerte er sich noch mehr. »Nicht, absolut nicht ist dem Lumpengesindel beizukommen!« stieß er heraus und schüttelte den Kopf: »Hmhm, ich kann nicht verstehn, daß sich die Leut' so anschmieren lassen von der Bande. Ihre Exerzizi sind doch die niederträchtigste Beutelschneiderei! Und da macht der Kraus mit! Sogar der.«
»Der? Der Schuster?« warf der Silvan hin: »Der lauft doch immer mit dem Haufen. Geh mir zu mit solchen Brüdern!«
»Jaja, recht hast du. So sind sie alle!« stimmte der Bauer bei und fragte unvermittelt: »Aber sag mir doch selber, wie soll man denn gegen die verschworene Pfaffengesellschaft aufkommen?«
»Gegen die? Aufkommen?« meinte der Silvan ein bißchen überlegen: »Es braucht bloß keiner mehr mit ihrem Schwindel mitmachen. Faktisch nur so kann man ihnen das Handwerk legen.«
»Das versteh' ich nicht. Wie meinst du denn das?« fragte der Bauer interessierter, und da erklärte ihm der Silvan, wenn alle aus der katholischen Religionsgemeinschaft austreten würden, wär's gleich aus mit der Pfaffenherrlichkeit.
»Dem Glauben abschwören?« wurde der Heingeiger stutzig und musterte seinen Sohn: »Hast etwa du das gemacht?«
»Ja, schon lang. Gleich nach dem Krieg schon. Vorläufig braucht's ja keiner zu wissen, aber wenn wir Frontkämpfer einmal Oberwasser kriegen, faktisch, da gibt's bloß mehr strikte Trennung von Kirche und Staat«, redete jetzt der Silvan fast gelehrt daher. Der Heingeiger war ein wenig nachdenklich geworden, schüttelte endlich wieder den Kopf und schloß: »Jetzt, ich weiß nicht – bei seinem Glauben muß man schon bleiben. Der tut ja weiter nicht weh, und unser Pfarrer Trostinger ist ein durchaus ehrenhafter Mensch. Der und die Jesuiten sind zweierlei.« Sie hatten den Forst durchfahren. Die Felder waren schon nachmittagsverschleiert. Auffing rückte näher und näher.

»Seinen Glauben kann ja jeder haben«, wollte der Silvan weiter erklären, »aber das ganze System muß weg! Solang' uns Pfaffen und Juden regieren, wird's nichts!« Indessen der Bauer sagte nur noch: »Zur Leich' nach Weylarn geht keiner von uns.«

Später, beim Nachtessen daheim, schaute der Silvan einmal auf den großgewachsenen, jetzt bereits schulentlassenen Peter und verzog seine Mundwinkel ein wenig: »Pfaff' wirst du keiner, garantiert! Aus dir wird man was Handfestes machen.« Es war auch bald Zeit. Die Leute hielten sich schon darüber auf, daß der Bub daheim den billigen Bauernknecht machen müsse.

Der Peter sagte nichts und machte nur eine ungewisse Miene. Seit er jeden Tag daheim und nur noch sonntags für sich war, führte er sein eigenes, verborgenes Leben. Im ungefähren ahnte er, daß der Silvan, der jetzt immer mehr das Haus beherrschte, eines Tages kurzerhand damit herauskäme, was er zu werden habe. Was das sein konnte, wußte der Peter nicht, doch er traute dem Silvan nichts Gutes zu. Aufzukommen war dann nicht mehr gegen diesen regiererischen, heimtückischen Menschen. Der Peter schwieg aber auch noch aus einem anderen Grund. Vor einiger Zeit hatte ihm der Ludwig vom Jahrmarkt aus Amdorf einen Buchdruckerkasten mit vielen Gummilettern mitgebracht. Wenngleich der Peter als ›Feiertagsschüler‹ jetzt Spielsachen als kindisch empfand, dieses Spiel gefiel ihm sehr. Sobald er Zeit hatte, beschäftigte er sich damit. Wenn ihm beispielsweise eine Stelle in einem Buch gefallen hatte, setzte er sie mit Gummilettern zusammen und druckte sie in ein blaues Schulheft. Er gewann immer mehr Interesse an dieser Beschäftigung und hatte schon verschiedene Hefte voll, die er oft und oft wieder durchlas. Mit der Zeit ging er daran, Gedichte, Kalendersprüche, auffallende Inserate und besonders schön gesetzte Zeitungsartikel als Vorlagen zu benützen. Das und in den Wäldern herumzustreifen waren seine liebsten Sonntagsbeschäftigungen. Bald überwog aber das Drucken. Dem und jenem zeigte er mitunter sein blaues Heft, und jeder lobte ihn. Vor allem

aber gefielen dem Ludwig die vielen abgedruckten kleinen Zitate und Gedichte. Nur daheim zeigte der Peter das Heft und seinen Buchdruckerkasten nicht her. Wahrscheinlich interessierte sich da auch niemand dafür. Es war auch nicht nur Scheu, daß er seine spielerische Beschäftigung vor den Seinigen verbarg. Langsam nämlich, ohne daß er es zuerst voll begriff, wuchs in ihm der drängende Wunsch auf, einmal ein Mann zu werden, der Bücher druckt. Als er das dem Ludwig gestand, freute der sich sehr darüber, schon deswegen, weil er ganz zufällig den Anstoß dazu gegeben hatte, und er meinte, Buchdruckerei sei ein sehr wichtiger und schöner Beruf, denn er nütze nicht nur einem allein, sondern vielen Menschen. Dem Peter wurde heiß dabei. Doch den Ludwig durfte man beim Silvan kaum nennen, und was von dem kam – soviel wußte der Peter –, das paßte dem letzteren nie und nimmer. Darum behielt der Bub alles für sich und sonderte sich daheim immer mehr ab. Munter und aufgeschlossen wie früher zeigte er sich überhaupt nur noch den Leuten gegenüber, die ihn gern mochten. Um es gleich zu sagen, nicht nur die Jodls verstimmte es, daß keiner von den Heingeigers zum Begräbnis der Rotholzerin nach Weylarn kam, in der ganzen Umgebung wurde das übel vermerkt. Wenigstens, so hieß es, vor dem offenen Grab hätten sie den Streit zudecken sollen, das gehöre sich nun einmal. Als der Heingeiger und der Silvan am darauffolgenden Sonntag nach dem Hochamt aus der Glachinger Pfarrkirche kamen und von vielen unverhohlen abweisend angeschaut wurden, rief der Bauer grob: »Jaja, jetzt gafft's nur! Wir haben noch keinen gefressen, und schuldig, denk ich, sind wir auch keinem was, oder? . . . Die Rotholzerin hätt' neben ihren Joseph ins Grab gehört und nicht nach Weylarn!«
Betroffen wandten sich die meisten ab. Einige dagegen nickten zustimmend, und der Tratzelberger-Xaverl schrie sogar: »Recht hat er, ganz recht!«
Gerade da kam der Schuster Kraus aus der Kirche und wollte unauffällig an seinem rabiaten Nachbarn vorbei.

»He, Schuster! Wart', wir gehn miteinander!« schrie ihm der Heingeiger nach, doch der Schuster machte eine geschwinde, abwehrende Handbewegung und rief zurück: »Mir pressiert's! Ich hab' keine Zeit!« Schnell, ein bißchen geduckt, fast wie fliehend strebte er auf das Tor zu. Alle schauten ihm nach.
»Tropf, scheinheiliger!« plärrte der Heingeiger ärgerlich und höhnte bissig: »Du genierst dich wohl! Geh nur zu! Meinetwegen!« einen winzigen Huscher lang stockte der Schuster, dann aber – wirklich! – lief er plötzlich wie von einem Peitschenhieb getroffen einige Schritte lang und erfing sich erst auf der Straße wieder. Das sah komisch aus, so komisch, daß alle lachten. Da und dort fielen spöttische Worte. Der Tratzelberger-Xaverl verzog sein Bartmaul und meinte hämisch: »Der will sich bloß sein Exerzizi nicht verschandeln lassen!«
Ganz verstört kam der Kraus daheim an. Jetzt hatte er sich's also endgültig mit dem Heingeiger verdorben, und noch dazu so sinnlos, so wider Willen.
»Der Schlag soll mich treffen!« murrte er verdrossen.
Die Feindschaft zeigte sich auch gleich sehr deutlich. Beim abendlichen Milchholen, das den Schuster diesmal recht hart ankam, sagte der Heingeiger frostig zu ihm: »Du kannst gradsogut wegbleiben, Schuster. Meinetwegen kann dir ja der Peter jeden Tag die Milch vor die Tür stellen, aber lieber ist's mir, du holst überhaupt die Milch woanders!« Ohne den Bauern anzusehen, meinte der Schuster beinahe schuldbewußt und demütig, er wolle deswegen bei anderen kein Gerede hervorrufen, und es sei ihm recht, man solle die Milch nur immer vor seine Türe stellen. Dann ging er.
»Charakter hat der auch gar keinen!« warf der Bauer herabmindernd hin, als er draußen war. Von da ab stand also die Milch jeden Tag vor seiner Haustüre. Er leerte die Kanne, legte das Geld hinein und stellte sie wieder an die gleiche Stelle. Die Nachbarsleute sah er nur noch vom Werkstattfenster aus.
Wahrhaftig, dem Schuster kam es vor, als habe er Glück im Un-

glück, als er sich etliche Tage darauf nach Weylarn auf den Weg machte. Dort konnte ihn nichts mehr erreichen, und für eine Weile wenigstens war er allem Gezänk enthoben. Nicht, daß ihn jetzt der Bauer nicht mehr aufsuchte oder anredete, störte ihn, im Gegenteil, das war ihm eher recht. Nach allem, was er erlebt hatte, der Kraus, liebte und haßte er die Menschen nicht mehr. Sie waren ihm gleichgültig; aber Feindschaften waren lästig. Er war langsam in die Siebziger gerückt und spürte trotz aller Rüstigkeit die Jahre. Viel hatte er mitgemacht und viel überwunden. Schön war fast nichts gewesen. Was blieb schon übrig! Man mußte eben alles ertragen. Er wollte ja so wenig von seinem Leben: ein paar Glas Bier, wenn er beim Postwirt oder beim Hingerl saß, einen gemächlichen Tarock jeden Donnerstag, seinen frischen Schnupftabak jeden Tag und, seitdem die alte Hauniglin nicht mehr lebte, beim Hingerl das kräfte Werktagsessen und sonntags seinen Braten. Und von jedermann unbehelligt bleiben, im Guten und im Schlechten.

»Sogar gut katholisch tu' ich und bet', wie man's verlangt, aber nein! Nein – ich kann tun, was ich mag, es geht mir nicht hinaus. Der Heingeiger und sein Silvan. Wenn die erst wissen, daß ich ein Jud bin! Gute Nacht, da hören die Kalamitäten überhaupt nicht mehr auf!« räsonierte er in sich hinein, als er auf dem abkürzenden Weg durch das Buchberger Oberholz nach Weylarn hinaufging. Ein flinker Hase sauste über den Weg. Er schrak leicht zusammen. Durch die hohen Fichten lugten schon die weißen Mauern der Stiftskirche. Ihm gruselte ein wenig vor den acht Tagen in der kahlen Klosterzelle. Doch er trat nach und nach fest und resolut auf den Boden des weichen, schmalen Fußwegs.

Wider Erwarten ging es in Weylarn ausnehmend gut. Obgleich der mißtrauische Schuster in den ersten Nächten sich stets lange Stunden gewaltsam wach hielt und sich immer wieder, aus Angst, er könnte laut träumen, aus dem Schlaf aufriß – bei all seinem Argwohn konnte er nicht feststellen, daß je ein Jesuit vor den Türen auf- und abging. Der Kreitler mußte gelogen haben. Überhaupt

schienen die Patres mit dem Kraus besonders rücksichtsvoll umzugehen. Vielleicht taten sie das mit allen alten Leuten, immerhin war es äußerst wohltuend für den Schuster, daß ihm die Patres stets so ein natürlich-freundliches Interesse entgegenbrachten. Zeitweise fühlte er sich in dieser eingeschlossenen, regelmäßigen, weltabgeschiedenen Stille geschützt und geborgen wie nie im Leben. Ein paar Mal ließ ihn sogar der Pater Superior zu sich kommen und erkundigte sich eingehend, ob ihm irgendwas zu beschwerlich sei, und wie es ihm sonst in Weylarn gefalle. Der Kraus fand durchaus nichts zu klagen. Er verstieg sich zu guter Letzt zu einem aufgemunterten Lob über die humorvollen Predigten der Patres und meinte, »das wär' grad ein schönes Zuhören«.
»Unser Herr und Jesus hat immer nur zum einfachen Volk gesprochen. Er allein ist unser Lehrmeister«, erwiderte der Pater Superior geschmeichelt. Dem Schuster war zwar, soviel er über diesen Herrn Jesus wußte, nicht erinnerlich, daß derselbe jemals humorvoll gesprochen und gelehrt habe, indessen, das mußte der ehrwürdige Pater bestimmt besser wissen.
Die ganze Zeit, die der Kraus in Weylarn zubrachte, hörte er nichts über Juden. Es fiel kein einziges Wort, ja, nicht einmal eine schwache Andeutung über seine Abkunft. Er mutmaßte fast, der Pater Lorenzius, der bei ihm gewesen war, habe davon gar keine Kenntnis genommen oder zum mindesten nichts davon berichtet. Er sah den hochgewachsenen Pater öfter. Der redete ihn an wie einen alten Bekannten und scherzte: »Hoffentlich, Herr Kraus, hab' ich Sie durch das Exerzitium nicht geschäftlich ruiniert, oder?« Er lachte und zeigte dabei seine blankweißen, mandelgroßen Zähne. Wirklich, wie ein Erholungsurlaub, ein Urlaub von allem, kamen dem Schuster diese Tage vor.
Ungefähr eine halbe Stunde vor seinem Abschied zog ihn der Pater Superior noch einmal in ein längeres Gespräch, rühmte wiederum sein gutes Aussehen, wünschte ihm alles Gute und verriet ihm nebenher, daß das Collegium – wenn es die finanziellen Mittel

erlaubten – noch weitere, segensreiche Pläne hätte, wie zum Beispiel die Errichtung eines Waisenhauses und eines Altenheimes.
»Können Sie begreifen, daß es da noch immer Leute gibt in der Umgegend, die uns verleumden und anfeinden?« fragte der Pater, und der Kraus schüttelte den Kopf und antwortete mit größter Biederheit: »Eigentlich nicht! Aber Hochehrwürden haben ganz recht, die Leute sind verständnislos. Bösen Willen haben sie vielleicht gar keinen.«
»Sie sind ein kluger Mann«, belobigte der freundliche Pater ihn nicht ohne Respekt: »Sie verstehen klar zu unterscheiden.« Dann segnete er ihn und ließ ihn gehen.
Der Kraus zweigte kurz außerhalb des großen Klostertores wieder ab auf den schmalen Fußweg. Trotz des vorgeschrittenen Herbstes – es war schon Ende Oktober – verbreiteten die hohen Tannen einen würzigen Duft, der alle modernde Verwesung überwog. Das gedämpfte Licht der Sonne fiel ab und zu in einem dünnen Strahl auf den weichen, nadelübersäten Fußweg, und die leise rauschende Stille hörte sich an wie ein starkes, gleichmäßiges Atmen. In der hohen Luft krähten manchmal Raben oder ein kreisender Habicht. Der Schuster spürte, wie ausgerastet sein Körper war, und schritt kräftig aus. Wohlig sog er die klare, frische Luft in sich hinein.
Bald fingen die ersten Häuser von Buchberg an. Beim Jodl, auf der Bank vor dem Haus, saß die zerknitterte Altbäuerin in der Sonne und schob den Kinderwagen wiegend hin und her. Das war jetzt schon das fünfte Kind beim Jodl. Zwei Buben gingen in die Schule, und das älteste Mädchen war um sechs Jahre jünger als der Peter vom Heingeiger von Auffing. Der durfte jetzt kaum mehr zu den Buchberger Verwandten. Daheim aber gefiel es ihm immer weniger. Insgeheim kam er doch manchmal an einem Sonntagnachmittag dahergeradelt und war immer gut aufgenommen. Die Jodls mochten ihn gern. Sie taten immer ein wenig verborgen mitleidig. Mit den Kindern wußte der Peter nicht viel anzufangen. Meistens

machte er sich unauffällig davon, um nach dem unterirdischen Gang – der ›Höhle‹, wie der Ludwig und er denselben nannten – zu schauen. Er untersuchte alles genau, ob nicht inzwischen irgendein anderer Mensch hergefunden habe. Dann legte er wieder dünne Schnüre und andere Zeichen aus, die das verraten sollten.
»Ah, das ist ja der Schuster?« plapperte die alte Jodlin grüßend, als der Kraus an das Haus gekommen war, und sah ihn mit ihren wässerigen, faltenvergrabenen Augen an: »Kommst du gewiß von Weylarn?«
»Ja, vom Exerzitium. Schön ist's gewesen«, antwortete der Kraus.
»Jaja, es gehn viel Leut' hin«, sagte die Alte wieder und hielt ihn auf: »Wart ein wenig! Erst gestern hat der Kaspar zu dir wollen.« Sie rief der Jungbäuerin ins Haus. Gleich darauf kam die ehemalige Heingeiger-Zenzi aus der Türe und übergab ihm ein paar in Zeitungspapier eingewickelte Nagelschuhe: »Das ist gut, daß du grad vorbeikommst, Schuster! Da! Der Kaspar müßt' sie aber bald haben, gell!« Daraus wurde eine kleine Unterhaltung. Bei den Exerzitien fing sie an, über das Wetter ging sie weiter, und schließlich erzählte die Zenzi voll Scham und Verdruß, daß ihr Vater jetzt gegen die Jesuiten einen Prozeß angefangen habe wegen der Elies.
»Wegen der Elies?« wunderte sich der Kraus, denn das war ja etwas Neues.
»Jaja, wegen der Elies!« nickte die Zenzi und ließ sich nicht weiter darüber aus: »Wo das noch hinführen soll? Wie er sich bloß jedesmal aufführt. Zuerst schon, wie die Elies sich aufgehängt hat, und nachher mit der Rotholzerin. Und jetzt wieder wegen der Elies. Die Geistlichkeit vor Gericht ziehn! Das kann doch kein Glück bringen! Mit den Jesuiten kommt doch jeder gut aus!« Es war überall bekannt, daß der Jodl-Kaspar das Bauholz für die Weylarner geliefert hatte und das Kloster mit Brennholz, Milch und Butter versorgte.
»Mein Kaspar ist drüben gewesen in Auffing und hat dem Vater gut zureden wollen, er soll doch die Sach' bleiben lassen«, jam-

merte die Zenzi: »Aber es ist garnichts mehr mit ihm anzufangen. Ganz blind ist er in seinem Jähzorn. Und so gräuslig wie er und der Silvan den ganzen Tag über die geistlichen Herrn daherreden. Da kann doch der Peter nichts werden!«
Sicher war es dem Schuster recht, das alles zu erfahren. Man konnte sich vielleicht wappnen für jeden Fall, aber im Augenblick machte er eine Miene, als wolle er am liebsten wieder nach Weylarn zurückgehen und ein neues Exerzitium anfangen.
»Hmhm, die geistlichen Herrn sind sehr nett, hmhm«, sagte er und fügte, sich nach allen Seiten sichernd, hinzu: »Jaja, überall gibt's was. Die Elies sollt' halt noch leben.« Bald schaute er, daß er weiterkam. Erst, nachdem er das Dorf hinter sich hatte, ging er wieder langsamer, fast zögernd dahin. Er sah hinunter ins herbstlich beglänzte Tal, und eine verdrossene Traurigkeit fiel ihn an. Ihm graute vor dem Heimkommen. Sicher erwarteten ihn in Auffing wieder allerhand Kalamitäten. Jetzt prozessierte also der Heingeiger schon gegen die Jesuiten! Und wegen der Elies! Womöglich – wer kennt denn die krummen Gerichtswege? – womöglich mußte man da wieder einen Zeugen machen.
Mächtig wölbte sich vor dem Abwärtssteigenden der glasklare Himmel. Ruhig lag das stille Land da. Auf den schon ins Braune verfärbten, abgemähten Feldern und Wiesenhängen weideten da und dort grasende Kühe. Die Kinder, die sie hüteten, lagen um ein Feuer, und der Hund lief bellend um die Herde. Aus den fernen Dörfern hinter den Hügelwellen lugten die Zwiebeltürme, und dünner Rauch stieg kerzengerade aus den Kaminen der Häuser, von denen nur die Dächer sichtbar waren. Da und dort ackerte noch ein Bauer verspätet die Kartoffeln heraus. Hinter der Furche, die er zog, gingen die gebückten Klauber. Angebrannte, dickrauchende Haufen Kartoffelkraut zeigten manchmal eine gelb züngelnde Flamme. Krähenschwärme durchzogen die Luft und ließen sich auf die Äcker nieder. Es roch nach Erde und Frieden. Aber dem Schuster war nicht danach.

»Eine Welt ist das! Eine verrückte Welt!« stieß er, ganz in trübe Gedanken verfangen, heraus. Mochte er ausweichen, soviel er konnte, diese Welt ließ ihn nicht aus. Als er später in Glaching ankam, sah er die ganze Vorderfront der Postwirtschaft mit ehemaligen kaiserlichen, schwarzweißroten und blutroten Hakenkreuzfahnen drapiert. In der Mitte prangte ein breites Transparent: ›Deutsche, räumt auf mit den Bonzen, Juden, Pfaffen und ihren Helfershelfern! – Volk, mach dich frei!‹ Plakate, die zu einer Massenversammlung aufriefen, klebten überall. ›Gegen die Berliner Judenregierung!‹ war darauf zu lesen. Es war aber doch allbekannt, daß der jetzige Kanzler ein frommer Katholik war? Und der alte Hindenburg war doch auch kein Jude? Woher kam das bloß: Die meisten Landleute wollten immer noch wenig von der Politik wissen und verabscheuten die fortwährend krakeelenden, regsamen Hitlerischen. Doch deren Anhang nahm zu und zu!
Auf dem großen Platz vor der Postwirtschaft standen Fuhrwerke mit zugedeckten Pferden davor, ein leeres Lastauto und viele Motorräder mit Hakenkreuzwimpeln. Gruppen redeten heftig ineinander. Die Wirtsstube war gedrängt voll, und es war doch erst gegen fünf Uhr am Nachmittag.
Geschwind bog der Schuster in den Fußweg ein, der hinter dem Pfarrhaus vorüber- und am Dorfausgang wieder auf die Auffinger Straße führte. Drunten am Feldkreuz, kurz vor Auffing, fuhren der Heingeiger und der Silvan an ihm vorüber und schauten ihn gar nicht an. So einfältig und bockbeinig hatte sich der Bauer bereits in seine Feindschaft verrannt, und ein Feind sieht und sucht immer nur Feindliches. In der Hitleruniform war der Silvan gewesen. Braunes Hemd, Lederzeug, hohe Schaftstiefel und eine Hakenkreuzarmbinde. Fast amtsmäßig hatte er dreingeschaut. –
Der Ludwig, der gerade den gekachelten Schlachtraum herauswusch, schrie dem auf sein Haus zubiegenden Kraus zu, winkte und kam gleich daher.
»Du, Schuster? Mach dich drauf gefaßt«, sagte er zum Stehenblei-

benden: »Der Bürgermeister und der Silvan reden jetzt überall rum, du steckst hinter den Jesuiten! Du bist ihr Vertrauensmann, sagen sie!«
»Was geht denn das mich an!« fuhr der Kraus ihn ärgerlich an und ging schnell weiter. Der Ludwig aber rief ihm spöttisch nach: »Vorauswissen ist oft ganz gut.«
Etwas Gallebitteres stieg dem Schuster von den Därmen zur Gurgel, als er seine Haustüre aufschloß. Er trat in den Gang und tat etwas, was er – wenn er daheim war – noch nie getan hatte. Er sperrte die Türe zu.

26

Die Sache, welche den Heingeiger dazu gebracht hatte, gegen die Jesuiten zu prozessieren, verhielt sich so: Einige Tage, nachdem der Kraus sein Exerzitium in Weylarn begonnen hatte, brachte der Stelzinger dem Bürgermeister einen Brief des weitbekannten hauptstädtischen Rechtsanwaltes Doktor Max Pichler. Das Schreiben kündigte an, daß das Weylarner Collegium nicht gesonnen sei, auf das Recht, das ihr die schriftlich niedergelegte, testamentarische Verfügung der Elies zuspreche, zu verzichten. Um aber – hieß es weiter – in dieser für beide Teile so schwerwiegenden Angelegenheit zu einem Ausgleich zu kommen, schlage der Anwalt als juristischer Vertreter der Jesuiten vor, der Heingeiger möge am Mittwoch der darauffolgenden Woche zu einer Aussprache in seine Kanzlei kommen.
Dies, nach den Vorkommnissen beim Ableben der Rotholzerin, war dem Heingeiger zuviel! Er raste. Er fluchte, daß die ganze Nachbarschaft aufhorchte. Und er verschwor sich, ganz und gar mit der politischen Richtung seines Silvan zu gehen. Als der Bauer sich endlich etwas beruhigt hatte, sagte der Silvan zu ihm: »Ich hab' dir's aber immer gesagt, solang die schwarze Bande den Brief von der Elies in der Hand hat, läßt sie nicht locker. Außerdem gehört die Sippschaft zum System, und das System deckt sie!« Mit

›System‹ bezeichneten die Hitlerischen die Republik und jede ihrer Regierungen.

»Hmhm, so ein Rindvieh wie ich!« schimpfte sich der erzürnte Heingeiger selber, und jetzt erst wurde ihm erschreckend klar, was für eine nie wieder gutzumachende Dummheit er begangen hatte, als er dazumal diesem katzenfreundlichen Pater Superior ohne weiteres den wichtigen Brief wieder zurückgegeben hatte.

Der Silvan ließ ihm ruhig Zeit.

»Naja, jeder macht Fehler«, sagte er herablassend verzeihend. Das stachelte den Bauern erst recht an.

»Und ich hab' gar nichts Schlechtes denkt dabei, gar nicht auch!« jammerte er ingrimmig: »Unsereins glaubt doch, er hat ehrliche Leut' vor sich!«

»Schlechtigkeit hin und Schlechtigkeit her. Da geht's bloß um die Macht, faktisch«, klärte ihn der Silvan auf. Er schien in seinem Element und sehr zufrieden. Dann fingen die zwei ein langes Ratschlagen an. Es stellte sich dabei heraus, daß der Silvan sich in Rechtsangelegenheiten ganz gut auskannte und auch einen geeigneten Anwalt in der Stadt drinnen wußte, der, seiner Meinung nach, dem Pichler gewachsen sei.

»Eins ist einmal ausgemacht«, sagte der Silvan wiederum: »Du gehst auf keinen Fall zum Pichler. Auf das warten die Gauner ja bloß! Faktisch, ich kenn' das!... Du läßt dich zu Grobheiten hinreißen, und schon haben sie dich am Wickel!« Ohne Widerrede willigte der Bauer darin ein, daß sie am übernächsten Tag in die Hauptstadt fahren würden, um den Rechtsanwalt Doktor Übelakker aufzusuchen.

»Den kenn' ich schon lang. Da weiß man, wie man dran ist«, charakterisierte der Silvan diesen Mann: »Das ist ein Deutscher durch und durch. Der kennt jeden jüdischen Winkelzug, und er hat die besten Verbindungen bis ganz obenhinauf.« Er fügte hinzu, daß der Übelacker schon verschiedene seiner Kriegskameraden aus den Feldzügen in Oberschlesien und aus dem Baltikum bei Ge-

richt herausgehauen habe. Dem Heingeiger war alles recht. Er fragte nicht weiter. Als der Silvan den Zettel, den die Elies vor ihrem Erhängen in ihre Kammer gelegt hatte, überlas, kratzte er sich einige Male bedenklich an der Schläfe und meinte: »Hm, kein Datum drauf!... Faktisch nichts Handgreifliches! Dumm, saudumm!« Er drehte sich dem Bauern zu und fragte nebenher: »Sie schreibt da, was mir zusteht. Wieviel hat man denn seinerzeit, wie unsere Mutter gestorben ist, für sie festgesetzt?«
»Dreitausend Mark Muttergut«, antwortete der Heingeiger: »Das meiste ist in der Inflationszeit draufgegangen, aber ich hab's ihr mit der Zeit wieder in gutem Geld zukommen lassen. Es liegt seitdem auf der Glachinger Sparkasse und natürlicherweis', wenn ich dir den Hof übergib, muß rechtmäßig für den Peter auch noch was ausgesetzt werden. Ihm steht ja alles zu, was sie hätt' kriegen sollen.«
»So? Hm... Jaja«, machte der Silvan, sich offenbar etwas überrechnend. Dann bekam er ein kampflustiges Gesicht und sagte aufmunternd: »Na, der Übelacker schmeißt die Sache, garantiert!... Wart' nur, die Kuttenbrüder, die staubigen, werden was erleben!«
Sie fuhren also in die Stadt. Zunächst sollte der Übelacker nur als Vertreter vom Heingeiger zum Pichler gehen, schließlich aber überredete der Anwalt den Bauern, die ganze Angelegenheit überhaupt gleich gerichtlich zum Austrag bringen zu lassen.
»Langes Herumreden und falsche Versprechungen, das liegt mir nicht«, sagte er, auf den Silvan einen geschwinden, unvermerkten Blick werfend: »Ihr Herr Sohn, Kamerad Lochner, Herr Bürgermeister, kennt mich. Eins zu zehn wett' ich – wir siegen mit Pauken und Trompeten!«
Das hörte der Heingeiger gern. Er nickte wie willenlos, schaute in das studentisch zerhauene, stark gerötete Mopsgesicht des Anwalts, schaute auf die Wand dahinter, an der gekreuzte schwere Säbel, altertümliche Pistolen, ein paar französische Karabiner

aus dem Krieg und Studentenmützen neben einigen kleinen Hakenkreuzfähnchen und eingerahmte Photographien uniformierter Männer hingen, schaute wieder auf den Mann mit den verschlagenen, wie ins Fett geschlitzten Augen und fragte ein bißchen von unten herauf: »Und was ist dann da der Kostenpunkt, wenn ich fragen darf?«

»Darüber reden wir, wenn der Prozeß gewonnen ist«, erwiderte der Anwalt leutselig: »Ihr Herr Sohn kennt mich als Kriegskamerad, das ist mir Referenz genug.«

Längst schliefen die Dirn und der Peter, als Bauer und Silvan in der Nacht mit einem leichten, gemütlichen Rausch heimkamen. Die zwei unterhielten sich in der angewärmten Kuchel noch eine ganze Weile.

»Er ist ein reeller Charakter, der Übelacker! Das hab' ich gleich gesehn«, lobte der Bauer den Anwalt und schnalzte fidel mit der Zunge: »Herrgott, der wenn gewinnt, da kommt's mir auf ein Faßl Bier nicht an.«

»Der verspricht nichts, wenn er nicht sicher geht«, meinte der Silvan bedeutsam: »Faktisch, dazu kenn' ich ihn zu gut.« Der Bauer blickte ihn mit seinen glasigen Augen ein wenig bewundernd an.

»Feine Leut' kennst du«, sagte er. Selbstbewußt erklärte der Silvan, das komme eben daher, weil er seine besten Jahre nicht in Auffing, sondern in der Welt draußen verbracht habe, und jetzt schien es, als gestehe sich der Heingeiger ein, daß sein Sohn sich früher doch richtig benommen und das Richtige getroffen habe. Beiläufig fragte er, ob er denn noch gar nicht ans Heiraten gedacht habe, der Silvan. Der warf verächtlich hin: »Ein Weibsbild ist jeden Tag zu finden. Vorläufig stehn andere Sachen auf dem Spiel. Das muß erst in Ordnung kommen.« Der Bauer legte es so aus, als warte der Silvan erst den gewonnenen Prozeß ab, und bekam ein zutrauliches Gesicht. Es tat ihm wohl, daß der Silvan mit dem Übergeben nicht drängte. Warum aber sollte der Silvan auch drängen? Er war doch sowieso schon lang der Herr im Haus. Und au-

ßerdem rührte sich's jetzt wieder politisch sehr nach seinem Wunsch. Die Hitlerleute überzogen das Land und wuchsen sich zu solchen Massen aus, daß keiner mehr gegen sie aufkam. Unentwegt machten sie die Leute, die durch die scharfen Sparmaßnahmen und Notverordnungen der Brüning-Regierung ziemlich verstimmt waren, rebellisch. »Die Entscheidung bleibt gar nicht mehr lang aus«, sagte der Silvan öfter zum Bauern. –
Außer denen, die zum Anhang der Heingeigers gehörten, dachten die Leute in der Pfarrei meistens genauso wie die Jodls. Ihre Gespräche und Wirtshausunterhaltungen drehten sich nur noch um den ›stockhaarigen Bürgermeister von Auffing‹, der früher doch ein ganz handsamer Mensch gewesen und jetzt auf einmal gegen jeden Glauben und Brauch die Geistlichkeit vors Gericht zerrte. Wenn aber der Silvan, der Heingeiger oder einer, der es mit ihnen hielt, in der Postwirtsstube oder beim Hingerl auftauchte, wechselte man geschwind das Thema, denn Streit wollte keiner gern mit diesen rabiaten Konsorten.
Lächerliche Kleinigkeiten kamen dazu, die den Ruf des Bürgermeisters verminderten.
Die Leichtl-Genovev, die Dirn beim Heingeiger, ging einmal nach Feierabend, als sie dem Schuster die Milch vor die Türe stellen wollte, dennoch in die Werkstatt hinein. Sie hatte ein leicht verlegenes Gesicht.
»Schuster«, sagte sie, »mich geht's ja nichts an, aber der Bauer läßt dir sagen, du sollst deine Milch woanders holen.«
Diese allzu sichtbare Verfeindung war dem Kraus tief zuwider, denn nunmehr die Milch woanders zu holen, führte natürlich zu einer Unterhaltung über den Grund dieser Veränderung. In einem Dorf bleibt aber nichts unbekannt, ein Gerede kam auf, und ein falsch ausgelegtes Wort konnte dem Heingeiger hinterbracht werden und ihn noch mehr aufstacheln. Die Dirn sah dem Schuster an, wie betroffen er im Augenblick war, und blieb zögernd stehen.
»Gut«, sagte der Kraus: »Gut!... Was will man machen.« Das

rührte die Genovev irgendwie. Sie war ein festgewachsenes Weibsbild mit einem gutmütigen Gesicht. Beim Heingeiger diente sie schon das vierte Jahr und hatte dort allerhand miterlebt, das Sterben der Bäuerin und das Erhängen der Elies. Als einziges Weibsbild hielt sie seitdem das Haus zusammen. Ihr Vater, ein Buchberger Kleinhäusler, war Heizer in Weylarn.
»Mein Gott, Schuster, nichts mehr ist's bei uns drüben, seitdem die Bäuerin gestorben ist«, fing die Vev zu klagen an: »Mit jedem streitet er sich, der Bauer, und was da den ganzen Tag geflucht wird – mir gefällt's gar nimmer.« Und dann fing sie zu erzählen an, was der Kraus schon längst wußte, aber sie hielt sich dabei länger auf als sie wollte. Als sie wieder in die Heingeiger-Kuchel zurückkam, fuhren sie der Bauer und der Silvan fast gleicherzeit grob an, was sie denn mit dem muffigen Duckmäuser soviel zu reden gehabt habe. Die Vev war zwar eine geduldige, fromme Person. Ihre Stallarbeit hatte sie getan, sie hätte stricken oder ins Bett gehen oder sonst was machen können. Niemand konnte ihr verbieten, mit dem Nachbarn ein wenig zu reden.
»Ja, ja, jetzt –«, begehrte sie endlich auf, um sich des widerwärtigen Geschimpfs zu erwehren: »Ja, gar so brauchts doch nicht daherreden! . . . Man könnt ja meinen, ich hab die größte Schlechtigkeit gemacht!« Ein Wort gab das andere, und kurz und bündig sagten Bauer und Silvan der Dirn den Dienst auf. Die war so erzürnt, daß sie noch in derselben Nacht heim nach Buchberg ging, obgleich ihr der Silvan drohte, mitten in der Woche könne sie nicht, da mache sie sich strafbar.
»In einem Haus, wo die ganze Zeit so abscheulich gegen den Glauben dahergeredet wird, bleib ich keine Viertelstund' nimmer!« schrie sie resolut zurück und warf die Kucheltüre zu. Sie rannte in die Kammer hinauf, packte ihr Allernotwendigstes zusammen, und kurz darauf hörten Bauer und Silvan die Haustür zuklappen. Am zweiten Tag holte der Leichtl ihren hölzernen Koffer mit dem Jodlwägelchen. Er ließ sich mit dem Heingeiger und Silvan über-

haupt in keinen Diskurs ein. Diese wieder nahmen es dem Jodl schwer übel, daß er ihm Gaul und Wägelchen geliehen hatte.
Der Kraus kam ziemlich geniert zum Moser um die Milch. Er brauchte nichts zu sagen. Die Moserin meinte nur: »Wie er sich bloß nicht schämt, der Heingeiger! Du hast doch noch nie einem Menschen was in den Weg gelegt, und daß du dich damaligerzeit auf'm Glachinger Gottesacker nicht mit ihm einlassen hast, wie er so schlecht dahergeschimpft hat, das hat doch eine Vernunft gehabt. Jeder hat's gesagt. Der Silvan macht ihn noch ganz hirndamisch.« Alle um den Tisch beim Moser schauten fast mitleidig auf den Kraus und schüttelten den Kopf.
»Was kann man machen! Was kann man da machen!« brümmelte der nur immer wie abwehrend. Doch das Reden ging weiter.
»Und das mit den Jesuiten? Da verliert doch jeder den Respekt vor ihm!« rief der junge Moser in bezug auf den Heingeiger: »Den Prozeß gewinnt er nie. Und wenn er ihn verliert, was nachher? Nachher hat er einen Haufen Kosten gehabt, und alle Leut' verachten ihn.« Der junge Moser, der erst vor drei Jahren geheiratet und bereits drei Kinder hatte, war ein aufgeweckter Mensch. Die Neuchl-Gretl von Terzling hatte ihm bare fünftausend Mark ins Haus gebracht, eine Kuh und eine ausgiebige Aussteuer. Zudem war die Gretl ein sauberes Ding und wußte genauso gut wie er, wo der Vorteil lag. Auf dem Moserhof ging es fleißig und wohlhäbig her.
»Mit Streiten und Prozessieren hat's noch keiner zu was gebracht!« sagte die Gretl: »Die meisten sind dabei um Haus und Hof gekommen.«
Der Schuster war froh, als er endlich draußen war. Bedrückt und vermurrt tappte er auf der nachtdunklen Straße auf sein Häusl zu. Es fegte ein kalter Wind an den Häusern entlang. »Lieber keine Milch mehr als jeden Tag dieses Gerede und Geklatsch!« brummte er, aber jetzt konnte er schon nicht mehr zurück. Mit der Zeit renkte sich das auch wieder ins Gewohnheitsmäßige ein. Beim

Moser hatten sie den Schuster gern. Sie wußten, er scheute nichts mehr, als über andere Leute Ungünstiges zu reden, und hielten sich daran. Überall konnte man ja den alten Mann gut leiden und verargte dem Heingeiger umso mehr, daß er diesen harmlosen Menschen anfeindete.

Langsam machte sich der Winter rundherum breit. Schon um fünf Uhr nachmittags wurde es dunkel. Die langen Nächte waren still und gewaltig groß im Freien, aber umso heimeliger in den warmen Bauernkucheln und Stuben. Hin und wieder kam es vor, daß die Mosers den Schuster drängten, beim Nachtessen mitzuhalten. Hernach hockte man geruhig plaudernd beisammen oder spielte auf dem Mühlbrett.

Die Feindschaft, die ihm vom Heingeiger entgegenwehte, kam dem Kraus mit der Zeit fast komisch vor. Seit Jahr und Tag kannte man sich in- und auswendig, nur straßenweit lebte man voneinander und war sich auf einmal fremd, als habe man einander nie gekannt! Der Peter durfte nicht mehr zum Schuster kommen, sogar die Schuhe trugen sie da drüben nach Amdorf, und der Bauer und der Silvan schauten noch immer so stur und einfältig weg, wenn ihnen der Nachbar zufällig in den Weg lief. Der Schuster mußte fast lachen darüber. Er vermißte keinen vom Heingeiger. Er war sogar froh, daß es grade jetzt in all dem hitzigen Hin und Her so geworden war. So konnte er wenigstens in nichts hineingezogen werden. »Wenn's bloß so bleibt!« brümmelte er manchmal, wenn er alles überdachte.

Von dem Prozeß, den der Heingeiger gegen die Weylarner Jesuiten eingeleitet hatte, hörte man monatelang so gut wie nichts. Ab und zu mutmaßten nur einige Leute allerhand. Der Schuster erspähte manchmal, daß der Bauer und der Silvan, alle zwei sonntagsmäßig angezogen, mit dem Schlitten davonfuhren und erst in der tiefen Schneenacht heimkamen. Hin und wieder nahmen sie auch den Peter mit, stets aber sorgten sie, daß der Bub nicht heimlich zum Schuster kommen konnte. Mitte Februar, als der Kraus in der

Frühe den Schnee vor seiner Haustür wegkehrte, tauchte auf einmal drüben im offenen Türrahmen der Heingeiger breit lachend auf und schrie ihm fidel zu: »He, Schuster! Jetzt haben sie den Schwanz ein'zogen, deine Jesuitensippschaft!«
Er wartete gleichsam wohlig ab, bis der Nachbar sich von seinem Staunen erholt hatte, und rief abermals: »Fallenlassen haben sie alles, die Kuttenbrunzer, die stinkigen!«
Zögernd und fragend schaute der Schuster den aufgeräumten Bauern an. »So...?« brachte er nur heraus.
»Man braucht bloß wissen, wo man hingehen muß!« redete der Heingeiger gleicherart weiter: »Mein Avikat aber läßt nicht aus. Die Sach' wegen der Elies ist jetzt aus und vorbei, aber jetzt muß die schwarze Bande noch Geld rausrucken wegen der Rotholzerin!«
»So... So«, stotterte der Kraus wiederum und wußte nicht, was anfangen. Ganz wie jähzornige Menschen meist umschlagen, wenn ihre Wut befriedigt ist, sagte der Bauer jetzt: »Mir ist's ja gleich, ob du zu der Pfaffenbande hilfst! Ich hab' nichts gegen dich!... Aber jetzt siehst es, daß ich auf'm Glachinger Gottesacker recht gehabt hab'...« Und mit verborgenem Hohn setzte er dazu: »Jetzt kannst du es erzählen, daß ich gesiegt hab'...«
»Anderer Leut' Sachen haben mich noch nie interessiert!« erwiderte da endlich der Schuster: »Du weißt ganz genau, daß ich nichts rumred...«
»Na, nichts für ungut!... Ich hab bloß gemeint!« schloß der Heingeiger grinsend und ging ins Haus zurück. Der Kraus griff gleich wieder zu seinem Besen und kehrte weiter. Er redete später, als er tief am Nachmittag die Milch beim Moser holte, kein Wort von dem, was er gehört hatte. Nach ein paar Tagen aber war's pfarreibekannt, daß der Bürgermeister in der Testaments-Angelegenheit der Elies gegen die Jesuiten gesiegt hatte. Der Bauer und sein Silvan erzählten es selber beim Hingerl und in der Glachinger Postwirtsstube.

Der Silvan schloß überheblich: »Na, es wär' ja auch zum Lachen gewesen, daß den Schwarzen das durchgeht. Faktisch! Da bin ich sicher gewesen.«
Der Heingeiger aber lachte übermütig krachend heraus: »Ich, mich einseifen lassen? Da zieht jeder den kürzeren!« Und dann protzte er wegen seinem findigen Anwalt, der jetzt erst die Hauptsache aufgegriffen habe. Diese Hauptsache bestand darin: Ursprünglich hatte das Weylarner Collegium, wahrscheinlich schon durch seinen Anwalt Doktor Pichler darüber belehrt, daß auf Grund des testamentähnlichen Briefes der Elies keine wirklichen Forderungen an den Heingeiger zu stellen seien, eine gütliche Aussprache vorgeschlagen, in der Hoffnung, den Bauern wenigstens dazu zu bringen, daß er als Vormund den Peter dazu bestimme, Geistlicher zu werden. Zu dieser geplanten Aussprache aber war der draufgängerische Doktor Übelacker gekommen, hatte zunächst den anwesenden Pater Superior und dessen Begleiter angehört und versprochen, mit seinem Klienten Heingeiger Rücksprache zu nehmen. Zur Information wurde ihm eine Abschrift des Briefes der Elies ausgehändigt. Um aber ihrem Begehren, den Peter zum geistlichen Studium zu gewinnen, besonderen Nachdruck zu verleihen, hatten die beiden Patres während des Gespräches wiederholt auf das Testament der verstorbenen Rotholzerin hingewiesen. Nachdem der Doktor Übelacker bei der Überprüfung des Briefes der Elies gemerkt hatte, daß derselbe juristisch-testamentarisch keine haltbare Handhabe bot, da alle konkreten Angaben darinnen fehlten, erbat er sich in einem äußerst freundlichen Brief den abschriftlichen Text des Rotholzer-Testamentes. Das war schon ganz etwas anderes. Hier gab es deutliche Zahlen und juristisch faßbare Formulierungen. Kurzum, der Übelacker ließ den Heingeiger und den Silvan kommen. Stramm und siegesgewiß saß er hinter seinem Schreibtisch, hob die Abschrift des Briefes der Elies auf und sagte geringschätzig: »Das, Herr Bürgermeister, ist eine Bagatelle!... Da lenken die schwarzen Herrschaften von

selber ein. Das ist erledigt in Null Komma fünf! . . . Garantiert, die Gegenpartei läßt's nicht einmal zu Gericht kommen. Aber dieses Papierchen hier« – er zog das abschriftliche Rotholzer-Testament aus seiner Mappe und pfiff leicht durch die Zähne – »huit! Da springt Geld für uns heraus, sechstausend Mark, ein ganz hübsches Sümmchen!« Er sah aufgeheitert auf den Silvan, richtete sich noch strammer auf, schlug unter dem Tisch die Haken zusammen und machte eine leichte Beugung mit dem Kopf: »Das ist ein Fall für mich. Danke, Kamerad Lochner!«
Und er hatte nicht zuviel versprochen. Im Auftrage des Weylarner Collegiums ließ der Rechtsanwalt Doktor Pichler nach einem kurzen Schriftwechsel den Übelacker wissen, daß die Jesuiten es zwar äußerst bedauerlich fänden, wenn der Heingeiger als Vater den letzten Willen seiner so tragisch ums Leben gekommenen Tochter nicht berücksichtige, immerhin, sie würden um des lieben Friedens willen von einer gerichtlichen Ausfechtung Abstand nehmen. Wieder machte der Übelacker: »Huit!« Neuerlich kamen Heingeiger und Silvan zu ihm.
»Also, ran an den Feind!« sagte der kampflustige Anwalt zu guter Letzt, und kreuzfidel kamen Bauer und Silvan nach Auffing zurück. Triumph und Schadenfreude hielten den Heingeiger nicht mehr. Er mußte dem Nächstbesten seinen Sieg erzählen, denn schon lange merkte er, die Leute zogen sich immer mehr von ihm zurück. Darum redete er an jenem Morgen den Schuster plötzlich wieder an. Eine richtige Versöhnung wurde nicht mehr daraus. Für den Silvan war der Schuster immer noch Luft, aber der Heingeiger grüßte ihn wieder und wechselte auch ab und zu einige gleichgültige Worte mit ihm. Die gegenseitige Verschlossenheit aber blieb. Nach wie vor holte der Kraus seine Milch beim Moser und kümmerte sich nicht darum, was die Nachbarn taten.
Die anderen Leute im Dorf und in der Pfarrei dagegen wurden immer gespannter, und der Anhang vom Silvan sorgte auch dafür, daß diese Spannung nicht nachließ. Das war jetzt nicht mehr allzu

schwer. Sie hatten überall Oberwasser und gingen bei bestimmten Anlässen in der braunen Hitler-Uniform herum. Im Herbst nämlich – seit langem war das ganze Land ziemlich aufgebracht über den Kanzler Brüning, der ohne Reichstag regierte und fast jede Woche eine neue, verschärfte Notverordnung in Kraft setzte, die auch die Bauern drückte –, im Herbst hatte es eine wilde Wahl gegeben. Da waren statt der bisherigen zwölf hitlerischen Abgeordneten hundertsieben in den Reichstag gewählt worden. Zugleich hatten die Kommunisten zugenommen. Gegen diesen radikalisierten Ansturm zu regieren, das konnte nicht mehr allzu lange anhalten. Diese Entwicklung kam natürlich der Heingeigerischen Prozeß-Angelegenheit zugute.
Der Kreitler, der zum anrüchigen Gelegenheitshändler herabgesunken war und in allen Wirtshäusern herumhockte, schrie am meisten, denn seine Alte führte, seitdem sie beim Heingeiger keine Dirn mehr hatten, dort das Hauswesen und molk die Kühe.
»Jetzt weht ein andrer Wind! Jetzt paßt's auf, Leutln, jetzt werden den Schwarzen in Weylarn ihre Sachen weggepfändet!« höhnte er: »Jetzt wird die duckmäuserische Brut ganz und gar ausgeräuchert!«
Das Blatt hatte sich gewendet. Diesmal suchten nicht mehr die Jesuiten zu ihrem Recht zu kommen, es war umgekehrt, diesmal prozessierte der Heingeiger gegen sie, und das Glück war ihm ungemein günstig. In der ersten Verhandlung entschied das Gericht, daß die von der seligen Rotholzerin für den Peter bestimmten siebentausend Mark an den Bauern als Vormund auszuzahlen seien. Das Weylarner Collegium legte gegen dieses Urteil Berufung ein. Der Prozeß ging weiter.
Das Frühjahr brach langsam durch den naßfeuchten Februar. Wie neubelebt arbeiteten sie beim Bürgermeister. Es hieß fest zusammenhelfen, um alles zu bezwingen. Der Silvan ackerte, und der Bauer fuhr den ganzen Tag Mist auf die Felder. Die Kreitlerin ging nach dem Mittagessen immer weg, um im Schulhaus zu putzen und

etwas dazu zu verdienen. Erst zur Stallarbeit am Abend kam sie wieder. Der Peter stand jeden Tag auf dem Misthaufen und lud die Fuhren auf. Obgleich es noch ziemlich frisch war und da und dort noch dünne, vereinzelte, schmutzige Schneekrusten lagen, war er bloßflüßig, denn der Mist war warm und troff saftig. Flink spießte der Peter ihn mit der Gabel auf, und mit sehnigem Schwung warf er ihn auf den leeren Wagen. Nie brauchte der Bauer beim Zurückkommen zu warten. Immer war die Fuhre schon voll.
Die schwere Arbeit hatte den Peter noch breiter auseinandergerenkt. Er war schon schier ein Mannsbild, aber seine Munterkeit schien verflogen. Vor kurzem, als er endlich vorbrachte, daß er Buchdrucker werden wolle, und daß es jetzt Zeit sei für die Lehre, hatte der Silvan grob und knapp gesagt: »Was?... Wer hat dir denn den Unsinn eingeredet?... Stubenhockerei für so einen kräftigen Kerl wie dich gibt's nicht!... Außerdem ist Buchdruckerei auch ein ganz ungesunder Beruf!« Und der Bauer hatte tröstend dazugesetzt: »Wart noch ein bißl, Peter! Wenn der Prozeß gut ausgeht, ist allweil noch Zeit zum Überlegen.«
»Aber ich will nichts anderes werden!« hatte der störrische Bub erwidert, und da war der Silvan ihm über den Mund gefahren: »Halt's Maul, sag' ich!... Das andere wird sich zeigen!«
»Noch bist du ja nicht einmal aus der Feiertagsschul'«, hatte der Heingeiger wiederum eingelenkt und zum Silvan ein paar besänftigende Worte gesagt. Noch über ein und ein halbes Jahr dauerte die Feiertagsschule. Das waren trostlose Aussichten für den Peter. Eines Tages war dann sein Buchdruckerkasten verschwunden, und alles Suchen nützte nichts. Das ging dem Peter nahe. Es nagte an ihm. Er haßte den Silvan wie seinen ärgsten Feind.
An einem der letzten Märztage, kurz nach der nachmittägigen Brotzeit, kam ein fremder Bursch vor die verschlossene Heingeigertüre und rüttelte daran. Als der Peter ihn erspähte und fragte, was er wolle, der Bauer sei mit dem Rotschimmel in Glaching beim Hufbeschlagen, und der Silvan komme bald vom Feld zurück, grin-

ste der Fremde dummdreist, hockte sich auf die Bank vor dem Haus und meinte: »Grad den such' ich! Ich wart' auf ihn.«
Dem Peter kam das Gesicht ein bißchen bekannt vor, aber der Fremde ließ es wenig sehen, und der Bub kümmerte sich auch nicht weiter um den Mann. Der ging dem bald darauf zurückkommenden Silvan entgegen. Die zwei stutzten kurz und schauten einander verblüfft an. Der Silvan fuhr schnell zum Misthaufen, sagte zum Peter, er solle die Pferde umspannen, und verschwand mit dem fremden Menschen im Haus. Erst nach einer ziemlich langen Weile kamen die zwei wieder zum Vorschein. Der Fremde nickte kurz, zog seinen Kopf ein, ging eilsam auf dem Fußweg zwischen dem Kraushäusl und dem wurfweit abgelegenen Hingerlwirtshaus weiter, überquerte die Glachinger Straße, tappte wieder linker Hand wieseneinwärts, kam endlich auf die Furtwanger Straße und strebte der Waldung zu.
Eigentümlich gespannt sah ihm der Silvan nach. Er war ganz verändert, blaß und finster.
»Hast du den Kerl kennt?« fragte er endlich den Peter. Der verneinte kopfschüttelnd.
»Hat er was zu dir gesagt?« forschte der Silvan erneut und ließ den Buben nicht aus den Augen.
»Bloß, daß er dich sucht und warten will«, antwortete der: »Sonst nichts!« Der Silvan stockte etliche Sekunden lang, als überlege er, ob der Peter auch nicht gelogen habe. Dann wandte er sich an die Pferde und sagte düster und ein wenig gedämpft: »Red' nicht drüber! ... Mit keinem, verstanden? ... Es braucht's keiner wissen!«
Da der aufstaunende Peter nicht gleich angab, wiederholte er halb drängend und halb drohend: »Verstanden? ... Auch der Vater nicht!«
»Jaja«, erwiderte der Bub ungut, ohne ihn anzusehen, und spießte frischen Mist auf die Gabel. Als der Silvan das schwere Fuhrwerk aus der Mistgrube auf die Straße geleitet hatte und beim Kraus vorüberfuhr, warf er plötzlich einen wilden Blick auf das Fenster

der Schusterwerkstatt, sah schnell wieder weg, trieb die Rösser an und wurde noch bleicher.
»Der Misthund hat ihn gesehen, Kruzifix!« knurrte er ins Knirschen der Räder hinein.

27

Ja, der Kraus hatte den fremden Menschen, der beim Heingeiger aufgetaucht und so auffallend geheimnisvoll wieder weggegangen war, gesehen. Er hatte ihn aber auch erkannt. Der Berthold Hanslinger von Baching, der ehemalige Moserknecht, war es gewesen. Der mußte – wie sich der Schuster beiläufig errechnete – erst vor vier oder fünf Tagen aus dem Zuchthaus entlassen worden sein. Was führte ihn ausgerechnet zum Silvan? Ausgerechnet in das Haus, über das er soviel Unglück gebracht hatte?
»Da ist was dreckig«, brummte der Unheil ahnende Kraus in sich hinein und ärgerte sich, daß er unfreiwillig Zeuge geworden war. Merkwürdig bloß, daß der Peter den Mann, der am Tod seiner seligen Mutter schuld war, allem Anschein nach nicht erkannt hatte. Vielleicht sehen alte Leute schärfer, selbst wenn sich einer inzwischen einen dichten Schnurrbart hat wachsen lassen.
Nach ein paar Tagen, in einer frischen, dicknebeligen Frühe ging der Schuster wieder einmal nach Amdorf hinüber, um sich Leder zu holen. Als er auf dem Rückweg aus dem Forst kam, wollte er seinen schweren Rucksack auf den Kilometerstein niederstellen und ein wenig rasten, denn es ging schon auf elf Uhr zu, die Sonne hatte allen Nebel aus den Feldern verscheucht, und es war ziemlich warm. Dummerweise aber stieß er dabei auf den Silvan, der mit seinen zwei Rössern gerade den Pflug auf der Straße wendete, um auf dem scharf daran grenzenden Acker eine neue Furche zu ziehen.
»Ah, der Herr Kraus!« redete der Silvan den Stehengebliebenen unverhofft an. Ein bißchen spöttisch, aber doch freundlich klangen diese ersten Worte, als sei man seit eh und je gut Nachbar ge-

wesen. Sichtlich stutzig war der Schuster geworden, doch der Silvan redete gleich wieder ungezwungen weiter: »Herrgott, du rakkerst doch Tag und Nacht, bis du ins Grab mußt! Meiner Schätzung nach mußt du doch faktisch schon lang soviel haben, daß du privatisieren kannst?«
»Ich...?« sagte der betroffen und dachte dabei verunruhigt: ›Wo der bloß hinaus will? Vorsicht! Vorsicht!‹ Um seine Unsicherheit zu verbergen, wischte er sich mit dem großen, roten Schnupftuch das schweißfeuchte Gesicht ab und setzte hinzu: »Ein einschichtiger kleiner Handwerksmann bringt's nie so weit.«
»Ah! Das sagt jeder, der wo was hat!« spöttelte der Silvan arglos und ungewohnt heiter: »Keiner läßt sich eben gern in sowas hineinschauen.«
»Ich bin froh, daß ich noch jeden Tag arbeiten kann! Das langt grad für mein Fortkommen«, wich der Kraus aus, und wiederum äußerte der Silvan, so mühselig und knapp wie bei einem Bauern könne es bei einem Handwerker, der Jahr und Tag zu tun habe, gar nie zugehen. Das klang alles nur wie so hingesagt, ein bißchen von außen herum. Jetzt aber sagte der Silvan in ganz anderem Ton: »Du hast schon recht, Schuster! Aus dir ist nichts rauszubringen! Du redest nicht über dich und nicht über andre Leut'. Sowas trifft man selten.«
Die Augen der zwei trafen sich. Sonderbar war der Blick vom Silvan. Der Kraus verstand.
»Sowas erhält gute Nachbarschaft!... Und ich denk, das ist dir doch recht, oder?« schloß der Silvan vieldeutig fragend und dunkel drohend zugleich.
»Durchaus«, nickte der Schuster. Gleicherzeit rief einer dem anderen einen kurzen Gruß zu, der Silvan wendete seinen Pflug und trieb die Rösser an, und der Kraus ging weiter. Daheim, als er das Leder auspackte, grübelte er unausgesetzt laut vor sich hin: »Daß ich vom Bertl nichts verlauten laß, wird er wissen, aber... hm! ...aber wenn der so offen droht, hm... hat er vielleicht Wind

kriegt, weiß er am End', daß ich – ich –« Er kam nicht weiter. Der Peter, der so lange nicht bei ihm gewesen war, kam zur Werkstatt-Tür herein, strahlte ihn mit dem ganzen Gesicht an und rief: »Schuster? Schuster! Weißt du, was ich werden darf? ... Genau das, was ich will! Ein Buchdrucker! ... Zuerst ist der Silvan allweil dagegen gewesen, jetzt hat er ja gesagt!« Ziemlich dumm schaute ihn der Kraus an. Wie konnte es auch anders sein. Er wußte doch von all dem Vorhergegangenen nichts.

»Soso! So«, sagte er und faßte sich erst nach und nach wieder: »Ein Buchdrucker? ... Ich hab' gemeint, ein Jägerbursch' ... Wer hat dich denn da draufgebracht?«

»Sag's nur keinem, der Ludwig!« hastete der Peter gedämpft und vertraulich heraus: »Er weiß mir auch schon eine Lehrstelle beim Buchdrucker Neumeier in Amdorf, aber das darf der Silvan um Gotteswillen nicht merken! ... Der Ludwig sagt, er richte schon alles ein. Aber, gell, Schuster, du redest zu keinem Menschen was? Ganz gewiß nicht!« Freude und leichte Bangnis lagen in seinen Worten. Erregt röteten sich seine Backen, und ein Glänzen war in seinen Augen, wie schon lange nicht mehr.

»Herrgott, ich könnt' schreien vor lauter Freud'!« jauchzte er unterdrückt heraus: »Wenn's nur recht bald was wird!« In seinem Überschwang sprudelte er alles heraus, was ihn während der langen Zeit bedrückt hatte: Daß es daheim gar nichts mehr sei, wie der Großvater sich verändert habe, und wie launisch und ungut der Silvan mitunter sein könne.

»Umgehn tut er mit mir wie mit einem Schulbuben! Grad regieren. Erst jetzt ist er besser«, sagte er, und wieder verfiel er in ein wildes Wünschen: »Wenn er's bloß schnell macht, der Ludwig! Daheimbleiben mag ich gar nicht mehr!« Den Schuster hatte der Bub aus seinen trüben Gedanken aufgescheucht und davon abgebracht. Er hockte sich hin und murmelte: »Jaja, jetzt ist's also nichts mehr mit der Jägerei! ... Soso. Hm, also du wirst ein Buchdrucker? ... Buchdrucker? ... Kein schlechtes Geschäft! ... Hmhm, und

der Silvan ist auch dafür, soso? ... Also mit dem Pfarrerwerden ist's nichts mehr?«
»Ah!« redete der Peter über ihn weg und wurde in seiner fiebernden Freude immer mitteilsamer: »Pfarrer hätt' ich ja nie werden mögen! ... Der Großvater sagt, den Prozeß gegen die Jesuiten gewinnt er jetzt sowieso recht bald, und einen Haufen Geld müssen's zahlen, die Weylarner. Da, hat der Großvater gesagt, laßt sich mein Lehrgeld leicht zahlen. Mein Lieber, und wenn ich einmal ausgelernt hab', da druck ich alsdann lauter Bücher und Zeitungen, wo alles drinnen steht, was die Leut' gern mögen!«
»Jajaja, recht hast du, ganz recht!« spottete der Kraus endlich: »Was die Leut' gern mögen! Da machst du schnell ein Geschäft! Nur bloß immer genau aufpassen, was die Leut' mögen, jaja!« Er lächelte alt und gelassen: »Was die Leut' mögen! ... Du hast schon das Rechte, Bub!« –
Das ›Amdorfer Wochenblatt‹ der Neumeierschen Buchdruckerei brachte auch nach ungefähr einer Woche – rein wie gewünscht – ein Inserat, wonach ein Lehrling gesucht werde, der sofort eintreten könne. Der Silvan und der Heingeiger fuhren mit der frischgewichsten Chaise und sonntagsmäßig gekleidet nach Amdorf und stellten den Buben vor. Überraschenderweise nahmen die Neumeiers trotz der sechs anderen Bewerber den etwas schüchternen, durch seine Aufgeregtheit sich linkisch und verlegen benehmenden Peter, der durch seine munteren Augen und sein einnehmendes Gesicht die ganze, noch sehr patriarchalische Familie Neumeier für sich gewann. Niemand freilich wußte, daß dabei weder Peters Gesicht noch seine Augen den Ausschlag gaben, sondern – eine Liebschaft und eine damit verbundene Verwandtschaft. Auf die unauffälligste Weise von der Welt – so unauffällig, daß es bis jetzt noch keiner in der Glachinger Pfarrei gemerkt hatte – waren der Ludwig und die zweitälteste Tochter vom Bäckermeister Rotter in Auffing so nahe zusammengekommen, daß man wohl annehmen konnte, es werde ein zukünftiges Paar aus ihnen. Der Ludwig

fuhr nach wie vor das Fleisch nach Weylarn, und die Rotter-Emma kam mit ihrem Brotwagen täglich dorthin. So hatte es angefangen, und so ging es zunächst weiter. Die Älteste vom Rotter, die Annelies, aber hatte den Neumeier-Georg, den Buchdrucker von Amdorf, vor einem Jahr geheiratet. Emma und Annelies hingen sehr aneinander – kurz gesagt, auf diesem Umweg kam die eindringliche, ein bißchen mit Rührseligkeit vermischte Empfehlung zum empfänglichen Neumeier, er solle sich doch des verwaisten Peter erinnern, wenn er einen Lehrling suche. Zweihundertfünfzig Mark Lehrgeld mußten die Heingeigers bezahlen. Dafür blieb der Bub die Woche über im Neumeierschen Haus und konnte auch gleich die Amdorfer Gewerbeschule besuchen. Jeden Samstag durfte er heim nach Auffing. Am Montag in der Frühe mußte er wieder im ›Offizin‹ der Buchdruckerei sein. Die Heingeigers waren recht zufrieden. »Reell, durchaus reell!« äußerte sich der Silvan: »Pfaffenstudium hätt' ein ganzes Vermögen aufgefressen!« Und der Peter war glücklich. Auf der Stelle bekam er in Amdorf einen neuen Anzug und neue Hemden. Der Kraus mußte ihm noch ein Paar neue, schöne Schuhe machen. Eine Woche darauf – das Schulzeugnis war sehr gut ausgefallen – trat der Peter seine Lehrstelle beim Neumeier an.

»Jetzt ist der Jesuitensippschaft ganz und gar ein Strich durch ihre Rechnung gemacht«, sagte der Heingeiger zum Kraus, als er die Schuhe zahlte. Über mehr ließ er sich nicht aus. Man war wieder ›gut Nachbar‹, weiter nichts.

Eins erleichterte den Schuster doch nach vielem Grübeln und behutsamen Herumtasten. Er merkte, daß er nach der Unterhaltung mit dem Silvan am Forst zuviel in seinen Argwohn hineingenommen hatte. Nichts nämlich deutete darauf hin, daß das, was nur in Weylarn über seine Abkunft bekannt war, zum Silvan oder anderswohin gedrungen war. Trotzdem, was der Silvan mit seinem plötzlichen Anreden und überhaupt mit dem ganzen Gespräch eigentlich gewollt hatte, wurde dem Kraus nicht klar. Zuweilen war er ver-

sucht, es sich so auszulegen, als sei gar nichts dahinter gewesen, bald aber geschah etwas, das er nie und nimmer erwartet hätte. Es versetzte ihn in die größte Aufregung und Bedrängnis.
Der Tratzelberger-Xaverl kam jetzt wieder recht oft nach Feierabend mit seinem Motorrad zum Silvan und – weiß Gott, seitdem der Peter fort war, gab es doch gewiß Arbeit über Arbeit! – jedesmal fuhr der Silvan mit dem Xaverl weg. Erst tief in der Nacht brausten die zwei wieder vors Bürgermeisterhaus. Immer war der Silvan schlecht ausgeschlafen und sehr unlustig bei der Arbeit; sogar der Prozeß interessierte ihn nicht mehr so, und er stierte die meiste Zeit vor sich hin.
»Ich glaub gleich gar, du bist auf der Brautschau!« suchte ihn der Alte einmal aufzumuntern: »Zeit wird's, und mir kann's recht sein! ... Wenn dir bloß der Xaverl nicht eine recht lausige zukuppelt!« Der Silvan fiel eine Sekunde lang aus seinem unsteten Geschau und antwortete gewaltsam aufgeräumt: »Jaja, es könnt' schon sein! Aber über sowas red't man nichts! ... Daß ich mich dabei von keinem hinters Licht führen laß, darauf kannst du Gift nehmen!« Der Heingeiger war zufrieden. Zur Kreitlerin sagte er, als sie einmal allein in der Kuchel beisammenhockten: »Naja, wenn eine Bäuerin da ist, geht auch eine Dirn lieber her. Es kommt alles wieder in seine Ordnung.«
»Jaja, ich mach', was ich kann, Bauer«, meinte die zusammengeschundene Kreitlerin: »Aber du weißt schon, die jüngste bin ich auch nimmer.« Dann fing sie leicht über ihren nichtsnutzigen, versoffenen Mann zu reden an und über den Verdruß mit den Kindern. –
Ungefähr zwei Tage darauf zog der Silvan seine alten Militärstiefel aus dem Ofenloch, betrachtete sie eine Zeitlang und sagte: »Die könnt' ich mir vom Schuster einmal herrichten lassen. Wenn da neue Sohlen drauf sind, sind sie nicht mehr umzubringen.« Er stand auf und ging zum Kraus hinüber. Seit Jahr und Tag war er dort nicht mehr gewesen. Der Schuster glotzte ihn groß an, als er

zur Werkstatt-Tür hereinkam. Die Stiefel in Silvans Hand beruhigten ihn wieder. Nur davon redeten die zwei zuerst, doch das war schnell geredet. Der Silvan hockte sich jetzt auf die Bank an der Wand, schaute herum und sagte: »Hm, recht gemütlich hast du es da.« Der Kraus prüfte noch immer die verstaubten, derben Stiefel und tat, als höre er nicht.

»Und schön und ordentlich hast du alles beieinander«, redete der Silvan weiter.

»Jaja, für mich geht's schon«, warf der Kraus hin und lugte nach dem zögernden, herumdrückenden Nachbarn. Der erwischte seine Augen, bekam auf einmal ein verändertes Gesicht und fragte seltsam: »Und durch's Fenster siehst du jeden, der vorbeigeht, was?«

»Wenn ich durchschau! Aber dazu hab' ich wenig Zeit«, plagte sich der Kraus, gleichgültig zu bleiben, merkwürdigerweise aber konnte er seinen Blick nicht mehr losbringen von den lauernden Augen des anderen. Eine winzige Pause zerflatterte.

»Schuster? Laß reden mit dir!« stieß der Silvan plötzlich halblaut und geschwind heraus: »Unter vier Augen, verstehst du? ... Sag einmal, kannst du mir nicht zwei- oder dreitausend Mark leihen? ... Auf ganz kurz bloß, du kriegst es auf Heller und Pfennig wieder, aber es muß ganz unter uns bleiben, ganz unter uns! ... Ich weiß ja, du red'st nichts!«

Er war rot im unrasierten Gesicht, hatte den Kopf wie sprungbereit vorgestreckt und musterte den verdutzten Kraus scharf. Er schien gar nicht zu hören, daß der tonlos sagte: »Ich? Das ist ja ganz unmöglich!« und redete schon wieder weiter: »Es handelt sich da um was, das bloß mich was angeht! Faktisch! ... Ich will zu keinem andern gehn!«

»Tja! ... Silvan? ... Tja! ... Ich?« stotterte der Kraus mittenhinein und gewann langsam das Gleichgewicht wieder: »Zwei-, dreitausend Mark? ... Von mir?! ... Soviel Geld hab' ich ja mein Lebtag noch nicht einmal gesehen!« Er bekam eine hilflos-verzagte Miene: »Wie kommst du denn da auf mich?«

»Du hast es also nicht? Oder willst du nicht?« fiel der Silvan ein: »Du traust mir nicht, was?« Der Ton war mehr drohend als fragend.
»Ich hab's nicht«, entrang sich dem Kraus: »Wer red't denn vom Trauen! . . . Ich könnt' dir nicht einmal hundert geben, weil ich die für die Lederlieferung brauch' . . .«
Der Silvan stand auf: »Also nicht?«
»Es geht doch nicht! . . . Ich hab doch nichts! Wo denkst du denn hin?!« überjammerte ihn der Schuster.
»Gut! . . . Gut, Kraus!« sagte der andere kalt und schon wieder in seiner eigentümlich hinterhältigen Art: »Gut, also dann nicht! Aber –« er setzte ein wenig aus – »aber die ganze Sach' bleibt unter uns, ja?«
»Ich und darüber reden! . . . Du kennst mich doch!« antwortete der Schuster.
»Deine Hand drauf!« rief der Silvan und streckte ihm die seine fest hin. Lahm und ein wenig zitternd drückte sie der Kraus.
»Also«, drehte sich der Silvan noch einmal an der Türe um: »Zwischen uns ist nie sowas geredet worden?«
»Durchaus gar nie!« schloß der Schuster und schnaufte auf, als die Türe zufiel. Er wagte nicht einmal aufzuschauen, als Silvans Schatten am Fenster vorüberhuschte. Er spürte nur, wie sein Herz immer noch heftig schlug, wie es in seinem ganzen Inwendigen rumorte. Den ganzen Nachmittag ging ihm die Arbeit nicht mehr recht von der Hand. Immer wieder überfiel ihn ein jähes Nachdenken, eine ungewisse Angst. Seine Hände fingen zu zittern an, heiß und kalt wurde ihm, und über seine ganze Haut lief ein Kribbeln. Er biß die Zähne zusammen und werkelte wie besessen, doch er wurde seiner Erregung nicht Herr.
Und nach diesem Tag kam eine Nacht, die war ganz hohl und groß und schwärzer als jede andere Nacht und schrecklich. Die ausgehöhlte Finsternis der niederen Kammer füllte sich nach und nach mit Fragen, Zweifeln und Ahnungen, und die waren wie eklige,

krabbelnde Käfer, die von allen Seiten, von oben und unten, von links und rechts, von den Fußspitzen und vom Kopf her in dickem Schwarm das Bett des schlaflosen Schusters einhüllten und ihn zu ersticken drohten.

»Also, der vergißt mir das nie!« keuchte der Liegende und zuckte furchtsam zusammen, weil die auf der Bettdecke liegende Hose auf den Boden hinabrutschte und ein Geräusch machte, als bewege sich der lauernde Silvan im undurchsichtigen Dunkel. Das Blut gerann dem Schuster. Zitternd richtete er sich auf und bohrte seine verlorenen Augen ins Nichts.

»Nein-nein! Nein!« stieß er wimmernd und wie abwehrend heraus, als erwartete er einen tödlichen Schlag.

»Nei-nein!« stammelte er, als er endlich auf die Ursache des Geräusches gekommen war, und ließ sich erschöpft ins heiße Kissen zurückfallen: »Das vergißt mir der nie!« Weiter liefen die Gedanken und flossen haltlos über seine Lippen: »Deswegen also hat er mich am Forst auf einmal angeredet!... Genau weiß er, daß ich den Bertl gesehen hab'!... Das mit dem muß ganz gefährlich stehen. Da hängt der Silvan drinnen, und wahrscheinlich der Tratzelberger-Xaverl auch. Hm, zu mir kommt der Silvan um Geld!« Die jagenden Gedanken in seinem Hirn verwickelten sich. Er drückte seinen heißen Kopf fest mit beiden Händen zusammen und stöhnte schwer.

»Ich bin ja allein, ganz allein!« rang er aus sich heraus: »Aber die sind jetzt schon eine ganze Masse ... und werden immer mehr! ... Jetzt traut sich schon keiner mehr gegen sie! ... In Glaching, beim Postwirt haben sie einen Turnverein gemacht, und den Hingerl, den haben sie Pfaffenlakei und Judenknecht geheißen, weil er seinen Saal nicht hergegeben hat! ... Und überall schnüffeln sie herum. Wer ihre Zeitungen und Flugzettel nicht annimmt, den merken sie sich. Jeder nimmt sie! Sogar der Ludwig!« Er hielt inne. In seinem Kopf ging alles durcheinander. Die eben gedachten Gedanken sackten woandershin ab. Es kam ihm verschwommen in

den Sinn, daß neulich beim Hingerl politisiert worden war, und da hatten sie gesagt, lang könne sich der Kanzler Brüning auch nicht mehr halten. Draußen im Dunkel, als sie das Wasser abschlugen, hatte sich der Ludwig zu ihm gebeugt und gewispert: »Jetzt heißt's, seine Karten nicht aufdecken, Schuster!... Nach dem Brüning kommt der Hitler, aber dann kommen wir!« Vorsichtig hatte er dabei herumgespäht. Doch der Kraus hatte nur gebrummt: »Was kümmert denn das mich?... A-bopa bleibt A-bopa!« Da hatte der Ludwig wiederum geflüstert: »Es wird dich schon bald kümmern müssen, wart' ab!«
Die Zeiten waren armselig und elend, unsicher und gefährlich. Steuern und Steuern, Not und Bankenkrachs. Jeder spürte, es wird immer ärger.
Der im Bett Liegende fuhr sich mit der Hand über die Augen, gleichsam wie um diese ablenkenden Gedanken wegzuwischen. Er warf sich auf die andere Seite.
»Mein bißl Geld hat er gerochen, der Silvan!... Kein Wort hat er mir geglaubt!« murmelte er abermals bedrängt und stockte. Bare fünfeinhalbtausend Mark hatte er sich wieder erspart. Die lagen in der rostigen, eisernen Schachtel, in alte Lumpen gewickelt, im Kleiderkasten. Sein Geld war sicher, und keiner wußte davon. Vielleicht befiel ihn plötzlich Angst, das Versteck sei doch nicht das richtige. In dieser Anwandlung stieg er vorsichtig aus dem Bett, holte sein Geld und stopfte das Lumpenbündel unter sein Kopfkissen. Als er wieder dalag, drückte er mit aller Gewalt die Augenlider zusammen. Die Käfer aber krabbelten nur noch lästiger. Wahrscheinlich vergegenwärtigte er sich im Stillen, wie drohend und wie ungläubig der heimtückische Silvan: »Also nicht?« gesagt, wie deutlich beleidigt er aufgestanden, wie theatralisch er ihm die Hand hingestreckt und wie herausfordernd er an der Türe noch einmal gesagt hatte: »Also – zwischen uns ist nie sowas geredet worden!« Geklungen hatte das wie: »Maulhalten, verstanden! Sonst erlebst du was!«

Und indem ihm sein eingeschüchtertes ›Durchaus gar nie!‹ einfiel, griff der unruhige Schuster weit, weit zurück ins Vergangene.
»Gerechter Gott!« schnaubte er bedrückt: »Überall ist's gleich! ... Alle haben Angst! Alle sind allein! Die aber helfen immer zusammen!« Er wußte nicht, wie ihn dennoch der Schlaf überwältigte. In der Frühe stieg er ganz zerschlagen aus dem Bett, lugte scheu zum Heingeiger hinüber und zog, als er dort keinen verdächtigen Beobachter entdeckte, schnell unter dem Kopfkissen sein Geld heraus. Im Augenblick wußte er sich keinen anderen Rat, als das unauffällige Bündel wieder in den Kleiderkasten zu werfen. Als er sich wieder dem Bett zuwandte und seine Hose nahm, ging drüben der Silvan aus der Stalltür. Dem Kraus war, als spähe er zu seinem Fenster empor. Der erschrockene alte Mann blieb starr stehen, unfähig zu allem. Er stand da wie damals in Odessa als verlorener, übriggebliebener Mensch, mit der Schmuckschachtel unterm Mantel, allein in der gefährlichen, feindlichen Welt.

28

Es vergingen Tage. Es verfloß eine Woche. Wie immer kam der Peter von Amdorf heim und besuchte den Kraus. Arglos unterhielten sie sich und machten Scherze miteinander. Der Bub war wie früher, lustig und lebendig, und er kam in seiner Gesprächigkeit vom Hundertsten ins Tausendste. Er hatte eine unbändige Freude an seinem zukünftigen Beruf, und beim Neumeier gefiel es ihm sehr gut.
»Herrgott, aber du wirst jetzt ein alter Knacker, Schuster!« spöttelte er mit der Unbekümmertheit der Jugend einmal zwischenhinein, weil derselbe – was sonst nicht seine Art war – öfter leicht aufächzte, als plage ihn eine versteckte Krankheit. Sehr zerfahren kam er dem Peter vor, immer und immer wieder plapperte er das gleiche daher und fragte zeitweise ganz ohne jeden Zusammenhang: »Soso? Soso, der Silvan legt dir gar nichts mehr in den Weg,

soso?« Stets antwortete der Bub: »Was hast du denn allweil mit dem Silvan? . . . Dem paßt grad, daß ich nicht mehr daheim bin. Eine neue Dirn kriegen sie jetzt auch! Nachher wird die Arbeit wieder leichter.«
Nichts, rein gar nichts zeigte sich beim Nachbarn, was der unruhigen Angst und dem Verdacht des Schusters recht gab.
Der Sommer faltete sich auf zwischen den aufsprießenden Äckern, den satten Wiesen und dem lachenden Himmel. In jeder Frühe brummten die Mähmaschinen, und der Ruch von frischem Gras erfüllte die warme Luft.
Der Schuster trug der Pfarrersköchin die neugesohlten Schuhe nach Glaching. Sie konnte nicht mehr vom Haus weg. Der zweiundachtzigjährige Pfarrer Trostinger lag schwer darnieder. Der Kooperator und der Pater Lorenzius von Weylarn besorgten seinen Dienst und wechselten sich ab. Überall redeten die Leute schon, was wohl jetzt für ein neuer Pfarrer herkomme, ob ein junger oder alter, ein eifernder oder so ein gemütlicher wie der Trostinger.
Im Pfarrhaus machte das Fräulein Wundnagel, eine Urenkelin des Erbauers von Schloß Weylarn, die Tür auf. Das Fräulein Wundnagel war eine alte Jungfrau in den Fünfzigern, ganz schmalbrüstig, altmodisch und zerzupft, mit einem vielfaltigen jammerfrommen Gesicht. Sie war seit Jahr und Tag Kassiererin und Buchhalterin der Landwirtschaftlichen Spar- und Genossenschaftskasse Glaching und Umgebung und im übrigen eine weitbekannte Betschwester. »Der Herr Kraus? Soso, die Schuh'? . . . Das Fräulein Himsel kann jetzt nicht weg. Der Doktor ist grad beim hochwürdigen Herrn«, sagte das Fräulein Wundnagel. Hinten im dunkelgetäfelten Gang kamen aber gerade der dickleibige Doktor Buchner und die Pfarrersköchin über die Stiege herunter. Da ließ das Fräulein Wundnagel den Schuster eintreten. Der Doktor erkannte den Kraus, lobte sein gutes Aussehen, sagte noch ein paar Worte und verabschiedete sich.

»Ja, ich geh' auch gleich«, sagte das Fräulein Wundnagel: »Ich bet' noch ein paar Vaterunser für unsern leidenden hochwürdigen Herrn«, und ging hinter dem Doktor drein. bei dem sie sich flüsternd nach dem Befinden des Kranken erkundigte. Im Gang roch es stark nach Medikamenten.

»Tja, Herr Kraus? Meine Schuh' bringen Sie mir? Das ist aber nett«, sagte die umfängliche Pfarrersköchin freundlich: »Kommen Sie nur rein.« Sie gingen in die blitzsaubere, geräumige Küche, und das Fräulein Himsel – für das diese pfarrübliche Bezeichnung gar nicht paßte – stellte dem Schuster einen Krug Bier hin, strich ihm ein Butterbrot, auf das sie frischen Schnittlauch streute, und bot ihm einen Stuhl an. Das Bier war angenehm kalt und rann wohltuend durch die trockene Kehle. »Mein Gott, ja!... Mit unserm guten geistlichen Herrn wird's kaum mehr was werden«, sagte die Pfarrersköchin traurig, aber offen: »Mit zweiundachtzig Jahr –« Sie zerdrückte geschwind eine Träne und schneuzte sich. Sie war auch eine Fünfzigerin wie das Fräulein Wundnagel, aber was für ein Unterschied! Die eine um und um eingeengt und vertrocknet, sie dagegen breithüftig, groß und voll, wo man hinschaute, und geruhig wie eine Mutter. An ihr war gar nichts von Bigotterie. Gesunder, natürlicher Hausverstand und eine gelassene Frömmigkeit spiegelten sich auf ihrem rotbackigen, gutmütigen Gesicht mit den klaren, samtbraunen Augen.

Man kam ins Reden. Pfarrersköchinnen, sagt ein Spruch, sind die weltliche Zeitung für den geistlichen Herrn. Zwischen leichtem Seufzen und mitleidigen Bemerkungen, die sich auf den Kranken bezogen, erzählte das Fräulein Himsel allerhand, was dem Schuster neu war und ihm, wenn er es auch nicht zeigte, halbwegs gelegen kam.

»Jetzt schlaft er, der arme Hochwürden. Gut ist's bloß, daß er nicht leiden muß«, sagte die Köchin und ließ durchblicken, wie lästig ihm die übereifrigen Besorgnisse mancher frommen Pfarrangehörigen wären.

»Neulich hat er gesagt, der geistliche Herr«, redete sie weiter, »Fanny, sagt er zu mir, wenn einer merkt, es geht in die Ewigkeit, dann soll man ihn mit seinem Herrgott allein lassen. Manche Viecher, sagt er, Fanny, die verkriechen sich, wenn sie sterben müssen, das ist gar nicht so unnatürlich . . .«
Der Schuster nahm einen festen Schluck Bier und nickte nachdenklich. »Jaja, hm. So ist's schon«, sagte er nebenher. Arg sei dem geistlichen Herrn, fuhr sie fort, daß ihn immer lauter alte Weiber besuchen wollten, die dann bloß dahockten, weinten und wispernd beteten.
»Beten kann ich doch selber, hat er gesagt, der geistliche Herr. Gebetet, sagt er, hab' ich doch mein Leben lang«, erzählte die Köchin und schüttete dem Schuster den Rest Bier aus der Flasche in seinen Krug: »Die Herrn von Weylarn kommen öfter, ja, und der Pater Lorenzius und der Herr Kooperator sind natürlicherweis' auch oft um ihn, aber bis jetzt ist als einziges Mannsbild bloß der Herr Bürgermeister gekomken, und den hab' ich nicht vorlassen können. Er ist nämlich recht sonderbar gewesen, der Herr Bürgermeister. Er hat unbedingt einen Rat vom hochwürdigen Herrn haben wollen, oder, hat er gesagt, der Herr Bürgermeister, er will ihm auch was beichten. Aber das ist durchaus nicht gegangen. Der hochwürdige Herr ist da grad recht arg daran gewesen. Aufregungen soll er überhaupt nicht haben.« Und dabei erfuhr der Schuster etwas Überraschendes. Der Heingeiger hatte den Prozeß gegen die Weylarner, nachdem derselbe alle Instanzen durchlaufen hatte und bis vor das Oberste Landesgericht gekommen war, gewonnen, freilich anders, als er es erwartet hatte, aber doch schlicht und klar gewonnen. Und der Bauer, der doch bislang so laut damit geprotzt hatte, war diesmal stockstumm geblieben, merkwürdig! Von den siebentausend Mark, die im Rotholzer-Testament für den Peter ausgesetzt waren, im Fall derselbe Geistlicher werde, mußte das Weylarner Collegium einen Pflichtteil von dreitausendfünfhundert Mark an den Heingeiger als dem Vormund des Buben aus-

bezahlen, denn, hieß es in der Begründung des Urteils, ›mit Hilfe eines finanziellen Vermächtnisses einem Menschen, der noch keine Volljährigkeit besitzt, fremden Willen aufzuzwingen, verstoße gegen die guten Sitten. Es sei aber unbedingt anzunehmen, daß die Rotholzerin dem verwaisten Buben, auch wenn er das geistliche Studium ausschlage, eine entsprechende Zuwendung habe machen wollen‹.
Die Pfarrersköchin zeigte dem Schuster eine hauptstädtische Zeitung, in welcher der Gerichtsbericht an einer nicht sehr auffälligen Stelle zu lesen war. Das ›Amdorfer Wochenblatt‹ hatte nichts darüber gebracht.
»Aber Geld muß das gekostet haben, einen Haufen Geld«, sagte die Pfarrersköchin: »Mein seliger Vater hat immer gesagt, Advokaten, Gericht und Doktor machen den reichsten Mann arm. Prozeßkosten hat der Herr Bürgermeister vielleicht mehr gehabt als er gewonnen hat, und die Leut' reden doch gegen ihn.« Sie dämpfte ihre Stimme vertraulich: »Im Vertrauen hat mir das Fräulein Wundnagel verraten, daß der Herr Silvan in einem fort Geld von der Sparkasse abgehoben hat. Recht barsch war er oft und hat gesagt, seine Unterschrift gilt genau so wie die vom Herrn Bürgermeister!«
Es klingelte jetzt. Sie mußte zum Kranken. Sie beschwor den aufstehenden Schuster, nichts darüber zu reden, und der ging. Er glaubte an nichts und an niemand, der Kraus, diesmal aber, als er auf die sommersonnige Straße kam, hatte er eine Miene, als wollte er sagen: ›Gott sei's gedankt! Kraus, diesmal hast du ein Massel gehabt wie nie!‹
»Wenigstens halbwegs«, brümmelte er sofort wieder einschränkend: »Halbwegs!« Ganz bereinigt schien die Sache zwischen ihm und dem Silvan noch nicht. Das Geld, daran war nicht zu zweifeln, hatte der letztere inzwischen ohne Wissen des Bauern aus der Sparkasse herausgeholt, leider aber wußte der Schuster als einziger Mensch vom Bertl, und sicher bereute der Silvan schon längst,

wie dumm es von ihm gewesen war, ihn noch mehr ahnen zu lassen. Da war immer noch ein Punkt dunkel und gefährlich. Trotz alledem schaute der Schuster freier als je von der Glachinger Höhe hinab auf die hängenden, belebten Felder rundherum und ging auf dem Hügelkamm weiter, dem Furtwanger Forst zu. Wenn er erst einmal den Laubwald hinter sich hatte, kamen Plätze voller Steinpilze. Er hatte der Moserin versprochen, ihr einmal welche zu brocken. Die machte eine Suppe davon mit Semmelknödeln, eine Leibspeise vom Kraus. –
Nach zwei Tagen schloß der Pfarrer Trostinger seine guten alten Augen für immer. Es gab eine riesige Leiche, von der das ›Amdorfer Wochenblatt‹ einen ellenlangen, schwarzumrandeten Bericht brachte. Der Glachinger Gottesacker faßte die Leute nicht, der weite Platz vor dem Postwirt wimmelte ebenfalls von aufrichtig Trauernden. Das Jesuiten-Collegium war fast vollzählig vertreten, viele auswärtige hohe geistliche Würdenträger sah man, darunter auch bereits den neuen Pfarrer, einen hochgewachsenen, rundgesichtigen Fünfziger, und alle Vereine erwiesen dem Verstorbenen die letzte Ehre. Wunderschön abgestimmt sangen die Schulkinder das fromme Lied ›Ich bete an die Macht der Liebe‹, und der Lehrer Schleifer dirigierte derart hingerissen, daß die spitzzulaufenden Ende seines Gehrockes wild hin- und herschaukelten. Außer der Grabpredigt, die der semmelblonde, etwas vierschrötige Kooperator Melchinger hielt, sprach auch noch der Pater Superior, und viele sonstige weltliche Redner gab es. Jeder überbot sich in der Aufzählung der guten Eigenschaften des Hingeschiedenen. Der aber, wenn er wieder aufgestanden wäre, hätte sicher greisenhaft gelächelt und gesagt: »Ist ja gut! Ist ja alles gut, aber allzuviel, das geht nicht! Das glaubt keiner mehr!«
Statt des alten Imsinger, den man vor vier Wochen in die Erde gesenkt hatte, sprach jetzt der neugewählte Veteranenvereinshauptmann, der Schmied Witzgall, der noch beim Herero-Aufstand in Deutsch-Südwestafrika anno 1903 und 1906 mitgekämpft hatte.

Allzeit, sagte der Witzgall in seinem rauhen Baß, habe der Verstorbene als Seelsorger und Privatperson dem Veteranenverein volles Verständnis entgegengebracht und manchen ausziehenden Krieger gesegnet. Der Heingeiger-Silvan stand knapp vor ihm und musterte ihn während des Redens unausgesetzt, als kontrolliere er jedes Wort. Die Rede vom Witzgall wirkte aber schon deswegen nicht, weil er oft stockte und vom Papier ablas. Zudem war der Schmied als Hitler-Anhänger bekannt und ein tonangebender Mann des neuen Turnvereins, dessen Mitglieder im Braunhemd mit Hakenkreuz-Armbinde neben den Veteranen standen. Das verstimmte manche.
»Man hat sagen können, was man mögen hat gegen den Imsinger selig, aber Schwung hat er mehr gehabt«, flüsterte der alte Moser dem Kraus zu. Der nickte geschwind und meinte ebenso: »Was will man machen! . . . So ist's schon – die Alten sterben hin, und die Jungen drängen nach.«
Mit der Zeit war aber auch sonst vieles anders geworden und hatte Art und Brauch in den Dörfern und auf den Bauernhöfen verwischt, hatte das Gewesene einflußlos gemacht und die Menschen und Dinge verändert. Die Alten hielten es fürs beste, dabei mitzumachen, so gut und so schlecht es eben ging.
Der Stelzinger brauchte jetzt nicht mehr die Post auf der Bahnstation in Amdorf abzuholen. Seit dem Frühjahr hatte die Oberpostdirektion Überlandlinien eingeführt. Die großen Omnibusse brachten auch alle postalischen Sendungen an die gewünschten Orte. Radio-Musik schallte in den Sommertagen aus den offenen Fenstern, und nach Feierabend oder beim Mittagessen hörten sich die Landleute die Nachrichten vom großen politischen Geschehen, die neuen, immer schärferen Notverordnungen der Regierung und die Preisberichte über landwirtschaftliche Produkte an. Nicht mehr wie früher liefen Kinder und Leute zusammen, wenn ein fremdes Auto daherfuhr. Jetzt fuhren fast jeden Tag ein Dutzend in- und ausländischer Wagen durch die Dörfer, und fast jedes

Kind wußte, ob es sich dabei um einen Mercedes-Benz, einen Opel, einen Daimler oder um amerikanische Wagen wie Ford, Studebaker oder Chrysler handelte. Früher, ja, da war es beinahe wie ein Fest, wenn die ersten Zeppeline dumpf rauschend über eine ländliche Gegend glitten, und des begeisterten Winkens war kein Ende mehr. Jetzt las man schon lang in der Zeitung, daß diese mächtigen Luftschiffe regelmäßig den Ozean überquerten, und kein ackernder Bauer, kein Kind schaute mehr staunend in die hohe Luft, wenn die silberglänzenden Verkehrsflugzeuge in der sonnigen Unendlichkeit verschwanden. Stadt und Land waren näher zusammengerückt, und ebenso die ganze, ehemals so weite Welt mit ihren Kontinenten. Man hätte meinen können, jetzt müsse es jedem Menschen besser gehen, und alle seien gut füreinander gestimmt, aber der Kreitler ging fast alle vierzehn Tage bei den sicheren einheimischen Leuten herum, kam herein zur Türe, grüßte arglos, schob seinen verwitterten Filzhut ins Genick und kniff das linke Auge ein paar Mal zu.

»Aber das Unglück jetzt wieder beim Neuchl im Stall, ha! Ganz aus ist's!« fing er teilnehmend zu reden an: »Frißt die scheckige Kuh einen Nagel hinein, hmhm! . . . Notschlachten haben sie müssen! . . . Schönes Fleisch gibt's heut nachmittag, und billig ist's auch.« Auffallend viele solche Unfälle in den Bauernställen gab es in der letzten Zeit. Die Leute wußten schon, was es damit für eine Bewandtnis hatte, jeder verstand das Augenzukneifen vom Kreitler, niemand fragte weiter, aber alle kauften bei den Notschlachtungen, die die Bauern machten, gern Fleisch. Es kostete ja auch nur halb soviel wie etwa beim Hingerl oder in der Metzgerei vom Postwirt in Glaching, und es war obendrein meistens besser. Sonderbar war auch, daß in den letzten Wochen der Wachtmeister Riedinger und zwei Amdorfer Gendarmen oft noch in der geschlagenen Nacht in den Dörfern zu sehen waren und unauffällig an jedes aufleuchtende Stallfenster heranschlichen.

»Da müssen 's schon schlauer vorgehn«, meinte der Häusler Grei-

ner von Furtwang zum Tratzelberger-Xaverl einmal, als ihn der von Amdorf mit dem Motorrad heimnahm: »Wenn einer das Notschlachten im Sinn hat, braucht er kein Licht . . . Ich hab' meinem Ochsen einfach mit dem Strick das Maul zugebunden, daß er keinen Muckser hat tun können, und nachher hab' ich ihm mit dem Holzschlegel den Hax abgeschlagen. Zum Fleischbeschauer hab' ich gesagt, der Ochs hat sich in der Ketten verhängt in der Nacht.«
Die Bauern machten sich oft so einen Unfall im Stall. Die Metzger-Innungen nämlich gehörten zur Gewerbe- und Mittelstandspartei, und die hatte einen Minister in der Reichsregierung. Der aber stimmte jeder geplanten Notverordnung des Kanzlers nur dann zu, wenn er dabei für die kleinen Geschäftsleute und Gewerbetreibenden greifbare Vorteile herausholte. Deswegen wurden die Preise für lebendes Schlachtvieh gesetzlich tief herabgedrückt, diejenigen für Frischfleisch aber unverhältnismäßig hoch hinaufgesetzt, und deswegen war auch jede Hausschlachtung streng verboten. Einem Bauern, dem man auf so einen ›Unfall‹ kam, wurde das Fleisch des selbstgeschlachteten Viehs amtlich beschlagnahmt. Es kam zur Freibank nach Amdorf und wurde zu ganz billigen Preisen an Wohlfahrtsempfänger und Arbeitslose abgegeben. Der Bauer bekam nur einen winzigen Anteil des Erlöses. Aber das war noch nicht alles. Dem Bürgermeister Heingeiger liefen insbesondere die armen Kleinhäusler schier das Haus ein, weil sie sich mit den neuen Steuern nicht mehr auskannten, denn diese Steuern auf kleine und mittlere Landwirtschaftsbetriebe waren kaum mehr erschwingbar. In allen Bauerngegenden fing ein großes, rebellisches Elend an.
Der Truchtlacher von Terzling, ein Häusler mit nur drei Stück Vieh im armseligen Stall, stand ganz grün vor Zorn in der Auffinger Bürgermeisterstube und schrie mordialisch: »Und das soll noch eine Gerechtigkeit sein! Der Gerichtsvollzieher ist dagewesen, weil ich nicht zahlen kann. Vierundachtzig Mark will das Finanzamt auf einmal, und, sagt er, der windige Gerichtsvollzieher,

acht Tag' hab ich Zeit. Wenn ich bis dahin nicht 'zahlt hab', pfändet er mir die graue Kuh!«

Neben dem Heingeiger stand der Silvan und lachte recht dreckig. Der Bürgermeister wußte auch keinen rechten Rat, Dafür redete der Silvan.

»Jaja, das System! Das feine System!« sagte er hämisch: »Ihr seid ja alle dafür, weil der Pfaffenkanzler so schön predigen kann!«

»Du mit deinem Politisieren, mit deinem Hitler!« fuhr ihn der erzürnte Truchtlacher ungeduldig an: »Sag mir lieber, was ich da machen soll!«

Er stand da, ausgemergelt und hilflos, mit unruhigen Augen wie ein eingefangener Vogel, der schon hundertmal an die Gitter des Käfigs geflogen ist und nun erschöpft nachdenkt, wie er denn endlich doch ins Freie kommen kann.

»Solange der einfachste Staatsbürger nicht zu jedem Opfer bereit ist, um die katastrophale Schuldenlast des Reiches abzutragen, solange steht der furchtbarste Zusammenbruch ständig vor uns und droht alle zu verschlingen!« hatte erst kürzlich der Kanzler eine neue Notverordnung durch das Radio kommentiert. Auf das hin war dann die alte Allbergerin vom Amdorfer Rentamt, wo sie allmonatlich ihre staatliche Witwenpension abholte, statt mit fünfunddreißig nur noch mit neunundzwanzig Mark heimgekommen. ›Das langt jetzt grad noch für einen Sarg, Bürgermeister. Wenn ich den Ludwig nicht hätt', müßt mich jetzt die Gemeinde erhalten, oder ich könnt' glatt betteln gehen‹, hatte sie beim abendlichen Milchholen in der Heingeiger-Kuchel gesagt.

›– zu jedem Opfer bereit! Opfern muß jeder!‹ Das hatten die Leute bisher immer zu hören bekommen, wenn ihnen eine Regierung recht schandmäßig mit immer neuen und höheren Steuern zusetzte. Aber samt allem Zahlen und Einsparen langte das Geld doch nie.

»Das kriegt alles der Feind! Der Feind!« sagte jetzt der Silvan zum verbitterten Truchtlacher noch beißender: »Jeder Pfennig, den dir

die saubere Regierung rauspreßt, der geht ins Ausland! . . . Ob wir daheim noch was zu nagen und zu beißen haben, was kümmert denn das die Berliner Bonzen! Die sitzen doch sicher im Speck!«
Der Truchtlacher ging vom Bürgermeister weg und war genauso gescheit wie zuvor. Als er ingrimmig und bedrückt auf der vom Herbstregen aufgeweichten Glachinger Straße dahinstapfte, ging ihm durch den Kopf, ob er nicht einfach seine drei Kühe auf einmal notschlachten oder gar sein lumpiges Häusl anzünden sollte, um von der Feuerversicherung eine feste Summe zu ergattern, denn wenn es so weiterging mit den Steuern, blieb ihm doch zuguterletzt sowieso nichts mehr. »Ganz recht hat er, der Silvan«, knurrte er in den verschleiernden Regen hinein: »Einfach davonhauen, die Lumpenregierung, und aus ist's mit dem Zahlen!«
Einmal holte der Schuster Kraus sich einen Brotwecken beim Bäkker Rotter draußen. Die Rotters waren allezeit freundliche Leute und redeten mit jedem gern ein nettes Wort. Diesmal aber schaute der Kraus, daß er schnell aus dem Laden herauskam. Draußen auf der verregneten Straße wartete sein semmelbrauner, stichelhaariger, tropfnasser Pinscher, hing die lechzende Zunge heraus und schaute ihn neugierig an. Ja, seit ungefähr sechs Wochen hatte der Schuster einen Hund. Er war ihm beim Holzholen zugelaufen und seither nicht mehr von ihm gewichen. Er schien eine Mischung vieler Rassen und war ein richtiger Haus- und Landhund, folgte gut, war wachsam, und man konnte, wenn er unter der Ofenbank in der Werkstatt lag, stundenlang in ihn hineinreden. Der Alte hing sehr an ihm.
»So, Fuchsl«, sagte er, den Wecken unter seinen zerschabten Mantel steckend: »So, Fuchsl, jetzt gehn wir noch zum Hingerl und holen uns was zu fressen für dich! . . . Geh nur weiter, komm!« Der Ludwig hob ihm immer Knochen und Abfallfleisch auf.
Wegen dem Hund aber war der Kraus nicht so schnell aus dem Rotterladen heraus. Neun fremde Männer jeden Alters drängten sich drinnen. Der Rotter hatte die Herberge der hauptstädtischen Bäk-

kerinnung antelefoniert, sie sollte ihm einen tüchtigen, ordentlichen Gesellen schicken, und da waren gleich neun auf einmal gekommen. Heftig ging es zu im Laden. Jeder bettelte erbarmungswürdig, der Meister möge ihn doch einstellen. Zwei und drei Jahre waren manche schon arbeitslos. Der niedrigste Lohn war ihnen recht. Nur endlich wo unterkommen, nur nicht wieder zurück ins gezwungene Nichtstun, ins hoffnungslos lähmende Elend und in die zermürbende Not.
»Ja, Herrgott, ich brauch' doch bloß einen!« machte der Rotter diesem heftigen Ansturm ein Ende. Mit leichtem Mitleid schaute er auf die arbeitsgierigen, fast hündisch bittenden Menschen: »Als Geschäftsmann muß ich doch auch höllisch rechnen! Die Mehlpreise und alles ist weit höher als früher, und jeder hat hart zu kämpfen! . . . Läßt sich denn in der Stadt drinnen gar nichts mehr finden? Gibt's denn in unserm Fach auch schon keine Arbeit mehr? . . . Bäckerei ist doch noch nie schlecht gewesen!«
»Wenn die Leut' kein Geld mehr haben, brauchen die Bäcker auch weniger Brot!« riefen etliche gleicherzeit und erzählten von den wimmelnden Arbeitslosen in der Stadt drinnen.
Als der Kraus vom Dorfplatz auf die Hingerlwirtschaft zubog, trotteten ein alter und ein jüngerer Bäckergeselle an ihm vorüber. Knochenmager waren sie alle zwei. Es war herbstkalt. Der durchdringende Fadenregen strich unbarmherzig hernieder. Der Alte hatte einen patschnassen, viel zu großen Mantel, der ihm wie eine schwere Last von den dürren, spitzen Schultern herabhing. Der Jüngere schlotterte in seinem dünnen, hellen Sommeranzug und trug nur einen Regenschirm.
»Lang geht das nicht mehr! Es muß anders werden!« sagte der Junge.
»Uns bleibt nur noch der Strick oder der Gashahn«, redete der Alte rostig aus sich heraus. Es waren nur zwei von Millionen ihresgleichen. Jeder war jetzt, wie der herumhörende Kraus manchmal konstatierte, ins ›Gemächte‹ gekommen, jeden in Stadt und Land

hatte das ›A-bopa‹ herausgefischt und beutelte ihn herum bis zur Erschöpfung.
Ihm konnte die schlechte Zeit nichts anhaben. Bei der Steuerbehörde galt er als armer, alter Handwerker, der grad soviel verdiente, daß er zu leben hatte. Er wünschte sich nichts anderes.

III. Teil
Die Unruhe schleicht daher

29

Der naßkalte Herbst, der eisige Winter waren verwichen, und das verblühende Frühjahr glitt in den Sommer hinein. Über den niederen Zaun des Vorgärtchens vom Schuster Kraus hing der schon da und dort abwelkende Holunder. Bienen und helle Schmetterlinge umschwirrten ihn. Der herb-süße Duft von frischem Heu durchzog das Dorf. Alles war auf dem Feld, denn jeder Tag war trocken und sonnig und reich wie der ganze diesmalige gesegnete Sommer. In den Ställen stand das Vieh, und die Äcker trugen mehr als je, aber die Bauern mußten rackern und sparen, und sie hätten sich's jetzt leicht machen können, denn fast Tag für Tag tauchten gewiß ein Dutzend blutjunger Burschen von der Stadt drinnen auf. Nicht mehr wie gewohnheitsmäßige Landstreicher oder bettelnde Handwerksburschen sahen sie aus. Auf Fahrrädern kamen sie meistens daher und waren auch ganz ordentlich angezogen. Als Erntemithelfer oder Knechte wollten sie sich verdingen und verlangten oft nur Kost und Logis dafür, und wenn man sie nicht brauchen konnte, bettelten sie verschämt. Die Bauern konnten sich solche Hilfskräfte nicht mehr leisten.
Beim letzten großen Bankenkrach, wo viele kleine Sparer alles verloren hatten, drohte auch die Landwirtschaftliche Genossenschaftskasse zusammenzubrechen. Vielerorts stürmten die Bauern die Filialen. Tote, Verwundete, Verhaftete und große Demolierungen gab es dabei. Auch nach Glaching zogen an einem solchen Sommertag die Bauern der weiten Umgebung, doch die Postwirtschaft, in welcher sich die Büroräume der Kasse befanden, war schon mit Amdorfer Gendarmerie und hauptstädtischer Landespolizei, die auf zwei großen Überfallsautos gekommen waren, umstellt, und die aufgeregt Heranziehenden machten betroffen vor der starken Postenkette halt, starrten zuerst wortlos und fingen

schließlich unflätig zu fluchen und zu drohen an. Der Haufen wogte ein paar Mal gefährlich hin und her, gleichsam als suche er für den gewaltmäßigen Angriff die schwächste Stelle. Die grünen Landespolizisten jedoch standen überall gleich stark mit schußbereitem Gewehr da.

»Hat doch keinen Wert, Leute!« suchte der Wachtmeister Riedinger nach allen Seiten hin die erbitterten Bauern zu beruhigen: »Die Angelegenheiten werden sich bald regeln! . . . Wir schützen doch bloß eure Interessen!« Bleiche Angst stand auf seinem gepolsterten Gesicht, die er offenbar durch sein eifriges Herumreden niederkämpfen wollte. Immer aber schüttete ihn eine neue Lärmwelle der wütenden Bauern zu.

»Herrgott! Herrgott, Bauernleut'! Wir können doch nicht dastehn und uns das Geld wegstehlen lassen!« schrie der zornzitternde Heingeiger ungeduldig und reckte seine Faust: »Kreuzmillion noch einmal!« Wieder kam dadurch der plärrende Haufen in wilde Bewegung und schob sich näher an die Postenkette heran.

»Einfach drauf und überrennen!« hörte man den Tratzelberger-Xaverl schreien, und – fast komisch war es! – der Heingeiger bellte: »Wo ist denn eigentlich die Schindmähre, die Wundnagel, die wo uns kein Wort gesagt hat?!« Es klang gerade so, als habe die vertrocknete alte Jungfer das Geld mitgenommen und sei auf und davon auf Nimmerwiedersehen. Sie hatte sich aber nur mit den Wirtsleuten im Keller verkrochen und betete in einem fort.

»Halt! Auseinandergehn!« schrie jetzt der Polizei-Offizier scharf, und die Grünen nahmen das Gewehr griff-fester: »Halt! Ich warne Sie! Wir haben Befehl, von der Waffe Gebrauch zu machen!« Es wurde jäh stumm und still. Bauern und Polizisten glotzten sich feindselig an.

»Unser Geld muß her! . . . Deswegen schießen! Pfui Teufel!« warf der erhitzte Heingeiger in die verhaltene Pause, und wieder lärmte der Haufen.

»Herr Bürgermeister, Sie sollten gescheiter sein!« sagte der Offizier abweisend. Doch das stachelte den Heingeiger erst recht an. Er schrie alles mögliche durcheinander, das aber im allgemeinen Geschrei unterging. Sehr seltsam benahm sich der Silvan, der – seitdem sich auch in der Glachinger Pfarrei eine streng militärisch gedrillte sogenannte Sturmabteilung gebildet hatte – erster Sturmführer war. Er zeigte nicht den geringsten Angriffsgeist, hielt sich weitab von seinem Vater, war blaß und bedrückt und ließ sich geradezu willenlos vom wogenden Haufen hin- und herschieben. Das wurde von seinen Kameraden ziemlich ungut vermerkt. Der Heingeiger war ganz nahe vor den Polizeioffizier gedrückt worden und keifte fäustefuchtelnd in diesen unbeweglichen Menschen hinein: »Sie haben mir gar nichts zu sagen, Sie! Sie verlieren ja kein Geld, Sie – Sie –« Er suchte ein ganz beleidigendes Wort, fand aber keines und spuckte nur aus: »Pfui Teufel!« Schon schoben die Bauern hinter ihm nach. Die Polizisten brachten die Gewehre in Anschlag. Ein ratterndes Motorrad sauste jetzt vom Dorfeingang heran, und da es sein Tempo nicht verringerte, zerteilte sich der Haufen. Auf dem Sitz saß ein Landespolizist, und im Beiwagen der Stelzinger, der, sobald das Motorrad vor der Postenkette angehalten hatte, hurtig heraussprang und mit irgendeinem flatternden Papier in der Hand auf den Polizei-Offizier zulief und fliegend sagte: »Eben Telegramm von der Landesregierung. Reich stützt die Kasse und –« Das andere war nicht mehr zu verstehen, doch nach einigen Sekunden der Spannung stieg der Offizier auf den einen der Überfallswagen, der einen Lautsprecher hatte, und verkündete mit fester Stimme: »Wie soeben ein Telegramm der Landesregierung sagt, hat die Reichsregierung beschlossen, die Landwirtschaftliche Genossenschaft voll und ganz zu stützen. Es wird garantiert, daß kein Spareinleger zu Schaden kommt. Alle Beträge stehen ab nächster Woche zur Verfügung!« Er ließ seinen Arm sinken und sagte von sich aus: »Ich hoffe, daß damit jeder Grund der Beunruhigung beiseite geschafft ist, und bitte Sie, ruhig auseinanderzugehen!« Er stieg ebenso rasch wie behend vom

Überfallsauto herab und ging mit ausgestreckter Hand auf den finster dreinschauenden, etwas verdutzten Heingeiger zu. »Nichts für ungut, Herr Bürgermeister!« sagte er leutselig, weil der Bauer nur zögernd die Hand hob: »Ich weiß, in diesen Zeiten gehen einem manchmal die Nerven durch! . . . Glauben Sie mir, wir machen solche Aktionen nur ungern, aber Pflicht ist eben Pflicht! . . . Ich denke, das wird jeder der Anwesenden verstehen!« Das wirkte auf alle gut. Auch der hochrote, vor Wichtigkeit fast platzende Stelzinger wollte auf den Heingeiger zu, doch der Silvan war ihm zuvorgekommen, drängte jeden weg und sagte: »Unter den Umständen hat's ja faktisch keinen Wert, daß man was macht . . . Jedenfalls sieht man wieder, daß Geld da ist, wenn's sein muß! . . . Die Bonzen haben Angst gekriegt und schnell eingelenkt . . . Gehn wir! Daheim ist haufenweis' Arbeit.« Er zog seinen keineswegs so ruhig gestimmten Vater fort. Auch andere waren schon gegangen, und der Haufen verlief sich nach und nach. Der Tratzelberger drängte sich im Gewirr geschwind an den Silvan und flüsterte ihm ins Ohr: »Du, der Bertl will schon wieder was . . . Keine Ruh' gibt er!«
»Komm morgen zu mir rüber!« gab der Silvan ebenso zurück. Auf dem Rücken spürte er gleichsam, wie seine Kameraden vom Sturm ihm verärgert nachschauten und die Köpfe zusammensteckten. Der Xaverl als zweiter Sturmführer und Silvans Vertreter trat zu ihnen und sagte gedämpft: »Der Leutnant weiß genau, warum er sich so unaktiv verhalten hat . . . Keine Redereien, möcht' ich jedem raten!«
Schon am übernächsten Tag stand in der Hitler-Zeitung ›Der Völkische Beobachter‹, die jetzt in allen Wirtsstuben zu sehen war, ein dickgedruckter Artikel: ›Erfolgreiche Aktion der Glachinger Bauern gegen die erpresserische Geldgebarung der System-Regierung! Sturmführer Lochner verhütet durch sein besonnenes Auftreten Blutvergießen!‹
»Das ist doch ganz anders gewesen«, sagte der Heingeiger zum Silvan: »Du hast doch überhaupt nichts gemacht.«

»Eben deswegen!... Ich hab' von vornherein gesehen, daß wir ohne Handstreich alles durchsetzen«, meinte der.
Vom Montag in der darauffolgenden Woche ab funktionierte der Zahlungsverkehr bei der Glachinger Filialkasse wieder. Nur saß jetzt statt dem Fräulein Wundnagel ein unbekannter, städtisch gekleideter, ziemlich massiv gebauter Herr hinter dem vergitterten Schalter. Das alte, verschreckte Fräulein war in die Stadt zu ihren Verwandten gefahren und hatte beleidigt ihren Dienst gekündigt. Die Reichsregierung hatte die Stützung durchgeführt, um aber weitere Schwierigkeiten zu vermeiden, war angeordnet worden, daß jeder Einleger in der Woche nur hundert Mark abheben dürfe und bei größeren Beträgen eine entsprechende schriftliche Begründung vorzulegen habe. Das machte noch hin und wieder böses Blut. Indessen die Bauern fanden schon Mittel und Wege, um nach und nach ihre vollen Einlagen zurückzubekommen. Ihr Vertrauen war ein für alle Mal geschwunden. Sie machten es jetzt alle wie der Schuster Kraus, sie versteckten ihr Bargeld daheim. So rann das Kapital aller Sparer aus den öffentlichen Kassen, und der Geldumlauf stockte immer mehr. Umso mehr lief jetzt die Politik um. Man las in den Zeitungen viel von blutigen Zusammenstößen und Morden, die meistens von den Hitlerischen ausgingen, nur selten aufgedeckt und fast immer nur milde oder gar nicht gesühnt wurden. Die ›Nazis‹ oder ›Hakenkreuzler‹, wie die Hitler-Anhänger jetzt genannt wurden, traten überall offen militärisch auf, hielten große Gefechtsübungen ab, veranstalteten laute, stramme Aufmärsche mit Trommeln und schmetternder Blechmusik, mit Fahnen und Standarten und Geschrei, und Versammlungen machten sie mehr als jemals. Der Glachinger Sturm wuchs. Beim Postwirt war sein eigentliches Standquartier, das ›Sturmlokal‹, aber der Silvan, der Xaverl und die Scharführer frequentierten am meisten die Stelzingersche ›Wein- und Likörstube‹. Es hieß auch, das komme daher, weil der Silvan sich die Krämer-Gretl als seine Zukünftige ausgesucht habe. Die Gretl war die beste Freundin von

der Rotter-Emma. Sie steckten sehr oft zusammen. Die eine erzählte von ihrem Silvan, die andere von ihrem Ludwig. »So ein Umgang paßt mir gar nicht«, hatte der Silvan der Gretl schon oft gesagt, aber die blieb in dieser Beziehung unnachgiebig. Sie war jetzt eine ganz aufgeblühte, gut geformte Achtundzwanzigerin, der viele Männer nachschauten, und das gab ihr eine starke Selbstsicherheit.

Seit dem ›Glachinger Kassensturz‹, wie man den Auflauf im Pfarrdorf nannte, hatte sich beim Heingeiger etwas geändert, was nicht nur dem Kraus, sondern allen Leuten sehr bald in die Augen fiel. Silvan und der Bauer mußten sich verfeindet haben. Den Grund wußte niemand. Es zeigte sich nur, daß der Bürgermeister und sein Sohn nirgendsmehr miteinander gesehen wurden, daß sie wieder – wie die Dirn und die alte Kreitlerin, die dort immer noch kochte, erzählten – ›wie zwei Fremde nebeneinanderher lebten, kaum noch das Notwendigste miteinander redeten‹, und daß der Bauer mit den politischen Treibereien vom Silvan ganz offensichtlich nichts mehr zu tun haben wollte. In den Versammlungen sah man ihn nicht mehr. Er ging überhaupt nicht mehr gern unter die Leute, wich jeder Begegnung mit Nachbarn scheu aus, hockte an den Sonntagen viel allein daheim in seiner weitläufigen Bürgermeisterstube, hohl vor sich hinstarrend, mit einem Gesicht voller Unrast. Wenn ihn wer anrede, gebe er die meiste Zeit keine Antwort, meinte die Kreitlerin, und es komme ihr grad vor, als wenn ihn ein inwendiges Leiden plage. Er sah auch mit einem Male ganz zusammengefallen aus.

Der Peter kam schon lang nicht mehr jeden Sonntag heim. Er mußte in Amdorf gute Freunde gefunden haben. Außerdem hatte er ein neues Fahrrad mit doppelter Übersetzung, mit dem er leicht die Höhenwege bezwang. Er machte mitunter große Tagestouren und kam auch hin und wieder zu den Jodls nach Buchberg. Manchmal, wenn der Ludwig, der sich ein Motorrad zugelegt hatte, nicht mit der Emma über Land fuhr, holte er den Peter ab und nahm ihn auf dem Hintersitz mit. Die zwei hingen immer noch gleicherweise aneinander. Weiß Gott, vielleicht war es seine Liebschaft oder der Spaß am Motorradfahren – den Ludwig schienen die Geschehnisse im Glachinger Landstrich wenig zu interessieren. An den schönen Sommersonntagen war er nie in der Hingerlstube oder beim Postwirt zu sehen.

Einmal um jene Zeit ließ der Ludwig dem Peter durch die Emma, die bei ihrer Schwester in Amdorf zu Besuch gewesen war, ausrichten, er sollte am Sonntag zu ihm kommen, aber es wäre gut, wenn er es unauffällig mache. Der Peter fuhr erst heim. Er traf den Großvater allein und erschrak über sein Aussehen. Er fragte nebenher nach dem Silvan, und da warf der Heingeiger brummig hin: »Wo wird er denn schon sein? Beim Militärspielen mit seinen versoffenen Hammeln.«

Das war ungewohnt. Der Peter aber fragte nicht weiter, nahm ein verschnürtes Paketchen, das er mitgebracht hatte, und sagte, der Schuster müsse ihm die paar Schuhe sohlen.

»So? ... Gibt's bei euch drüben keinen Schuster?« fragte der Bauer müd und ungut. Schon, aber er wolle dem Kraus als Kundschaft nicht untreu werden, antwortete der Peter leicht und gewinnend und ging. So schlau und so drängend er aber auch den Schuster auskundschaften wollte, was es denn daheim gegeben habe, der Kraus wußte nichts.

»Du weißt ja, ich kümmer mich nicht um Nachbarsleut'«, sagte er nur.

»Du, Schuster«, fing der Peter vertraulicher an: »ich will ein bißl zum Ludwig 'nüberschauen. Du weißt ja, das mögen die daheim nicht gern. Ich geh' hinten bei deiner Kucheltür hinaus.« Er versprach, bald wieder da zu sein.

»Was sind denn das für hinterlistige Treibereien?« fuhr ihn der mißtrauische Schuster an, aber der Peter ging schon. Er traf den Ludwig in seiner Kammer, die zu ebener Erde neben dem Schlachtraum lag.

»Ich wart' schon auf dich!« empfing ihn der und schaute auf die Uhr an der Wand: »Ich kann nicht weg. Du mußt gleich zum Jodl nach Buchberg fahren . . . Um drei warten zwei Genossen droben auf dem Fußweg zum Kloster. Die müssen was verstecken in der Höhle. Du gehst vorbei und fragst sie, wieviel Uhr als es ist . . . Das ist das Stichwort . . . Dann fragt dich einer, wie weit als es bis Wimpfelberg ist . . . Fahr gleich los . . .«
»Ob das geht?« zweifelte der Peter: »Der Großvater ist so seltsam. Er nimmt mir's sicher übel, daß ich gleich wieder wegfahr', wo ich schon solang nicht mehr dagewesen bin.«
»Herrgott!« Der Ludwig kratzte sich an den Schläfen: »Du mußt fahren. Es ist ganz wichtig! . . . Mach dir doch eine Ausred'. Jetzt ist's ja erst halb eins! . . . Wenn du fest trittst, bist du doch in einer guten Stund' drüben.«
»Gut, ich will schauen«, stimmte der Peter ein und schien die Ausrede schon zu überlegen. Er kam ungesehen beim Schuster an, redete irgendetwas Argloses daher, lobte dem Kraus seinen Hund und ging über die Straße.
»Peter«, sagte der Großvater zu ihm: »Magst du nicht mitfahren? . . . Ich will zum Jodl. Ich hab' was zu reden mit'm Kaspar . . .«
Dem Peter brachen die Lippen auseinander, und fast erschreckt schaute er den Bauern an. Der schien diese Verblüffung gar nicht zu merken, und weil der Peter sich schnell wieder faßte und ja sagte, stand er auf und ging in den Stall hinüber, um den Rotschimmel einzuspannen. Der Peter blieb auf dem gleichen Fleck stehen, rührte sich sekundenlang gar nicht und zerbrach sich den Kopf, wie er's dem Ludwig sagen sollte. Er überlegte wahrscheinlich auch, wie lang sie nach Buchberg brauchten, und ob er dort loskommen könnte, ohne daß es einer sonderlich vermerkte. Er wußte, wie schwer es jedesmal war, die Kinder abzuwimmeln, wenn er sich auf den Weg machte.
»Herrgott! Herrgott? Herrgott!« murmelte er ziemlich ratlos und sah, wie der Großvater mit dem leichten Wägelchen vorfuhr. Si-

cher schaute der Ludwig herüber, vielleicht sah er sie auch vorbeifahren, und er konnte ihm was zuschreien oder einen Wink geben. Der Großvater stieg schon auf den Bock. Der Gaul prustete. Er ging hinaus und schrie auffallend laut: »Da werden sie eine Freud haben beim Jodlvetter!« Er versuchte aufgeräumt zu lachen und schielte in die Richtung des Schlachtraumes. Er stieg auf, und der Gaul ging scharf ins Geschirr. In leichtem Trab fuhren sie vorne beim Hingerl vorbei. Der Ludwig stieg gerade auf sein Motorrad und stutzte kurz.

»Wo aus und wohin denn, Bürgermeister?« fragte er, obgleich er mit dem Heingeiger kaum je eine Freundlichkeit gewechselt hatte.
»Auf Buchberg, zum Vetter!« schrie der Peter, bevor der Bauer was sagen konnte, und lachte breit. Ein ganz klein wenig zwinkerte er mit dem Aug und nickte. Dem Ludwig sein Motorrad sprang schon ratternd an. –

Der Tag war wie mit zartem, gelbem Gold überzogen. Die Wiesen mit den Heuhaufen schienen geruhig zu schlafen. Unbewegt breiteten sich die Weizen- und Kornfelder aus. An den Äpfelbäumen glänzten die noch grünen Äpfel. Am blassen Himmel schwammen einige Wölkchen. Keinen Menschen sah man auf der sich aufwärts schlängelnden, staubtrockenen Glachinger Straße. Das Roß verlangsamte seinen Trab und ging über in einen weit ausgreifenden Schritt. Kaum aber hatten sie das Pfarrdorf auf der Höhe erreicht, da fuhr der Bauer wieder schneller. In scharfem Trab ging es beim Postwirt vorbei und hinab, dem Wäldchen zu.

»Schön lauft er, der Schimmel!« sagte der Peter, als wolle er durch diese Schmeichelei dem Großvater beibringen, noch schneller zu fahren. In Glaching hatte es eben ein Uhr geschlagen. Wenn sie so weiterfuhren, konnten sie um halb drei Uhr in Buchberg sein. Aber der Bauer ließ den Gaul jetzt langsam gehen. Er wandte sich dem schmucken Burschen zu und sagte unvermittelt: »Magst auch nicht mehr gern heimgehn, Peter, gell?«
»Das gar nicht, Großvater«, meinte der, er komme immer gern

heim, aber jetzt im Sommer mache er eben zu gern seine Radtouren, und dann sei's doch in der letzten Zeit immer so gewesen, daß der Bauer und der Silvan immer in die Versammlungen und sonstigen Hitlerveranstaltungen gegangen wären.
»Wenn's wieder Winter wird, komm ich schon öfter«, schloß er entschuldigend, doch er merkte, daß der Bauer wieder verschlossen und wie abwesend gradaus schaute und ihn gar nicht zu hören schien. Der Schatten der Fichten fiel auf die stille Waldstraße. Nur das Hufklappern und Prusten des Rotschimmels war zu hören.
»Jaja, es ist gar nichts mehr daheim«, redete der Bauer wieder so tonlos und stumpf aus sich heraus und setzte schwer dazu: »Für dich schon gleich gar nicht. Du hast viel von deiner Mutter selig.« Er brach wieder ab und tat, als hocke er allein da. Der Peter dachte nur in einem fort: »Wann fährt er denn wieder schneller?« und wußte nichts darauf zu antworten. Der Großvater kam ihm so verändert vor. Er war nicht mehr der zähe, scharfe Kampfhahn wie früher, nicht mehr der grobe, offene Mensch – er schien müde und in sich gekehrt. Und so zusammenhanglos wie er daherredete!
»Ein Pfarrer hast du doch nicht werden wollen, oder?« fragte er nach einer guten Weile wieder, und das bestimmte ›Nein, das ganz gewiß nicht‹ vom Peter beachtete er gar nicht. Es mußte ihm was auf der Zunge liegen, das er aber immer wieder zurückhielt.
»Heiraten tut er auch ewig nicht, der Silvan«, sagte er, und dann wieder: »Die Zenzl hat's gut erraten ... Der Kaspar ist ein echter Mensch, durch und durch ...« Er trieb den Gaul wieder an, ließ ihn scharf laufen bis zum Fuß der Buchberger Anhöhe, und als es langsam bergauf ging, sagte er wiederum: »Hie und da graust mir vor der ganzen Welt.« Das war alles. Der Peter war froh, daß es erst viertel nach zwei Uhr war, und überlegte sich eine Ausrede, wie er vom Jodl wegkomme. Zögernd, vorsichtig erwähnte er, die Familie Neumeier habe ihm aufgetragen, bei den Jesuiten die zwei letzten Messen zu zahlen, und war überrascht, daß der Großvater gar nichts dagegen einzuwenden habe.

»Jaja, jetzt sind wir gleich da. Kannst gleich weitergehn, wenn du magst«, sagte er: »Bis du wiederkommst, hab ich mit'm Kaspar schon alles beredet.«
Das hieß also soviel wie, der Peter brauche nicht dabei zu sein, und am besten wär's, er gehe gleich. Dem war das ja recht, doch es machte ihn auch ein wenig unruhig. Noch immer stand der Großvater nicht zum besten mit den Jodls, was trieb ihn denn auf einmal herüber? Was drückte ihn denn so?
Nachdem man sich beim Jodl langsam die Verlegenheit weggeredet und sich halbwegs warm gesessen hatte, brachte der Peter sein Anliegen wegen der Neumeiers vor, und der Heingeiger meinte gleich: »Jaja, er soll nur gleich gehn. Ich will mich nicht zu lang aufhalten und zur Stallarbeit wieder daheim sein.« Die Jodlkinder machten auch keine Anstalten, den städtisch gekleideten, fein gewordenen jungen Vetter, vor dem sie jetzt schon einen gewissen scheuen Respekt hatten, zu begleiten.
»Gibt's noch Erdbeeren?« erkundigte sich der Peter bei der Jodlin noch beiläufig, um sein längeres Ausbleiben nachher glaubhaft begründen zu können, und ging rasch davon. Alles lief gut hinaus. Er traf die zwei Genossen, einen älteren, hageren Vierziger mit einer auffallend spitzen Nase und zwei ungemütlichen grüngrauen Augen und einen ungefähr Zwanzigjährigen, der dichte rotblonde, wuschelige Haare hatte und den Eindruck eines Bergsteigers machte.
»Wir müssen schnell schauen, daß wir fertig werden!« trieb der Peter an und erzählte, daß der Bauer auf ihn warte. Sie griffen fest aus, aber als sie nach ungefähr einer halben Stunde Hochholz in das Verhack und Verhau von zerklüfteten Felsen, rinnenden Bächlein und verwachsenem Gebüsch kamen, ging es recht langsam vorwärts. Der spitznasige Ältere rutschte einmal aus und sackte, ehe ihm die anderen beispringen konnten, in eine ziemlich tiefe, verstrüppte Einbuchtung. Drunten im verschlungenen, feuchten Grün, das ihn ganz zudeckte, schrie er plötzlich gegen alle Vor-

sicht laut auf, so daß sich der Peter und sein Begleiter erschrocken vom mächtigen Feldstein hinabgleiten ließen.
»Da! Da schaut! Da-da liegt ja ein Toter! Da!« stammelte der Ältere und deutete ins verdeckende Grün vor sich. Ein paar Nagelschuhspitzen und ein Stück von einem gebogenen Arm lugten daraus hervor, und als sie endlich die Blätter und das Geschling auseinanderdrückten, sahen sie eine schauerlich zugerichtete männliche Leiche in zerfetztem, blutbesudeltem hellgrauem Zeug, das da und dort noch grüne Aufschläge zeigte. Der Kopf war völlig zu Brei getreten, die Joppe und das weiße Bauernhemd hatten weite Schlitze, darunter trat der nackte, vielfach durchstochene und zerhauene Brustkorb und Bauch hervor.
»Ach!... Ae-h!« machte der Peter, wurde käseweiß und drohte zu erbrechen. Er wandte sich ab und zitterte vor Schreck und Ekel.
»Hm... Wie weit ist's denn noch zum Versteck?« fragte der Ältere gefaßt, und als der sich endlich wieder ein bißchen zusammenraffende Peter sagte, es sei vielleicht noch eine gute Viertelstunde, überlegte er laut: »Hm, was machen wir?... Wer kommt da her?... Mensch, Mensch, das ist faul!« Einige Käfer krochen über die zerschundene Brust der Leiche, brummende, kleine Fliegen umflogen den breiigen Kopf im besudelten Grün, ein widerlicher süßlicher Gestank durchzog die Luft.
»Das kann uns Kopf und Kragen kosten«, sagte der Jüngere entschlossen und fuhr sich durchs schwitzende Haar: »Anzeigen geht auf keinen Fall... Hm, jetzt ist auch diese Gegend unsicher... Schließlich wird ja doch polizeilich gesucht, Kruzifix! Kruzifix!«
Der Peter war seitab getreten und machte ein verstörtes, hilfloses Gesicht.
»Gehn wir zuerst einmal zum Versteck, los!« sagte der Ältere endlich und mechanisch. Wortlos, aber mit großer Hast, arbeiteten sie sich weiter.
»Paßt genau auf, ob sich Spuren zeigen! Genau!« raunte der Spitznasige nur einmal und sah immerzu aufmerksam und angestrengt

auf den Boden. Offenbar aber entdeckte er nichts Verdächtiges. Sie kamen in der Höhle an, verschwanden und knipsten nach einer Weile ihre Taschenlaternen an.

»Mensch! Mensch! . . . Ideal! . . . Großartig!« sagte bald der eine, dann wieder der andere von den zwei Fremden, und sie schauten prüfend bald vorwärts, bald in die gewölbte Höhe, bald wieder auf den Boden. Ganz nahe bei der Verschüttungsstelle packten sie ihre Rucksäcke aus, schwere, in wasserdichte Zelttücher eingeschlagene Pakete kamen zum Vorschein, und sie fingen vorsichtig an, alles unter dem Geröll zu vergraben.

»Mann, weißt du was? . . . Wir können den Toten nur auch verscharren . . . Es bleibt nichts anderes übrig«, sagte der Ältere auf einmal, und der Peter erschauerte abermals.

»Du, mein Jung, bleibst da, wir finden schon. Du suchst genau rundum alles ab, ob sich wo eine Spur zeigt. Wenn du viermal krähen hörst, so, verstehst du?« sagte der Alte und ahmte das Krähen nach: »Dann gehst du in die Richtung auf uns zu.« Er hob seine kurze, breite, spachtelähnliche Schaufel auf, sagte zum Jüngeren: »Komm, los!«, und fast im Laufschritt rannten alle drei auf den Ausgang der Höhle zu.

»Da, Jung, lug rum, aber genau!« hastete der Alte heraus, und die zwei Männer verschwanden im wirren Gebüsch. Der Peter blieb fassungslos stehen. Er war unfähig, auch nur einen Schritt zu machen. Angst, Furcht, Schrecken und Grauen lähmten ihn. Er war beständig dem Weinen nahe. Er schaute nicht nach Spuren. Er lief auf einmal in die Richtung, in welcher die Männer verschwunden waren, und tauchte jählings vor ihnen auf.

»Ich kann nimmer! Nein-ich . . . Nein, mir graust so!« würgte er jammernd heraus, als er sah, wie die zwei die Leiche mit den Füßen in eine schnell aufgeworfene, flache Grube schoben.

»Mensch! Jung! Du bist doch ein Mordskerl! Reiß dich doch ein bißchen zusammen!« redete der Spitznasige auf ihn ein: »Na, weißt du was? . . . Geh schon, aber halt bloß die Klappe . . . Sag's nur dem Ludwig . . . Geh schon!« Er sah auf seinen kleinen Kompaß und deutete nachdenkend nach den Himmelsrichtungen: »Also, da geht's nördlich, da müssen wir rauskommen. Gut, geh, wir finden schon. Und nochmal, schweig, Jung, schweig!« Der Peter sah gerade noch die zerfetzte, weit nach unten auseinanderfallende, hellgraue Hose des Toten mit dem grünen Streifen und lief kopflos davon, während die anderen sich wieder an ihre Arbeit machten. Er spürte die peitschenden Dickichtäste nicht, nicht das dornige Gestrüpp, das ihm die Hände verkratzte, er kam dampfend vor Schweiß und doch frierend am ganzen Körper auf dem Buchberg-Weylarner Fußweg an und blieb erschöpft stehen. In seiner Herzensangst stammelte er auf einmal halblaut: »Aber ich kann doch nichts dafür! . . . Ich bin doch nicht schuld!« Sicher wußte er selber nicht, was er damit meinte. Er rang die Hände und verschränkte die zitternden Finger: »Mein Gott! Mein Gott!« Er ging jetzt langsam weiter und fing mit der Zeit auch an, die verkratzten Stellen an seinen Händen auszulutschen, sein Gesicht abzuwischen, hielt immer wieder nachdenkend inne und wurde etwas ruhiger. Als ihm die Jodlin entgegenrief: »Ja, du himmlischer Vater, Bub, wie siehst du denn aus?« log er mit aller Gewalt, er sei beim Erdbeerensuchen über einen Felsen gerutscht und hinuntergefallen, ganz schlecht wäre es ihm geworden dabei, aber jetzt sei es schon wieder besser. Erdbeeren gebe es keine, und auch Schwämme nicht. Er redete schnell und etwas fahrig über seine innere Erregung hinweg.

»Jaja, so sind wir als Buben auch gewesen«, meinte der Heingeiger verhalten zärtlich: »Und wenn man sich im Weylarner Holz nicht auskennt, passiert leicht was.« Ruhig war der Bauer wieder und schien irgendwie erleichtert. Er sog an seiner Weichselpfeife und nahm hin und wieder einen Schluck Bier aus dem steinernen Krug. Die Schweinssülze hatte er aufgegessen. Der leere Teller stand noch da, und als die Jodlin jetzt dem Peter eine Portion brachte, sagte er: »So, jetzt iß nur! Nachher fahren wir heim.« Der

Peter aber brachte beim besten Willen keinen Bissen hinunter. Da gab ihm die verunruhigte Jodlin ein Glas Taubeerenschnaps. Das richte den Magen wieder ein, sagte sie.
Die Aussprache zwischen Heingeiger und Jodl mußte gut verlaufen sein. »Vater, du brauchst dich nicht bekümmern ... Laß dich nur bald wieder sehen«, sagte die Zenzi, als der Bauer auf sein Wägelchen stieg: »Und du, Peter, gell, wenn's nicht besser wird bis morgen, geh lieber zum Doktor.«
Scharf fuhr der Heingeiger diesmal an. Im gleichen Trab ging es weiter. »Peter, um dich ist's nicht gefehlt!« sagte er einmal aufgefrischter: »Und Angst, daß du nicht was Ordentliches wirst, braucht keiner zu haben.« Er sah abwesend über die hügelgewellten Fernen. Feine Nebel hoben sich schon da und dort aus dem Talwinkel. Der Bauer ließ den Gaul Schritt gehen.
»Ein schöner Herbst meldet sich an«, sagte er. Dann erzählte er mit leichter Traurigkeit von früheren Zeiten, wie seine Bäuerin noch gelebt habe, und von der Elies, Peters unglücklicher Mutter. Nie hatte er je ein Wort über dessen Vater, den Russen Iwan, gesagt, jetzt musterte er den Peter kurz und meinte: »Du wirst genau so groß und stark wie der.«
Nur über den Silvan verlor er kein Wort. Sein warmes, herzliches Reden rührte den Peter gut an. Er schaute einmal eigentümlich weh auf den Bauern und sagte gepreßt: »Ich komm' gar nicht mehr gern heim, Großvater. Mir gefällt nichts mehr da –« Das weitere blieb in seiner Kehle stecken. Er fing auf einmal zu weinen an, und der alte Bauer tätschelte seine nasse Wange, indem er wiederum zärtlich sagte: »Ich weiß es ja! ... Ich hab's schon lang gemerkt, Peter, aber solang ich 's Leben noch hab', mußt du schon hie und da kommen, gell?«
Der Peter nickte nur.

30

Nach dem Heimkommen aus Buchberg war der Peter vergeblich beim Ludwig gewesen und war schließlich wieder nach Amdorf gefahren, obschon es der Großvater gern gesehen hätte, wenn er über Nacht geblieben wäre. Fort, nur fort, am liebsten ganz weit fort wollte der Peter. Trotz all seiner jugendlichen Abenteuerlust, trotz seiner romantisch-revolutionären Begeisterung, die der Ludwig in ihm entfacht hatte, samt seiner geweckten Gescheitheit, und wenn er in Büchern auch schon manche Geschichte gelesen hatte, die Schaurigeres enthielt als das, was er eben erlebt hatte, samt seiner sichtlichen Erwachsenheit und dem Flaumbärtchen, das sich zwischen Oberlippe und Nase bereits zeigte – er war doch noch ein rechtes Kind, der Peter. Der jähe Überfall der Wirklichkeit warf viel Keckheit und viele gute Vorsätze in ihm über den Haufen. Er fuhr durch die hereingebrochene Nacht wie der Wind, in unerklärlicher Furcht, als jage hinter ihm ein Ungeheuer her, und von Zeit zu Zeit war er nahe daran, laut aufzuschreien. Er war froh, daß die Neumeiers schon zu Bett gegangen waren, schlich sich in seine enge Lehrlingskammer unterm Dach und konnte lange nicht einschlafen. Den Neumeiers entging sein verändertes Wesen nicht. Er log wiederum etwas von über einen Felsen rutschen daher, schaute aus wie müdgehetzt, hatte keinen Appetit und wurde zum Doktor geschickt. Der verschrieb ihm Baldriantropfen. Das schien auch ein wenig zu helfen.
Drei folternde Tage vergingen, bis der Ludwig, der die Emma zu den Neumeiers herüberbrachte, ihn endlich wie zufällig nach Schluß der Gewerbeschule aufschnappte. »Hock auf!« rief er dem Peter zu: »Ich will schauen, wie lang ich brauch, bis ich um Amdorf herumkomm'.« Erst als sie weitab vom Bezirksort die Bahnlinie überquerten und in den gleich darauf etwas hügelan steigenden Wald kamen, verlangsamte der Ludwig das Tempo, bog nach einer Weile in einen schmalen, gut fahrbaren Fußweg ein und hielt an.

»Ich weiß schon alles«, sagte er beim Absteigen zum erstaunten Peter. »Was? . . . Du weißt es schon? . . . Ja, woher denn?« fragte der, aber der Ludwig gab keine Antwort, sondern spähte nur ringsherum Straße und Dickicht ab und sagte, nachdem er sich vergewissert hatte, daß nichts zu sehen und zu hören war, halblaut: »Geh schnell rein! Geh nur ziemlich tief rein, ich will bloß mein Motorrad noch verstecken.«
Sie hockten endlich geduckt unter den Jungtannen und unterhielten sich fast flüsternd. Gleich befielen den Peter die Erinnerungen wieder.
»Ich mag gar nicht mehr dran denken. Mir ist jetzt noch ganz schlecht, u-hch . . . Das weiß ich gewiß, in die Höhle bringt mich keiner mehr!« stieß er jammernd heraus. So gut es ging, suchte ihn der Ludwig zu beruhigen und meinte dabei, er brauche auch nicht mehr in die Höhle, die Genossen wüßten ja jetzt den Weg selber.
»Mein Gott, wie die ihn eingescharrt haben, wie ein Vieh!« schauderte der Peter. Der Ludwig lobte ihn und stachelte zwischenhinein seinen Ehrgeiz auf.
»Peter«, sagte er, »du hast da was gemacht, das nicht leicht einer zusammenbringt. Jaja, ich versteh schon, das greift die Nerven an, aber denk doch daran, daß eine ganze Masse von uns in der Revolution an die Wand gestellt worden sind und einfach niedergeschossen. Ganz junge Kerl sind oft dabei gewesen, wie du, aber standhaft sind sie geblieben!« Das richtete den Peter ein wenig auf. Der Ludwig merkte es und fragte nebenher: »Gesagt hast du natürlich zu keinem Menschen was, oder?«
»Ich könnt's ja nicht einmal! . . . Ich müßt' mich ja glatt brechen, wenn ich was erzählen tät'. Mein Gott, Ludwig, sowas Arges! Mein Gott!« barmte der Peter: »Ich mag auch nimmer nach Auffing, weil mich der Großvater dran erinnert.«
»Der Großvater? Warum denn der?« erschrak der Ludwig, und da erzählte der Peter, der habe am Sonntag genauso eine hellgraue Hose mit grünen Streifen angehabt wie der Tote. Diese Hosen aber

trugen die meisten Bauern an den Sonntagen, und eine sah der anderen zum Verwechseln ähnlich. Wenn man aber ein schreckliches Erlebnis einmal ein paar Tage überstanden hat, fallen einem eigentlich erst die Dinge richtig ein. Der Peter bekam große, starre, weite Augen, griff nach Ludwigs Arm und stieß plötzlich heraus: »Herrgott! Du! Ludwig, du?«

»Was ist's denn, was hast du denn?« fragte der jetzt unruhig. »Du? ... So eine Hosen – ja, ja, jetzt fällt's mir ein, jaja! ... So eine hat auch derselbe Kerl angehabt, von dem ich dir erzählt hab', daß er beim Silvan gewesen ist. Herrgott, ja, du ... !« Der Ludwig hatte damals den geheimnisvollen Besuch gar nicht weiter ernst genommen, aber was bestürzte denn den Peter auf einmal so, daß er vor Aufregung mit beiden Händen seine glühroten Backen zusammendrückte? Daß es ihm gleich die Luft verschlug?

»Herrgott, du? ... Ludwig?« stammelte er bedrängt: »Wenn das – du? – wenn das am End' der Kerl gewesen ist? ... Der muß doch – warum hat denn der Silvan absolut wollen, daß ich nichts sag', und warum hat er denn gleich drauf, weil er gemeint hat, ich bleib' verschwiegen – warum hat er mich denn Buchdrucker werden lassen? ... Du? Ludwig? Ludwig ...?« Die Worte fielen wie Brocken in die stickig-warme Luft zwischen den Jungtannen und schwammen im flimmernden Grün. Der Peter schnaufte fliegend und saß gespannt da.

»Du meinst – hm? Du glaubst, der Silvan –?« raunte der Ludwig gewaltsam ruhig und überlegte kurz.

»Ah, du reimst dir da was zusammen! ... Du bist eben jetzt überhitzt, geh!« fing er an, diese Bedenken zu zerstreuen: »Der Silvan? Sowas trau ich dem nicht zu. So schneidig ist der nicht, und außerdem müßt' ja das schnell rausgekommen sein. Ah, du phantasierst da!« Er hielt ein und fuhr, ohne den Peter anzusehen, scheinbar nüchtern und fast gleichgültig fort: »Uns geht das gar nichts an! Es darf uns nichts angehen, verstehst du? ... Wir müssen absolut das Maul halten, sonst fliegt viel von uns auf, und womöglich fällt

der Verdacht noch auf die zwei Genossen!« Jetzt lugte er geschwind auf den Peter, auf dessen Gesicht sich ein schrecklicher Verdacht abzeichnete.
»Du mußt dich da absolut zusammennehmen, Peter! Denk dir einfach, Schwamm drüber, und vergiß die ganze Geschicht'!« redete er auf seinen jüngeren Freund ein: »Du hast doch noch jedesmal eine Schneid gehabt! Weißt du's noch? Dazumal in der Nacht, bei der letzten Wahl, wie wir die Zettel 'pappt haben? Zwei Meter sind der Silvan und der Xaverl bloß weggewesen, und wir sind im Gras gelegen. Kannst du dich noch erinnern?«
»Ja«, nickte der Peter: »Jaja, wenn sie uns dazumal erwischt hätten, wär' ich nie zum Neumeier gekommen.«
»Na also! Nimm dich zusammen! Kopf hoch, Mensch! Peter!« ermunterte ihn der Ludwig: »Wenn man für die Revolution ist, muß man ein kaltes Blut haben.«
»Ja. Ja, schon, schon«, meinte der Peter zögernd: »Aber, weißt du, was ich möcht', Ludwig? ... Weit, weit fort möcht' ich. Zu ganz fremde Leut'. Heim komm ich so schnell nicht mehr! ... Lang, lang nicht mehr!«
Der Ludwig war der Ansicht, daß das grad das Richtige sei, da verwische sich alles, und er schaue schon hie und da herüber nach Amdorf. Er stand auf und flüsterte noch einmal: »Bloß eins, Peter, bleib standhaft. Wenn wirklich was aufkommt, stell dich dumm und sag kein Wort, keins, verstehst du? ... Du hast die Genossen überhaupt nie gesehen, verstehst du?«
Der Peter hielt sich auch fest daran. Nach einigen Wochen – Frühherbst war schon, und verregnete Sonntage gab es – kamen einmal die Jodls, Zenzi und Kaspar, mit dem Heingeiger zum Jahrmarkt nach Amdorf, suchten den Peter auf, nahmen ihn mit zu den vielen Verkaufsbuden und gingen, da der dünne, durchdringende Strichregen mit der Zeit recht ungemütlich wurde, mit ihm zum ›Unterbräu‹, um was Gutes zu essen und zu trinken. Weil die Wirtsstube gepfropft voll war und der lustige Jodl-Kaspar meinte, heute sei

ihm zu Ehren vom Peter nichts zu teuer, man komme sowieso nur alle heiligen Zeiten zusammen, suchten sie das viel weniger besetzte, feine Nebenzimmer mit den weißgedeckten Tischen auf. Backhendl, eine Jahrmarkts-Spezialität vom ›Unterbräu‹, bestellte der Jodl, denn so etwas gönnen sich sogar reiche Bauern höchstens einmal an den hohen Feiertagen. Bald wurde man warm miteinander, und das frische Bier lockerte die Zungen mehr und mehr.

Zuerst redete man allerhand, zum Beispiel, was für ordentliche und fromme, gute Leute die Neumeiers seien, und wie ausgezeichnet der Peter dort untergebracht sei, dann, wie er sich herauswachse, und daß er schon direkt ein feiner junger Mann sei.

»In den verschauen sich bald die Mädln, Vater«, lispelte die lachende Zenzi dem Heingeiger einmal zu: »Ist doch vielleicht ganz gut gewesen, daß er kein Geistlicher worden ist.«

Der Heingeiger hatte gegen die Erinnerung gar nichts mehr. Seine halb herabgedrückten Augendeckel verliehen ihm einen schläfrigen Ausdruck. Sein ledernes Faltengesicht hatte einen friedlichen Schimmer. Er lächelte dünn und stopfte sich seine Pfeife, indem er ein paar Mal mit dem Kopf nickte.

»Jaja, Peter, an dir hab' ich allweil eine Freud' gehabt, aber so ist's schon auf der Welt, das, wo man seine Freud' dran hat, das bleibt einem nicht! Jajaja, das geht seinen eigenen Weg«, sagte er ein wenig wehmütig. Er musterte den jungen Menschen da vor sich, mit den gesunden roten Backen, dem vollen Haar, den schönen, glänzenden Augen, und meinte wiederum: »Du hast das ganze Leben noch vor dir...« Der Peter wurde leicht verlegen, und das stand ihm so gut zu Gesicht wie sein blühweißer Stehkragen und der gute, graue Anzug.

Die Zenzi, der das Bäuerinnensein und Kinderkriegen eine recht kernige Rundlichkeit eingebracht hatte, machte in einem fort so ein fidel-erwartungsvolles Gesicht und konnte ihre lebhaft abschätzenden, wohlgefälligen Augen kaum mehr vom Peter wegwenden. Vielleicht überlegte sie – wie so Mütter schon einmal sind – insgeheim, daß ihre Älteste, die Resi, die jetzt auch schon in die erste Klasse der Feiertagsschule ging, einmal ganz gut zum Peter passen würde. Die Resi war lebhaft und ein Bild von einem Mädl, und sie wußte genau, daß ihr Heiratgut einmal beträchtlich sein müsse, wenn darüber auch nie geredet wurde. Sie zeigte gar keine Lust, einmal eine Bäuerin zu werden, und hatte recht eigensinnige Ideen. Kurzum, indem das der Jodlbäuerin so durch den Kopf ging, sprudelte sie auf einmal unvermittelt heraus: »Und jetzt brauchst du auch keine Angst mehr haben, Peter, daß dein Muttergut wieder angegriffen wird!«

Damit hatte sie allem Herumdrücken ein Ende gemacht und das, was man geniert und gehemmt dem Peter begreiflich machen wollte, in eine natürliche Leichtigkeit gerückt.

»Ja, also Peter«, fing der Heingeiger an, bekam ab und zu Stirnfurchen und ein dunkleres Gesicht, erfing sich aber immer wieder und erzählte, daß der Silvan ohne sein Wissen, damals, als sie den Prozeß gegen die Jesuiten gemacht hatten, fortwährend bei der Glachinger Genossenschaftskasse Geld abgehoben habe, so einen Haufen, daß dabei auch dem Peter sein Muttergut daraufgegangen sei.

»Du hast ihn ja nie mögen, Peter! . . . Du hast schon das Richtige rausgerochen«, redete er weiter: »Gesagt hat er, der Silvan, das ganze Geld hat alles derselbige Anwalt, der Übelacker, eingeschoben, und wie ich in die Stadt hinein bin zu ihm, da hat er sich jedesmal verleugnen lassen, und nachher hat er mir einen Brief geschrieben, was ich eigentlich will von ihm, und, schreibt er, in bezug auf die Prozeßkosten? . . . Ich hätt' doch dem Silvan Bevollmächtigung gegeben . . . So schreibt er, der ganz dreckige Schwindler, der!« Er war laut geworden, und seine Schläfenadern traten schon hervor.

»Reg dich nimmer auf, Vater! . . . Jetzt ist ja alles gemacht, und der Silvan kann nicht mehr ans Geld!« suchte ihn die Jodlin einzu-

dämpfen, doch der Bauer schlug auf einmal auf den Tisch, daß die Gläser wackelten, und schrie so zornig, daß die Gäste von den Nebentischen herüberschauten: »Aber mich hätt' er bald ins Zuchthaus bracht, der Saukerl, der elendige! Pfui Teufel!«
Der Jodl mischte sich jetzt ein, indem er genau dasselbe wie seine Bäuerin wiederholte und ruhig, aber resolut, sagte: »Laß mich das dem Peter ausdeutschen. Der Silvan ist nicht wert, daß du dich noch ärgerst!« Der erzürnte Heingeiger nahm seinen halbvollen Krug und trank ihn in einem Zug aus. Das schien ihn ein wenig abzukühlen. Der Jodl erklärte dem Peter, der offenbar seinen Kopf ganz wo anders hatte und sonderbarerweise alles anhörte wie eine spannende Geschichte, daß also sie – die Jodls – von dem Pachtzins, den der Hingerl alljährlich zu zahlen habe, die dreitausend Mark Muttergut für den Schwiegervater hergegeben hätten, damit kein unrechtes Gerede oder gar noch was Ärgeres aufkomme.
»Ja, und von den dreitausendfünfhundert Mark, die wo ich beim Rotholzer-Prozeß gewonnen hab, hat er auch schon tausend weggestohlen gehabt, der Hammel, der! . . . Aber das hab' ich, Gottseidank, wieder einzahlen können«, fiel der Heingeiger wieder dazwischen: »Das steht alles dir zu, Peter, daß du es weißt, wenn ich einmal nimmer leb'! . . . Es liegt fest auf der Sparkasse! Ich hab's advakatisch nochmal machen lassen, und die Jodls sind Zeugen.«
Den Peter umschwirrten diese Zahlen, von denen er bis jetzt nie etwas gehört hatte, wie Brummfliegen. Er wußte nicht recht, was er tun sollte, und fragte endlich: »Ja, zu was hat er denn soviel Geld gebraucht, der Silvan?«
Das paßte den Jodls gar nicht, weil sie wußten, daß sich der Heingeiger von neuem darüber aufrege.
»Du weißt doch, er treibt doch in einem fort seine politischen Sachen! Weiß Gott, wo er das viele Geld hinbracht hat!« sagte die Jodlin schnell, und der Kaspar, der den Heingeiger zurückhielt, meinte ebenso: »Das ist ja jetzt gleich. Jetzt ist ihm der Riegel vorgeschoben!«

So erfuhr der Peter, was mit dem Geld, das er einst bei seiner Volljährigkeit bekommen sollte, geschehen war, so wurde ihm auch auf einmal in der Erinnerung klar, warum sein Großvater damals beim Hinüberfahren zum Jodl so bedrückt gewesen war. Es erfuhr indessen noch einer von all dem, der nach dem ersten Aufbrausen vom Heingeiger seinen dicken Kopf gehoben hatte, hinten am Ofentisch, wo ihn der Blechschirm verdeckte – der ehemalige Lohnkutscher und jetzige Inhaber des gleichnamigen Tax-Autobetriebes, der Veitl.

»Holla«, sagte er langsam, nachdem die Heingeigers und Jodls gegangen waren, zum Wachtmeister Riedinger: »Da schmeckt ja was ganz an'brennt... Also, net wahr, das ist doch derselbige Lochner? Der Leutnant, net wahr, der wo mir, net wahr, der wo mir selbigerzeit bei der Revolution die Roß' zugeschanzt hat. Jaja, er ist dazumal schon einer gewesen, net wahr, der wo 's Geld leicht unter die Leut' laufen hat lassen ... hmhm ...« Vom Riedinger kam diese Geschichte zum Stelzinger und von dessen Laden aus tröpfelte sie nach und nach unter die Leute. Der Herbst reifte voll aus und erstarb in den ersten Schneefällen. Im Winter hatte man Zeit, in den Wirtsstuben und Bauernkucheln über all das ausgiebige Unterhaltungen zu spinnen. Die ersten Märzregen und Winde fegten schon die Äcker und Felder blank, und immer noch wurde darüber geredet.

»Schuster?... Du magst ja nicht gern, daß man über die Nachbarschaft rumredet«, konnte sich der alte Moser in einer Nacht, da man bei ihm um den eschernen Tisch in der warmen Kuchel hockte, doch nicht mehr zurückhalten: »Aber jetzt kann ich erst verstehn, warum der Heingeiger sich oft wegen jeder Kleinigkeit mit jedem Menschen verfeindet hat. Der Bürgermeister, hm! Der Silvan, der Sauhammel, vergrämt ihm seine ganzen alten Tag'.«

Alle fingen sie zu reden an, der junge Moser und seine Bäuerin, die alte Moserin und sogar der grobklotzige Knecht, einer vom Truchtlacher von Terzling.

»Mich wollt' er ewig für seinen Sturm interessieren, der Silvan, aber ich mag die laute, besoffene Gesellschaft nicht«, sagte er: »Und gesagt hat er, wer jetzt nicht dazutut, daß er sich zu den Nazis schlagt, dem kann's nachher einmal schlecht gehn.«
»So, das auch noch!« fuhr der junge Moser auf: »Die Bande treibt's ein bißl gar zu arg!« So wie er verhielten sich die meisten festgegründeten Bauern, die den schlechten Zeiten mit zäher Geduld widerstanden und sich im Glauben, daß nach mageren Jahren immer wieder fette kommen, danach einrichteten.
»Jetzt, wenn das überall rumkommt, daß er den Heingeiger so hintergangen hat und dem Peter sein Geld verwischt hat, da wird bald keiner mehr einen Respekt vor ihm haben. Da wird's gleich aus sein mit seiner kommandiererischen Herrlichkeit!« schloß er in bezug auf den Silvan. Der Kraus sagte zu allem nichts, er hörte zu und fertig. Er stand auf, nahm seinen vollen Milchkübel, und als sein ›Fuchsl‹ von der Ofenecke auf ihn zukam, sagte er grundzufrieden: »Eigentlich – wenn ich so nachdenk' – ich und mein Hund, uns kümmert das alles nichts!« Er wünschte allen eine gute Nacht und tappte mit seinem Hund davon.
»Recht hat er, der Schuster! . . . Er ist der gescheitere«, meinte der alte Moser, als er draußen war.
Es war still und friedlich um den Kraus geworden. Alle waren ihn so gewohnt wie etwa einen alten Baum im Dorf, der seit Generationen an der gleichen Stelle steht, und den niemand mehr beachtet.
Am letzten Tag des wetterwendischen Februar war dem Ludwig ein Unglück passiert, das weitum in der Gegend allgemeines Bedauern hervorrief und das Gerede über den Silvan etwas verdrängte. Auf der noch teilweise eisüberkrusteten Straße war der Ludwig, diesmal zum Glück allein, mit seinem Motorrad nach Amdorf gefahren. Im Forst, an der scharfen Kurve, war er ins Gleiten gekommen, das Motorrad hatte sich überschlagen, und ihn schleuderte es mit aller Wucht an die Telegraphenstange. Der rechte Fuß war ihm gebrochen, eine Rippe eingedrückt, und mit zwei tiefen

Löchern im Kopf hatte man ihn bewußtlos ins Amdorfer Krankenhaus gebracht. Dort lag er wochenlang arg danieder, und außer der Emma, die jeden Tag bei ihm war, dem Peter, dem Bäcker Rotter und dem Hingerl besuchte ihn auch der Kraus einmal und brachte ihm eine Flasche Rotwein mit.
»Schuster? Daß du kommst, das hätt' ich nie geglaubt!« sagte der Ludwig gerührt, aber sonst war nicht viel mit ihm anzufangen. Um und um lag er in Gips und hatte offenbar starke Schmerzen. Viele andere Leute suchten ihn auf oder schickten ihm Geschenke. Es zeigte sich, wie beliebt und geachtet er überall war. Er war jetzt ein alleiniger Mensch, denn seine Mutter, die alte Allbergerin, war in der letzten Adventszeit still und rechtschaffen gestorben, wie sie gelebt hatte. Es hieß aber, der Ludwig habe im Sinn, die Rotter-Emma bald zu heiraten.
Während jener Krankenhauszeit vom Ludwig ging es gerade um die Wiederwahl des alten Reichspräsidenten Hindenburg, dessen Amtszeit abgelaufen war. Die Nazi-Partei hatte den Hitler, der seit dem großen Wahlerfolg im Herbst vor zwei Jahren der meistgenannte Mensch in den Zeitungen war, als Gegenkandidaten aufgestellt. Bei diesem Kampf geriet buchstäblich jede Gegend in siedenden Aufruhr. Mochte auch der Wachtmeister Riedinger mit einem verstärkten Amdorfer Gendarmerie-Aufgebot in jeder Wahlversammlung zugegen sein, die Nazis krawallierten überall derart, daß es oft zu blutigen Raufereien und gefährlichen Messerstechereien kam. Sie waren auch die besser Organisierten und meistens in der Übermacht. Außerdem schüchterten sie die Gendarmen so ein, überschütteten sie beim Eingreifen mit solch giftig-drohendem Gespött, daß die gesetzten Männer mitunter ganz wirr wurden und sich fast ihrer Pflicht schämten. Überhaupt – es war jetzt schon so, daß man nicht mehr genau wissen konnte, ob nicht der Hitler schon morgen zur Macht komme. Man mußte sich halbwegs danach einrichten, sonst verlor man womöglich seinen Posten! Der Riedinger schaute, so gut das ging, mit dem Silvan und

seinem Sturm auszukommen, und berichtete nach einem Krawall seiner Gendarmeriestation stets ein wenig bagatellisierend oder stellte alles so hin, als hätten unruhige Elemente die Nazis herausgefordert.

Vielleicht war der Unfall dem Ludwig sein Glück. Bis jetzt hatten ihn wegen seiner Kraft, seiner Ruhe und Furchtlosigkeit die tückischen Messerhelden um den Silvan in Ruhe gelassen. Niemand konnte ihm nachweisen, daß er sich irgendwie politisch betätige. Vom ersten Wahltag an aber klebten gerade im Glachinger Landstrich Nacht für Nacht Unbekannte nazigegnerische Zettel überall hin, und was darauf stand, erregte ungeheures Aufsehen. Oftmals waren diese Zettel einfache, weiße hektographierte Blätter, denen man ansah, daß sie rasch angefertigt waren und von nicht sehr weit herkommen konnten. Klar und deutlich stand auf ihnen die ganze Geschichte vom ›derzeitigen Herrn Sturmführer Silvan Lochner, ehemaligem Feldwebel, der sich selber zum Leutnant ernannt‹ habe. Es fing an bei seinem schmierigen Pferdehandel während der Revolutionszeit, wo – wie es hieß – ›der feine Herr, der jetzt tagtäglich zu Mord und Totschlag gegen die Roten aufhetzt, sich scheinheilig als Roter bei der damaligen provisorischen Regierung angewanzt und durch seinen schwindelhaften Roß-Handel den Staat um riesige Gelder geprellt hat‹, und es ging dann weiter, indem von den Beziehungen Silvans zum berüchtigten Nazi-Anwalt und Bauernfänger Übelacker erzählt wurde. Dabei blieb es aber nicht. Ein anderes Flugblatt berichtete haargenau über die anrüchigen familiären Unterschlagungen vom Silvan, die den ›ehrenhaften, allseits geachteten Auffinger Bürgermeister, seinen eigenen Vater, beinahe ins Zuchthaus gebracht hätten‹. Das war auch dem Heingeiger höchst zuwider, doch der Silvan raste. Es gab gefährliche Streitigkeiten zwischen den beiden, und allmählich wurde ihre Feindschaft so arg, daß jeder jeden Augenblick glaubte, der andere trachte ihm nach dem Leben. Vor den Häusern der Hitlerischen ragten damals hohe, schwarz-weiß-rot bemalte

Maste auf, und eine große Hakenkreuzfahne flatterte daran. Nur beim Sturmführer Lochner gab es immer noch keinen solchen Fahnenmast. Der Silvan drohte seinem Vater, ihn niederzuschießen wie einen Hund. Der Bauer ging mit dem langen Brotmesser auf ihn los. Dirn und Kreitlerin warfen sich schreiend dazwischen. Der Heingeiger fuhr nach Amdorf und zeigte seinen eigenen Sohn an. Stelzinger und Riedinger legten sich ins Mittel und brachten den Silvan wieder halbwegs zur Vernunft. Ein schwelender Haß ging im Bürgermeisterhaus um und zog Kreise im Dorf, über die ganze Pfarrei. Einmal durchstöberten Anhänger vom Silvan die Kammer vom Ludwig, ohne irgend etwas Verdächtiges zu finden, ein anderes Mal warfen sie die ganzen Fenster des verlassenen Allberger-Häusls ein. Zwei fremde, als harmlose Zivilisten auftretende Nazis versuchten sogar, ins Amdorfer Krankenhaus einzudringen, um dem Ludwig den Garaus zu machen. Sie wurden aber noch zur rechten Zeit daran verhindert. Seither patrouillierten zwei Gendarmen ständig vor dem Eingang des Krankenhauses. Am anderen Tag aber konnten die Leute um Glaching kleine, schwarzumrandete Zettel an allen Ecken und Enden lesen: ›Herr Sturmführer! Ein bißchen zurückhaltender, bitte!

>Wir haben noch ein anderes Licht!
>Im Krankenhaus, da geht es nicht!
>Im Walde, im Walde,
>da läßt sich besser killen,
>Wenn einer nicht zu Willen!‹

Niemand verstand das, aber jedem war es recht, daß sich diese dunklen Andeutungen auf den Silvan bezogen. Schon vor längerer Zeit war in den Zeitungen zu lesen gewesen, daß ein gewisser Berthold Hanslinger aus Bachling im Traunsteinschen abgängig sei und polizeilich gesucht werde. Im Wirbel der Ereignisse hatten es die meisten nur flüchtig überlesen und längst wieder vergessen. Schließlich endigte die aufregende Wahl mit einem Sieg Hinden-

burgs. Der Hitler heimste aber doch einen bisher von keiner Partei erreichten Erfolg ein. Fast dreizehn und eine halbe Million Wähler hatten für ihn gestimmt. Das waren böse Zeichen für die nächste Zukunft. Die Leute um Glaching herum aber waren doch froh, daß endlich alles vorüber war. Es fing auch wieder die Frühjahrsarbeit an. Eins dagegen zeigte sich. Der Silvan und seine Sturmtruppler hatten überall ausgespielt. Kein ruhiger, vernünftiger Mensch wollte mehr etwas mit ihnen zu tun haben. Jeder bemitleidete im stillen den Heingeiger, den die Vorkommnisse in seinem Haus und das schlechte Gerede so zugesetzt hatten, daß es jedem in die Augen fiel. Er wurde noch verschlossener und verbissener. Man wußte nicht, genierte er sich, war es der Haß gegen den Silvan, der ihn zerfraß, oder ein Ekel vor allen Menschen – er konnte keinem mehr in die Augen schauen. Er, der seit jeher ein nimmermüder Mensch war, arbeitete jetzt mechanisch und so gleichgültig, als wisse er eben nichts anderes anzufangen. Wenn er daheim war – soviel sah der Schuster Kraus – ging er beständig unruhig aus der Haustüre heraus, tappte an der Stallwand entlang, bog um die Hausecke, umschritt die Tennen-Auffahrt, verschwand und kam nach einer Weile von der anderen Seite des Hauses wieder zum Vorschein, verschwand abermals in der Haustür, und das wiederholte sich oft und oft. Manchmal lugte er dabei auch flüchtig und abwesend auf das Werkstattfenster vom Kraus, zögerte eine Sekunde lang traurig und tappte wieder weiter. Jeden Tag sah er älter und grauer aus. »Wenn er bloß nicht zu uns kommt, Fuchsl!« murmelte der Kraus seinem Hund zu.
Der Heingeiger kam nicht. Mai war es inzwischen schon geworden. In den Wirtshäusern sagten die Hitlerischen: »Naja, der Kanzler tanzt ja ganz schön, wie wir ihm vorpfeifen!« Immer schärfere Maßnahmen gegen links hatte die Reichsregierung ergriffen. Jetzt aber, nach den offenen Morden und blutigen Ausschreitungen der Nazis während der Präsidentenwahl, konnte sie nicht umhin, auch alle militanten Verbände dieser Partei zu ver-

bieten. Das kostete dem Kanzler Brüning sein Amt. Durch die Zeitungen und durchs Radio erfuhren die Leute, daß ein Herr von Papen, ein sehr schneidiger Mensch, sein Nachfolger sei. Der hob das Verbot der Hitlerstürme sofort wieder auf und machte auch einige Notverordnungen seines Vorgängers rückgängig. Der neue Kanzler war für Wirtschaftsankurbelung. Sogar in der Glachinger Gegend merkte man etwas davon. Im öden, stundenweiten Moor, das sich in der Talmulde zwischen Terzling und Furtwang ausbreitete, fingen einige hundert ausgesteuerte Arbeitslose zu werkeln an. Entwässert und anbaufähig sollte diese nutzlose Ödnis werden. Baggermaschinen und Krane sah man dort. Auf den rasch gelegten Bohlenwegen standen Lastautos. Ganz fern, direkt unter dem Furtwanger Waldrücken, wo der Boden etwas trockener war, standen bald ungefähr ein Dutzend häßlicher Baracken, wo die Arbeiter hausten. Die fremden Menschen kamen auch hin und wieder in die Dörfer oder Wirtshäuser. Sie sahen recht ärmlich und mager aus und wenig vertrauenerweckend. Niemand gab sich mit ihnen ab. Aber es wurde gesagt, daß der neue Kanzler ihnen und ihresgleichen Arbeit und Verdienst geschaffen habe.
»Der räumt überhaupt auf und macht gründlich Ordnung«, sagte der Stelzinger zum jungen Moser im Laden und setzte geschwinder dazu: »Der ist gegen alle Krawallierer, ganz gleich, wo sie stehen.« Lobend erwähnte er, der energische Kanzler habe kurzerhand die rote preußische Regierung abgesetzt und einen weit billigeren Kommissar dafür eingesetzt. Das sei gespart am rechten Fleck. »Und jetzt macht er eine Neuwahl«, schloß der Krämer: »Da kriegt er das ganze anständige Bürgertum hinter sich, und aus ist's mit den Radikalinskis von rechts und links.« Fortwährend hatte er dabei durch die blanke Fensterscheibe seiner Ladentür gespäht.
»Was? ... Schon wieder eine Wahl? Ja, zu was denn?« fuhr der junge Moser auf: »Wissen's denn gar nimmer, was sie tun sollen? Da gehts ja noch ärger zu wie beim Hindenburg!«

»Es heißt, er macht eine Wahl. Sicher ist's noch nicht!« versuchte der Stelzinger abzumildern: »Wenn er drumherum kommt, macht er sicher keine.« Dieser Papen war sein Mann. Auf die Nazis war er schon lange nicht mehr gut zu sprechen. Die hatten bei ihm schon denselben schlechten Ruf wie die Roten. Außerdem hatte seine Gretl dem Silvan den Laufpaß gegeben, nachdem der Lehrer Schulz von Amdorf, den der Riedinger einmal dahergebracht hatte, sich ernsthaft für sie interessierte. Lehrerin war eben doch etwas Besseres.

Abends, als der Kraus seine Milch beim Moser holte, räsonierte der junge Bauer schwer über den Kanzler: »Eine Neuwahl will er wieder machen! Ist denn das noch eine Regiererei! Hat man gemeint, jetzt ist endlich eine Ruh', da fängt der ganze Wirbel wieder von vorn an! Und jetzt?! Wo soviel Arbeit auf'm Feld ist! . . . Hm, da treibt dann der Silvan mit seinem Sturm noch abscheulicher rum. Wenn's so weitergeht, gibt's überhaupt nichts mehr wie Mord und Totschlag!«

»Herrgott, eine Zeit ist das!« meinte der alte Moser: »Kein Mensch ist mehr sicher vor diesen Sauhammeln!«

Der Schuster ging gleich wieder. Er hatte ganz, ganz andere Sorgen. Vor einigen Tagen hatte er eine Vorladung vom Notariat des Amtsgerichtes Amdorf für den nächsten Dienstag um neun Uhr vormittags bekommen. ›In Sachen der Hinterlassenschaft von Mr. Jan Kraus, New York, Vereinigte Staaten von Amerika‹ stand dazwischengeschrieben in den vorgedruckten Worten. Den Geburtsschein seines Sohnes und die Sterbe-Urkunde seiner Frau habe er mitzubringen, war dazugefügt.

Darüber war er ganz konfus geworden. Fast genau so wie dem Heingeiger ging es ihm jetzt. Keine rechte Arbeit brachte er mehr zustande, immer wieder hielt er ein und verfiel ins Sinnieren.

»Jan Kraus? . . . Jan Kraus, New York?« rätselte er: »Hm, wenn's der Hans wirklich ist, der hätt' doch einmal was hören lassen? . . . Gestorben? Das kann doch nicht sein?« Er rechnete nach, wieviel Jahre der Hans jetzt alt sein würde. »Gestorben...?« brach von seinen haltlosen trockenen Lippen. Irgendwo in einem inwendigen Winkel hat jeder Mensch den lebenslangen Wunsch, daß etwas von ihm dableiben möge auf dieser Welt. Es ist zu schwer, ans völlige Verlöschen zu glauben. Im einsamen Alter macht sich das mehr und mehr bemerkbar. »Gestorben?... Mein Hans?« stammelte der Schuster schmerzlich. Eine Zeitlang saß er ganz starr da, als wäre alles um ihn herum tot. Der Hund schnappte nach einer Fliege. Die Sonne warf dicke Streifen auf den Werkstattboden. Die Uhr tickte ewig gleich. Drüben beim Heingeiger klapperte die Haustüre zu. Das weckte den Kraus wieder auf. Er lugte zerstreut durch das Werkstattfenster. Der nach vorn gebeugte, mürrisch zu Boden starrende Heingeiger fing wieder seinen Rundgang an. »Jan Kraus?... Ge-gestorben...?« plapperte der Schuster wieder und raffte sich auf. Er machte eine wegwerfende Handbewegung: »Ah, Unsinn! Sicher ist's eine Verwechslung! Hinterlassenschaft?... Er hat doch nie was gehabt. Ich hab' ihm doch –« Er brach ab, als fürchte er diese Erinnerung. Er schüttelte den Kopf, und sein ganzer Körper zitterte dabei mit: »Ist doch unmöglich! ... Ausgeschlossen! Ganz und gar unmöglich!«

Es war nicht unmöglich. Auf dem Amdorfer Notariat wurde er genau ausgefragt, wie es die routinierte Gründlichkeit solcher Ämter verlangt. Der stichelhaarige Notar Dengler mit seinem wackelnden Zwicker hatte das Königreich, die Revolution und die jetzigen Zeiten als unveränderter Beamter durchstanden. Er war als Grobian bekannt. Das gehörte gewissermaßen zu seinem Beruf, denn in dieser Landgegend hatte er meistens nur mit den Übergabeverträgen der Bauern zu tun. Bei diesem hartnäckigen, hinterlistigen Feilschen war oft kein Fertigwerden, wenn man nicht als Amtsperson derb und barsch dazwischenfuhr und die Parteien der Streitenden zur Räson brachte. Diesmal aber – merkwürdig – als er den linkischen, unsicheren und wortkargen Schuster vor sich sah, zeigte er eine fast freundliche Geduld.

»Sie haben geerbt, Herr Kraus, hübsch viel! . . . Arg viel!« suchte er leutselig die Schüchternheit des Schusters zu verscheuchen: »Da müssen zuvor bloß einige Formalitäten erledigt werden. Bloß ein paar Fragen, weiter nichts.« Es gab eine kleine Pause, denn der Kraus blieb unverändert.
»Also . . . Geburtsort Winniki? . . . Wo ist denn das?« fragte der Dengler. »Bei Lemberg«, zwang der Schuster aus sich heraus.
»Lemberg?« besann sich der Notar: »Das war früher Österreich, richtig, jaja, stimmt! . . . Galizien, nicht wahr? . . . Lemberg? Jetzt gehört es zu Polen.« Er diktierte dem mageren, birnenköpfigen Schreiber: »Winniki, mit zwei n, bei Lemberg in Polen.«
Was für eine Staatsbürgerschaft er habe, wollte der Dengler vom Kraus wissen. Der wurde wirr, drückte herum, wurde rot und blaß gleicherzeit und stotterte beinahe entgeistert: »Sta-Staatsbürgerschaft? . . . Da-das weiß ich nicht.«
»Ja, aber, hm. Das wissen Sie nicht, Herr Kraus? Sie leben doch schon seit 1909 in Auffing? Hat Sie denn das nie interessiert?« Auch der Schreiber hob den Kopf.
»He-Herr Notar . . .!« rief der gänzlich durcheinandergebrachte Schuster bittend, und der Dengler, den es wie Mitleid überkam, fragte weiter: »Sie sind also demnach staatenlos? . . . Für Polen haben Sie doch seinerzeit nicht optiert, oder?«
Dem Kraus brummte der Kopf. Er spürte, wie ihn eine Gänsehaut überlief.
Staatenlos? – Optiert? Das alles verstand er nicht! Er wußte nur, daß er überall, wo er bisher hingekommen war, ruhig gelebt, hart gearbeitet hatte und jeder amtlichen Vorschrift nachgekommen war.
»Hm, sonderbar«, murmelte der Notar mehr für sich, und als er sah, daß aus dem hilflosen Schuster nichts Rechtes herauszubringen war, diktierte er resolut weiter: »Schreiben Sie – Unterzeichneter ist staatenlos und seit 1909 ununterbrochen in Auffing, Gemeinde dortselbst, Bezirksamt Amdorf, Regierungsbezirk Ober-

bayern, Deutschland, ansässig. Von Beruf Schuhmacher –« Er blickte wiederum auf den reglos dasitzenden Kraus, sah flüchtig den von der Judengemeinde Winniki ausgestellten und amtlich beglaubigten Totenschein der Rebekka Krasnitzki und den Geburtsschein ihres einzigen Sohnes durch, blätterte weiter und stieß auf die Glachinger Sterbeurkunde der Schuhmachermeistersgattin Kathi Kraus aus Auffing, machte ein paar Mal »Hm-hm, jaja!« und fragte schnellhin: »Ursprünglich war man bei Ihnen israelitischer Religion, nicht wahr?... Später katholisch, ja?« Der Kraus hatte ein dunkelrotes Gesicht bekommen, nickte kurz und wollte etwas sagen, doch der Notar winkte ab und meinte etwas schärfer: »Das ist ja heutzutage nicht mehr amtswichtig!... Seit der Abschaffung unserer Monarchie ist ja bei amtlichen Erhebungen die Frage nach der Religion unerheblich geworden.« Es klang so, als erinnere er sich dabei an eine nie verwundene, persönliche Beleidigung. Er ging aber rasch darüber hinweg und fuhr fort: »Also, eidesstattlich können Sie versichern, daß keine Anverwandten mehr leben, ja?«
»Ja«, brachte der Kraus heiser heraus, und gleich diktierte der Notar wieder weiter: »Der eidesstattlichen Versicherung des Unterzeichneten zufolge befinden sich keine Verwandten mehr am Leben, welche als erbberechtigt in Frage kommen, so daß betreffender Kraus, Julius, als einzig Überlebender voll und ganz als Erbe in Betracht kommt.« Er unterbrach den Schreiber und verbesserte die Worte ›voll und ganz‹ durch ›in Gänze‹, gab noch einige Anweisungen und schickte ihn fort, damit er den Schriftsatz ins Reine bringe.
Endlich nach all diesen folternden Fragen eröffnete der Dengler dem benommenen Schuster, daß, ›via deutsche Gesandtschaft in Washington‹ von einem New Yorker Nachlaßverwalter Roger Green ein Schreiben eingelaufen sei, wonach dem Kraus das ganze Vermögen seines bisher verschollen geglaubten Sohnes Jan Kraus, der durch ein Autounglück den Tod gefunden habe, alleinig

und ungeschmälert zufalle. Schätzungsweise belaufe sich der Wert der ›Jan Kraus Department Stores Inc., New York, Philadelphia, Chicago und San Francisco‹ auf eine Million und zweihunderttausend Dollars.

Der Schreiber kam zurück und legte dem Notar den Schriftsatz hin. Eine Pause setzte wieder ein. »Haben Sie alles verstanden, Herr Kraus?« fragte der Dengler und schaute auf den stummen, unveränderten Schuster. Auch der Schreiber sah ihn groß an. »Ja . . . Ja«, gab der dumpf an. Das brachte auch den Notar etwas aus der Fassung. Er räusperte sich gewaltsam und lächelte, so gut er es fertig brachte: »Sie sind jetzt ein ganz reicher Mann, Herr Kraus! . . . Das Bankgeld allein beläuft sich auf sechshunderttausend Dollars!« Der Schuster hob seinen Kopf. Eine lähmende Traurigkeit lag auf seinem alten Gesicht. Abwesend murmelte er: »Ein Autounglück? . . . Gestorben ist er?«

»Ja«, sagte der Notar auf einmal ganz ernst und wurde rasch sachlich. »Für das Notariat ist damit alles erledigt. Hier, bitte, unterschreiben Sie die Schriftsätze. Mit dieser Beglaubigung, dem Geburtsschein Ihres Herrn Sohnes und der Sterbeurkunde Ihrer Frau müssen Sie beim amerikanischen Konsulat in München Ihre Erbschaft anmelden, das ist alles!« Er schob die zusammengelegten Papiere in ein großes, gelbes Kuvert, stand auf, übergab sie dem Kraus und meinte wiederum: »Am besten ist's, Sie übergeben die ganze Sache einem vertrauenswürdigen Anwalt, dem Doktor Wallberger vielleicht. Der besorgt Ihnen schon alles.« Er brachte den Schuster sogar an die Türe und sagte ungewohnt höflich: »Adjö, Herr Kraus!« Der Schuster erwiderte nichts. Wie traumwandlerisch tappte er durch die dunklen Gänge des Gerichtsgebäudes, kam auf den mit uralten Kastanienbäumen beschatteten Platz drunten und trottete auf den bekannten Straßen weiter. Immerzu sah er starr geradeaus, aber in seinen Augen war kein Leben. Zeitweise war ihm, als seien seine Beine aus Wachs, als würden sie immer kürzer und zergingen auf dem sonnigen Gehsteig.

Er konnte gar keinen Gedanken fassen. Sein Hirn schien ausgeronnen. Er sah statt der vorübergehenden Menschen und Fahrzeuge und Auslagenfenster nur irgendein verschwimmendes, farbiges Gemeng und er hatte keinen anderen Wunsch als: ›Nur heim, bloß heim!‹ Erst nachdem er den belebten Hauptplatz überschritten hatte und der Autobus-Haltestelle, die gegenüber dem Krankenhaus lag, zustrebte, schien er wieder etwas zu sich zu kommen.
»E-e-er ist gestorben? . . . Wa-was tu ich denn damit!« rann einmal über seine Lippen, und wieder überkam ihn eine gallebittere, in alle Adern sickernde, unsagbare Ratlosigkeit.
»Ah! . . . Der Schuster! . . . Ja, grüß dich Gott!« redete ihn jemand an. Wie von weit her kam das. Er schaute auf und erkannte den Ludwig. Er war noch immer im Krankenhaus, trug aber keinen Gipsverband mehr, ging mit dem Stock und durfte jetzt schon manchmal ein paar Stunden ausgehen.
»Was hast du denn?« fragte der Ludwig leicht lächelnd, als ihn der Schuster so verstört anglotzte. Der aber sagte bloß wie aus tiefer Herzensnot: »Ludwig? . . . Ludwig!«
»Was denn? . . . Ist dir was passiert?« forschte dieser gespannter.
»Nichts, gar nichts! Es ist bloß . . . Hast du ein bißl Zeit?« stotterte der Kraus und schaute über die sonnenflimmernden Wiesenhänge, die zwischen Krankenhaus und Autobus-Haltestelle sichtbar wurden.
»Ja, warum? . . . Über eine Stund'. Wo willst du denn hin?«
»Geh weiter! Geh weiter! . . . Gehn wir wohin, wo wir allein reden können!« hastete der Schuster heraus und zog ihn am Rockärmel fort. Der neben ihm herhinkende Ludwig mußte grad dazutun, daß er mit dem Alten Schritt halten konnte. Sie kamen hinter den letzten Häusern auf die rundgeschulterte Anhöhe und waren endlich weg von allen Menschen. Bis jetzt hatten sie nichts geredet. Nun aber meinte der Ludwig: »Mußt schon langsamer gehn, Schuster, so gut geht's bei mir noch nicht. Was ist's denn? Hast du mir was zu sagen?«

Er mußte noch einmal fragen, denn auch der Kraus schnaufte schwer. »Ja«, antwortete der Alte stehenbleibend, schaute ihn sonderbar an, stockte und sagte unvermittelt: »Mein Hans ist gestorben.«

Im ersten Augenblick fand der Ludwig das Wort nicht gleich. Seit dem Davonlaufen vom Hans hatte der Kraus nie mehr ein Wort darüber verloren. »Wa-was, dein Hans? ... Ja, hast du denn gewußt, wo der ist?« fragte der Ludwig baff.

»Wo er ist, schon, aber weiter nichts«, gab der Kraus zurück und spähte rundherum. Alles war still und verlassen. Sie machten wieder ein paar Schritte.

»Seit heut weiß ich, daß er gestorben ist«, erzählte der Schuster langsamer: »In Amerika drüben.«

»Ja, und – wie weißt du denn das jetzt auf einmal? Hat man dir's geschrieben, oder hast du gleich gar was geerbt dabei?« forschte der Ludwig leichthin und lächelte ein wenig.

»Ja«, erwiderte der Schuster und hockte sich auf einen umbuschten Feldstein, der am Rand des Fußwegs lag.

»Was? ... Ja? ... Geerbt?« staunte ihn der Ludwig, der sich auch hinsetzen wollte, an und blieb stehen.

»Ja, geerbt«, nickte der Alte und schaute seltsam ins Weite. »Ha! Und da machst du ein Gesicht wie neun Tag Regenwetter?« fing der Ludwig zu witzeln an: »Ist's gewiß soviel, daß du dich vor lauter Segen nicht mehr auskennst?« Mit offenem Mund und starren Augen blieb er stehen, als der Kraus wiederum ein knappes, ernstes »Ja« sagte. Er brauchte sekundenlang, bis er sich fassen konnte, und hockte sich schnell hin.

»Ja! – Ja, Schuster? ... Ja-ja, Kraus?! ... Jaja, jetzt sowas? Ist's denn gewiß wahr? Oder hältst du mich bloß zum Narren?« sprudelte er aufgeräumt heraus: »Wieviel ist's denn? ... Bist du vielleicht gar über Nacht ein Millionär geworden?«

»Ja. Hm, saudumm«, brummte der Kraus tonlos. Nicht eine Wimper in seinem Faltengesicht hellte sich auf.

»Saudumm?... Warum denn?« rief der Ludwig bestürzt: »Wie du daherredest!« Mit wehem Ernst sah ihn der Schuster an und gab ihm das Kuvert mit den Gerichtspapieren: »Da, du kannst es ja selber lesen. Das Englische ist übersetzt, da!« Fliegend las der Ludwig. Je mehr er las, umso größer wurden seine Augen. Ein um das andere Mal unterbrach er sich mit jähen, fast jubelnden Ausrufen. Er mußte aussetzen und schaute strahlend auf den Kraus. Den schien es zu würgen. Er schluckte und schluckte.
»Ludwig?« sagte er endlich schwer: »Ludwig, du bist der einzige Mensch, dem ich das sagen kann. Ich weiß mir nicht mehr zu helfen!« Und ehe der Ludwig etwas antworten konnte, brach es wie aus einer verschütteten Tiefe aus ihm: »Ich bin doch ein alter Mann! Was will ich denn noch! Beim Notariat hat mir schon gegraust. Dieses Fragen fort und fort!... Ich kenn' mich doch nicht aus mit dem ganzen Zeug! Was mach' ich denn damit?«
»Herrgott, so red' doch nicht so daher!« fiel der Ludwig ins leichte Schimpfen: »Das läßt sich doch alles richten!... Faß dich doch erst einmal! Jetzt ist doch alles das reinste Kinderspiel für dich!« Der Stock war ihm hingefallen. Ganz wirbelig sprudelte es über seine Lippen: »Denk doch, wie's anderen heutzutage geht!... Da jammert er jetzt, hm!« Doch schon zerschwamm seine Energie wieder, und wie in eine Unwirklichkeit hinein lächelte er: »So ein Glück!... Einfach nicht zum glauben!... Ja-ja, das ist ja das reinste Wunder!«
Den Schuster richtete das alles nicht auf.
»Sag mir lieber, was ich tun soll«, knurrte er grämlich und erzählte, daß ihm der Notar Dengler geraten habe, alles dem Advokaten Wallberger zu übergeben. »Ja, das ist das Beste! Das machst du!« riet ihm auch der Ludwig: »Und wenn ich dir was helfen kann, ich tu's gern!«
»Helfen?... Zu was denn?« stieß der Kraus wieder bedrängter heraus und schüttelte seinen schweren Kopf: »Ach ich *will* doch das ganze Geld gar nicht!... Was hab' ich denn davon? Ich bin

doch ein sterbensalter Mann und – und ein Jud noch dazu!« Das Letzte kam ein wenig gehemmt aus ihm.
»Du? Ein Jud?« Der Ludwig sah ihn betroffen und ungläubig an. Er faßte sich und überlegte geschwind: »Hm, du meinst bei den jetzigen Zeiten? Wegen den Nazis?... Weiß denn überhaupt wer was davon?« Der Schuster beruhigte sich kurz und erzählte zum ersten Mal, daß das bis jetzt nur den Jesuiten bekannt sei, und die hätten sich bisher streng darüber ausgeschwiegen, aber das peinliche Ausfragen beim Hinterlassenschaftsgericht heute, da sei alles herausgekommen. Der Ludwig fing an, ihm zuversichtlich zuzureden. Wider sein besseres Wissen, oder auch, weil er sich nicht davor fürchtete, redete er davon, daß die Nazis noch lange nicht alles machen könnten, und es sei noch gar nicht so, daß sie sich stimmenmäßig bei der neuen Wahl gleich stark halten würden.
»So geht's nie und nimmer weiter, Schuster!... Diese Banditengesellschaft muß zusammenkrachen, denn mit der Zeit glaubt ihnen doch kein Mensch mehr ein Wort!« argumentierte er heftig, sagte, daß unter den Bauern und bei den Arbeitern in den Städten starke Gegenkräfte wären, und deutete an, daß man das ja bei der Hindenburgwahl auch in der Glachinger Strichweite gesehen habe.
»Herrgott!« kam er ein wenig ins kraftmeierische Poltern: »Dich soll einmal einer vom Silvan seinem Sturm anrühren. Die können was von mir erleben!... Ich wett aber auch, daß das ganze Dorf auf deiner Seite steht!«
Unvermerkt sah der Schuster diesen starken, furchtlosen Menschen an, und sein Gesicht wurde einen Hauch lang freier, aber auch nur einen Hauch lang.
»Und überhaupt, wenn du jetzt so reich bist«, suchte ihm der Ludwig begreiflich zu machen, »da brauchst du dich doch nicht mehr in Auffing hinhocken! Da kannst du doch überall hingehn und leben, wie du magst!« Das klang schon anders.
»Aber das *will* ich doch alles nicht!« wehrte sich der Kraus heftig und wurde fast verbissen: »Ich will doch überhaupt nichts! Ver-

stehst du mich denn nicht?! Gar nichts will ich! Nur meine Ruh'
will ich, weiter nichts!« Er ließ nichts mehr gelten. Der Ludwig
kam gar nicht mehr zum Reden. Der alte Mann fuchtelte aufgeregt
herum und sagte immer bedrängter, immer schmerzlicher ein und
dasselbe. Plötzlich faßte er den Ludwig am Arm und redete noch
sprudelnder drauflos: »Weißt du was, Ludwig? Du bist noch ein
Mensch im besten Alter! Du kannst noch was anfangen damit!
... Weißt du was? Ich schenk' dir alles! ... Jaja! Ja, im Ernst! Ich
schenk's dir! Ja! ... Ich mag und will's doch nicht!«
Dem Ludwig blieb das Wort im Hals stecken. Fassungslos starrte
er in das vor Aufregung entstellte Gesicht des Schusters. Er zuckte
leicht erschreckt zusammen, denn jäh gab sich der Alte einen
Ruck und rannte, ehe sich der Ludwig recht besinnen konnte, in
mächtigen Sätzen über den Hang hinunter, auf die Autobus-Haltestelle zu.
»Kraus! ... Schuster! Schuster!« schrie der Ludwig ein paar Mal.
Es erstarb in der warmen Sommerluft. Weg war der Kraus. Auf
und davon.
Ratlos, ja, fast erschrocken stand der Ludwig eine Weile da. Stark
schlug sein Herz unter der Brust.
»Mein Gott, jetzt hat er – der hat glatt –«, stammelte er beklommen
und wagte nicht auszusprechen, daß er am Verstand des Alten
zweifelte. Er glotzte wie selber nicht mehr ganz gescheit. Er langte
nach seinem Stock und richtete sich wieder gerade auf.
»Hm! ... Hmhm!« machte er wie langsam zu sich kommend und
starrte abermals kurz vor sich hin. Das Blut gerann ihm sekundenlang. Dann hämmerte sein Herz fast beängstigend schnell. Hitze
und Kälte durchströmten ihn abwechselnd.
»Ah, Unsinn! ... Unsinn!« murmelte er, wie sich in etwas ganz Abwegiges verlierend: »Das kann doch nicht sein! ... Er wird doch
nicht – ah, Unsinn! Mir?!« Er spürte die knisternden Papiere in seiner Hand, legte sie zusammen und steckte sie ein. Belebter humpelte er hügelabwärts, immer geschwinder griffen seine Beine aus.

Auf einmal gab es ihm in der unteren Rippengegend einen Stich, einen und noch einen, so messerscharf, daß er erschrak. »Herrgott!« stieß er unmutig heraus, aber er mußte langsamer gehen. Das Seitenstechen hörte nicht auf. Ungeduld und Verdrossenheit ergriffen ihn. »Da ein bißl vorsichtig sein!« hatte der Doktor Buchner zu ihm gesagt und auf diese Rippenstelle gezeigt: »Nicht gleich wieder wie ein Wilder rumturnen.« Schleppender humpelte er jetzt. Mitunter knirschte er wütend mit den Zähnen und fluchte in sich hinein. Als er am Zaun des umfänglichen Krankenhausgartens ankam, fuhr vorne auf der Straße der Autobus vorüber und wirbelte eine große Staubwolke auf. Unruhig sah er in diese Richtung. Im Krankenhaus sagte die Schwester zu ihm: »Was ist's denn mit Ihnen?«
»Nichts, gar nichts? ... Warum?« meinte er. Doch er war matt und blaß und um und um mit Schweiß überlaufen. Gleich mußte er sich hinlegen. Später, als der Doktor kam und ihn untersuchte, sagte er: »Na, es ist ja weiter nichts! ... Verschossenes Blut! Ein paar Tage liegen bleiben! ... Keine Dummheiten machen, verstanden?«

31

So also nahm des alten Schusters von Auffing Glück oder Unglück, wie man es nehmen will, seinen Lauf, und es machte dabei so überraschende Wendungen und jähe, aufregende, geheimnisvolle Abwege, daß fast kein Mensch weitum mehr für etwas anderes Interesse hatte. Das andere lief eben, wie es laufen mußte. Hierzulande dagegen lief von nun ab alles nur noch um das Schusterhaus in Auffing.
Vorläufig freilich merkte noch niemand etwas. Es war mitten im heißesten, verbrennenden August, wo, wie man sagt, die Herbstfarben in der Erde kochen. Die Getreideernte ging schon auf zuletzt zu. Männer, Weiber, die Alten und die Kinder waren auf dem Feld. Da und dort mähte man auch schon das Grummet. Zu allem

Verdruß der Leute hatte dieser Reichskanzler gerade jetzt wieder Neuwahlen angesetzt. Die tobten mit solchem Ingrimm und einer Verbissenheit durchs ganze Land, daß sich jeder davor ängstigte. Beinahe wie ein fortwährendes, tückisches Kriegführen aller gegen alle war das. Soweit war es jetzt schon, daß jede Partei ihre eigene Schutzgarde zur Versammlungsbewachung mitbrachte, weil auf Gendarmerie und Polizei kein Verlaß mehr war. Während alles, was sich rühren konnte, auf den Äckern und Feldern werkelte, krakeelten, rauften und rasten die Glachinger Hitlerstürmler herum wie die Wilden und schienen jedesmal die Oberhand zu gewinnen. Wenn die Einheimischen sich auch kaum in dieses Getümmel mischten, es störte doch so empfindlich, daß es allenthalben Ärger und viele Feindschaften auslöste. Da beachtete kein Mensch den Schuster Kraus sonderlich. Den hatte eine solche Unruhe ergriffen, daß es ihn nicht mehr daheim hielt. Sein kleiner Pflanzgarten, auf den er stets soviel gehalten hatte, verkam, und die Blumen, die er sonst sorgsam goß und pflegte, welkten ab. Es fiel überhaupt auf, daß der Schuster oft mitten im besten Werkeln die Arbeit abbrach und fortging. Leute, die Schuhe bringen oder holen wollten, fanden die Türe verschlossen und hörten den Hund drinnen bellen. Sie wunderten sich ein wenig. Gerade jetzt hätte der Kraus doch dazutun sollen, sich seine Kunden zu erhalten. Vor einigen Monaten hatte im Mesmerhaus in Glaching ein neuhergezogener Konkurrent eine elektrische Schuhsohlerei aufgemacht. ›Deutsches Geschäft‹ stand auf seinem Fenster, und übereinandergekreuzt waren ein schwarzweißrotes und ein Hakenkreuzfähnchen darunter gemalt. Der neue Mann mit dem langen, sommersprossigen Schafsgesicht, bei dem vom ersten Tag ab die Sturmbannler aus- und eingingen, arbeitete billiger und viel schneller, und wenn die Alteingesessenen auch auf die solide Handarbeit mehr als auf die ›verhexte Maschinenschusterei‹ gaben, er bekam rasch einen ziemlichen Zulauf. Den Kraus dagegen trieb und trieb es herum, und niemand wußte warum. Immer wie-

der kam er insgeheim zum Ludwig ins Krankenhaus. Ganz entsetzt war er, als er diesen wieder im Bett sah. In fliegender Angst fragte er, ob es denn was Arges sei, und ob er denn bald wieder aufstehen dürfe. Besondere Teilnahme klang nicht daraus, eher schon etwas wie verborgener Ärger. Auch der Ludwig litt darunter, daß er liegen mußte, aber er beruhigte den Schuster. Dann fingen die zwei hastig zu raunen und zu flüstern an und lugten immerzu herum, ob auch niemand zuhöre. Diese Sonderbarkeiten entgingen im Krankenhaus nicht. Und jeden Tag schien den Schuster etwas Dringendes daherzutreiben. Geniert und bedrückt sah er meistens aus. Merkwürdig auch, daß der Ludwig, der doch sonst nicht verschlossen war, sich über diese Besuche so ausschwieg. Endlich durfte er aufstehen und wenigstens im Krankenhausgarten herumgehen. Die zwei suchten eine verborgene Bank, redeten stundenlang halblaut miteinander, und wenn sie wen hörten, wenn jemand vorüberging, brachen sie ab.
Zuerst glaubte der Ludwig, die Erbschaft sei dem Alten in den Kopf gestiegen und habe ihn konfus gemacht. Behutsam suchte er ihn zurechtzurücken. Der Gedanke, daß der schrullige Alte die jäh hingeworfenen Worte auf dem Amdorfer Hügel ernst gemeint habe, kam ihm gar nicht. Er erschien ihm ganz unmöglich, beinahe schon irrsinnig. Doch er irrte sich. Der störrische Alte blieb dabei. Er ließ kein vernünftiges Einreden gelten, im Gegenteil, er kam immer mehr aus dem Gleichgewicht dabei. Giftig und böse wurde er, dann wieder zerknirscht bittend und hartnäckig drängend. Der Ludwig wußte sich oft selber keinen Rat mehr. Er wollte den Kraus in diesen tobenden Zeiten nicht im Stich lassen. Jetzt schon gar nicht, nachdem er sich ihm ganz anvertraut hatte. Er wollte ihm beistehen, so gut er nur konnte, denn er ahnte, was dabei auf dem Spiel stand, und dachte in viele andere Richtungen. Außer dem Peter wußte niemand, wie tief der Ludwig seit eh und je in die Politik verstrickt war und – wenngleich er sich keiner Partei mehr zuzählte – was für weitverzweigte, geheime Verbindungen er

mit antihitlerischen Arbeiter-Organisationen und Gewerkschaften in der Stadt drinnen hatte, wie bekannt er bei sozialdemokratischen und kommunistischen Genossen war, und wie man ihm allseits vertraute. Auch mit dem Treuchtler, der ihn lange Zeit fast persönlich gehaßt hatte, stand er wieder gut. Mit dem war es inzwischen auf und nieder gegangen. Längst war er nicht mehr Bezirksleiter. Einmal hatte er sogar fast vor dem Ausschluß gestanden, weil seine Haltung – wie das ja stets zu gehen pflegt, wenn die politischen Machtverschiebungen einer Partei einen Wechsel ihrer Taktik aufzwingen – dem veränderten Kurs nicht mehr entsprach; aber bei der letzten Wahl war er plötzlich Reichstagsabgeordneter geworden. Andere Bezirksleiter waren nach ihm gekommen. Sie und viele radikale Gewerkschaftler waren immer wieder, wenn Verbote und andere Maßnahmen der jeweiligen Regierung ihre Tätigkeit einschnürten oder zeitweise auf den illegalen Weg zwangen, auf den eigensinnigen ›Sympathisierenden‹, auf den stets zu allem bereiten, findigen Metzgergesellen in Auffing gestoßen. Wie sie alle wußte auch der Ludwig, was mit diesem Hitler heraufkam, was da über das ganze Land kroch, sich immer mehr in die Menschen hineinfraß und mit jedem Tag, von Woche zu Woche unabdämmbarer wurde.

All das ging dem Ludwig beständig durch den Kopf. Zwischenhinein wollte er auch an sich denken, an die Heirat mit der Rotter-Emma nach der Entlassung aus dem Krankenhaus und an die nächste Zukunft. In ruhigeren Augenblicken überschlug er sich, wie das alles ungefähr werden würde. Fünfzehnhundert Mark hatte er sich im Laufe der Jahre erspart, und das Häusl, das ihm seine selige Mutter hinterlassen hatte, war noch gut instand. Die Emma war eine begehrte Partie. Sie bekam gut an die acht- oder zehntausend Mark und eine schöne Aussteuer mit in die Ehe. Damit konnte man allerhand anfangen. Vielleicht die Hingerlwirtschaft übernehmen, wenn nächstes Jahr die Pachtzeit ablief, vielleicht eine eigene Metzgerei anfangen. Indessen, das zerfloß im-

mer wieder. Die riesigen Summen der Kraus-Erbschaft mengten sich plötzlich dazwischen. Ein vages, beklommenes Gefühl überkam den Ludwig. Von der Herzgrube drängte sich's auf die Gurgel und stieg in den Kopf und war zuletzt ein unbestimmtes Brausen. Und der Schuster ließ ihn nicht mehr los. Mit all dem wurde der Ludwig schließlich nicht mehr fertig. Schon etliche Male war er mit dem Schuster beim Wallberger gewesen. Der Wallberger war ein weit erfahrener Mann und nicht irgendso ein kleiner Anwalt, im Krieg war er Syndikus der Firma Leitner gewesen. Mit seiner Hilfe versuchte er den Schuster immer wieder zur Vernunft zu bringen, doch er erlebte stets dasselbe.
»Ich versteh' die Welt nicht mehr!« entfuhr es dem Ludwig einmal nach so einer ergebnislosen Aussprache, und schier verzweifelt schaute er auf den dicken, beherrschten Anwalt.
»Ich versteh' sie schon lang nicht mehr!« knurrte der Schuster ihn an, und dann begannen seine Worte schmerzlich zu zittern: »Mein Hans ist hin! Weggestorben ist er mir! . . . Wenn ich schon was haben soll, nachher will ich höchstens, was von ihm persönliche Sachen da sind, aber auch das brauch' ich nicht! . . . Was tu ich denn mit seinen Uhren und Ringen und all dem Zeug!« Er wurde jäh wieder verbissen und schrie den Ludwig zänkisch an: »Wenn du die Erbschaft nicht willst, nachher laß' ich einfach alles fahren! . . . Ich kümmere mich überhaupt nicht mehr drum, dann mag das Geld haben, wer will!«
»Kraus? . . . Aber Schuster?« stotterte der Ludwig überwältigt, doch der wildgewordene Alte keifte erneut: »Willst du es oder nicht? . . . Herrgott, du bist doch sonst nicht so! Magst du es denn nicht?«
»Mögen? . . . Hm!« konnte der Ludwig kaum mehr weiter: »Du kannst mir doch nicht einfach – alles, alles schenken!«
»Schenken? . . . Ich bin durchaus nicht so gut! Mir graust bloß davor!« fertigte ihn der Schuster entschieden ab: »Meinen Hans bringt mir das alles nicht mehr! Weg will ich's haben, bloß weg!«

Nun überkam den Ludwig die Kopflosigkeit. All seine Gewitztheit und sein nüchterner Sinn versagten, denn das war doch unvorstellbar, das konnte doch niemals wahr werden: Heute ein schlichter Metzgergeselle und morgen vielleicht ein Millionär! Und obendrein auf so eine undenkbare Weise!
Der Ludwig konnte nichts mehr sagen. Es war gut, daß sich jetzt der Wallberger energisch ins Zeug setzte. In der Gewißheit, daß ihm die endgültige Regelung dieser einträglichen Angelegenheit übertragen werde, hatte er bereits eigenmächtig das Notariat davon in Kenntnis gesetzt und gebeten, alle Anfragen und dergleichen an ihn zu leiten.
»Also, so geht das nicht mehr weiter, meine Herren!« sagte er resolut: »Wir müssen endlich zum Schluß kommen! ... In Amerika warten sie doch auf klaren Bescheid!« Kurzerhand ließ er sich vom Kraus und vom Ludwig eine Vollmacht unterschreiben, sagte zum Schuster, er werde die Sache genau so regeln, wie es gewünscht sei, drückte dem Ludwig die Hand und meinte: »Na, es wird schon!«, und man ging auseinander.
Nun aber kam etwas Unerwartetes dazwischen, das dem Anwalt nur recht sein konnte, den Schuster aber völlig aus den Fugen riß und auch dem Ludwig eine Zeit lang stark zusetzte, obgleich der sich schließlich doch wieder in die Gewalt bekam und seine Pläne danach einrichtete. Auf ungeklärte Weise erschienen am nächsten Tag in den hauptstädtischen Zeitungen, die in die Häuser kamen, fettgedruckte Artikel mit der Überschrift: ›Armer Schuhmachermeister in Auffing macht amerikanische Millionen-Erbschaft‹, und, ohne daß es Kraus und Ludwig verhindern konnten, brachte gleich darauf das ›Amdorfer Wochenblatt‹ einen fulminanten Bericht auf der ersten Seite. Der junge Neumeier, der ihn verfaßt hatte, ärgerte sich grün und blau, denn er war sofort nach dem Bekanntwerden der großen Neuigkeit mit dem Auto nach Auffing hinübergefahren, um den Kraus, über den er das meiste schon vom Peter erfragt hatte, zu photographieren. Er traf vor dem verschlos-

senen Schusterhaus, um das sich bereits alle Leute aus dem Dorf gesammelt hatten, schon einige hauptstädtische, mit eleganten Photoapparaten bewaffnete Berichterstatter, die dasselbe wollten wie er. Immer mehr wurden die Neugierigen, lachten fidel und machten allerhand lustige Bemerkungen. Alles klopfte und rüttelte an den verriegelten Türen und wartete gespannt. Doch nur der ›Fuchsl‹ im Innern des Hauses bellte heftig und immer grimmiger. Durch die Fenster sah man keine Menschenseele. Der Kraus mußte sich in irgendeinem Winkel verkrochen haben. Der junge Neumeier und seine Kollegen konnten schließlich nur einige Aufnahmen des Häusls machen. Eine solche zierte denn auch den Bericht im Wochenblatt. Jeder Mensch im Dorf, in der Pfarrei und weiterum las ihn gierig. Es las ihn auch der Juwelier Sulerschmid, der schon lange eine der leitenden Persönlichkeiten in der sehr starken Ortsgruppe der Nazipartei in Amdorf war.
»Kraus? ... Schuhmacher Kraus in Auffing? ... Hm, das ist doch der? ... Jaja, richtig, der hat mir doch in der Inflationszeit einmal Schmuck und Silberzeug angeboten!« sagte er und vergaß, weiterzuessen: »Richtig, hm! ... Dollars hat er schon damals haben wollen!« Er klopfte sich mit der flachen Hand auf das schüttere, blonde Haar: »Da war doch, wenn ich mich recht erinnere, eine schwergoldene Uhr dabei? ... Das war doch – jaja, da war –« Er setzte aus und schoß gleichsam das Wort ›Lemberg!‹ durch seine kurzen Mauszähne. Seine vollbusige, im Verhältnis zu ihm viel zu groß geratene, wuschelhaarige Frau erschrak und schaute ihn baff an, denn der kleine Mann, der komischerweise seit dem ununterbrochenen Anwachsen der Hitlerpartei beständig lange, blankgewichste Schaftstiefel trug, sprang federnd vom Tisch auf: »Da muß ich mir doch gleich einmal den Sturmführer Lochner ans Telefon holen! ... Das ist ja, hmhm – eine schwer parteiwichtige Sache!« Schon war er im Gang am Telefon. Stelzinger meldete sich. Eine Weile hörte man im Gang nichts als das Knarzen der Stiefel, dann redete der Sulerschmid militärisch forsch in den Sprech-

trichter: »Sturmführer Lochner, ja? Heil Hitler!... Sulerschmid, jaja!... Hören Sie einmal, Parteigenosse... Die Sache da mit dem Kraus, Sie wissen doch... Jaja, ganz richtig!... Hören Sie, Sturmführer! Das geht uns sehr an, sehr sogar. Machen Sie doch gleich einmal einen Sprung zu mir herüber!... Wie?... Jaja, ich bin den ganzen Tag im Laden!... Gut, in einer Stunde!... Heil Hitler! Wiedersehn!« Er kam vergnügt zum Tisch zurück und sagte während des Weiteressens: »Da siehst du wieder einmal, Anna – die jüdische Weltverzweigung!... Und immer in anderer Maske! ... Macht sich das Subjekt ganz unverschämt als armer Schuster auf und hat schwere Dollarkonten in Amerika!«
Der Silvan kam pünktlich. Bei ihm war es jetzt schon so, daß er daheim oft mittendrinnen die Arbeit hinwarf, weil ihn eine wichtige Parteimission rief. Noch dazu in dieser bewegten Wahlzeit! Der Heingeiger sagte zu all dem schon lange nichts mehr. Er brannte nur immer mehr aus vor Haß. Seinetwegen konnten Haus und Hof verkommen.
Die Unterredung zwischen Sulerschmid und Silvan dauerte ziemlich lange und endigte damit, daß der letztere zackig sagte: »Großartig!... Aber hier muß mit gehöriger Taktik vorgegangen werden, kapieren Sie?... Er soll sein Geld nur zuerst einmal herkommen lassen. Dichthalten bis zum geeigneten Moment, verstehn Sie?... Da kommen wir zu einem fetten Faustpfand. Großartig!«
Wenn er auch noch bis zum Abgang des nächsten Autobusses ein wenig Zeit hatte, zum Neumeier ging der Silvan nicht, den Peter suchte er kaum jemals auf. Die zwei hatten, von außen gesehen, nichts gegeneinander, aber jeder ging seinen eigenen Weg. Zudem konnte der Silvan auch die bürgerstolzen Neumeiers nicht leiden. Übrigens hätte er den Peter auch nicht getroffen. Der war beim Ludwig im Krankenhausgarten und erfuhr von dem noch viel, viel seltsamere Dinge. Lichterloh flammte er zuletzt auf. Von ihm erfuhr kein Mensch etwas. Bald darauf kam der Wallberger ins Krankenhaus und besprach sich lange mit dem Ludwig.

»Damit entscheidet sich im Handumdrehen alles, werden Sie sehn!« sagte der Anwalt zum Schluß. Er hatte auch recht, wie sich später zeigte, doch jetzt war schon alles im Rollen, und es riß zunächst nur den Kraus mit.
Daß der Silvan immer noch den Autobus benützen mußte, wurmte ihn bitter. Ein eigenes Motorrad gehörte jetzt schon geradezu zur Ausrüstung eines Sturmführers. Die aus der Hauptstadt hatten meistens sogar eigene Autos. Aber der Silvan konnte nicht mehr so mir nichts, dir nichts ans Geld daheim. Darum schon arbeitete er so unbändig für den endlichen Sieg Hitlers, und keiner erhoffte sich mehr davon als er. Es war ihm sehr recht, daß der Bauer, die Dirn und die Kreitlerin auf dem Feld waren, als er daheim ankam. Er durchsuchte sofort alle Schriftschaften der Bürgermeisterei und fand im alten, zerwetzten Anmeldebuch noch eine Eintragung des seligen Rotholzer, die also lautete: ›Kraus, Julius, Schuhmachermeister, verheiratet, katholisch. – Geboren am 14. Januar 1866 in Winniki bei Lemberg, K. und K. Oesterreich. – Zuletzt wohnhaft: München, Gabelsbergerstraße 24. – Kraus, Kathi, Ehefrau, geb. Lachmann, Religion desgleichen. – Geboren am 17. August 1871 in Fürth bei Nürnberg, Königreich Bayern. – Kraus, Johann, Sohn aus erster Ehe, Religion desgleichen. – Geboren am 24. Juli 1897 in Winniki bei Lemberg, K.u.K. Oesterreich.‹ Rote Flecken standen auf den sonngebräunten Backenknochen Silvans. »Na, also! Großartig!« sagte er halblaut und grinste dünn. Auch er sagte niemandem etwas.
Volle zwei Tage ließ sich der Kraus nicht mehr sehen. Einige Nachbarn waren schon unruhig geworden. In der dritten Frühe fuhr er gleich wieder mit dem Autobus nach Amdorf hinüber, wahrscheinlich, wie die meisten vermuteten, zum Notar, und endlich beim Dunkelwerden holte er wieder seine Milch wie immer beim Moser. Er tat, als sei gar nichts geschehen. Er hockte auch tagsüber wie seit eh und je auf seinem Schusterschmel. Allerdings war jetzt seine Türe stets verriegelt, und das tat auch not. Auf alle Fragen,

auf jede andeutende Freundlichkeit oder schnüffelnde Schmeichelei reagierte er bissig und blieb unzugänglich. Ein sonderbarer Millionär war das! Die Nachbarn schüttelten den Kopf über ihn. Es war kurios, es war verwirrend. Die Leute fingen ein wenig zu zweifeln an.
Beim Moser sagten sie: »Es muß doch nicht ganz stimmen mit dem amerikanischen Geld. Der Schuster tut nichts und sagt nichts und deutet nichts an, hm! Er leugnet bloß, daß er überhaupt was hat! ... Gelogen hat er doch noch nie! Vielleicht ist's wirklich gar nichts!« Beim Stelzinger im Laden wurde erzählt, die ganze Hinterlassenschaft vom Hans stecke in amerikanischen Häusern und Geschäften, Geld sei gar keins da, und der Schuster müsse wahrscheinlich erst den Auftrag geben, daß man alles verkaufe. »Und da muß er nachher soviel Steuern zahlen, daß kaum noch was bleibt«, hieß es. Andere wieder meinten, von Amerika dürfe überhaupt kein Geld herübergeschickt werden, weil es jetzt in unserm Land so abwärts gehe. Da müsse der alte Mann schon hinfahren. Das aber würde er in seinem Alter kaum mehr tun, wo ihm doch schon die geringste Veränderung zuwider sei, und einen anderen zu schicken, dazu sei er viel zu mißtrauisch.
Gegen all dieses Gemunkel aber sprach doch zu viel. Wenn auch der Kraus neugierige Frager immer wieder anknurrte: »Meine Ruh' will ich haben! Ich hab' nichts und will nichts! Wenn's die Zeitungen besser wissen, ist's ihre Sache!« Das glaubte ihm keiner. Insgeheim sagte man sich, er rede bloß so daher, um nicht mit Zudringlichkeiten überschwemmt zu werden, aber die meisten änderten ganz augenfällig ihr Benehmen ihm gegenüber. Überall fand man ihn jetzt auf einmal einnehmend, grundgescheit und gut, obgleich er ständig brummiger und wortkarger wurde. Eine Freundlichkeit war das – nicht zu sagen! Der Stelzinger oder seine Gretl brachten dem Schuster mit jeder Post ganze Stöße von Bittbriefen aus allen Himmelsrichtungen, ja, sogar Heiratsangebote mit beigelegten Bildern waren darunter.

»Zum Verrücktwerden! Was will man denn von mir!« fuhr der Kraus jedesmal auf und brummte: »Leg's nur hin!« Der zerschlissen dreinschauende Stelzinger meinte dann meistens: »Die Leut' haben eben ganz und gar Scham und Anstand verloren!«, und die Gretl sagte: »Naja, Herr Kraus, Sie sind eben jetzt begehrt! Das ist doch schön!«

»Schön ist anders!« brach der kritische Schuster jeden weiteren Diskurs ab: »Kannst das Zeug gleich wieder mitnehmen, wenn's dich interessiert!« Er suchte die Briefe durch, ob einer aus Amerika dabei sei, und da das nie der Fall war, ließ er alle ungeöffnet liegen. Von Zeit zu Zeit kam immer wieder ein hauptstädtischer Reporter und versuchte vergeblich, an den Kraus heranzukommen. Elegante Autos mit Geschäftsleuten, die irgendetwas anzubieten hatten oder einen Teilhaber suchten, fuhren daher. Die ernsten Herren rüttelten an der Tür, sie sahen den Schuster mit dem Rücken dem Fenster zu auf dem Schemel hocken und klopften an die Scheiben, redeten schockweise daher, doch der Alte da drinnen drehte sich nicht um. Er schien taub zu sein. Ganz konsterniert fuhren die Herren wieder ab. Allerhand fremde Männer und Frauen fragten sich nach dem Schusterhaus durch, strichen stundenlang um dasselbe und lauerten ab, bis der Kraus zufällig vor die Türe kam. Einigen gelang es auch, ihn in die Werkstatt zurückzudrängen. Mochte der ›Fuchsl‹ sie auch gefährlich anspringen, sie achteten auf nichts. Sogleich fingen sie zu jammern und zu betteln an, warfen sich zuguterletzt auf die Knie und beschworen den verdutzten, endlich aber sackgrob schimpfenden Schuster nach allen Regeln der Kunst, sie vom Schlimmsten zu erretten. Sie zogen schließlich wieder ab und verfluchten den hartherzigen Menschen. Sie drohten mit ihrem Selbstmord und halsten ihm die Schuld auf.

Jede einstige Ruhe war weg für den Kraus. Kein Für-sich-Sein gab es mehr, und auch arbeiten konnte er nicht mehr. Jeder Tag war nichts anderes mehr für ihn als scheue Furcht. Meistens ging er

schon in aller Frühe mit dem Hund weg aus dem Haus und durchstreifte stundenlang sinn- und ziellos die umliegenden Wälder, aß in einer weit abgelegenen Bauernwirtschaft, wo man ihn nicht kannte, oder kam zum Ludwig. Der hatte sich auch erst langsam in das schier Unbegreifliche hineingefunden. In den ersten Nächten war er noch manchmal aus dem Schlaf geschreckt, noch immer laut vor sich hinredend, als würge ihn auch im Wachsein noch der tausendarmige, schreckliche Traum. Die in den Nebenbetten waren aufgewacht und hatten geschimpft. Er erschrak und nahm sich zusammen. Nach und nach erst wurde er sicherer und fing an, klare, feste Pläne zu fassen. Er hatte ganz recht, als er zum Kraus sagte: »Die verdammten Zeitungen haben alles verpfuscht. Daß du mir alles überschrieben hast, das täten die Leut' doch erst recht nicht glauben!... Hm, ich denk die ganze Zeit nach, wie man's machen kann, daß du wieder deine Ruh' kriegst.«
Nächste Woche, hatte der Doktor Buchner gesagt, könne der Ludwig endlich aus dem Krankenhaus. Er humpelte fast gar nicht mehr, und in den Rippen hatte sich auch nichts mehr gemeldet.
Sie saßen auf einer einsamen Bank im Kriegerpark, der über Amdorf lag und schöne Ausblicke bot. Still war es. Kein Mensch weitum. Die blumigen Anlagen waren bereits abgeblättert und verwelkt, die Laubbäume zeigten schon eine zarte Herbstfärbung, obgleich es erst Septemberanfang war. In zwei oder drei Tagen mußte die Wahl vorüber sein.
»Jetzt fangen sie im Dorf auch schon an!« erzählte der verbitterte Kraus: »Dein siebengescheiter Hingerl hat rausgebracht, daß ich zwanzig Jahr' Mitglied und Schriftführer bei der Feuerwehr bin. Der Stelzinger war bei mir. Eine Jubelfeier wollen sie machen, und ich soll Ehrenmitglied werden. Ich fahr' noch auf und davon!«
»Dem Hingerl leucht' ich schon heim, wenn ich heimkomm'!« sagte der Ludwig und forschte behutsam: »Und vom Silvan seiner Seite, da hat sich noch nichts gerührt?« Der Schuster musterte ihn geschwind verwundert.

»Die?... Was sollen denn die von mir wollen?« meinte er nebenhin: »Die haben ja jetzt nichts wie Wahlraufereien!« Der Ludwig schwieg und war froh, daß er den Alten ein wenig abgelenkt hatte. Der erzählte ihm etwas, was er schon längst wußte, aber er tat so interessiert, als höre er's jetzt erst. Bei der letzten sozialdemokratischen Wahlversammlung in Glaching, welche die Sturmbannler Silvans sprengen wollten, war es zu einer blutigen Schlägerei gekommen, und zum ersten Mal hatten die Nazis den Kürzeren gezogen. Sogar der Riedinger mit seinem Gendarmerie-Aufgebot konnte ihnen nicht mehr helfen. Verhaftete wurden den Gendarmen wieder entrissen. Insbesondere die Moorarbeiter rauften wie die Besessenen, bis der zusammengehauene Sturm zu guter Letzt mit seinen vielen Verletzten abzog. Unter diesen Verletzten befanden sich auch der Silvan und der Tratzelberger-Xaverl, die sich eine ganze Woche nicht mehr sehen lassen konnten und jetzt noch mit dickverbundenen Köpfen herumgingen, was ihnen manchen versteckten Spott eintrug. Freilich wußte der Kraus nicht, daß der blutiggeschlagene Kreitler nachher in seinem Rausch geschrieen hatte: »Mich hat jetzt die ganze Politik gern! Da büßt man ja faktisch sein Leben ein!... Ich schau jetzt, daß mir der Kraus zu einer Existenz verhilft!«

»Du siehst, Kraus«, sagte der Ludwig, »so ist's doch noch nicht, daß sich die Hammel alles erlauben können. Sie sind noch lang nicht die Herrn!«

»Ob sich die ihre Köpf' einschlagen oder nicht, wen geniert denn das!« gab dieser an.

»Jeder, der heutzutag' gegen diese Nazibanditen aufsteht, tut's auch für dich, Schuster«, blieb der Ludwig hartnäckig bei diesem Thema.

»Für mich?... Ha!« warf der geringschätzig hin: »Was geht denn das unsereinen an!... Sich aufs A-bopa auch noch einlassen, das ging' mir noch ab!« Er merkte nicht, daß der Ludwig kaum hinhörte. Er brümmelte grämlich weiter: »Das mit der Erbschaft hat

mir meine ganzen alten Tag' versaut. Rein nichts bleibt mir erspart.«
Der Ludwig schaute hinab auf die abendbeglänzten Dächer von Amdorf, hinaus in die ruhigen Breiten, weit ins verschwimmende Land.
»Fort und fort an sich denken ist auch nichts. Da wird nie was anders«, sagte er nach einer Weile. Der Alte schien in andere Gedanken versunken.

32

Einen Triumph erlebten der Silvan und der Tratzelberger-Xaverl aber doch, der sie von neuem aufpulverte. Die Hitlerischen gingen aus den Wahlen als die stärkste Partei hervor und konnten statt der ursprünglichen 107 Abgeordneten 225 in den Reichstag schikken. Alles sah nun den Hitler schon als kommenden Kanzler. Aber für die Leute um Glaching herum war das trotz allem Lärm und allem dreisten Auftreten der Sturmbannler eine ziemliche Nebensache. Immer noch fingen sie alles, was vom Schusterhaus daherwehte, gierig auf. Die kleinsten und lächerlichsten Dinge, die damit zusammenhingen, gewannen Bedeutung für sie, und tausend Mutmaßungen knüpften sich daran. Beim Kraus aber änderte sich nicht das geringste. Allmählich ebbte auch, wie das nach einem solch sturzflutartigen Anfang meistens ist, die Fülle der Bittbriefe wieder ab, und nur noch selten sah man einen Fremden, der eine Bettelei im Sinne hatte.
Aber was war denn mit dem Ludwig auf einmal? Er kam vom Krankenhaus heim und arbeitete zwar wieder beim Hingerl, doch von irgendwoher kam ein Munkeln auf, er wolle das Hingerl-Anwesen vom Jodl kaufen und seine Emma bald heiraten. Einige wollten sogar wissen, daß er mit dem Jodl schon handelseins geworden sei, nur der Hingerl selber sagte nichts darüber. Ganz in basse Verwunderung aber fielen die Leute, als der Ludwig eines Tages beim Bäcker Rotter mit einem funkelnagelneuen Mercedes-Benz-Tou-

renwagen vorfuhr und die Bäckerfamilie weitherum spazieren fuhr. Woher hatte denn ein Metzgergeselle plötzlich soviel Geld?
»Gut«, meinte der junge Moser einmal beim Nachtessen, »daß er die Hingerlwirtschaft übernimmt oder kauft, da kann ja eine Brauerei dahinterstehn, die ihn finanziert. Aber daß sie ihm gleich ein Auto kauft, das gibt's denn dann doch nicht!«
Die junge Moserin spöttelte ein bißchen neidisch und mißgünstig, vielleicht habe er von der Emma ihrem Heiratgut was gekriegt und das Auto gekauft, die Emma putze sich jetzt sowieso jeden Tag protziger heraus und sage bei jeder Gelegenheit: »Wir sagen nichts aus, aber ihr erlebt's noch allerhand Überraschungen.«
»Ah«, lenkte der alte Moser davon ab: »Der Ludwig ist sein Lebtag ein vernünftiger Mensch gewesen. So ein Luftikus ist der nicht. Der weiß genau, was er will.«
»Hm«, stockte der junge Moser: »Aber sowas kostet doch alles einen Haufen Geld. Wo nimmt er's denn her?« Und wiederum hielt er an und sagte in anderem Ton: »Oder etwa gar vom Kraus?«
»Hoppla! Hoppla!... Vielleicht hast du gar recht!« rief der alte Moser, und alle am Tisch schauten sich einen Strich lang staunend an. Die Neugier hatte auf einmal einen Nebenfluß bekommen. Aus dem Schuster war ja nichts herauszubringen. Man mußte sich schon selber was zusammenreimen. Auch der Ludwig lächelte nur, wenn man ihn aushorchen wollte, machte irgendeinen Scherz und witzelte: »Naja, arme Leut' werden auch hie und da reich!... Schaut's doch zum Kraus hin!« Wenn ihm alsdann jemand entgegenhielt, bei dem schaue es aber durchaus nicht nach Millionen aus, zuckte er nur die Achseln und tat, als sei ihm das auch unerklärlich.
In jenen milden Septembertagen sahen Nachbarn einmal eine blankgewichste, hochräderige Bauern-Chaise mit zwei prallen, braunen Rössern davor und dem Leichtl auf dem Bock vor das Schusterhaus fahren. Der inzwischen ziemlich ergraute, dicker gewordene Pater Superior und Pater Lorenzius stiegen aus, gin-

gen wippenden Schrittes durch das kleine Vorgärtchen, klopften an die Tür, und gleich wurde ihnen aufgemacht. In Weylarn bauten sie seit dem Frühjahr das schon lange geplante Altersheim, und viele Leute hatten dort wieder Arbeit und Verdienst gefunden. Es war also nicht schwer zu erraten, weswegen die Jesuiten zum Kraus kamen. Es wunderte sich wahrscheinlich mancher darüber, daß sie nicht schon längst gekommen waren. Daß diese frommen Brüder sich auf nichts Unsolides einließen, war klar. Jetzt konnte wirklich kein Zweifel mehr sein, daß der Kraus die Riesen-Erbschaft gemacht und wahrscheinlich auch sein Geld schon bekommen hatte. Mit diesen Gedanken schauten die Leute von den umliegenden Grummetfeldern auf das stillbesonnte Schusterhäusl.
Beim Heingeiger lud der Silvan gerade ein Fuder Grummet ab und warf die vollen Gabeln der Kreitlerin zu, die oben, über dem Stall, im offenen Tennenloch stand und sie auffing. Er hatte noch immer ein stark geschwollenes, blau angelaufenes Auge und den Kopf voller Pflaster. Jeden Tag wurde er brummiger und grober. Nach so einem Wahlerfolg hätte der Hitler doch unbedingt Kanzler werden und er, der Silvan, einen höheren, sicheren Staatsposten bekommen müssen, aber nein! Es sah fast so aus, als ob dieser geschniegelte Herr von Papen mit seiner Wirtschaftsankurbelung mehr und mehr an Boden gewinne! Wieder hatte man sich für nichts und wieder nichts Kopf und Knochen zerschlagen lassen! Und dummerweise konnte der Revanche-Zug gegen die Terzling-Furtwanger Moorarbeiter auch nicht durchgeführt werden, weil, seitdem sich der saubere Reichskanzler erfrecht hatte, auf politische Bluttaten die Todesstrafe zu setzen, eine Abteilung grüner Landespolizei das ›rote Zigeunergesindel im Moor‹ schützte. Kein Wunder, daß der Silvan in schlechtester Laune war und vor Wut oft das Bauchgrimmen bekam.
Als er jetzt die Patres zum Schuster hineingehen sah, hielt er erzürnt inne und schrie absichtlich laut und hämisch zur Kreitlerin hinauf: »Aha! Jetzt macht sich also *die* Sippschaft dahinter!« Die

Kreitlerin seufzte von oben herab: »An uns arme Leut' wird ja nie 'denkt!« Ihr Mann hatte tatsächlich etliche Male vergeblich beim Kraus zu borgen versucht.

»Dein Mann, der Haderlump, der taugt ja auch zu nichts!« warf ihr der Silvan an den Kopf: »Der schmiert sich ja überall an, wo er sich was erhofft!« Das Gesicht der Kreitlerin zerrann beleidigt. Sie sagte nichts mehr und nahm einen dicken Haufen Grummet auf.

Beim Hingerl vorne, von der Hofseite her, trat der Wirt in den Schlachtraum und ließ die Türe weit offen stehen. Eben zog der Ludwig einen geschlagenen Ochsen auf dem Flaschenzug in die Höhe. Der Hingerl deutete mit dem Daumen in die Gegend des Schusterhauses und sagte: »Da, wenn er was hergibt, der Kraus, da macht er was Vernünftiges. Wenn er da was stiftet, tut er für ewig ein gutes Werk.«

Mit dem Fingernagel über die scharfe Schneide des Schlachtbeils fahrend, meinte der Ludwig spöttisch: »Wenn ein anderer ein gutes Werk tun soll, da bist du jedesmal dafür!«

»Geh, red' doch nicht so daher. Ich bin doch kein reicher Mensch!« wehrte sich der Wirt gutmütig und ging auf den mächtigen Ochsen zu, der jetzt still herabhing. Er griff fest in sein straffes Fell und lobte: »Da hat mir der Neuchl einmal ein schönes Stückl verkauft. Nichts, was so schnell hergefüttert ist! . . . Kernfett!«

Der Ludwig fing unterdessen an, seine Messer zu wetzen, um sie beim Ausweiden gleich zur Hand zu haben.

»Jetzt ich, wenn reich wär' und so reich noch dazu«, nahm der Hingerl die Unterhaltung wieder auf: »Von mir tät' jeder was kriegen und die Weylarner am meisten! . . . Hintenhalten kann er's doch auch nicht, sein Geld, der Schuster. Mitnehmen kann er doch nichts, wenn er einmal stirbt! Gar so lang hat er ja sein Leben auch nicht mehr.«

Der Ludwig stellte sich breitbeinig vor ihn hin und stichelte lachend: »Daß du kein Pfarrer worden bist, einfach ewig schad'!« Wieder polterte der Wirt ungeschmerzt und äußerte, daß der

Kraus, soviel er ihn kenne, den Jesuiten gegenüber sicher eine volle Hand zeige. Der Ludwig verkniff sich das Weitere. Er konnte sich vorstellen, was es drüben im Schusterhaus für eine überraschende Wendung geben würde.
Nicht mehr so anbiedernd wie früher, aber doch mit geruhiger Freundlichkeit sagte der Kraus gleich nach der frommen Begrüßung der zwei Patres etwas unvermittelt: »Hochwürden, nehmen Sie nur Platz, bittschön! Ich kann mir schon denken, weswegen Sie zu mir kommen, Hochwürden! Es freut mich immer, wenn Sie mir die Ehre geben, aber ich glaub', diesmal kann ich gar nichts tun für Sie. Ich hab' nämlich nicht mehr Geld als zuvor.«
Augenblicke lang verschlug es den zwei Patres die Stimme. Betreten blieben sie stehen.
»Ja, leider«, ließ ihnen der Kraus nicht einmal Zeit: »Leider ist's ganz so, wie ich sag', Hochwürden! . . . In meinem Alter mag man nicht mehr lügen. Das führt auch zu nichts. Wie gesagt, ich bin durchaus nicht der reiche Mann, für den mich Hochwürden wahrscheinlich halten.« So sicher sagte er das hin, daß die Patres noch immer kein Wort fanden und froh waren, daß er ihnen durch sein wiederholtes, höfliches Bitten, doch Platz zu nehmen, aus der ersten Verlegenheit half.
»Wir wollten nur kommen, um Ihnen zu gratulieren, Herr Kraus«, nahm endlich der Pater Superior das Wort und glitt in den sicheren Seelsorgerton: »Der Allmächtige hat sichtbarlich die Gnade über Sie ausgegossen.« Etwas in der Miene vom Kraus mußte ihm nicht gefallen haben. Um einen winzigen Grad verändert, setzte er hinzu: »Dieses Glück für Sie, Herr Kraus, an Ihrem Lebensabend.«
»Glück? . . . Wie man's nimmt, Hochwürden«, wurde der Schuster noch kecker: »Eigentlich – bis jetzt hab' ich nichts wie Kummer und Verdruß gehabt, aber endlich wird ja doch wieder einmal eine Ruh' werden, nachdem ich nichts mehr hab'.«
»Aber, Herr Kraus, man hat es doch gelesen! Sie haben doch so

eine schöne Erbschaft gemacht! Jeder Mensch spricht doch davon!« sagte nun der Pater Lorenzius. Ihm hatte der Schuster doch schon einmal ein Geheimnis anvertraut, und sicher erwartete er nun ein ebenso offenes Wort.
»Ja, Hochwürden Pater Lorenzius, was man gelesen hat, und was die Leut' reden!« meinte der Schuster, und gleich nickten die zwei Patres: »Natürlich, das Gerede. Wir verstehn, jaja, wir verstehn!«
»Überhaupt der ganze Lärm um Sie, Herr Kraus! Um so einen stillen Menschen«, mühte sich der Pater Superior, ins leichte Plaudern zu kommen: »Jaja, und dabei denken die Leute gar nicht, daß so ein Reichtum oft mehr Sorgen macht als Freude.«
Der Pater Lorenzius sah in der unveränderten Werkstatt herum und sekundierte wohlgefällig: »Fast wie bei einem Eremiten ist's bei Ihnen, Herr Kraus! Alles genau noch so bescheiden.«
»Ja, Hochwürden«, hakte der Kraus hier ein: »Ich hab' mir nie was anderes gewünscht ... Und jetzt, wenn jeder Mensch inne wird, daß ich nach wie vor der Schuster Kraus bin und weiter nichts, jetzt wird sich der Lärm hoffentlich bald legen.«
Ganz begriffsstutzig suchten die beiden Patres nach einem richtigen Anfang, und wieder half ihnen der Kraus: »Ich hab' schon gehört vom Altersheim, Hochwürden. Da wollt' ich schon ein paar Mal 'nüber.«
»O, kommen Sie doch, Herr Kraus, bitte! ... Wenn Sie wollen, können wir Sie gleich mitnehmen. Wir haben Platz im Wagen!« fiel der Pater Superior etwas auffällig beflissen ein: »Wenn's Ihnen zu beschwerlich ist, kann Sie der Herr Leichtl auch wieder heimfahren.«
»Besten Dank, besten Dank, Hochwürden! Zuviel Ehr' für mich!« winkte der Kraus ab: »Aber, Sie sehn ja, ich hab' noch allerhand Arbeit. Es ist soviel liegengeblieben in der letzten Zeit, und die Leut' drängen.«
»Aber, Herr Kraus, jetzt können Sie sich doch sicher Ruhe gönnen«, sagte der Pater Lorenzius und lächelte allereinnehmendst.

Er und Pater Superior bekamen Gesichter, als halte sie der Alte zum Narren.
»Ruhe? . . . Die hab' ich bloß bei der Arbeit, Hochwürden. Wenn man mich nur in Ruh' lassen tät'«, fuhr der Kraus fort, und da hielten es die beherrschten Brüder in Jesu doch an der Zeit, deutlicher zu werden. »Es handelt sich, Sie wissen ja, es geht alles nur um unsere guten Werke«, begann der Pater Superior und beschrieb salbungsvoll den Zweck des Altersheimes, mengte viele demütige Worte darein, sprach von hochherzigen Stiftern in der Umgebung und legte dem Schuster nahe, in welch sinnvoller Weise er durch eine größere Spende dem gnädigen Gott seine Dankbarkeit für das späte Glück bezeigen könne. Der Schuster hörte zu und ließ den Sprechenden dabei nicht aus den Augen. Das irritierte ein wenig.
»Sie sehen, Herr Kraus, unser Collegium denkt beständig an seine Freunde! Unsere Bruderschaft ist bestrebt, allen, die guten Willens sind, dazu zu verhelfen, auch gute Werke zu tun und sich dadurch noch mehr der Gnade Jesu Christi anheim zu geben«, schloß der Pater. Erwartungsvoll sahen er und Pater Lorenzius auf den Kraus. Etliche Sekunden lang blieb es still. Nur der schlafende Hund unter der Ofenbank schnarchte.
»Ja«, sagte der Kraus: »Ja, Hochwürden, Sie verkennen mich wirklich. Ich hab' mir nämlich gedacht, lang leb' ich sowieso nicht mehr, und in der Ewigkeit brauch ich doch nichts. Ich hab' beim besten Willen nichts übriges. Ich hab' nämlich meine ganze Erbschaft hergeschenkt.«
Den Patres verschwammen die Augen. Ihre Mienen verloren jäh den Halt. Ebenso schnell aber verfestigten sie sich in einem dunklen Staunen.
»Hergeschenkt? . . . Verschenkt, Herr Kraus?« fand der Pater Lorenzius als erster die Sprache wieder: »Das ist doch nicht möglich! Es hat sich doch, soviel man weiß, um einen Millionenbetrag gehandelt?!«
»Ja«, erwiderte der Kraus einfach: »Ja, ganz recht –«

»Einfach weggegeben?... Doch nicht an einen Unwürdigen?« unterbrach ihn der Pater Superior und stand auf. Beleidigte Enttäuschung huschte über sein hochrotes, glattrasiertes Gesicht. Auch der Pater Lorenzius stand nun, und beide starrten fragend auf den Kraus. »Hat Sie denn dabei auch ein wirklich verläßlicher Anwalt beraten?« fragte der Pater Superior besorgt, und als der Kraus den Namen ihres Herrn Doktor Wallberger nannte, wurden ihre Mienen wahrhaft vernichtet.

»Ich kann Ihnen für's Altersheim nichts geben, ich nicht«, hörten sie den Schuster sagen. Das letzte ›Ich‹ blieb in der peinlichen Stille hängen und schien aus einem unerfindlichen Grund die beiden Diener Gottes zu erleichtern. Nein, Neugier ziemte sich für sie nicht. Wieder ganz beherrscht sagte der Pater Superior: »Nun, der Segen des Allmächtigen sei über dem, der eine solche Wohltat von Ihnen erhalten hat, Herr Kraus. Wahrlich, Ihre Demut ist groß. Gelobt sei Jesus Christus!«

»In Ewigkeit Amen«, murmelte der Kraus wie üblich. Keinem der Patres fiel mehr ein, ihn nach Weylarn mitzunehmen. Bedächtigen Schrittes gingen sie aus dem Haus. Hinter ihnen drein schritt der Schuster, verabschiedete sich am Wagen noch einmal mit der ganzen Freundlichkeit, die er aufbringen konnte, und kühl antworteten sie. Rasch stiegen sie ein, und gleich rollte das hohe, lederüberdachte, wackelige Gefährt von dannen. Der Kraus drehte sich um und grinste verstohlen. Das war endlich wieder einmal nach dem Gusto seiner Bosheit gewesen. Er ging gemächlich auf die offene Haustüre zu.

Der Silvan hatte die Fuhre abgeleert und stand, auf die Gabel gestützt, auf dem leeren Leiterwagen.

»Kraus!« schrie er plötzlich. Der Schuster drehte sich um.

»Wart' ein bißl, ich hab' was zu reden mit dir!« sagte der Silvan, und geschwind sprang er vom Wagen, ging resolut auf den Schuster zu und setzte noch herrischer dazu: »Gehn wir in deine Werkstatt!... Geh nur zu!«

Kaum waren sie dort angelangt, kaum war die Türe zu, bekam der Silvan ein drohendes Geschau und hastete heraus: »Kraus, daß du dir darüber klar bist – ich weiß, daß du ein Jud bist! Es erfährt's keiner ohne meinen Willen! Aber du weißt, die Zeiten sind jetzt für euch Juden gefährlich! . . . Besser, du hältst dich an mich, verstehst du? . . . Du hast jetzt einen Haufen Geld! Du bist alteingesessen, da läßt sich allerhand für dich richten. Aber, mein Lieber, da heißt's erkenntlich sein, verstanden? Wenn du den Kuttenbrunzern was stiften kannst, nachher wirst du auch was für die nationale Bewegung hergeben, oder?« Er hielt ein. Messerspitz sah er dem Schuster in die Augen.
»Sag's gleich, wieviel willst du geben?« fragte er grob und von oben herab: »Red! . . . Auf mich kannst du dich verlassen! Mein Wort drauf!« Er wartete und bekam eine ungeduldig-unsichere Miene. Der Kraus blieb stumm. Er sagte nicht etwa: »Ich bin doch ein Jud, und Judengeld wollt ihr doch gar nicht!« Das kam ihm gar nicht in den Sinn. Viel zu fern lag das, was der Silvan jäh wieder lebendig in ihm machen wollte.
»Juden wie du brauchen keine Angst zu haben!« sagte der Silvan. Doch der Kraus stand unbeweglich da wie ein Mensch, der mit einem Male die Spannung seines ganzen Lebens aufgibt und keine Furcht mehr hat. Vielleicht spürte er auch zuinnerst, wie diese Ruhe und diese fast gleichgültige Unerschrockenheit ihm ein Übergewicht gab, wie es den anderen wirr und immer unsicherer machte.
»Red doch ein Wort! Wieviel gibst du?« wiederholte der Silvan drohend und aufgeregt dringlich.
»Hja, hm, ja, Silvan?« gab der Kraus absichtlich bedächtig zur Antwort und schaute ihn mit einem langen Blick an: »Hja, ich hab doch gar nichts!«
»Was? Was! . . . Lüg doch nicht so unverschämt!« schrie der Silvan jetzt schon, und im Nu wurde sein schnüffelndes Gesicht noch finsterer: »Oder hast du vielleicht gar den Kuttenbrunzern alles –«

»Nein-nein!« fiel ihm der Schuster ins Wort: »Du verstehst mich nicht!... Ich hab' wirklich nichts herzuschenken!... Ich hab' nämlich meine ganze Erbschaft sofort einem anderen vermacht!... Ganz und gar, verstehst du?... Ich hab' alles auf Heller und Pfennig hergeschenkt!«
Dem Silvan blieb die Luft weg.
»Was?... Hergeschenkt? Du?... Blödsinn!« keifte er zerfahren und bellte auf: »Kerl! Kerl, das stellt sich schnell raus! Das kommt dich teuer zu stehn!... Du denkst noch an mich!«
Auf riß er die Tür und schlug sie krachend zu. Fort war er.
Matt ließ sich der Kraus auf den Stuhl fallen, auf welchem noch kurz zuvor der Pater Superior gesessen hatte, und schaute trüb in die schon sacht verdämmernde Luft der Werkstatt. Er atmete tief, und mit dem Hauch des Atems kam nur das eine Wort aus ihm: »Odessa!... Odessa!«
Gewiß gab es in dem Land, wo er jetzt schon so lange lebte, noch Gerichte, bei denen man gegen derartiges, wie er es eben erlebt hatte, Klage führen konnte. Der Form nach kam so ein Kläger auch manchmal noch zu seinem Recht, und der gewalttätige Nazi wurde zu einigen Wochen Gefängnis verurteilt. Aber was half das dem Kläger? Für den Verurteilten lauerten Dutzende rachgierig auf ihn wie bei einer Vendetta. Dagegen gab es keinen Schutz mehr.
Der struppige Hund schmiegte sich an die Beine des Schusters und sah fragend zu ihm empor. Lahm lächelte der Kraus und tätschelte ihn. Er ließ sich gehen, der Schuster. Er gab sich auf im Unentrinnbaren. Er schaute hinab auf seinen Hund, lächelte wiederum verloren und brummte in einer Art von verhaltenem Galgenhumor: »Tjajaja, Fuchsl, jetzt zeigt sich das schöne, beschissene Glück erst ganz, jajajaja! Geh weiter, Fuchsl! Sowas macht Hunger!« Er nahm seinen alten Hut vom Nagel: »Komm, Fuchsl, essen wir was! Essen und Trinken halten Leib und Seel' zusammen! Geh weiter, komm!« So, als ob gar nichts geschehen wäre, ging er aus

dem Haus. Er sperrte die Türe nicht mehr zu. Der Silvan, der breitbeinig auf dem Wagen stand und eben wieder ins Feld fuhr, sah ihn langsam auf die Hingerlwirtschaft zugehen.

Zum ersten Mal in seinem ganzen Leben trank sich der Kraus einen Rausch an und plapperte dabei allerhand wirres Zeug daher, das kein Mensch verstand. Der Ludwig brachte ihn heim, zog ihn sogar aus und legte ihn ins Bett. Immerzu lallte der zittrige Alte: »Hja-tja, Ludwig, du magst schon recht haben!... Jaja, alles muß losgehen auf sie, alle! Aber ich – ich bin zu alt dazu.« Er lachte teigig und glotzte ihn mit seinen glasigen Augen an: »Hähja, magst recht haben!... Mach's nur! Mir ist alles gleich!« Er richtete sich schwankend in den Kissen auf, griff tastend nach dem fest dastehenden Ludwig, strich an dessen Hand herunter und stammelte heiser: »Ich hab's nie geglaubt, Ludwig!... Du-du bist ein guter Mensch, jaja, ei-ein guter Mensch! Hähä, du und der Fuchsl! Hähä!« Zerblasen sah sein Lächeln aus. Wie geschleudert schnellte sein Oberkörper in die Höhe und sackte haltlos über den Bettrand. Gerade noch konnte ihn der Ludwig auffangen. Zischend und stinkend erbrach er sich. Wie eine niederfallende Sturzflut klatschte es auf den Kammerboden, und jetzt stöhnte der Schuster: »Ach, mir ist ja so schlecht. So elendig schlecht, äch!« Es würgte ihn von neuem, als reiße es ihm das ganze Gedärm heraus. Endlich schien er ganz leer inwendig. Ächzend richtete er sich auf, und der Ludwig legte ihn ins Kissen zurück. Erschöpft schnaubte er. Die Augen hatte es ihm herausgetrieben. Dick und unablässig tränten sie. Zerstört sah sein wasserüberlaufenes, besudeltes Gesicht aus.

»Sterben möcht' ich!... Sterben!« kam schwach aus ihm. Der Ludwig setzte ihm das volle Wasserglas an die Lippen, und er schluckte gierig und krachend.

»Sterben. Jaja, das wär' das Beste!« ächzte er wiederum, als er zurückfiel.

»Ah! Du stirbst nicht! Jetzt erst recht nicht! Jetzt wollen wir erst

sehn!« hörte er den Ludwig sagen, und es klang wie von weither, wie ein Widerhall von vielen Stimmen. Die Augen fielen ihm zu.
Der ›Fuchsl‹ lag am Fußende des Bettes, winselte noch kurz und machte es sich bequemer.
Am drittnächsten Tag, als das ›Amdorfer Wochenblatt‹ in die Häuser kam, lasen die Leute darin eine groß aufgemachte, derart sensationell klingende Nachricht, daß des Staunens und Redens überhaupt kein Ende mehr wurde. Jede hauptstädtische Tageszeitung, die diesen Bericht nur nachdrucken konnte, mußte dem Wochenblatt neidig sein.
›Unerwartete Wendung in der Angelegenheit der Auffinger Millionen-Erbschaft‹ hieß die dicke Überschrift, und im folgenden war eine notariell beglaubigte Erklärung des Rechtsanwaltes Wallberger eingefügt, die besagte, daß der Schuster Kraus die ganze Hinterlassenschaft seines kürzlich in Amerika verstorbenen Sohnes Jan Kraus dem ledigen Metzgergesellen Ludwig Allberger, derzeit bedienstet bei Herrn Mathias Hingerl, Gastwirt in Auffing, als Schenkung überlassen habe. Der Schluß-Satz lautete: ›Um übrigens den vielen in der letzten Zeit überall umlaufenden Mutmaßungen ein Ende zu bereiten, gibt der auf seine Erbschaft verzichtende Schuhmachermeister Julius Kraus dortselbst ausdrücklich bekannt, daß er jüdischer Abkunft und katholischen Glaubens ist.‹
All das hatte der Ludwig nach einer langen Aussprache mit dem Kraus und dem Wallberger ersonnen, um das gefährliche Interesse der beutegierigen Leute von Silvans Sturm vom Schuster abzulenken. Besonders über den letzten Satz war er stolz, denn er versprach sich davon einige Wirkungen. Zum Kraus sagte er: »Da ist dem Silvan ein Strich durch die Rechnung gemacht. Wirst du sehn, die Leut' stellen sich alle auf deine Seite, und kein Mensch findet was dran, daß du ein Jud bist.« Und dem Wallberger verriet er, daß das ein schwerer Hieb gegen die Judenfeinde sei und den Nazis politisch viel Wind aus den Segeln nehme. Eins ahnte er frei-

lich nicht, der Ludwig. Nämlich, daß grade diesen letzten Satz außer den Nazis keiner wichtig nahm, daß er sich selber aber mit der ganzen Bekanntgabe eine Art Schutzbrief ausgestellt hatte, denn sofort erwirkte der Silvan von der obersten SA-Leitung des Gaues die Genehmigung für einen Geheimbefehl, der jedem Hitlermann untersagte, den ›neureichen, bekanntlich mit Rotmord paktierenden Allberger Ludwig, ansässig in Auffing, Bezirksamt Amdorf‹ vorläufig zu belästigen. Zur weiteren Instruktion an die einzelnen Sturmtruppler erhielt jeder Scharführer eine genaue Sachdarstellung und Personenbeschreibung mit der Photographie Ludwigs. ›Betreffender ist genau zu beobachten und möglichst in Sicherheit zu wiegen, da für allfällsige spätere Aktion vorbehalten‹, schloß der Befehl, der nach der mündlichen Weitergabe sofort verbrannt werden mußte.

33

Der Kraus, den der Rausch ziemlich verändert zu haben schien, sah wohl hin und wieder ein Hakenkreuz auf seine Türen, Fenster oder Wände gemalt, sonst aber ereignete sich nichts, was darauf schließen ließ, daß der Silvan und dessen Anhang gegen ihn etwas im Schilde führten. Er hatte auch keine Angst mehr davor. Es war sinnlos, dem, was einem nun einmal vom Leben bestimmt war, dauernd auszuweichen, sich zu verstellen oder etwas zu verbergen. Und dieses Leben ging, wie der Schuster merkte, wirklich mit jedem Tag auf zuletzt zu. Im langsamen Verschwimmen zerrannen ihm Angst und Furcht und wehe Bitterkeiten.
Er versperrte keine Tür mehr. Er lief nicht mehr davon vor den neugierigen Leuten. Ihre Zudringlichkeiten erregten ihn nicht mehr. Jede andere Widerwärtigkeit ließ ihn ebenso gleichgültig. Mit greisenhafter Gelassenheit nahm er von jetzt ab alles auf, was Stunde und Tag daherbrachten. Mit geruhiger Heiterkeit versuchte er, so gut das eben ging, aus jedem Augenblick das beste für sich zu machen, und mußte lächeln, wenn er gewahr wurde, was

für einen seltsam entwaffnenden Eindruck seine Unangerührtheit auf die Leute machte, die ihn doch seit eh und je als einen ganz anderen gekannt hatten. Sie schauten ihn jetzt an wie ein Wesen, das nicht mehr zu begreifen ist. Fragend, scheu, bestürzt wohl auch mitunter und mit einem fast ehrfürchtigen Respekt, und sie wurden noch sprachloser, wenn er das, was er getan hatte, so grundeinfach, selbstverständlich und kaum des Erwähnens wert fand.
Wenn sich nämlich von nun ab das ganze laute, heftige Interesse auch mehr und mehr dem Ludwig zuwandte, ruhig wurde es deswegen noch lange nicht um den Kraus, im Gegenteil: Der Reiz des Sonderbaren an ihm zog an. Nie im Leben hätte er sich träumen lassen, daß er noch einmal für Einheimische und Fremde so eine interessante, umworbene Persönlichkeit werden würde. Jeder grüßte ihn freundlich, und wenn er sonntags aus dem Hochamt kam, musterten ihn alle eigentümlich. Kaum war er vorüber, da steckte alles die Köpfe zusammen, und ein Raunen fing an, wobei der eine oder andere immer wieder auf den Weitergehenden schaute. Der Ludwig, den jetzt – wie konnte es auch anders sein – eine gewisse gewaltsame Großzügigkeit angefallen hatte, kam zu ihm und meinte lachend: »Ja, das geht denn dann doch nicht, daß du mir alles schenkst, und daß du dabei weiterlebst wie ein Bettelmann, Schuster. Soll ich dir nicht wo eine schöne Villa kaufen, oder willst du vielleicht in ein Bad, damit du deine Gicht auskurieren kannst . . . ? Was ist's, besinn dich nicht lang! . . . Ich fahr' dich einfach mit meinem Wagen hin! Das macht gar keine Umstände!«
Aber der Kraus schüttelte bloß seinen dicken Kopf und lächelte: »Hoho, nur nicht gleich so wild, Herr Millionär! . . . Mir ist's sauwohl! . . . Kannst dir ja du sowas kaufen, wenn du eine Freud' dran hast . . . Mir ist mein Häusl Sach' genug!«
»Herrgott, du bist ein sonderbarer Mensch, Kraus. Verlangst du dir denn gar nichts mehr?« staunte der Ludwig.
»Nein, gar nichts! Radikal gar nichts!« scherzte der Schuster: »Ich bin bloß neugierig, wann dir das Geld in den Kopf steigt. Grad

freuen tät's mich, wenn du rechte Dummheiten machen tät'st und nachher auf einmal nicht mehr wüßtest, wo aus und wo ein! Jetzt hätt' ich Zeit zum Zuschauen!«

Der Ludwig hatte es aber offenbar gar nicht auf Dummheiten angelegt. Bis zu seiner Heirat mit der Emma wollte er beim Hingerl noch Metzgerarbeit machen, und über das Weitere schien er sich noch nicht schlüssig zu sein. Alles Gerede, daß er die Hingerlwirtschaft kaufen wolle und dergleichen, war purer Unsinn. Den Wallberger hatte er, gleich nachdem die Erbschaftsüberschreibung zum Abschluß gebracht worden war, zu seinem Vermögensverwalter gemacht und nach Amerika fahren lassen, damit er sich die Jan Krausschen Geschäfte ansehe und alles mit den Direktoren dort berede. Nach der Rückkehr vom Wallberger wollte er gewissermaßen erst sein neues Leben anfangen. Die ungeduldige Emma fuhr er viel spazieren, und mit dem Peter war er oft zusammen, was nur die Neumeiers wußten. Die hatten nichts dagegen, doch daß der Peter in der letzten Zeit so zertreut war, machte ihnen Sorgen. In kurzer Zeit sollte er die Prüfung machen. Stets aber hatte er den Kopf woanders.

Die Frau Direktor Vogelreuther, die wegen eines Fußleidens schon lange nicht mehr so oft in die umliegenden Dörfer kommen konnte, suchte einmal den Kraus auf und rief ganz verzückt: »Sie sind ein Heiliger, Herr Kraus! . . . Wer sich so überwindet und auf alle irdischen Güter verzichtet! . . . Einfach himmlisch!«

Wie kam sie nur dazu? Nichts von diesen ›irdischen Gütern‹ war doch den Jesuiten zugeflossen?

»Wenn Sie mir begegnet wären, Frau Direktor, vielleicht hätt' ich Ihnen alles geschenkt«, lächelte der Kraus sie an. Sie konnte nicht recht entziffern, ob es Spott oder Einfalt war, und nahm das letztere an. »Gott, Herr Kraus, und einen Humor haben Sie dabei – einfach rührend!« sagte sie und verabschiedete sich endlich nach vielen ähnlichen Überspanntheiten. Nicht ein Wort über die Jesuiten hatte sie gesagt, merkwürdig.

Eine Zeit lang behelligten den Kraus auch noch hauptstädtische Reporter, die sich jetzt erst recht ergiebigen Stoff für ihre Zeitungen erwarteten. Er ließ sie fragen und photographieren, soviel sie wollten. Freilich sagte er ihnen blutwenig, und fast, wie um sein Gespött mit ihnen zu treiben, erzählte er ihnen stets nur des langen und breiten von seinem ›Fuchsl‹ und überhörte alles andere, bis es so einem Herrn zu langweilig wurde, bis er davonging, um sich Wahres und Erlogenes über den ›Auffinger Sonderling‹, wie der Kraus alsbald genannt wurde, im Dorf zusammenzuholen. Das Unbegreifliche verunruhigte jedermann. »Hm, Kraus? . . . Hast jetzt du wirklich soviel hergeschenkt? Über eine Million Dollar? Alles? . . . Hast du dir gar nichts dabei 'denkt? . . . Hast du dir denn wirklich gar nichts zurückbehalten?« fragte beispielsweise der junge Moser beim abendlichen Milchholen einmal und fing zu rechnen an: »Eine Million und zweihunderttausend Dollar? Ja, Mensch, Kraus! . . . Das sind doch fast drei Millionen Mark! Hast du dir denn das auch überlegt? Hat dich denn das gar noch nicht gereut? . . . Das hast du einfach hergeschenkt? Einfach zum Ludwig gesagt: Dir gehört's?« Alle in der Kuchl schauten wie entgeistert auf den Kraus, der ohne weiteres erwiderte: »Reuen? . . . Ich bin doch froh, daß ich von dem ganzen Zeug nichts mehr weiß! . . . Was braucht denn ein alter Jud soviel Geld!« Wie beschämt lugten alle auf den Schuster. »Ob du ein Jud oder was anderes bist, das ist doch gleich! Das geht doch keinen was an!« mischte sich der alte Moser ein: »Du hast dich doch dein Lebtag geschunden und geplagt genug! . . . Unsereins will doch auch einmal rasten!« Und fast verschreckt redete die junge Moserin zwischenhinein: »Drei Millionen! . . . Ja? Ja, da bleibt einem ja gleich der Verstand stehn!«
»Drum hab' ich auch gleich geschaut, daß ich alles los worden bin!« lächelte der Kraus darüber hinweg und wandte sich wieder an den alten Moser: »Und, naja, wegen dem, daß ich ein Jud bin? . . . Es heißt doch ewig, die Juden, die wollen nichts wie Geld und Geld und wieder Geld!« –

Die abgeernteten Kartoffeläcker lagen leer da. Stumpfbraun breiteten sich die umgeackerten, geeggten und neubestellten Wintergetreideflächen aus. Nur vereinzelt weideten noch Kuhherden auf den längst gemähten Wiesen. Die letzten Oktoberwinde hatten das dürre Laub von den Bäumen gefegt und graue Regenwolken in den ausgebleichten Himmel getrieben. Herb roch es rundum nach Herbst.

Um diese Zeit begannen schon wieder neue Wahlen zu toben. Trotz allem Lärm der Silvan-Sturmtruppler und vieler aus der Hauptstadt kommender Nazis brachten sie ihre Versammlungen kaum jemals voll. Die schmetternden Aufmärsche mußten sie allein machen, aber auch die anderen Parteien zogen nur wenige Leute an. Waren doch erst im August die letzten Wahlen gewesen, und jetzt war es November. Alles läuft sich ab und wird zuwider, wenn es sich zu oft und zu schnell wiederholt. Keiner glaubte mehr, daß bei dieser ewigen Wählerei noch etwas herauskommen würde. Im Glachinger Viertel schon gar nicht, denn da waren alle Augen, alle Ohren, jedes Denken, viele Wünsche und Einbildungen dem neuen Millionär, dem Allberger Ludwig zugewendet, der jetzt, nachdem der Wallberger aus Amerika zurückgekommen war, endlich die Rotter-Emma heiratete. Auf dieses Ereignis hatten die Dorfschönen ganz besonders gespannt gewartet. Echt brauchmäßig ging es dabei her. In der Pfarrkirche wurde das Paar getraut, und beim Hingerl im großen Saal war das Mahl mit dem darauffolgenden Tanz. Es fiel allgemein auf, daß dort neben dem neuen Pfarrer und dem alten, hageren Lehrer Schleifer auch der Pater Superior und der Pater Lorenzius von Weylarn Gäste waren, wenn die zwei auch nur bis zum Schluß des Mahles blieben und sich dann allerfreundlichst vom Brautpaar verabschiedeten. Man munkelte allerhand, denn mit der Geistlichkeit hatte es der Ludwig doch noch nie gehabt.

Wer sich noch an die Hochzeit vom Jodl-Kaspar erinnern konnte, der mußte zugeben, daß die vom Ludwig mindestens ebenso lustig und gemütlich war. Zudem gab es einige Überraschungen. Sehr hoch rechneten es die Leute dem neugebackenen Millionär an, daß er gar keinen Stolz zeigte und auch, wie es früherszeiten bei solchen Gelegenheiten üblich war, seine Feinde eingeladen hatte. Statt dem Silvan aber kam nur der Heingeiger, der schlammgrau und arg hohlwangig aussah und nur auf das Zutun vom Peter und den Jodls gekommen war. Recht gemischt waren die Leute, was wahrscheinlich daher kam, daß niemand das übliche Mahlgeld hatte zahlen müssen und sich keiner diese magenfrohe Gelegenheit entgehen lassen wollte. Den Kreitler und den Stelzinger mit seiner Gretl sah man. Ihr Zukünftiger, der Lehrer Schulz von Amdorf, ein hochgewachsener, stiller Mensch mit einem langen Gesicht und nüchternen, grauen Augen, saß neben ihr, aber es hockten auch gewiß an die zwei Dutzend stämmiger, verwegener Moorarbeiter an den langen, weißgedeckten Tischen an der linken Saalwand, und beim Hereinbruch der Dunkelheit kamen immer noch mehr. Das konnten die Einheimischen nicht recht begreifen, doch infolge des reichlichen Verzehrs und starken Trinkens stieg die Fidelität, und eins mischte sich natürlich in das andere. Neben dem Brautpaar saßen rechts die Brauteltern, die Rotters, daneben die Neumeiers von Amdorf und der Wallberger, der ein recht bedeutsames Gesicht hermachte und von Zeit zu Zeit immer wieder auf den Ludwig sah oder gar zu ihm hinging und gewichtig und geschwind mit ihm flüsterte. Den Rotters und den Neumeiers gefiel es ungemein, daß die zahlreich vorhandenen Zeitungsberichterstatter sie so oft ausfragten und photographierten. Linker Hand, neben dem Ludwig, saß der Kraus, neben ihm der Peter, der um und um strahlte und von manchen Dorfschönen schon recht begehrlich gemustert wurde. Schon um einen halben Kopf größer als sein Großvater, der Heingeiger, war er, dichter war sein blondes Bärtchen geworden, und er tanzte schmuck und lebhaft. Alles an ihm war heiter und keck, so daß man zuweilen an ein rassiges, junges Fohlen erinnert wurde.

»Großvater, prosit!... Mich freut's so, daß du da bist!« trank er dem Heingeiger, der ihm gegenüber mit den Mosers, den Lampls und den Jodls saß, öfter zu und lächelte dabei leuchtend. Der Bauer aber rückte nur seine Augendeckel ein wenig höher, nickte lahm und verzog sein Bartmaul ein wenig. Er redete fast nichts und saß da wie ein verlassener Mensch.

Aller Augen hingen am glücklichen Brautpaar, indessen von Zeit zu Zeit überflogen sie immer wieder den Kraus, und viel Fragendes mischte sich dann in ihren Glanz. Der Schuster beachtete das alles nicht. Er aß und trank mit größtem Appetit, und hin und wieder griff er nach einem abgenagten Knochen auf dem Teller seiner Tischnachbarn und warf ihn dem hinter ihm liegenden ›Fuchsl‹ zu. Einmal verfingen sich dabei zufällig seine Blicke mit denen vom Heingeiger. Bittere Wehmut huschte über die verschlossenen Züge des Bauern.

»Magst ihn so gern, deinen Hund, Schuster?« fragte er müd über den Tisch herüber.

»Ja – etwas ist's auch«, erwiderte der Kraus. Da bekam der Heingeiger einen verborgen schmerzlichen Ausdruck, als wollte er sagen »Dir hab ich arg Unrecht getan! Trag mir's nicht nach.« Nur sie verstanden das. Ganz winzig nickte der Kraus, und laut sagte der Heingeiger: »Du hast wenigstens einen Hund.« In der lauten Lustigkeit wurde das nicht bemerkt.

Als jetzt der Tanz aussetzte und die Leute sich an die Tische gesetzt hatten, klopfte der Wallberger ein paar Mal mit der Gabel an sein Bierglas, stand auf und gab, als es allmählich stiller geworden war, im Auftrag vom Ludwig bekannt: Daß erstens die Gemeinde für den schon jahrelang geplanten Ausbau des Wasserwerkes zwanzigtausend Mark und das Allberger-Häusl als Heimstatt für künftige Dorfarme erhalte, zweitens, daß der Stifter immer bereit sei, Beihilfen zu schaffen, wenn der Bürgermeister ihn auf einen Notstand hinweise, und drittens endlich, daß für die Moorarbeiter ebenfalls zwanzigtausend Mark für vorkommende Unfälle und ein

ganzer Ochse mit zwei Hektolitern Freibier für den nächsten Sonntag gestiftet seien. Dieser Sonntag war der Wahltag.
Nach dem lauten Beifall erwartete jeder, daß der Bürgermeister im Namen der Gemeinde ein paar Dankesworte sagen würde. Der Bauer streckte aber nur über den Tisch weg seine schwere Hand dem Ludwig hin und sagte halblaut: »Schönen Dank, Ludwig. Es soll dir und der Emma Glück bringen.« Einer der Moorarbeiter dagegen ging fest und lachend auf das Brautpaar zu, schüttelte den zweien ebenfalls die Hand, wandte sich dann den Leuten zu und dankte mit kräftiger Stimme, indem er – wie er sich ausdrückte – »den Freund und sozial denkenden Spender Ludwig« hoch leben ließ. Als er wieder vom Tisch weg ging, blinzelte er unvermerkt dem Peter zu. »Freund, hat er gesagt«, wisperten sich da und dort Einheimische zu. »Hm, seltsame Freund' hat der Ludwig.« Das Tanzen fing wieder an. Der Kreitler, der schon wieder seinen Rausch hatte, schrie zum Ludwig hinüber: »Das ist schön von dir, Ludwig, daß du an die armen Teufel denkst. Du weißt eben, wie das ist, weil du selbst einmal ein armer Teufel gewesen bist!« Der Ludwig lachte gemütlich und prostete ihm zu. Die meisten aber meinten, der Kreitler halte nur um gutes Wetter an, um bei der nächsten Gelegenheit borgen zu können.
In der nächsten Frühe fuhren die Brautleute in ihrem Mercedes-Benz-Wagen aus dem Dorf, die nebelverhangene Glachinger Straße hinauf. Es hieß, sie hätten die Absicht, eine wochenlange Hochzeitsreise in den sonnigen Süden zu machen. Die heiratsfähigen Töchter redeten von nichts anderem als von der märchenhaften Zukunft der zwei.
Als der Ludwig das Wäldchen unterhalb Glaching hinter sich gelassen hatte, sah er im Orientierungsspiegel über seinem Kopf ein Motorrad auf der Terzlinger Gemeindestraße daherfahren, das bald auf die Staatsstraße kam und sich hinter ihm hielt.
»Holla!« sagte er: »Da schau her! Die Herrn sind aber neugierig.« Die Emma fragte, aber er verlangsamte mit einem Mal sein Tempo

und antwortete nur: »Wart nur! Das werden wir gleich haben!« Nach einer Weile trat er fest auf die Bremse. Es gab einen gelinden Ruck, und sein Auto stand.

»Bleib nur drinnen . . . Ich will bloß was nachschauen«, sagte der Ludwig und stieg aus. Er sah die Straße entlang, wo der Motorradfahrer jetzt ebenfalls sein Tempo verlangsamt hatte, aber doch auf Rufweite herangekommen war.

»Ah, der Xaverl? . . . Wo aus und wohin denn?« schrie der Ludwig scheinbar arglos zurück: »Willst gewiß ein Wettrennen mit mir machen?« Der Tratzelberger-Xaverl stoppte sein Motorrad, blieb aber darauf sitzen und stützte dessen Gleichgewicht, indem er mit beiden Beinen auf den Boden trat.

»Ich hab' bloß in Wimpfelberg was zu tun«, gab der Xaverl an. »Soso? Ich hab' gemeint, du willst mir's Ehrengeleit geben!« spottete der Ludwig: »Ich fahr' über Trauning. Hinterhalb Wimpfelberg wird ja die Straß' so schlecht.«

»So, über Trauning? Da mußt du durch Weylarn«, rief der Xaverl, aber ehe er weiterreden konnte, gab der Ludwig zurück: »Jaja, ganz recht . . . Da hab' ich sowieso noch was zu tun, aber vielleicht wartest du, bis ich fertig bin, nachher können wir ja auf der Trauninger Straß' ein Wettrennen machen.« Er lächelte spitz, stieg schnell in seinen Wagen und ließ den Xaverl vorbeisausen.

»Was ist's denn gewesen? . . . Warum hast du denn wegen dem Kerl angehalten?« fragte die Emma leicht verunruhigt.

»Ich wollt' ihm bloß zeigen, daß ich weiß, warum er mir nachfahrt«, erwiderte der Ludwig. Die Sonne schälte sich aus den aufsteigenden Nebelschwaden. Er fuhr recht langsam.

»Ludwig? Ludwig, mir ist gar nicht wohl dabei. Die haben doch schon lang was im Sinn mit dir! . . . Ich möcht' gar nicht mehr zurück nach Auffing«, fing die Emma zu barmen an: »Die Stelzinger-Gretl hat mir erzählt, daß die Raminger-Amalie bei ihnen im Laden gesagt hat, du kommst ihnen nicht aus, samt deinem Geld.«

»Wem denn nicht auskommen?« fragte der Ludwig.

»Dem Silvan – und überhaupt den Nazis«, antwortete die Emma: »Die sagen, du willst auf und davon.«

»So? . . . Das will ich durchaus nicht. Warum denn auch?« meinte der Ludwig.

»Aber ich! Ich, Ludwig, seh' für uns nichts Gutes mehr in Auffing!« redete die Emma noch banger auf ihn ein: »Was man da jetzt immer in den Zeitungen liest, da muß man ja um jeden Angst haben. Unser Bäckergesell' hat erzählt, daß die Nazis in jeder Gegend Listen gemacht haben. Jeden haben sie aufnotiert, der ihnen nicht paßt. Die meisten, hat er gesagt, unser Gesell', wollen sie einsperren oder gar umbringen, wenn der Hitler am Ruder ist.«

»Hoho! . . . Naja, jetzt schauen wir uns erst einmal das Land ein bißl an, Emma! An die anderen Sachen laß nur mich denken«, schloß der Ludwig fest und gab Gas. Sie sausten über den Buchberger Berg hinauf, durchs Dorf und auf der schönen, breiten Waldstraße nach Weylarn weiter. Bald fuhren sie durchs hohe Klostertor.

»Tja, hm. Du bist also wirklich da her?« fragte die Emma verwundert: »Warum halten wir denn da? . . . Hast du denn da wirklich was zu tun!«

»Jaja, natürlich. Geh nur raus! Geh weiter! . . . Du wirst es gleich sehn«, antwortete der Ludwig. Er stieg aus dem Wagen und half ihr heraus. Er lächelte gewagt und belebt.

IV. Teil
Die große Vergeblichkeit

34

Der Ludwig, der erst jetzt langsam, aber mit jedem Tag deutlicher zu begreifen anfing, was man mit so einem riesigen Haufen Geld alles zuwege bringen konnte, hatte bisher mit der Emma stets nur das Allernotwendigste über seine politischen Absichten gesprochen. Sie wußte zwar, daß ihn der Kraus nach dem Besuch der Jesuiten dazu angehalten hatte, für das Weylarner Altersheim eine größere – wenn auch verschwiegene – Spende zu machen, aber sie dachte, das sei schon erledigt, und sie ahnte nicht, daß der Ludwig damit etwas ganz Bestimmtes erreichen wollte. Sie merkte nur, daß er diesmal, wenn er es auch durch eine gewaltsame Lustigkeit zu verbergen suchte, ziemlich erregt und gespannt war. Weiberleute haben für so etwas einen feinen Spürsinn, und auf den Kopf gefallen war die Emma nicht. Indessen, sie war ja selber noch ziemlich durcheinandergebracht durch den Strudel ihres Glückes und schrieb die Gespanntheit ihres Ludwig dem hereinströmenden Neuen der letzten Wochen zu. Darum fragte sie auch nicht weiter.

Hitzige Auseinandersetzungen mit Genossen der verschiedensten Richtungen lagen hinter dem Ludwig. Die Gutwilligen hießen ihn einen ›Idealisten‹, und die anderen schüttelten über seine ›politische Blindheit‹ verstimmt den Kopf. Trotz der hart aufeinanderprallenden Meinungen jedoch hatten zu guter Letzt doch alle mit ihm übereingestimmt, daß das, was mit diesem Hitler und seinen Nazis heraufgekommen war, unbedingt zurückgeschlagen und für dauernd unmöglich gemacht werden müsse.

»Mag's kosten, was es will!« hatte der Ludwig stets gesagt: »Denn das geht gegen jeden!«

»Koste es, was es wolle!« war auch das letzte Wort jedes Genossen gewesen, und darauf hatte der Ludwig geantwortet: »Na, also!«

Jetzt hatte er etwas im Sinn, was ihm seine ehemaligen Parteifreunde in der Stadt drinnen, insbesondere aber der kommunistische Zellenleiter bei den Moorarbeitern, der Trappert, arg verübelten. Trotzdem blieb er diesmal bei seinem Willen.

Der Ludwig war, so oft er sich's auch einreden wollte, kein Revolutionär. Im Grunde genommen war er noch immer der gleiche ›Versöhnler‹, ja, wenn man es genau nehmen wollte, zielte er auf etwas ganz anderes ab als die Politiker. Die strebten alle nach der alleinigen Macht im großen Staat und vielleicht auf der ganzen Welt. Das konnte sich sein Verstand nicht mehr deutlich machen. Er sah, wo immer er mitmachte, alles begrenzter und näher. Er war einer der unzähligen rechtschaffenen Menschen in unserer Zeit, die eine enge Jugend und ihr hartes Leben, der Krieg, die Revolution, die Inflation und die jetzigen stürmischen Jahre darauf gebracht hatten, daß es für seinesgleichen trotz allem geduldigen Fügen und Gehorchen, allem Arbeiten und Streben immer nur schlechter statt besser geworden war, daß die Millionen der fleißigen, friedlichen Kleinen stets von neuem von den zur Macht gekommenen Großen für irgendwelche Zwecke ausgenutzt und betrogen wurden, und daß es für sie, wenn auch das Gegenteil davon in den fein ausgedachten Gesetzbüchern stand, nie ein gleiches Recht gab.

Gewiß, der Ludwig interessierte sich seit jeher heftig für die politischen Ereignisse in den Städten und draußen in der Welt, und er nahm auch Stellung dazu, im eigentlichen Handeln aber blieb er doch immer eingefangen von den täglichen Menschen der Landschaft, deren Art und Sinn ihm von Kind auf geläufig waren. Obwohl er nun Millionär war, fühlte er sich als einer ihresgleichen, dem es gar nicht in den Kopf kam, mehr oder etwas anderes zu sein. Sein jähes Glück irritierte ihn dabei sogar zeitweise, dann aber kam wieder ein kräftiges Selbstbewußtsein über ihn, wie man es vielfach bei tüchtigen, wohlhäbigen, angesehenen Bauern antrifft, die zu Bürgermeistern oder Landräten gewählt werden. Mit ihren neuen Aufgaben wachsen sie langsam und unmerklich über ihr Haus- und Hofwesen hinaus und fangen an, mit natürlicher Umsicht, mit gesundem Ehrgeiz und stolzer Liebe danach zu trachten, wie sie ihrer Gemeinde oder ihrem Landstrich am besten nützen können. Das ungefähr bewegte auch den Ludwig.

Glück, und noch dazu so ein unvorhergesehenes, wirkt auf jeden Menschen anders. Sein Inhalt und Sinn richten sich nach dessen Alter und nach dem, was aus ihm im Laufe der Jahre geworden ist. Für den stets von neuem inwendig geknickten, alt gewordenen Kraus hatte dieses Glück nichts bedeutet als Beängstigung und Störung. Für ihn war Glück endliche Befreiung vom inneren Druck, ungestörte Ruhe und eigenbrötlerisches Für-sich-Sein. Der Ludwig dagegen stand im besten Mannesalter. Krisen, wie der Kraus, hatte er nie durchgemacht. Unrecht und Bitternisse hatte er genug erlebt, aber er war nicht verbittert geworden. Er wollte zeigen, daß all das nicht zu sein brauche, wenn alle einträchtig zusammenstünden und sich gegen jene stellten, die in einem fort Unrecht und Bitternisse in das allgemeine Leben trugen.

In der Schule, als armer Bub, hatte er leicht und schnell gelernt, der Ludwig. Er wußte stets mehr als die andern. Doch die zwei Rotholzerbuben waren die Söhne vom reichen Bürgermeister und saßen jedes Klassenjahr auf den ersten Plätzen. Sie lernten schlecht, nahmen sich viel heraus, aber das wurde vom Lehrer übersehen. Das wurmte den Ludwig von früh auf. Aus der Schule gekommen, wollte er Maschinist oder vielleicht Ingenieur werden, aber der Vater sagte: »Papperlapapp, lauter dumme Faxen! Wir sind keine Geldleut'! . . . Beim Staundorfer in Amdorf suchen sie einen Metzgerlehrling! Metzgerei geht immer!« Und also war der Ludwig zum Staundorfer gekommen. Die zwei Meisters-Söhne lernten mit ihm, taten überheblich und schauten verächtlich auf ihn herab. Bei ihnen biederten sich die Gesellen an. Er mußte jede Dreckarbeit machen, und das meiste war nicht richtig. Ihn schlugen die Gesellen, und der Meister wie seine Buben fanden das ganz in der Ordnung. Eines Tages nahm der Ludwig das große Schlachtbeil und ging auf den ersten Gesellen los. Da jagte ihn der Staundorfer davon und hieß ihn ein ›Zuchthausfrüchterl‹. Da der Ludwig wußte, daß sein Vater um diese Zeit in der Glachinger Richtung auf Straßendienst war, kam er heimlich zu seiner Mutter, weinte sich aus, sie gab ihm ihre letzten abgesparten zwanzig Mark, und er ging wieder fort. In der Stadt, sich selbst überlassen, ging es schnell bergab mit ihm. Schließlich fand er doch wieder eine Lehrstelle bei einem Metzger. Da war es nicht viel besser wie beim Staundorfer, indessen, es hieß, sich durchbeißen und das viele Unrecht schlucken. Denn sein Vater war plötzlich am Herzschlag gestorben. Die Mutter mußte erhalten werden, und der Ludwig wollte sie nicht im Stich lassen. Endlich wurde er Geselle, und es ging ihm besser. Zum ersten Mal war er ein freier und sein eigener Mensch. Da brach der Krieg aus.

Der Ludwig war ein tapferer Soldat, machte freiwillig viele gefährliche Patrouillengänge, wurde zweimal verwundet und bekam das Eiserne Kreuz und die Tapferkeitsmedaille. Brennenden Hunger und verzehrenden Durst, Hitze und beißende Kälte, Läuse und Dreck, schaurige Ängste und blutige Gemetzel, mörderische Artilleriebeschießungen, tückische Gasüberfälle und gräßliches Sterben auf jeder Trittspur ertrugen er und seinesgleichen jahrelang. Bis zuletzt fügte sich seine dezimierte Kompanie geduldig und stumpf jedem Befehl. Nicht etwa, weil jeder ein geduckter Kriecher war, sondern einfach deswegen, weil alle sich sagten: »Jetzt sitzen wir schon in der Scheiße und müssen eben schauen, wie wir uns durchschlagen.«

Einmal war ein Urlauber zurückgekommen, der trostlose Dinge aus Heimat und Hinterland erzählte und eine Speisekarte vom deutschen Offizierskasino in Brüssel mitbrachte. In Brüssel, erinnerte sich der Ludwig, da ist auch der Silvan vom Heingeiger, jaja, beim Generalkommando, und Feldwebel ist er.

»Schaut euch das an! Die fressen, saufen und huren, und wir können hier heraußen verhungern!« sagte der Urlauber: »Deswegen

lassen wir uns an der lausigen Front in Fetzen schießen.« Alle bekamen eine Wut. Jeder schimpfte, aber jeder zuckte zu guter Letzt die Achseln, erinnerte an den Oberleutnant, der schon vier Jahre mit ihnen im Graben stand, und meinte: »So ist's überall! Die besseren Lumpen oben bringt man nicht weg!... Was kann man machen? Hoffentlich ist dieser Mistkrieg bald aus!«
»Verloren ist er doch schon längst! Das weiß man oben genau, aber uns läßt man ruhig krepieren!« argumentierte der Urlauber weiter: »Wenn keiner mehr von uns mitmacht, ist der Krieg morgen aus!« Alle gaben ihm recht, doch aufgeben, weglaufen, das ging nicht, wenn überall die anderen Kameraden standhielten. Das war doch feig und gegen alle Kameradschaft.
Aber dann, ungefähr vier oder fünf Tage vor dem Waffenstillstand, war auch über diesen Kampfabschnitt das gekommen, was damals die ganze riesige Westfront auseinanderschnurren ließ und ins kopflose Zurückfluten trieb.
Als nach einem tagelangen, unbeschreiblich fürchterlichen Artilleriefeuer, wie aus dem Schlamm und Dreck herauswachsende Untiere, Hunderte von amerikanisch-englischen Tanks über die zerklüftete, überschwemmte, eisüberkrustete, weite tote Fläche daherrollten und scheppernd, ratternd und feuerspeiend immer näher, unaufhaltsam näher an die zerbröckelten, mit eiskaltem Wasser vollgelaufenen Schützengräben herankamen, da starrten die entnervten Soldaten auf die ungeschlachten, stählernen Kolosse, unfähig zu allem.
»Kinder! Kameraden! Handgranaten raus und Sturm!« schrie der knochenmagere, um und um bärtige Oberleutnant ganz verzweifelt: »Los! Sturm! Wir können uns doch nicht einfach zu Brei zerwalzen lassen! Los!« In dem Augenblick aber bellte es scharf: »Nein! Schluß jetzt!«, und der Mann, der einst die Offiziersspeisekarte gebracht hatte, hieb den Oberleutnant über den Haufen, daß er wortlos ins Wasser platschte.
»Schluß! Kameraden! Rückt aus! Zurück, wir sind verloren!«

schrie der Mann noch schriller, und wie ein jäher Wirbelsturm kam es über alle. Aus der langen Grabenkette krochen sie, fingen zu rennen an, rannten geduckt, gepeitscht und ohne Ziel über alles hinweg, durch den glitschigen Schlamm, den pfeifenden Kugelregen und die zischenden Einschläge rechts und links, verloren die Stiefel, warfen die Gewehre weg, kümmerten sich nicht mehr um steckenbleibende, schreiende Kameraden und stießen endlich, endlich in einer regenstumpfen Nacht auf andere fliehende Massen, vermengten sich mit ihnen und wurden weitergeschoben, dem Rhein zu. Erst in Aachen wußten sie wieder, daß sie menschliche Wesen waren, durchfluteten die vollgepfropfte Stadt, kamen mitunter in warme Räume, fanden verloren geglaubte Kameraden wieder und wurden schließlich von einem rasch gebildeten Soldatenrat notdürftig zusammengefaßt, verpflegt und weitergeschafft. Da war dem Ludwig der Mann, der im Graben ›Schluß jetzt! Zurück!‹ gebellt hatte, wieder ins Gesichtsfeld gekommen.

»Mensch«, sagte er zu ihm: »Wenn du nicht gewesen wärst, wären wir heut' alle futsch!« Halb dankbar und halb staunend sah er ihn an.

»Das hätten wir schon früher haben können, aber sowas läßt sich eben nie nach der Uhr machen«, lächelte der Angesprochene und erzählte, daß der Kaiser und der Ludendorff sofort auf und davon seien, als es schief zu gehen anfing.

»Und jetzt verkrümeln sich alle Fürsten und Offiziere wie die Ratten, aber für uns Muschkoten hat's sowas nie gegeben. Uns hat man gestern noch erschossen, wenn wir ausgerückt oder übergelaufen sind«, redete er weiter: »Der Krieg ist verloren. Jetzt kann sich jeder von uns fragen: Warum eigentlich? Warum und für wen hab ich den Kopf hingehalten? Die Herrschaften sind fort, und wir können alles ausbaden. Ist das vielleicht in der Ordnung? Ist das Recht und Gerechtigkeit?«

»Aber unsern Oberleutnant, um den ist's doch schad!... Der war kein Hund«, sagte der Ludwig.

»Soll ich ihn vielleicht stehn lassen haben, damit er uns alle in den Heldentod hetzen hätte können?« hielt ihm der andere entgegen. Darauf wußte der Ludwig keine Antwort mehr.
»Aber jetzt ist Revolution! . . . Du mußt zu uns! Jetzt richten wir die Gerechtigkeit ein!« sagte der Mann. So war der Ludwig zur Revolution und zu den Kommunisten gekommen, war im Umsehen Soldatenrat und wirkte für die Gerechtigkeit, nahm wieder das Gewehr und kämpfte gegen die Weißen, ging ins Land und suchte die Leute zu gewinnen, mußte sich verstecken und wurde fünf Jahre auf die Festung geschickt, ja, und dann verstand er die widerspruchsvolle Politik seiner Partei nicht mehr und ging seinen eigenen Weg. Aber so ist das schon: Wenn einer durch ein zwingendes Erlebnis in die Politik gerät und sich einmal zu einer bestimmten Richtung zählt, kommt er nie wieder davon los. Ohne daß er es wahrhaben will, ist er als einzelner der allgemeinen Unruhe verfallen, selbst wenn er die geschlossene Partei verläßt.
Viele Hoffnungen und Enttäuschungen fielen dem Ludwig ein, als er jetzt mit seiner Emma vom Pater Lorenzius über Treppen hinauf und durch lange Gänge hindurch zum Pater Superior geführt wurde. Mehr als je war in den letzten Jahren durch die Hitleristen wieder Lug und Trug und Unrecht aufgekommen, und wenn sie zur Macht kamen, gab es überhaupt kein Recht mehr. Er hatte sich zerstritten mit vielen seiner Genossen, der Ludwig. Sie verstanden ihn nicht. Indessen zuinnerst stand er doch in ihrer Richtung. Das Resultat mußte es ihnen zeigen. Darum durchströmte ihn Stolz und Mut und Zuversicht wie damals, als er vor den Richtern gestanden und nach Verkündung des Urteils seiner alten Mutter zugenickt hatte.
Der Pater Lorenzius machte den hohen, reichgeschnitzten, dunkelgebeizten Flügel der Türe auf, und freundlich lächelnd ging der Pater Superior dem Brautpaar entgegen.
Die Emma war ziemlich befangen, als sie die Plätze eingenommen hatten. Sie schielte von Zeit zu Zeit auf die blinkenden Aquarien,

auf die Vogelbauer und Zierpflanzen, und ihr Blick landete auf des Paters langer, leicht geäderter Hand mit dem Goldring, auf dem ein großer, dunkler Edelstein funkelte. Lässig lag diese Hand auf dem Schreibtischpult. Auch der Ludwig, der die Patres doch fast täglich sah, war zuerst ein bißchen geniert und plagte sich, eine legere Sicherheit an den Tag zu legen. Zuerst ging es um das Übliche und Nächstliegende, und als man endlich auf die beabsichtigte Stiftung zu reden kam, wurde der Emma ihr Gesicht ein wenig gelangweilt, was den beiden Patres nicht entging.

»Wenn es beliebt«, wandte sich der Pater Superior an sie: »Es wird sich ja um das rein Geschäftliche handeln ... Vielleicht möchte die junge Frau inzwischen unsere Einrichtungen und Gebäulichkeiten ansehen. Bruder Lorenzius übernimmt gern die Führung.«
»Oja! ... Ja, gern!« antwortete die geschmeichelte Emma geschwind und stand gleich auf. »Bitte, nur vorausgehen!« sagte der Pater Lorenzius lächelnd, und sie nickte belebt: »Danke! ... Dankschön!« Die Türe schloß sich sacht. Pater Superior und Ludwig schauten einander ganz kurz in die Augen.

»Sie haben mich durch den Herrn Advokaten Wallberger wissen lassen, Herr Allberger«, begann der Pater mit gelassener Sicherheit, »daß Sie den Wunsch hätten, sich mit mir über verschiedene Dinge auszusprechen ... Wir kennen uns ja schon jahrelang, und ich nehme an, es handelt sich um eine persönliche Angelegenheit.« Er hielt an.

»Ja ... Persönlich? ... Nein!« antwortete der Ludwig wie überrumpelt, rückte auf seinem Stuhl zurecht, schaute den würdigen Pater fester an und fuhr fort: »Ich wollte bloß sagen, daß ich die Spende für den Kraus natürlich gerne mache, und es ist mir sehr recht, daß das nirgends erwähnt werden soll, aber, Hochwürden, ich möchte auf das, was sich der Kraus gedacht hat, gern noch was dazulegen, wenn wir uns über etwas einigen, was Weylarn und alle Leute hier herum angeht. Sogar sehr angeht ...«

»Einigen? ... Es kommt darauf an, über was, Herr Allberger!«

nahm der Pater den gleichen Ton an: »Sie wissen ja, solange es nicht gegen unsere Religion gerichtet ist.«
»Das hat gar nichts mit der Religion zu tun, Hochwürden!« fiel ihm der Ludwig ins Wort, und so sonderbar drängend, daß ihn der Pater Superior einen Augenblick überrascht musterte. Der Ludwig schien jetzt alle Geniertheit überwunden zu haben und sagte viel überlegter: »Wie ich da nach Weylarn hergefahren bin, hab' ich überall Hakenkreuze an den Bäumen, auf den Wegweisern und sogar auf der Stiftskirchenwand gesehen. Dahin hat einer auch einen Galgen gemalt und drunter geschmiert: Da gehört ihr Pfaffen hin.« Er schaute auf den reglos dasitzenden Pater mit dem unentzifferbaren Gesicht, gab sich einen innerlichen Ruck und wurde eindringlicher: »Ich will nicht lang herumreden. Die katholische Kirche lehnt, soviel ich weiß, alles ab, was der Hitler und die Nazis treiben.« Irgendwie mußte ihn das widerspruchslose Schweigen des Paters stören, denn etwas lauter und drängender setzte er hinzu: »Aber sie tut, als ob sie das alles nicht sieht! Sie stellt sich nicht dagegen! Sie wehrt sich nicht und kämpft nicht.« Er spürte eine leichte Hitze auf seinen Backen. Er hielt den Atem an.
»Kämpfen? . . . Wehren?« sagte der Pater Superior unverändert: »Stecke dein Schwert in die Scheide, Petrus! sagte der Herr, als die Häscher ihn im Garten Gethsemane packten.« Sacht hob er die Stimme: »Die Kirche ist keine Staatsinstitution. Unsere Regeln und Glaubenssätze sind nicht auf die kurzlebigen Erscheinungen dieser Welt gerichtet.« Er schwieg wieder, und eine kurze Pause zerglitt. Den Ludwig hatte dieser priesterliche Ton sichtlich ungeduldig gemacht. Trotzdem hielt er an sich.
»Aber wenn katholische Religion und Kirche in einem Staat so offen und gefährlich angegriffen werden, was dann?« fragte er.
»Dann ist das Sache der Polizei und der Gerichte des Staates, der vertraglich die freie Ausübung der religiösen Pflichten anerkannt hat«, erwiderte der Pater Superior etwas schärfer und kühler.
»Und wenn der Staat nicht mehr die Macht dazu hat? Wenn die Po-

lizei und die Gerichte versagen?« hielt ihm der Ludwig entgegen, wunderte und freute sich sichtlich über seine Schlagfertigkeit und wurde immer sicherer.
»Dann wendet sich die Kirche an ihre Gläubigen, sich nur umso fester um sie zu scharen und allen Lockungen der Feinde des Herrn zu widerstehen. Herr Allberger, aber nicht durch Gewalt, sondern durch das Gebet«, antwortete der Pater und wurde leicht pathetisch: »Zweitausend Jahre sind wir Katholiken so unseren Widersachern und ärgsten Feinden entgegengetreten. Unzählige sind für unsere heilige Religion in den Martertod gegangen. Ihr Beispiel und unsere Gebete waren stärker als jede weltliche Macht!... Gewaltige Reiche sind inzwischen versunken. Die Kirche Jesu Christi ist geblieben, weil sie vom ewigen Gott gegründet und geleitet wird.« Vielleicht entsann sich der Ludwig all der Diskussionen mit besonders zungenfertigen Genossen, die auch immer auf so weitabliegende, ungreifbare Dinge kamen, wenn er das Nächste wollte. Ohne sich zu genieren, stand er auf, ging auf den umfänglichen Schreibtisch zu, beugte sich auf dessen Pult hinab und schaute dem unerregten, glattrasierten Pater Superior mit dem besten, gewinnendsten Ausdruck ins Gesicht.
»Nichts für ungut, Pater Superior!... Hochwürden!« platzte er heraus und wurde noch dringlicher: »Ich weiß ja, Weylarn hat allerhand Gutes für diese Gegend getan, ganz gewiß! Aber das wär' doch alles nicht möglich gewesen, wenn nicht sehr weltliche Umstände dabei mitgewirkt hätten, zum Beispiel die vielen Spenden der Leute, die Einnahmen von den Exerzitien und so weiter!... Nichts für ungut, ich mein' das nicht schlecht, gar nicht! Aber Weylarn, die katholische Kirche und ihre Gläubigen, das lebt und steht doch nicht abgeschlossen wie etwas Geisterhaftes in der übrigen Welt. Sie müssen mich nicht falsch verstehen, Hochwürden! Ich kann mich vielleicht nicht so gut ausdrücken!... Ich mein' doch bloß, wenn die Polizei, die Gerichte und überhaupt schon der ganze Staat darauf ausgehen, die ruhigen Leute vor den Nazis

nicht mehr zu schützen, wenn man dieser Bande freie Hand läßt und zum Schluß die Macht übergibt, dann ist's doch aus mit uns allen! Sie wissen doch ganz genau, Hochwürden, was die Nazis mit den Klöstern im Sinn haben! Die sagen das doch nicht bloß in die Luft hinein, das weiß man doch jetzt! Es heißt doch zum Beispiel immer, die katholische Kirche ist gegen die Sünden? . . . Was die Nazis treiben, mein Gott, das sind doch schon die gemeinsten Verbrechen! Das ist doch tausendmal mehr als Sünde! . . . Gegen die müssen doch alle –«

»Darf ich, bitte?« wehrte der Pater das weitere ab, indem er mit seinem Ring auf das Schreibtischpult klopfte und lehnte sich, als der Ludwig schwieg, etwas in den Sessel zurück: »Ja, Herr Allberger, Sie haben recht! Unsere alleinseligmachende Kirche wirkt gegen die Sünde . . . Zugleich aber schließt das die Vergebung mit ein . . . Die Menschen sind nicht unfehlbar. Ihre Sünden sind Irrtum und Verirrung.« Er merkte, daß der Ludwig etwas sagen wollte, und richtete sich langsam auf. Groß stand er auf einmal da, wie eine Statue, an der alles abprallt.

»Irrtum und Verirrung? . . . Auch bei den Nazis?« rief der Ludwig. Fremd sah er den Menschen da vor sich an.

»Auch bei ihnen«, nickte der Pater wie unberührt. Der Ludwig fand das Wort nicht mehr. Nur die undurchdringlichen Augen des Paters standen in seinen Blicken.

»An uns Priestern, Herr Allberger«, redete der Pater in die gedrückte Stille hinein, »die wir der Gnade teilhaftig geworden sind, Jesum Christum zu folgen, an uns liegt es, mit friedlicher Geduld die Verirrten auf den rechten Weg zu bringen. Liebe deine Feinde, Herr Allberger, das heißt, nur durch die Liebe bezwingt man.«

»Tja! . . . Hm, dann freilich!« stotterte der Ludwig enttäuscht heraus, und man merkte, wie hilflos er jetzt war.

»Sie haben geglaubt, Herr Allberger, durch eine eventuelle Erhöhung der Spende unsere Bruderschaft dazu gewinnen zu können, daß wir in die politischen Geschehnisse eingreifen . . . Das können

wir nicht«, kam ihm der Pater fast geschäftsmäßig zu Hilfe und wechselte seine Stimme erneut: »Das Ewige des Herrn hat uns den Weg gewiesen. Von diesem Weg abzuweichen, hieße für uns nicht etwa, uns selbst aufzugeben, es hieße soviel wie dieses Ewige überhaupt schänden.«
Der Ludwig sagte nichts mehr. Er musterte den hochgewachsenen Mann unvermerkt von oben bis unten, und wahrscheinlich rätselte er vergeblich in sich herum: »Ist er ein Feind oder ist er wirklich das, was er sagt?« Er war froh, als jetzt die Tür aufging und die Emma mit dem Pater Lorenzius zurückkam.
»Gott, der Allmächtige, segne Sie! Jesus Christus begleite Sie!« sagte der Pater Superior wie in der Kirche, drückte zuerst dem Ludwig und dann der Emma die Hand. Der Pater Lorenzius brachte sie zur Tür ...
»Ich weiß nicht, ich kenn' mich nicht mehr aus«, sagte der Ludwig, nachdem er zur Verwunderung seiner Emma lange stumm geblieben war, als sie schon auf der Trauninger Straße dahinfuhren: »Die in Weylarn haben was, da kommt man nicht durch!« Die Emma fing das Fragen an. Er machte Ausflüchte und log daher, daß man sich ›recht gefinkelt‹ über die Höhe der Spende und alle Formalitäten unterhalten habe. Sie war aufgefrischt und erzählte von der wunderschönen Einrichtung des Klosters und der netten Freundlichkeit des Pater Lorenzius. Überall, wo sie durchfuhren, leuchteten ihnen riesige, dickbedruckte, blutrote Naziplakate entgegen.
»Schau doch, überall, im ganzen Land sind die! ... Herrgott!« sagte die Emma einmal bang.
»Vielleicht sollen die Leut' erst den Hitler haben! ... Vielleicht wollen ihn die meisten!« gab der Ludwig bitter zurück. Als sie in Innsbruck übernachteten, schrieb er einen langen Brief an den Trappert, in welchem der Satz stand: ›Leider, ihr habt recht gehabt. Wir stehen allein.‹

35

Währenddem der Ludwig und die Emma fort waren, geschah allerhand. Der Wahlkampf ging dem Ende zu. Die politischen Zustände im ganzen Land waren zerfahren und machten die Leute immer wirrer. Das Ärgste war, daß jetzt schon der dümmste wie der gescheiteste Mensch sagte: »So kann's nicht mehr weitergehen!« und jeden Tag geradezu auf eine gewaltsame Änderung wartete. Keine Partei und kein Wahlredner aber konnten sagen, wie sich denn alles ändern sollte. Alle beriefen sich stets nur darauf, daß, wenn sie an die Macht kommen würden, sich sehr schnell alles ins Bessere wende und ordne. Allerorten hatte der Kanzler Papen beteuert, er habe die Regierungsgewalt fest in der Hand. Dabei ließ er den Nazis immer mehr freien Lauf. In den Städten machten sie sogenannte ›Terrormärsche‹ in die Arbeiterviertel, zerstörten Parteiheime, warfen die Fenster der Gewerkschaftshäuser ein, demolierten Arbeitersiedlungen und überfielen Versammlungen. Die Polizei verhielt sich sehr verschieden. Meistens schritt sie nicht gegen die Nazis ein. Sie hielt nur die Arbeiter davon ab, ebenfalls aufzumarschieren oder gar sich zu wehren.
Auch im Glachinger Viertel wagte nun der Silvansche Sturm, verstärkt durch Zuzug aus Amdorf und aus der Landeshauptstadt, den angedrohten ›Revanchemarsch‹ gegen die Terzling-Furtwanger Moorarbeiter zu machen. Die dort liegende Abteilung der Landespolizei – es war dieselbe, die damals den Glachinger Kassensturm verhindert hatte – ließ es jedoch zu keinem ernsthaften Zusammenstoß kommen. Ihr Kommandant, den die Bauleitung, die Arbeiter und die ruhigen Leute in der Umgegend wegen seiner gerechten, einwandfreien Pflichterfüllung schätzen gelernt hatten, verhielt sich dabei sehr energisch, umsichtig und tapfer. Er verwehrte den brüllenden Nazis, auf Wurfnähe an den schnell gezogenen Stacheldrahtzaun heranzukommen, und verbot den Arbeitern, die sich schon teilweise verbarrikadiert und mit Steinen, Pickeln und

Schaufeln bewaffnet hatten, aus ihren Baracken zu kommen. So gab es nur ein schreckliches Gefluche auf beiden Seiten und vereinzelte Steinwürfe. Zudem setzte nach ungefähr einer halben Stunde ein schneidender Schneesturm ein, und mit der Drohung, daß sie bald wiederkommen würden und daß der Herr Kommandant als erster am Galgen baumle, wenn der Hitler Kanzler würde, zogen die wütenden Sturmtruppler wieder ab. Die erbitterten Arbeiter jedoch weigerten sich zwei Tage lang, ihre Arbeit wieder aufzunehmen, und setzten durch, daß sie neben der Landespolizei noch eigene Wachleute haben durften, die hauptsächlich den dichten Forst, der sich knapp hinter ihren Baracken steil nach Furtwang hinaufzog, streng kontrollierten. Aus dieser Richtung nämlich waren während des ›Revanchemarsches‹ Steinwürfe gekommen und hatten einige Barackenfenster zertrümmert. Einer ihrer Wachleute wurde auch kurz darauf durch einen Wurf aus dem Hinterhalt so schwer am Kopf verletzt, daß man an seinem Aufkommen zweifelte. Die wachhabende Landespolizei vertrat den Standpunkt, es sei Sache der Amdorfer Gendarmerie, den unbekannten Täter ausfindig zu machen, und der wurde nicht gefunden. Immerhin begleitete von jetzt ab stets ein Landespolizist den Arbeiterwachmann, und das sah der Kommandant Feldinger nicht gern. Seine Leute kamen dadurch mit den roten Arbeitern zu nahe zusammen. Er hielt das für nicht ungefährlich in bezug auf die Disziplin, mußte sich aber um des Friedens willen in das Unvermeidliche fügen.

Trotz all ihres Wütens, ihres Mordens und Einschüchterns verloren die Hitlerischen bei dieser Novemberwahl über zwei Millionen Stimmen. Die Sozialdemokraten hielten sich, und die Kommunisten nahmen beträchtlich zu. Kurz darauf stand in den Zeitungen, daß die Papen-Regierung zurückgetreten und ein General von Schleicher vom alten Hindenburg zum Kanzler ernannt worden sei. Von den Wänden der Häuser, von den Gartenzäunen und Telegraphenstangen hingen die aufgeweichten Fetzen der vielen Wahlplakate.

»Und was ist's jetzt? . . . Jetzt springt die Katz auf die alten Füß'!« plärrte der Kreitler am Sonntag nach der Wahl beim Postwirt über den Tisch.

»Esel, saudummer! Wär' gescheiter, du tät'st dein Maul im Zaum halten!« schrie ihn der Witzgall an und stand auf: »Solche Burschen wie du werden zuerst rausgefischt! . . . Ob einer Papen oder Schleicher heißt, das ist doch bloß noch ein Interregnum! Aber das verstehst du ja nicht! Dazu bist du viel zu dumm! Bei der Abrechnung hilft dir aber deine Dummheit auch nichts mehr!« In voller Hitleruniform war er. Herrisch stapfte er aus der Stube.

»I-Inter-ter-reginum!« plapperte der Kreitler mit seinem weiberhellen Zungenschlag, doch nach und nach wurde er stumm wie ein Fisch.

Der Heingeiger, der schweigend vor seinem Maßkrug neben dem jungen Moser saß, deutete mit dem Daumen auf die Tür zu, aus der der Witzgall eben gegangen war, und brummte: »Und *die* regieren uns jetzt dann!«

»Jaja, jetzt mag's schon sein, daß der Hitler bald Reichskanzler wird«, versuchte der vorsichtige junge Moser arglos zu bleiben. Er mochte die Nazis gewiß nicht, aber er spürte, die kamen jetzt dran. Da hieß es, sich's nicht mit ihnen von vornherein zu verderben. Haus und Hof und eigene Interessen waren wichtiger, als in solch öffentliche Kalamitäten zu kommen. Und zu oft und gerade jetzt mit dem Heingeiger beisammensitzen war wenig geraten. Bei dem daheim nämlich hatte es am Tag vor der Wahl etwas gegeben, das die Leute weitum beunruhigte, und in das man gegen jeden besseren Willen schnell hineingezogen werden konnte. Seither ging der Heingeiger in jeder Frühe aus dem Haus, soff Tag für Tag in den Wirtshäusern herum, kam nur noch zum Schlafen heim und räsonierte schandmäßig gegen die Nazis. Und, sagte er fort und fort: »Grad schaun muß ich, daß ich noch schnell alles versauf'! . . . Je schneller mein Hof zugrund geht, umso besser. Bleiben darf nichts, radikal gar nichts mehr!«

Am Vortag der Wahl nämlich war ein Fuhrwerk vom Tratzelberger aus Furtwang vor das Bürgermeisterhaus gefahren – nicht der Xaverl, der Knecht fuhr es und brachte eine dicke, fast haushohe, schwarzweißrot bemalte Fahnenstange vom Zimmermann Hingstl aus Terzling, die der Silvan bestellt hatte und unbedingt aufstellen wollte. Sie stand bis jetzt noch nicht, denn der Heingeiger hatte mit dem Silvan deswegen schwer gerauft, und wenn die Kreitlerin und die Dirn nicht in aller Eile die nächsten Nachbarn zu Hilfe gerufen hätten, wäre vielleicht einer von den zweien draufgegangen. Als die Herbeigeeilten die blutüberströmten bissig Raufenden endlich getrennt hatten, war der Heingeiger aus dem Haus gegangen und erst nachts wieder heimgekommen. Ein großes Loch vor dem Haus war schon gegraben, aber die mächtige Stange lag noch da. Am Wahltag hatte der Silvan vollauf mit seiner Politik zu tun, er hatte seinen Sturm zu einer Siegesfeier beim Postwirt in Glaching zusammengerufen. Da zersägte der Heingeiger den Fahnenmast, und nach getaner Arbeit lud er seine Bürgermeister-Schriftschaften auf einen Schubkarren und fuhr alles zum Stelzinger hinunter, warf alles auf das Ladenpult und sagte kurzerhand: »So, das ist alles! ... Nichts fehlt! ... Meinetwegen macht jetzt den Bürgermeister, wer mag.«
Dem Stelzinger blieb nichts anderes übrig, als die Beigeordneten zusammenzurufen und mit ihnen die Formalitäten für eine neue Bürgermeisterwahl anzusetzen. Bis dahin führte er die Geschäfte. Man munkelte aber auch, der Silvan versuche jetzt, seinen Vater gerichtsmäßig unter Kuratel stellen zu lassen, weil, wie er überall herumlog, ihm der Bauer durchaus nie den Hof habe übergeben wollen und es jetzt offenbar darauf anlege, alles durchzubringen, damit ihm nichts mehr verbleibe.
Kein Wunder also, daß dem jungen Moser heute das Zusammenhocken mit dem Heingeiger gar nicht paßte. Der stieß auch bereits wieder bier-rauh heraus: »Jaja, der hergelaufene Hitler und seine Zuchthäuslerbande, die regieren uns jetzt nachher! ... Soweit ha-

ben wir's glücklich gebracht!... Und meinen Herrn Silvan, den könnt's nachher gleich zum Bürgermeister machen, aber in meinen Haus nicht!... In dem nicht! Für das garantier' ich!« Der junge Moser bekam ein bedenkliches Gesicht.
»Naja, die Zeiten ändern sicht! halt!« sagte er wie nebenher: »Um die Politik hab' ich mich noch nie bekümmert. Da versteh' ich nichts. Und wer Bürgermeister wird, das ist mir ganz gleich.« Er trank sein Bier aus, zahlte und wand sich aus dem Tisch.
»Ja, geh nur!... Geht's nur allesamt!« schrie ihm der Heingeiger nach und schaute mit hämischer Bitterkeit um den Tisch: »Angst, nichts wie Angst hat jeder!« Der alte Lampl saß da und stopfte sich unangerührt die Pfeife. Der Neuchl von Terzling nahm einen Schluck Bier, aber gleich rückte der Kreitler näher zum Heingeiger hin und meinte anbiedernd: »Angst braucht man nie haben, Heingeiger, wenn man ein gutes Gewissen hat. Ich hab's ewig gesagt: Der Kreitler, hab' ich gesagt, der hilft überall gern mit, wenn's was Gutes ist.«
»Was Gutes für *dich,* du armseliger Tropf, du!« fuhr ihn der Bauer an und drückte ihn derb weg: »Geh bloß du weg, du Dreckkerl, du windiger! Du kannst ihm sagen, meinem feinen Silvan, er soll sich einen besseren Aufpasser anschaffen!« Der Heingeiger kannte seine Leute. Auch die anderen wußten, was es bedeutete. Der Kreitler starrte jäh verschüchtert gradaus, bekam eine betretene Miene und sagte kleinlaut: »Ich kann ja auch gehn, wenn's dir nicht paßt.« Verlegen und hilfesuchend hefteten sich seine kleinen Augen auf die Gesichter der Herumsitzenden, aber die blieben gleich und gleich.
»Das Beste ist's, du gehst. Geh nur, du bist gleich vergessen!« rief der Heingeiger noch herausfordernder, und seine Augen funkelten auf. Das verstand der Kreitler endlich, trank aus und ging. Lampl und Neuchl wechselten dabei Blicke mit dem Heingeiger, als wollten sie sagen: »Recht hast du, ganz recht!« Doch nichts dergleichen kam über ihre Lippen, als man unter sich war. Auch sie

standen auf der Seite vom Heingeiger, indessen, sie hielten es wie der Moser. Sie hatten Mitleid mit dem Bauern. Er war ein guter Bürgermeister gewesen und hatte seinen Hof immer gut beisammen gehabt. Sie schämten sich fast ein wenig, daß es durch Politik und einen herrschsüchtigen Sohn soweit mit einem ihresgleichen gekommen war.

»Ja, mein Gott, jetzt kommt halt der Hitler dran! Ist ja doch einer wie der andere!« meinte der Neuchl: »Die Oberen tun ja ewig, was sie wollen! Was können wir kleinen Leut' dagegen machen!« Der Lampl sog fest an seiner neu angezündeten Pfeife, nickte und setzte dazu: »Uns Bauernleut' hat man doch nie gefragt. Früherszeiten ist's besser gewesen, aber jetzt ist's schon gar nichts mehr.« »Wenn der Hitler genau so ein Hammel ist wie die, die wo ihm nachlaufen, nachher gute Nacht! Nachher schaffen bloß noch Lumpen und Rotzbuben an, und unsereins muß sein Maul halten!« schimpfte der Heingeiger: »Zusammenhauen soll man die ganze Bagage, wie's die Moorarbeiter gemacht haben. Da hat man ja gesehn, wie kleinlaut die Bürscherln worden sind!« Lampl und Neuchl merkten, daß sie einen Fehler gemacht hatten. Statt den Bauern zu beruhigen, hatten sie ihn aufgepulvert.

»Ja no, unsereins kann doch nicht jedesmal raufen wie die Hund'. Mit'm Zuhaun und Raufen wird's ja nie besser!« sagte der Lampl, und wahrscheinlich dachte er daran, als was für eine Schande es die Leute gefunden hatten, daß so ein alter, gesetzter Mensch wie der Heingeiger, noch dazu als Bürgermeister, im eigenen Haus mit seinem Sohn gerauft hatte, gerauft wie ein Zigeuner oder Wirtshauslump.

»Sie sollen uns in Frieden lassen mit ihrer ewigen Politik. Am besten ist's, man kümmert sich nichts drum. Machen kann man ja nie was«, meinte auch der Neuchl, und langsam wechselten sie in ein anderes Thema hinüber, tranken unauffällig ihr Bier aus und gingen auch. Zuletzt hockte der Heingeiger stets allein am Tisch und konnte an seiner Wut nagen. Stumm und verlassen trank und trank er in sich hinein, und erst, wenn der hohe Rausch über ihn kam, schloß er mit jedem, der sich zufällig zu ihm gesellte, Bruderschaft, redete das unsinnigste und gefährlichste Zeug daher und kannte am andern Tag den Menschen nicht mehr, der sein nächtlicher Kumpan gewesen war. Mit seinem Saufen wurde es immer ärger, so daß sich zum Schluß alle darüber aufhielten und ihn mehr und mehr mieden. Hin und wieder kam es sogar vor, daß ihn die Schulkinder beim Heimgehen mitten am Werktagnachmittag um und um besudelt und besoffen im verschneiten Straßengraben liegen sahen. Da freilich fand man es nicht mehr gar so unrecht vom Silvan, wenn er den Alten unter Kuratel bringen wollte.

Mit so einem Rausch, wie steifgefroren mit ausgestreckten Armen und Beinen quer über der glattgefahrenen Glachinger Straße liegend, fand der Kraus seinen Nachbarn einmal und wußte nicht gleich, was er machen sollte. Er war in Weylarn gewesen und hatte für die Patres drei Paar gesohlte Schuhe hinübergebracht. Von dem Hin- und Rückweg bei dem hohen Adventsschnee war er müd, und zugleich ging ihm allerhand im Kopf herum, was ihn halb zufrieden und halb ärgerlich machte. Der Ludwig war doch ein guter Kerl. Eigentlich hatte ihn der Kraus bloß so nebenher angehalten, für das Altersheim etwas herzugeben, damit bei den Jesuiten keine Unstimmigkeiten aufkommen würden und weil ja so ein nützliches Heim die Unterstützung doch wert sei. »Jaja, meinetwegen, wenn du willst«, hatte der Ludwig überraschenderweise nach einigem Besinnen gesagt: »Du bringst mich dabei auf eine gute Idee.« Diese Bereitwilligkeit, ausgerechnet in dieser Richtung, hatte den Kraus ein wenig gewundert. Gewundert und gefreut, und es war ihm sehr recht gewesen, daß die Spende und der Name des Gebers verschwiegen werden sollten. Aber eigensinnig war er auch, der Ludwig. Gleich von Innsbruck hatte er ihm einen Brief mit den kurzen Sätzen geschrieben: ›Über die Spende ist alles besprochen. Ich möchte aber gern noch mit dir reden, wenn ich zurückkomme.‹ Was gab's da zu reden? Jetzt wußte ja der Schuster alles, denn als

er heute nach Weylarn gekommen war, hatten sie ihn gleich zum Pater Superior gebracht. Was für eine hohe Ehre auf einmal, was für eine augenfällige Freundlichkeit!
Indessen, dem Kraus war aufgefallen, daß der hochehrwürdige Herr gar kein so besonders freudiges Gesicht hermachte. »Wir wissen ja, Herr Kraus, Sie in Ihrer großen Güte haben beim Herrn Allberger ein gutes Wort eingelegt, und das hat auch die schönste Wirkung gehabt«, hatte der Pater Superior angefangen, und alsdann also war alles so langsam herausgekommen mit dem Ludwig seiner hinterlistigen Idee. »Wenn Herr Allberger doch begreifen würde!« hatte der Pater zwischenhinein einmal ausgerufen, und eigentlich war's ein bißchen zum Lachen für den Kraus. Zwanzigtausend Mark als Spende, das war doch kein Pappenstiel, aber nein – der Ludwig sollte begreifen! »Jaja, Hochwürden, das ist arg!... Er ist hie und da ein Dickkopf, der Ludwig!« hatte der Kraus einmal gesagt und, kurz und gut, nach einigem Hin- und Herreden war man in der Hoffnung auseinandergegangen, daß der Schuster vom Ludwig bei dessen Rückkehr doch noch eine größere Spende erwirke.
»Hmhm, mit seiner ewigen Politik!« hatte der Kraus auf dem ganzen Weg immer wieder vor sich hingenörgelt: »Jetzt hat er doch Geld genug! Was er sich bloß von dem Mist verspricht? Aber da red' ich noch mit ihm! Ich red' mit ihm! Der Tüftler, der siebengescheite, bringt mich womöglich auch noch in was hinein! Wart', wart', Ludwig, du Feinspinner du!« Dann mußte er wieder leicht lachen: »Aber wie sie aus sind aufs Geld, die hochwürdigen, gottseligen Herrn! Und wie sie gleich rumgestrichen sind um mich. Ob sie mich vielleicht heimfahren sollten, sagten sie. Und das hätt's doch nicht gebraucht, bei dem Schnee soweit hergehen wegen der Schuh'... Jaja, das dreckige Geld! Wie Wetterfahnen drehn sich die Leut' danach! Auch die hochseligen Herrn Weylarner... Gell, Fuchsl, da mußt auch du lachen? Dir haben sie gleich was zum Fressen 'geben, und mein Kaffee war ausgezeichnet, ganz ausgezeichnet!«

Da stand er auf einmal vor dem starren, eingeschlafenen, stinkenden Heingeiger und mußte diese Gedanken schnell aus dem Kopf schieben. Er beugte sich nieder, schob den schnüffelnden Hund weg und rüttelte den Besoffenen. Er packte ihn fest unter beiden Armen und wollte ihn hochziehen, aber der lange, steife Körper war recht schwer. Er mußte ihn wieder in den Schnee fallen lassen, und da endlich wachte der Heingeiger auf. Er wälzte sich herum, riß seine verklebten Augen weit auf und schrie bösartig: »Was ist's denn? He! Herrgott –!«

»Heingeiger? Ja, was ist's denn mit dir?« fragte der bekümmerte Kraus, und der Bauer erkannte ihn. Er richtete sich mühsam mit dem Oberkörper auf, stemmte seine Arme nach rückwärts und stand endlich, doch er wankte schwer, und gerade noch konnte ihn der Kraus aufrecht halten. Der Hund hüpfte und bellte im quirlenden Schnee. So, als komme er jetzt erst zu sich, glotzte der Heingeiger den Schuster an, fuhr sich über die Stirn und schnaubte: »Herrgott, jetzt hab' ich aber einen Rausch gehabt, Kreuzsakrament!« Er schaute in die sacht aufdämmernde Luft und schüttelte sich frierend, schaute, sich langsam sammelnd, die Straße entlang, hinab nach Auffing und fragte: »Gehst du jetzt heim, Schuster?«

»Ja, geh weiter, Heingeiger!« nickte der Angesprochene und wollte ihn vom Fleck ziehen. »Geh weiter, du kannst dir ja den Tod holen! Geh!«

Haltlos ließ sich der Bauer weiterzerren und bekam nach und nach auch einen halbwegs sicheren Schritt. Sein Kopf hing schlaff zur Seite, und hin und wieder stolperte er leicht. Der Schuster merkte, wie sich der zitternd-frierende Oberkörper des Bauern an ihn schmiegte, und als er einmal aufschaute, rannen über das besudelte, blaurote Gesicht des Rauschigen dicke, stumme Tränen. Auf einmal lag sein Kopf auf der Schulter vom Kraus.

»Mein Gott! Mein Gott, Schuster! Ich kenn' mich ja selber nimmer! Mei-mein Gott, hätt'st mich doch liegen lassen. Vielleicht wär' ich

drauf 'gangen!« heulte der Heingeiger zerbrochen aus sich heraus: »Was tu ich denn daheim? Was tu ich denn überhaupt noch auf der Welt? Der Silvan, der Hund! Der Lump, der Dieb, der Zuchthäusler, der –«
Sie waren ans Feldkreuz gekommen. So matt hatschte der Bauer jetzt, daß sich der Schuster mit ihm an den verschneiten Balken der viereckigen Umzäunung lehnte.
»Sei doch stad, Heingeiger!« redete der Schuster dem Heulenden zu: »Sei stad. Wenn wer vorbeikommt, was denkt sich denn der?«
»Mag er denken und sagen, was er mag!« brummte der Bauer wutnüchtern und rieb sich die Augen aus: »Ich halt's nimmer aus. Einer von uns muß weg! Der Silvan oder ich! Einer muß weg!«
Der Schuster sagte nichts und ließ ihn eine Weile so bohrend und giftig schimpfen. Er sah unvermerkt ins verstörte, entstellte Gesicht des Bauern, und einmal verfingen sich ihre Blicke. Da brach der Heingeiger plötzlich ab und sagte ganz anders: »Du bist ein guter Mensch, Kraus! Du bist der einzige gute Mensch, den ich 'troffen hab'!«
Den Kraus machte das verlegen, schnell warf er hin, er sei wie jeder Mensch, und wollte den Bauern wieder weiterzerren.
»Nein! . . . Heimgehn tu ich nicht! Nein!« wehrte sich dieser störrisch: »Nein, nicht vor Nacht! . . . Laß mich aus! Ich komm' schon allein hin, wo ich hin will! Einmal werd' ich doch verrecken!«
»Geh, mach keine Dummheiten! Geh doch weiter!« hielt ihn der Kraus zurück: »Wo willst denn hin?«
Ganz nüchtern sagte der Heingeiger, indem er seinen Nachbarn hart anschaute: »Ich komm' schon wohin. Wenn ich mit dir heimkomm', steht ja doch der Silvan da und sagt: ›Da schau, vom Juden laßt er sich heimführen, der Saufaus!‹ Das könnt' ich nimmer vertragen!«
Der Schuster ließ ihn los. Der Bauer drehte sich wieder ganz fußsicher um, sagte: »Schönen Dank, Schuster. Gute Nacht!« und stapfte im vernebelten Dämmern Glaching zu. Der Kraus blieb

kurz stehen und schaute ihm nach. Die lange, hagere Gestalt verschwamm nach und nach wie weggewischt.
»Hmhm«, machte der Schuster bloß und ging weiter . . .
Zu Weihnachten war der Peter jedes Jahr heimgekommen. Diesmal aber machte er seine Prüfung, und die wollten Neumeiers bei sich feiern. Sie wußten ja, daß dem Peter das wie gewünscht kam. Die Jodls mischten sich jetzt in die Feindschaft der Heingeigers. Sie wollten es so einrichten, daß Bauer und Silvan zum Neumeier hinüberkämen, um sich dort in Anbetracht des frommen Christbaums und der gutbestandenen Prüfung vom Peter zu versöhnen. Das hatte sich die Zenzi ausgedacht. Der Kaspar fuhr am letzten Adventssonntag mit dem leichten Schlitten nach Auffing hinüber. Er traf aber nur den Silvan, der sich eben – es war kurz nach dem Mittagessen – seine Sturmführer-Montur anzog.
»Ah, der Schwager! Hast du auch einmal wieder zu uns rumgefunden!« sagte der aufgekratzt und freundlich, als ob gar nichts sei: »Was bringst du denn Neues?«
»Neues?« brachte der Kaspar ein wenig baff heraus und fragte nach dem Schwiegervater.
»Der? . . . Wo wird er denn sein? Beim Saufen! Weiter tut er sowieso nichts mehr!« warf der Silvan hin und schlüpfte in seine langen, gewichsten Schaftstiefel: »Wenn du von dem was willst, da kannst du weit herum suchen.« Nicht einmal zum Hinsetzen lud er den Kaspar ein.
»Silvan«, sagte der ernsthaft: »So geht's doch nimmer weiter mit euch! Es ist doch eine Schand' und ein Spott, wie die Leut' rumreden.« Er setzte sich auf die Bank.
»Ja, das weiß ich auch, Schwager«, antwortete der Silvan und trat fest mit den Stiefeln auf, machte ein paar Schritte, zog ein kleines Taschenspiegelchen heraus, prüfte sein frisch rasiertes Gesicht, fingerte ein Kämmchen aus der Tasche, kämmte Bart und Haare und redete, ohne den Kaspar anzusehen, wie beiläufig weiter: »Das weiß ich so gut wie du, aber ich hab's aufgegeben mit ihm. Ich

hab' Wichtigeres zu tun!« Er steckte Spiegel und Kamm wieder ein, richtete sich stramm auf und wandte sich endlich an den Schwager: »Lang geht's ja nicht mehr her, dann ist Adolf Hitler Reichskanzler. Wer jetzt nicht mit allem, was ihm lieb und wert ist, dafür einsteht und Tag und Nacht dafür arbeitet, der begreift einfach nicht, was dann wird.«
Der Kaspar wartete einige Augenblicke, bis die Worte in der warmen Kuchel-Luft zergangen waren, und sagte unverfänglich: »Jaja, das mag ja sein. Das ist ja jedem seine Sach', aber, mein Gott, Silvan, so ein ewiger Unfrieden daheim, das kann dir doch auch nicht gefallen?«
»Gefallen? Wer redet von gefallen?« fing der Silvan an, steckte seine Hände in die Taschen der weiten Breecheshose und ging stapfend auf und ab: »Ich hab' die Streiterei nicht angefangen. Soll er mir nicht immer dreinreden, ich leg' ihm nichts in den Weg!« Er wurde keine Sekunde lang wütend. Er sagte alles bieder hin, wie ein zu Unrecht Beleidigter, der den besten Willen hat, mit der Gegenpartei wieder in die Verträglichkeit zu kommen. Der Kaspar hörte ihm ohne Unterbrechung zu und musterte dabei nur immerzu das empfindungslose, tückische Gesicht des Auf- und Abgehenden. Endlich blieb der Silvan stehen und fragte ihn trocken: »Na, du gibst doch zu, daß sich das ein ehrenhafter Mensch nicht mehr gefallen lassen kann. Ich hab' gegen den Vater sonst nichts, aber wenn er unsern ganzen Ruf kaputt macht und überhaupt, wenn er direkt wie ein Roter –«
»Geh, der Schwiegervater und ein Roter? Silvan!« fiel ihm der Kaspar ins Wort: »Laß mich einmal reden jetzt.« Und nun fing er an, was geplant war.
»Der Peter?... So?... Hm!« sagte der Silvan einmal kalt und geschwind zwischenhinein: »So, der hat jetzt ausgelernt?« Er schien irgendetwas zu überdenken und hörte eine Zeit lang gar nicht, was der Kaspar vorbrachte. Endlich, als dieser fertig war, sagte er wiederum im gleichen Ton: »Bei der Feier kann ich leider nicht mitma-

chen. Ich bin dienstlich verhindert, aber ich gratuliere gern schriftlich.«

»Geht's denn gar nicht?« fragte der Kaspar: »Denk dir doch, das wär' doch die schönste Gelegenheit, daß der Streit aus der Welt käm'.«

»Nein, es geht nicht«, lehnte der Silvan entschiedener ab: »Du machst dir ja keine Vorstellung, was an mir alles hängt.« Der Kaspar stand auf, und der Silvan schaute auf seine Armbanduhr. Ob er ihn nicht auf dem Schlitten mit nach Glaching nehmen könne, fragte er, und als der Kaspar zustimmte, ging er sofort auf die Tür zu und meinte: »Ich hab's nämlich eilig. Große Besprechung beim Postwirt. Wir halten ein deutsches Weihnachtsfest.«

»Da wird also der Schwiegervater kaum droben sein?« erkundigte sich der Kaspar, und als der Silvan ein bißchen hämisch: »Nein, da bestimmt nicht!« sagte, wollte er doch noch beim Hingerl nachschauen.

»Dauert das lang?« fragte der Silvan stirnrunzelnd und schaute wieder auf seine Armbanduhr.

»Je nachdem, wenn der Schwiegervater dort ist, bleib ich. Wenn nicht, bin ich gleich wieder da«, antwortete der Kaspar.

»Gut! Zehn Minuten hab' ich noch Zeit!« rief ihm der Silvan nach, und das ärgerte den Kaspar leicht. Es klang alles so kommandiererisch.

Beim Hingerl war der Heingeiger auch nicht. Zu Schnaps und Wein beim Stelzinger ging er doch sicher nicht. Den Krämer konnte er doch nicht leiden.

»Machst du dir denn da nie einen Gedanken, wo er hingeht?« fragte der Kaspar den Silvan, als sie anfuhren.

»Er ist doch ein ausgewachsener Mensch! Er muß selber wissen, was er tut«, gab der zurück. Der Kaspar versuchte nicht mehr, ihn umzustimmen. Ziemlich wortkarg blieben sie bis nach Glaching. Bedrückt fuhr der Kaspar nach Buchberg zurück. In einem fort überlegte er, wo denn der Heingeiger sonst noch hingegangen sein

könnte. In Terzling, beim Krämer und Seiler Wolfert, bei dem gab es Flaschenbier, ja, aber sonst war doch weitum keine Wirtschaft. Die Kantine hinten im Terzling-Furtwanger Moor war doch nur für die Arbeiter. Da kehrte doch nie ein Einheimischer ein. So bekümmert war der Kaspar, daß er seine Zenzi am andern Tag mit dem Autobus nach Amdorf zum Peter fahren ließ. »Ja, da kann ich dann gleich mit den Neumeiers alles ausmachen«, sagte die Zenzi. Die Neumeiers waren höfliche Leute, aber von Zenzis Vorschlag gar nicht erbaut. Die drückten hinum und herum und meinten, die Prüfungsfeierlichkeit bestehe doch lediglich in einem guten, ganz familiären Mittagessen, am Heiligen Abend könne der Peter wie alljährlich heimfahren. Das war freilich eine Notlüge, doch der Peter, der dabeistand, begriff schnell und genau und redete seiner Base das geplante Zusammenkommen aus. Seine Unbesorgtheit wegen des Großvaters machte die Zenzi leicht stutzig, und es verstimmte sie auch, daß er in einem fort vom Ludwig daherredete, der ihm geschrieben hatte, daß er in der ersten Neujahrswoche zurückkomme. Sie legte das als Fühllosigkeit aus und sagte nicht mehr allzuviel, als der Peter versprach, morgen oder übermorgen nach Auffing hinüberzuschauen und am ersten Weihnachtsfeiertag bestimmt nach Buchberg zu kommen. Enttäuscht fuhr sie mit dem nächsten Autobus ab und traf darin den Schuster Kraus, der in Amdorf Leder geholt hatte. Der erzählte ihr, daß er heute in der Frühe den Heingeiger wie immer aus dem Haus habe gehen sehen. Das erleichterte sie immerhin ein wenig. Während sie über die unselige Feindschaft in ihrem einstigen Daheim klagte, kam sie auch einmal kurz auf den Peter zu sprechen, über den sie sich noch immer ärgerte.
»Der schert sich auch nichts mehr um daheim«, sagte sie: »Recht stolz ist er worden. Gar nicht mehr wie früher ist er. An seinem Großvater hängt er auch nicht mehr! Das ist vorüber.«
»Alles geht vorüber, Jodlbäuerin, sogar unser Leben«, antwortete der Kraus gemütlich.

Die Zenzi konnte ja nicht wissen, weswegen der Peter so unbesorgt gewesen war. Erst am gestrigen Sonntag war er nach langer, langer Zeit auf eine etwas eigentümliche Weise dem Großvater wieder begegnet. Als er tiefnachmittags mit zwei Genossen von den Moorarbeitern aus dem dichtverschneiten Dickicht im Furtwanger Forst auf den Hohlweg gekrochen war, hatten sie den schon halb berauschten Heingeiger dahergehen sehen. Ausweichen war nicht mehr möglich, und der geistesgegenwärtige Peter hatte das Beste getan, was man dabei tun konnte.

»Ah, Großvater! Grüß dich Gott!« hatte er arglos gesagt: »Wie kommst denn du da her? Wo willst du denn hin?« und als Antwort bekommen: »Wohin denn? Wo's ein Bier gibt! . . . Ich will einmal schauen, ob ich in der Kantine eins krieg'!« Er lachte dabei ein verschwommenes, leeres Lachen, fixierte den Peter und die zwei Arbeiter und fragte: »Ja, und du? Was treibst denn du da? Sind das Freund' von dir?«

»Ja«, nickte der Peter und lächelte, indem er ihn gewinnend anschaute. »Soso«, meinte der Heingeiger in der gleichgültig-zerstreuten Art eines Menschen, dem das Bier schon im Kopf sitzt: »Kommt's ihr etwa gar vom Wildern? . . . Kriegt man ein Bier in der Kantine?« Er schaute fidel auf die zwei Arbeiter und blinzelte mit einem Aug: »Ich verrat euch schon nicht, nur keine Angst.«

»Ah, Großvater! Wildern? Wir haben bloß spekuliert, was die vom Sturm beim Tratzelberger abholen«, verriet der Peter. Das hatte eine jähe Wirkung.

»So? Seid's ihr gegen die Hammel? Gegen den Silvan seine Nazis?« fragte der Heingeiger, und als alle drei zustimmend nickten, bekam er ein noch besseres Gesicht und redete weiter: »Haut sie nur wieder so, daß keiner mehr aufsteht, die Misthund', die abscheulichen! Peter, da hast du keine unrechten Freund'. Ich verrat schon nichts! Und Bier krieg' ich, sagt's? Noja, nachher ist's ja gut . . .« Ohne sich länger um sie zu kümmern, torkelte er weiter auf der abschüssigen schmalen Straße.

»Der sagt nichts«, meinte der Peter, aber er hielt es doch für geraten, daß seine zwei Kameraden sich von ihm trennten und später in die Kantine gehen sollten, um die anderen Genossen aufzuklären und den Heingeiger im Zaum zu halten, wenn er zuviel saufe.

Das ›A-bopa‹ oder vielmehr die Unruhe des von der Politik ergriffenen jungen Menschen hatte den Peter in den letzten Jahren immer mehr mitgerissen. Die Neumeiers sahen seine Veränderung immer deutlicher. Er lernte leicht und war geschickt, faßte schnell auf und wußte sich immer zu helfen, aber er schien den Kopf meistens woanders zu haben. Seine oft gewaltsam zur Schau getragene Nüchternheit gefiel ihnen gar nicht. Auch daß er bis jetzt noch gar kein rechtes Interesse für gleichaltrige Mädchen zeigte, fiel auf. Er las viel, wenn er Zeit hatte, und zeigte nur selten ein Buch her. Über seine sonntäglichen Wanderungen erzählte er auch wenig. Dieses Für-sich-Bleiben paßte nicht gut zu so einem schmucken, heranreifenden Kerl, der alle Anlagen dazu hatte, es noch einmal weit zu bringen.

Nichts an einem Menschen wird von selber. Zufälle und Umstände formen ihn. Der unverminderte Einfluß vom Ludwig, der Haß gegen den Silvan, der Umgang und die verschwiegene, gefährliche Zusammenarbeit mit den Genossen, seine voll erwachte Neugier an den Dingen der Welt, der Abenteuersinn und eine romantische Lust an den Schauern der Gefahr wirkten beständig im Peter zusammen und spornten ihn weit mehr an als alles Lesen und alles Belehrtwerden von anderen, mit Begeisterung und Mut für die Arbeitersache zu kämpfen. Daher auch die langsam aufkeimende Neigung bei ihm, jeden Menschen nur mehr danach zu beurteilen, ob er zu den Roten gehöre oder nicht.

36

Der Peter schaute weder am andern noch am übernächsten Tag nach Auffing hinüber. Es zog ihn nichts mehr heim, denn die Düsternis und Feindschaft dort bedrückten ihn jedesmal. Mit dem Silvan wollte er nicht zusammenkommen, und mit dem Großvater war, seitdem er so soff, nichts Rechtes mehr anzufangen. Zudem war der Peter mitten in den Prüfungsarbeiten und hatte wenig Zeit. Durch die junge Frau Neumeier, die am andern Tag ihre Eltern, die Rotters in Auffing, besuchte, um sie zu der kleinen weihnachtlichen Prüfungsfeierlichkeit einzuladen, wußte er auch, daß sich im Heingeigerhaus nichts verändert hatte.
Die Prüfung bestand der Peter ausgezeichnet. Die Neumeiers waren darauf so stolz, als wäre er ihr eigener Sohn. Der alte Neumeier liebte bei solchen Gelegenheiten eine gewisse altehrwürdige Feierlichkeit. Er stand schon gut in den Sechzigern, war ein kleines, schmächtiges Männchen mit kurzen, grauen Stichelhaaren und einem schlohweißen, leicht ins Gelbliche hinüberspielenden Schnurr- und Backenbart à la Kaiser Franz Joseph. Eine Stahlbrille saß auf seiner spitzen Nase, und jahraus, jahrein trug er einen sauber gebürsteten grauen Anzug. Noch immer tauchte er täglich ein paar Mal in der von ihm gegründeten, im Laufe der Jahre beträchtlich gewachsenen modernisierten Buchdruckerei auf, blieb bei den Hand- und Maschinensetzern stehen, kam vor die neue Rotationsmaschine, hielt sich ein wenig im Redaktionszimmer seines Sohnes auf und ging dann in sein eigenes, schmales Büro. Heute trug er einen altmodischen Bratenrock mit gestreiften Hosen und einen wackelnden, goldumrandeten Zwicker und ließ den Peter kurz vor dem Mittagessen in sein Büro kommen. Ein Blumenbukett steckte in einer bauchigen Glasvase auf seinem aufgeräumten Schreibtisch, und ein dickes, blaugebundenes Buch mit goldenem Titel ›Handbuch des perfekten Buchdruckers‹ lag daneben.

»Peter«, fing der alte Neumeier ein bißchen getragen an, wandte sein stubenfarbiges Gesicht dem neugebackenen Gesellen zu und streckte ihm die Hand hin: »Peter, an diesem wichtigen Tag von Mensch zu Mensch ein paar Worte!« Der Peter wollte seine Hand nach dem ersten Druck zurückziehen, doch der Alte hielt sie fest und schaute ihm unverwandt in die Augen: »Treu und rechtlich hast du bei mir das ehrsame Handwerk der Buchdruckerei gelernt und hast dich in allem bewährt. Vergiß deinen alten Lehrmeister nicht. Ich hab' immer dein Bestes gewollt.« Er gab dem Peter, den dieses ungewohnt feierliche Daherreden ein wenig verlegen gemacht hatte, mit der Linken ein blaues Kuvert und stand auf, indem er die Hand losließ: »Das ist dein Zeugnis. Ich wünsch' dir Glück auf deinem weiteren Lebensweg, und unser Herrgott schenk dir seinen Segen.« Er nahm das Buch vom Schreibtisch, schlug es auf, deutete mit dem Finger auf die Inschrift, die er fein säuberlich dareingeschrieben hatte, und sagte: »Ich hab' dir da ein Präsent ausgesucht und einen Leitspruch –« Da fiel ihm der wackelnde Zwicker auf den deutenden Finger, und das zerstörte ihm die ganze Feierlichkeit. Geschwind den Zwicker wieder aufsetzend, reichte er dem Peter das zugeschlagene Buch und meinte: »Na, du kannst ja selber lesen! Bleib nur der ordentliche Mensch, der du bei mir gewesen bist. So, und jetzt gibt's ein schönes Ganserl. Komm, laß dir's gut schmecken!«

Damit verließen sie das Büro. ›Treue für Treue den Menschen deiner Wahl, das bleib dir stets im Sinn. Und tu, was Gott gefall', dann wird dir alles zum Gewinn!‹ las der Peter schnell im Buch, während er hinter dem Alten drein ging. Eine leichte Rührung beschlich ihn und trieb ihm die Röte auf die Wangen. Das Mittagessen verlief sehr angeregt, und hernach bekam der Peter bis zum Abend frei. Nach der Spannung der Prüfungsarbeiten, nach all den Freundlichkeiten und aufmunternden Freuden überkam ihn jetzt eine etwas fade Unschlüssigkeit. Ohne es zu wollen, gab er der jungen Neumeierin nach, die ihm sagte, es wäre doch ganz schön, wenn er heimfahren würde, am Abend sollte er aber bestimmt wieder da sein. Eingefangen von einer weichen, glücklichen Stimmung, die im Herzen den drängenden Wunsch aufkommen läßt einmal – und wenn auch nur für Minuten – alle Menschen, mit denen man zusammenkommt, zu versöhnen und ebenso weich und glücklich zu machen, fuhr er im Autobus nach Auffing. Gleich aber, als er daheim ankam, verflog all das. Der Großvater war, wie gewöhnlich, nicht da. Der Silvan, der gerade mit den zwei Rössern vom Hufbeschlagen heimkam, war sehr aufgeräumt, lachte dem herankommenden Peter lustig entgegen, schwang sich hurtig vom Rotschimmel und sagte: »Ja, Peter! Großartig, daß du kommst! Geh nur in die Kuchel! Ich führ' bloß die Roß in den Stand!« Den Peter wunderte das. So frisch und frei hatte er den Silvan noch nie angetroffen. In der Kuchel kochte die Kreitlerin das Saufutter, grüßte verkniffen, und gleich darauf kam der Silvan daher.

»Schön, daß du kommst, Peter! Ich hol' ein Bier! Komm, gehn wir in die Stube!« sagte er genauso freundlich wie vorher. Beiläufig, wie ohne jedes Arg, warf er, während er die Bodentür zum Keller aufhob, hin: »Der Vater ist nicht da. Wahrscheinlich legt er sich heut einen Weihnachtsrausch zu.«

Als die zwei endlich in der Stube zusammensaßen, frisches Butterbrot zerkauten und Bier dazu tranken, prostete der Silvan: »Na, jetzt hast du ja ausgelernt. Ich weiß es schon . . . Ich gratulier' dir! Jetzt bist du ein freier Mensch und hast einen ordentlichen Beruf. Der Jodl war ja vor vierzehn Tag' da und hat gemeint, ich und der Vater sollen zum Neumeier 'nüberkommen und deine Prüfung mitfeiern –«

»So, der Jodl? . . . Ja –« stotterte der Peter wie überfallen.

»Aber das geht ja nicht!« redete der Silvan weiter: »Erstens kann ich dienstlich nicht, und zweitens hab' ich mir gesagt, die Neumeiers werden am Weihnachtsabend nicht fremde Leut' haben wollen.«

Schau, schau, wie taktvoll der Silvan sein konnte! Der Peter kam aus dem Staunen kaum heraus. Er nickte nur und meinte: »Jaja, das wär' den Neumeiers sicher nicht recht gewesen.« Der Silvan maß ihn und lächelte vieldeutig.

»Kleiner Gauner«, scherzte er: »Du willst mir wohl verschweigen, daß du genau weißt, was man mit dem Hinüberkommen im Sinn gehabt hat?« Er winkte ab, als der Peter darauf antworten wollte, und fuhr fort: »Mich genieren ja die Heimlichkeiten weiter nicht . . . Erfahren tu ich alles, aber ich kann ja, Gott sei Dank, auseinanderhalten, was wichtig und was unwichtig ist.« Er rückte ein bißchen näher auf der Bank zum Peter hin und nahm wieder einen Schluck Bier.

»Peter?« fing er dann wieder an: »Du wirst nicht sagen können, daß ich dir je was in den Weg geleg hab', oder?«

»Nein«, brachte der Peter zögernd heraus.

»Na also? . . . Hab' ich nicht geschaut, daß du Buchdrucker hast werden dürfen? Hab' ich dir die ganze Zeit auch nur einmal Vorschriften gemacht?« fragte der Silvan weiter, und als der Peter das zugab, kam wieder so ein freundlich-aufgemuntertes »Na also!« aus dem Silvan.

»Aber jetzt, Peter, jetzt also laß einmal ein ernstes Wort mit dir reden. Jetzt bist du kein Schulbub nimmer, jetzt bis du ein ausgewachsener Mensch und hast ein Hirn«, wurde er ein bißchen bestimmter: »Du bist immer ganz gescheit gewesen. Du weißt auch halbwegs, was gepielt wird. Du hast dich da von diesem Ludwig und allen möglichen Klugscheißern in was hineintreiben lassen, das – ich sag' dir's ganz aufrichtig – dir deine ganze Existenz und Zukunft versauen kann. Ich weiß alles! Du brauchst kein Wort zu sagen! . . . Kurzum, Peter, es ist gut, daß wir uns endlich einmal ordentlich aussprechen können: also, wenn ich dir raten kann, dann sag' ich dir, tritt in unsere Partei ein. Es braucht's kein Mensch vorläufig zu wissen, verstehst du? Aber du sicherst dich ein für allemal! . . . Und wenn du als junger Mensch drauf aus bist, schnell eine hübsche Karriere zu machen, dann geh in unsere S.A . . . Aber

das verlang ich gar nicht! Das liegt dir vielleicht nicht. Jedenfalls, Peter, glaub mir, ich rat' dir gut! Die Herumspielereien mit den lächerlichen Roten, das kann dir gefährlich werden. Ich weiß da Verschiedenes, was mir nicht gefällt, aber, wie gesagt, wir sind schließlich von einem Blut, ich will dein Bestes.«
Der Peter mußte sich verkältet haben. Er nieste, und nur das hielt den Redestrom vom Silvan kurz auf.
»Hm«, lächelte der schon wieder: »Da sieht man den Stubenhokker. So ein Mordstrumm Kerl bist du, aber scharfe Luft kannst du, scheint's, nicht mehr vertragen. Nein, nein, zum SA-Mann taugst du sicher nicht, aber in die Partei tät' ich mich an deiner Stelle gleich aufnehmen lassen. In Amdorf hat ja der Sulerschmied die Sachen unter sich. Geh nach Weihnachten hin.«
Der Peter schwieg. Alles in ihm rumorte.
»Ich kann dir nur eins sagen, Peter, in ganz kurzer Zeit, vielleicht schon in drei oder vier Wochen, ist Adolf Hitler Reichskanzler. Verlaß dich drauf, wir wissen, was wir wollen, wenn wir an der Macht sind! . . . Wir räumen mit allen auf, die unser Land ins Elend gebracht haben. Keiner kommt uns aus, auch die hirnlosen Mitläufer nicht, die jetzt noch mit den Pfaffen, den Roten oder den Juden gegen uns intrigieren. Radikal reiner Tisch wird gemacht! Wenn's einmal soweit ist, Peter, kann ich für keinen mehr einstehen!« sagte der Silvan jetzt viel dringlicher, und als der Peter immer noch nicht antwortete, stand er auf, ging ein paar Mal soldatisch hin und her und schloß: »Du kannst dir's ja über die Weihnachtstag' noch überlegen.« Er schaute auf den Tisch zu. Der Peter konnte ihm nicht ausweichen. Er war blaß und benommen. Er spürte eine starke Trockenheit zwischen Zunge und Gaumen. Etwas quoll von der Herzgrube in den Schlund hinauf. Er arbeitete mit seinem ganzen Verstand, und immer, immer wieder, wenn er glaubte, es nicht mehr auszuhalten, wenn er losschreien wollte, fiel ihm ein, was Ludwig und Genossen hundert- und hundertmal zu ihm gesagt hatten: »Nur nie hitzig! Nie unnütz herauslocken

lassen! Schlau sein! Gegen den Feind ist jedes Mittel recht.« Was für ein Mittel denn jetzt? Alles war zu schwer. Der Peter war sich selbst überlassen.

»Ich will überhaupt nicht in Amdorf bleiben«, sagte er endlich ein wenig unsicher.

»Ob du dort bleibst oder wo anders hingehst – die Unsrigen sind im ganzen Land! Überall, verstehst du?« ließ der Silvan nicht locker: »Denk dran, du tust es durchaus für dich! . . . Ich zwing' dich nicht! . . . Ich sag' dir nur, was gut ist für dich.«

Die hölzerne Wanduhr mit den tannenzapfenförmigen Gewichten an den lang herabhängenden Ketten rasselte jetzt ihre blechern klingenden Schläge herunter. Fünf Uhr. Der Silvan sah auf das angegilbte Zifferblatt mit den darum gemalten dicken roten Rosen, furchte die Stirn und meinte: »Leider, es ist spät. Ich muß leider gleich weg. In Auffing steigt heut allerhand.«

Der Peter war aufgestanden und antwortete: »Ja, ich muß auch wieder fort. Der Großvater kommt doch nicht, oder?«

»Kaum«, antwortete der Silvan knapp und setzte dazu: »Na, das mit dem regelt sich ja dann auch. Dann geht's in einem Aufwaschen.«

Der Peter sah nach ihm und schluckte eine jäh aufsteigende Wutwelle hinunter. Er nahm sich fest zusammen und sagte: »Ich will bloß noch auf einen Sprung zum Kraus hinüber.«

»Zu dem? . . . Zu *dem* willst du? . . . Das würd' ich dir dringend abraten. Du weißt doch, der ist jüdisch!« meinte der Silvan schärfer, und etliche Sekunden lang verfingen sich ihre Blicke. Da sagte der Peter trotzig: »Ich geh' aber doch!« Der Silvan ließ ihn ohne weiteres Wort gehen, und als er allein war, bekam sein Gesicht einen hämischen Zug.

»Na, Bürscherl, du gibst schnell klein bei. Wart nur!« brummte er schadenfroh.

In der Werkstatt beim Kraus sah es wirklich drollig aus. Der Peter mußte unwillkürlich lachen, und der Schuster lachte auch, als er

sagte: »Ja, Peter! Bist du auch wieder einmal da und laßt dich sehen?« Auf der Ofenbank, auf den zwei Stühlen und überall herum standen Geschenke. Zwei große Körbe mit teurem Obst, Weinflaschen und Dauerwürsten, umwunden von Tannenzweigen und verziert mit Schleifen aus Seidenbändern, fielen besonders auf. Der Kraus hatte glänzende Augen und schien kreuzfidel, bloß er kam nicht recht dazu. Er hielt einen gelben großen, blutumkrusteten Zahn zwischen Daumen und Zeigefinger, seine Zunge fuhr in seinem Mund herum, und er spuckte ab und zu dunkles Blut aus.
»Haha«, sagte er grundgemütlich: »Haha, jetzt hab' ich mir einen Zahn ausgebissen! Einen pfenniggutenZahn! . . . Kreuz und drei Teufel!« Er zerkaute etwas, schluckte und spuckte wiederum aus: »Diese Malefiznuß, die! . . . Magst du eine? Da, ich hab' einen ganzen Haufen.« Er deutete auf eine aufgemachte, flache, viereckige Schachtel mit Nüssen und Datteln und Ölsardinen und weiß Gott was für Leckerbissen. »Sogar der Herr Stelzinger hat mich beschenkt. So ein Segen auf einmal! Weißt du, wie man bei uns in Galizien immer gesagt hat für sowas? . . . Allen jüdischen Kindern gesagt, am besten Jonteff! . . . Ich sag' ja, ich sag' ja, wo die Leut' glauben, da ist was, da kommt noch was dazu. Frühersseiten hat mir höchstens deine Mutter oder deine Großmutter einmal eine Rohrnudel geschenkt in solchen Zeiten. Ja, hock dich noch ein bißl her! Da, da ist schon Platz!« Er packte hurtig den umfänglichen Teller mit dem großen, zuckerbestreuten Gugelhupf, den er von der jungen Moserin bekommen hatte, um den Stuhl freizubekommen, und redete unentwegt weiter: »Das Weylarner Collegium hat mir den Prachtkorb geschickt, und der da, den hat mir der Ludwig schicken lassen und da, der Hingerl! . . . Würst' hab' ich jetzt für ein halbes Jahr und länger . . . Diese Freigiebigkeit auf einmal!« Und mit der ihm eigenen, boshaften Lustigkeit setzte er dazu: »Und was hat man von dem ganzen Zeug? . . . Die Zähn' beißt man sich aus, und den Magen verdirbt man sich!« Er betrachtete wieder seinen Zahn, schüttelte den Kopf: »Hmhm, so ein guter Zahn! . . . Der

hätt' noch gehalten bis zu meiner letzten Stund'!« Er steckte den Zahn in die Schürzentasche und spottete weiter: »Nie hätt' ich geglaubt, daß mich die Leut' da herum so gern mögen! . . . Jaja, man darf bloß nicht arm sein, Rußl, nachher kriegt man mit der größten Leichtigkeit alles!« Wie er so dastand zwischen den überladenen Körben, Schachteln und vollen Tellern, verwirrt und lustig, ein bißchen vornübergebeugt, die stämmigen Beine leicht gespreizt, die muskulösen Arme gleichsam beziehungslos schräg körperabwärts gestreckt, der dicke Kopf auf dem gedrungenen Hals und die schon lange nicht mehr geschorenen langen, widerborstigen grauen Haare nach allen Seiten strahlend, das sah für den Peter fast aus wie eine Gestalt aus dem Alten Testament in der Schule.

»Jetzt geh nur rein in die Kuchel! Da ist auch noch was! Jetzt trinken wir einen schönen Kaffee!« sagte der Schuster, und den Hund, der sich an seine Beine schmiegte, tätschelnd, schloß er: »Jajaja, Fuchsl, du kriegst auch was Schönes!«

Das alles frischte Peter wieder auf und ließ ihn das Gespräch mit dem Silvan schnell vergessen. Er kam sich vor wie in den Jahren seiner schönsten Jugendzeit, da er noch mit dem Schuster viele Stunden in der Werkstatt zugebracht hatte. Eine heitere Seligkeit sickerte aus diesem Erinnern.

»Herrgott, Kraus! Bei dir gefällt's mir besser wie überall! . . . Bei dir bin ich richtig daheim!« sagte er ein wenig traurig. Der Schuster hörte schon das Richtige heraus, aber er vermied es, auch nur ein Wort über die Heingeigers fallen zu lassen.

»Soso! Aber sehn lassen tust dich recht selten, du junger Windhund, du!« scherzte er wiederum und zwinkerte heiter mit den Augen: »Soso, jetzt hast du ausgelernt? . . . Jetzt willst du wahrscheinlich in die Welt hinaus, was?«

»Ja«, nickte der Peter.

»Glaub' nur ja nicht, daß es da draußen anders ist! . . . Überall ist's das gleiche!« plauderte der Schuster weiter, stellte die dampfende Kaffeekanne hin, hockte sich auf die Wandbank und goß die Scha-

len ein. Auf dem unabgeräumten, wachstuchüberzogenen Tisch lagen zwei halb ausgewickelte lange, mit dickem Zuckerguß glasierte Kuchen. Er schnitt dicke Stücke davon ab und schleckte das Messer ab: »Da, iß jetzt! So jung kommen wir nicht mehr zusammen.« Der Hund in der Ecke fraß schmatzend eine Schüssel voll Eingeweide aus. Der Herd knisterte. Es war wohltuend warm und friedlich.
Nach einer Weile des Hin- und Herredens konnte es der Peter doch nicht mehr verhalten und fing vom Großvater zu reden an.
»Ja«, meinte der Kraus unbeteiligt: »So geht's bei uns Alten. Wir verstehn die Jungen nicht mehr und meinen, man schiebt uns weg. Naja, der eine fängt dann das Saufen an, und der andere geht langsam ein.«
»Aber du saufst nicht, und eingehn tust du noch lang nicht!« hielt ihm der Peter entgegen.
»Das kann man nie wissen«, blieb der Kraus bei diesem Ton: »Ich sag' mir bloß jedesmal, wenn man gemütlich weiterarbeitet und sich nicht drausbringen läßt, ist's noch am besten.«
»Dich kümmert die ganze Welt nicht! . . . Du bist glücklich!« sagte der Peter und sah in das gemächlich kauende Gesicht des Alten.
»Glücklich? . . . Wie man's nimmt«, meinte der: »Und die Welt? Die, Rußl, die geht ganz schön ohne uns auch weiter . . .«
Beständig hatte der Peter etwas auf der Zunge. Vom Silvan wollte er reden und wieder vom Großvater, von der Politik, den Nazis und vom Ludwig, aber – seltsam – der Schuster war gesprächig wie nie. Der Peter kam gar nicht zum Wort. Der Alte redete über alles hinweg und sprach von ganz anderen Dingen.
»Also fort gehst du jetzt? Wohin denn? Das weißt du nicht?« sagte er geschwind: »Kommst du da vielleicht gar nicht mehr rum, bevor du fortgehst?«
Der Peter drückte herum und meinte schließlich, heim ziehe ihn sowieso nichts mehr. Der Schuster bekam mit einem Male glänzende Augen, stand auf und sagte: »Paß auf, Rußl! Man kann ja

heutzutag' nie wissen. Wart ein bißl, ich schenk' dir was!« Hurtig stapfte er über die schmale Holzstiege hinauf, kam etwas schnaufend in die enge Küche zurück, hatte freudig rote Flecken auf den Backenknochen, stellte eine Zigarrenschachtel auf den Tisch und hob den Deckel auf. Neben einem unscheinbaren, vergilbten Briefblatt lagen vier schwer goldene, teils mit Edelsteinen besetzte Armbanduhren, protzige Brillantringe, einige goldene Füllfederhalter, ein Zigarettenetui und gewiß ein Dutzend verschiedener Krawattennadeln darin.

»Das hat mir der Wallberger von meinem seligen Hans aus Amerika mitgebracht«, erzählte der Schuster: »Ich hab' bloß den Brief wollen! Der ist nämlich von mir! Den hab ich dem Hans einmal geschrieben, wie's ihm schlecht gegangen ist! Den hat er sich aufgehoben. Das andere hab' ich gar nicht wollen, aber der Wallberger und der Ludwig haben gesagt, es ist doch ein schönes Andenken. Naja, dann hab' ich's eben genommen.« Er nahm das Blatt aus der Schachtel, und seine zerarbeitete Hand zitterte dabei. Er sah es kurz an und sagte verhalten: »Den Brief gäb ich nicht her für weiß Gott was! Den hat sich der Hans aufgehoben!« Eine nie verloschene, schmerzliche Zärtlichkeit klang aus den Worten. Die paar hingeschriebenen Zeilen – das also war alles, was dem Kraus als der Inbegriff eines wahren Glücks erschien, und selbst sie waren gewissermaßen nur eine vom Zufall erzeugte Illusion. Denn nach alledem, was der Wallberger von persönlichen und Geschäftsfreunden des Hans in Amerika erfragt hatte, war dieser ein ganz widerwärtiger Parvenü gewesen, der stets ängstlich darauf bedacht war, jede geringste Spur seines Herkommens und seiner Vergangenheit zu verwischen. Erst nachdem der Erbschaftsverwalter nach dessen plötzlichen Tod das Briefblatt in den Papieren gefunden hatte, war überhaupt bekannt geworden, daß der Hans noch einen alten Vater hatte. Diese bittere Wahrheit zu verraten, konnte der Wallberger seinerzeit nicht übers Herz bringen. Er verschwieg sie dem Kraus und log etwas Gegenteiliges daher. –

»Da, das gehört dir! Nimm's nur! Das ist ein Andenken!« sagte der Kraus, indem er dem staunenden Peter eine schwergoldene Uhr, einen Federhalter und das Zigarettenetui gab: »Du, mein Hans hat schon gute Sachen gehabt! Die behalten ihren Wert! Das sieht man!« Alles Wehren half dem Peter nichts.

»Herrgott, so laß mich in Ruh jetzt mit deiner Jammertation! Es gehört dir, und basta! Tu doch nicht so unnatürlich! So hat der Ludwig auch erst dahergeredet! . . . Ich hab' mir noch Sach' genug! Aus jetzt! Schluß!« schimpfte der Schuster, und sie kamen fast ins Streiten darüber. Erst als der Kraus ernsthaft böse zu werden anfing, fügte sich der Peter. Draußen drückte schon das erste Dunkel an die Fensterscheiben.

»Jesus! Ich muß ja fort!« rief der Peter und schnellte auf. Hastig drückte er dem Schuster die Hand und erwischte gerade noch den Autobus. Noch lange saß der Alte in den Brief versunken am Tisch. »Lieber Sohn«, murmelte er zuweilen. »Lieber Sohn!« wiederholte er, und ein Leuchten breitete sich auf seinem bärtigen Gesicht aus. Die offene Zigarrenschachtel stand da. Der Hund schnarchte. Die Uhr in der Werkstatt tickte. Die Welt schien wie weggelöscht. Da läuteten die Glachinger Glocken in der stillen Sternen-Nacht draußen und riefen zur Christmette.

Die Neumeiers hatten schon auf den Peter gewartet und waren ein wenig ärgerlich. Die Rotters waren schon da, und der Wallberger mit seiner Frau kam auch eben. Der mächtige Christbaum strahlte, und auf dem blumengeschmückten, langen Tisch blinkte das reiche Kristall und Silber. Es duftete nach würziger Suppe und Braten, nach frisch gebackenem Kuchen und Kaffee.

Wäre der Peter inzwischen nicht in Auffing gewesen, so hätte ihn sicher an dieser in der Hauptsache doch für ihn hergerichteten Feierlichkeit alles – vom guten Essen und Tischwein, von den netten Geschenken bis zu den teil launigen, teils ernsten kleinen Tischreden – sehr gefallen. Jetzt dagegen saß er zerstreut da, stellte sich gewaltsam lustig und hatte seinen Kopf doch immer nur beim Silvan oder beim Kraus. Oft ging ihm beides durcheinander. Dann kam es vor, daß er sekundenlang blicklos irgendwohin schaute und sich erst wieder zusammenriß, wenn ihn jemand anredete. Vielleicht dachte er an die drohende Prophezeiung vom Silvan: »In drei oder vier Wochen ist Hitler Reichskanzler, dann räumen wir auf. Es kommt uns keiner aus!« und sah daneben den sorglosen Kraus, der gesagt hatte: »Überall ist's das gleiche. Die Welt, Rußl, geht ganz schön ohne uns weiter.« Dann wieder durchzog ihn eine Ungeduld, der Ludwig möchte doch früher kommen, ach ja, und dann fiel ihm ein, daß drüben im Moor fast die Hälfte der Arbeiter entlassen worden war, angeblich, weil jetzt im Winter nichts Rechtes zu machen sei, daß der Trappert und seine nächsten Freunde darunter gewesen, und daß seither keine rechte Einigkeit mehr herrschte. Er begriff nicht mehr recht, wie die guten Neumeiers, die Rotters und Wallbergers so lustig und unbeschwert beisammensitzen konnten, und er war wohl auch mit sich im Zwiespalt, wenn er überlegte, was denn dann sein sollte, wenn wirklich alles so werden würde, wie es der siegessichere Silvan ausgemalt hatte. Wie stets, wenn ihn so eine unbestimmte Niedergeschlagenheit peinigte, drängte es ihn fort, weit fort. Fort nach einer gänzlichen Veränderung. Der Ludwig hatte ihm angetragen, er solle auf seine Kosten die berühmte Leipziger Buchdruckerschule besuchen, in Leipzig seien auch wichtige Parteikreise, und vielleicht wolle er überhaupt ganz in die Politik gehen. Schon etliche Male lag dem Peter auf der Zunge, zu den guten Neumeiers, die offenbar glaubten, er bleibe bei ihnen und trete womöglich später ins Geschäft ein, unvermittelt zu sagen: ›Ich bleibe nicht da! Ich geh' bald fort.‹ Aber wenn so ein freundliches Gesicht in sein Blickfeld kam, brachte er es nicht fertig. Dann ärgerte er sich über sich und versuchte in seiner jugendlich verstiegenen Einseitigkeit alle um den Tisch herum so anzuschauen, als seien sie eben keine Genossen, sondern seine Feinde. Möglicherweise kam er auf diesen Gedanken, weil ihm diesmal auffiel, daß die Männer mit bedachter Vor-

sicht jedes politische Wort vermieden, was sie früher nie getan hatten. Doch auch das blieb gedacht und verschwamm schnell wieder. Obgleich der Peter nichts davon sagen wollte, erzählte er doch auf einmal von seinem Besuch beim Kraus und zeigte die teuren Geschenke her. Alle wurden bestürzt darüber und setzten ihm zu, das könne er doch unmöglich annehmen und behalten, der alte Schuster wisse vielleicht gar nicht, was Uhr, Federhalter und das schwergoldene Etui für einen Wert hätten. Zuerst schwankte der Peter auch, allmählich aber, als über den Kraus halb mitleidig, halb verständnislos geredet wurde, keimte ein verborgener Zorn in ihm auf, und beinahe herausfordernd gewagt sagte er: »Der Schuster ist vielleicht gescheiter und besser wie jeder andere Mensch. Er kennt sich schon aus und weiß genau, daß die Sachen einen Wert haben! Aber er pfeift ja drauf. Ihm macht das alles nichts mehr aus!« Das rief sekundenlang eine stumme Peinlichkeit hervor. Endlich sagte die junge Frau Neumeier: »Ja, da können wir natürlich nicht konkurrieren mit unseren Geschenken, aber sie kommen von Herzen!« Das renkte die Stimmung wieder halbwegs zurecht. Auch der Peter suchte das beste Gesicht dabei zu machen. Es schien aber, als habe sich seiner eine leichte träumerische Traurigkeit bemächtigt. Man sah es zeitweise an seinem Blick. Alles, was nach diesem anstrengenden Hin und Her in ihm verblieb, war der kleine Wunsch: ›Beim Kraus war's so schön! . . . Wär' ich doch mit ihm zusammengeblieben!‹
Aber wo hast du dich denn hin verirrt, Peter? Was redest und wünschst du denn? Der Kraus war doch auch kein Genosse!

37

Der Peter war am ersten Weihnachtsfeiertag bei den Jodls in Buchberg gewesen und war sehr unruhig nach Amdorf zurückgekommen. Nicht weil ihm die Verwandten erzählt hatten, wie bedenklich es um den Großvater stehe, wie versoffen und verwahrlost er in der kurzen Zeit geworden sei, und daß man es gerechterweise dem Silvan nicht mehr so verübeln könne, wenn er unter diesen Umständen etwas dagegen unternehme. Der Peter war weit vom Großvater weg- und in andere Leute hineingewachsen. Was ihn mit Unruhe, Bangnis und schrecklichen Ahnungen erfüllte, war ganz etwas anderes. Während seines Besuches beim Jodl war er eine Zeitlang in der umliegenden Waldung, im nassen, verwaschenen Schnee herumgestiefelt und plötzlich auf Trittspuren gestoßen, die in Richtung der Höhle führten. Das machte ihn stutzig. Er wußte doch, daß es vom Ludwig und der geheimen Gruppe um den Trappert zur strengen Regel gemacht worden war, daß diejenigen unter ihnen, die dort zu tun hatten, stets von einer anderen Richtung dorthin gehen mußten und niemals bei festliegendem Schnee dieses Versteck aufsuchen durften. Die Spuren mochten wohl schon einige Tage alt sein, mitunter aber ließ sich noch deutlich unterscheiden, daß sie von einem Mann und einer Frau stammten. Dem Peter stockte der Herzschlag. Er blieb stehen und lauschte und spähte eine ziemliche Weile nach allen Seiten. Weitum war es still. Nur von den hohen Fichten tropfte es, oder es rutschte Schnee von den Ästen und fiel dumpf hernieder. Beklommen überlegte er, und es zog ihn auf den einmal entdeckten Spuren weiter. Vorsichtig und behutsam trat er stets in die Männerspur und wurde immer aufgeregter. Die Spuren verloren sich manchmal, wenn dichtverwachsene Stellen kamen, wo kein Schnee hingekommen war, tauchten aber an den verschneiten Strichen gleich wieder auf. Immer wieder prüfte sie der Peter scharf. Zerlaufen waren sie öfter im aufgeweichten Schnee und zeigten eisverkrustete Ränder. Ungefähr an dem Platz, wo die Genossen einst die Leiche des Ermordeten verscharrt hatten, führten sie vorüber, weiter, weiter, immer näher der Höhle zu. Schaudernd ging dem Peter durch den Kopf: ›Was tu ich? Was soll ich machen? Genossen waren das nicht, nein, nein! . . . Hineingehen in die Höhle geht nicht. Nein, das geht nicht! Wie komme ich unverdächtig wieder

zurück? . . . Überhaupt, mein Gott, das müssen doch die Genossen gleich erfahren! Besser, ich kehre jetzt um! Kein Zweifel mehr, da ist was passiert! Da stimmt etwas nicht mehr!« Und dennoch stapfte er, wie von einem Magnet angezogen, weiter, bis knapp vor die Höhle. Er starrte die Spur entlang und konnte keinen Fuß mehr heben. Ja, alles war entdeckt, alles! Die Luft blieb ihm weg. Er sah auch, daß die Spuren wieder aus der Höhle heraus und durch das dichte Gebüsch den Steilhang hinanführten. Er arbeitete sich hinauf und konnte sie bis zum Weylarner Fußweg verfolgen. So betroffen war er darüber, daß ihn sekundenlang jede Überlegung verließ. Er raffte sich zusammen und ging schnellschrittig Buchberg zu. Sicher nahm er sich vor, alles gleich dem Hutterer, der jetzt statt dem Trappert drüben im Moor Zellenleiter war, zu übermitteln. Aber wie denn? Von Buchberg bis da hinüber waren es ja fast vier Stunden, und der Hutterer war nicht mehr der Trappert. Er nahm alles lange nicht so ernst. Außerdem war noch gar nicht ausgemacht, ob er überhaupt da war. Vielleicht war er über Weihnachten nach der Stadt gefahren. Ratlos und wütend stampfte der Peter in den breiigen Schnee. Nach einer Weile hörte er jemand hinter sich herkommen und drehte sich unvermittelt um.
»Der Peter . . . ?« sagte die Raminger-Amalie, ihn anlachend, und verbesserte sich geschwind: »Der junge Herr Lochner? Wo kommen Sie denn her?« Ohne sich recht zu besinnen, antwortete der: »Von Weylarn! Vom Neumeier hab' ich Meßbilder hingebracht . . . «
»So? Ich komm' doch auch von daher! Komisch, daß ich Sie nicht gesehen hab'«, meinte die Amalie und lugte ihn an.
»Ich bin ja beim Pater Superior gewesen«, suchte der verwirrte Peter sich hinauszureden, aber schon wieder rief die Amalie: »Da bin ich doch auch gewesen. Die gnädige Frau hat mich geschickt.«
»Ja, ich weiß nicht«, stotterte der Peter kurz, schaute sie an und faßte sich schnell: »Ich bin ja schon vor ungefähr einer Stund' dort

gewesen! Ich hab mich noch beim Leichtl in der Heizung hinten aufgehalten. Der hat glasgemalte Bilder. Der junge Herr Neumeier sammelt sowas und hat zu mir gesagt, ich soll einmal rumfragen.«

»Soso? Beim Leichtl!« sagte die Amalie in einem Ton, aus dem man den Zweifel heraushörte. Auf dem Herweg hatte sie den Leichtl in Buchberg gesehen, als er vor dem Haus seine Kropftauben fütterte. Sie gab sich aber endlich zufrieden und redete von was anderem. Wie groß und schmuck der ›junge Herr‹ geworden sei, und ihrer Schätzung nach müsse er jetzt schon ausgelernt haben, meinte sie, und als er bejahte, wurde sie noch lebhafter. Alles mögliche wollte sie wissen. Ob sich Silvan und der Bauer recht gefreut hätten darüber, ob der Peter beim Neumeier bleibe, und was sein Freund ›der Herr Millionär Ludwig‹ mache, ob er schon bald komme? In einem fort lächelte sie dabei so versteckt, und der Peter, der stets ausweichende Antworten gab, war froh, als sie vor dem Jodlhaus ankamen.

»Viel Glück, Herr Lochner«, sagte sie beim Auseinandergehen: »Wenn Sie grad heut noch heimkommen sollten, einen schönen Gruß an den Silvan und den Bauern.« Alles klang verhalten spöttisch. Aufgefrischt trippelte sie weiter.

Die Jodls hatten sie gesehen und erzählten dem Peter, daß sie erst vorgestern mit einem fremden Mannsbild vorübergekommen wäre. Es sei pfarreibekannt, daß sie mit jedem nächstbesten Kerl anbandle. Die Vogelreuthers hätten sie schon lange gern los, aber sie spiele sich als weiß Gott was für eine Persönlichkeit auf und drohe ihrer Herrschaft in einem fort, wenn der Hitler zur Macht komme, müßten sie froh sein, sie zu haben. Der Peter verbarg seine Spannung und erkundigte sich wie beiläufig, wie der Mann vorgestern ausgesehen habe. Er erfuhr, daß er eine Lederjacke, derbe Schuhe, Wickelgamaschen und eine karierte Mütze getragen habe, mittelgroß gewesen sei und offenbar einer von den Moorarbeitern.

Seither hatte es für den Peter keine ruhige Minute mehr gegeben. Zum Glück gab es durch die Feiertage viel Freizeit. Der Tag nach seinem Besuch in Buchberg war der heilige Stephanstag. Unter dem Vorwand, er wolle doch noch schauen, ob er seinen Großvater irgendwo antreffe, fuhr der Peter nach dem Mittagessen im Autobus nach Auffing. Am Forst stieg er aus und ging am Saum entlang die schmale, ausgefahrene Furtwanger Feldstraße hügelan. Nachdem er die Hügelkuppe hinter sich gelassen hatte, bog das Sträßlein wieder linker Hand in den Forst. Der zerrissene Schnee wurde weniger. Nasses Laub kam zum Vorschein. Knapp am Wegrand war ein halb verfaulter Baumstumpf. Der Peter blieb stehen, lauschte und spähte angestrengt herum, beugte sich endlich nieder und schob einen Zettel mit der Botschaft über seine Beobachtungen, Feststellungen und Mutmaßungen über die handgroße, ausgedörrte Wurzelhöhle. Nach langen Umwegen kam er wieder auf die Amdorf-Glachinger Staatsstraße und wanderte Amdorf zu. Immerhin war ihm jetzt ein wenig leichter. Den Zettel mußten die Genossen heute oder längstens morgen holen. Sie waren gewarnt und konnten sich danach einrichten.

Von nun ab wartete der Peter nur noch auf den Ludwig. Jeder Tag war peinigend lang. Oft in der Nacht schreckte er aus dem Schlaf und fing zu rätseln an: »Jaja, sicher, den Zettel holt nur der Hutterer, kein anderer! Aber wenn er nicht da ist, wenn ein anderer ihn holt? Lederjacken, derbe Schuhe, Wickelgamaschen und karierte Mützen trugen viele Moorarbeiter! Wenn – wenn? Mein Gott! Herrgott...!«

Er kaute an seinen trockenen Lippen. Es prickelte auf seiner Haut. Er starrte in die schwarze Finsternis seiner Kammer. Ganz leise strichen die fallenden Schneeflocken ans Fenster. Es schneite und schneite. Neujahr kam, die erste Woche verging. Kein Ludwig kam. Vom Moor drüben brachte auch niemand eine Botschaft, ein Zeichen!

»Peter? Peter! Ein Telegramm für dich!« schrie an einem Morgen

die junge Frau Neumeier über die Stiege hinauf. So schnell war er noch nie aus dem Bett und in den Hosen.
»Endlich! Also übermorgen kommt er!« sagte er nur. »Aus Wien ist das Telegramm!«
»Soso, in Wien ist das noble Paar«, meinte die junge Neumeierin bloß und setzte ein bißchen spitzig dazu: »Na, wenn dein reicher Freund da ist, wirst du ja eine Zeit lang wieder gar nicht mehr zu haben sein.«
Der Peter sagte nichts und tappte die Stiege hinauf, um sich zu waschen und ganz anzuziehen.
Wegen des hohen Schneefalls mußten Ludwig und Emma die Bahn nehmen. Ihr Auto kam erst drei Tage später nach. Die ersten Nächte blieben sie beim Wallberger, der ein stattliches, villenähnliches Haus hatte. Es war kurios. Soviel Geld hatten sie, und im Augenblick wußten sie nicht einmal, wo aus und wohin. Während ihrer Reise durch Oberitalien, Tirol und das Salzburger Land bis Wien waren sie von einem Plan auf den anderen verfallen, hatten in den schönsten Hotels gewohnt und jeden Tag all die verlockenden Annehmlichkeiten genossen, die ein derartiges unbeschwertes Leben bietet. Feine, geschätzte Leute waren sie geworden und wußten nicht wie. Teure Kleider und schwere Pelzmäntel und funkelnden Schmuck trug die Emma, und auch der Ludwig kam daher wie eine Mischung von amerikanischem Krösus und wohlhäbigem, ländlichem Geschäftsmann. Davongelaufen waren ihnen die wunderschönen Wochen, wenn sie auch immer noch einen Tag dazugegeben hatten, und davongeronnen waren am Ende auch all ihre Pläne. Denn neben dieser unwirklichen Sorglosigkeit waren unausgesetzt, gleich gewittrig drohenden Wolken über ihnen, die Nachrichten über die politischen Ereignisse in der Heimat gezogen. Die Ferne und die Fremde gab ihnen allen ein schweres Gewicht, ein unheimliches Wesen.
»Ich weiß nicht!« hatte der Ludwig oft gesagt: »Da geht was vor daheim, und wir sitzen hier und lassen's uns gut gehn! Ich hab' da ei-

nen schlechten Geschmack.« Und wenn auch die Emma darüber hinwegredete, er spürte doch stets eine Leere und ein ungewisses Heimweh. So war es gekommen, daß sie in Wien plötzlich alles abbrachen und jetzt dastanden ohne Heim, ohne Dach über dem Kopf.
Der Wallberger bot ihnen an, solang bei ihnen zu wohnen, wie sie Lust hätten. Die Rotters wollten ihnen ihre schönsten Kammern und Zimmer überlassen, dann wieder überlegten sie, ob sie nicht irgendwo eine Villa oder ein großes Bauernhaus, das sie nach ihrem Geschmack umbauen wollten, kaufen sollten, aber der Wallberger meinte, besser sei es, abzuwarten, was sich politisch alles entwickle, und – kurz und gut – eines Tages fuhr, so unglaublich das klingen mag, der Ludwig zum Stelzinger hinüber und bat förmlich, zunächst und provisorisch in dem der Gemeinde überlassenen Häuschen seiner Mutter wohnen zu dürfen.
»Aber das ist doch selbstverständlich, Herr Allberger! Aber gar keine Frage! Aber bitteschön! . . . Kann ich Ihnen vielleicht behilflich sein?« sagte der kulante Stelzinger, und, komisch, in diesem sauberen Häuschen mit seinen anheimelnden Stuben und Kammern gefiel es der Emma ungemein gut, so gut, daß sie das unbedachte Herschenken vom Ludwig beinahe bereute.
Wie so junge überglückliche, häuslich veranlagte Ehefrauen schon sind, sie fing gleich einzurichten, zu räumen und zu kochen an, und es reizte sie ungemein, daß dieses bescheidene Heim ihrem Reichtum einen noch anzieherenden Rahmen gab.
Der Ludwig dagegen war seit seiner Ankunft in Amdorf unstet und bedrückt wie nie im Leben. Die geheimen Aussprachen mit dem Peter und später mit dem Hutterer hatten ihn aufgeschreckt. Nach allem Hin- und Hertasten war kein Zweifel mehr, daß sich die Ramminger-Amalie aus den Reihen der Moorarbeiter einen Verräter geangelt hatte, nur um wen es sich dabei handelte, war nicht herauszubringen. Das Ärgste war, daß es einer aus dem engsten Kreis der roten Zelle sein mußte, denn die anderen wußten nichts von

der Höhle. So fing sehr schnell ein Mißtrauen an, das jedes einige Zusammenarbeiten lähmte und Reibereien und Feindseligkeiten nach sich zog, die der etwas sture Hutterer nicht auszugleichen vermochte. Und die Höhle, ihr sicherster Stützpunkt, war verloren mit allem, was darin war, mit den Abziehapparaten, der kleinen Handdruckerei, mit der elektrischen Leitung und den vergrabenen Handwaffen! Merkwürdig nur, daß die Leute um den Silvan das nicht ausnützten, daß sie so still blieben und die Unsicherheit ihrer Gegner nur noch steigerten.

Damals, als die Genossen den Ermordeten verscharrten, hatte der Ludwig wie ein Besessener getobt, denn das war, seiner Meinung nach, der größte Fehler gewesen. Man hatte die Mörder auf eine Spur gebracht. Wochenlang wurden damals von Ludwig und den Genossen die peinlichsten Sicherungen ausgedacht und angewandt, und nie hatte sich gezeigt, daß irgendwer zur Mordstelle gekommen war oder gar zur Höhle gefunden hatte. Und jetzt war alles verraten und verloren, gerade jetzt. Jetzt, da nach Zeitungs- und Radiomeldungen der Hitler mit seinem ganzen Stab zu Verhandlungen wegen der Übernahme der Reichsregierung nach Berlin gefahren war! Jetzt, wo alle antihitlerischen Kräfte hoffnungslos zersplittert waren und nicht einmal die Arbeiterschaft der Städte sich zu gemeinsamer Abwehr geeinigt hatte. Jetzt spürte Ludwig gleichsam körperlich, was für eine lähmende Erwartung alle politisch Betroffenen niederhielt, weil der überlegene Feind in aller Stille sämtliche Widerstandszentren seiner Gegner umzingelt hatte und nur ein Zeichen zum vernichtenden Losschlagen zu geben brauchte! Zum Losschlagen – auch hier in der Glachinger Gegend, wo er, der Ludwig Allberger, sich in den Kopf gesetzt hatte, mit einem winzigen Häuflein Roter und der immer schwankenden Sympathie der Bauern- und Geschäftsleute gegen diesen übermächtigen Feind erfolgreich anzurennen!

Nach all dem, was er sah und spürte, nach der Entdeckung der Höhle und der Gefährdung durch einen Verräter, verlor er mehr und mehr seine einstige Selbstsicherheit. Er wurde fahrig. Es hielt ihn nirgend mehr. Er erwog dutzenderlei Möglichkeiten und dachte nach allen Richtungen, um zum Schluß wieder alles zu verwerfen. Er konnte mit der Emma nicht mehr allein sein. Die wurde verstimmt, weil er jeden Tag etwas anderes vorhatte. Die verschneiten Straßen waren halbwegs geräumt und glattgefahren. Mit Schneeketten an den Reifen kam man mit dem Auto gut vorwärts. Zum Jodl fuhr der Ludwig hinüber, weil er plötzlich einen phantastischen Plan gefaßt hatte. Er wollte dem Bauern das umfängliche Stück Waldgrund abkaufen, auf dem sich die Höhle befand, um sich ein Haus dorthin zu bauen. Der Jodl war ganz baff, als er damit herauskam. Ihm war kein Grund feil. Man kam bald auf die Politik zu sprechen, und der Kaufplan wurde zur Nebensache, wurde überhaupt fallen gelassen.

»Naja, jetzt kommt eben der Hitler dran!« meinte der Jodl: »Was kann man da machen. Ich hab nichts übrig für ihn, aber wenn er's besser macht, ist's ja gut! Und wenn er's schlechter macht, wird er sich auch nicht lang halten können.« Ruhig und gleichgültig sagte er es, und der Ludwig merkte, wie zuwider ihm das Politisieren war. Man kam auf die privaten Sachen. Das interessierte den Jodl ausnehmend. Der Ludwig fuhr wieder heim, und die Emma ärgerte sich, daß er so unleidlich war. Sie gingen zu den Rotters. In der geräumigen, heimeligen Stube war es recht gemütlich.

»Ah! Was du dir da alles zusammendenkst!« rief der Rotter nach einigem Hin- und Herreden und zog eine Flasche Rotwein auf: »Gar so wild wie der Silvan mit seinem Sturm kann's der Hitler als verantwortlicher Reichskanzler nicht treiben. Das sind Auswüchse, weiter nichts! Wenn man einmal wieder ins Geleise gekommen ist mit der Regierung, macht die Polizei gleich Ordnung!«

»Aber wenn der Hitler die Polizei davonjagt und seine Sturmtruppler einsetzt, was dann?« warf der Ludwig ein.

»Die Polizei davonjagen! Ha! Jetzt du bist gut! Er kann doch nicht von heut auf morgen tausend und tausend Beamte pensionieren!

Wo soll er denn das Geld hernehmen!« widersprach der Rotter: »Ich versteh' dich gar nicht, Ludwig! Mit dir ist's doch nie gefehlt! Du hast doch alles, was du willst, und kannst machen, was dich freut. Ewig mit dieser Politik da! Geh, trink! Das ist ein guter! Ein 1929er! Prosit! . . . Prosit, Emma!«

Der Ludwig schluckte, und der Wein schmeckte ihm bitter. Ehe er was sagen konnte, fuhr der Rotter resolut fort: »Ich bin Geschäftsmann. Wenn der Hitler den Handel und Wandel durcheinanderbringt, ist's gleich aus mit ihm! Jetzt soll er einmal zeigen, was er kann, der Hitler!« Die Emma, die durchaus zu ihrem Ludwig hielt und sich oft und oft bangte, wenn er ihr seine Befürchtungen andeutete, freute sich, daß ihr Vater ihn so mannhaft zurechtrückte. In banger Zeit schiebt man gern die Sorgen weg und giert danach, sich wenigstens stundenweise ein bißchen zu freuen. So nett und unterhaltsam war es immer beim Rotter. Doch der Ludwig verdarb stets alles mit seinen düsteren politischen Prophezeiungen. Nicht abzubringen war er davon.

»Gut, du sagst, die Arbeitslosen!« rief der Rotter lauter, als das Thema darauf kam: »Da hast du aber doch selber immer gesagt, so geht's nimmer weiter! Jeder Mensch sagt's doch! Wenn der Hitler die Arbeitslosigkeit wegbringt, kann er was! Das nützt dem ganzen Land, und die Geschäfte gehn auch wieder besser.«

»Und wenn er die Arbeitslosigkeit abschafft und treibt uns in einen Krieg?« fragte der Ludwig.

»Was? Krieg?!« lachte ihn der Rotter fast mitleidig an: »Geh, wer will denn Krieg? *Wir* erleben keinen mehr! Was wollen wir denn mit unserem Hunderttausend-Mann-Heer gegen die anderen Länder machen? Die haben doch Millionen Soldaten!« So redete man oft bis lang nach Mitternacht aneinander vorbei.

Seit Ludwig und Emma im Allbergerhäusl wohnten, waren sie Nachbarn von den Lampls. Die zwei alten Leute wollten schon lang ihre Austragsruhe. Der Michl, ihr Ältester, war im Krieg gefallen, die Tochter Liesl war vor drei Jahren Lengnerin von Buchberg geworden, und die Sophie, die jetzt den Hof bekam, wollte bald den Witzgall-Karl von Glaching heiraten. Das tat auch not. Mit einem Knecht und den drei Leuten war die viele Arbeit kaum mehr zu bezwingen. In den anderen Dörfern der Pfarrei waren viele junge ledige Bauernburschen und Knechte beim Glachinger Hitlersturm, in Auffing gehörten nur der Silvan und der Lamplknecht dazu. Dieser Knecht war, wie man im Dorf sagte, »nicht gar hell auf der Platte«, und die Lampls verspotteten ihn oft wegen seiner saudummen Militärspielerei. Er ließ sich's auch ruhig gefallen, verzog dabei sein viereckiges Gesicht ein wenig und sagte: »Es wird sich ja bald zeigen, daß ich bei den Richtigen bin.« Seitdem die Sophie mit dem Sturmtruppler Witzgall-Karl ging, nahm sie den Knecht manchmal in Schutz.

Im Vorbeigehen redete der Ludwig den Lampl öfter an.

»Ja«, lachte der einmal gemächlich: »Jetzt steigt userm dappigen Knecht der Geist in den Kopf. Wenn jetzt der Hitler kommt, sagt er, gehört er auch zum Nährstand! Lauter so neue Namen haben sie jetzt, und zuletzt ist's doch der gleiche Beschiß wie von jeher.«

»Vielleicht wird's unterm Hitler noch schlechter, Lampl«, meinte der Ludwig.

»Das mag schon sein! Kannst schon recht haben!« nickte der Bauer: »Naja, lang hab' ich ja das Leben sowieso nimmer. Nachher müssen halt die Jungen schauen, wie sie sich durchfretten.«

An einem sonnigen Januarnachmittag wurde bekannt, daß der Hitler zum Reichskanzler ernannt worden war, mit den konservativ-nationalen Parteien eine Regierung gebildet und bereits wieder Neuwahlen verkündet hatte. Von Glaching herunter marschierte, mit dem Silvan, dem Tratzelberger-Xaverl und dem alten Witzgall an der Spitze, der SA-Sturm. Mit Trommelwirbel, Gesang und sich immer wiederholendem Heil-Geschrei, mit wehenden Hakenkreuzfahnen, voll uniformiert und stramm militärisch zog er dreimal durch Auffing, machte dann auf dem Platz zwischen dem Stelzinger und der Hingerwirtschaft halt, und der Silvan hielt den zusammengelaufenen Leuten eine scharfe Rede, in der er sie aufforderte, sich dem nationalsozialistischen Aufbauwerk einzugliedern und bei der Wahl unbedingt für die Partei Adolf Hitlers zu stimmen. Er lugte dabei überall herum, wie die Gesichter der Leute reagierten. Verschiedene Bürger fehlten ihm, und den Ludwig sah er auch nicht. Der war, was er jetzt in seiner Unruhe oft tat, wieder einmal zum Rechtsanwalt Wallberger hinübergefahren. »Und jetzt wird aufgeräumt mit unseren inneren Feinden!« schrie der Silvan heiser: »Juden und Bonzen und Rotmord werden weggefegt – Sieg-Heil!« Die Leute schrien nicht mit. Umso mehr ließ das einfallende Brüllen der Sturmtruppler die Luft erzittern. Die Auffinger standen da, als gehe sie das alles nichts an. Das, was der Silvan gesagt hatte, war man ja schon gewohnt von früheren Wahlen und ähnlichen Gelegenheiten und nahm es nicht weiter ernst. Unter knappen Kommandorufen zog die breite, lange Kolonne festschrittig wieder aus dem Dorf, den Glachinger Berg hinauf, um beim Postwirt eine große Siegesfeier zu halten. Bis in die Nacht hinein hörte man öfter aus dieser Richtung Schüsse krachen.

Zwischen Wallberger und Ludwig ging es immer um Geschäftliches, aber der politische Diskurs blieb nie aus. Der feiste Anwalt wußte zwar nichts über Ludwigs aktives politisches Wirken, er mutmaßte nur, daß er für die Roten am meisten übrig habe. Er selber, der Wallberger, hielt sich an das gehobene Bürgertum, versprach sich viel von den neuerlichen Wahlen und glaubte insbesondere an die Wieder-Erstarkung der katholischen Partei.

»Verfassungswidrigkeiten läßt der Hindenburg nicht zu!« sagte er zum Ludwig: »Man sieht's ja schon, daß er diesem Herrn Hitler kein rein nationalsozialistisches Kabinett gestattet hat. Die Deutschnationalen haben die meisten Ministerien. Und ohne die parlamentarischen Parteien kann keine Regierung lang bestehen, auch der Herr Hitler nicht. Das wird sich nach der Wahl gleich zeigen. Er muß mit allen regieren, und Regieren heißt Kompromisse machen.« Die Einwendungen Ludwigs, daß es ja schließlich in der Revolution zunächst auch ohne Parteien gegangen sei, und daß diese schon seit der Kanzlerschaft Brünings ziemlich ausgeschaltet seien, ließ der Wallberger nicht gelten. Das seien Ausnahmefälle. Und im übrigen riet er: »Abwarten, wie der Hase läuft!« Er dämpfte seine Stimme ins Vertrauliche und sagte: »Wenn *ich* Ihnen raten darf, Herr Allberger, für Sie ist in der jetzigen Zeit möglichste Zurückhaltung das Beste.«

Die Neumeiers, die schon wegen der neuen Verwandtschaft Ludwigs Besuche gern sahen, verhielten sich in solchen Dingen äußerst reserviert, denn das ›Amdorfer Wochenblatt‹ mußte jedem das Seine sagen. Sie vermieden aber auch privat jede politische Auslassung, seitdem man nicht mehr wissen konnte, wen man vor sich hatte. Am liebsten redeten sie über den Peter, dessentwegen ja der Ludwig meist kam. Sie hatten sich inzwischen dareingefunden, daß der Peter nach Leipzig auf die Buchdruckerschule geschickt werden sollte. Sie hofften insgeheim, den Ludwig dazu zu gewinnen, als Teilhaber in ihre Firma einzutreten und den Peter dann auf einen verantwortlichen Posten zu stellen. Der Ludwig äußerte sich aber nie genauer darüber. Gern ließen sie den Peter manchmal mit ihm gehen. Vom Peter erfuhr der Ludwig, daß auf einmal die Landespolizei vom Moorarbeiterviertel abgezogen sei, und daß die Arbeiter seitdem streikten. Eine Delegation von ihnen sei in die Stadt gefahren, um mit Hilfe ihrer Parteien und den einschlägigen Amtsstellen einen neuerlichen Schutz zu erwirken.

»Der Hutterer ist bei der Delegation dabei. Der Mellinger-Hans vertritt ihn jetzt«, erzählte der Peter aufgeregt: »Alle sind wild und haben Angst, daß jeden Tag die Sturmtruppler daherkommen...«

Sie standen in Peters enger Giebelkammer. Der Ludwig schaute zufällig zum Fenster hinaus auf den freien Platz. Da tummelten sich zwischen neugierigen Leuten haufenweise fremde SA-Männer. Einige umstanden auch sein Auto und grinsten einander dabei zu. Es war schon so: Während man aus den Zeitungen jeden

Tag vom wilden Wahlterror der Nazis in den Städten lesen konnte, war es bis jetzt in den Dorf- und Bauerngegenden, wo einer den anderen von Kind auf kannte und sich zurückhielt, verhältnismäßig ruhig. Jetzt aber tauchten insbesondere in den Wahlorten immer mehr uniformierte Nazis aus der Stadt auf und betrieben eine höchst herausfordernde Tätigkeit, sprengten die wenigen Versammlungen der bürgerlichen Parteien und verhinderten auch die geringste Klebezettel-Aktion der Roten. Zu recht viel mehr brachten es diese in der Gegend kaum, denn die Nazis, die sich da und dort schon Amtsgewalt anmaßten, übergaben jeden der Gendarmerie, und die zeigte sich stets willfährig.
»Alle sitzen wir im Mauseloch, meint der Hutterer«, sagte der Peter: »Am besten wär's, abzuhauen. Jeder wundert sich bloß, daß die Nazis noch nicht mit der Höhle herausgekommen sind. Sie bauschen doch sonst alles als finsteres kommunistisches Verschwörernest auf. Die im Moor warten jeden Tag darauf, daß die SA daherkommt.«
Der Ludwig starrte jetzt schon durchs Fenster. Er hörte kaum mehr auf den Peter. Drunten auf dem Platz war ein Auflauf. Hitlerleute in Zivil und Uniform jagten einen kleinen, dicken Mann im Gehpelz und schlugen auf ihn ein. »Dreckjud! Saujud!« gellte es, als der Ludwig das Fenster aufriß. Die Menschen verknäulten sich. Auch der Peter starrte jetzt in die Tiefe. Immer wieder hörte man »Saujud! Misthund!« Die Gendarmerie rückte heran, viele Leute liefen davon. Die Nazis hatten sich auf den Mann geworfen, traten und stießen ihn den Gendarmen zu, bellten ineinander, und der blutüberströmte, zerfetzte Mensch wurde fortgeführt.
»Herrgott! Du? . . . Der Kraus ist doch auch Jud!« sagte der Peter und bekam ein entsetztes Gesicht. Den Schuster hatte der Ludwig seit seiner Heimkehr erst ein paar Mal aufgesucht. Er wollte auch, daß er zum Essen komme, doch der Kraus hatte abgelehnt. Er führte sein stilles, vergessenes Leben wie immer.
»Ich fahr' gleich heim und schau' nach ihm«, sagte der Ludwig und

lief die Stiege hinunter. Der Platz war wieder ziemlich leer und sah aus wie gewöhnlich. Rasch stieg der Ludwig ein. An der Kurve vor der Autobus-Haltestelle sah er den alten und den jungen Moser und nahm sie mit heim. Die zwei waren in der Stadt gewesen und berichteten, daß es da drinnen arg laut und bewegt zugehe. Überall wimmle es von Sturmtrupplern, die jeden Menschen musterten, und sie hätten auch die Auslagenfenster jüdischer Geschäfte eingeschlagen.

Der junge Moser war vorsichtig, ärgerte sich zwar über diese frechen Unruhestifter, aber vom Hitler meinte er, der habe bis jetzt geredet, nun heiße es handeln und Ordnung machen. Der alte Bauer sagte wiederholt: »Naja, regiert werden wir doch unser Lebtag! Einmal schlechter, einmal besser, aber gut nie! Wie sagt der alte Schuster immer? Nicht einlassen aufs A-bopa! Das ist das einzig Senkrechte!« Er schnupfte rasselnd.

»Das A-bopa!« Der Ludwig dachte kurz nach. Er schaute durch die angelaufenen Autofenster ins schneevermummte, winterstille Land hinaus. Dunkel hob sich seitwärts die immergrüne Fichtenwand der Waldung ab. Träg und farblos hing der Himmel darüber. Fast wie dieses Land waren all die Leute. Nichts rührte sie als die Jahreszeiten. Alles andere glich dem Schnee, der auch nur den Boden bedeckte, aber nicht tiefer ins innere Erdreich drang. Der Staat, die Regierung, kurz ›das A-bopa‹, lag gewissermaßen weit weg von ihnen. Sie trauten ihm nichts Gutes zu, sie liebten und haßten es nicht. Es ging sie nichts an, aber sie fügten sich ihm stumpf und murrend. Nicht einmal jetzt, da sie alle schon eine ganze Zeit das Treiben der Nazis aus nächster Nähe erlebt hatten und begreifen mußten, was die über sie und ihre Heimat brachten, stellten sie sich dagegen. Offenbar war ihnen sogar daran nichts gelegen, wenigstens diese ihre Heimat frei zu halten. Jeder von ihnen dachte nur an sich und das, was unmittelbar damit zusammenhing. Darum blieben sie Millionen Einzelne, mit denen jeder, der zielbewußt beherrschte, leichtes Spiel hatte.

Der Ludwig knirschte mit den Zähnen und schluckte seinen Groll hinunter. Der junge Moser fragte ihn, ob er friere.
»Awo! Mich friert gar nicht! Es ist mir bloß zum Grausen!« antwortete er und gab wütend Gas. Schärfer sauste der Wagen durch den vernebelten, langsam dunkel werdenden Forst. Als sie in Auffing einfuhren, stachen schon die gelben Lichter der kleinen Fenster durch die schwimmende Winternacht. Der alte und der junge Moser stiegen aus und dankten. Der Ludwig fuhr beim Kraus vor. In der Werkstatt brannte kein Licht, aber als er durch die offene Türe gekommen war, sah er einen breiten, hellen Streifen aus der Küche fallen. Der Fuchsl drinnen knurrte auf.
»Wer ist's denn?« fragte der Kraus.
»Ich. Der Ludwig!« antwortete der und machte die Küchentüre weit auf. Er erschrak ein wenig. Gelb im bartverwachsenen, faltigen Gesicht war der Schuster. Seine Augen waren halb zu und zeigten gar keinen Glanz. Zusammengeduckt hockte der Alte da und schlürfte aus einer großen Tasse heißen Tee hinunter.
»Mir ist nicht recht wohl. Verkältet muß ich mich haben. Meine Gicht plagt mich wieder, und schon seit Weihnachten ist mir im Magen nimmer ganz gut«, sagte der Kraus.
»Ja, warum läßt du uns denn das nicht wissen?« fragte der Ludwig vorwurfsvoll: »Soll ich vielleicht den Doktor holen?« Der Kraus lehnte entschieden ab. Der Tee, meinte er, habe ihn noch immer zusammengerichtet, besser als jeder Doktor und jede Medizin. Er habe auch hübsch einen Guß Schnaps dazugegeben.
»Hock dich doch ein wenig her. Oder hast du keine Zeit?« sagte er, hob seine Augendeckel und schaute den Ludwig fahl an.
»Jetzt kann's vielleicht gefährlich werden für dich, Kraus. Jetzt wo die Nazis obenauf sind!« meinte der nach einer Weile.
»Gefährlich? Für mich?... Warum denn?« fragte der Alte unberührt.
»Am liebsten tät' ich dich fortbringen«, sagte der Ludwig statt einer Antwort und wurde deutlicher: »Wo du sicher bist. Jetzt gehen

sie gegen die Juden!« Doch der Schuster lächelte ihn nur dünn an und schüttelte matt seinen Kopf: »Gegen die geht's doch schon ewig! Ich fürcht' mich nicht! Ich bleib, wo ich bin.«
Der Ludwig brachte es nicht fertig, weiterzureden. Er versprach, morgen in der Frühe gleich herüberzukommen und wenn es nicht besser sei, den Doktor Buchner zu holen.
»Geh nur zu! Wenn ich die Nacht durch schlaf' und schwitz', ist morgen wieder alles gut«, sagte der Kraus. Er wollte nicht zugeben, wie elend ihm war. Am andern Tag stapfte er schon wieder zum Moser um die Milch, und als er beim Allbergerhäusl vorüberkam, aus dem der Ludwig eben heraustrat, rief er ihm zu: »Du siehst, mir fehlt nichts weiter! Mein Tee ist besser wie dein Doktor!«

38

Trotz allem Schmerzlichen, das ihm bis in die letzte Zeit hinein widerfahren war, lebte der Kraus jetzt wahrhaft gern. Er hatte sein sorgenloses Auskommen und seinen Fuchsl, der in viele Stunden seiner alten Tage eine kindlich-stille Heiterkeit brachte. Er konnte für sich sein und spürte doch, daß die meisten Menschen, mit denen er in Berührung kam, ihn gern mochten oder zum mindesten nichts gegen ihn hatten. Sogar der Heingeiger bekam stets einen eigentümlich rührenden Ausdruck auf seinem verstörten Säufergesicht, wenn er den Schuster zufällig traf. Er grüßte freundlich und sagte irgendetwas Herzliches. Und die Hakenkreuze an seinen Türen und Wänden? Mein Gott, wie wenig beachtete der alte Kraus das! Wie unwichtig erschienen ihm all die lauten Sachen, von denen der Ludwig manchmal erzählte! Dieser Ludwig! Wenn er ihn doch in Ruhe lassen wollte mit seinem besorgten Gerede! »Gegen die Juden geht's jetzt! Du bist doch auch ein Jud!« wiederholte er immerzu. Der Kraus wußte zwar, daß es immer gegen die Juden ging, aber beim Wort »Jud« empfand er nichts mehr.
Der Schuster freute sich in jeder Frühe, wenn die helle Winter-

sonne durch die gefrorenen Fenster seiner Kammer blinzelte, wenn der Fuchsl von seinem Bett heruntersprang, weitmäulig gähnte und sich streckte und wenn drunten vor der Werkstatt die hungrigen Spatzen zwitscherten. Er kroch aus den warmen Federn, schloff in die Hosen, band den Schurz um und brümmelte geruhig: »Jaja, nur ein bißl warten! Jeder kriegt was! Gell, Fuchsl!« Er stapfte über die schmale Stiege hinunter, zerrieb eine alte Semmel auf einem Teller, mischte Körner dazwischen und trug alles ins selbstgezimmerte Futterhäuschen vor dem Werkstattfenster. Die Spatzen warteten schon und waren ihn und diese Regelmäßigkeit so gewöhnt, daß sie scheulos und ruhig am Holzrand des Futterhäuschens hocken blieben und gleich zu picken anfingen.
»So, und jetzt kommen wir dran!« sagte alsdann der Alte zum Fuchsl und suchte dem ein Fressen zusammen. Endlich braute er sich einen Kaffee, brockte sich ein paar Semmeln in die umfängliche Schüssel und begann, dieses triefende, teigige Geschlemm in sich hineinzuschlürfen. Im Herd knisterten die Buchenscheite. und mollige Wärme füllte nach und nach die Luft im engen Raum. Mit der Arbeit hatte es der Kraus jetzt gar nicht mehr eilig. Oft kam es sogar vor, daß er im ›Feuerwehrkalender‹ eine kleine Geschichte oder Gebrauchsanweisung für den Blumengärtner las. An der Wand hing ein sehr schöner Abreißkalender der Lederfirma Leitner aus Amdorf. Da riß er vor dem Uhraufziehen jeden Tag ein Blatt ab und überflog den Sinnspruch, der unter der Datumszahl gedruckt stand. Er tat das gewohnheitsmäßig und flüchtig, aber einmal hatte er so ein Verslein gelesen, das ihn länger beschäftigte.

> Das aber ist des Alters Schöne,
> daß es die Saiten reiner stimmt.
> Daß es der Lust die grellsten Töne,
> dem Schmerz den herbsten Stachel nimmt.

Für gefühlvolle Reimereien hatte er nie viel Sinn gehabt, aber – seltsam – dieses Sprüchlein hatte ihm gefallen, und er klebte es an die Wand über seinen Küchentisch. Er schaute oft hin, und dabei wurde ihm behaglich.
Wahrhaftig, dem Kraus kam jeder Tag geschenkt vor, und er füllte ihn aus mit seinen hundert kleinen, gelassenen Annehmlichkeiten.
Indessen jedes Leben ist nur auf ›Wenn‹ und ›Aber‹ gestellt. Seit dem letzten Besuch vom Ludwig war der Kraus traurig und verstimmt über sich, denn das unrechte Drücken in der Magengegend hörte nicht auf, es wurde eher ärger. Er trank seinen ›Gebirgsblättertee‹ und nahm Schnaps, es half nicht viel. Er merkte, wie er von Tag zu Tag matter wurde und was für eine Unlust ihn von Zeit zu Zeit überkam. Er wollte das alles nicht wahrhaben und plagte sich mit Gewalt zu arbeiten, sich abzulenken. Aber, Herrgott, da stieg es auf einmal wieder säuerlich vom Magen herauf, kroch an der Gurgel hoch und kam als gallebitterer Schleim auf die Zunge. Und irgendwo im Bauch grimmte es, drückte und wurde schließlich zum stechenden Schmerz, der ihm den Schweiß aus allen Poren preßte. Er hüstelte und würgte die gallige Bitterkeit wieder hinunter. Er knirschte mit seinen alten Zähnen und hämmerte fester. Mit der Zeit jedoch kam ein fliegendes Fieber über ihn. Er mußte sich auf die Ofenbank legen und wurde immer ärgerlicher. Der Fuchsl setzte sich vor ihn hin, hob den Kopf und schaute ihn aufmerksam an. Der Kranke fuhr mit seiner zitternden, heißen Hand über das Fell. Erst nach einer langen Weile wurde es ihm wieder besser. Er ließ die Arbeit sein, kramte unschlüssig herum, wartete, bis es zu dunkeln anfing, und holte beim Moser seine Milch. Er sagte nichts von seinem Kranksein. Das ging den ganzen Februar so. Er blieb schließlich in der Frühe immer länger liegen, wenngleich er schon längst wach war.
Einmal in so einer Frühe hörte er Lärm unten vor seiner Haustüre. Den Stimmen nach mußten beim Heingeiger der Bauer und der Sil-

van streiten. Ganz als ob gar nichts sei, hörte er hin und verstand, wie der Silvan schrie: »Halt! Wegbleiben! Jüdisches Haus!« Einige dumpfe Schritte, und wiederum: »Halt! Weg da!«

»Was? Du Großmaul! Du hast mir gar nichts zu verbieten!« hörte er jetzt ganz deutlich Ludwigs Stimme. Er kroch mühsam aus seinem Bett, tappte ans Fenster und sah gerade noch, wie der Silvan gegen die Stalltüre flog, Arme und Beine weit weg gestreckt. Einen stumpfen Kracher tat es. Der Ludwig stand auf der Straße mit gespreizten Armen und fluchte wütend, beugte sich auf den Boden und hob einen Browning auf, und der Silvan, der sich eben wieder aufrichten wollte, schrie mordialisch: »Du roter Hund! Jetzt bist du geliefert!«, als etwas schier Unglaubliches geschah. Die Stalltüre tat sich auf, und der Heingeiger riß – mehr werfend als zerrend – seinen kreischenden, blutüberströmten Sohn, der in voller SA-Uniform war, in den dunklen Stall, schrie darinnen irgend etwas, kam vor die Tür, schlug sie krachend zu und plärrte dem Ludwig mit entstellter Stimme zu: »Recht hast du gehabt, Ludwig, aber jetzt schau, daß du davonkommst! Schnell! Die bringen dich um!«

Sekundenlang stockte der Ludwig.

»Aber der Kraus?« jagte er heraus.

»Da bin schon ich noch da! Besinn dich nicht! Es geht ums Leben!« warf ihm der schlotternde, totenblasse Heingeiger zu: »Geh! Dem Kraus geschieht nichts! Geh!« Da rannte der Ludwig in mächtigen Sätzen auf sein Haus zu und stürzte sich in sein Auto. Es surrte schon. Die Emma kam vor die Tür. Er schrie ihr zu: »Ich muß verschwinden! Frag nicht! Hau auch ab, gleich!« und hatte schon die Wendung auf die Straße zu gemacht. Inzwischen aber waren sie beim Lampl schon herausgelaufen, beim Moser auch. Der Ludwig gab Gas, da krachte ein Schuß, noch einer und noch einer, die Splitter des hinteren Autofensters klirrten, und Ludwigs Wagen rannte mit aller Gewalt gegen das viereckige betonierte Elektrizitätshäuschen am Rand des Dorfplatzes, surrte, surrte und krachte und blieb plötzlich stehen. Vom Stelzinger rannten sie herbei, und die ganze Nachbarschaft war im Nu beisammen. Die Emma schrie furchtbar, als sie den Ludwig aus dem zertrümmerten Wagen zogen. Einen Schuß in der rechten Schulter und einen im linken Arm hatte er, und von den eingedrückten Glasscheiben war sein ganzes Gesicht zerschnitten.

»Ja-ja, um Gotteshimmelschristiwillen!« schrien die Weiber und weinten entsetzt auf: »Was ist denn das? Wer hat denn geschossen? Jaja, wie er blutet!« Immer mehr Leute kamen dahergerannt und drängten sich aufgeregt ineinander. »Gleich ins Krankenhaus, sonst verblutet er sich!« sagte der Stelzinger.

»Nichts da! Der kann gleich hinwerden!« bellte mitten hinein der Lamplknecht und kam mit einem Militärkarabiner daher: »Das ist ein roter Lump. Das sind lauter Räuber und Mörder! Die haben gestern in der Nacht den Reichstag angezündet! Die müssen alle weg! Das ist Befehl!« Im Augenblick glotzten alle starr auf den viereckigen Kerl, der nicht einmal ein böswilliges Gesicht hatte, sondern eher eins, als sei er stolz auf seine Tat.

»Der hat gemeint, er kommt uns aus, aber Schnecken! Wir sind auf der Wacht! Ich hab' doch gesehn, was er mit unserm Sturmführer gemacht hat!« redete er dummdreist weiter. Da wurde es gefährlich für ihn. Die Emma wollte sich auf ihn stürzen, aber der junge Moser und einige Weiber rissen sie weg. Sie heulte, schlotterte, stampfte und schlug wie besessen um sich. »Hammel, niederträchtiger! Der hat doch den Reichstag nicht angezündet!« plärrten etliche: »Der und ein Räuber, du Rindvieh! Der kann dir noch was geben!« In einem unbeachteten Moment riß der alte Lampl dem Kerl den Karabiner aus der Hand und gab ihm einen derben Stoß. Der Knecht erfing sich, schaute baff auf die drohenden Leute und stotterte kleinlaut: »Ich hab doch bloß gemacht, was Befehl ist!« Dann lief er jäh aufs Heingeigerhaus zu. Keiner kümmerte sich weiter um ihn. Die Rotters, die seit der Verheiratung von der Emma ein Lieferauto hatten, luden den verwundeten Ludwig auf und fuhren

ihn ins Krankenhaus nach Amdorf hinüber. Es war höchste Zeit. Der Doktor Buchner mußte sofort eine Bluttransfusion machen. Die verzweifelte Emma wich nicht mehr vom Bett des dickverbundenen Ludwig, der nur immerzu schwach sagte: »Geh fort. Fahr fort. Nimmer heim! . . . Der Peter soll auch weg, alle! . . . Schnell fort!« Doch sie blieb. Sie weinte und weinte.
Währenddessen kam die ganze Gegend in eine wilde Bewegung. Um Bauern und Bürger zu schrecken und sie gegen die Roten aufzubringen, vor allem aber, um bei den Wahlen mit überwältigender Mehrheit zu siegen, hatte die Hitler-Regierung insgeheim von ihren eigenen Leuten das Berliner Reichstagsgebäude in Brand stekken lassen und beschuldigte nun die Roten der Tat. Unausgesetzt schrie es seitdem aus allen Radioapparaten: »Zerstampft den Kommunismus! Zerschmettert die Sozialdemokratie!« Sämtliche militanten Hitlerverbände wurden als Hilfspolizei eingesetzt, und ein amtlicher Fang- und Schießerlaß gab ihnen freie Hand. Drüben im Terzling-Furtwanger Moor hatte der Glachinger SA-Sturm die Arbeiter umzingelt und gefangengesetzt. »Großartig, daß ihr euch schon selber den Stacheldrahtzaun gezogen habt!« schrie der Witzgall herum und verhöhnte die wehrlos gemachten Gefangenen, auf die die SA-Leute hemmungslos einschlugen. Immer neue Lastautos voll von Verhafteten aus allen möglichen Gegenden rollten an. Fremde, gefährlich aussehende SA-Leute aus der Hauptstadt trieben sie unter unbarmherzigen Gummiknüppel- und Kolbenhieben in das verschneite Geviert. Da und dort fielen die verschreckten, zerschlagenen Häftlinge in die dünn vereisten, tiefen Moorgräben. Das Eis klirrte, das Wasser spritzte, entsetzt wollte sich der Hineingefallene herausarbeiten und wurde erneut zurückgestoßen, bis er ermattet umsank und starr im blutdurchzogenen, gurgelnden, eiskalten Wasser liegen blieb. Hunderte und Aberhunderte versuchten sich in die wenigen Baracken zu drängen, rauften und heulten und wurden wie eine Rotte Vieh auseinandergeschlagen.

Beim Neumeier erschien der Sulerschmid mit einer Eskorte SA-Männer und wollte den Peter holen. Als man ihn nicht fand, wurde in seiner Kammer das Unterste zuoberst gekehrt und trotz der Einwände der Neumeiers, es handele sich doch um ihre Möbel, alles kurz und klein geschlagen.

»Ich rate Ihnen – Maulhalten, Herr Neumeier! Sie können froh sein, daß Sie so billig wegkommen. Die Volkswut ist allgemein! In Zukunft etwas vorsichtiger mit Ihren Gesellen und Lehrlingen, verstanden? Na, den Burschen werden wir ja bald haben! Unsere Kur macht ihn schon vernünftig!« schnarrte der sonst so kulante Sulerschmid forsch und zog endlich ab. Die Emma wurde von Ludwigs Krankenbett weggerissen und vorläufig ins Amtsgerichtsgefängnis geschleppt. Sonderbarerweise war dort schon der Rechtsanwalt Wallberger mit seiner Frau eingeliefert. Eine Amdorfer SA-Wache bezog das Krankenhaus, und zwei davon hielten sich ständig vor Ludwigs Bett auf. Sie zeigten ihm den soeben erschienenen großen Bericht über die ›kommunistische Verschwörerhöhle bei Weylarn‹ in ihrer Zeitung. Viele Photographien schmückten ihn. Sie ließen dem Liegenden keine Ruhe. Der Doktor Buchner und die Schwestern waren machtlos. Die derbgestiefelten Wächter machten unflätige Bemerkungen, hockten da, rauchten und machten Witze, beugten sich manchmal über den Verbundenen und grinsten: »Wie ist's, Bürscherl? Bald besser, ja? Wenn du gesund bist, kommst du vor dem Aufhängen noch eine Zeit lang in unser Kaltwasser-Genesungslager.« Wenn der Ludwig einnickte, versetzten sie ihm mitunter Stöße oder Ohrfeigen, ließen ihre Zigarettenasche auf die unverbundenen Stellen seines Gesichts fallen oder ein eben abgebranntes, noch heißes Zündholz. Er schreckte auf, und sie höhnten: »Nur nicht zu viel Schlaf, Herr Millionär! Da wirst du zu fett. Das hält der Galgenstrick nicht aus!«

In Auffing ging es inzwischen nicht weniger aufregend zu. Nachdem der Lamplknecht beim Heingeiger angekommen war, fand er den Silvan ächzend und zusammengekrümmt in der Stube. Vom Kopf rann ein dicker Blutstrahl über seine linke Wange. Er hatte eine Schüssel Wasser vor sich, die ihm die Kreitlerin hingestellt hatte, tauchte von Zeit zu Zeit ein weißes Handtuch hinein und betupfte seine Wunde. Die Dirn war auf- und davongelaufen vor Schreck, und vom alten Bauern sah und hörte man auch nichts mehr.

»Der Kerl ist zuerst zu dem Dreckjuden 'num, und wo er jetzt rumsauft, weiß ich nicht. Ist ja auch gleich!« knirschte der Silvan, hörte sich an, was der Knecht zu melden hatte, und begann zu schimpfen: »Was, du Scheißkerl! Waffe wegnehmen lassen? Was, der Lampl? . . . Die Bande muckt auf? Na, wart nur!« Er versuchte, sich etwas gerader aufzurichten, griff nach seinem schmerzenden Rücken und kommandierte wütend: »Kerl, wenn du jetzt nicht wieder alles gut machst, geht's dir schlecht! Du machst Laufschritt zum Glachinger Sturmlokal. Dort muß telefonisch Verstärkung vom Furtwanger Lager angefordert werden, zwanzig oder dreißig Mann, verstanden? Der Xaverl oder sonst einer soll sofort Amdorf verständigen oder hinübersausen. Hoffentlich ist der rote Misthund wirklich im Krankenhaus, sonst Gnade dir!«

Bald darauf sahen die Leute den Lamplknecht auf dem Fußweg, der beim Schusterhaus vorüberführte, auf die Glachinger Straße laufen. Der Silvan versuchte unterdessen immer wieder, seinen Rücken gerade zu machen, und stapfte schließlich mühselig an der Bank entlang.

»Himmelherrgott-Kruzifix-Kruzifix!« fluchte er, biß die Zähne zusammen und lugte dabei ständig auf das Kraushaus. Dort rührte sich nichts.

»Hol den Stelzinger!« schrie er der Kreitlerin durch die offene Tür zu. Die kam bald mit dem Krämer daher.

»Ich wollte sowieso kommen, Herr-Herr Sturmführer«, sagte der Stelzinger: »Da, die Post ist eben gekommen.« Er legte die Zeitung und einige Briefschaften auf den Tisch und schien recht geniert.

Der Silvan fuhr ihn herrisch an, was denn da passiert sei, ob er denn nicht wisse, daß Hitler Kanzler sei, und wie er dazukomme, diesen roten Gauner, den Ludwig, entkommen zu lassen. Er hörte nur halb hin, als der verdatterte Stelzinger erzählte, der sei doch verwundet im Krankenhaus, und räsonierte weiter: »Wie kommst du denn überhaupt dazu, dich als kommender Bürgermeister in die amtlichen Aktionen unserer SA einzumischen?« Seit der Entlobung mit der Gretl war er mit dem Krämer wieder per Sie, jetzt sagte er herabmindernd grob ›du‹ zu ihm. Der Beschimpfte machte Ausflüchte.
»Da! Da, lies doch! Da! Sowas unterstützt du!« schrie der Silvan dazwischen und hielt ihm die Zeitung mit dem Artikel über die ›rote Verschwörerhöhle‹ unter die Nase, den der Stelzinger längst kannte.
»Aber! Aber – ich? Ich, Herr –!« stotterte der hilflos, und nachdem ihm der Silvan aufgetragen hatte, sofort Gemeinde-Anschläge zu verbreiten, die besagten, daß die Leute sich den Maßnahmen der SA widerspruchslos zu fügen hätten, ging er. Er war verängstigt und beleidigt. Er war seit jeher ein Feind der Roten gewesen, der Stelzinger, trotzdem lehnte er die Ungesetzlichkeiten der Hitlerischen ab, denn für Gesetz und Ordnung hatten Gericht und Polizei zu sorgen. Wenn der Hitler auch Reichskanzler war, so etwas wie das sinnlos-freche Schießen vom Lamplknecht konnte nicht richtig sein, das war strafbar. Sollte der Ludwig wirklich ein gefährlicher Roter sein, so hatte sich die Polizei damit zu befassen und die Amdorfer Gendarmerie. Es ging doch nicht an, daß der Silvan sich mit einem Mal Polizeigewalt anmaßte! Der Stelzinger fürchtete sich zwar, indessen, er sagte sich doch, als er heimgekommen war, am sichersten sei es, die Amdorfer Polizeistation anzutelefonieren. Dort aber meldete sich statt der wohlbekannten Stimme seines Schwiegersohnes, des Oberwachtmeisters Riedinger, ein ganz fremder Mensch, der nur fragte: »Die SA? Ist in Ordnung! Oberwachtmeister hat dienstlich zu tun!«

»Hm, das ist doch, – ich weiß nicht mehr, wo das hinführen soll!«
stammelte der Krämer, als er den Hörer einhängte: »Das ist ja wie
in der Revolution!« Die Gretl, die schon fertig angezogen war für
das sonntägliche Hochamt, stand dabei und sagte: »Weißt du was,
Vater? Ich fahr' gleich mit dem Autobus hinüber nach Amdorf und
such' den Schwager auf. Wenn er nicht da ist, geh ich zur Julie. Der
Silvan soll auch nicht immer recht kriegen!« Nach einigem Besinnen war der Stelzinger damit einverstanden. Die Gretl war noch
immer die beste Freundin von der Emma und bangte sich um sie
und den Ludwig. Schon deswegen zog es sie nach Amdorf. Ihr Zukünftiger, der Lehrer Schulz, hielt sich zwar fern von aller Politik,
aber manchmal sagte er: »Eins haben die Roten, da muß jeder zustimmen. Sie sind für Gerechtigkeit und gegenseitige Hilfe.« Das
gefiel der Gretl jedesmal. Der Lehrer war ihr nur mitunter zu romantisch und weich.

Es läutete zum ersten Male zum Hochamt in der Glachinger Pfarrkirche, als sie in Auffing in den Autobus stieg. Einige alte Weiber
machten sich bereits auf den Weg.

Der Schuster Kraus saß in seiner eben geheizten Küche und
schlürfte mechanisch seinen ›Alpenkräutertee‹ hinunter. Nein, es
ging nicht, er konnte heute nicht zum Hochamt nach Glaching gehen. Es war ihm schlechter denn je. Sein ganzer Bauch brannte.
Noch dazu hatte ihn der Heingeiger durcheinandergebracht.
Gleich nach dem Vorfall zwischen Ludwig und Silvan war er ins
Haus gerannt, in die Kammer hinauf, und hatte erzählt wie einer,
der nicht mehr recht bei Sinnen sein konnte. Zum Schluß hatte er
hastig herausgestoßen: »Mein Sauhund, der Silvan, liegt jetzt drüben im Stall! Fürs erste hat er genug! Aber wenn er dir was tut, passiert noch was viel Ärgeres! Verlaß dich drauf, Schuster!« Dann
war er über die Stiege hinabgerannt und hinten beim Haus hinaus.
Der Kraus hockte zusammengeknickt da, trank und trank das
heiße Gebräu, sah seinem Fuchsl leer in die Augen und ächzte:
»Herrgott, mein Bauch! Was nur das ist, Herrgott! Was sie bloß im-

mer von mir wollen? Wegbleiben! Jüdisches Haus!... Wenn sie bloß wegbleiben täten!... Ach, mein Bauch!«

Als es in Glaching zum zweiten Mal läutete und schon die meisten Auffinger auf dem Weg waren, marschierte ein bewaffneter Zug von dreißig fremden SA-Leuten ins Dorf, die der Lamplknecht führte. Die Leute blieben stehen und staunten, weil der Trupp quer über die schneeigen Wiesen bog, geradewegs auf das Schuster- und Heingeigerhaus zu. Ein Motorrad surrte daher. Der Tratzelberger-Xaverl saß drauf, winkte den Marschierenden zu, tauchte unter im Dorf und kam kurz darauf wieder vor dem Heingeigerhaus zum Vorschein.

»Tja, was ist denn jetzt das?« fragten sich die stehengebliebenen Kirchgänger. Sie brauchten nicht lang zu fragen. Der Trupp stieß knapp vor dem Schusterhaus auf den alten Lampl, der auf dem Wiesenfußweg daherkam. »Halt!« schrie es, und entliche SA-Männer umringten den schimpfenden Bauern. Nach kurzem Geraufe schleppten sie den Sträubenden unter Schlägen und Stößen mit. Jetzt liefen alle Leute und Kinder über die weiße Wiese und kamen gerade an, als das Schusterhaus umstellt wurde.

»Ja? Ja, was wollen sie denn jetzt da? Was kümmert sie denn der alte Kraus? Was passiert denn da?« redeten sie erschrocken durcheinander und blieben verblüfft stehen. Der Silvan stand schon mit dem Xaverl an dessen Motorrad. Alle zwei hoben ihren Arm und schrien: »Sieg-Heil!«, und gleicherweise brüllten die SA-Männer.

»So, jetzt raus mit dem Saujuden! Los!« kommandierte der Silvan, und ehe sich die Leute klar besinnen konnten, rannten fünf oder sechs riesige SA-Männer mit geschwungenen Gummiknüppeln durch die Türe vom Kraus. Man hörte Poltern und Geklatsch und grobes Gebrüll. Der Fuchsl bellte auf und brach jäh ab. Einige Schüsse krachten. Den Leuten stand das Herz still, und wortlos, mit verschreckten Augen starrten sie. Keiner beachtete den alten Lampl, der um sich zu stoßen suchte und brüllend schimpfte.

»Raus! Marsch, du Dreckjud! Marsch! Los!« bellte es, und der blutüberströmte Schuster wurde zur Türe herausgestoßen. Er war noch im Hemdsärmeln und Hosen, aber alles hing in Fetzen an ihm herab. Blut floß aus seinem grauen, zerzausten Haar, Blut rann über sein Gesicht, über die haarige, entblößte Brust und seine zitternden Hände. Sie stießen ihn durch die schreiende, wüst auf ihn einhauende Gasse der vor dem Haus postierten SA-Männer, an deren Ende Silvan und Xaverl warteten.

»Jaja, um Gotteswillen!« jammerten die Weiber auf. »Das geht doch nicht! Der alte Mann!« schimpften Männer, und Kinder weinten. Ein Gedränge entstand. Der Tratzelberger-Xaverl spielte mit seinem riesigen Armee-Revolver und keifte schrill: »Weg-weg-weg da, sonst kracht's!« Zurück wichen die Leute, und als nun der von zwei SA-Männern gehaltene, zusammengeknickte Kraus halbwegs sichtbar wurde, sagte der Silvan grinsend: »Na, du Judensau, du alte! Haben wir dich zu früh aufgeweckt, was? Du hast dich ja noch nicht einmal gewaschen, du Dreckfink! Du stinkst ja!« Er schien nach und nach gerader zu werden, richtete sich noch fester auf und höhnte weiter: »Dein Geld hast du sichern wollen, du mistige Moseslaus, du! Den Roten hast du's überlassen! Na, jetzt gibt's einen Dauerlauf zu deinem Freund Ludwig!« Er wandte sich an die beifallspendende SA-Kolonne und kommandierte zackig: »Zum Lager! Marsch! ... Und wenn –« er drehte sich auf die entsetzten Leute zu »– sich von euch einer unterstehen sollt', sich einzumengen, kann er gleich sein Testament machen! Marsch, ab mit dem Mistjuden!« Schon dumpften die Schritte der strammen Kehrtwendung. »Nette Begleitung hast du dir ausgesucht, Lampl!« warf der Silvan dem totenblassen, weinenden Bauern zu, der keine Kraft mehr hatte. Die zwei Festgenommenen wurden weitergestoßen, und langsam setzte sich der Zug über das weiße Feld in Bewegung. Die Leute sagten nichts mehr, aber alle tappten hinterdrein. Ab und zu wimmerte jemand auf. Die meisten weinten und hatten die Hände gefaltet, und plötzlich fing die alte Lamplin mit rostiger Stimme zu beten an: »Vater unser, der du bist ... im Himmel also auch auf Erden!« Männer, Weiber und Kinder fielen ein. Es klang trostlos in der kalten, leeren Luft.

»Die blöde Gesellschaft! Sollen sie sich nur's Maul fransig plappern!« sagte der Silvan und versuchte seinen Fuß über den Hintersitz des Motorrades zu schwingen. Er zuckte ein wenig vor Schmerzen.

»Geht's? Geht's?« fragte der Xaverl und half ihm, und als der Silvan endlich drobenhockte, meinte er: »Glänzend organisiert, Leutnant! Also los!« Das Motorrad fing zu rütteln an und hob sich von der Stelle. Sie sausten durch das leere Dorf, beim Hingerl vorüber, kamen unten beim letzten Haus um die scharfe Kurve und mußten stoppen, weil das Überlandauto daherkam. Fest hatte sich der Silvan mit beiden Armen um den davorsitzenden Xaverl geklammert.

»Was machen die Schmerzen?« fragte der Xaverl jetzt.

»Es geht. Warten wir ein wenig!« antwortete der Silvan und stellte sich unempfindlich: »Laß uns zuschauen, wie sie weiterkommen.« Die Kolonne hatte die Glachinger Straße überquert und bewegte sich wieder über weiße Wiesen dem Furtwanger Feldweg zu, der bis zum Forst leicht anstieg. Immerzu stießen die SA-Männer auf die beiden vorankeuchenden, oft stolpernden Gefangenen ein, wandten sich dann wieder um und plärrten den nachkommenden Betern unflätige Flüche zu.

»Verdammte Bagage!« knurrte der Silvan und schien zu überlegen, wie man dieses Nachlaufen abstellen könnte. Er wandte zufällig den Blick dem Pfarrdorf zu und wurde unruhig. Auf der breiten, sacht abfallenden Straße kamen, mit dem Pfarrer und einem kreuztragenden Ministranten an der Spitze, Leute näher. Die junge Moserin hatte sie geholt. In der Ferne hörte man ihr summendes Beten.

»Nana! Das ist denn doch schon die Höhe!« knurrte der Silvan. Um den Weg abzuschneiden, stapfte der dunkle Zug kurz vor dem Feldkreuz über die weißen Flächen schnellschrittig auf die SA-Kolonne zu. Der Xaverl pfiff scharf mit der Trillerpfeife, sagte, sich rasch aus dem Sitz schwingend: »Wart da, ich mach' Ordnung!« und rannte querfeldein. Er hielt die Mitte zwischen den Glachingern und der SA, wahrscheinlich, um den Pfarrer aufzuhalten und der SA entsprechende Weisungen zu geben. Der Silvan rieb sich seinen schmerzenden Rücken und verfolgte alles gespannt. Die schnell ausgreifenden Glachinger waren kaum noch wurfweit von ihrem Ziel.

»Nanu?« machte der Silvan und wollte seine Trillerpfeife aus der Tasche fingern. Der SA-Trupp stockte, Leute schrien, fuchtelten, und plötzlich wandte sich da drüben alles dem Dorf zu. Der Silvan hob den Kopf und schnupperte in die Luft. Die Kreitlerin lief über den blinkenden Schnee und schrie aus Leibeskräften: »Brennen tut's! . . . Silvan! Brennen tut's!« Aus dem Tennendach beim Heingeiger züngelten durch den dickqualmenden Rauch lichterlohe Flammen und griffen schnell um sich. Die dürren Stroh- und Heustöcke brannten wie Zunder. Schnell stand der ganze Himmel in gelbem Gold und zerfetztem Grau. Tauben und Schindeln flogen wirr, das Vieh im Stall brüllte, der Rapp und der Rotschimmel rasten ins Freie. Der Silvan pfiff scharf und versuchte zu winken, aber die SA und die Leute waren durcheinander geraten, alles redete, schrie und strömte wie ein dunkles, weit auseinanderlaufendes Gewirr wieder dorfzu. Der Lampl benutzte den Augenblick, um zu entkommen, aber er kam nicht weit. Ein Schuß krachte, und noch einer. Der Bauer überschlug sich wie ein Hase und fiel in den Schnee.

Der Kraus schien alles, was hinter ihm vorging, nicht mehr zu hören, nicht mehr zu sehen und nicht mehr zu begreifen. Er ging und ging nur unter unsagbaren Mühen und Schmerzen immerzu, immerzu über den Schnee und starrte in das weiße Nichts vor ihm. »Vater« bohrte sich in sein Ohr, »unser« schob sich nach und drang in sein Gehirn. Wessen Vater war das? Und ›unser‹? Was für ein ›Unser‹? Es traf ihn ein Tritt ins Kreuz, er taumelte, hielt sich aber noch. »Im Himmel« kam von irgendwoher. Der Himmel war fahl und sah mitleidslos nieder. Furchtbar brannte dem Schuster der Bauch. Vor lauter saurem Aufstoßen bekam er kaum mehr Luft und keuchte wie ein Ertrinkender. Mit letzter Kraft hob er den Fuß, trat nieder und brach um. Er wollte sich aufrichten, wunderte sich auch noch, daß ihn niemand mehr anschrie, schlug oder stieß, und hörte, wie von weither: »Mein Gott! Allmächtiger Gott, um den ist's –« Er spürte das warme Blut über seine brechenden Augen rinnen, den schneidenden Rieselschnee zwischen seinen Fingern. Ganz leicht war ihm auf einmal, und ruhig dachte er ins Ungefähre: ›Gott?.. Gott hat keine Einsicht. Das machen sich alle bloß später zurecht ... viel später.‹ Sonderbar still war es um ihn. Er sackte irgendwo tief, tief hinab, und die Sekunden hörten auf, für ihn Sekunden zu sein ...

Das Heingeigerhaus brannte völlig nieder, und man wußte nicht, hatte sich der Bauer mitverbrannt oder sonst ein Leid angetan. Nichts fand man mehr von ihm.
Die im Schnee liegengelassenen Leichen vom Lampl und vom Kraus fuhren die Dorfleute nach Glaching. Dort wurden sie notdürftig aufgebahrt, und es läßt sich denken, wie groß die Bitterkeit, Erschütterung und Trauer waren. Am meisten redeten die Leute über den Kraus, und stets traten ihnen dabei die Tränen in die Augen. Diejenigen aber, die nun herrschten, duldeten nicht, daß ein Jude in einem christlichen Leichenhaus belassen wurde. Der rauhe ›Südwester‹, der alte Witzgall, kam zum Pfarrer und sagte unter Androhung von Gegenmaßnahmen: »Kirchliches Begräbnis gibt's nicht. Wenn sich einer die Händ' gern dreckig machen will, kann er ihn einscharren.« All das beachteten die Weylarner Jesuiten, die irgendwer verständigt hatte, nicht. Ihr Totenwagen kam am andern Tag. Der Leichtl fuhr ihn, aber der Pater Superior und der Pater Lorenzius saßen ihm zur Seite, stiegen ab, widerstanden mannhaft und stolz allen Verhöhnungen und Dro-

hungen der Hitlerischen und sargten die Leiche eigenhändig ein. Sie mauerten sie unter allen frommen Ehren in die Wand der Weylarner Stiftskirche und ließen auf die Grabplatte die Worte meißeln: ›Herr, er ging den rechten Weg‹.

Die Durchsuchung des Schusterhäusls nahmen der Silvan, der für sein Vorgehen zum Standartenführer befördert worden war, und sein Freund, der Tratzelberger-Xaverl, am andern Tag vor. Sie fanden fünftausend Mark und die Goldsachen vom Hans.

»Hm, so ein Schuft! Und da hat er ewig getan, wie wenn er kaum sein Leben hat!« sagte der Silvan: »Ich wett' meinen Kopf, daß er sein Geld nur aus Sicherheitsgründen dem roten Gauner in Amdorf überschrieben hat. Na, da läßt sich's ja holen!« Der Xaverl war großzügig genug, dem Freund außer einigen Krawattennadeln die Goldsachen zu überlassen, und nahm auch nur zweitausend Mark, weil dem ›Leutnant‹ ja doch das ganze Haus niedergebrannt war. Nur ein paar Stück Vieh waren von Nachbarn gerettet worden. Der Silvan leitete aber sofort Dringlichkeitsverhandlungen mit der Feuerversicherung ein, kaufte sich gleich ein Auto und nahm Quartier beim Postwirt. Durch den Stelzinger ließ er bekannt machen, daß die Nationalsozialistische Partei das Schusterhäusl einem bedürftigen SA-Mann überlassen habe. Mit solchen Kleinigkeiten gab sich der Silvan jetzt nicht mehr ab. Viel mehr lag ihm am Ludwig, denn das war ein ›fetter Brocken‹. An diesem alten Todfeind wollte er seine Rache vollkommen auskosten, und zwar so, daß der Kerl dabei draufging und daß sein Geld ihm zufiel. Das allerdings war nicht so einfach und kostete viel Kopfarbeit, denn erstens wußte die Partei davon und hatte bereits das deutsche Bankguthaben vom Ludwig beschlagnahmt, und zweitens war da auch noch der Sulerschmid, der sich nicht gut übergehen ließ.

Gleich in den ersten Tagen besuchte der triumphierende Silvan mit dem Sulerschmid und dem Witzgall den Ludwig im Krankenhaus.

»Abtreten!« sagte er zu den strammstehenden Wächtern, und die drei setzten sich breitbeinig auf die Stühle vor dem Bett.
»Na, Herr Millionär? Bald gesund für den Galgen?« fragte der Silvan, und als ihn der Ludwig nur ohnmächtig haßvoll anschaute, spuckte er ihm ins Gesicht: »Ein Dreck bist du, verstanden! Ich kann dich schnell zum Reden bringen!« Er versetzte ihm einen gutgezielten Stoß auf die verbundene Schulter. Der Ludwig blieb stumm und stumpf. Die fortwährenden Torturen seiner Wächter hatten ihn ziemlich mitgenommen, und das Schlimmste stand ihm noch bevor. Doch noch lebte er, war verhältnismäßig geborgen und wollte sich nicht so schnell aufgeben. Vielleicht – wer weiß – gab es doch irgendeinmal und irgendwo eine Hoffnung.
Der Silvan weidete sich an seiner Hilflosigkeit und erzählte mit hämischer Breite, was mit dem Kraus geschehen sei, daß man dem Peter auch bereits auf der Spur sei, und daß sich die Emma ungemein nach ihrem Ludwig sehne.
»Aber sie ist noch ein bißchen bockig. Das gibt sich bald. Sie hat schon allerhand gebeichtet«, schloß er, stand auf, sah nochmal auf den Ludwig hernieder: »Na, wenn dein Kadaver einmal hängt, wird dich die junge Frau bald vergessen. Es gibt ja nettere Kerls als dich!«, und die drei gingen. Die Wächter kamen herein und stichelten, was er für eine ›große Nummer‹ sein müsse, der Ludwig, daß ihn diese drei Prominenten besucht hätten. Der Kranke reagierte wie gewöhnlich nicht drauf und zermarterte sich nur den Kopf über tausend andere Dinge. Wer den Peter gewarnt habe, und ob er durchgekommen sei? Ob sie den Hutterer und den Trappert erwischt hätten? Wie gut es sei, daß er der Emma nie viel erzählt habe! Und zuletzt, wie immer – ob denn gar keine Möglichkeit sei – aber nein, da hörte er zu denken auf, schielte unvermerkt auf die gleichgültig-plaudernden Wächter und schloß die Augen.
Am fünften Tag kam die Emma zur Türe herein. Sie flog auf sein Bett zu und weinte laut auf. Merkwürdig, die zwei SA-Männer blinzelten dem Ludwig zu und sagten ganz menschlich: »Na, wir wol-

len euch lieber allein lassen.« Sie tappten zur Tür hinaus. Ihre Schritte verhallten im langen Gang. Der Ludwig horchte angestrengt. »Ludwig! Ludwig!« fing die Emma an: »Du mußt raus! Du mußt deine roten Sachen bleiben lassen! Hör mich an! Hör!« Er blickte sie scharf an. Sie erzählte, daß der Wallberger gleich komme. Sie und das Anwalts-Ehepaar seien gestern aus dem Gefängnis entlassen worden, nachdem der Silvan mit ihr gesprochen habe. »So. Das ist schön von ihm«, sagte der Ludwig unverdächtig: »Du siehst gar nicht gut aus.« Er kam aber nicht weiter.
»Der Silvan ist gar nicht so, wie du meinst. Er will dir gar nichts weiter. Er hat mir in die Hand versprochen, daß du frei kommst, wenn er will. Der Wallberger sagt dir alles. Tu alles, Ludwig! Tu's, um Christi willen! Du darfst doch nicht sterben! Ludwig, mein Ludwig!« jammerte die Emma und klammerte sich an seinen dickverbundenen Kopf, preßte ihr verweintes Gesicht auf seine verpflasterte Wange: »Folg mir, Ludwig! Sonst sind wir verloren. Ich kann nichts weiter sagen. Ich darf nicht, aber geh auf alles ein, was der Wallberger vorschlägt....«
»Du mußt dich erholen, Emma. Du sollst nach Davos oder Lugano fahren! Du bist krank, und deine Nerven halten das nicht aus«, sagte der Ludwig.
»Das geht doch nicht. Der Silvan... Nein-nein, red' erst mit dem Wallberger«, stotterte die Emma jammerverwirrt. Die Türe öffnete sich einen Spalt weit, und ein SA-Mann sagte lächelnd: »Fertig? Ja? Weiter können wir nicht mehr gefällig sein.« Die zwei traten ein. Der Ludwig kannte sich aus. Er war gewaffnet für den Besuch Wallbergers. Als die Emma draußen war, blickte der Kranke auf die SA-Männer und sagte: »Da ist allerhand. Wenn ihr's mögt, bitte.« Die zwei nahmen das Paket, rissen es auf. Teure Zigaretten, eine große Wurst, zwei Flaschen Wein, Kuchen waren darin.
»Großartig, Mensch. Bist ein vernünftiger Kerl. Na, da läßt sich mal ein Aug zudrücken!« sagte der eine SA-Mann. Er war ein Chauffeur vom Veitl. Er fing sofort an, von der Wurst dicke Schei-

ben abzuschneiden, während der andere die Flasche aufzog. Die Märzsonne fiel durch das dünn verhangene Fenster. Der Ludwig konnte seinen Gedanken nachhängen, während die zwei schmatzten. Sicher dachte er: »Dem Silvan muß ich mein Leben abkaufen. Gut, warum nicht? Er wird viel verlangen, vielleicht alles! Aber zuletzt räumt er mich doch weg!« Er blickte in die zarte Frühjahrshelle und bekam ein tieftrauriges Gesicht.

»Verdammt! Schon wieder was los!« stieß der erste SA-Mann mitten unterm Kauen heraus, riß dem anderen schnell die Weinflasche weg und stopfte alles hastig in die Schachtel. Er stellte sie wieder auf Ludwigs Bett, blinzelte und wisperte geschwind: »Später! . . . Halt's bestimmt für uns!« Der Ludwig kam nicht einmal dazu, zu nicken. Jäh rann in alle seine Glieder Blei, schrecklich fing sein Herz zu schlagen an. Die Brust drohte ihm zu zerspringen. Schwere, stampfend-schnelle Schritte kamen den Gang entlang, die er nur zu gut kannte. Lärm, Schimpfen und Kommandieren schollen durcheinander: »Was? Quatsch! Weg da! Wo ist das rote Miststück? . . . Wo? . . . Der Kerl gehört uns! Weg muß er! Heut noch! . . . Was, von wegen Krankheit. Los!«

Schon wurde die Türe aufgerissen. Der Ludwig starrte entsetzt in wilde SA-Gesichter und wußte, jetzt ist's zu Ende. Er drückte nur die Augen zu und spürte, wie er rücksichtslos herausgerissen wurde, gepackt und weitergezerrt, und wie es polternd um ihn schrie: »Was? . . . Hier! . . . SA-Kommando! Den noch ausheilen? Weg muß das Biest. Los, los!« Einer versetzte ihm noch einen Fußtritt in die Kniekehlen, daß er zusammenschnappte. Er wurde geschleift und in ein Auto geworfen. Die Türen flogen zu. Es roch nach Leder. Er sah nur Stiefel, und während das Auto rasend dahinjagte, dachte er nur eins: ›Wenn's nur schnell geht! Nur gleich!‹ Vielleicht lief sein ganzes Leben an ihm vorüber. Zum Schluß mußte ihm der Kraus einfallen, denn er hauchte ganz leise aus dem furchtbaren Bewußtsein, daß alles vergeblich gewesen sei: »A-bopa! Alles A-bopa!«

Die Stiefelmenschen neben und um ihn blieben stumm. Das Auto raste dahin und hopste manchmal in die Luft, daß dem Ludwig alle Wunden noch weher taten. Er bekam stechende Schmerzen und biß die Zähne so fest zusammen, daß er sie kaum mehr fühlte. Plötzlich schrie es wieder rundherum gellend »Heil« und »Sieg-Heil«, und die Männer um ihn fuchtelten mit den Armen und schrien ebenso.

»Jetzt schief hinein!... Los!« sagte endlich einer. Ganz dunkel wurde es. Der Ludwig erspähte Wald, am Wagen peitschten Äste entlang. ›Jetzt wird es gleich heißen: Raus! Raus, Kerl! Vorausgehn und –‹ Ludwig konnte nicht weiter denken. Da blieb das Auto prustend stehen. Er verlor fast den Verstand, als der Türschlag aufgerissen wurde und die Kälte hereinströmte.

»So! Komm raus! Kannst du gehn?... Komm, versuch's!« sagte einer, und etliche Arme langten nach ihm: »Komm, keine Gefahr mehr! Schnell!« Der Ludwig riß die Augen weit auf. Er riß den Mund auf. Er wollte was sagen und konnte nicht. Er war unfähig, sich zu bewegen.

»Komm doch! Hat geklappt!... Was ist denn mit dir, Genosse?« sagte jemand und faßte ihn unter die Achselhöhle. Er fiel erschöpft den anderen in die Arme und weinte laut auf. Sie brachten ihn in irgendeinen fremden, warmen Raum. Er sackte zusammen wie ein Schnappmesser und erwischte gerade noch das Gesicht vom Peter.

»Ludwig!« sagte der, aber das verschwamm schon. Als er aufwachte, lag er in einem karierten Bauernbett, über dessen Decke die frische Märzsonne schmale Streifen zog. Er spürte, wie sich sein Mund zu einem Lächeln formen wollte, und sah den Peter traumhaft benommen an.

»Noch ist nicht alles rum. Du mußt aushalten«, sagte der Peter. Sie packten ihn in einen Sack, in welchem Tücher lagen. Bald darauf lag er unter einem stickigen Heuhaufen und rang nach Luft. Räder eines schüttelnden Bauernwagens knirschten unter ihm.

Der Wagen hielt öfter. Der Ludwig horchte angestrengt, doch er konnte nur ein undeutliches Gemurmel hören. Dann quietschten die Räder wieder, und die Pferde trabten weiter. An einem vernebelten Frühjahrsnachmittag luden ihn der Peter und österreichische Genossen ab, banden den Sack auf und halfen ihm heraus. Sie setzten den Erschöpften auf die Bank vor einem fremden Haus.
»Mensch, das hat Arbeit gekostet!« sagte der Peter, sich den Schweiß aus dem Gesicht wischend: »So, von jetzt ab kümmern sich diese Genossen um dich. Setz dich gleich mit Amerika in Verbindung. Soviel ich weiß, hat der Silvan mit dem Wallberger schon allerhand versucht, aber das ist abgeriegelt. Das Telegramm-Stichwort ist ›A-bopa‹...«
»A-bopa!« entschlüpfte dem Ludwig wehmütig. Noch einmal stand der Kraus vor ihm auf.
»Ja, nur darauf reagieren sie da drüben in New York«, sagte der Peter nüchtern. Der Ludwig schaute ihn groß und staunend an und fragte: »Und das hast alles du gemacht? Woher hast du denn vom Silvan seinem Plan gewußt?« Der Peter neigte sich rasch auf sein Ohr und flüsterte ihm die Namen vom Lehrer Schulz und der Stelzinger-Gretl ins Ohr. Dann sagte er laut: »Ich muß gleich wieder zurück.«
»Du gehst wieder?... Wohin denn?« fragte der Ludwig verdutzt und traurig. »Wohin ich bestellt bin! Wir sehen uns schon einmal wieder«, antwortete der Peter männlich und drückte ihm die Hand: »Laß dir's gut gehn!« Er stand einen Augenblick lang da, jung und kraftvoll und unbeirrt lächelnd, wie einer, der ganz an seine Sache glaubt. Ein ratterndes Motorrad wartete schon. Der Ludwig konnte nichts mehr fragen. Der Peter schwang sich auf den Hintersitz und winkte noch. Schnell verschluckte der dichte Nebel das davonsausende Fahrzeug. Nur das Surren blieb noch eine Weile in der schweren Luft. Den Ludwig überkam eine grenzenlose Fremde...
Am anderen Tag fuhren die neuen Genossen mit ihm nach Wien

und brachten ihn in ein Spital. Es war der siebente März 1933, zwei Tage nach der ersten Reichstagswahl unter Hitler. Vorgestern noch war er mit den als SA-Männern verkleideten deutschen Genossen durch die Dörfer seiner Heimat gefahren, wo ihnen siegestrunkene Hitlerische zugeschrien hatten. Vielleicht hatten die Genossen nicht weniger gebangt als der fast verzweifelnde Ludwig. Dennoch, was jetzt kam, war ganz trostlos. Auf einmal war er abgeschnitten und wurde nach und nach immer weiter weggeschoben von dem, was bisher das Element seines Lebens gewesen war. Er genas langsam, sein zerschnittenes Gesicht sah aus wie das eines Corpsstudenten, und seine durchschossene Schulter wurde nie wieder ganz richtig. Das alles machte ihn zu auffallend und für jede illegale Arbeit in der Heimat oder an der Grenze unbrauchbar. Nachdem ihm alle dringend dazu geraten hatten, ging er schließlich für immer nach Amerika und wuchs, wenn er es auch lange nicht wahrhaben wollte, in diese neue Welt hinein. Immerhin konnte er von da aus wenigstens als stiller Geldgeber denen nützen, die seinen früheren Kampf in der Heimat weiterführten. Seine Emma wurde durch zwei Konzentrationslager geschleift und kam erst nach einer von den Weylarner Jesuiten insgeheim inspirierten Intervention ausländischer katholischer Kreise, bei welcher der Silvan und der Sulerschmid noch einige zehntausend Dollars einheimsten, über den Ozean. Sie war ziemlich zerbrochen und blieb, wie der Ludwig und viele ihresgleichen, ein Mensch zwischen dem Vergangenen und dem unbegriffenen Heute.
Denn es war schon so: Ohne daß sie es wollten und wußten, war das ›A-bopa‹ zum Leben überhaupt geworden, und es war überall! Es äußerte sich nur verschieden, aber es löschte mit der Zeit alles Natürliche und Eigentümliche der einzelnen Menschen aus. Niemand erlebte das eindringlicher als der Peter, der als unsteter politischer Emigrant von Land zu Land flüchten mußte. Da er aber noch jung war, überwand er leichter und nahm mit der Zeit jenen Charakter an, der ihn für das neue Werden befähigte.

Dort, wo er, der Ludwig und die Emma einst daheim gewesen waren, steigerte sich das ›A-bopa‹ zu einer wahrhaft teuflischen Wirkung und zerräderte jeden unbarmherzig, der sich nicht unterordnete und anpaßte oder sich gar in schrecklichem Begreifen dagegenstellte.
Nachdem die ihm aufgezwungene Aufgabe, aus Amerika Geld vom Ludwig herbeizuschaffen, dem Wallberger mißlungen war, ließen Silvan und der Sulerschmid ihn zu Tode foltern. Seine Frau wurde später als nicht ganz ›rassenreine Arierin‹ enteignet und deportiert. Die frommen Neumeiers konnten noch von Glück sagen, daß ihre Druckerei samt dem Wochenblatt nur einem Hitlerkonzern einverleibt wurde. Sogar der Rotter wurde eines Tages verhaftet und ins Gefängnis gesteckt. Er entging dem Konzentrationslager nur, weil er dem Silvan eine große Summe zukommen ließ. All diese Erpressungen aber wurden schließlich auch dem Silvan zum Verhängnis. Bei den Ermordungen der hohen SA-Führer, die Hitler anno 1934 durchführte, wurde auch er erschossen. Die Leute wußten, daß ihn der Sulerschmid und der Stelzinger ans Messer geliefert hatten. Der Stelzinger hielt sich lange und wurde sogar Amtswalter. Er paßte sich geflissentlich an und galt bei den Nazis als Muster korrekter Pflichterfüllung. Doch als seine Gretl und der Lehrer Schulz festgenommen wurden, um einem unbekannten Schicksal entgegenzugehen, nahm man ihm alle Ämter und Würden, und er war froh, mit dem Leben davonzukommen.
Ach, und auch die frommen Brüder in Jesu von Weylarn, die stets geglaubt hatten, durch überlegene Klugheit und streng religiöse Abgrenzung unberührt von allem zu bleiben, wurden nicht verschont. Ihr Kloster wurde ›liquidiert‹, und sie selber wirken seitdem zerstreut in der weiten Welt. Alles verschlang das hemmungslos entfesselte ›A-bopa‹.
Vielleicht war der Tod zur rechten Zeit zum Kraus gekommen.

Editorisches Nachwort

Editorisches Nachwort

Episch ausholend wie in keinem anderen seiner nicht-autobiographischen Romane, mit der Sicherheit unverjährter Erinnerung, figurenerprobt und detailgewiß beschloß Oskar Maria Graf mit *Unruhe um einen Friedfertigen* (und dem ungleich schwächeren Seitenstück *Er nannte sich Banscho*) die Reihe seiner bayrischen Dorfromane – im New Yorker Exil, das für ihn zu diesem Zeitpunkt allmählich zur Diaspora wurde, zu einem bitter akzeptierten Dauerzustand der Entfernung und Entfremdung von seiner Heimat. 1925 hatte er dieses Genre mit der *Heimsuchung* und der *Chronik von Flechting* begonnen, danach setzte er es als Studie von bäuerlichen Rebellen, als Bericht über einen entwurzelten Soldaten, als Fallgeschichte einer erotischen Katastrophe fort, nahm das Muster, im begrenzten Umfang und auf überschaubarem stofflichen Gelände von der Provinz zu erzählen, mit in die Emigration.
Am Ende der Hitler-Diktatur vergegenwärtigte sich Graf in diesem eminent szenischen Roman die Geschichte ihrer Entstehung in den zwanziger Jahren, die Bereitschaft von einfachen Menschen, sich ihr willig zu fügen, die Macht des Hasses und der Menschenverachtung, die mit ihr entbunden wurden – und zwar im Hinterland der Politik. Noch einmal gab er, ohne daß er eine solche Absicht ausgesprochen hätte, eine souveräne Antwort auf den Blut-und-Boden-Kult der Nazis, wie schon zuvor in *Das Leben meiner Mutter* (1946). Man muß den Roman *Unruhe um einen Friedfertigen* als Zusammenfassung der Motive und Höhepunkt seiner Provinzromane lesen: wie in keinem anderen ist ein kleiner Landstrich der Schauplatz der Zeitgeschichte, wird die Nähe von historischer Faktizität und erfundenen Figuren unauflöslich, sind gegensätzliche Figuren in großer Zahl bewegt.
Entfaltet wird ein Kosmos abgelegenen bäuerlichen und kleinbürgerlichen Lebens über Jahrzehnte hinweg. Im Erzählen scheinbar nebensächlicher Anekdoten, im Pointieren alltäglicher Reglosig-

keit, in der Betrachtung des Gleichförmigen, im Lokalkolorit entsteht das Bild einer Epoche von den Jahren vor dem Ersten Weltkrieg bis zum ersten Jahr des herrschenden Nationalsozialismus. Hinter der Geschichtsschreibung über das »flache Land«, über »die Auffinger, die Terzlinger, die Buchberger, Glachinger und Furtwanger«, entwickelt sich der Roman einer Gemeinde, die ihre Einheit und ihr Selbstverständnis verliert, ihre traditionellen Werte, ihre Tradition überhaupt, die also in gewisser Hinsicht aus ihrer eigenen Geschichte fällt und stattdessen eine andere, fremde annimmt, von ihr überwältigt, zerstört wird.
Zu Beginn kümmern sich die Menschen des »Glachinger Landstrichs« um die große, hauptstädtische, überregionale Welt nur im anekdotischen Sinn. Was hereindringt, sind Kolportage-Geschichten, die bei den Romanfiguren Kopfschütteln verursachen, nicht mehr. Im Lebenstakt dieser Menschen ist beschlossen, daß außergewöhnliche Ereignisse ausgegliedert, abgedrängt werden. Sie existieren getreu der Devise des Erzählers: »Solange man lebt, überlebt sich das eben Geschehene und wird von etwas anderem verdrängt.« Mit Beginn des Ersten Weltkriegs, den die Bauern nicht mögen, »schien alles Private wie weggelöscht«. Der spätere Rückfall der Dorfbewohner ins Nichtöffentliche ist das Indiz für die Einkehr ruhigerer Zeiten; wenn nach der mißglückten Revolution die politischen Schlagzeilen abhanden kommen, wird das Leben »wieder privat«. Am Ende jedoch ist alles Überkommene an Ordnung zerbrochen, einige Bewohner der Gegend sind im KZ, andere im Exil. Politik ist als geschichtsbewegende Kraft zu Beginn nicht mehr als ein Echo, das ins Dorf hereindringt, vom Krämer vermittelt, der die Zeitung liest – schließlich aber eine Größe, die das Gesichtsfeld der eingeschränkten, sprachlosen Dorfbewohner völlig einnimmt. Hinter der erzählten Historie steht der Roman der Politisierung von sozialem Leben – mit dem katastrophalen Ergebnis der Überwältigung.
Was Graf in diesem Buch erzählt, hat einen doppelten Bezugsrah-

men; das faktisch-historische Geschehen verweist auf einen modellhaften Verlauf.

Dies war der letzte Versuch Grafs, im Roman zu seiner Heimat zurückzukehren. Zugleich bedeutete es einen Abschied: danach hat er einen (vorher geschriebenen) Zukunftsroman *Die Erben des Untergangs* (1949) veröffentlicht und sich der Situation von Emigranten in New York zugewandt, die er als *Die Flucht ins Mittelmäßige* (1959) beschrieb. Noch einmal bewegte er Figuren in einer Fülle wie zuvor nur im aktuellen Zeitroman *Der Abgrund* (1936). Im Gegensatz zu jenem Buch geht es dem Autor jedoch kaum darum, die Ursachen des Scheiterns der Weimarer Republik zu erforschen, sondern mit der Vielzahl von Figuren eine Untergangschronik der Provinz zu schreiben: »Fast wie dieses Land waren all die Leute. Nichts rührte sie als die Jahreszeiten. Alles andere glich dem Schnee, der auch nur den Boden bedeckte, aber nicht tiefer ins innere Erdreich drang. Der Staat, die Regierung, kurz ›das Abopa‹, lag gewissermaßen weit weg von ihnen. Sie trauten ihm nichts Gutes zu, sie liebten und haßten es nicht. Es ging sie nichts an, aber sie fügten sich ihm stumpf und murrend.«

Wie in einem Reflektor sammeln sich die Episoden um einen Kleinbürger, einen Fremden, der, einst zugezogen, eine eigene verborgene Geschichte hat: um den Kleinhäusler und Schuster Julius Kraus, der sich mit seinem Wahlspruch: »Nur auf nichts einlassen, auf nichts!« wie hinter einem Schutzschild versteckt. Ein Jude, 1905 in Odessa einem Pogrom nur knapp entronnen, möchte unauffällig und unbehelligt unter den Ereignissen durchleben. Julius Kraus ist als der Inbegriff des Nichthelden angelegt: bestrebt, seiner Umgebung in Sprache und Gewohnheiten sich vollständig anzupassen, stellt er für die meisten Dorfbewohner eine Person ihresgleichen dar. Er gehört wie sie zum selbstverständlichen Inventar der Natur – eine Kreatur im gleichmütigen Wechsel der Zeiten, eingebunden ins Stirb und Werde, in eine Lebensmelodie seit altersher, die durch Sitten, Gebräuche und die Riten der Religion bestimmt wird: »Alle waren ihn so gewohnt wie etwa einen alten Baum im Dorf, der seit Generationen an der gleichen Stelle steht und den niemand mehr beachtet.« Darauf bedacht, den wechselnden Koalitionen, durch Heiraten und Händel, Reichtum und Armut, Geburten und Begräbnisse bedingt, systematisch zu entgehen, zeigt er eine »undurchsichtige Gleichmäßigkeit« des Verhaltens, der Auffassungen und der Arbeit, die auf die Dörfler bisweilen sonderlingshaft und opportunistisch zugleich wirkt.

Der Erzähler führt ihn als verdeckte Existenz vor, gibt nur einige flüchtige, scheinbar achtlose Anspielungen auf sein Judentum. Schrulligkeit und Menschenfurcht des Julius Kraus werden jedoch mit einer Vielzahl unbestimmter Andeutungen versehen: »Offenbar mußte er in früheren Jahren Schreckliches durchgemacht haben, und deswegen begegnete er jedem Menschen mit einem solch tiefen Mißtrauen, mit so bedachter Vorsicht und wich beständig aus.« Bis zur Mitte des Romans hält der Erzähler die Aufdeckung der Vergangenheit seiner Hauptfigur zurück. Indem er erklärende Begründungen hinausschiebt, entsteht im Roman eine Doppelexistenz aus Innen- und Außenansicht: dem Leser erscheint Kraus als Ahasver-Figur, ohne daß er ihn als solche zu identifizieren weiß, den Dorfbewohnern als schrulliger Alter. Erst nach rund einem Drittel des Romans wird die jüdische Abkunft des Julius Kraus offensichtlich. Er kramt in Familienhinterlassenschaften, der Erzähler erwähnt die Verluste, die der Überlebende vergangener Verfolgung hinnehmen mußte, und fügt einen weiteren hinzu: »hastig, wie einer, der sich selbst bestiehlt«, packt der Schuster die Wertsachen ein, um sie zu verkaufen. Noch die Erinnerung an die Vergangenheit: an Eltern, Verwandte und Herkunft soll gelöscht werden. So kommt aus dem Porträt eines wenig beachteten Sonderlings die Geschichte eines Juden heraus, der von den Nazis am Schluß des Buches erschlagen wird. Allerdings ant-

wortet Graf auf den nazistischen Antisemitismus nicht mit der Behauptung einer zu tolerierenden jüdischen Eigenart: die Geschichte des Juden Kraus geht auf im Typus des stillen Dulders. Kraus wird im Klappentext der Erstausgabe, den man – der Diktion wegen – Graf als Verfasser zuordnen darf, als »Symbol des Ungeschorenbleibenwollens« bezeichnet. Der Autor knüpft daran die Bemerkung: »Ein stärkeres Gesetz bleibt Sieger, ein Gesetz, das vor 500 Jahren Thomas a Kempis fragen machte: ›Was suchst du Ruhe, da du zu Unruhe geboren bist?‹ Dieser Satz könnte das Motto des Romans sein.«
Auch die Reaktion des Erzählers auf den Antisemitismus ist »provinziell«: Kraus verkörpert nichts anderes und nicht mehr als die Dörfler auch. »Jeder von ihnen dachte nur an sich und das, was unmittelbar damit zusammenhing. Darum blieben sie Millionen Einzelne, mit denen jeder, der sie zielbewußt beherrschte, leichtes Spiel hatte.«
Nicht das Spezifikum des Antisemitismus steht im Vordergrund der Handlung, sondern die Entwicklung von abstrusen Feindbildern durch die Leute mit den »roten Armbinden mit einem weißen, runden Feld, in dem ein schwarzes Kreuz mit scharfwinklig abgebogenen Enden stand«. Graf hat sich im Exil auch gegen jede Form jüdischer Selbstabschließung gewandt. In einem Vortrag *Die Juden stehen nicht allein* (am 24. 5. 1940 in New York gehalten) berichtete er davon, daß in seiner Jugend das Wort »Jude« nichts anderes gewesen sei als die Berufsbezeichnung für den Viehhändler; noch immer verwahre er sich dagegen, daß zwischen Juden und Ariern ein Unterschied bestehen solle. In gleicher Weise bekämpfe er jüdische Selbstabgrenzung als Folge des »Hitlerismus«. Als ein Gesprächspartner ihm vorwarf, er stelle einen unglaubwürdigen Typus vor, antwortete er schriftlich (in einem Brief vom 19. 7. 1945 an Alexander Gode von Aesch): »Ich schildere keinen Juden unserer Großstädte, sondern einen im Dorfleben völlig aufgegangenen Juden, den man ja kaum kennt. (Wenigstens nicht

in Mitteleuropa gekannt hat.) Auch bewegte mich die Idee, daß Umgebung, Landschaft und soziale Umstände einen Menschen formen, daß also der Rassismus etwas Abstraktes ist. Das lehrte mich schließlich mein ganzes Leben.«

Was als sinnlose, überpersönliche, kaum übersehbare Macht den Figuren widerfährt, faßt der Schuster Kraus in der Chiffre vom »A-bopa« zusammen – eine Worthülse, die »alles (enthält), was man nicht greifen konnte und was dennoch die Menschen beherrscht«. Das sich entfesselnde »A-bopa«, das die gestammelte Umschreibung des Wortes »unausweichliches Geschick« vorstellt, hat Graf nicht als überzeitliche, außergeschichtliche Größe verstanden. Es ist alles von einer bedächtigen Anschaulichkeit und Handgreiflichkeit. Der Krieg ist eine Herzensangelegenheit der 71er-Veteranen, Amtspersonen machen die Bauern rebellisch, die Hauptstädter gelten ihnen als »Narrenhäusler«, gewählt wird nicht wegen der Agitation, sondern wegen der Unterhaltung; in der Inflation rücken Sachbesitz und Dollars in den Kopf, die Hitler-Anhänger finden Beifall, wenn man sich von ihnen in der Zeit der Notverordnungen einen Vorteil verspricht – bis sie sich epidemisch ausbreiten.

Den stillen Erduldern in diesem Roman begegnen zwei Figuren, die Grafs politisches Selbstverständnis umreißen. Ludwig Allberger, ein aktiver »Roter« in der Räterepublik und danach für fünf Jahre in Festungshaft, versteht sich als unabhängiger Linker, der selbständig denken will und erhebliche Konflikte mit seiner Partei, der KPD, austrägt, bis er sie verläßt, der als Genosse zwischen den beiden Linksparteien, als »Versöhnler«, erscheint und illegale Arbeit macht, bis er gefangengenommen wird. Der jüngere Peter Lochner schließlich, der als Buchdrucker eine gewisse Bildung erworben hat, sieht angesichts der Hitler-Diktatur seinen Platz dort, »wohin ich bestellt bin«, handelt im Parteiauftrag. Beiden wird das Gesetz des Handelns aus der Hand genommen: sie müssen ins Exil, wo sich ihre Spur verliert.

Die Provinzialität der Schauplätze und der Figuren in diesem Roman findet mehrere Begründungen. Graf hat die planvolle Distanz zu »volkstümlich«-politischen Ansprüchen an volkstümlichen Realismus (etwa das Muster des proletarisch-revolutionären Romans am Ende der Weimarer Republik) immer abgelehnt und sich zu seinen Möglichkeiten bekannt.
Eine Rechtfertigung findet sich auch in einem allgemeinen politischen Credo, das der Autor besonders im Exil öfter formulierte und in einem Brief an Thomas Mann (vom Juni 1945) zusammenfaßte: »Sie wissen, daß ich zu keiner Zeit ein deutscher Patriot war, und ein Nationalist schon gleich gar nicht. ›Vaterland‹ war für mich seit jeher ein Lesebuch-Schlagwort ohne greifbaren Inhalt, und der Begriff ›Nation‹ blieb mir immer etwas Abstraktes. Der Begründer des Zionismus, Theodor Herzl, schreibt einmal: ›Nation ist eine Gruppe von Menschen, zusammengehalten durch einen gemeinsamen Feind.‹ Wenn dem so ist, wenn Nation den Feind geradezu zur Voraussetzung hat, dann konnten nur rivalisierende und konkurrierende Besitzer-Schichten, die einander etwas abjagen wollten, ein Interesse daran haben, ›Nationen‹ zu organisieren. Die Völker waren einander nicht feind. Erst als man sie soweit gebracht hatte, daß sie ›national bewußt‹ und ›nationalistisch‹ wurden, konnte man ihnen auch die gegenseitige Feindschaft einreden.
Darum habe ich mich stets mit einer so fast einfältigen Hartnäckigkeit zum Volk bekannt, zum Volk schlechthin, wenn ich auch im deutschen am meisten beheimatet bin.«
Das Bekenntnis zum Volk findet seine geistigen Wurzeln und seinen Ausdruck in der Verehrung Tolstois. Graf, der zu diesem Zeitpunkt den (fehlgeschlagenen) Versuch unternahm, über den russischen Dichter und Lehrmeister des deutschen Anarchismus ein Buch zu schreiben, berief sich auf einen Spruch Tolstois, der als Motto über der *Unruhe* stehen könnte: »Wenn die Menschen es doch begreifen wollten, daß sie nicht die Kinder irgendwelcher Va-

terländer, sondern Kinder Gottes sind . . . dann hätte keine Regierung und keine Idee mehr Macht über sie!«
Die Figuren dieses Romans bilden, zusammengenommen, jenes »Volk«, das die Politiken erduldet, das sich polarisieren läßt, ohne zu verstehen. So registriert der Bürgermeister Heingeiger mit dem Einbruch von Politik nach dem Ersten Weltkrieg verwirrt ein »unbegreifliches Durcheinander«: »Wie hatten sich doch die Leute im Vergleich zu früherszeiten verändert! Die meisten, die vom Krieg heimkamen, wollten von einem ordentlichen, beständigen Leben gar nichts mehr wissen. Das Dorf schien ihnen zu eng, und über die Auffassungen der Alten lachten sie hämisch. Unruhig mischten sie sich in lauter fremde Sachen, vor allem in die Politik, und steckten damit auch die anderen an. Mit einem Mal gab es nur noch Rote und Weiße. Die Roten machten Revolution, und die Weißen waren dagegen; die Roten setzten sich für die kleinen Leute ein, und die Weißen sagten, das sei Landesverrat und lauter Lug und Trug; unversöhnlich minderten sie sich gegenseitig herab und scheuten kein Mittel dabei; blindwütig wie reißende Tiere haßten sie sich, verfolgten einander von Mann zu Mann und schossen sich tot. So besessen und aufreizend trieben sie um, daß sich niemand mehr auskannte. Es war, als sollte der geduldige Mensch unbedingt dazu gebracht werden, in rascher Aufeinanderfolge immer wieder den Feind – und *nur* den Feind – zu wechseln, und wer da nicht mitkam, wer diesen Feind sozusagen nicht von einem Tag auf den anderen stets richtig roch, der geriet unversehens unter die Räder.« Die Perspektive der Romanfigur bezeichnet das Unverständnis des »Volkes«, das die Geschehnisse über sich ergehen läßt, das ihnen zum Opfer fällt, weil es zum Widerstand nicht fähig ist. Diese Charakteristik korrespondiert zum Bildnis der duldenden Güte in *Das Leben meiner Mutter,* das als Anschauung des Volkes bezeichnet ist; sie läßt sich über zwanzig Jahre hinweg zurückverfolgen: in *Wir sind Gefangene* treiben die großstädtischen Massen auf ähnliche Weise durch Revolution und Räterepublik.

Aus dem großen zeitlichen und räumlichen Abstand und der Gewißheit, daß die Heimat verloren ist, entsteht an keiner Stelle des Romans die Stimmung schmerzlicher Resignation. Die untergehende Welt der dörflichen Gemeinschaft, verkörpert in dem – schließlich selbstzerstörerischen – Heingeiger, der seinen Hof anzündet und sich selbst verbrennt, wird vom Erzähler auch nicht moralisch belastet. Die Dörfler sind am Aufkommen der Nazis nicht schuld, auch wenn Silvan Lochner als örtlicher Akteur aus ihrer Mitte stammt. Entsprechend hat Graf im Exil jede Kollektivschuldthese energisch abgelehnt.
In einem Offenen Brief »an Münchner Freunde« (Süddeutsche Zeitung vom 16. 11. 1945) verstand er sich als Teil dieses Volkes. Sich selbst schrieb er die Aufgabe zu, mit Hilfe von Literatur das Gedächtnis zu bewahren: »Ich wünschte nur eines, all diese Opfer in meinen künftigen Büchern so lebendig machen zu können, daß keiner sie je wieder vergißt, daß noch Kinder und Kindeskinder davon erzählen.« Er hielt sich nicht in Distanz zu den im Reich Gebliebenen: »Es steht mir ja als einem Menschen, der immerhin ins Ausland gehen konnte und dort in verhältnismäßiger Sicherheit lebte, nicht zu, an Euch, liebe Freunde, irgendwelche Ratschläge zu richten. Ihr steht nun vor dem unbeschreiblichen Trümmerhaufen des zerblasenen Nazi-Machttraumes. Täglich und stündlich zwingt Euch diese schreckliche Hinterlassenschaft, Aufgaben zu lösen, die kaum noch zu lösen sind. Aber ich weiß, daß Ihr das Land und das Volk, aus dem wir hervorgegangen sind, liebt wie etwas, das man weder innerlich noch äußerlich abstreifen kann. Man kennt es in allem: in seinem Unklaren und Finsteren und genauso in seinem Dulden und in seiner lebenskräftigen Helligkeit. Man ist einfach ein Stück von ihm, und weil man es auf diese Art eben liebt, darum wird man es gewinnen, denn nur was man wahrhaftig liebt, wird man gewinnen zum Besseren.
Wie sollte ich anders sein als Ihr, geliebte Freunde!«
Hier wie dort eine Tolstojanische Botschaft, durchsetzt mit dem

Wissen um ihre Vergeblichkeit und historisch erwiesene Mißbrauchbarkeit. Unzeitgemäß, gleichsam aus der Moderne tretend, die Aktualität des globalen Nachkriegskonflikts mißachtend, bekennt sich Graf in *Unruhe um einen Friedfertigen* zu dem ich-gewissen, moralisch gesättigten, aufs Individuelle vertrauenden Sozialismus, der ihm vor dem Ersten Weltkrieg in den anarchistischen Gruppen um Gustav Landauer als Tolstois Lehre vermittelt worden war. In einem Brief an Kurt Kersten (vom 14. 1. 1945) hielt er die Gewißheit fest, daß die Zeit darüber hinweggegangen sei, »daß etwas, in das wir hineingeboren worden sind und wovon wir unsere Vorstellungen haben, aufhört, daß etwas Neues mit der ganzen Schrecklichkeit, die eben jetzt tobt, hereinbricht«. Und er fuhr fort: »Uns bleibt nur die Trauer, die Resignation und die furchtbare Erkenntnis, daß die Welt eben sich für Nietzsche und nicht für Tolstoi entschieden hat. Das ist vielfach ein bißchen simplifiziert, ein bißchen arg vereinfacht, aber es ist für mich der Urgrund.«

Der Roman erschien erstmals 1947 im Aurora Verlag, New York, der 1944 als »Gemeinschaftsverlag für freie deutsche Literatur« gegründet worden war und für den elf Autoren als Herausgeber verantwortlich zeichneten. Er hat insgesamt zwölf Bücher, unter anderen von Ernst Bloch, Alfred Döblin, Anna Seghers und Bertolt Brecht ediert. Besonders drei prominente Kollegen haben sich anerkennend zu Grafs Roman geäußert. Neben Lion Feuchtwanger vor allem Thomas Mann, der an den Verfasser schrieb: »Lieber Oskar Maria Graf, für Ihr schwergehaltiges Buchgeschenk muß ich Ihnen danken und Sie beglückwünschen zu dem Gelingen dieser prachtvollen Erzählung. Mein Bruder ist auch höchst angetan davon und hat Ihnen gewiß schon geschrieben. Sie wissen, wieviel ich seit *Wir sind Gefangene* von Ihnen halte, aber dieser Roman der *Unruhe* ist wohl Ihr Bestes und Stärkstes und erregt den drin-

genden Wunsch, er möge recht viele deutsche Leser, vor allem aber Ihre oberbayerischen Landsleute erreichen, damit sie sehen, es lebt ihnen in der Ferne ein großer Volksschriftsteller, der sie kennt und dichterisch leben läßt, wie keiner. Er kennt aber einfach den Menschen, und selten ist die kleine Welt so gültig für die große eingestanden. Im Cinéma wundert man sich manchmal, wie die kleine weiße Leinwand sich zu Saal und Landschaft weiten und was sie an Leben alles aufnehmen kann. So ist hier in dem Rahmen dörflichen Lebens wahrhaftig die Epoche eingefaßt. Diese zu ›besichtigen‹, versuchen wir alle. Aber mir kommt vor, Sie sind am allerglücklichsten damit fertig geworden.« Der greise Heinrich Mann schrieb Graf zwar nicht persönlich, aber er wandte sich an Wieland Herzfelde, den alten Verleger des Autors: »*Unruhe um einen Friedfertigen* hat mich während der ganzen Lektüre erfreut. Es ist einer der seltenen Romane, denen man mit Vertrauen folgt. Schwach wird er niemals werden, gewiß auch nicht falsch. Der Verfasser steht auf eigenem Boden, ›da feit si nix‹. Nun ist der Realismus etwas Sicheres, realistische Romane wird es immer geben, dafür bleiben sie oft mittelmäßig. Dieser nicht. Seine intensive, gesteigerte Wirklichkeit gelangt mehr als einmal zu alleräußersten Romanscenen, ich fand mich in der – nicht mehr häufigen – Kunst der Meister. Dem Verfasser muß gedankt werden. Ich hoffe, Sie übernehmen es, acceptieren auch selbst meinen Glückwunsch. Ergriffen von dem Buch Oskar Maria Grafs war ich noch auf der letzten Seite, bei der nüchternen Aufzählung der künftigen Schicksale. Da zeigt sich, wie richtig jedes herbeigeführt war, wie gut das alles.«
In Ostdeutschland wurde der Roman 1948, in der DDR mehrmals nachgedruckt, aber die Kritiken des Buches blieben, vermutlich wegen der (von Ludwig Allberger verkörperten) KP-Reserve des Autors, spärlich und farblos. In Westdeutschland wurde der Roman, offensichtlich unter dem Eindruck des Kalten Krieges und wegen der formulierten linken Perspektive Grafs, fast drei Jahr-

zehnte lang (bis 1975) nicht gedruckt und erfolgreich vergessen. In der doppelten Behinderung eines Grafschen Hauptwerks hat die Misere der deutschen Nachkriegszeit ein Beispiel von bitterer Anschaulichkeit.

Der Druck erfolgt nach der Erstausgabe; zahlreiche Satzfehler wurden stillschweigend korrigiert, sofern sie offensichtlich nicht auf Eigenheiten des Autors zurückzuführen waren. Außerdem wurden kleine stilistische Änderungen in einem Korrekturexemplar Grafs berücksichtigt.

Wilfried F. Schoeller